Secrets de famille

*

Un bonheur à bâtir

NORA ROBERTS

# Secrets de famille

éditions Harlequin

*Cet ouvrage a été publié en langue anglaise*
*sous le titre :*
TAMING NATASHA

*Traduction française de*
NELLIE D'ARVOR

HARLEQUIN®

est une marque déposée du Groupe Harlequin

*Photo de couverture*

*Paysage russe :* © JONARNOLD IMAGES


83-85, boulevard Vincent-Auriol, 75013 PARIS — Tél. : 01 42 16 63 63
Service Lectrices — Tél. : 01 45 82 47 47
ISBN 978-2-2808-4455-0

# 1.

— Pourquoi faut-il toujours que les hommes les plus séduisants soient déjà mariés ?

Natasha Stanislaski prit le temps de déposer délicatement une poupée habillée de velours rouge et de dentelles dans un rocking-chair miniature et se tourna vers sa vendeuse.

— Tu penses à quelqu'un de particulier en disant cela, Annie, ou c'est juste une question en l'air ? demanda-t-elle.

Les yeux perdus dans le vague, la jeune fille mit une boule de chewing-gum dans sa bouche. Tout en la mâchant vigoureusement, elle reprit :

— Je pense au grand blond qui est en train de regarder la vitrine en compagnie de sa femme et de sa fille.

Elle poussa un soupir à fendre l'âme et murmura comme pour elle-même :

— Ils sont si beaux tous les trois ! On dirait une pub pour la famille idéale.

Habituée aux coups de foudre à répétition de son employée, Natasha sourit avec indulgence.

— Dans ce cas, prions pour qu'ils se décident à acheter le jouet idéal…

Reculant d'un pas pour examiner un groupe de poupées

victoriennes prenant le thé dans une dînette d'époque, Natasha hocha la tête d'un air satisfait. L'ensemble était ravissant et produisait exactement l'effet qu'elle souhaitait.

Chaque article vendu dans sa boutique, du simple hochet au gros ours en peluche, était choisi et présenté avec la même attention. Avant de devenir son gagne-pain, le commerce des jouets avait toujours été un plaisir pour elle.

En trois ans, Natasha avait su faire de son magasin, baptisé *Funny House*, l'un des commerces les plus florissants de Shepherdstown, petite ville universitaire à la frontière de la Virginie-Occidentale. Il lui avait fallu de l'énergie et de la patience pour parvenir à ce résultat, mais elle était persuadée que sa compréhension intuitive du monde de l'enfance était la véritable raison de ce succès. Son but n'était pas que chaque enfant reparte de chez elle avec *un* jouet, mais avec *son* jouet…

Délaissant l'étalage de poupées, Natasha rejoignit le présentoir des voitures miniatures qui avait besoin d'un peu de rangement.

— Je crois qu'ils vont se décider à entrer, lança Annie en vérifiant l'arrangement de ses boucles auburn dans une vitrine. La petite fille est pratiquement suspendue à la manche de son père. Veux-tu que j'aille leur ouvrir ?

Natasha consulta l'horloge à face de clown pendue au mur et fit la grimace.

— On ferme dans cinq minutes…

— Qu'est-ce que ça peut faire ! s'écria Annie. Nat, je t'assure que ce type vaut vraiment le détour…

Pour le regarder de plus près, elle descendit l'allée principale et fit semblant de s'activer dans le rayon des jeux de société.

— Environ un mètre quatre-vingt-cinq, murmura-t-elle rêveusement. Quatre-vingts kilos, un bronzage de rêve, des cheveux décolorés par le soleil… Des épaules larges dans un veston en tweed de bonne coupe… Si on m'avait dit qu'un jour un homme en tweed ferait battre mon cœur !

A l'autre bout du magasin, Natasha éclata de rire.

— Telle que je te connais, même un homme en haillons ferait battre ton cœur…

Annie fit la grimace et marmonna d'un ton ironique :

— Le problème, c'est que la plupart des hommes que je fréquente *sont* en haillons… Ce qui n'est pas du tout le cas de ce gentleman. Seigneur ! Le voilà qui sourit à sa fille, à présent… Je crois que je suis en train de tomber amoureuse.

Avec un soin maniaque, Natasha acheva de mettre en scène un savant carambolage de petites voitures et haussa les épaules.

— C'est au moins la troisième fois que ça t'arrive cette semaine.

Levant les yeux au ciel, Annie soupira.

— Je sais… Mais celui-là ressemble *vraiment* à l'homme de ma vie. Si seulement je pouvais voir la couleur de ses yeux… Pour avoir un visage aussi expressif, je suis sûre qu'il est très intelligent, et qu'il a dû beaucoup souffrir.

Natasha lança un coup d'œil attendri à sa vendeuse par-dessus son épaule. Sous ses dehors de grande fille un peu réservée, Annie cachait un cœur aussi tendre qu'un marshmallow…

— Et moi, reprit-elle, je suis persuadée que sa femme serait ravie de l'intérêt que tu lui portes.

L'air sincèrement choqué, Annie protesta dignement :

— Pour une femme, c'est un *devoir* de remarquer et d'apprécier un homme tel que lui…

Bien qu'elle fût loin d'être convaincue par cet argument, Natasha hocha la tête et dit en haussant les épaules :

— Va donc leur ouvrir, puisque tu en meurs d'envie.

Une fois de plus, Spencer Kimball était en train de céder à sa fille.

— D'accord pour une poupée, dit-il en lui ébouriffant les cheveux. Mais une seule, OK ? Si j'avais su qu'il y avait un magasin de jouets dans le voisinage, j'aurais réfléchi à deux fois avant d'acheter cette maison…

— Tu veux dire, intervint la femme debout derrière lui, que tu lui aurais acheté le magasin plutôt que la maison !

Se redressant d'un bloc, Spencer la fusilla du regard.

— Nina… Tu ne vas pas recommencer ?

Ignorant la remarque du père, Nina sourit affectueusement à la fillette.

— Je trouve que ton papa te gâte beaucoup trop, lui expliqua-t-elle gentiment. Mais pour te faire oublier cet horrible déménagement, j'imagine qu'une poupée s'impose…

Avec une moue boudeuse, Frederica glissa résolument sa main dans celle de son père et répliqua, le menton fièrement levé :

— J'adore ma nouvelle maison. Maintenant, j'ai un jardin et une balançoire pour moi toute seule…

Nina hocha la tête d'un air sceptique et les considéra quelques instants en silence. Spencer était aussi grand et fort que sa fille paraissait petite et fragile, mais ils avaient tous deux le même regard direct et franc et le même air têtu.

— Je suppose que je suis la seule ici à apprécier encore New York, conclut-elle d'un air morose. Enfin... Tout ce qui compte, c'est que vous soyez heureux !

— Et nous le sommes ! conclut Spencer en se penchant pour prendre sa fille dans ses bras. N'est-ce pas, petit clown ?

Nina reporta son attention vers l'entrée du magasin.

— Regarde, dit-elle en lui posant la main sur l'avant-bras. Ils ouvrent la porte.

Une jeune femme souriante les accueillit sur le seuil et s'effaça pour les laisser entrer, tout en dévisageant Spencer avec intensité. Surpris d'être l'objet d'une telle attention, ce dernier déposa sur le sol sa fille dont les yeux brillaient de joie à la vue des merveilles qui l'attendaient dans la boutique.

— Je m'appelle Annie, dit la jeune femme avec amabilité. En quoi puis-je vous être utile ?

— Ma fille désirerait choisir une poupée, répondit Spencer.

Après lui avoir adressé un sourire timide, la vendeuse reporta son attention sur la fillette et s'accroupit près d'elle.

— Je suis sûre que nous allons trouver ce qu'il te faut, dit-elle. Quel genre de poupée désires-tu ?

— Une gentille, répondit-elle sans hésitation. Avec des cheveux rouges et des yeux bleus.

En regardant Freddie se diriger vers le fond du magasin, Spencer sentit son cœur se serrer. Lorsque sa femme était morte, trois ans auparavant, leur fille ne parlait pas encore. Se pouvait-il que le souvenir de sa mère fût encore gravé dans sa mémoire ? Comme la poupée idéale que Freddie venait de décrire, Angela avait une chevelure d'un roux flamboyant, et de magnifiques yeux bleu pervenche. Pourtant, même le plus libéral des pédagogues n'aurait jamais pu la qualifier de « gentille ».

Spencer saisit machinalement sur une étagère une poupée de porcelaine aux grands yeux vides et au teint de lait. Angela avait cette beauté-là — à peine humaine, irréelle, et glaciale. Il l'avait aimée pourtant, comme un homme peut aimer une œuvre d'art, se contentant d'admirer sa beauté sans jamais trouver derrière ce masque parfait la moindre profondeur. Tout bien réfléchi, c'était un miracle qu'ils aient eu une enfant aussi sensible que Freddie. Un miracle d'autant plus grand qu'elle avait traversé les premières années de son existence dans une solitude affective presque totale

Assailli par un regain de culpabilité, Spencer remit la poupée en place et haussa furtivement les épaules. C'était de l'histoire ancienne ! Il avait fait tout son possible pour racheter ses erreurs. Même ce déménagement loin de New York n'était destiné qu'à assurer le bonheur de sa fille. Plus que jamais, il était décidé à lui donner l'amour et l'attention qu'elle méritait.

Il s'en voulait beaucoup d'avoir délaissé Freddie durant sa prime jeunesse. Mais à présent, sa fille le comblait jour après jour de preuves d'amour qui apaisaient ses remords.

A l'autre bout du magasin son rire insouciant s'éleva soudain. Spencer sentit aussitôt toute angoisse le quitter. Il n'y avait pas plus douce musique à ses oreilles que ce rire enfantin. Une symphonie entière aurait pu être écrite autour de ces harmonies…

Résistant à l'envie de rejoindre sa fille, afin de ne pas troubler son bonheur, Spencer se mit à déambuler dans les allées du magasin. Bien que petit, celui-ci était rempli, du sol au plafond, de tout ce dont un enfant pouvait avoir envie. Le savant désordre dans lequel se mêlaient trains électriques et peluches, poupées rétro et navettes spatiales lui donnait véritablement l'allure d'une caverne d'Ali Baba débordant de trésors. Manifestement, l'endroit était conçu pour faire briller les yeux des enfants et pour les faire rire de joie, tout comme sa fille le faisait à l'instant. Avec amusement, Spencer songea qu'il serait difficile à l'avenir d'empêcher Freddie d'y revenir souvent…

Mais après tout, n'était-ce pas précisément pour cela qu'il avait choisi de venir habiter à Shepherdstown ? Après des années passées dans la jungle urbaine de New York, il avait décidé de déménager avec sa fille dans une ville où elle pourrait se promener tout à son aise, où tous les commerçants l'appelleraient par son prénom, où il n'y aurait à redouter ni agressions, ni enlèvements, ni drogues. Et en ce qui le concernait, le changement de rythme et d'atmosphère lui permettrait peut-être enfin de faire la paix avec lui-même.

Au bas d'une étagère, une curieuse boîte à musique en porcelaine attira soudain son attention. La figurine d'une gitane échevelée, vêtue d'une robe rouge à volants, ornait le couvercle. Le travail en était si délicat que l'on distinguait nettement les gros anneaux d'or à ses oreilles et les rubans multicolores accrochés à son tambourin. Etonné de trouver pareil bibelot dans un magasin de jouets, Spencer s'en saisit et ne put s'empêcher de tourner la petite clé dorée. En rythme avec la musique — un air de Tchaïkovski, qu'il reconnut aussitôt —, la gitane se mit à danser autour d'un petit feu de camp en porcelaine.

C'est alors que Spencer leva les yeux et qu'il la vit. Debout à quelques pas de lui, la tête penchée sur le côté, une femme l'observait. Elle ressemblait étrangement à la gitane de la boîte à musique. Ses cheveux longs et bouclés, noirs comme ceux de la danseuse, encadraient son visage aux pommettes hautes et au menton pointu. La couleur de sa peau, d'une belle nuance dorée, était mise en valeur par la simple robe rouge qu'elle portait.

Mais contrairement à la danseuse de porcelaine, l'apparition n'avait rien de fragile. Bien qu'elle fût de taille moyenne, il se dégageait d'elle une impression de puissance et de détermination, peut-être due à son visage aux traits énergiques, ou à sa bouche pleine à la lippe frondeuse. Ses yeux, aux longs cils fournis, étaient presque aussi noirs que ses cheveux. Une aura de sensualité profonde et mystérieuse émanait de l'inconnue. Pour la première fois depuis des années, Spencer sentit la morsure d'un désir trop vif pour être ignoré.

Dès que Natasha sentit le regard de l'inconnu peser sur elle, elle en reconnut la nature et fulmina de colère. Quel genre d'homme était-il pour oser déshabiller ainsi du regard la première femme venue, sans se soucier de la proximité immédiate de sa femme et de sa fille ? Certainement pas le genre d'homme qui risquait de lui plaire !

Résolue à ignorer ce regard, comme les autres, identiques, qu'elle sentait souvent s'attarder sur elle, Natasha s'avança vers lui.

— Puis-je vous aider ? demanda-t-elle d'un ton poli mais froid.

Charmé par les inflexions musicales de sa voix d'alto, Spencer eut du mal à se concentrer sur ce qu'elle disait. Comme en écho aux accords de Tchaïkovski, qui s'élevaient toujours de la boîte à musique, la jeune femme avait un léger accent slave.

— Vous avez un accent charmant…, murmura-t-il. Vous êtes d'origine russe ?

L'impatience de Natasha grimpa d'un cran. Si la situation avait été différente, elle aurait pu se sentir flattée d'éveiller la curiosité d'un aussi bel homme. Mais dans les circonstances présentes, elle avait plutôt envie de lui rappeler que sa femme l'attendait près de la porte, manifestement impatiente de quitter le magasin, tandis que sa petite fille, à deux pas de là, choisissait une poupée.

— Ukrainienne, répondit-elle sèchement.

L'inconnu hocha la tête d'un air songeur.

— Il y a longtemps que vous êtes arrivée aux Etats-Unis ?

— J'avais à peu près l'âge de votre fille. A présent, si vous voulez bien m'excuser…

— Attendez !

Spontanément, Spencer avait posé la main sur l'avant-bras de la jeune femme pour la retenir. Surpris du regard qu'elle lui lança, il la lâcha aussitôt.

— En fait, dit-il avec un sourire contrit, j'aurais voulu en savoir plus sur cette boîte à musique.

— C'est l'un de nos plus beaux articles, expliqua Natasha d'une voix neutre. Entièrement fabriqué aux Etats-Unis. Vous désirez l'acheter ?

— Je ne sais pas encore. Mais dites-moi… Pourquoi la laissez-vous à portée de main des enfants ? Ils pourraient la briser.

A présent tout à fait exaspérée, Natasha lui prit des mains la boîte à musique pour la déposer exactement à l'endroit où il l'avait trouvée.

— S'ils la cassent, dit-elle, je la remplacerai. Je pense qu'il n'est jamais trop tôt pour initier les enfants à la bonne musique. Pas vous ?

— Je suis entièrement de cet avis.

Pour la première fois, Natasha vit un sourire flotter sur les lèvres de l'inconnu. Force lui était de constater qu'Annie n'avait rien exagéré lorsqu'elle avait parlé de son charme et de sa séduction. En dépit de ses réticences à son égard, il lui fallait bien reconnaître qu'elle n'y était pas insensible, et qu'une certaine attirance la poussait même vers lui.

— Peut-être pourrions-nous en discuter autour d'un bon dîner ? reprit-il avec un sourire désarmant.

Natasha dut se retenir pour ne pas le gifler. Ravalant à grand-peine les insultes qui lui brûlaient la langue, elle le toisa d'un regard ouvertement méprisant.

— Non, dit-elle simplement. Certainement pas.

Sans plus s'occuper de lui, elle lui tourna le dos et s'éloigna d'un pas très digne. Spencer se serait élancé derrière elle si Freddie, déboulant à cet instant dans l'allée, ne s'était précipitée à sa rencontre, une poupée de chiffon aux longs cheveux de laine coincée sous le bras.

— Regarde, papa ! lança-t-elle, tout excitée, en tendant le jouet à bout de bras. Elle est belle, hein ?

Les yeux brillants, elle lui mit la poupée dans les mains. Feignant un vif intérêt, Spencer s'en saisit et l'étudia attentivement. Avec soulagement, il constata que la poupée avait bien les cheveux rouges, mais que sa ressemblance avec Angela s'arrêtait là.

— Elle est magnifique !

Freddie était suspendue à ses lèvres.

— Vraiment ?

Spencer s'accroupit pour la prendre par les épaules et la regarda dans les yeux.

— Vraiment ! Tu as très bon goût, mon poussin…

Sans prévenir, Freddie lui sauta au cou, coinçant la poupée entre eux.

— Alors je peux la garder ? s'écria-t-elle.

— Tu veux dire qu'elle n'est pas pour moi ? dit-il, l'air faussement désolé.

Voyant le père se redresser souplement, sa fille pendue à son cou, Natasha ne put s'empêcher de sourire. Même s'il n'était qu'un malotru, son amour pour son enfant était indéniable.

— Veux-tu que je l'emballe ? demanda-t-elle à la fillette.

D'un geste possessif, celle-ci glissa la poupée de chiffon sous son coude.

— Je préfère la garder avec moi.

— Je comprends ça, approuva Natasha. Dans ce cas, je pourrais peut-être te donner un ruban pour ses cheveux, qu'en penses-tu ?

— Un bleu !

En riant, Natasha les précéda vers la caisse.

— Va pour le bleu !

Tout en cherchant le ruban dans un tiroir, elle observa discrètement la mère de la fillette qui était toujours sur le seuil du magasin et paraissait aussi tendue qu'une corde de piano. « Inutile de lui chercher des excuses, se dit-elle en refermant un peu nerveusement le tiroir… Même si sa femme lui donne du fil à retordre, cela ne l'autorise pas à se conduire comme un satyre dans un magasin de jouets ! »

Après avoir rendu la monnaie à son père, elle coupa au dévidoir un morceau de ruban bleu et le tendit à la petite fille, qui n'avait pas quitté ses bras.

— Je suis sûre que ta poupée va apprécier sa nouvelle maison, dit-elle avec un clin d'œil complice.

Freddie noua avec application le ruban de soie dans les cheveux de laine et dit avec le plus grand sérieux :

— Je promets de bien m'en occuper. Est-ce que les enfants peuvent venir regarder les jouets dans ton magasin, même quand ils n'en achètent pas ?

Conquise par sa candeur, Natasha coupa un nouveau bout de ruban, rose cette fois, et le lui tendit.

— Tu pourras venir ici aussi souvent que tu en auras envie, dit-elle en la fixant droit dans les yeux.

Depuis l'entrée du magasin, la mère de l'enfant s'éclaircit la voix ostensiblement et consulta sa montre d'un œil inquiet.

— Il faut vraiment y aller à présent ! lança-t-elle d'un ton impatient.

Spencer hésita un instant, puis, saluant d'un hochement de tête la marchande de jouets, il se dirigea vers la sortie. De toute façon, tôt ou tard, leurs routes finiraient bien par se croiser de nouveau. Et si ce n'était pas le cas, il était bien décidé, tout comme sa fille, à renouveler sa visite au magasin de jouets…

Lorsque la porte se fut refermée, Natasha s'attarda quelques instants derrière la vitre et suivit des yeux le trio qui remontait la rue.

— Qu'est-ce qu'elle est mignonne ! s'exclama Annie en suivant la direction de son regard. Elle m'a raconté qu'elle venait d'arriver à Shepherdstown, et qu'avant elle vivait à New York. La poupée va être sa première amie ici…

Natasha, qui savait d'expérience ce que peut ressentir une petite fille brutalement transplantée dans un nouvel univers, sentit son cœur se serrer de compassion.

— A mon avis, dit-elle, Jo-Beth Riley doit avoir à peu près le même âge qu'elle.

Sans hésiter, elle décrocha son téléphone et composa

le numéro des Riley… Après tout, même si le père ne méritait pas qu'on s'intéresse à lui, sa fille, elle, avait bien droit à un petit coup de pouce du destin.

Debout devant la fenêtre du salon de musique, Spencer était en train de contempler son jardin. Avoir des fleurs sous sa fenêtre et un carré de pelouse qui demanderait tôt ou tard à être tondu était une expérience neuve pour lui. Un grand érable aux feuilles vert foncé projetait sur l'allée son ombre dense. Il lui tardait de le voir se parer des couleurs de l'automne, avant de perdre une à une ses feuilles dans l'air du soir.

A New York, il aimait observer le passage des saisons sur Central Park, depuis les fenêtres de son appartement. Mais le fait que les fleurs, l'herbe et les arbres soient à lui changeait bien des choses. Ici, s'il voulait profiter de la nature, il allait devoir en prendre soin. Quel bonheur également de savoir qu'il allait pouvoir laisser Freddie jouer dehors avec ses poupées sans craindre de la perdre de vue ! Ainsi tous deux, à Shepherdstown, allaient mener une douce vie de famille, développer des relations de voisinage, se faire des amis, avoir des racines et un avenir.

Lorsqu'il était venu discuter des détails de son poste avec le doyen, il avait découvert la ville et avait su tout de suite que cet endroit leur conviendrait. Une impression qui s'était encore renforcée quand il avait visité la maison qui était à présent la leur. L'employée de l'agence immobilière n'avait pas eu besoin de lui faire l'article. Avant même d'en avoir franchi le seuil, il avait déjà adopté la vieille demeure… N'en déplaise à Nina, qui ne voyait dans ce déménagement, selon ses propres termes, qu'un « petit flirt avec la vie à la campagne »…

Il ne pouvait pas en vouloir à sa sœur de penser de la sorte, car elle était sans aucun doute possible la personne qui le connaissait le mieux. D'ailleurs, il devait bien admettre qu'il avait adoré vivre à New York… Pendant des années, pour rien au monde il n'aurait manqué une de ces brillantes soirées mondaines qui se terminent à l'aube, ou un de ces élégants soupers dans un restaurant en vogue où on se retrouve après un concert ou un ballet…

Dans le monde où il avait vu le jour, la fortune et le prestige étaient choses acquises dès la naissance. Il avait été élevé dans la conviction qu'un Kimball ne pouvait se satisfaire que du meilleur… Et en avait bien profité, passant ses vacances d'été à Monte-Carlo ou à Cannes, skiant l'hiver à Gstaad ou à Saint-Moritz, sans parler des week-ends impromptus à Cancun ou Rio.

Il ne regrettait pas sa vie passée, mais il devait bien reconnaître qu'elle l'avait empêché d'assumer plus tôt ses responsabilités. Ce qu'il faisait à présent, sans le moindre regret, avec un bonheur et une fierté qui ne manquaient pas d'intriguer ceux qui le connaissaient. Mais il savait bien, lui, ce qui avait bouleversé sa vie : c'était le fait de sentir à ses côtés la présence de sa fille, petit être fragile et fort à la fois, enfant assoiffée de tendresse, qui ne demandait qu'à aimer et à être aimée. Et même si ça n'avait l'air de rien, c'était suffisant pour faire la différence.

Comme si l'évocation de sa fille avait suffi à la faire apparaître sous ses yeux, Freddie déboula à cet instant dans le jardin. Sa nouvelle poupée sous le bras, elle courut s'installer sur la balançoire flambant neuve. Elle posa le jouet sur ses genoux, poussa du bout du pied pour prendre de l'élan et renversa la tête en arrière, perdue dans la contemplation du ciel, en murmurant pour elle-même une comptine muette.

Spencer sentit aussitôt son cœur battre pour elle d'un amour paternel aussi fort que doux. Jamais, de toute sa vie, il n'avait connu d'émotions comparables à celles que sa fille faisait naître en lui. Durant toute la matinée, elle n'avait cessé de parler de leur visite au magasin de jouets. Nul doute qu'elle l'amènerait à y retourner sous peu. Elle n'aurait même pas besoin de le lui demander, il lui suffirait d'un regard et d'un sourire. Freddie avait beau n'avoir que cinq ans, elle était déjà passée maîtresse dans l'art d'utiliser les armes typiquement féminines.

Lui-même avait eu bien du mal à ne pas laisser ses pensées s'égarer du côté de la boutique, ou plutôt de sa propriétaire. Même si c'était avec d'autres armes — la colère et le mépris — que celle-ci l'avait accueilli. Natasha Stanislaski n'avait pas pris la peine de se présenter, mais une rapide consultation du Bottin avait permis à Spencer de réparer cet oubli. Depuis, ce nom aux sonorités aussi remarquables que celle qui le portait ne cessait de le troubler. Ce qui le rendait plus furieux encore quand il se remémorait l'attitude parfaitement stupide qui avait été la sienne lors de leur première rencontre.

Sa seule excuse était l'état d'égarement dans lequel il s'était trouvé brusquement plongé. Jamais la simple vision d'une femme n'avait suscité en lui un désir aussi puissant, aussi immédiat… Pourtant, sa maladresse n'expliquait en rien la réaction violente de la jeune femme. Après tout, il n'avait fait que l'inviter à dîner. Ce n'était pas comme s'il lui avait proposé sans préambule de le suivre au lit. Même s'il en avait eu furieusement envie…

Dès l'instant où il l'avait aperçue, les rêves les plus fous s'étaient emparés de lui. Il s'était imaginé en train de l'entraîner au plus profond d'un bois sombre, là où la mousse est tendre et la voûte végétale opaque, pour cueillir sur sa bouche les baisers brûlants que ses lèvres promettaient, pour plonger avec elle dans un océan de passions torrides et déraisonnables.

Atterré par le tour que ses pensées étaient en train de prendre, Spencer passa une main sur son visage. Il eut un sourire d'autodérision en songeant qu'il avait depuis longtemps passé l'âge de réagir aussi violemment au charme d'une belle inconnue... Mais le sourire mourut bientôt sur ses lèvres et il serra les poings. En fait, c'était tout simplement l'attitude d'un homme qui n'avait pas tenu une femme entre ses bras depuis plus de trois ans. Devait-il être reconnaissant à Natasha Stanislaski d'avoir réveillé ces appétits en lui ? Il n'en était pas sûr, mais ce qu'il savait avec certitude, c'est que tôt ou tard il chercherait à la revoir.

— Ça y est, je suis prête !

Comme Spencer ne répondait pas, Nina se figea sur le seuil du salon de musique et poussa un petit soupir. Une fois encore, il était tellement absorbé dans ses pensées que rien ne semblait pouvoir l'atteindre.

— Spence ? reprit-elle en élevant la voix. Je ne vais pas tarder à partir. Tu ne veux pas me dire au revoir ?

Le visage adouci par un sourire espiègle, Spencer se retourna et traversa la pièce pour la rejoindre.

— Tu sais bien que tu vas nous manquer, Nina...

Se hissant sur la pointe des pieds, elle déposa sur sa joue un rapide baiser.

— Tu veux dire que tu vas pousser un soupir de soulagement dès que j'aurai tourné les talons, corrigea-t-elle.

— Ne dis pas de bêtises, protesta Spencer en la

fixant de ses yeux gris clair, sévères et un peu rêveurs. J'apprécie beaucoup le fait que tu aies pris sur ton temps pour nous aider à nous installer. Je sais à quel point tu es occupée.

— Je n'allais pas laisser mon frère chéri s'enterrer dans ce trou perdu sans réagir…

Laissant libre cours à un de ses rares élans de tendresse, Nina prit les mains de Spencer dans les siennes.

— Tu es sûr que tu n'es pas en train de faire une bêtise ? demanda-t-elle d'un ton inquiet. Comment diable vas-tu pouvoir tuer le temps dans cet endroit sinistre ?

Il sourit malicieusement et murmura d'un ton rêveur :

— Je vais tondre la pelouse… Peut-être aussi me remettre à écrire.

Agacée, Nina haussa les épaules.

— Rien ne t'empêchait de le faire à New York.

— Tu parles ! En quatre ans, là-bas, je n'ai pas réussi à écrire plus de deux portées intéressantes.

Marchant vers le Steinway noir et lustré comme un miroir qui occupait un coin de la pièce, Nina balaya l'argument d'un geste de la main.

— Si tu voulais changer d'air, tu pouvais aussi bien le faire à Long Island ou dans le Connecticut.

— J'aime cet endroit, Nina. Fais-moi confiance. Je suis persuadé que ce déménagement est ce qui pouvait nous arriver de mieux, à Freddie et à moi.

Nina poussa un petit soupir résigné.

— Dieu t'entende… Mais quand tu rentreras à New York dans six mois, ne viens pas dire que je ne t'avais pas prévenu. En attendant, promets-moi de me donner de tes nouvelles. Et tiens-moi au courant des progrès de Freddie en classe. Je te rappelle que je suis sa tante et que sa scolarité m'intéresse. Même si l'idée de la voir fréquenter une école publique…

Les yeux levés vers le plafond, Spencer soupira bruyamment.

— Nina…, protesta-t-il d'une voix lasse.

Elle eut un geste d'apaisement de la main.

— D'accord, d'accord, dit-elle sur un ton conciliant. Inutile de nous disputer encore à ce sujet. De toute façon je n'ai pas le temps, j'ai un avion à prendre. Mais je t'en supplie : arrête de te ronger les sangs à cause de ce qui s'est passé avec Angela… Et cesse de croire que tu es obligé de t'imposer toutes sortes de choses pour réparer des soi-disant erreurs…

Spencer fronça les sourcils et pâlit légèrement.

— Cela n'a rien à voir…

Il se tourna vers la fenêtre. Du menton, il désigna Freddie.

— Regarde-la…, murmura-t-il avec un sourire attendri. Elle est heureuse ici. Et son bonheur suffit au mien.

# 2.

— J'ai même pas peur !

Dans le miroir devant lequel il était en train de lui natter les cheveux, Spencer sourit à sa fille.

— Bien sûr que non, dit-il d'un ton rassurant. D'ailleurs, il n'y a aucune raison d'avoir peur.

Il n'avait pas eu besoin de percevoir le soupçon de panique dans le ton de sa voix pour comprendre à quel point elle était terrifiée. Lui-même n'en menait pas large, d'ailleurs. Depuis son réveil, il avait l'impression qu'une pierre de la taille d'un ballon de football s'était logée dans son estomac.

— Je suis sûre qu'il y a des enfants qui vont pleurer, dit bravement Freddie, la voix vibrante de larmes contenues. Mais moi, je ne pleurerai pas…

— Et moi, je suis certain que tu vas très bien t'amuser !

Comme il était difficile de devoir en permanence donner l'impression d'être sûr de tout, songeait Spencer le cœur serré. Le rôle de père décidément n'était pas toujours facile !

— Le premier jour d'école, tout le monde est un peu effrayé, poursuivit-il. C'est tout à fait normal. Mais dès que tu auras fait la connaissance de tes nouveaux camarades, cela ira beaucoup mieux. D'ailleurs, tu connais déjà Jo-Beth…

Ce disant, Spencer bénit mentalement la petite brunette au nez en trompette qui avait eu la bonne idée de venir frapper à leur porte, en compagnie de sa mère, quelques jours auparavant.

— Jo-Beth est gentille, reconnut-elle en hochant la tête d'un air songeur. Mais…

Freddie baissa les yeux, puis lâcha dans un souffle :

— Je pourrais peut-être attendre demain pour mon premier jour d'école ?

Spencer s'accroupit derrière elle et posa le menton sur son épaule. Dans le miroir, leurs yeux se rencontrèrent. Sa peau embaumait ce savon en forme de dinosaure que sa tante lui avait offert, et dont elle ne pouvait plus se passer. Son visage, si semblable au sien mais tellement plus émouvant, était d'une pâleur extrême.

— Tu pourrais, bien sûr, reconnut-il avec une grimace comique. Mais demain, ce serait quand même ton premier jour d'école. Et les papillons seraient toujours là…

— Les papillons ?

Doucement, Spencer lui passa la main sur le ventre.

— Ceux qui sont ici, répondit-il sans la quitter des yeux. Tu n'as pas l'impression que des milliers de papillons sont en train de voler comme des fous là-dedans ?

Freddie pouffa de rire, au grand soulagement de son père.

— Tu sais, conclut-il, moi aussi j'ai des papillons dans le ventre ce matin.

Freddie tira machinalement sur les rubans que son père venait de nouer au bout de ses couettes. Il avait beau dire, elle savait bien que ce n'était pas la même chose.

Pourtant, pour rien au monde elle ne le lui aurait fait remarquer. Il ne fallait pas qu'il pense que tante Nina avait raison quand elle disait qu'ils ne s'habitueraient jamais à vivre ici. Elle aimait leur nouvelle maison et sa grande chambre dont les fenêtres donnaient sur le jardin et sa balançoire. Elle aimait aussi l'idée que le travail de son père était si proche qu'il pourrait être à la maison tous les soirs bien avant l'heure du dîner.

Un peu rassérénée par cette perspective, elle demanda, pleine d'espoir :

— Tu seras là, quand je rentrerai ?

— J'espère bien. Mais si tu dois m'attendre un peu, c'est Vera qui s'occupera de toi.

Le prénom de sa nounou suffit à ramener un sourire sur les lèvres de Freddie. Dans le miroir, Spencer le lui rendit puis embrassa ses cheveux et la fit doucement pivoter vers lui. La détermination qu'il pouvait lire dans les grands yeux gris de sa fille était démentie par le tremblement de sa lèvre inférieure. Luttant contre l'envie pressante de la serrer dans ses bras, Spencer se redressa et l'entraîna par la main.

— Allez, viens, dit-il. Allons voir ce que Vera t'a préparé pour le goûter.

Vingt minutes plus tard, Spencer se tenait debout au coin de la rue, la main de Freddie serrée dans la sienne. Avec appréhension, il vit le car jaune du ramassage scolaire déboucher au bout de la rue.

Saisi par un brusque remords, il songea qu'il aurait pu pour ce premier jour amener lui-même sa fille à l'école. Mais il s'était dit que la laisser prendre le bus était le meilleur moyen de la familiariser avec son nouvel environnement. Soudain le doute l'assaillit. Et s'il s'était trompé ? Si le chauffeur avait un accident ? Si Freddie oubliait de reprendre le bus ce soir en sortant de l'école ?

Alors qu'il était presque décidé à faire demi-tour, Spencer vit soudain les portières de l'autocar s'ouvrir sous ses yeux. Il s'avança timidement, Freddie sur ses talons.

— Bonjour, bonjour !

Le chauffeur, une femme entre deux âges aux larges épaules et au sourire débonnaire, le dévisagea de ses petits yeux vifs. Derrière elle, ses passagers poussaient des cris de sauvages et sautaient comme des diables sur leurs sièges.

— Vous devez être le professeur Kimball…

Spencer, occupé à imaginer l'excuse qu'il allait fournir pour ne pas lui confier sa fille, se contenta de hocher la tête.

— Je suis Dorothy Mansfield, reprit-elle. Miss D pour les enfants. Et toi, si je ne me trompe, tu dois être Frederica…

Luttant visiblement contre une irrésistible envie de se réfugier dans les jambes de son père, Freddie se mordit la lèvre et soutint le regard de l'inconnue.

— Oui, madame. Mais on m'appelle Freddie.

— Ravie de l'apprendre ! rugit Miss D avec un grand rire. Bienvenue à bord, petite Freddie. Aujourd'hui c'est le grand jour…

Hésitante, Freddie réussit à grimper la première marche, mais la deuxième semblait tout à fait hors de sa portée. La voyant lancer à son père un regard de détresse, Miss D. l'encouragea :

— Viens donc, n'aie pas peur… Et si tu allais t'asseoir juste là, derrière moi, entre Jo-Beth et Lisa ?

Dans un dernier sursaut de volonté, Freddie parvint

à gagner la place qu'elle lui indiquait. D'un geste de la main, Miss D demanda à Spencer de s'écarter et lui fit un clin d'œil appuyé.

— Ne vous inquiétez surtout de rien, professeur. Nous prendrons bien soin d'elle.

Avec un soupir, les portières grincèrent en se refermant sous son nez. Immobile au bord du trottoir, Spencer regarda s'éloigner le bus qui emportait pour une nouvelle vie, loin de lui, sa petite fille chérie.

Heureusement pour lui, la première journée de travail de Spencer fut bien remplie. Le programme de sa journée était particulièrement chargé. Il fallait organiser son emploi du temps, rencontrer ses nouveaux collègues, vérifier l'état du matériel mis à sa disposition, passer les commandes de livres et de papier à musique… Ensuite il devrait se pencher sur tous les mémos, formulaires et dossiers à compléter ou à étudier dans les plus brefs délais. Mais tout compte fait, c'était une routine qui ne lui déplaisait pas. Il y était rodé depuis qu'il avait accepté, trois ans auparavant, un poste d'enseignant à la Juilliard School.

Ce n'est qu'à l'heure du déjeuner, dans la cafétéria de l'université, que le rattrapèrent ses angoisses concernant Freddie. Tout en essayant d'avaler son repas, il l'imagina seule à une table de cantine ou dans la cour de récréation, pendant que ses camarades s'amusaient autour d'elle comme des petits fous. Avec consternation, il se dit que c'était lui le responsable de tout cela et qu'il aurait pu l'éviter s'il avait eu la présence d'esprit de l'empêcher de grimper dans ce satané bus jaune. Il aurait de la chance si cette expérience traumatisante ne la marquait pas à vie…

Avant la fin de la journée, il se sentait aussi coupable et honteux qu'un bourreau d'enfants, convaincu que Freddie rentrerait à la maison en pleurs et déterminée à ne plus jamais retourner en classe. Aussi, quand l'heure de la sortie sonna enfin, il ne s'attarda pas et, son veston jeté sur l'épaule, son attaché-case à bout de bras, il s'attaqua d'un pas alerte aux deux kilomètres qui séparaient le campus de sa maison. Bien déterminé à mener désormais une vie plus saine, il avait décidé de se passer de voiture tant que la météo resterait clémente.

Il était déjà tombé sous le charme de la petite ville aux boutiques vieillottes et aux grandes maisons de styles différents qui se dressaient le long des rues bordées d'arbres. Les habitants de Shepherdstown semblaient aussi fiers de leur université que de leur ville. Les routes épousaient les replis du terrain et l'asphalte des trottoirs se soulevait par endroits sous la poussée des racines. Même à cette heure de pointe, le bruit du trafic automobile ne parvenait pas à masquer l'aboiement obstiné d'un chien dans une cour ou le ronron d'une radio venu d'une fenêtre ouverte.

Dans un jardin, une femme occupée à biner un parterre de soucis se redressa au passage de Spencer et lui sourit en hochant la tête. Aussi ravi que surpris, il lui rendit son sourire et la salua à son tour. Il n'en revenait pas... Dire que cette femme qui ne le connaissait ni d'Eve ni d'Adam le saluait déjà comme un voisin de longue date ! Il l'imagina en train de balayer la neige de son perron en hiver, ou cueillant ses tulipes au printemps... A cette perspective, un regain d'optimisme se fit jour en lui. Nul doute que dans quelque temps, Freddie et lui auraient oublié qu'ils avaient pu vivre un jour ailleurs qu'ici.

Il s'arrêta pour laisser passer une voiture à un carrefour, juste avant d'arriver chez lui. Levant les yeux, il remarqua alors, sur le trottoir d'en face, l'enseigne colorée du magasin de jouets : *Funny House*... Décidément c'était le nom idéal pour ce genre de boutique. Il était parfait ! Tout comme sa propriétaire, d'ailleurs...

Pris d'un besoin pressant d'offrir à Freddie un petit quelque chose pour ramener le sourire sur son visage, Spencer se dirigea vers l'entrée. Ce matin-là, sa petite fille avait marché vers ce bus aussi bravement qu'un soldat vers le champ de bataille. N'en déplaise à Nina, elle avait bien mérité une petite récompense...

Un carillon joyeux salua son entrée. Dès qu'il eut passé le seuil, il fut assailli par une odeur de menthe aussi vivifiante que le son des clochettes. De l'arrière-boutique montaient les accents naïfs d'une comptine.

— Une petite minute et je suis à vous ! cria une voix de femme.

Un sourire de contentement passa sur les lèvres de Spencer. Il avait oublié à quel point cette voix était mélodieuse, avec son charmant accent slave... Pas question cette fois de commettre la même erreur ! D'ailleurs, l'effet de surprise ne jouerait plus et il était préparé maintenant à affronter l'exotique beauté de Natasha Stanislaski. De toute façon – c'est du moins ce dont il était en train de tenter de se persuader –, il était entré pour acheter un jouet à sa fille, pas pour flirter avec la propriétaire. Même si l'un n'empêchait pas l'autre...

Précédant sa cliente, une vieille dame très digne en chapeau à voilette et manteau noir, Natasha fit son entrée dans la pièce, les bras chargés d'un carrousel miniature.

— Je suis sûre que Bonnie va l'aimer, dit-elle. C'est un magnifique cadeau d'anniversaire.

Celle qui devait être la grand-mère de Bonnie se tordit le cou pour lire le prix sur l'étiquette, fit une brève grimace et ouvrit son sac pour y prendre son porte-monnaie.

— Depuis qu'elle l'a vu, il y a quelques semaines, elle ne parle plus que de cela, dit-elle en comptant ses billets. Elle est assez grande à présent pour en prendre soin, qu'en penses-tu ?

Natasha hocha la tête en se glissant derrière le comptoir.

— Bonnie est une petite fille très soigneuse.

Puis elle aperçut Spencer debout près de la porte d'entrée. Aussitôt son expression changea.

— J'ai bientôt terminé, dit-elle d'une voix glaciale.

— Je vous en prie, prenez votre temps, grommela-t-il.

Spencer n'arrivait pas à savoir ce qui le perturbait le plus chez cette femme… Etait-ce le désir irrationnel qu'elle éveillait en lui par sa simple présence ou bien son attitude distante et presque hostile à son égard ? Pour quelque raison qui lui échappait, Natasha Stanislaski semblait l'avoir pris en grippe. Il la regarda d'un air pensif tandis qu'elle emballait le cadeau de ses longues mains habiles. Plus tard, il chercherait à comprendre pourquoi elle semblait lui en vouloir autant et tenterait de la faire changer d'avis…

Après avoir tendu le paquet à sa cliente, Natasha fit tinter son tiroir-caisse.

— Cela fera cinquante-cinq dollars et vingt-cinq cents, madame Mortimer.

— Tu es sûre ? s'étonna la vieille dame. Il me semblait avoir lu soixante-sept dollars sur l'étiquette…

Spencer admira la conviction avec laquelle Natasha feignait l'étonnement. Manifestement, la grand-mère de Bonnie ne roulait pas sur l'or et la jeune femme par ce geste faisait preuve de générosité.

— Je ne vous l'avais pas dit ? Cet article est en solde aujourd'hui.

Avec un petit sourire, Mme Mortimer récupéra sa monnaie.

— Alors, dit-elle, ce doit être mon jour de chance.

— Et celui de Bonnie ! renchérit Natasha. Surtout, souhaitez-lui bon anniversaire de ma part.

Portant fièrement son paquet, la vieille dame se dirigea vers la porte.

— Je n'y manquerai pas ! Si tu savais comme j'ai hâte de voir son visage quand elle ouvrira le paquet… Au revoir, Nat.

Natasha attendit que la porte soit refermée et se tourna vers son nouveau client.

— En quoi puis-je vous être utile ?

S'approchant d'elle lentement, Spencer lui sourit.

— C'était très gentil de votre part…

Natasha fronça les sourcils.

— Que voulez-vous dire ?

— Vous le savez parfaitement.

Il était maintenant si près d'elle qu'en tendant le bras, il aurait pu la toucher et il dut se retenir pour ne pas s'emparer de ses mains afin de les porter à ses lèvres. L'effet que cette femme produisait sur lui était stupéfiant. A trente-cinq ans, il trouvait presque humiliant de se sentir aussi impatient qu'un teenager à son premier flirt.

— J'aurais dû revenir plus tôt, murmura-t-il presque malgré lui.

— Pourquoi ? rétorqua Natasha. Freddie n'est pas contente de sa poupée ?

— Au contraire ! s'écria-t-il. Elle l'adore. C'est juste que…

Il se tut, agacé par sa propre confusion. Voilà qu'il se mettait à bafouiller, maintenant ! Comme si ça pouvait arranger les choses… S'il ne voulait pas se ridiculiser définitivement aux yeux de la marchande de jouets, il avait tout intérêt à se reprendre.

— J'ai l'impression de m'être conduit comme un imbécile l'autre jour, reprit-il en cherchant délibérément son regard. Puis-je vous demander de m'en excuser ?

Imperturbable, Natasha le considéra un long moment en silence. Il avait l'air sincère. Il était même touchant dans son repentir, mais elle n'était pas décidée pour autant à lui faciliter la tâche. Comme un couperet, sa réponse tomba enfin.

— Si cela peut vous faire plaisir… Vous êtes venu uniquement pour cela ?

— Non.

Il n'avait pas manifesté la moindre réaction, mais ses yeux gris s'étaient assombris l'espace d'un instant. Natasha, qui l'avait noté avec intérêt, comprit qu'elle allait sans doute devoir réviser son jugement à son égard. Après tout, peut-être n'était-il pas aussi inoffensif qu'il en avait l'air. Son regard dénotait une force indéniable, une certaine puissance, d'autant plus dangereuse pour elle qu'elle n'y demeurait pas insensible.

Déstabilisée par le tour que prenaient ses pensées, Natasha tenta de se ressaisir. Qu'elle fût sensible ou non à son charme n'avait aucune importance. Elle se trouvait en présence d'un homme marié et c'est tout ce qui devait compter à ses yeux.

— Je vous écoute, dit-elle avec un sourire poli et strictement commercial. Vous désirez autre chose ?

— Un cadeau pour ma fille, répondit-il sur le même ton. C'était aujourd'hui son premier jour d'école et elle a fait preuve de beaucoup de courage ce matin… Je me suis donc dit que cela méritait une récompense.

Spencer vit Natasha contourner son comptoir pour

le rejoindre. Cette fois, son sourire paraissait naturel et spontané.

— Il ne faut pas vous en faire, assura-t-elle. Ce soir, elle aura des milliers de choses à vous raconter. En fait, le premier jour est souvent plus difficile pour les parents que pour les enfants.

En guise d'assentiment, Spencer fit la grimace.

— Vous ne croyez pas si bien dire... Je viens de passer le jour le plus long de toute mon existence.

Natasha se mit à rire et ce rire cueillit Spencer de plein fouet. C'était un rire voilé, un peu rauque, d'un érotisme qui paraissait déplacé dans un magasin rempli de clowns hilares et d'ours en peluche.

— Il me semble, dit-elle, que vous méritez un cadeau autant qu'elle. Vous vous intéressiez à une boîte à musique, l'autre jour. Je vais vous en montrer une autre qui devrait vous plaire également.

Sans attendre, elle l'entraîna vers le fond de la boutique. Dans son dos, Spencer fit de son mieux pour ignorer le balancement hypnotique de ses hanches sous le mince tissu de sa robe. En revanche, il lui était difficile de rester insensible aux fragrances subtiles de parfum et de peau fraîchement lavée qu'elle laissait dans son sillage.

La boîte à musique qu'elle lui glissa dans les mains était de bois sculpté, son piédestal couronné d'un chat, d'un violon, d'une vache et d'un quartier de lune. Vivement colorées, les figurines virevoltaient au son d'une berceuse de Mozart.

— C'est charmant, murmura Spencer. Freddie va l'adorer...

— C'est une de mes préférées.

Radoucie, Natasha le regarda inspecter la boîte à musique sous toutes les coutures. Un homme capable d'aimer les belles choses et sa fille à ce point ne pouvait pas être foncièrement mauvais…

— A mon avis, expliqua-t-elle avec un sourire rêveur, elle gardera un bon souvenir de ce grand jour avec un cadeau comme celui-ci. Et elle le conservera longtemps. Peut-être même écoutera-t-elle cette mélodie, le jour de son entrée à l'université, en pensant à son papa qui s'en faisait tant pour elle…

— Si jamais elle survit à ce premier jour d'école !

Avec un sourire conquis, l'homme tendit le bras pour lui rendre le bibelot.

— Je la prends, dit-il. Elle est parfaite. Merci de vos conseils.

Incapable de lui répondre, Natasha le dévisagea longuement. Leurs doigts s'étaient à peine effleurés, mais cela avait suffi à la faire frissonner de la tête aux pieds. L'espace d'un instant, elle oublia le client, le père, le mari qu'il était, pour ne plus voir en lui que l'homme capable de réveiller ses sens endormis. Ses yeux étaient de la couleur de la rivière au crépuscule. Ses lèvres, sur lesquelles flottait un léger sourire, semblaient irrésistiblement attirantes. Soudain, elle ne put s'empêcher d'imaginer ce que ce serait de se laisser embrasser par cet homme et de voir son visage se refléter dans ses yeux.

Stupéfaite d'avoir pu se livrer à de telles rêveries, Natasha fit un pas de côté et dit, d'une voix plus glaciale que jamais :

— Je vais l'emballer.

Intrigué par ce soudain revirement d'humeur, Spencer prit son temps pour la rejoindre à la caisse. Avait-il vu passer *quelque chose* dans ses yeux fabuleux ou était-ce le fruit de son imagination ? Quoi que cela ait pu être, cela n'avait été que très fugace, et la glace avait aussitôt recouvert le feu. Il n'avait aucune idée de ce qu'il avait pu faire pour mériter l'une ou l'autre, mais il était bien décidé à le découvrir.

Alors qu'elle commençait à emballer la boîte à musique, Natasha vit l'homme tendre le bras pour poser une main sur les siennes. Se maudissant d'avoir eu le temps de remarquer à quel point cette main à la paume large et aux longs doigts fins était belle, elle leva lentement les yeux vers son visage.

— Natasha…

Il avait murmuré son nom avec une ferveur qui acheva de mettre à mal ses nerfs déjà bien éprouvés. Souhaitant que rien ne transparaisse du trouble qui l'agitait, Natasha soutint tranquillement son regard et dit à voix haute et claire :

— Vous avez changé d'avis ?

Pour toute réponse, l'homme secoua la tête, un sourire énigmatique au coin des lèvres.

— Pourquoi ai-je toujours l'impression que vous aimeriez me faire frire dans de l'huile bouillante ? demanda-t-il enfin. J'ai beau y réfléchir, je ne vois pas ce que j'ai bien pu faire pour mériter une telle hargne.

D'une secousse, Natasha libéra ses mains et se remit à l'ouvrage.

— Si vous ne le voyez pas, répondit-elle en poussant vers lui son paquet et sa note, je vous suggère d'y réfléchir encore. Vous payez comment ?

Spencer sentit toute patience le quitter. Il n'appréciait pas plus qu'un autre de se voir ainsi rejeté et n'avait pas le masochisme pour vocation. Aussi troublante que fût la belle princesse ukrainienne, il n'avait pas l'intention de continuer à la laisser le malmener ainsi sans réagir.

— Cash…, grogna-t-il sourdement.

Alors qu'il prenait son portefeuille dans son veston, le carillon de la porte d'entrée retentit, et trois garçons d'une dizaine d'années se précipitèrent, tout essoufflés, vers la caisse. Le plus jeune, aux cheveux roux emmêlés et au visage mangé par les taches de rousseur, s'agrippa au comptoir et se hissa sur la pointe des pieds.

— J'ai trois dollars ! annonça-t-il fièrement.

— Vraiment ? Vous me paraissez bien riche aujourd'hui, monsieur Jensen, dit Natasha qui visiblement luttait pour garder son sérieux

Le gamin la gratifia d'un sourire radieux, révélant le trou béant laissé par la chute de sa dernière dent.

— C'est toutes mes économies, expliqua-t-il en hâte. Je veux la voiture de course. La nouvelle.

Cherchant dans son tiroir-caisse la monnaie qu'elle devait rendre, Natasha s'étonna :

— Ah oui ? Et ta mère est au courant que tu comptes tout dépenser aujourd'hui ?

Baissant les yeux, le jeune garçon se cantonna dans un silence prudent.

— Scott ?

— Elle a pas dit que je pouvais pas...

— Mais elle n'a pas dit non plus que tu pouvais.

Accoudée à son comptoir, Natasha tendit le bras pour passer la main dans les cheveux du jeune Jensen.

— Alors ce que je te propose, conclut-elle gentiment, c'est d'aller lui demander l'autorisation. En attendant, je te mets la voiture de côté...

Les yeux du gamin étincelèrent de reconnaissance.

— Promis ? demanda-t-il.

Solennellement, Natasha posa la main droite sur son cœur.

— Juré !

Sans s'attarder davantage, Spencer gagna la porte et sortit de la boutique, furieux contre lui-même. A son âge, à quoi pouvait bien rimer d'être jaloux d'un petit garçon d'une dizaine d'années, avec des rêves de voiture de course ?

Lorsque Natasha ferma son magasin à 18 heures, le soleil était encore chaud dans le ciel et il régnait dans les rues une touffeur estivale. Aussitôt, l'envie lui vint d'un pique-nique en famille, à l'ombre d'un grand arbre, à des années-lumière du plat préparé qui l'attendait dans son réfrigérateur.

Refusant de se laisser aller à la mélancolie qu'elle sentait poindre en elle, Natasha se mit en marche vers son domicile. Trois années passées à Shepherdstown n'avaient pas réussi à la lasser du charme de cette ville, si différente — et d'une certaine manière si proche — du New York où elle avait grandi.

En chemin, une voiture ralentit à son niveau. Une main s'agita à la portière pour lui dire bonjour et elle sourit en retour au visage connu tourné vers elle. En fait, se dit-elle en rendant le salut, elle aurait pu sans difficulté trouver au pub local une connaissance avec qui partager sa soirée, si elle l'avait voulu. Mais ce n'était pas ce dont elle avait envie. Ce soir, elle ne se sentait pas d'humeur à apprécier la compagnie de qui que ce soit. Pas même la sienne !

Elle ne supportait pas la canicule qui pesait sur la ville depuis le début de l'été et ne semblait nullement décidée, avec l'automne, à céder du terrain. La chaleur la rendait toujours nerveuse… Elle ravivait des souvenirs qu'elle aurait préféré oublier. Les souvenirs d'un lointain été, autrefois, qui avait vu sa vie basculer.

Même à présent après toutes ces années, elle continuait à se sentir assaillie par une peine lancinante dès que les abeilles butinaient les premières roses écloses. La mort dans l'âme, elle se demandait alors ce que sa vie serait devenue si… Elle secoua la tête et tenta de chasser les idées sombres qui la hantaient. Elle se détestait de se laisser aller à ce jeu morbide. Mais elle ne pouvait pas s'en empêcher.

En traversant son jardinet, elle passa près du petit rosier qu'elle avait planté sous ses fenêtres et qu'elle soignait comme la prunelle de ses yeux. S'occuper de cet arbuste l'emplissait d'un mélange de bonheur et de peine. Elle caressa du bout du doigt les minuscules fleurs roses, qui survivaient en dépit de la canicule… Il faudrait qu'elle pense à les arroser. Mais elle savait qu'elle n'oublierait pas. Elle n'oubliait jamais.

Après avoir déverrouillé sa porte, elle fut surprise et presque déçue du calme parfait qui régnait dans son appartement. Elle avait pensé un moment adopter un chat ou un petit chien. Quelqu'un pour l'accueillir à son retour du travail et rendre sa solitude moins pesante. Mais l'idée de devoir le laisser seul chez elle pendant ses heures de travail l'avait fait renoncer à son projet.

Par habitude, elle poussa le bouton de la chaîne stéréo avant même d'avoir ôté ses chaussures. Dès les premiers accords, elle reconnut le morceau. Tchaïkovski, *Roméo et Juliette*. Même la station de radio locale semblait avoir décidé de la replonger dans le passé. Un bref instant, elle se revit, virevoltant sur scène, aux accents de la musique romantique…

Elle s'immobilisa, le regard perdu dans le vague, puis se reprit et commença à se changer rapidement. Le passé était le passé… Et elle avait suffisamment de force en elle pour lutter contre les regrets et les remords.

Dans la cuisine, après s'être servi un grand verre de thé glacé, Natasha ouvrit un de ces repas prêts à l'emploi qu'elle détestait tant mais dont elle se nourrissait largement. Ensuite, tout en réglant la minuterie du four à micro-ondes, elle se dit dans un accès d'autodérision qu'elle avait intérêt à faire attention si elle ne voulait pas devenir une de ces vieilles filles aigries que tout agace. Après la chaleur étouffante et le plateau-repas, qu'allait-elle se mettre à détester à présent ?

Natasha prit place à table et regarda par la fenêtre d'un air absent. Avec un regain de colère, elle songea que le père de Freddie, aussi, était pour quelque chose dans sa mauvaise humeur. Tout à l'heure, dans la boutique, elle en était presque arrivée à le trouver sympathique. Elle devait bien se l'avouer, elle avait été touchée de le voir se faire un sang d'encre pour sa petite fille. Elle avait aimé le son de sa voix, le sourire qui illuminait ses yeux, et le contact furtif de ses doigts contre les siens. Pendant un bref moment, elle s'était même imaginée en train de rire et de passer avec lui de bons moments.

Puis tout avait changé. Elle avait eu peur et s'était ressaisie. Mais elle lui en voulait d'avoir déclenché chez elle ce frisson d'excitation, cette pointe d'envie. Tout ce contre quoi elle luttait depuis tant d'années… Elle était honteuse d'elle-même, et furieuse contre lui.

Elle retira le plat fumant du four et plongea sa fourchette dedans avec nervosité. Le moins qu'on puisse dire, c'est qu'il ne manquait pas de culot… Flirter avec elle au grand jour, avant d'aller retrouver sa femme et sa fille, comme si de rien n'était… Dire qu'il avait eu le toupet de l'inviter à dîner ! Pour rien au monde elle ne s'y serait risquée… A n'en pas douter, c'était le genre d'homme à attendre une récompense en nature pour un souper fin, quelques chandelles et des flots de paroles hypocrites. Exactement comme Anthony…

Cette fois elle avait réussi définitivement à se couper l'appétit ! Elle repoussa avec impatience la barquette et prit son verre couvert de buée, qu'elle posa contre sa joue pour se rafraîchir. Heureusement, songea-t-elle pour se rassurer, elle n'était plus la jeune fille innocente et naïve qu'elle était à dix-huit ans. Elle était aujourd'hui beaucoup plus avisée, beaucoup plus forte, prête à résister au charme et aux mots doux d'un séducteur de cet acabit.

Comment avait-elle fait pour ne pas se rendre compte de la ressemblance troublante qui existait entre cet homme et son premier amant ? Etait-elle donc aveugle pour ne pas avoir remarqué qu'ils avaient la même haute taille, la même blondeur, et cette mâle assurance typiquement américaine qui masquait si bien un cœur vide et une totale absence de moralité…

Un raclement de chaise au-dessus de sa tête lui fit lever les yeux vers le plafond et lui arracha un sourire. Manifestement, les Jorgenson étaient rentrés et s'apprêtaient à dîner eux aussi… Elle imagina Don en train de s'activer avec prévenance autour de Marilyn, enceinte de six mois de leur premier enfant. Natasha aimait savoir qu'ils étaient là, au-dessus d'elle, heureux, amoureux, pleins d'espoir. Ils lui rappelaient la famille aimante et unie au sein de laquelle elle avait grandi, et dont le souvenir la rendait si nostalgique.

C'était elle l'aînée et elle se rappelait parfaitement les gestes d'attention et de tendresse de son père pour sa mère lorsqu'elle attendait ses deux frères et sa sœur. Elle se souvenait de ses larmes de joie, à chaque naissance, et de son soulagement de savoir sa femme et son bébé hors de danger. Il s'appelait Yuri et elle Nadia. Chaque soir, en rentrant chez lui après une journée épuisante sur les chantiers, Yuri embrassait sa femme avec une passion qui ne s'était jamais démentie. Aujourd'hui encore, il continuait à lui offrir des fleurs chaque semaine. Après plus de trente ans de mariage, son père aimait toujours avec passion la mère de ses enfants.

C'est grâce à lui que Natasha avait réussi à ne pas mettre tous les hommes dans le même panier après sa mésaventure avec Anthony. L'exemple de ses parents entretenait en elle le secret espoir qu'un jour, elle tomberait amoureuse et serait aimée en retour. « Un jour…, se dit-elle en haussant les épaules, mais sûrement pas aujourd'hui ! » Elle avait fini par panser ses plaies, mais il était encore trop tôt pour que celles-ci soient complètement cicatrisées. Et aucun homme, aussi troublant pût-il être, ne pourrait rien y changer.

— Encore une histoire, papa ! La dernière…

Les yeux aussi brillants que ses joues fraîchement lavées, Freddie adressa à son père son sourire le plus irrésistible. Adossée à la tête de son grand lit blanc, elle était confortablement nichée contre lui.

— Tu tombes de fatigue…, protesta-t-il.

— Pas du tout !

Pour mieux le lui prouver, elle leva le visage vers lui, luttant pour maintenir grandes ouvertes ses paupières déjà lourdes. Elle venait de passer la plus belle journée de toute sa vie, et elle tenait à en profiter jusqu'à la dernière minute.

— Je t'ai dit que le chat de Jo-Beth avait eu des petits ? Il y en a six…

— Oui, ma puce… Tu me l'as déjà dit deux fois.

Spencer, qui savait deviner tous les désirs de sa fille, caressa son nez du bout du doigt et dit d'un ton évasif qui ressemblait fort à une capitulation :

— Nous verrons…

Freddie, qui avait compris au ton de sa voix que son

père était sur le point de céder, sourit et se pelotonna affectueusement contre lui.

— Mlle Patterson est vraiment gentille, tu sais ! Avec elle, on va faire du théâtre tous les jeudis…

Spencer qui avait entendu chanter les louanges de l'institutrice durant toute la soirée, caressa tendrement les cheveux de sa fille. Et dire qu'il s'était fait un sang d'encre pour elle toute la journée…

— En somme, dit-il, tu as l'air d'apprécier vraiment l'école.

Freddie hocha la tête avec conviction, avant de se mettre à bayer aux corneilles. Soudain, elle se redressa, l'air inquiet.

— Tu as rempli les papiers ? Mlle Patterson a dit qu'on devait les rendre demain…

— Je vais m'en occuper dès que tu dormiras, répondit Spencer en songeant à l'épaisse liasse qui l'attendait sur son bureau. Ne t'en fais pas pour ça. Maintenant, il est l'heure de reprendre des forces.

— Encore une histoire ! supplia Freddie. Une histoire inventée…

De nouveau, elle se laissa aller à bâiller longuement, assoupie contre le coton rêche de la chemise de son père, rassurée par l'odeur familière de son eau de toilette.

Sachant qu'elle serait endormie bien avant la fin, Spencer improvisa l'histoire d'une belle princesse aux cheveux noirs, venue d'un lointain pays, qu'un vaillant chevalier tentait de sauver de sa tour d'ivoire. Même en y ajoutant une méchante sorcière et un dragon à deux têtes, il comprit que ses pensées, une fois de plus, l'avaient ramené vers Natasha Stanislaski. Mais si elle ressemblait par la beauté à la princesse de l'histoire, il n'avait jamais rencontré de femme qui eût moins besoin qu'elle d'être sauvée…

Spencer sentit le corps de sa fille peser un peu plus lourd au creux de son bras. Laissant la princesse aux prises avec le dragon, il poussa un petit soupir et se tut. Si seulement il n'avait pas été obligé de passer devant le magasin de jouets deux fois par jour… il serait peut-être arrivé, au prix d'un gros effort, à ne plus penser à elle. En tout cas, une chose était sûre, c'est qu'elle avait réveillé en lui des appétits qu'il pensait à jamais rassasiés.

Dès qu'il se sentirait un peu mieux intégré dans son nouvel univers, il serait temps pour lui de sortir de sa réclusion. Il ne manquait pas à l'université de femmes belles et disponibles… Pourtant, l'idée d'engager avec certaines d'entre elles des manœuvres de séduction ne l'enthousiasmait guère. Quelques images fugitives traversèrent son esprit : mains baladeuses dans l'obscurité des salles de cinéma, moiteur des corps enlacés dans des slows langoureux… Il rit doucement. Ce temps était révolu. Et il n'avait pas besoin de replonger dans les affres de l'adolescence. Il était un homme adulte, avec des besoins d'homme adulte. Et il était plus que temps pour lui de retrouver la compagnie des femmes.

Doucement, il fit glisser sa fille de sa poitrine jusqu'à son oreiller. Après avoir installé sa poupée de chiffon entre ses bras, il déposa un dernier baiser sur son front et remonta la couverture sous son menton. Puis, une main sur le bois de lit, il resta un moment à contempler la chambre, déjà marquée du sceau de Freddie. Les poupées se mêlaient aux livres le long des étagères. Dans un coin, un coffre débordait de peluches. Bien qu'habitée depuis peu, la pièce était imprégnée de l'odeur si caractéristique de sa fille…

Après avoir éteint le plafonnier et allumé la veilleuse, il laissa la porte entrebâillée et descendit l'escalier. Dans le hall, il croisa Vera, chargée d'un plateau sur lequel étaient posées une bouteille Thermos et une tasse à café. La gouvernante mexicaine était une petite femme replète, aussi large d'épaules que de hanches, qui donnait l'impression de glisser de pièce en pièce avec l'allant d'un petit train fonceur.

Depuis la naissance de Freddie, Vera lui était devenue indispensable et Spencer savait que rien ne pourrait jamais la payer de l'amour qu'elle donnait à Freddie sans compter.

— Vera…, protesta-t-il en la suivant dans son bureau. C'est très gentil de votre part, mais j'aurais pu m'en occuper.

Avec mille précautions, Vera déposa le plateau puis haussa les épaules et le fixa de son regard perçant.

— Depuis que mon bébé va à l'école et que la maison est vide toute la journée, j'ai plus de temps qu'il n'en faut pour faire mon travail. Je pouvais bien vous préparer un peu de café, avant de monter me planter devant ma télé… Vous ne vous coucherez pas trop tard, n'est-ce pas, docteur Kimball ?

— Je vous le promets.

C'était un pieux mensonge, dont elle n'était sans doute pas dupe. Spencer avait du pain sur la planche avant d'aller au lit, et il se sentait de toute façon bien peu disposé à dormir.

— Merci, Vera.

— *De nada !*

S'attardant sur le seuil de la pièce, Vera remit en place du plat de la main sa permanente argentée avant d'ajouter :

— Je voulais vous dire, Monsieur… J'aime beaucoup cet endroit. J'avais un peu peur quand vous avez décidé de quitter New York, mais maintenant je suis heureuse d'être ici.

— Vera… Je me demande bien ce que je ferais sans vous.

— Je sais !

Vera accepta le compliment avec simplicité. Cela faisait sept ans maintenant qu'elle travaillait pour le *señor*, et elle était très fière d'être au service d'un homme si important, compositeur réputé, docteur ès musique, professeur respecté. Mais depuis la naissance de celle qui était devenue pour elle *son bébé*, elle aurait pu travailler pour lui quelles qu'aient pu être sa fortune ou sa condition.

Bien sûr, elle n'avait pas beaucoup apprécié, dans un premier temps, de quitter le magnifique appartement de New York pour cette vieille maison d'une petite ville lointaine. Mais lorsqu'elle avait vu Freddie rentrer de l'école, tout excitée de sa première journée et la bouche pleine du nom de ses nouveaux amis, toutes ses réticences s'étaient envolées.

A présent, elle comprenait que c'était pour elle, pour que sa fille grandisse dans de bonnes conditions, que le Dr Kimball avait voulu déménager. Et si Freddie était heureuse, Vera l'était aussi !

— Vous êtes un bon père, docteur Kimball.

Spencer lui lança un regard étonné avant de s'asseoir à son bureau. Le compliment le touchait d'autant plus qu'il était bien conscient qu'à une certaine époque tel n'avait pas été l'avis de son employée.

— Merci, Vera ! En tout cas j'essaie…

— *Sí*.

Avant de quitter la pièce, elle avisa un livre dérangé dans la bibliothèque et s'empressa d'aller le remettre en place.

— Dans cette grande maison, reprit-elle, vous n'avez

pas à craindre de réveiller Freddie en jouant du piano la nuit…

Sachant que la brave femme l'encourageait ainsi à se remettre à composer, Spencer lui adressa un nouveau sourire reconnaissant.

— Vous avez raison… Cela ne la dérangerait pas. Bonne nuit, Vera…

Avec un dernier regard critique pour s'assurer que la pièce était en ordre, Vera se dirigea vers la porte.

— Bonne nuit, docteur Kimball.

Après son départ, Spencer se servit une tasse du café corsé qu'elle lui préparait lorsqu'il avait à travailler la nuit. D'un œil perplexe, il contempla les deux piles de formulaires à remplir sur son bureau. A droite ceux qu'avait ramenés Freddie de l'école ; à gauche, trois fois plus nombreux, ceux qu'il avait ramenés de l'université.

Avant que ne commencent véritablement ses cours la semaine suivante, il allait avoir un gros travail de préparation. Cela ne lui faisait pas peur. D'une certaine manière, il aspirait même à s'immerger dans le travail. Il lui serait sans doute plus facile ainsi d'oublier que le flot de musique qui coulait autrefois sous son crâne s'était tari.

# 3.

En espérant qu'elle n'allait pas la perdre au bout de quelques minutes, Natasha glissa une barrette dans ses cheveux. Après avoir étudié son reflet dans le miroir étroit du lavabo de son arrière-boutique, elle mit une légère touche de fard sur ses pommettes et un peu de rouge sur ses lèvres. La journée avait été rude et elle était fourbue, mais ce n'était pas une raison pour ne pas faire un petit effort d'élégance.

Elle attendait cette soirée depuis longtemps, et c'était pour elle un plaisir particulier, comme une récompense personnelle après l'effort. Chaque semestre, elle prenait plaisir à suivre l'un des cours du soir dispensé par l'université. Elle choisissait de préférence des matières inconnues d'elle et avait déjà étudié précédemment l'astronomie et la poésie élisabéthaine. Cette fois, elle s'était inscrite, deux soirs par semaine, au cours d'histoire de la musique.

Les connaissances que Natasha engrangeait n'avaient pas d'utilité particulière. La jeune femme aimait simplement à penser qu'elle les collectionnait comme d'autres femmes collectionnent les bijoux. Selon elle, une rivière de diamants n'était pas plus précieuse qu'un motet de Bach et n'apportait certainement pas autant de satisfaction.

Pour cette rentrée des classes, elle avait préparé son bloc-notes et ses stylos et se sentait armée d'une bonne dose d'enthousiasme. Au cours des deux semaines écoulées, elle avait potassé à la bibliothèque de la ville tout ce qui se rapportait au sujet qui allait être abordé par crainte de débarquer complètement ignare dans l'amphithéâtre.

Avec curiosité, Natasha se demandait si le très réputé Spencer B. Kimball saurait mettre un peu de passion dans son enseignement, car cette matière était pour le moins rébarbative. Qu'un musicien avec sa réputation accepte de venir enseigner dans une aussi petite université était pour elle un autre motif d'étonnement et d'excitation.

Pour avoir dansé autrefois sur son *Prélude en Sol mineur* avec le corps de ballet de New York, elle connaissait son œuvre et l'appréciait... En débouchant dans la rue par la porte de service du magasin, elle songea que cette expérience remontait à au moins un million d'années. Jamais à l'époque elle n'aurait imaginé pouvoir un jour rencontrer le maître en personne, et surtout pas dans une petite ville de Virginie-Occidentale !

Interrompant quelques minutes le cours de ses pensées, elle se hâta vers le campus, ravie de pouvoir se dégourdir les jambes et prendre un peu l'air avant le cours. Puis les questions affluèrent de nouveau à son esprit. Spencer B. Kimball était-il un illuminé ? Faisait-il partie de ces artistes excentriques, maniérés, affublés d'une boucle d'oreille ? Au fond, peu lui importait... Tout ce qu'elle attendait de lui c'est qu'il lui transmette une partie de son savoir au cours des six mois à venir.

Chaque nouveau cours qu'elle suivait lui donnait l'impression de gravir un échelon pour sortir de l'ignorance.

Elle avait encore un peu honte d'être parvenue à l'âge adulte avec un niveau d'instruction aussi faible. Jusqu'à l'âge de dix-huit ans, rien d'autre n'avait compté pour elle que la danse. A cette déesse exigeante, elle avait sacrifié sa jeunesse et sa soif d'apprendre. Au point de se retrouver aussi seule et démunie qu'un enfant abandonné en plein océan, lorsqu'elle avait dû interrompre sa carrière.

Depuis, elle avait mis les bouchées doubles pour reprendre contact avec la réalité et tracer son chemin dans la vie. A l'exemple de sa famille qui, avant de débarquer un jour dans la jungle urbaine de Manhattan, avait su tailler sa route à travers les vastes étendues d'Ukraine. Apprendre lui avait aussi permis de reprendre confiance en elle et de panser les blessures infligées à son amour-propre. Elle aimait la jeune Américaine indépendante et ambitieuse qu'elle était devenue. Et c'est la tête haute qu'elle pouvait gravir, comme n'importe quel autre étudiant, l'escalier de pierre qui menait au vieil amphithéâtre.

A l'intérieur régnait un silence d'un genre particulier, qui incitait au respect et au chuchotement. On se serait cru dans une église... Et en un sens, songeait Natasha en remontant les travées, c'était bien à une sorte de célébration religieuse — le culte de l'Harmonie et de la Beauté — qu'elle allait assister.

De nombreux auditeurs, des deux sexes et de tous les âges, avaient déjà gagné leurs places. Des bancs s'élevait un murmure feutré, dans lequel perçait l'excitation des premiers cours. En jetant un coup d'œil à la grande horloge suspendue au-dessus de la chaire, Natasha se rendit compte qu'il ne restait plus que deux minutes avant le début du cours et s'étonna de ne pas découvrir le Dr Kimball déjà installé à son poste, farfouillant nerveusement parmi des liasses de feuillets froissés, ou jaugeant d'un air sombre par-dessus ses lunettes ses futurs étudiants.

Parvenue à mi-hauteur de la salle, elle répondit au sourire d'un jeune homme porteur de lunettes à monture d'écaille, qui ne la quittait pas des yeux. Décidant qu'il ferait un parfait voisin de banc, Natasha posa son sac sur le pupitre et s'assit à côté de lui.

— Hello ! lança-t-elle en guise de salut.

Comme si elle venait de lui assener une claque, son voisin sursauta et remonta nerveusement ses lunettes sur son nez.

— Hello..., répondit-il timidement. Je... Hum... Mon nom est Terry. Terry Maynard.

Spontanément, Natasha lui tendit la main. Le jeune homme la prit gauchement et la serra en rougissant jusqu'à la racine des cheveux.

— Ravie de faire votre connaissance, dit-elle sans cesser de lui sourire. Je m'appelle Natasha Stanislaski.

Terry Maynard qui, selon Natasha, ne devait guère avoir plus de vingt-cinq ans, semblait aussi gentil que timide. D'un geste machinal, il remonta une nouvelle fois ses lunettes sur l'arête de son nez et bredouilla :

— Je... Hum... Je ne vous avais pas encore vue sur le campus.

— Je ne suis pas étudiante, répondit Natasha, ravie qu'en dépit de ses vingt-sept ans il ait pu la prendre pour une de ses congénères. Je me suis juste inscrite à ce cours du soir. Pour me distraire...

Terry, qui apparemment prenait la musique très au sérieux, la dévisagea quelques instants comme si elle venait de blasphémer.

— Pour vous distraire…, répéta-t-il d'un air ahuri. Savez-vous *qui* est le Dr Kimball ?

— J'ai entendu parler de lui, répondit Natasha, de plus en plus amusée. Vous êtes étudiant en musicologie ?

— En effet. Si tout va bien, j'espère, un jour, intégrer le New York Symphony Orchestra…

Rougissant d'avoir osé avouer une ambition aussi démesurée, Terry ajouta dans un murmure :

— Je suis violoniste. Et vous ? De quoi jouez-vous ?

— Du tiroir-caisse !

Devant son air abasourdi, Natasha se mit à rire et eut pitié de lui.

— Je plaisantais…, précisa-t-elle. En fait, je ne joue d'aucun instrument. Mais j'adore la musique. Et je suis sûre que les lumières du Dr Kimball sur le sujet me seront d'un grand enseignement.

Levant les yeux, elle consulta de nouveau l'horloge murale.

— Si toutefois il veut bien se décider à arriver…

Comme s'il avait suffi qu'elle en exprime le souhait, un grand blond élégamment vêtu d'un costume de tweed pénétra dans l'amphi en toute hâte et grimpa sur l'estrade.

— Bonsoir, lança-t-il, tout essoufflé. Je suis le Dr Kimball et je vous prie de m'excuser pour ce retard.

A la fois trop ébahie et consternée pour émettre le moindre son, Natacha joignit son silence à celui, quasi religieux, qui s'était immédiatement établi dans la salle. Elle sentit monter en elle une sourde colère. Elle n'en croyait pas ses yeux. Assurément, elle était victime d'une mauvaise blague… Cet homme, cet illustre compositeur qui avait à l'âge de vingt ans enflammé le public du Carnegie Hall avec sa première composition, celui qu'on célébrait comme un génie de la musique contemporaine, n'était autre que le malotru qui avait tenté de la draguer dans son magasin, en présence de sa femme et de sa fille !

Tandis qu'elle essayait vainement de se remettre de sa surprise, Spencer Kimball parcourait rapidement des yeux les visages tournés vers lui. Brusquement, il la vit. Un bref instant leurs regards se croisèrent et Natasha, avant de détourner les yeux, eut juste le temps de voir passer sur son visage l'expression d'une joie intense, qui confinait à la jubilation.

— Je suis sûr, reprit Spencer qui avait terminé son tour d'exploration, que nous tirerons les uns et les autres de grandes satisfactions des quelques mois que nous allons passer ensemble…

Abîmée dans la contemplation des graffitis dont elle était en train de couvrir avec frénésie son bloc-notes, Natasha se garda bien de relever les yeux. Pourquoi ne s'était-elle pas inscrite plutôt au cours de physique, comme elle en avait eu d'abord l'intention ? Au moins aurait-elle pu comprendre enfin en quoi consistait cette fameuse loi de la gravitation universelle… A n'en pas douter, Newton aurait été dix fois plus intéressant à étudier que ces obscurs compositeurs Bourguignons du XVe siècle, dont Kimball commençait, sans même consulter la moindre note, à expliquer l'importance dans l'évolution de la musique occidentale.

Retrouvant toute sa lucidité, elle se dit que, dès le lendemain, elle ferait le nécessaire pour modifier son inscription. En fait, si elle s'était écoutée, elle se serait levée sur-le-champ pour quitter l'amphi. La seule chose qui la retenait était l'esclandre qu'elle risquait de provoquer. C'était faire trop d'honneur à ce rustre ! Croisant les jambes sous son pupitre, les yeux perdus dans le vague, elle fit rouler son stylo entre ses doigts, bien décidée à ne rien écouter.

Malheureusement pour elle, Kimball avait une voix forte et bien timbrée, le genre de voix qui savait captiver son auditoire contre son gré… Avec un soupir excédé, Natasha consulta l'horloge. Il lui restait trois quarts d'heure à tenir. Luttant pour chasser de son esprit la voix qui s'animait au fur et à mesure que l'orateur se passionnait pour son sujet, elle reprit sur son bloc-notes ses griffonnages sans queue ni tête.

Peu à peu, sans qu'elle s'en rende compte, ses petits dessins prirent forme et elle se retrouva, malgré elle, en train de prendre des notes claires et précises. Lorsqu'elle comprit qu'elle était suspendue aux lèvres de Spencer Kimball et buvait la moindre de ses paroles, il était trop tard pour faire machine arrière. Il avait le don de rendre vivantes et essentielles l'histoire des compositeurs du XVe siècle et leur musique. Subjuguée et ravie, elle avait l'impression de se retrouver plongée dans ce temps où l'Eglise et l'Etat rivalisaient, utilisant la musique comme arme dans leurs luttes de pouvoir.

— Jeudi prochain, conclut soudain Kimball, nous étudierons l'école franco-flamande. Et cette fois, j'essaierai d'être à l'heure… Je vous remercie de votre attention.

Surprise de constater à quel point les trois quarts d'heure avaient passé vite, Natasha, une fois de plus, leva les yeux vers la pendule. Sur les gradins, les étudiants étaient en train de se lever, dans un brouhaha de voix et d'applaudissements. A côté d'elle, Terry Maynard tentait d'attirer son attention.

— Il est incroyable, n'est-ce pas ?

Sonnée, Natasha tourna la tête vers lui. Derrière ses lunettes, ses yeux brillaient de joie et d'excitation.

— Oui.

Il lui en coûtait de l'admettre, mais c'était pourtant l'exacte vérité.

— En classe de composition, s'enthousiasma Terry, il est encore plus extraordinaire ! On se revoit jeudi ?

— Pardon ? Oh, oui… Bonne nuit, Terry.

Sans l'attendre, Natasha ramassa son sac et se fondit dans la foule qui refluait vers la sortie. Se faufilant derrière le groupe d'étudiants qui était en train d'assaillir Kimball, elle essaya d'atteindre la porte sans se faire remarquer. Mais dès qu'elle fut à sa portée, il allongea le bras et posa sa main sur son épaule.

— J'aimerais parler un moment avec vous, Natasha.

— Désolée, répondit-elle sèchement en essayant vainement de se dégager. Je suis pressée.

Comme par miracle, le noyau d'admirateurs qui entourait Spencer s'était dissous autour d'eux aussi soudainement qu'il s'était constitué.

— Cela ne prendra pas longtemps, insista-t-il en l'entraînant à l'écart de la foule. J'aurais dû examiner plus attentivement la liste de mes étudiants, mais ma distraction m'a valu une bonne surprise…

— Je ne peux pas dire qu'elle soit partagée, docteur Kimball.

— Appelez-moi Spence. Le cours est terminé.

— Je ne vous le fais pas dire.

Avec un petit hochement de tête hautain, que n'aurait pas renié Catherine de Russie, Natasha tourna sur elle-même et se dirigea vers la sortie. Dans l'amphithéâtre, la voix de Spencer résonna comme un coup de feu.

— Natasha !

A son grand étonnement, elle fit volte-face et le toisa, ses yeux lançant des éclairs. Les bras croisés, le dos calé contre le mur, il soutint son regard quelques instants en silence.

— Avec vos origines slaves, lança-t-il enfin, vous ne pouvez que croire en la destinée…

— Pardon ?

Un sourire suffisant au coin des lèvres, Spencer expliqua calmement :

— Dire que de toutes les matières qui sont enseignées ici c'est précisément la mienne que vous avez choisie… Comment ne pas y voir un signe du destin ?

Elle était bien décidée à ne pas rire. Pour rien au monde, quoi qu'il dise. Mais elle ne put s'empêcher d'ébaucher un sourire en marmonnant :

— J'y verrais plutôt quant à moi un signe de malchance.

— Pourquoi avoir choisi l'histoire de la musique ?

Impatiemment, Natasha rajusta la bandoulière de son sac sur son épaule.

— C'était cela ou l'astrophysique.

— La musique a gagné ce que les astres ont perdu… Pourquoi n'irions-nous pas discuter de tout ceci ailleurs, en dégustant un bon café par exemple ?

Fasciné, Spencer vit les yeux de Natasha passer en un instant de la douceur du velours à la dureté de l'acier.

— Mais pourquoi donc une proposition aussi innocente vous met-elle dans cet état ? s'étonna-t-il à mi-voix.

— Vous le savez mieux que moi, docteur Kimball !

Natasha se retourna pour tenter une nouvelle fois de gagner la porte, mais il l'atteignit avant elle et la claqua sous son nez avec suffisamment de violence pour la faire sursauter. « Cette fois, j'ai réussi au moins à te faire sortir de tes gonds », pensa-t-elle avec un soupçon de crainte. Elle leva les yeux vers lui et songea que la colère rendait son visage encore plus séduisant. Ses traits s'étaient durcis et semblaient à présent sculptés dans la pierre.

— J'exige une explication ! dit-il sèchement.

— Laissez-moi sortir ! rétorqua-t-elle sur le même ton.

— Avec plaisir. Dès que vous aurez répondu à ma question.

Spencer se sentait revivre. Il y avait des années qu'il n'avait pas eu l'occasion de s'emporter ainsi et il avait oublié à quel point il était bon de sentir des torrents d'adrénaline passer dans ses veines.

— Je ne vous demande pas d'être attirée par moi comme je le suis par vous, reprit-il d'une voix ferme.

Sous l'effet de la colère, les yeux de Spencer avaient pris la couleur d'un ciel d'orage. Le menton relevé et les bras croisés en une attitude de défi, Natasha lui décocha un regard chargé d'un mépris qu'elle était loin, hélas, de ressentir.

— Rassurez-vous, répondit-elle d'un ton dédaigneux, cela ne risque pas de se produire.

— Libre à vous ! N'empêche que je voudrais bien savoir pourquoi vous vous hérissez comme un chat prêt à me sauter à la gorge chaque fois que je m'approche de vous…

— Parce que c'est tout ce que méritent les hommes dans votre genre.

— Les hommes dans mon genre…, répéta Spencer en secouant la tête d'un air de totale incompréhension. Et de quel genre parlez-vous donc ?

Dans un accès de panique, Natasha se rendit compte soudain qu'il s'était rapproché d'elle. Comme lors de son dernier passage dans son magasin, cette trop grande proximité suffit à éveiller en elle une poussée de désir qui la rendit plus furieuse encore.

— Vous vous imaginez peut-être qu'il suffit d'avoir un visage avenant et un sourire charmeur pour obtenir tout ce que vous voulez ? demanda-t-elle d'une voix blanche en martelant chaque mot.

Sans lui laisser le temps de répondre, elle frappa violemment la porte du plat de la main et poursuivit :

— Vous croyez qu'il suffit de claquer des doigts pour que toutes les femmes vous tombent dans les bras ? Eh bien, vous vous trompez, docteur Kimball. Vous êtes peut-être ce genre d'homme, mais je ne suis pas, moi, ce genre de femme !

Stupéfait par cette sortie, Spencer remarqua que son accent devenait plus marqué lorsqu'elle se mettait en colère, et que cela la rendait plus irrésistible encore.

— Je ne me rappelle pas avoir claqué des doigts, répondit-il d'une voix tranquille.

A mi-voix, Natasha laissa échapper un mot bref et sonore, dans une langue inconnue de Spencer — de l'ukrainien sans doute —, dont il se garda bien de demander la signification.

— Vous voulez prendre un café ? demanda-t-elle en posant la main sur la poignée. Eh bien, allons-y ! Mais d'abord nous allons appeler votre femme pour lui demander de se joindre à nous…

Pour l'empêcher d'ouvrir la porte, Spencer posa sa main sur la sienne.

— Ma femme ? s'étonna-t-il. Quelle femme ?

Comme si le simple fait qu'il la touche avait suffi à la dégoûter, Natasha libéra sa main d'une brusque secousse et éclata d'un rire grinçant.

— A présent, lança-t-elle sur un ton de défi, vous allez sans doute essayer de me faire croire que c'était votre sœur qui vous accompagnait la première fois que vous êtes venu chez moi…

Complètement dépassé par les événements, Spencer hocha la tête sans même s'en rendre compte. Si c'était une plaisanterie, il aurait bien aimé pouvoir en rire avec elle.

— Nina ? murmura-t-il. Bien sûr que c'est ma sœur ! Je ne…

Sans lui laisser le temps d'achever sa phrase, Natasha poussa un rugissement indigné et pesa de tout son poids sur la poignée, ouvrant brutalement la porte qui alla percuter le mur. Elle s'immobilisa avant de sortir et le considéra longuement de la tête aux pieds. Sans avoir à se forcer cette fois, elle murmura d'un ton de profond mépris :

— Vous êtes pitoyable…

Indignée, Natasha se rua à travers halls et couloirs jusqu'à la sortie. Elle était en train de dévaler les marches du perron quatre à quatre, lorsque Spencer la rattrapa par le bras et la fit violemment pivoter vers lui.

— Vous ne manquez pas de toupet ! lança-t-il.

Il se tenait une marche au-dessus de la sienne et la dominait de toute sa masse imposante. Dans son visage à peine éclairé, ses yeux brillaient d'un éclat dangereux. Sa voix grondait, menaçante.

— Vous vous croyez très maligne, n'est-ce pas ? Vous pensez m'avoir percé à jour…

— Ce n'était pas très difficile…, répondit-elle d'une voix moqueuse. Comme tous les hommes de votre espèce, vous êtes plutôt prévisible.

Les doigts de Spencer agrippés à ses bras pénétraient douloureusement sa chair. Furieuse d'être ainsi maintenue de force, Natasha l'était plus encore du frisson que ce contact faisait courir dans sa nuque. Un frisson qui ne devait rien à la peur…

— Je suppose que votre opinion à mon sujet peut difficilement être pire, reprit Spencer.

Dans ses yeux, le désir le disputait à la fureur.

— En effet…

— Dans ce cas, conclut-il en l'attirant brusquement dans ses bras, autant me montrer à la hauteur de ma réputation…

Incapable de la moindre réaction, Natasha sentit son sac glisser le long de son épaule et chuter lourdement sur la marche de pierre. Puis, les lèvres de Spencer se posèrent sur les siennes pour les conquérir sans douceur. Epouvantée, elle se sentit écartelée entre la nécessité de le repousser et le besoin de se livrer corps et âme à lui dans ce baiser. Elle aurait voulu mobiliser toutes ses forces pour se dégager de son emprise, mais comment aurait-elle pu y parvenir alors qu'elle se sentait fondre de l'intérieur ? Elle tenta de se convaincre que c'était par surprise qu'il l'avait vaincue. Ce qui ne faisait que le rendre plus détestable encore…

Quand Spencer mit fin au baiser, avec la même soudaineté qu'il le lui avait imposé, il s'écarta pour la dévisager, une lueur de triomphe dans les yeux.

— Maintenant, dit-il, vous avez une bonne raison de m'en vouloir. Reste à savoir si vous allez continuer à me détester parce que je vous ai embrassée, ou parce que vous avez aimé ça !

Spencer vit la gifle partir, mais il ne fit rien pour retenir la main de Natasha. Après tout, elle avait bien mérité une petite revanche. Ils étaient quittes, à présent…

— Ne vous approchez plus jamais de moi ! lança-t-elle, les yeux étincelants de colère et le souffle court. Sinon, je vous garantis que même la présence de votre fille ne m'empêchera pas de…

Laissant sa menace en suspens, Natasha se dégagea de son emprise et se pencha pour récupérer son sac.

— Pauvre enfant ! conclut-elle en se redressant. En fait, vous ne la méritez pas…

Les doigts de Spencer se refermèrent de nouveau sur les bras de Natasha. Cette fois, l'expression qu'elle découvrit sur son visage lui fit peur.

— Vous avez raison, dit-il d'une voix étrangement calme. Je n'ai jamais mérité Freddie et je ne la mériterai sans doute jamais. Mais je suis tout ce qui lui reste. Sa mère — ma femme — est morte, il y a trois ans.

Il lâcha si brusquement Natasha qu'elle faillit dégringoler jusqu'au bas du perron. Incapable de la moindre réaction, elle le vit se fondre dans l'obscurité après avoir traversé le rond de lumière d'un réverbère. Comprenant que ses jambes étaient sur le point de la lâcher, elle se laissa glisser sur la dernière marche et s'y assit, se demandant avec consternation ce qu'elle allait bien pouvoir faire à présent.

Natasha n'avait pas le choix. Quoi qu'il pût lui en coûter, il n'y avait pas d'autre solution. Avant de se résoudre à gravir les marches fraîchement repeintes du porche de Spencer Kimball, elle essuya ses paumes moites contre son pantalon et prit une profonde inspiration. Puis, rassemblant tout son courage, elle s'avança jusqu'à la porte, contre laquelle elle frappa fermement.

La petite femme boulotte qui vint lui ouvrir avait le visage aussi brun et ridé qu'un raisin sec. Instantanément, Natasha se sentit scrutée, jaugée, soupesée, par les petits yeux noirs qui y brillaient d'un éclat vif.

— Puis-je vous aider ? demanda la femme en s'essuyant les mains sur son tablier blanc.

— Je voudrais parler au Dr Kimball, répondit Natasha. S'il est là… Je suis Natasha Stanislaski.

Ce nom éveilla dans l'esprit de Vera un écho qui l'empêcha de renvoyer poliment la jeune femme, comme elle en avait eu l'intention en la prenant pour une étudiante venue solliciter quelque avis du docteur.

— Vous êtes la propriétaire du magasin de jouets, dit-elle sobrement.

Soulagée d'être reconnue, Natasha lui adressa un grand sourire.

— C'est exact.

Sans la moindre hésitation, Vera s'effaça sur le seuil.

— Entrez…, dit-elle en la précédant dans le hall. Ma petite Freddie n'arrête pas de parler de vous. Elle m'a fait promettre de l'accompagner un de ces jours au magasin.

Du fond du hall parvenaient quelques notes malhabiles. A travers une double porte vitrée Natasha devina les silhouettes du père et de la fille assis ensemble devant un grand piano à queue. En captant son reflet dans un miroir ovale accroché au mur, elle fut surprise de constater que ce spectacle avait suffi à accrocher à ses lèvres un sourire attendri.

Doucement, la gouvernante poussa la porte et elles pénétrèrent dans le salon de musique sans faire de bruit. Freddie était assise sur les genoux de son père, qui surveillait par-dessus sa tête son exécution hésitante de *Mon beau sapin*. Le soleil pénétrait à flots par une fenêtre derrière eux, les illuminant comme un projecteur. Natasha aurait voulu être peintre, pour capter la magie de l'instant.

La lumière, les ombres, les couleurs pastel de la pièce composaient une toile de fond idéale. La petite fille était habillée de rose et de blanc. Le lacet d'une de ses tennis était délié et se balançait sous le piano au même rythme que son pied. Son père avait ôté son veston et sa cravate pour rouler sur ses bras ses manches de chemise.

Un sourire ravi illuminait le visage de Freddie tandis que ses doigts arrachaient au prestigieux Steinway le simple chant de Noël. Les mains posées sur le jean de sa fille, Spencer marquait la mesure du bout des doigts. L'expression de son visage était éloquente. Si Natasha avait pu peindre cette toile, elle en aurait fait une parfaite allégorie de la patience, de la fierté et de l'amour paternels.

Voyant la gouvernante s'avancer pour annoncer sa visite, Natasha l'interrompit d'un geste.

— S'il vous plaît..., murmura-t-elle. Ne les dérangez pas.

Après avoir salué d'un rire joyeux les dernières notes, Freddie s'exclama :

— A ton tour, papa. Joue-moi quelque chose de joli.

Sans se faire prier, Spencer délia ses doigts et les laissa courir sur le clavier. Dès les premières notes, Natasha reconnut *La Lettre à Elise*. La mélodie, romantique et un peu mélancolique, prenait des accents poignants sous ses doigts. A quoi songeait-il donc en jouant ? A quelque peine secrète, enfouie au fond de son cœur, et qui ne pouvait s'exprimer autrement ?

Accord après accord, le morceau se déroulait, indiciblement triste, incroyablement beau. Le soleil avait beau illuminer la pièce, un sourire ravi éclairer le visage de Freddie, il y avait dans cette interprétation tant d'émotion et de douleur contenues que Natasha dut lutter contre l'envie de courir à lui, et de poser ses mains sur ses épaules pour tenter de le réconforter.

Puis la musique cessa, et la dernière note resta suspendue en l'air, comme un soupir.

— J'adore ce morceau ! s'exclama aussitôt Freddie. C'est toi qui l'as écrit ?

— Non, ma chérie.

Comme s'ils appartenaient à un autre, Spencer contempla ses doigts un instant, avant de reposer ses mains sur celles de sa fille.

— C'est Beethoven qui l'a composé, précisa-t-il. Il y a très longtemps.

Le sourire était revenu sur ses lèvres. Soulevant les cheveux de Freddie, il déposa un baiser dans son cou.

— Ça suffit pour aujourd'hui, petit clown...

Pleine d'espoir, la fillette se retourna vers lui.

— Je peux jouer dehors jusqu'au dîner ?

— Ça dépend... Qu'est-ce que tu me donnes si je dis oui ?

A la complicité du regard qu'ils échangèrent, Natasha comprit qu'il s'agissait d'un jeu entre eux. Comme un diable sorti de sa boîte, Freddie se dressa sur les genoux de son père, entoura sa tête de ses petits bras, et lui donna un énorme baiser. Puis, elle se redressa, et ils éclatèrent tous deux de rire tout en reprenant leur souffle.

C'est alors que Freddie nota la présence de Natasha à l'entrée de la pièce.

— Bonjour ! lança-t-elle gaiement.

Voyant son employeur se tourner vers elles, le sourire soudain figé sur ses lèvres, Vera s'empressa de remplir son office.

— Mlle Stanislaski souhaiterait vous parler, docteur Kimball.

Spencer hocha la tête et elle s'éclipsa discrètement, fermant la porte derrière elle.

— Bonjour ! lança Natasha d'une voix hésitante. J'espère que je ne vous dérange pas trop.

— Pas du tout.

Après un dernier baiser dans ses cheveux, Spencer déposa Freddie sur le sol. Aussitôt, celle-ci se précipita au-devant de leur visiteuse.

— On vient juste de finir ma leçon, dit-elle tout excitée. Tu es venue jouer avec moi ?

— Non… Pas aujourd'hui, peut-être une autre fois.

Pour se mettre à son niveau, Natasha s'accroupit et lui effleura doucement la joue.

— En fait, précisa-t-elle, je suis venue pour parler à ton papa. Comment ça va à l'école ? C'est Mlle Patterson qui te fait la classe, n'est-ce pas ?

Avec le plus grand sérieux, Freddie hocha la tête.

— Elle est trop gentille ! Elle n'a même pas crié le jour où l'élevage de fourmis de Mikey Tower s'est échappé et qu'il y en avait partout dans la classe…

Elles en rirent toutes deux, puis Natasha noua sans même y penser le lacet défait de la chaussure de Freddie.

— Tu viendras bientôt me voir au magasin ? demanda-t-elle ce faisant.

— O K…

L'appel du jardin devenant trop pressant, Freddie détala jusqu'à la porte, qu'elle ouvrit en se haussant sur la pointe des pieds. Avant de sortir de la pièce, elle se retourna.

— Au revoir, mademoiselle Stanif… Stanos…

— Tu n'as qu'à m'appeler Nat, l'interrompit Natasha avec un clin d'œil complice. C'est plus facile et c'est comme ça que m'appellent tous les enfants de la ville.

Natasha regarda Freddie sortir de la pièce et écouta à regret le bruit de ses pas décroître dans le hall. Ensuite, n'ayant plus d'autre choix, elle pivota pour faire face à son père.

— Je suis désolée de venir vous déranger chez vous, dit-elle en s'efforçant de soutenir son regard.

— Vous ne me dérangez pas…

Elle tressaillit. Son regard semblait si insensible, si détaché, qu'on pouvait se demander si c'était bien le même homme qui venait de jouer du piano avec autant de passion.

Avec une froideur polie, il lui désigna un des fauteuils et demanda :

— Voulez-vous vous asseoir ?

— Non !

Comprenant qu'il lui faudrait elle aussi y mettre les formes si elle voulait parvenir à ses fins, elle s'empressa d'ajouter :

— Ce ne sera pas nécessaire. Je ne vais pas vous retenir très longtemps. Je voulais juste m'excuser.

— Ah bon ? dit-il d'un air étonné. Mais de quoi donc ?

Les yeux de Natasha se mirent à lancer des éclairs. Maigre vengeance, songeait Spencer. Surtout pour un homme qui avait passé une bonne partie de la nuit à la maudire…

De son côté, Natasha luttait contre la tentation de tourner les talons et de quitter la maison sans un mot d'explication. Elle ne savait quelle attitude adopter, hésitant entre la fierté et le remords. Comprenant enfin que si elle parvenait à s'excuser, elle sortirait victorieuse du combat auquel Spencer et elle étaient en train de se livrer, elle prit une profonde inspiration et attaqua.

— Je ne pensais pas ce que j'ai dit à propos de vous et de votre fille. Même lorsque je me faisais une idée fausse de vous… Je suis vraiment désolée de vous avoir dit toutes ces horreurs.

— Je vois, répondit Spencer en hochant la tête. N'en parlons plus.

Il jeta un coup d'œil par la fenêtre et regarda Freddie s'installer sur la balançoire. Natasha poussa un soupir de soulagement et alla se poster près de lui. Se pouvait-il qu'il la laisse s'en tirer à si bon compte ?

— Freddie est vraiment une enfant adorable, dit-elle en suivant son regard. J'espère la voir souvent au magasin.

Quelque chose de particulier dans le ton de sa voix attira l'attention de Spencer. Etait-ce de la nostalgie, du regret ?

— Vous semblez aimer beaucoup les enfants…

Natasha se raidit.

— Dans mon métier, répondit-elle d'une voix neutre, c'est plus que nécessaire. Je ne vous dérangerai pas plus longtemps, docteur Kimball…

Spencer accepta la main qu'elle lui tendait et la garda fermement dans la sienne.

— Spence…, corrigea-t-il avec un sourire crispé. Etes-vous sûre de n'avoir rien oublié concernant les excuses que vous deviez me faire ?

Ainsi, songea Natasha, il avait décidé de s'amuser avec elle comme un chat avec une souris. Mais après tout, elle lui devait bien ce petit plaisir…

— Je pensais que vous étiez marié, répondit-elle. Voilà pourquoi je me suis sentie insultée et me suis mise en colère quand vous m'avez invitée à dîner.

— Et vous m'avez cru sur parole quand je vous ai dit que je ne l'étais pas ? insista Spencer.

— Pas vraiment, avoua-t-elle en baissant les yeux.

Je suis allée le vérifier dans le *Who's Who*, à la bibliothèque.

Les yeux ronds, il la dévisagea un moment sans paraître comprendre, avant de partir d'un grand rire libérateur.

— Seigneur ! lança-t-il quand il eut repris son sérieux. On peut dire que la confiance règne… En avez-vous appris plus à mon sujet ?

— Je préfère me taire de peur de mettre à mal votre modestie naturelle… Je vous signale que vous tenez toujours ma main dans la vôtre.

— Je sais. Dites-moi, Natasha… Si vous n'aviez pas conclu par erreur que j'étais un homme marié, m'auriez-vous laissé flirter avec vous ?

— Flirter ! s'écria-t-elle en tentant sans succès de récupérer sa main. Il n'y avait rien de si innocent dans vos yeux ! Vous me regardiez comme si…

— Comme si ?

Les yeux rivés aux siens, Natasha sentit ses joues s'empourprer et s'en voulut. La première fois qu'il avait posé les yeux sur elle, Spencer l'avait regardée comme s'ils avaient été amants de longue date. Et à l'instant même, c'était la même impression qui la troublait et lui faisait battre le cœur.

— Aucune importance ! conclut-elle sèchement. Vous me regardiez d'une façon qui ne me convenait pas.

Avec conviction, Spencer feignit l'étonnement.

— Vraiment ? Dans ce cas, de quelle manière dois-je vous regarder pour vous plaire ?

— Il n'est pas nécessaire que vous me regardiez. Et vous n'avez pas à me plaire non plus.

Voir Natasha se troubler ainsi renforçait la certitude de Spencer qu'il ne lui était pas aussi indifférent qu'elle voulait le lui faire croire. Pour quelque raison qu'il lui tardait de découvrir, cette femme née pour la passion et l'amour semblait avoir décidé d'enfermer ses sens et ses sentiments à double tour.

— Il va m'être difficile de ne pas vous regarder, reprit-il d'une voix enjôleuse, comme s'il s'agissait d'apprivoiser un petit animal craintif. Vous oubliez que nous sommes appelés à nous voir deux fois par semaine...

— Je vais m'inscrire au cours d'astrophysique.

— Non, vous ne le ferez pas.

De sa main libre, il lui caressa le lobe de l'oreille, s'amusant avec le petit anneau d'or qui y pendait.

— Vous ne le ferez pas, reprit-il, sûr de lui, parce que mon cours vous a passionnée. Et si vous le faisiez, soyez sûre que je saurais devenir le client le plus insupportable de votre magasin...

— Pourquoi ?

— Parce que vous êtes la première femme pour qui j'éprouve un désir semblable.

A ces mots, Natasha sentit un frisson d'excitation lui remonter la colonne vertébrale, mais très vite elle s'efforça de retrouver son calme. Il n'avait parlé que de désir. Et elle était bien placée pour savoir où ce genre de désir pouvait mener.

— Vous êtes direct ! dit-elle d'une voix sèche.

Fasciné de voir les émotions les plus diverses glisser sur le visage de Natasha comme des nuages dans un ciel d'orage, Spencer ne pouvait se résoudre à la quitter du regard.

— Je suis sincère..., murmura-t-il. Etant donné les débuts difficiles qu'a connus notre relation, je pense que cela vaut mieux. Puisque vous avez fini par admettre que je ne suis pas un homme marié, savoir que je vous désire ne peut plus vous offenser.

— Peut-être, admit-elle prudemment. Mais cela ne peut pas non plus m'intéresser.

— Vous embrassez toujours les hommes qui ne vous intéressent pas ?

Sous le coup de la colère, Natasha parvint enfin à libérer sa main.

— Je ne vous ai pas embrassé ! C'est vous qui l'avez fait…

— Nous pouvons arranger ça… C'est vous qui allez m'embrasser cette fois.

Sans lui laisser le temps de réagir, Spencer referma ses bras autour d'elle et l'attira contre lui. Si elle l'avait voulu, Natasha aurait pu lui échapper. Ses bras ne l'emprisonnaient pas comme ils l'avaient fait la veille. Ils formaient autour d'elle un cocon sûr, protecteur, et infiniment tentateur… Ses lèvres, de même, étaient cette fois douces sur les siennes, patientes, persuasives. Incapable d'y résister, elle sentit le désir se déverser à flots dans ses veines, comme une drogue. D'elles-mêmes, ses mains s'élevèrent pour se refermer autour de la nuque de Spencer.

Grisé par ce premier succès, Spencer sentit contre lui le corps de Natasha peu à peu se détendre, s'amollir, pour se couler dans l'étreinte et accepter le baiser. Mais même dans cet abandon, il restait en elle quelque noyau incorruptible, quelque part secrète d'elle-même, soigneusement défendue, qui refusait ce qu'il avait à lui offrir. En fait, ce que Natasha lui concédait dans ce baiser ne faisait qu'aiguiser ses appétits. Il comprit alors que le combat serait rude pour la conquérir. Loin de le décourager, cette prise de conscience ne fit que le galvaniser.

Lorsque les lèvres de Spencer quittèrent les siennes et que ses bras se dénouèrent, il fallut quelques secondes à

Natasha pour reprendre ses esprits et son souffle. Mais une fois redevenue maîtresse d'elle-même et de ses sens, ce fut d'une voix parfaitement maîtrisée qu'elle lui dit, en le regardant droit dans les yeux :

— Je ne veux pas m'engager.

— Avec moi ? demanda-t-il. Ou avec qui que ce soit ?

— Avec qui que ce soit.

— Bien… Dans ce cas, je vais me faire un plaisir de vous faire changer d'avis.

Comme si ce geste n'avait rien que de très naturel, il lui passa la main dans les cheveux.

— Je suis très têtue…, murmura-t-elle en se soustrayant à sa caresse.

— C'est ce que j'avais cru remarquer. Voulez-vous rester dîner ici ce soir ? Freddie en serait ravie. Et moi aussi…

— Non.

— Tant pis. Dans ce cas, je vous invite samedi soir à dîner.

— Non.

— 19 h 30. Je passe vous prendre.

— Non.

— Vous ne voudriez tout de même pas me voir débarquer dans votre magasin pour vous embrasser devant tous vos clients…

A bout de patience, Natasha tourna les talons, gagna la porte et lança depuis le seuil :

— J'ai du mal à comprendre comment un rustre comme vous peut écrire une musique aussi sensible.

Dans son dos, la porte claqua lourdement. Après son départ, Spencer se surprit à siffloter un air joyeux, ce qui ne lui était plus arrivé depuis bien longtemps.

# 4.

De tous les jours de la semaine, c'est le samedi que *Funny House* méritait le mieux son nom. Pour un enfant, le mot samedi lui-même était magique. Reléguée à la fin du week-end, l'école n'était plus qu'un lointain problème. Durant deux longues et magnifiques journées, il n'y avait plus que bicyclettes à enfourcher, jeux à découvrir, courses à gagner. Et depuis qu'elle avait ouvert ses portes à sa clientèle enfantine, Natasha adorait, elle aussi, cette journée. Aussi en voulait-elle beaucoup à Spencer Kimball d'être parvenu à lui gâcher sa joie en ce jour particulier.

Tout en enregistrant la vente d'un polichinelle, de trois dinosaures et d'une boîte de chewing-gums, elle remâchait ses griefs, à n'en plus finir. N'avait-elle pas décliné, le plus clairement du monde, la possibilité d'une liaison entre eux aussi bien que son invitation à dîner ? La rose rouge qu'elle essayait depuis le matin d'ignorer constituait une preuve flagrante que cet homme obtus ne l'avait pas comprise — ou, plus exactement, qu'il avait décidé de faire la sourde oreille.

A n'en pas douter, c'était cela qu'était chargée de lui signifier cette fleur unique qu'il avait fait livrer au magasin. L'enthousiasme romantique d'Annie, lorsqu'elle l'avait découverte, avait été impossible à contenir. Non contente de s'être ruée de l'autre côté de la rue pour acheter un vase, elle l'avait posée bien en évidence sur le comptoir. Ainsi, chaque fois que Natasha actionnait le tiroir-caisse, il lui était impossible de ne pas la regarder et d'ignorer le délicat parfum qui lui chatouillait les narines.

Pourquoi les hommes s'imaginent-ils toujours pouvoir adoucir le cœur d'une femme avec une rose ? se demanda-t-elle soudain avec colère. La réponse vint spontanément : Parce qu'il n'existe pas de meilleur moyen. Natasha soupira. Comme il était difficile de résister à l'envie d'effleurer du bout des doigts la douceur veloutée des pétales carmin, étroitement serrés !

Elle compta la pile de piécettes que le jeune Hampson venait de lui remettre et repoussa nerveusement une mèche qui tombait dans ses yeux. N'empêche que si Spencer s'imaginait la faire ainsi changer d'avis, il allait être déçu…

Elle regarda le gamin se ruer hors du magasin, son illustré sous le bras, pressé de dévorer la dernière livraison des aventures du Commandeur Zark.

Pourquoi sa vie ne pouvait-elle pas être aussi simple que celle de Curtis Hampson ? Avec un soupir d'exaspération, Elle rejeta ses cheveux par-dessus son épaule et contourna le comptoir d'un pas décidé. Elle n'allait certainement pas laisser le Dr Kimball continuer à lui compliquer ainsi l'existence… Pour bien le lui prouver, elle allait commencer par rentrer ce soir chez elle, comme si de rien n'était. Ensuite, après avoir paressé longuement dans un bon bain, elle passerait la soirée étendue sur son sofa, à manger du pop-corn et à regarder une vieille série B à la télé…

Dans une allée, les frères Freedmont se disputaient pour savoir comment utiliser leurs maigres ressources mises en commun. Tout en les aidant à résoudre leur différend, Natasha se demanda si Spencer Kimball envisageait leur relation — ou plutôt leur absence de relation — comme une partie d'échecs. Elle était quant à elle trop impulsive pour exceller à ce jeu, mais elle imaginait bien le distingué professeur en joueur patient et habile. Quoi qu'il en soit, s'il espérait la mettre échec et mat grâce à ses habiles manœuvres, il allait en être pour ses frais.

Le jeudi précédent, Spencer s'était brillamment acquitté de son deuxième cours. A aucun moment son regard ne s'était attardé sur elle plus longuement que sur n'importe lequel de ses étudiants. Lorsqu'elle avait posé une question, il y avait répondu avec la même concision que pour toutes les autres. En somme, il avait endormi sa méfiance pour mieux contre-attaquer en lui faisant livrer cette fleur. Elle devait bien le reconnaître, c'était finement joué. D'autant plus qu'elle n'avait pas eu la présence d'esprit de refuser la livraison, et que des rumeurs ne tarderaient pas à courir en ville sur une liaison supposée entre le nouveau professeur et la marchande de jouets…

Revenant à de plus urgentes préoccupations, Natasha emprisonna sous chacun de ses bras les têtes déchaînées des deux frères Freedmont.

— Assez ! cria-t-elle avec suffisamment de force pour les faire taire. Si vous n'arrêtez pas de vous disputer, je demande à votre mère de vous empêcher de mettre les pieds ici pendant deux semaines.

Unis pour une fois dans la même indignation, les deux frères gémirent de concert :

— Nat… Pas ça !

Bien décidée à profiter de son avantage, Natasha ajouta :

— Et vous serez les derniers en ville à découvrir toutes ces choses horribles et merveilleuses que j'ai commandées pour Halloween…

Après avoir laissé planer cette menace quelques instants, elle conclut :

— Maintenant j'ai une suggestion à vous faire. Tirez à pile ou face le jouet que vous achetez aujourd'hui. L'autre, vous pourrez toujours le commander pour Noël… Bonne idée, non ?

Après s'être dévisagés d'un air méfiant, les gamins lui signifièrent leur reddition d'une grimace résignée.

— Tu as manqué ta vocation, dit Annie, cinq minutes plus tard, en les regardant sortir avec la boîte de magie désignée par le sort.

— Comment ça ?

— Tu aurais dû travailler pour les « casques bleus ». Il n'y a pas pires têtes brûlées que les frères Freedmont…

— Il suffit de savoir les prendre, répliqua Natasha.

— C'est bien ce que je disais, répliqua Annie en hochant la tête d'un air convaincu.

Avec un rire gêné, Natasha ne put empêcher son regard de dériver une fois encore en direction de la rose, toujours aussi magnifique et donc insupportable à ses yeux.

— Les problèmes des autres, murmura-t-elle, sont toujours plus faciles à résoudre que les siens…

Après le déjeuner, Natasha eut la surprise de voir Freddie accourir vers elle, souriante, au détour d'une allée.

— Freddie ! s'exclama-t-elle avec un plaisir non dissimulé. Que tu es jolie aujourd'hui !

Avec plaisir, Natasha remarqua que les cheveux blonds

de la fillette étaient retenus en arrière grâce au bout de ruban bleu qu'elle lui avait donné à sa première visite. Freddie, ravie, pirouetta sur elle-même.

— Tu aimes ma nouvelle tenue ? demanda-t-elle avec un soupçon d'inquiétude.

Avec tout le sérieux nécessaire, Natasha examina la salopette en jean visiblement neuve qu'elle portait.

— Je l'aime beaucoup. Figure-toi que j'ai acheté exactement la même !

Manifestement, aucun autre compliment n'aurait pu faire plus plaisir à Freddie.

— C'est mon papa qui me l'a offerte, expliqua-t-elle fièrement.

Sans pouvoir s'en empêcher, Natasha lança autour d'elles quelques regards discrets mais néanmoins curieux.

— Est-ce que… c'est lui qui t'a accompagnée jusqu'ici ?

— Non, c'est Vera. Tu disais qu'on pouvait regarder sans acheter.

— Bien sûr… Et je suis contente que tu sois venue.

Natasha eut un pincement au cœur. Cela n'avait rien d'une parole en l'air… Elle était aussi heureuse de la visite de la fille de Spencer que stupidement désappointée que celui-ci n'ait pas cru bon de l'accompagner.

— Papa m'a dit qu'il t'emmenait dîner au restaurant ce soir, poursuivit Freddie avec le plus grand sérieux.

— Eh bien, je…

— Moi, j'aime pas beaucoup les restaurants. Sauf pour les pizzas. Alors je reste à la maison avec Vera. Elle va préparer des tortillas pour moi et pour Jo-Beth. Même qu'on va les manger devant la télé…

— Je vois que vous allez bien vous amuser.

— Si t'aimes pas les restaurants, tu peux venir avec nous. Vera fait toujours des tas de tortillas…

Réprimant un soupir de découragement, Natasha se baissa pour nouer, une fois de plus, un des lacets défaits de Freddie. Sans hésiter, celle-ci en profita pour plonger son visage dans sa chevelure.

— Tes cheveux sentent bon.

Définitivement conquise, Natasha se pencha pour lui rendre la pareille.

— Les tiens aussi…

Fascinée par l'enchevêtrement de boucles brunes, Freddie y plongea les doigts.

— J'aimerais tant avoir des cheveux comme les tiens, dit-elle avec une grimace de dépit. Les miens sont raides comme des spaghettis…

D'une main légère, Natasha remit en place les mèches rebelles qui retombaient sur le front de la fillette.

— Quand j'avais ton âge, expliqua-t-elle, ma mère accrochait un ange, en haut de l'arbre de Noël. Je me rappelle qu'il avait de très beaux cheveux, longs et blonds, comme les tiens.

Les joues de Freddie rougirent de bonheur, mais avant qu'elle ait pu répondre, une voix forte teintée d'accent mexicain retentit dans son dos.

— Ah ! Te voilà !

Un grand cabas de paille tressée sous le bras, Vera vint à leur rencontre à petits pas pressés.

— Viens vite ! s'impatienta-t-elle en tendant la main à Freddie. Nous devons rentrer à la maison avant que ton père s'imagine que nous sommes perdues.

Pour saluer Natasha, la gouvernante se contenta d'un hochement de tête. En le lui rendant, elle comprit qu'elle était de nouveau passée au crible de ses petits yeux fureteurs, mais que cette inspection était loin, cette fois, de lui être favorable.

— J'espère, dit-elle avec un sourire aimable, que vous permettrez à Freddie de revenir très prochainement.

— Nous verrons, répondit Vera sans s'encombrer de politesse. Il est aussi difficile à une enfant de résister aux charmes d'un magasin de jouets qu'à un homme de résister à ceux d'une belle femme…

Sans plus attendre, Vera entraîna Freddie par la main vers la sortie. Annie, qui n'avait rien perdu de cette scène, rejoignit Natasha lorsqu'elles furent seules.

— Eh bien ! lança-t-elle vivement. Tu peux m'expliquer ce qui vient de se passer ?

Natasha lui répondit d'un haussement d'épaules.

— A mon avis, dit-elle, la brave femme s'imagine que j'ai des vues sur son employeur.

Annie émit un bruit de bouche très expressif.

— Ce serait plutôt son employeur qui a des vues sur toi. Pourquoi n'ai-je pas cette chance ?

Le soupir qui ponctua cette phrase était juste un tout petit peu envieux.

— Maintenant que nous savons qu'il n'est pas marié, reprit-elle avec entrain, tout est pour le mieux dans le meilleur des mondes. Petite cachottière ! Tu ne m'avais pas dit que tu sortais avec lui ce soir.

— Je ne sors pas avec lui ce soir.

— Mais, protesta Annie, les yeux ronds, j'ai entendu Freddie dire que…

A deux doigts de perdre patience, Natasha précisa :

— Son père m'a invitée, c'est vrai. Mais c'est moi qui ai refusé.

— Je vois…

Durant quelques secondes, les sourcils fronçés, Annie étudia sa patronne d'un œil inquiet.

— Quand as-tu eu cet accident ? demanda-t-elle enfin.

— Quel accident ?

— Celui qui t'a fait perdre la raison…

Plutôt que de s'offusquer, Natasha partit d'un grand rire joyeux. Puis, voyant une nouvelle vague de jeunes clients excités passer le seuil de la boutique, elle s'empressa d'aller à leur rencontre.

— Je ne plaisantais pas, insista Annie dès qu'elles eurent cinq minutes à elles. C'est peu de dire que le Dr Kimball est beau, distingué, libre et…

Accoudée au comptoir, elle se pencha pour se pâmer au parfum de la rose.

— … tout à fait charmant. Pourquoi ne partirais-tu pas plus tôt pour te consacrer à ce qui importe vraiment. Par exemple, décider de ce que tu vas porter ce soir.

— Je sais parfaitement ce que je vais porter ce soir, répliqua Natasha. Ma robe de chambre…

A son grand soulagement, un nouveau flot de visiteurs les empêcha de poursuivre cette conversation qui lui mettait les nerfs à fleur de peau. Mais, à la première occasion, Annie se fit un devoir de revenir à la charge.

— Franchement, dit-elle, qu'est-ce qui te fait peur ?

— Le fisc ! répondit Natasha, décidée à couper court.

Secouant la tête d'un air peiné, Annie protesta :

— Nat… Je suis sérieuse !

— Moi aussi. Je ne connais pas un commerçant de ce pays qui ne tremble à l'idée d'un contrôle fiscal…

— Nous ne parlions pas du fisc. Nous parlions du Dr Kimball.

— Erreur. C'est *toi* qui en parlais !

Sans que Natasha s'en rende compte, le ton avait monté entre elles et elle regretta aussitôt cette parole malheureuse.

— Je te donnais juste un conseil d'amie…

Surprise par la peine qu'elle avait perçue dans la voix de son assistante, Natasha abandonna le rangement du rayon des peluches qu'elle avait entrepris et s'approcha d'elle.

— Excuse-moi ! dit-elle. Je sais que tu ne pensais pas à mal.

— Des amies se parlent, murmura Annie, se confient des choses…

Avec un soupir résigné, elle plongea les mains au fond de ses poches et détourna le regard vers la pendule. Sans doute pour se donner une contenance, elle marcha jusqu'à la porte, qu'elle verrouilla après avoir retourné vers l'extérieur le panneau signalant la fermeture. Dans le magasin vide, tout paraissait étrangement calme et silencieux après la cohue du samedi.

— Tu te rappelles, reprit-elle, quand tu m'as laissée pleurer sur ton épaule parce que Don Newman m'avait larguée ?

Les lèvres de Natasha esquissèrent un sourire.

— Il ne valait certainement pas toutes les larmes que tu as versées sur lui…

— Sans doute, admit Annie en souriant à son tour. Mais après ce qu'il m'avait fait, j'avais besoin de pleurer, de crier, de gémir, et même de boire plus que de raison… Tu as été parfaite avec moi. Jamais je n'oublierai toutes ces choses affreuses que tu as dites sur lui !

— Ce n'était pas très difficile, constata Natasha d'un air modeste. Ce type était un vrai vaurien.

Les yeux dans le vague, Annie se laissa aller à un soupir nostalgique.

— Peut-être, fit-elle. Mais c'était un vaurien magnifique. En tout cas, ce que je voulais dire, c'est que je n'ai jamais pu te rendre le service que tu m'as rendu à l'époque. Tout simplement parce que tu te protèges derrière ceci…

Du bout de ses bras tendus, Annie dessina un cercle imaginaire autour d'elle. Amusée par son manège, Natasha la regarda faire en souriant puis demanda :

— Qu'est-ce que c'est ?

— Le Superrempart Antimâles Stanislaski. Certifié pour repousser tous les hommes de vingt à cinquante ans…

Cette fois, Natasha n'était plus sûre de goûter la plaisanterie.

— Je ne sais pas si je dois prendre ceci pour un compliment…

— Ne le prends pas mal ! s'empressa de préciser Annie. Peux-tu simplement m'écouter une toute petite minute ?

Voyant Natasha hocher la tête et s'appuyer de l'épaule contre une vitrine, Annie prit une longue inspiration avant de se lancer.

— Depuis que nous nous connaissons, je t'ai vue repousser les avances de nombreux hommes aussi facilement qu'on écarte d'un revers de main un moustique. Et avec autant d'insouciance, d'ailleurs.

Interprétant son silence comme une invitation à poursuivre, Annie précisa :

— Je ne t'ai jamais vue accorder à un homme une seconde chance après lui avoir montré la porte. Je t'admire, pour cela. Je t'envie d'être aussi sûre de toi. Au point de n'avoir même pas besoin de perdre une soirée avec un homme pour te rendre compte qu'il n'est pas celui qu'il te faut.

— Ce qui te donne l'impression que je suis sûre de moi, grommela Natasha, c'est que je n'ai tout simplement pas besoin d'une relation avec un homme.

D'un hochement de tête empressé, Annie accepta l'argument.

— Si tu veux, admit-elle. Mais cela n'enlève rien au fait que cette fois, c'est différent.

— Qu'est-ce qui est différent ?

Quittant son poste, Natasha se glissa derrière le comptoir pour comptabiliser ses ventes de la journée.

— Tu vois ! triompha Annie. Je n'ai pas encore prononcé son nom que tu es déjà nerveuse !

— Je ne suis pas nerveuse.

Avec agacement, Natasha souligna ce mensonge d'un haussement d'épaules.

— Tu es nerveuse, distraite et emportée depuis que Kimball a fait son apparition dans ce magasin. En plus de trois ans, je ne t'ai jamais vue accorder à un homme autant d'énergie et de pensées.

— Ce doit être parce que celui-ci est plus obstiné que les autres…

En butte au regard sceptique que lui valut cette réplique, Natasha soupira bruyamment et se rendit.

— D'accord, d'accord. J'admets qu'il y a entre nous… quelque chose. Quelque chose qui ne m'intéresse pas.

— Quelque chose, répéta Annie d'un air pensif, qui te fait tellement peur que tu ne veux surtout pas t'y intéresser.

Bien plus que tout ce qui venait d'être dit, c'était cette conclusion que Natasha n'était pas prête à entendre.

— C'est la même chose…

— Tu te trompes, insista Annie. Ce n'est pas la même chose.

S'approchant de Natasha, elle lui posa la main sur l'épaule et lui donna une secousse amicale.

— Crois-moi, dit-elle avec un sourire bienveillant. Je ne suis pas en train de te pousser coûte que coûte dans les bras de cet homme. Pour ce que j'en sais, il pourrait aussi bien avoir assassiné sa première épouse et l'avoir découpée en morceaux pour la jeter dans l'Hudson… Ce que je veux te faire comprendre, c'est que tu ne seras pas en paix avec toi-même tant que tu n'auras pas cessé d'avoir peur de ce qui peut se passer entre vous.

Natasha n'eut pas à réfléchir longtemps pour finir par reconnaître qu'Annie avait vu juste. Une fois rentrée chez elle, assise sur son lit, les coudes posés sur ses genoux et le menton enfoui dans ses mains, elle eut tout le temps nécessaire pour se livrer à un examen de conscience.

Oui, elle était distraite, nerveuse et emportée depuis qu'elle avait fait la connaissance de Spencer. Oui, elle avait peur. Non pas de lui, mais des émotions qu'il avait su réveiller en elle. Cela revenait-il à admettre pour autant qu'elle n'était plus capable de se maîtriser ? Sûrement pas… Allait-elle se terrer chez elle simplement parce qu'un homme séduisant lui faisait la cour ? Pour rien au monde !

Mais si elle était si nerveuse, se disait-elle pour tenter de se rassurer en se dirigeant d'un pas décidé vers sa penderie, c'était uniquement parce qu'elle manquait d'expérience en ce domaine. Il lui suffirait ce soir d'accepter l'invitation de l'obstiné Dr Kimball, et de résister à l'attirance qu'il exerçait sur elle — si grande fût-elle — pour retrouver son équilibre.

Fouillant rapidement parmi ses vêtements, Natasha se décida pour une robe de soirée d'un bleu profond, à l'encolure garnie de brillants. Ce n'était bien évidemment pas pour faire honneur à son cavalier qu'elle choisissait une tenue aussi habillée. Tout simplement, elle aimait cette robe et n'avait que trop peu l'occasion de la porter.

Lorsqu'elle entendit frapper contre sa porte, il était 19 h 28, à la seconde près. Elle s'en voulait d'avoir surveillé sa montre avec autant d'anxiété en attendant Spencer. Mécontente de son maquillage, elle avait eu le temps de le rectifier deux fois. Pour être sûre de ne rien oublier, elle avait vérifié et revérifié le contenu de son sac.

En somme, se disait-elle en se dirigeant vers la porte pour lui ouvrir, elle s'était conduite en midinette énamourée à son premier flirt. Ce qui était à ses yeux parfaitement ridicule. Après tout, ce ne serait qu'un dîner. Le premier et le dernier qu'elle partagerait avec lui. Et lui n'était qu'un homme…

Mais en le découvrant debout sur le seuil de son appartement, il lui fallut bien reconnaître que cet homme-là était différent des autres. Les cheveux ramenés vers l'arrière, un sourire flottant sur ses lèvres, une lueur joyeuse dans ses beaux yeux clairs, il était tout simplement parfait. Jamais elle n'aurait imaginé qu'un homme en costume gris et cravate bordeaux pût être aussi outrageusement sexy.

— Hello ! lança-t-il en lui tendant une autre rose rouge.

Natasha retint un soupir et accepta la fleur.

— C'est gentil, dit-elle, mais ce n'était pas nécessaire. Vous savez, ce n'est pas la rose de ce matin qui m'a fait changer d'avis.

Sans cesser de sourire, il lui adressa un regard surpris.

— Vous avez changé d'avis ? s'étonna-t-il. A quel propos ?

— A propos de votre invitation à dîner.

Comprenant qu'elle n'avait d'autre choix que de le laisser entrer quelques instants pendant qu'elle mettait la fleur dans l'eau, Natasha recula d'un pas. Son sourire aussi exaspérant que charmeur toujours scotché à ses lèvres, Spencer la suivit et referma la porte derrière lui.

— Qu'est-ce qui vous a fait changer d'avis, dans ce cas ?

Après avoir posé sa veste en velours sur l'accoudoir du sofa, Natasha se dirigea vers la cuisine.

— J'avais faim, répondit-elle de manière laconique.

Depuis l'autre pièce, Spencer l'entendit ajouter :

— Juste le temps de mettre cette rose dans un vase et je suis à vous. Vous pouvez vous asseoir si vous voulez.

Spencer promena autour de lui un regard circulaire… A en juger par les rideaux, les tapis et les coussins qui décoraient son intérieur, Natasha aimait les couleurs vives. Ce qui n'avait rien d'étonnant d'ailleurs. Elle aimait aussi la lumière douce et les parfums suaves, car de nombreuses bougies aromatiques, de toutes formes et de toutes couleurs, exhalaient même éteintes leur odeur de vanille, de jasmin ou de gardénia.

Une grande bibliothèque tapissait tout un mur, pleine d'ouvrages qui témoignaient des centres d'intérêt multiples de la jeune femme. Les romans populaires et les œuvres de grands auteurs russes ou américains côtoyaient les livres d'art et les manuels de bricolage. Toutes les surfaces libres étaient couvertes d'un bric-à-brac de souvenirs, de bibelots, de cadres dorés, de bouquets de fleurs séchées, de minuscules statuettes inspirées des contes pour enfants.

Fasciné, Spencer observa une fillette habillée en Chaperon rouge, un petit cochon craintif regardant par la fenêtre d'une maison de paille, une jolie jeune fille en haillons passant à son pied une minuscule pantoufle.

— Ces figurines sont magnifiques ! s'écria-t-il avec

enthousiasme en découvrant que Natasha l'avait rejoint. Freddie serait folle si elle les voyait…

— Merci. C'est mon frère qui les sculpte.

Spencer approcha de ses yeux la maisonnette en friandises d'Hansel et Gretel. Chaque gâteau, chaque bonbon taillé dans le bois et minutieusement peint semblait si réaliste qu'on aurait pu le manger.

— Votre frère a bien du talent, commenta Spencer. C'est rare de voir un travail d'une telle qualité.

Toutes réticences à son égard oubliées, Natasha travers la pièce pour le rejoindre.

— Il taille et sculpte le bois depuis son plus jeune âge, expliqua-t-elle. S'il persévère, un jour ou l'autre son travail entrera dans les musées.

— Il devrait déjà y être…

La sincérité évidente de ces paroles atteignit Natasha en plein cœur. Sans même s'en douter, il avait su toucher son point faible — l'amour de sa famille.

— Ce n'est pas si facile pour lui, reprit-elle en effleurant du bout des doigts la collection de statuettes. Mikhail est jeune, têtu, et il n'est pas homme à se compromettre pour réussir. Il a sculpté toutes ces miniatures pour moi en souvenir du livre de contes dans lequel j'ai appris à lire l'anglais. Quand nous avons débarqué à New York sans un sou, ce recueil se trouvait dans un colis offert à notre famille par une œuvre caritative. Les dessins étaient tellement fascinants à mes yeux de gamine que je n'ai eu de cesse que je puisse lire les histoires qu'elles illustraient.

Spencer osait à peine respirer de peur de l'interrompre. Depuis qu'ils se connaissaient, c'était la première fois qu'il la voyait se livrer avec autant de franchise et de spontanéité. Natasha, comme si elle avait pu suivre le cours de ses pensées, sembla se reprendre et marcha d'un pas raide vers la sortie.

— Et si nous y allions ? suggéra-t-elle dans un souffle.

Spencer se contenta de hocher la tête et d'aller ramasser sur le sofa sa jaquette de velours.

— N'oubliez pas votre vêtement, dit-il en le lui déposant sur les épaules. Le temps s'est rafraîchi…

Il était bien décidé quant à lui à se montrer suffisamment habile, au cours de la soirée, pour l'inciter à lui en dire un peu plus.

Le restaurant dans lequel Spencer avait réservé se situait un peu en dehors de la ville, sur une colline boisée surplombant le Potomac. L'endroit ne manquait ni de charme ni de classe, mais Natasha, si on lui avait demandé son avis, aurait préféré un établissement moins luxueux au service plus rapide.

Décidée cependant à ne pas gâcher leur soirée, elle lui sourit par-dessus la table et leva dans sa direction son premier verre de vin, avant de dire gaiement :

— Freddie est venue me voir au magasin, cet après-midi.

Amusé, Spencer trinqua à sa santé.

— C'est ce que j'ai entendu dire. En rentrant, elle ne parlait plus que de se faire friser les cheveux ! Et moi qui viens juste d'apprendre à lui faire des couettes…

A sa grande surprise, Natasha n'eut aucun mal à imaginer le réputé professeur d'université occupé à natter les cheveux de sa fille.

— Freddie est une enfant adorable, fit-elle avec un sourire attendri. Elle a vos yeux.

Spencer, qui avait failli s'étouffer, se pencha sur la table pour lui murmurer en aparté :

— Ne le dites à personne, mais j'ai l'impression que vous venez de me faire un compliment.

Embarrassée, Natasha se réfugia dans la consultation du menu qu'un serveur guindé venait de leur présenter.

— Je n'ai pas déjeuné ce midi et je meurs de faim ! s'exclama-t-elle. Tant pis pour votre carte bleue…

Et quand le serveur revint à leur table, elle tint parole et commanda largement. Confusément, dans l'esprit de Natasha, tout irait bien aussi longtemps qu'il ne s'agirait entre eux que d'échanger des banalités autour d'un bon repas. En grignotant de délicieux amuse-gueules, elle s'arrangea donc pour orienter la conversation vers des sujets abordés par Spencer durant ses précédents cours.

Avec un plaisir réciproque, ils discutèrent longuement de compositeurs européens du XV$^{e}$ siècle et de leur influence sur leurs successeurs. Spencer appréciait la vive intelligence de Natasha et sa curiosité sans bornes, mais il n'avait pas renoncé à son projet d'aborder avec elle des sujets plus personnels.

— Parlez-moi un peu de votre famille, suggéra-t-il profitant d'un temps mort dans la conversation.

Avant de répondre, Natasha glissa dans sa bouche un morceau de homard chaud, appréciant longuement la saveur subtile et presque décadente à ses yeux de ce mets délicat.

— Je suis l'aînée d'une famille de quatre enfants, répondit-elle avec une réticence manifeste. J'ai deux frères et une sœur. Mes parents vivent toujours à Brooklyn.

Puis, s'apercevant que Spencer avait profité de son inattention pour mêler ses doigts aux siens sur la table, elle retira sa main et la mit vivement à l'abri sur ses genoux. Portant son verre à ses lèvres pour masquer un sourire, Spencer demanda :

— Pourquoi avez-vous choisi de vous installer ici ?

Tout occupée à savourer son homard, Natasha haussa les épaules.

— Je voulais changer d'air. Et vous ?

— Moi aussi.

Spencer semblait bien plus concerné par elle que par le contenu de son assiette. Natasha vit sur son front se former une ride de concentration qui rajoutait encore à son charme et tenta en vain de l'ignorer.

— Vous m'avez dit que vous étiez arrivée aux Etats-Unis à l'âge de Freddie, reprit-il. Gardez-vous des souvenirs de votre prime enfance, avant votre arrivée ici ?

— Bien sûr !

Sans trop savoir pourquoi, Natasha eut la sensation qu'il se souciait bien plus de Freddie que d'elle-même en posant cette question.

— Je suis persuadée que ces souvenirs sont ceux sur lesquels se fonde notre vie, poursuivit-elle. Bons ou mauvais, ils colorent le reste de notre existence. Fermez les yeux et imaginez-vous à l'âge de cinq ans. Que voyez-vous ?

— Je suis assis devant un piano trop grand pour moi, répondit-il spontanément. Je fais des gammes.

Spencer n'avait pas eu besoin de fermer les yeux. La réponse lui était montée aux lèvres si spontanément qu'il se mit à rire. Se prêtant au jeu, il poursuivit :

— Près de moi, il y a un bouquet de roses. Je regarde la neige tomber par la fenêtre. Je suis partagé entre le besoin de finir ma leçon et l'envie d'aller au parc jeter des boules de neige sur ma nounou…

A présent bien plus intéressée par son vis-à-vis que par son homard, Natasha reposa sa fourchette et appuya son menton sur ses deux mains jointes, les coudes sur la table.

— Comment avez-vous résolu le conflit ?

— Avant d'aller au parc, j'ai fini ma leçon…

— Quel enfant sérieux et responsable !

La prenant par surprise, Spencer sourit et tendit le bras pour laisser courir son index de son poignet à son coude. Avant qu'elle ait eu le temps de réagir, un frisson lui avait parcouru l'échine et son cœur s'était mis à battre à coups redoublés.

— Et vous ? s'enquit-il. De quoi vous rappelez-vous à l'âge de cinq ans ?

Bien plus irritée par sa réaction incontrôlée à sa caresse furtive que par la question qu'il venait de poser, Natasha haussa les épaules et dit d'un air bougon :

— Mon père rentre du bois dans la maison pour allumer le feu. Son manteau et ses cheveux sont saupoudrés de neige. Mon plus jeune frère pleure dans son berceau. La pièce est emplie de l'odeur du pain que ma mère est en train de cuire. Je fais semblant d'être endormie pendant qu'ils chuchotent et font des plans d'évasion.

— Avez-vous peur ?

— Oui.

Ses yeux s'embuèrent à ce simple aveu. Natasha ne regardait pas souvent en arrière, n'en éprouvant pas le besoin. Mais lorsqu'elle se risquait à le faire, ses souvenirs ne se fondaient pas dans une vague brume sépia. Ils s'imposaient à elle avec une force et une clarté redoutables.

Saisissant son verre pour masquer son trouble, elle hocha la tête et but une gorgée avant de répéter :

— Oui, j'ai eu très peur. Je crois que je ne pourrai plus jamais avoir aussi peur de ma vie.

Le visage grave de Spencer ne reflétait plus qu'une

sympathie profonde, sans réserve. Ses yeux fixes posés sur elle, habituellement si pâles, semblaient s'être obscurcis.

— Vous voulez bien m'en parler ? demanda-t-il doucement.

— Pourquoi ?

— Parce que cela vous ferait du bien. Et parce que j'aimerais vous comprendre…

Natasha s'apprêtait à refuser, elle avait déjà présents à l'esprit les mots pour le faire, mais les souvenirs qui brusquement lui étaient revenus semblaient trop vivaces pour être tus. Ce fut presque malgré elle qu'elle s'entendit murmurer :

— Nous avons attendu jusqu'au printemps suivant. Mes parents n'avaient entassé dans la charrette que ce que nous pouvions porter. Papa avait expliqué aux voisins que nous partions rendre visite à une sœur de ma mère, dans l'ouest du pays. Certains de ceux qui nous regardèrent partir ce jour-là, le visage las et les yeux envieux, devaient se douter qu'ils ne nous reverraient plus. Papa avait réussi à se procurer de douteux faux papiers. Mais il avait une carte et espérait éviter les gardes-frontières.

— Et vous n'aviez que cinq ans ? intervint Spencer, ébahi.

— Presque six à l'époque, répondit-elle avec un sourire triste.

Songeuse, elle laissa son doigt courir sur le bord de son verre. Les yeux perdus dans le vin couleur rubis, elle reprit son récit.

— Mikhail avait entre quatre et cinq ans, Alex tout juste deux. Ma sœur Rachel était bien à l'abri dans le ventre de ma mère, mais nous autres enfants n'en savions rien. La nuit, lorsque nous pouvions courir le risque de faire un feu, nous nous installions tous autour, et papa nous racontait des histoires. En dépit des circonstances, nous étions heureux. Nous nous endormions, bercés par la voix de notre père, environnés d'une douce chaleur et d'une bonne odeur de feu de bois.

Spencer n'avait qu'à regarder dans ses yeux pour savoir à quel point ces souvenirs étaient véridiques. Pourtant, il avait du mal à y croire. La voix de Natasha était basse, tendue. Impossibles à contenir, les émotions se bousculaient sur son visage. Songeant, le cœur serré, à la petite fille apeurée qu'elle avait été, il posa la main sur la sienne sans qu'elle la retire. Patiemment, il attendit qu'elle sorte de ses pensées pour reprendre le fil de son récit.

— Nous avons franchi de hautes montagnes, dit-elle enfin après avoir poussé un long soupir. Après avoir marché pendant quatre-vingt-treize jours, nous sommes passés en Hongrie. Mon père, qui rêvait de s'enfuir depuis des années, avait dans ce pays des contacts prêts à nous aider. C'était la guerre à l'époque. La guerre froide. J'étais trop petite pour comprendre de quoi il s'agissait, mais assez grande pour sentir la peur qui hantait mes parents et tous ces gens inconnus qui nous hébergeaient. Grâce à eux, nous avons pu passer sans encombre en Autriche, où une œuvre religieuse nous a pris sous son aile et nous a permis d'émigrer en Amérique. J'ai mis très longtemps avant de chasser de mon esprit la crainte de voir mon père emmené par la police politique.

Le récit achevé, un long silence s'installa entre eux, que Spencer se garda bien de briser. Peu à peu Natasha semblait sortir d'un rêve éveillé. Les yeux hagards, les pommettes un peu rouges, elle fixa leurs mains, apparemment surprise de les découvrir intimement jointes sur la nappe.

— Ce sont des souvenirs lourds à porter, dit-il enfin.

Un sourire forcé au coin des lèvres, Natasha s'empara de son verre, qu'elle vida d'un trait.

— Il y en a aussi de plus gais ! s'exclama-t-elle. Comme le premier hot dog que j'ai mangé ! Ou le jour où mon père a ramené une télévision chez nous... Vous savez, aucune enfance, si dorée soit-elle, n'est exempte de traumatismes. Nous nous servons de nos blessures pour devenir adultes. La petite émigrante est devenue une commerçante honnête et prospère. Et le petit garçon coincé derrière son piano un compositeur réputé.

Voyant Spencer hocher la tête d'un air pensif, Natasha se décida à poser la question qui lui brûlait depuis un moment le bout de la langue.

— A ce propos, pourquoi ne composez-vous plus ?

Elle sentit les doigts de Spencer se crisper brusquement sur les siens.

— Je suis désolée, murmura-t-elle. Je n'aurais pas du poser cette question.

— Cela ne fait rien, dit-il en soutenant son regard sans ciller. C'est tout simple : je n'écris plus parce que mon inspiration s'est tarie.

Natasha hésita une seconde à s'engager sur un terrain si personnel, puis elle céda à son impulsion.

— Je connais votre musique, Spence. Quelque chose d'aussi intense ne peut s'évanouir ainsi.

— En fait, reconnut-il, je ne m'en suis pas beaucoup préoccupé, ces dernières années. Peut-être qu'avec le temps...

— Ne soyez pas patient.

Le voyant sourire de son conseil, Natasha secoua la tête d'un air peiné.

— Ne riez pas. Je le pense vraiment. Les gens ont

coutume de dire qu'il faut attendre le bon moment, la bonne occasion, le bon endroit. Des années se perdent ainsi irrémédiablement. Si mon père avait attendu que nous grandissions pour partir d'Ukraine, afin de nous rendre le voyage moins pénible, nous y serions sans doute encore à l'heure qu'il est. Il est des choses qu'il faut saisir à pleines mains sans attendre. La vie peut être très, très courte…

Lorsqu'aux alentours de minuit Spencer la raccompagna jusqu'au pas de sa porte, Natasha était aussi détendue que surprise d'avoir pu, en définitive, passer en sa compagnie une excellente soirée. Dans la voiture, sur le chemin du retour, il l'avait fait rire en racontant les manœuvres de Freddie pour le convaincre d'adopter un des chatons de son amie Jo-Beth.

Mais alors qu'elle se retournait vers lui pour le remercier et lui souhaiter une bonne nuit, elle comprit tout de suite à l'éclat intense qui brillait au fond de ses yeux que l'heure n'était plus au rire.

— Natasha, murmura-t-il en approchant dangereusement son visage du sien, vous n'avez pas l'intention de m'inviter à entrer, n'est-ce pas ?

— Non.

— Très bien, dans ce cas…

D'un bras possessif, il lui entoura la taille.

— Spence…

— Je ne fais que suivre vos conseils.

Déjà, sa bouche courait le long de sa joue.

— Vous avez dit qu'il ne fallait pas être patient…

Ses lèvres se refermèrent sur le lobe de son oreille.

— Qu'on devait prendre à pleines mains…

Du bout des dents, il lui mordilla la lèvre inférieure.

— … sans perdre de temps.

Enfin leurs lèvres s'unirent et Spencer sentit toute sagesse le quitter. La passion que Natasha éveillait en lui était si puissante qu'elle semblait se répandre dans la fraîche nuit d'automne autour d'eux. Sentir son corps alangui se couler dans son étreinte lui fit perdre toute mesure. En lui couvrant le visage de baisers pour en revenir, toujours, à ses lèvres brûlantes, il bredouillait des choses incohérentes et folles.

Entre ses bras, Natasha se sentit sombrer lentement. Toute volonté de résistance l'avait désertée. La tête lui tournait. Elle aurait voulu se persuader que c'était à cause du vin mais c'était lui, uniquement lui, qui l'enivrait. Désespérément, elle voulait être touchée, caressée, embrassée par lui. Mais quand ses lèvres affamées dévalèrent le long de sa gorge, elle rejeta la tête en arrière et poussa un petit gémissement de protestation. Sentir les mains de Spencer emprisonner ses hanches avait suffi à réveiller en elle les vieilles peurs, les doutes lancinants.

Instantanément dégrisée, elle parvint à le repousser.

— Spencer…, protesta-t-elle avec suffisamment de force pour le faire cesser. S'il vous plaît !

Il semblait tellement secoué par ce qui venait de se passer qu'il lui fallut un moment pour reprendre son souffle avant de murmurer à voix basse et rauque :

— Je ne sais pas ce qui m'arrive. Chaque fois que je suis près de vous, j'ai l'impression de perdre la tête.

Il y avait dans sa voix une telle détresse que Natasha dut résister à l'envie de refermer ses bras autour de lui pour le consoler. Au prix d'un gros effort, elle parvint à les garder le long de son corps.

— Il ne faut pas, dit-elle.

Spencer se recula d'un pas pour prendre le visage de Natasha entre ses mains.

— Même si je voulais m'en empêcher, répondit-il en plongeant ses yeux dans les siens, je ne le pourrais pas.

Vaillamment, Natasha parvint à soutenir son regard sans ciller. Redevenue maîtresse d'elle-même, c'est sur un ton provocateur qu'elle parvint à lancer :

— Ainsi, tout ce que vous voulez, c'est coucher avec moi !

Sur le coup, Spencer ne sut s'il avait envie de rire, de pleurer ou de la maudire pour oser rabaisser ainsi ce qui les unissait.

— On peut voir les choses comme ça, dit-il. Mais ce n'est pas aussi simple.

— Vous croyez ? Les choses du sexe le sont, pourtant.

Regrettant déjà ses paroles, Natasha vit une lueur de colère flamboyer dans ses yeux.

— Croyez-moi…, dit-il d'un ton sourd. Le jour où nous ferons l'amour, que vous le vouliez ou non, ce sera de manière très, très romantique.

Spencer avait déjà disparu depuis longtemps que Natasha avait encore le cœur battant de cette promesse.

# 5.

— Natasha ! Hé, Natasha !

Tirée de ses pensées alors qu'elle s'apprêtait à gravir le perron de l'amphithéâtre, Natasha releva la tête et vit Terry Maynard accourir vers elle. Pour se protéger de la vague de froid qui s'était abattue sur Shepherdstown, il portait une longue écharpe rayée jaune et blanc, qui battait au vent derrière lui.

Lorsque enfin il la rejoignit, tout essoufflé, ses lunettes avaient glissé de manière comique au bas de son nez rougi par le froid.

— Bonjour, Terry.

— Bonjour. Je t'ai vue devant moi, et je me suis dit que…

Comme une mère aurait pu le faire pour un enfant négligent, Natasha rajusta l'écharpe autour de son cou et redressa ses lunettes. Submergé par l'émotion, Terry tenta de parler, sans parvenir à émettre autre chose qu'un bruit étranglé.

— Tu devrais te couvrir mieux que ça, lui dit-elle en l'entraînant à sa suite sur le perron. Tu tiens vraiment à attraper un rhume ?

— Oui, marmonna-t-il. Je veux dire… non.

En haut des marches, elle fit une halte pour pêcher

au fond de son sac un mouchoir en papier qu'elle lui tendit. Avec reconnaissance, Terry le prit et s'éclaircit la gorge longuement.

— Je me demandais... Si ce soir... bredouilla-t-il, le visage cramoisi. Après le cours... Si tu n'as pas autre chose à faire. Bien sûr, j'imagine que tu as probablement d'autres projets, mais si ce n'est pas le cas... nous pourrions peut-être prendre un café. Tous les deux. Enfin deux cafés. Je veux dire : un chacun...

Après avoir tant bien que mal achevé de formuler sa requête, Terry se tut dans l'attente angoissée d'une réponse. Tandis qu'ils remontaient de concert halls et couloirs, une pâleur inquiétante apparut sur son visage.

— Bien sûr, Terry, dit Natasha avec un sourire réconfortant.

Il était clair que le pauvre garçon n'était pas à l'aise en société, et qu'il devait se sentir bien seul, songeait-elle en pénétrant devant lui dans l'amphi. Il ne lui coûterait rien de lui tenir un moment compagnie. Cela lui éviterait peut-être de trop penser à...

A l'homme qui se tenait nonchalamment appuyé contre son bureau, conclut-elle avec un soudain accès de hargne en passant devant lui. L'homme qui l'avait assaillie sur le pas de sa porte, à peine deux semaines auparavant, et qui semblait pour l'heure en fort plaisante conversation avec une petite blonde à la beauté tapageuse, qui aurait presque pu être sa fille !

Furieuse mais décidée à faire comme si de rien n'était, Natasha se laissa tomber sur son siège et se réfugia dans la consultation d'un livre jusqu'au début du cours. Lorsque enfin Spencer entama la séance par une discussion à bâtons rompus sur la distinction à faire entre musique sacrée et musique profane durant la période baroque, elle décida de ne pas s'y intéresser.

Bien évidemment, Spencer dut s'en rendre compte. Sinon, pour quelle autre raison aurait-il délibérément sollicité son intervention, à deux reprises, durant la discussion ? Aussi habile qu'à son habitude, ce fut avec une parfaite neutralité qu'il s'adressa à elle. Pas la moindre intonation particulière, pas le moindre regard pour laisser supposer qu'il pût exister entre eux autre chose qu'une relation de maître à élève… Qui aurait pu imaginer, sur les bancs autour d'elle, que le respecté Pr Kimball l'avait embrassée follement non pas une, ni deux, mais trois fois ?

Dans son costume anthracite, discourant savamment de la musique d'opéra et de ses développements dans la première moitié du XVII^e siècle, Spencer était ce soir-là particulièrement à l'aise, en forme et élégant. Et bien évidemment, comme à son habitude, il tenait son auditoire dans le creux de sa main, cette belle main de pianiste, qu'il brandissait de temps à autre pour faire valoir son point de vue.

Lorsqu'il répondit d'un sourire amusé à la remarque d'un étudiant, Natasha entendit la nymphette blonde soupirer deux bancs derrière elle, et se maudit d'avoir été elle-même sur le point de l'imiter. Elle se redressa sur son siège. Heureusement, qu'il y avait bien longtemps qu'elle avait cessé de croire aux promesses des beaux parleurs. Car celui-là semblait bien être le pire de tous. Il avait probablement tout un harem de prétendantes à ses trousses. Un homme tel que lui, qui parlait comme lui, souriait comme lui, embrassait comme lui, ne pouvait qu'être du genre à promettre la lune à une femme sur le pas de sa porte à minuit, et la même chose au petit matin à une autre dans son lit…

*
* *

Comme alerté par un sixième sens, Spencer sut tout de suite que Natasha venait de pénétrer dans l'amphi. Et lorsqu'elle le découvrit en grande discussion avec Maureen, ce fut avec une certaine satisfaction qu'il capta le regard de jalousie farouche qu'elle n'eut pas le temps de masquer en passant devant lui pour gagner son banc.

Apparemment, le sort ne lui avait pas été trop funeste en le gardant totalement absorbé dans ses problèmes personnels et professionnels au cours des deux semaines écoulées. Entre une panne de chaudière, des réunions de parents d'élèves, une conférence de tous les professeurs et la préparation des premières évaluations trimestrielles, il n'avait pas eu une seconde à lui. A présent que les choses rentraient dans l'ordre et que la plus précieuse de ses étudiantes se rappelait à son attention, il était bien décidé à rattraper le temps perdu…

Quelque chose devait la tracasser, songeait-il tout en développant presque sans y penser les différents points de son exposé. Par moments, Natasha paraissait suspendue à ses lèvres comme s'il avait pu lui révéler tous les mystères de l'univers. La minute suivante, elle se tenait raide comme un piquet sur son banc, l'air ennuyé et le nez en l'air, comme si elle avait souhaité se trouver à un tout autre endroit.

Sans trop savoir pourquoi, il aurait juré qu'elle était en colère, et que ce courroux le concernait personnellement. Savoir pour quelle raison elle lui en voulait était une autre affaire… Chaque fois qu'il avait tenté de l'aborder après le cours, ces derniers temps, elle s'était arrangée pour lui échapper. Pour en avoir le cœur net, il essaierait ce soir de la prendre de vitesse.

Au moment où il achevait son cours, Spencer vit Natasha se lever et sourire au jeune homme qui se trouvait à côté d'elle. D'un geste malencontreux, celui-ci laissa choir sur le sol ses livres et ses crayons, qu'elle s'empressa de ramasser pour lui. Intrigué, Spencer fouilla dans sa mémoire pour trouver le nom du maladroit. Maynard, se rappela-t-il sans effort. Terry Maynard, un étudiant qui s'appliquait avec tant de soin à passer inaperçu qu'il était difficile de l'ignorer…

Quand il parvint à leur hauteur dans les gradins, Natasha remontait affectueusement les lunettes sur le nez de celui avec qui elle semblait être très intime.

— Je crois que tu as tout, disait-elle. N'oublie pas ton écharpe, il fait froid.

La main de Spencer se posa sur son avant-bras, l'empêchant de poursuivre.

— Natasha… J'aimerais vous parler.

Les yeux de Natasha fixèrent sa main, avant de remonter lentement jusqu'à son visage.

— Cela devra attendre, lui dit-elle d'une voix neutre. Je ne peux pas ce soir. J'ai un rendez-vous.

Stupéfait, Spencer crut voir passer une lueur de triomphe dans ses yeux. L'entendre parler d'un rendez-vous avait suffi à susciter dans son esprit l'image du grand brun au sourire conquérant, qui l'attendait sans doute à l'extérieur en consultant sa montre à tout instant.

— Un rendez-vous ? murmura-t-il stupidement.

— Exactement ! dit-elle en se débarrassant sans ménagement de sa main toujours posée sur son bras.

Puis, se tournant vers le jeune homme qui se tenait à côté d'elle, figé comme une statue de sel, elle glissa résolument son bras sous le sien et demanda :

— Tu es prêt, Terry ?

Avec une sorte d'effroi mêlé de respect, celui-ci regardait Spencer comme s'il se fût trouvé en présence de Dieu lui-même.

— Bien… bien sûr ! balbutia-t-il. Mais si tu dois parler au Dr Kimball, je peux…

— Inutile, l'interrompit-elle brusquement.

Sans autre forme de procès, elle l'entraîna derrière elle vers la sortie. Avec la sensation de nager en plein rêve, Spencer se laissa choir sur le banc qu'ils venaient de quitter et les regarda sortir de l'amphithéâtre. Il avait depuis bien longtemps décidé qu'il ne parviendrait jamais à comprendre les femmes. Ce ne serait sans doute pas Natasha Stanislaski qui l'aiderait à changer d'avis…

Natasha conduisit Terry dans un petit café, pratiquement vide à cette heure, où elle avait ses habitudes. Fermement accrochés au bar antédiluvien, deux hommes marmonnaient au-dessus de leurs bières. Dans un coin, deux amoureux semblaient bien plus occupés à s'embrasser tout leur soûl qu'à vider les verres posés devant eux.

Natasha aimait l'atmosphère de l'endroit, avec son éclairage chiche et ses posters noir et blanc de James Dean et de Marilyn Monroe. Cela sentait la cigarette et la bière bon marché. Sur une étagère, une stéréo crachait à plein volume un vieux tube de Chuck Berry.

En s'asseyant à une table, Natasha sourit à l'homme débonnaire qui essuyait machinalement des verres derrière le comptoir.

— Salut, Joe ! Deux cafés, s'il te plaît…

Puis, reportant son attention sur son vis-à-vis, elle croisa les bras devant elle et se pencha vers lui.

— Alors, Terry. Comment va ?

— Je vais bien…

Terry aurait voulu être plus éloquent, comme un homme doit l'être en présence d'une jolie femme, mais plus il se creusait la cervelle, moins il trouvait de choses intéressantes à dire. Il avait encore du mal à croire en sa bonne fortune. Il était assis là, face à celle qui le faisait rêver depuis des semaines, pour ce qu'elle-même avait appelé un *rendez-vous*…

Comprenant à l'air emprunté de Terry qu'il lui faudrait assurer une bonne partie de la conversation, Natasha lui sourit gentiment et entreprit de se débarrasser de son manteau. Il régnait une telle chaleur dans la pièce surchauffée qu'il lui fallut déboutonner son blazer et remonter ses manches. Terry, la voyant faire, entreprit gauchement de l'imiter.

— Je sais que tu n'es pas originaire de la région, reprit-elle, mais je ne pense pas que tu m'aies dit d'où tu venais…

— J'étudiais à l'université du Michigan.

A travers ses verres embués, Terry distinguait Natasha comme une sorte d'apparition céleste. Repêchant au fond de sa poche le mouchoir qu'elle lui avait donné, il se mit avec un soin maniaque à essuyer ses lunettes, tout en parlant.

— Quand j'ai su que le Dr Kimball enseignerait ici, expliqua-t-il en s'animant peu à peu, je n'ai pas hésité à venir y terminer mes études. J'avais fait le voyage jusqu'à New York, l'année dernière, pour l'entendre donner une conférence à la Juilliard School. Il est fantastique, n'est-ce pas ?

Déçue de voir resurgir dans la conversation l'homme auquel elle voulait absolument éviter de penser, Natasha hocha la tête d'un air résigné. Joe, qui venait leur apporter leurs cafés, lui offrit une diversion bienvenue.

— Où étais-tu passée ? s'exclama-t-il en posant sur son épaule une main affectueuse. Cela fait des semaines que je ne t'ai pas vue…

Natasha lui rendit son sourire.

— Les affaires sont bonnes, expliqua-t-elle. Comment va Darla ?

— Aucune importance, plaisanta Joe avec un clin d'œil complice. Tu sais bien que je suis tout à toi !

— Je m'en rappellerai ! promit-elle avec un grand rire, avant de se retourner vers Terry.

Celui-ci avait brusquement pâli et paraissait au comble de la confusion.

— Quelque chose ne va pas ? s'inquiéta-t-elle.

— Non, rien, assura-t-il en détournant le regard pour suivre des yeux le barman qui s'éloignait. C'est juste que… C'est ton petit ami ?

— Mon…

Pour éviter de lui éclater de rire au nez, Natasha s'empressa de porter la tasse à ses lèvres et sirota en grimaçant quelques gorgées d'un café à peine tiède.

— Non, répondit-elle enfin. Joe n'est pas mon petit ami. C'est un copain, tout simplement.

Terry parut soulagé, mais Natasha devina au fond de ses yeux un reste d'inquiétude.

— Joe aime plaisanter, reprit-elle en serrant machinalement sa main sur la table pour le rassurer. Et toi ? Y a-t-il une fille qui attend ton retour, dans le Michigan ?

— Non, répondit Terry en rougissant. Il n'y a personne. Absolument personne…

A présent, c'était lui qui agrippait sa main sur la table. Il n'en fallut pas plus à Natasha pour comprendre ce qui était en train de se passer et se maudire d'avoir été si aveugle et stupide. Il lui aurait suffi d'ouvrir les yeux pour discerner dans le regard myope de Terry cette lueur d'adoration qu'elle y découvrait à présent. Mais elle avait été tellement absorbée dans ses propres problèmes qu'elle n'avait rien vu venir. Pour ne pas le blesser, il allait lui falloir faire preuve de la plus extrême prudence.

— Terry, commença-t-elle en s'arrangeant pour retirer sa main. Tu es un très gentil garçon, mais…

A ces mots, la main de Terry fut prise de tels tremblements qu'il renversa sur sa chemise le contenu de la tasse qu'il était en train de porter à ses lèvres pour se donner une contenance. Rapide comme l'éclair, Natasha se leva pour tenter d'éponger la tache avec des serviettes en papier.

— C'est une chance que Joe n'ait jamais été capable de servir un café chaud, murmura-t-elle en frottant énergiquement la chemise. Si tu la mets vite à tremper dans l'eau froide, cela devrait partir.

Submergé par l'émotion, Terry s'agrippa aux mains de Natasha, décidé à ne plus jamais les lâcher. Elle était si proche de lui que l'odeur de ses cheveux lui faisait tourner la tête.

— Je t'aime, murmura-t-il.

Désolé d'avoir lâché si vite un aveu qu'il aurait aimé lui susurrer de manière plus romantique, Terry sentit le sang affluer à ses joues et se mordit la lèvre. Pourtant, à présent qu'il lui avait déclaré sa flamme, il n'était plus question de faire machine arrière.

Natasha sentit les lèvres de Terry, froides et tremblantes, se poser maladroitement sur sa joue et décida qu'il était trop tard pour la diplomatie. La fermeté, en l'occurrence, semblait bien plus appropriée.

— Bien sûr que non, tu ne m'aimes pas ! lança-t-elle en se redressant pour regagner sa chaise.

— Ah bon ?

La réponse de Natasha plongeait Terry dans le désarroi. La scène ne ressemblait en rien à ce qu'il avait maintes fois imaginé. Dans un de ses rêves, il la sauvait in extremis d'un camion fou. Dans un autre, elle lui tombait dans les bras au moment où il lui chantait la chanson qu'il avait composée pour elle. Il s'était préparé à chacune de ces éventualités, mais pas à s'entendre répondre qu'il ne l'aimait pas, après s'être ridiculisé en renversant son café sur sa chemise.

— Natasha…

Penché sur la table, Terry essaya une nouvelle fois de s'emparer de ses mains, mais en vain.

— Je suis sûr que je t'aime ! dit-il, étonné de sa propre audace.

— C'est ridicule, assura-t-elle tranquillement, les bras croisés sur sa poitrine. Tu m'aimes bien, c'est vrai. Et moi aussi. Mais c'est tout.

— Non, s'entêta Terry. Il y a plus que cela. Je…

— Très bien, l'interrompit Natasha. Pour quelle raison m'aimes-tu ?

— Mais parce que tu es belle. Tu es la plus belle femme que j'aie jamais rencontrée !

— Et c'est tout ?

A cela, Terry fut bien incapable de répondre. Profitant de son avantage, Natasha posa les coudes sur la table et croisa les doigts.

— Et si j'étais une voleuse ? reprit-elle. Et si je te disais qu'en voiture j'aime écraser les petits animaux sur la route, m'aimerais-tu ?

— Nat…

Avisant sa mine déconfite, Natasha se mit à rire mais se garda bien de lui caresser la joue, comme l'envie lui en était venue.

— Ce que j'essaie de te faire comprendre, poursuivit-elle, c'est que tu ne me connais pas assez pour m'aimer. Si c'était le cas, ce à quoi je ressemble importerait peu à tes yeux.

— Mais je n'arrête pas de penser à toi !

— Parce que tu as réussi à te convaincre que ce serait

fantastique de m'aimer. Ou parce que tu avais besoin de tomber amoureux de quelqu'un.

Pâle et défait, les yeux embués et les lèvres tremblantes, Terry baissa la tête. Il paraissait tellement déconfit que Natasha sentit une chape de culpabilité s'abattre sur elle.

— Terry, murmura-t-elle en se penchant vers lui, je suis très flattée, mais je suis bien trop vieille pour être pour toi autre chose qu'une amie…

Après l'incompréhension et le désenchantement, Terry subit la honte d'une humiliation telle qu'il n'en avait jamais connu.

— Tu dois me prendre pour un idiot, n'est-ce pas ?

— Certainement pas !

Bouleversée par sa détresse, Natasha tendit le bras pour le retenir, mais déjà Terry s'était levé et gagnait la sortie.

— Terry, attends !

— Je dois y aller, lança-t-il par-dessus son épaule.

Natasha le regarda s'enfuir sans chercher à le rattraper. Rien de ce qu'elle aurait pu lui dire n'aurait été de nature à atténuer sa peine. Elle avait déjà fait suffisamment de dégâts comme cela. Terry avait besoin d'un peu de temps pour se ressaisir. Et elle, songea-t-elle en déposant un peu de monnaie sur la table, d'un bon bol d'air pour se requinquer…

— Eh bien, c'est pas trop tôt, marmonna Spencer.

Au bout de la rue, Natasha venait d'apparaître, remontant le trottoir d'un pas pressé, les yeux fixés vers le sol. Manifestement, elle semblait perdue dans ses pensées. Si l'homme qu'elle venait de quitter lui occupait encore l'esprit, songea-t-il en essayant de ne pas grincer des dents, il allait faire en sorte de lui donner d'ici peu d'autres sujets de préoccupation…

— Il n'a pas pris la peine de vous raccompagner ? lança-t-il dès qu'elle fut à portée de voix.

Figée sur place, Natasha leva les yeux. Assis dans la pénombre, sur la plus haute marche du porche devant chez elle, Spencer semblait avoir attendu son retour. Songeant que cette soirée n'en finirait jamais, elle serra les poings au fond de ses poches et s'approcha. Après avoir repoussé les assauts de l'inoffensif Terry, voilà qu'elle allait devoir faire face à un prétendant autrement plus déterminé et dangereux.

— Que faites-vous là ? lança-t-elle d'un ton peu amène.

— Je me gèle en vous attendant, marmonna-t-il.

Les bras frileusement croisés sur sa poitrine, le col de sa veste relevé, de longs panaches de buée s'échappant de sa bouche, Spencer avait tout l'air, en effet, d'être transi. Natasha, trop malheureuse pour savourer cette petite vengeance, n'eut pourtant pas le cœur à s'en amuser.

Alors qu'il se levait pour la laisser passer, elle fut surprise de le voir la dominer de toute sa haute taille. Comment avait-elle pu oublier à quel point il était grand ?

— Vous n'avez pas invité votre ami à prendre un dernier verre ? demanda-t-il d'une voix grinçante.

Pesant résolument sur la poignée, Natasha ouvrit sa porte. Comme pratiquement tout le monde à Shepherdstown, elle prenait rarement la peine de fermer à clé son appartement.

— Heureusement que je ne l'ai pas fait, rétorqua-t-elle. Sans quoi, vous auriez été bien embarrassé.

— Si j'avais pu imaginer que la porte était ouverte,

grogna Spencer, c'est vous qui l'auriez été en me découvrant à l'intérieur.

— Bonne nuit, docteur Kimball…

Décidée à couper court, Natasha tenta de refermer promptement le battant derrière elle, mais Spencer la prit de vitesse.

— Attendez une petite minute ! s'écria-t-il en retenant la porte d'une main de fer. Je veux vous parler et je n'ai pas risqué la pneumonie pour que vous me claquiez la porte au nez. Si vous ne voulez pas m'écouter, je vous garantis que ce sont vos voisins qui vont le faire !

Avec un soupir résigné, Natasha s'effaça sur le seuil et gagna la cuisine.

— Cinq minutes ! lança-t-elle par-dessus son épaule. Pas une de plus. Je vous offre un brandy, puis je vous mets à la porte.

Lorsqu'elle revint quelques instants plus tard, un petit verre dans chaque main, Spencer l'attendait de pied ferme. Planté sur ses jambes au beau milieu de la pièce, les bras croisés et l'air outragé, ce fut bille en tête qu'il attaqua, sans lui laisser le temps de souffler.

— Vous pouvez m'expliquer à quoi vous jouez ?

Décidée à ne pas se laisser impressionner, Natasha déposa le verre qu'il ne paraissait pas disposé à accepter sur une table basse et sirota le sien à petites gorgées.

— Je ne vois pas de quoi vous voulez parler.

— Vous voulez un dessin ?

Comme un fauve en cage, il se mit à faire les cent pas sur le tapis, les bras croisés dans le dos.

— Ce gosse est à peine sorti des jupes de sa mère ! lança-t-il sur un ton accusateur. On pourrait presque vous arrêter pour détournement de mineur…

En dépit de ses bonnes résolutions, Natasha rétorqua sèchement :

— Le choix de mes relations ne vous regarde en rien.

— Vous vous trompez ! s'emporta-t-il. A présent, il me regarde.

— Absolument pas ! D'ailleurs Terry est un jeune homme bien plus charmant que vous…

La tête rejetée en arrière, Spencer laissa fuser un rire sarcastique.

— Jeune ! s'exclama-t-il. Vous avez trouvé le mot juste. Tellement jeune qu'on se demande bien ce qu'il peut vous trouver…

Voyant les yeux de Natasha se rétrécir et son visage se crisper, Spencer comprit qu'il avait visé juste.

— Cela, murmura-t-elle, je pense que c'est à lui de le dire.

En silence, comme deux adversaires qui se jaugent avant l'assaut, ils se dévisagèrent quelques secondes. Spencer, autrefois considéré comme l'un des hommes les plus galants de la bonne société new-yorkaise, hésita encore un instant avant de se résoudre à lâcher les mots qui lui chatouillaient le bout de la langue.

— En fait, dit-il en la fixant droit dans les yeux, j'aurais dû dire que vous êtes bien trop vieille pour lui…

En dépit de la colère qui bouillonnait en elle, Natasha commençait à percevoir le comique de la situation. Bien peu de ses étudiants auraient pu à cet instant reconnaître en cet homme écumant d'une rage froide le prestigieux Dr Kimball…

— Félicitations, dit-elle en soutenant calmement son regard. Vous faites des progrès. Dites-moi, votre brandy, vous préférez le boire ou le recevoir en pleine figure ?

Saisissant son verre sur la table basse, Spencer l'avala d'un trait, avant de le reposer sèchement. C'est alors qu'il comprit que, non content d'être jaloux d'un de ses étudiants, il était en train de se ridiculiser aux yeux de la femme qu'il espérait conquérir.

— Répondez-moi franchement ! lança-t-il, déterminé à clore le débat. Etes-vous intéressée par ce garçon, oui ou non ?

Natasha prit le temps de finir son brandy avant de répondre, d'un air de défi :

— Bien sûr que je le suis. Terry est un jeune homme sensible, doué et très intelligent.

Puis, le voyant se décomposer sous ses yeux, elle se maudit de sa couardise. N'avait-elle pas déjà fait suffisamment de mal à Terry, sans l'utiliser en plus pour se protéger de Spencer ?

— Tellement sensible, reprit-elle d'une voix voilée par l'émotion, que je viens de lui briser le cœur. Il pensait être amoureux de moi. J'ai dû lui faire comprendre que ce n'était qu'une illusion.

Découragée, Natasha se laissa tomber pesamment sur le sofa.

— Oh ! allez-vous-en ! gémit-elle. Laissez-moi tranquille… Je ne sais pas pourquoi je vous raconte cela.

Résistant à l'envie de laisser éclater sa joie, Spencer vint prendre place auprès d'elle.

— Je suppose, dit-il, que c'est parce que je suis le seul ici à pouvoir vous écouter et que vous avez besoin d'en parler.

Les yeux dans le vague, les mains glissées entre ses genoux, tout le malheur du monde reposant sur ses épaules, Natasha hocha lentement la tête.

— Si j'avais fait attention, reprit-elle, si j'avais pu me douter de ce qui était en train de se passer, j'aurais réagi plus tôt. Il n'y a rien de pire que d'aimer quelqu'un qui vous rejette.

Cela, Spencer pouvait parfaitement le comprendre. Tout

comme il comprenait, aux ombres qui étaient passées sur le visage de Natasha au moment de prononcer ces mots, qu'elle en avait fait elle-même l'amère expérience.

— Pourtant, intervint-il doucement, vous ne le croyez pas quand il dit être amoureux de vous.

— Qu'importe ce que je pense, puisque lui en est persuadé ! s'emporta-t-elle. Mais comment pourrait-il être amoureux de moi alors qu'il me connaît à peine ? J'aurais voulu le secouer jusqu'à lui faire entendre raison, mais il me regardait avec de grands yeux tellement tristes…

— Vous n'avez en revanche aucun problème de conscience pour vous acharner sur moi.

— Vous n'avez pas de grands yeux tristes, et vous n'êtes pas un jeune homme qui croit être amoureux.

— Je ne suis pas un jeune homme, reconnut Spencer en entourant d'un bras ses épaules. Mais il n'y a pas d'âge pour être amoureux.

Agacée, Natasha se tortilla pour se dégager de son emprise. Sans succès.

— Cessez de flirter avec moi.

— Je ne flirte pas avec vous, Natasha. Il y a bien longtemps que je n'en suis plus là.

— Taisez-vous. Vous ne savez rien de moi, vous non plus.

— J'en sais beaucoup plus que vous ne l'imaginez. Je sais que vous avez traversé toute petite de dures épreuves, qui vous ont marquée. Je sais que rien ne compte plus à vos yeux que votre famille, et qu'elle vous manque. Je sais que vous comprenez les enfants et que vous avez pour eux une affection sincère et naturelle. Je sais que vous êtes organisée, fonceuse, têtue et passionnée.

Pour capter son regard fuyant, Spencer saisit Natasha aux épaules et la fit doucement pivoter vers lui.

— Je sais que vous avez connu autrefois une expérience amoureuse qui vous a déçue, reprit-il d'une voix plus douce, et que vous n'êtes pas prête à en parler. Je sais que vous avez une intelligence vive et un cœur en or. Je sais que vous êtes attirée par moi, mais que cela vous fait si peur que vous aimeriez vous convaincre du contraire…

Impressionnée par la vérité de ces paroles et incapable de soutenir plus longtemps son regard, Natasha baissa les yeux.

— Alors, dit-elle à mi-voix, vous en savez plus sur mon compte que je n'en sais sur le vôtre.

— Il ne tient qu'à vous de combler ce manque…

— Je ne sais pas si j'en ai envie. Pourquoi devrais-je le faire ?

Rapidement, les lèvres de Spencer effleurèrent les siennes, avant qu'elle ait pu l'en empêcher. Aussitôt, Natasha sentit son cœur bondir dans sa poitrine.

— Voilà la réponse, murmura-t-il. Que vous faut-il de plus ?

Avant qu'il ait pu l'embrasser de nouveau, Natasha détourna la tête.

— N'insistez pas… La soirée a été suffisamment difficile.

Natasha sentit Spencer s'éloigner d'elle sur le sofa et son bras quitter ses épaules. Sous le coup d'une subite impulsion, elle proposa :

— Voulez-vous que je vous invite à dîner ?

— Maintenant ?

— Demain soir, précisa-t-elle, regrettant déjà l'invitation. 19 heures. Si vous amenez Freddie avec vous…

— Elle en sera ravie. Tout comme moi.

Manifestement enchanté, Spencer se leva et marcha d'un pas décidé vers la sortie. Incapable de savoir si elle était soulagée ou déçue de le voir partir, Natasha le suivit.

— Je vous laisse, dit-il sur le pas de la porte. Mais avant de vous souhaiter une bonne nuit, une dernière chose…

En réponse à son regard interrogateur, il l'enlaça pour un long et fougueux baiser. Lorsqu'il eut desserré l'étreinte de ses bras, il eut la satisfaction de la voir chanceler et prendre appui contre le chambranle de la porte.

— Bonne nuit, dit-il.

Tant qu'il lui restait encore un peu de courage pour le faire, Spencer plongea ses mains au fond de ses poches et fonça sans se retourner hors de chez elle. En marchant d'un pas vif sur le trottoir, il respira à pleins poumons. Jamais l'air glacé de la nuit ne lui avait semblé si rafraîchissant !

C'était la première fois que Freddie était invitée à participer à un dîner d'adultes. Elle n'en était pas peu fière et il lui tardait, en regardant son père se raser, d'y aller enfin. Habituellement, elle aimait l'observer passer la lame brillante du rasoir dans le savon à barbe. Parfois, elle en arrivait même à regretter de n'être pas un garçon, pour pouvoir s'initier un jour à ce rite fascinant. Mais ce soir, alors qu'elle-même était déjà prête depuis trois bons quarts d'heure, elle ne pouvait s'empêcher de le trouver affreusement lent…

— Alors, on y va ?

Encore vêtu de son peignoir, Spencer s'aspergea le visage pour rincer les dernières traces de mousse.

— Pour faire honneur à notre hôtesse, répondit-il, ce serait peut-être une bonne idée que je passe un pantalon, tu ne crois pas ?

Avec des airs de grande dame exaspérée, Freddie soupira et leva les yeux vers le plafond.

— Papa… Quand est-ce que tu seras prêt ?

Spencer s'essuya rapidement et la souleva de terre pour déposer un baiser sur son front.

— Le temps que tu comptes jusqu'à cent !

Décidée à le prendre au mot, Freddie dévala l'escalier et s'installa pour l'attendre sur la dernière marche. Elle n'avait pas encore atteint le chiffre trente que déjà son esprit vagabondait bien loin du compte à tenir. Dans sa tête, elle avait déjà tout arrangé. Un jour ou l'autre, son père finirait par se marier avec Nat, ou avec Mlle Patterson, son institutrice, parce qu'elles étaient toutes les deux jolies et avaient de beaux sourires.

Après cela, celle qu'il aurait épousée viendrait vivre avec eux, dans leur nouvelle maison. Il ne faudrait pas attendre longtemps, selon elle, pour que naisse un bébé. Une petite sœur, de préférence. Ensuite, tout le monde serait heureux, parce que tout le monde s'aimerait vraiment beaucoup. Alors, elle en était sûre, son père pourrait se remettre à jouer de la musique tard dans la nuit…

Alertée par le bruit de ses pas dans l'escalier, Freddie se redressa et fit volte-face.

— Ah ! Quand même !

Spencer se baissa pour tendre à sa fille sa joue fraîchement rasée.

— Je te signale, dit-il en allant ouvrir la porte, que nous sommes en avance et que cela ne se fait pas.

Sans attendre, Freddie se rua à l'extérieur.

— C'est pas grave ! cria-t-elle par-dessus son épaule. Je suis sûre que Nat s'en fiche…

*
* *

Heureusement, songea Natasha en jetant un coup d'œil rapide à sa montre, il lui restait encore une bonne demi-heure. Dès le réveil, elle s'était demandé ce qui lui avait pris, la veille, d'inviter à dîner un homme que son instinct lui dictait d'éviter. Toute la journée, elle avait été distraite au magasin, s'inquiétant de savoir si Freddie apprécierait le menu, ou si son père trouverait le vin qu'elle avait choisi approprié.

Et comme si cela ne suffisait pas, voilà qu'elle se changeait pour la troisième fois ! En inspectant son reflet dans la psyché de sa chambre, elle décida qu'il n'y en aurait pas de quatrième. Ce pull jersey bleu foncé et ce pantalon à pinces assorti feraient l'affaire. Après avoir accroché à ses oreilles ses pendentifs en argent préférés et donné un coup de brosse à ses cheveux, elle gagna la cuisine où tout restait encore à faire.

Elle mettait la dernière main à sa sauce quand elle entendit quelques coups timides frappés à sa porte. Tout en se débarrassant en hâte de son tablier pour aller ouvrir à ses invités, Natasha prit une profonde inspiration, autant pour se donner du courage que pour se calmer. Ce n'était pas parce qu'ils étaient en avance qu'elle devait mal les accueillir…

Puis elle ouvrit la porte et toute agitation cessa en elle dès qu'elle les aperçut. Côte à côte sur le seuil, la main de la petite fille glissée dans celle de son père, ils formaient le tableau le plus charmant qu'il lui eût été donné de voir depuis longtemps.

Spontanément, Natasha se pencha pour embrasser Freddie sur les deux joues.

— Merci de m'avoir invitée, récita-t-elle, avant de lever les yeux pour guetter l'approbation de son père.

Natasha s'écarta pour les laisser pénétrer dans le hall et répondit :

— Merci à toi d'être venue !

— Tu n'embrasses pas aussi mon papa ? s'étonna Freddie.

Prise au dépourvu, Natasha n'hésita qu'un court instant lorsqu'elle découvrit le sourire moqueur qui avait fleuri sur les lèvres de Spencer. Se hissant sur la pointe des pieds, elle déposa sur sa bouche un rapide baiser avant d'expliquer, une lueur de défi dans les yeux :

— Baiser traditionnel russe de bienvenue…

Cérémonieusement, Spencer lui prit la main et s'inclina pour un baise-main en bonne et due forme.

— Parfois, dit-il, je trouve que la tradition a du bon.

Freddie, qui n'avait pas raté une miette du spectacle, demanda avec le plus grand sérieux :

— Est-ce qu'on va manger du bortsch ?

En l'aidant à se débarrasser de son manteau, Natasha fronça les sourcils.

— Du bortsch ?

— Quand j'ai dit à Vera que tu nous invitais, expliqua la fillette, elle m'a répondu qu'on allait sans doute manger du bortsch…

Jugeant préférable d'en rire, Natasha les précéda dans le salon.

— Désolée, répondit-elle, mais je ne suis pas très douée pour le bortsch. A la place, j'ai préparé un autre plat traditionnel — des spaghettis bolognaise. Tu crois que ça ira ?

Le sourire radieux que Freddie lui adressa en guise de réponse ne fut que le premier d'une longue série. Contrairement aux craintes de Natasha, la soirée se déroula dans une ambiance familiale et bon enfant. Ils mangèrent sur la vieille table ronde, près de la fenêtre de la cuisine. La conversation tourna autour de sujets aussi divers que les difficultés en arithmétique de Freddie et l'opéra napolitain. Au dessert, Natasha se surprit à parler sans réticence de sa famille. Aussitôt très intéressée, Freddie voulut tout savoir de ce que cela faisait d'être l'aînée.

— Nous ne nous disputions pas souvent, raconta la jeune femme lorsqu'ils en furent au café. Mais lorsque ça arrivait, c'était toujours moi qui gagnais. Parce que j'étais la plus vieille. Et aussi la plus méchante...

Freddie, confortablement installée sur ses genoux, s'insurgea :

— Tu n'es pas méchante !

— Parfois cela m'arrive. Quand je suis très en colère.

Par-dessus la table, elle capta le regard attentif de Spencer. Sans avoir à le préciser, il était clair, pour lui comme pour elle, qu'elle regrettait de lui avoir un jour reproché de ne pas mériter sa fille.

— Dans ces cas-là, conclut-elle en soutenant son regard, je n'ai plus qu'à m'excuser.

— Quand les gens se disputent, murmura Spencer, cela ne signifie pas toujours qu'ils ne s'aiment pas.

Depuis que sa fille avait grimpé sur les genoux de Natasha, il faisait de son mieux pour ne pas remarquer ce que cette scène avait à ses yeux de touchant et de parfaitement naturel. Tout allait trop vite, se disait-il pour se mettre en garde. Trop vite et trop loin, pour tout le monde...

Freddie n'était pas sûre de bien comprendre les paroles que les adultes échangeaient par-dessus sa tête. Parfois, elle sentait qu'il y avait derrière les mots qu'ils prononçaient un autre sens, qui lui restait caché. Cela n'enlevait rien au fait qu'il lui paraissait à présent évident que Mlle Patterson resterait son institutrice, et que ce serait Natasha qui épouserait son papa.

Se redressant pour se pendre à son cou, elle plongea son regard dans le sien et annonça fièrement :

— Bientôt j'aurai six ans et je ferai une fête d'anniversaire !

— Vraiment ! Quand cela ?

— Dans deux semaines. Tu viendras ?

— J'en serai ravie et honorée…

Pendant que Freddie récitait par le menu toutes les réjouissances qui étaient au programme, Natasha soutint avec appréhension le regard indéchiffrable que Spencer posait sur elle. A n'en pas douter, songea-t-elle, il n'était ni très sage ni très prudent de s'attacher aussi vite et aussi fort à une petite fille dont le père réveillait en elle tant de sentiments indésirables. Puis Spencer lui sourit, et ce fut comme une éclaircie dans un ciel d'orage.

Non, ce n'était vraiment pas raisonnable de s'attacher à eux, songea-t-elle de nouveau. Mais elle ne voyait pas comment elle aurait pu faire autrement.

# 6.

— Varicelle, murmura Spencer, surveillant le sommeil de Freddie depuis la porte de sa chambre. Drôle de cadeau pour un anniversaire, mon ange…

Dans deux jours, sa fille aurait six ans. Et dans le même temps, selon le docteur qu'il venait de raccompagner à la porte, elle serait couverte de ces plaques de boutons qui se cantonnaient pour l'heure à son ventre et à sa poitrine. « Rien de grave », avait bougonné le praticien en recommandant un long repos assorti d'une courte liste de médicaments. Mais en voyant Freddie s'agiter dans son sommeil, le front moite d'une fièvre de cheval qui ne voulait pas passer, Spencer avait du mal à y croire.

Le coup de fil affolé de Nina n'avait rien arrangé. Il lui avait fallu déployer des trésors de patience pour l'empêcher de sauter dans le premier avion. Sa sœur s'était vengée en décrétant que jamais sa nièce n'aurait attrapé *ça* dans une bonne école privée, ce qui n'avait fait que nourrir en lui une sourde culpabilité. Il avait beau se dire que la varicelle était un passage obligé de l'enfance, son cœur de père restait persuadé qu'il aurait dû faire en sorte de l'épargner à Freddie.

C'était dans ce genre de circonstances que Spencer réalisait à quel point il aurait eu besoin de quelqu'un à ses côtés. Pas forcément pour partager les responsabilités parentales, mais juste pour être là, et comprendre ce que cela fait de ne rien pouvoir contre la détresse d'un enfant malade ou malheureux. Quelqu'un à qui parler, au beau milieu de la nuit, quand la crainte de ne pas être à la hauteur le tenaillait et l'empêchait de dormir.

Bien évidemment, lorsqu'il lui arrivait de songer à ce *quelqu'un*, le visage de Natasha s'imposait à lui. Même si elle semblait décidée à le repousser. Même s'il ne se sentait pas encore prêt à refaire ce grand saut dans l'inconnu qu'était le mariage et qui, une fois déjà, lui avait si mal réussi.

Réprimant un soupir, Spencer rejoignit le chevet de sa fille et déposa sur son front le linge humide que Vera venait de lui remettre. Après avoir papillonné quelques instants des paupières, Freddie ouvrit des yeux brillants de fièvre.

— Papa…

En entendant ce mince filet de voix, Spencer sentit son cœur se serrer.

— Oui, petit clown. Je suis là.

— J'ai soif, gémit-elle en remuant difficilement ses lèvres desséchées.

— Je vais te chercher à boire.

Il était à peine sur le pas de la porte que déjà elle le rappelait.

— Papa… Je peux avoir de la limonade ?

Malade ou pas, songea-t-il avec un sourire attendri, Freddie restait Freddie !

— Bien sûr. Laquelle veux-tu ?

— La bleue…

— C'est comme si c'était fait.

Il descendait l'escalier quatre à quatre quand le téléphone se mit à sonner, pratiquement en même temps que retentissait la sonnette de la porte d'entrée. Songeant que rien, décidément, ne lui serait épargné, Spencer cria à Vera d'aller décrocher et ouvrit, à bout de patience, la porte à la volée.

Dès que Natasha le vit ainsi, en face d'elle, pâle et échevelé, son sourire se figea sur ses lèvres.

— Excusez-moi, marmonna-t-elle. Manifestement, j'ai mal choisi mon moment.

Sans prendre la peine de lui répondre, Spencer l'attira dans le hall, se retournant dans le même temps pour crier :

— Vera ! Freddie voudrait de la limonade. De la bleue…

La gouvernante fit son apparition sur le seuil du salon, adressant en guise de salut un petit hochement de tête à Natasha.

— Je m'en occupe, assura-t-elle. Mlle Nina est au téléphone. Elle voudrait vous parler.

Excédé, Spencer se passa une main nerveuse dans les cheveux.

— Dites-lui que je…

Mais sachant que Vera détestait parler à sa sœur, il se ravisa.

— Ne lui dites rien. J'y vais.

Se sentant manifestement de trop, Natasha amorça un mouvement de repli vers la sortie.

— Je m'en vais, dit-elle. J'étais juste passée voir si tout allait bien car j'avais appris que votre cours de ce soir était annulé.

— C'est à cause de Freddie, expliqua Spencer. Elle a attrapé la varicelle.

— La pauvre !

Les yeux levés vers le sommet de l'escalier, Natasha dut résister à l'envie de s'y précipiter pour aller elle-même la réconforter. Mais ce n'était pas son rôle. Il ne s'agissait ni de sa maison, ni de son enfant…

— Je vous laisse, reprit-elle en appuyant résolument sur la poignée.

— Je suis désolé, s'excusa Spencer, écartelé entre l'envie de la retenir et la nécessité de faire face à ses obligations. Les choses sont un peu compliquées…

Natasha le rassura d'un sourire.

— Je comprends très bien, assura-t-elle. J'espère qu'elle se remettra vite. Embrassez-la de ma part et n'hésitez pas à m'appeler si vous avez besoin d'une aide quelconque.

Interrompue par Freddie qui depuis sa chambre appelait d'une voix d'outre-tombe, Natasha décida d'oublier ses scrupules en voyant Spencer lancer en direction du palier un regard catastrophé.

— Voulez-vous que je monte une minute ? proposa-t-elle. Je la ferai patienter jusqu'à ce que vous ayez terminé avec votre sœur.

— Vous me rendriez un grand service, répondit Spencer avec un soupir de soulagement.

Laissant Natasha gagner seule la chambre de Freddie, il se rua dans le salon et s'empara du combiné, regrettant de ne pouvoir étrangler Nina avec le fil du téléphone.

Pour dénicher la chambre de Freddie, Natasha n'eut qu'à se laisser guider par la lueur d'opaline déversée dans le couloir par sa veilleuse en forme de licorne. Elle la trouva assise contre ses oreillers, entourée d'une foule de poupées, le visage luisant de sueur et les joues sillonnées de deux grosses larmes.

— Je veux mon papa, gémit la fillette d'un ton larmoyant en la découvrant sur le seuil.

Le cœur chaviré, Natasha alla s'asseoir au bord de son lit.

— Il sera bientôt là, la rassura-t-elle. Veux-tu que je te tienne compagnie, en l'attendant ?

La bouche tordue en un sourire grimaçant, Freddie renifla et vint se pelotonner entre ses bras.

— Je me sens pas bien.

Natasha tira un mouchoir de sa poche et le lui donna.

— Je sais, ma puce. Tiens, mouche-toi.

Freddie s'exécuta, puis posa sa joue contre la poitrine de Natasha, avec un soupir de contentement. Bien sûr ce n'était pas comme un câlin contre la poitrine dure et musclée de son père, ni contre celle toute molle de Vera, mais c'était presque mieux…

— J'ai la varicelle, annonça-t-elle, partagée entre la fierté et la tristesse. J'ai de la fièvre, et des tas de boutons qui grattent. Jo-Beth l'a eue la semaine dernière. Mikey aussi. A cause de ça, ma fête d'anniversaire est fichue…

Tout en lui caressant doucement les cheveux, Natasha tenta de la réconforter.

— Tu en feras une plus tard. Quand tout le monde sera en forme.

— C'est ce que papa a dit, bougonna Freddie. Mais c'est pas pareil.

— Parfois, reprit Natasha, c'est encore mieux quand les choses se déroulent de manière imprévue.

Avisant un grand rocking-chair blanc, dans un coin près de la fenêtre, Natasha enroula la petite malade dans une couverture et la souleva dans ses bras. Avant de s'y asseoir, il lui fallut en déloger un certain nombre de peluches, piochant au passage un lapin gris pour le caler contre la joue de Freddie.

— Quand j'étais petite, commença-t-elle à raconter tout en se balançant, ma mère s'asseyait toujours dans un grand rocking-chair grinçant, pour me bercer dans ses bras. Tout doucement, elle me chantait des chansons de son pays, et cela suffisait pour que je me sente mieux.

— Ma maman à moi, elle me berçait jamais.

Freddie avait mal à la tête et une curieuse sensation au creux du son ventre. Elle aurait désespérément voulu sucer son pouce, mais depuis qu'elle allait avoir six ans, elle savait qu'elle était trop grande pour ça.

— Je crois, reprit-elle dans un murmure, que c'est parce qu'elle m'aimait pas.

Instinctivement, Natasha resserra autour d'elle l'emprise de ses bras.

— Tu ne peux pas dire ça, protesta-t-elle. Je suis sûre que ta maman t'aimait beaucoup.

— Elle aurait voulu que mon papa m'envoie très loin, insista Freddie. Pour se débarrasser de moi.

Le cœur brisé, Natasha embrassa les cheveux blonds de la petite fille et posa tendrement sa joue sur sa tête. Qu'était-elle censée répondre à cela ? Ces paroles étaient trop précises — et trop terribles — pour être écartées d'un revers de main comme une fantaisie d'enfant.

— Parfois, dit-elle dans un souffle, les gens disent des choses qu'ils regrettent ensuite. Est-ce que ton papa t'a envoyée très loin ?

— Non.

— Alors tu vois…

— Et toi, est-ce que tu m'aimes ?

— Bien sûr que je t'aime !

D'un coup de talon, Natasha relança le rocking-chair.

— Je t'aime vraiment beaucoup, renchérit-elle.

Réconfortée, Freddie se laissa bercer par le mouvement de balancier du fauteuil. Dans son esprit embrumé, la voix chantante de Natasha se mêlait à son parfum si doux pour l'entraîner vers le pays des rêves.

— Pourquoi tu n'as pas de petite fille ? demanda-t-elle dans un demi-sommeil.

Une douleur familière, fulgurante et imparable, poignarda le cœur de Natasha. Pour résister aux larmes qui montaient à ses paupières, elle posa la tête contre le dossier et ferma les yeux.

— J'en aurai peut-être une… un jour, répondit-elle d'une voix tremblante.

Les yeux clos, Freddie leva la main pour jouer avec les boucles de Natasha dans son cou.

— Tu veux bien me chanter une chanson, comme ta maman faisait.

— D'accord. Et toi, tu veux bien dormir un peu ?

— Ne pars pas…

— Non. Je reste là.

— Promis ?

— Juré…

Figé sur le seuil, Spencer les contempla un long moment en silence. Dans la lumière atténuée de la veilleuse, elles formaient toutes deux un tableau d'une beauté irréelle. Le rocking-chair grinçait sur le parquet, accompagnant la berceuse que Natasha chantonnait. Voir cette femme aussi belle qu'une madone bercer tendrement sa fille endormie le bouleversait tant qu'il aurait voulu rester là, immobile, à les regarder toute la nuit.

Mais Natasha sembla soudain prendre conscience de son regard posé sur elle et lui sourit. A mi-voix, elle chuchota :

— Elle s'est endormie…

Comme un somnambule, Spencer marcha jusqu'au lit de sa fille et s'y assit. Si ses jambes avaient du mal à le porter, tenta-t-il de se convaincre, c'était uniquement parce qu'il avait passé sa journée à monter et descendre l'escalier. Avec un regain d'inquiétude, il étudia le visage de Freddie. Le trouvant un peu rouge et gonflé, il se demanda s'il fallait y voir les signes annonciateurs d'une aggravation de la maladie.

— D'après le médecin, expliqua-t-il à voix basse, son état devrait empirer, avant qu'elle ne commence à aller mieux.

Natasha ne put s'empêcher de sourire en le voyant prendre les choses tellement à cœur.

— Vous savez, dit-elle sans cesser de caresser les cheveux de la petite fille endormie, nous sommes tous passés par là. Et nous avons survécu.

Après lui avoir adressé un sourire mi-figue mi-raisin, Spencer se passa sur le visage une main qui tremblait légèrement.

— Je sais. Vous devez me prendre pour un imbécile.

Tout en continuant à se balancer, Natasha le dévisagea quelques instants en silence, songeant à quel point il avait dû être difficile pour lui d'élever sa fille sans l'amour d'une mère pour le seconder. Après tout, au diable les belles résolutions ! Il avait bien mérité quelques compliments.

— Je ne vous prends pas pour un imbécile, assura-t-elle, mais pour un très bon père. Dans ma famille, quand l'un de nous était malade, mon père commençait par appeler le médecin. Ensuite, il allait brûler un cierge à l'église. Enfin, pour mettre toutes les chances de guérison de notre côté, il entonnait les vieux chants gitans que sa grand-mère lui avait appris.

Amusé par l'anecdote, Spencer consentit à sourire.

— Le médecin est déjà venu, expliqua-t-il. L'église, Vera pourrait y aller demain… Vous rappelez-vous ces vieux chants gitans, pour me les apprendre ?

Natasha lui rendit son sourire.

— Je les chanterai pour vous.

Puis, prenant garde à ne pas éveiller Freddie, elle se leva du rocking-chair et vint la déposer sur son lit.

— Merci beaucoup, dit-il en l'aidant à border sa fille.

— Ce n'est rien.

Quelques instants, ils contemplèrent l'enfant endormie avec le même attendrissement. Mais à présent qu'elle n'avait plus de raison valable pour rester là, Natasha commençait à se sentir nerveuse.

— Je vais vous laisser, dit-elle en se redressant. Les parents d'enfants malades ont besoin de répit pour souffler un peu.

— Laissez-moi au moins vous offrir quelque chose ! dit-il en tendant vers elle le verre qu'il avait déposé en arrivant sur la table de chevet. Que diriez-vous d'un peu de limonade ? De la bleue… La préférée de ma fille.

— Non, merci ! répondit-elle en contournant le lit pour rejoindre la porte. Vous pouvez la boire.

Spencer la suivit, et lorsqu'ils s'engagèrent dans l'escalier, il lui prit la main comme si de rien n'était. Natasha n'eut ni le courage ni l'envie de l'en dissuader.

— Quand elle ira mieux, dit-elle pour masquer son trouble, elle risque de s'ennuyer. C'est à ce moment-là que les choses vont devenir compliquées pour vous…

— Vous avez un tuyau à me donner, pour l'occuper ?

— Offrez-lui un bloc de papier et de nouveaux crayons

de couleur, répondit Natasha sans hésiter. Rien de tel que le dessin pour occuper les enfants alités.

— Merci, docteur… N'oubliez pas de m'envoyer votre note.

Natasha retira sa main de celle de Spencer, et alla décrocher son anorak au portemanteau, avec un certain soulagement.

— Vous pouvez y compter.

Sans lui laisser le temps d'enfiler le vêtement, Spencer alla le lui prendre des mains et le raccrocha à la patère.

— A défaut de limonade bleue, dit-il, vous prendrez bien un peu de thé.

La voyant prête à refuser, il s'empressa d'ajouter :

— Si vous ne le faites pas pour vous, faites-le pour moi. Après une journée pareille, j'avoue qu'un moment de détente en votre compagnie me ferait le plus grand bien.

Consciente que rester seule avec lui n'était sûrement pas une bonne idée, Natasha s'entendit répondre néanmoins :

— Puisque vous insistez…

Alors qu'il l'entraînait par la main vers la cuisine, Vera apparut dans l'encadrement de la porte. Preuve qu'elle avait entendu une partie de leur conversation, elle annonça dignement :

— Je me charge du thé, monsieur.

Son visage était demeuré impassible, mais le regard qu'elle avait furtivement lancé à leurs mains jointes, puis à Natasha, était on ne peut plus éloquent.

— Votre gouvernante pense que j'ai des vues sur vous, dit la jeune femme d'un ton léger, tandis qu'il la conduisait dans le salon de musique.

— Puissiez-vous lui donner raison !

— Hélas, répondit Natasha sur le même ton, j'ai bien peur de devoir vous décevoir tous les deux.

Avec une insouciance qui la surprit elle-même, elle se mit à rire et alla s'asseoir au piano.

— De toute façon, reprit-elle, vous devez être déjà fort pris. Sur le campus, rares sont les jeunes femmes à ne pas se pâmer devant le beau Dr Kimball. J'imagine que le capitaine de l'équipe de foot, l'ex-chéri de ces dames, ne doit pas vous porter dans son cœur.

— Très drôle.

— Je ne plaisante pas. Mais c'est vrai qu'il est amusant de vous mettre dans l'embarras.

D'un doigt distrait, Natasha pianota quelques notes au hasard du clavier.

— Est-ce ici que vous composez ?

— Vous savez bien que je ne compose plus.

S'installant plus confortablement, Natasha s'essaya à une série d'accords hésitants.

— Vous devriez avoir honte, reprit-elle. Quand on a la chance d'avoir un talent comme le vôtre, c'est un devoir que de s'en servir.

A la recherche d'une mélodie réticente à se laisser apprivoiser, Natasha s'obstina quelques instants sur les touches, puis renonça avec un claquement de langue agacé.

— Je suis incapable de jouer trois notes, dit-elle d'un ton désolé. J'étais trop vieille quand je me suis mis en tête de prendre des leçons.

Appuyé de la hanche contre le Steinway, les bras croisés, Spencer la regardait avec un plaisir évident caresser le piano du bout des doigts. Les cheveux retombant en rideaux autour de son visage, une moue boudeuse sur les lèvres, elle ressemblait à cet instant à la petite fille qu'elle avait dû être autrefois.

— Si vous voulez, proposa-t-il, je pourrais vous apprendre à jouer.

— Je préférerais que vous me composiez une chanson, rétorqua-t-elle avec un regard de défi.

Natasha n'aurait su dire d'où cette idée avait surgi. Peut-être du fait qu'il paraissait si seul, si vulnérable, et en quête d'un peu d'amitié. Après tout, décida-t-elle, s'il avait besoin ce soir de chaleur humaine, elle pouvait sans grand risque être une amie pour lui.

Souriante, elle tendit la main dans sa direction.

— Allons, venez, dit-elle pour l'encourager. Asseyez-vous près de moi.

Ce fut cet instant précis que choisit Vera pour pénétrer dans la pièce, chargée du plateau portant les tasses et la théière.

— Posez ça là, ordonna Spencer en désignant une petite console.

— Vous aurez besoin d'autre chose ?

— Non. Merci, Vera. Bonne nuit…

Spencer attendit que la gouvernante ait refermé la porte et se tourna vers Natasha :

— Pourquoi faites-vous cela ? demanda-t-il.

— Parce que rire vous fera le plus grand bien. Allons, venez et oubliez votre réputation. Ce n'est qu'un jeu. Cette chanson n'a pas besoin d'être un chef-d'œuvre.

Sa remarque le fit rire.

— Même si je le voulais, je serais bien incapable d'en écrire un.

Mais, pris au jeu et tenté de s'asseoir près d'elle, Spencer contourna le piano pour la rejoindre.

— Vous devez me promettre qu'aucun de mes étudiants n'en saura jamais rien, dit-il en la fixant avec sévérité.

Se redressant sur le banc, Natasha leva solennellement la main droite.

— Croix de bois, croix de fer…

Satisfait, Spencer commença à laisser vagabonder ses doigts sur les touches, avec un peu d'appréhension tout d'abord, puis avec une aisance de plus en plus manifeste. De temps à autre, Natasha prenait la liberté de l'interrompre pour ajouter deux ou trois notes de son inspiration.

Lorsqu'ils eurent terminé, Spencer rejoua l'ensemble d'un trait. Après tout, ce n'était pas si lamentable… Pas de quoi crier au génie, bien sûr, mais la pièce avait un charme naïf, une certaine fantaisie qui convenaient bien à leur humeur du moment.

— Laissez-moi essayer…

Pleine d'allant, Natasha rejeta ses cheveux par-dessus son épaule et se fit un devoir de répéter la mélodie. La voyant hésiter, Spencer posa ses mains sur les siennes, pour les guider, comme il le faisait parfois avec sa fille. Il eut aussitôt conscience que ce contact était d'une tout autre nature que le zèle qu'il mettait à rectifier les erreurs de Freddie.

— Détendez-vous, lui murmura-t-il à l'oreille.

Natasha soupira et tenta de se concentrer sur la musique. Il en avait de bonnes ! Avec ces longues mains recouvrant les siennes, si troublantes et tentatrices, comment voulait-il qu'elle se détende ?

— Je déteste ne pas arriver à mes fins ! dit-elle en guise d'excuse.

La joue chatouillée par une mèche de ses somptueux cheveux de gitane, Spencer dut se retenir pour ne pas y enfouir son visage.

— Vous vous débrouillez très bien, assura-t-il avec un léger sourire. En fait, nous devrions peut-être le jouer à quatre mains.

Renonçant à poursuivre, Natasha plaqua sur le clavier

un dernier accord dissonant et secoua la tête d'un air têtu.

— En fait, bougonna-t-elle, vous vous débrouillez bien mieux sans moi.

— Je ne suis pas d'accord…

Sur les lèvres de Spencer, le sourire qui s'était attardé disparut brusquement. Dans un soudain accès de panique, Natasha le vit prendre son menton et tourner son visage vers lui.

— Croyez-moi, insista-t-il. Je ne suis absolument pas d'accord !

Se sentant fondre sous son regard de braise, Natasha tenta en vain de se ressaisir. Les choses ne se déroulaient pas du tout comme elle l'avait prévu. Il ne s'agissait dans son esprit que de lui changer les idées, d'être pour lui une amie, le temps d'une tasse de thé… Sûrement pas de réveiller en eux ces sensations qu'ils auraient été plus avisés d'ignorer. Mais qu'elle le veuille ou non, la tentation était déjà là, troublante, délicieuse. Le simple contact de ses doigts contre son visage suffisait à la faire languir, frémir, espérer.

— Spence… Le thé refroidit.

Son ultime sursaut de résistance sonna faux à ses propres oreilles. Lorsqu'elle vit, avec une lenteur hypnotique, son visage approcher du sien, elle ne fit rien pour se dérober. Et quand ses lèvres effleurèrent les siennes, comme pour les goûter, elle se contenta de fermer les yeux.

— Spence, murmura-t-elle de nouveau. Cela ne peut nous mener nulle part.

— Vous vous trompez, répondit-il en couvrant son visage et sa bouche de petits baisers. Cela nous a déjà menés où nous devions aller.

Natasha sentit la main de Spencer remonter le long de

son dos, aussi forte et possessive que ses lèvres étaient douces et tendres.

— Je pense à vous sans arrêt, reprit-il avec ferveur. Chaque minute qui passe, je voudrais la passer en votre compagnie. Je n'ai jamais désiré aucune femme comme je vous désire.

Avec une lenteur délicieuse, Spencer laissa glisser ses doigts le long de la gorge de Natasha, contre l'arrondi de son épaule, et jusqu'au bas de son bras, où ils se nouèrent aux siens sur le clavier.

— Et quand je vous sens près de moi ainsi, conclut-il dans un murmure, je sais qu'il en va de même pour vous.

Natasha aurait voulu pouvoir le détromper, mais rien pour l'heure ne lui semblait plus essentiel que d'être serrée, embrassée, désirée par lui. Au cours des quelques années écoulées, il lui avait été facile de croire sincèrement que ces désirs étaient morts en elle. Mais depuis que Spencer était apparu dans sa vie, plus rien de ce qu'elle avait pris pour acquis n'était vrai.

Soudain, comme une porte s'ouvre sur le grand jour dans une pièce obscure, tout fut clair et lumineux dans son esprit. Savoir qu'il la désirait suffisait à faire courir le sang plus vite dans ses veines. Même si ce ne pouvait être vrai, il fallait qu'il fût le premier pour elle. Même si c'était impossible, il fallait qu'il fût le seul. Même pour un seul instant sans lendemain, il fallait que Spencer fût tout à elle. Elle mêla ses doigts à ses cheveux et, en se donnant tout entière dans ce baiser, souhaita désespérément que sa vie pût commencer à ce moment précis, avec lui.

*
* *

Quand Natasha noua ses bras autour de son cou pour répondre avec fougue à son baiser, Spencer fut submergé par un flot d'émotions. Il le sentait, elle était animée par des sentiments plus complexes que le simple désir. Il y avait dans cette étreinte inespérée une sorte de désespoir, de peur viscérale mêlée à une générosité sans bornes qui le déstabilisaient.

Il comprit alors qu'à partir de cet instant, plus rien ne pourrait être entre eux comme auparavant. Le savoir l'emplissait d'une ivresse affolante, presque effrayante. Avant que les choses n'aillent trop loin, sans doute aurait-il été plus avisé de leur laisser à tous deux le temps de la réflexion. Mais comment aurait-il pu y parvenir alors que la troublante proximité de ce corps prêt à se livrer lui semblait aussi vitale que l'air qu'il respirait ?

Comme si elle avait pu deviner le combat qui l'agitait, Natasha le repoussa faiblement et laissa reposer sa joue contre son épaule.

— Attendez, murmura-t-elle. Tout va trop vite. Je ne sais pas où j'en suis et je déteste ça !

— Je sais parfaitement où nous en sommes, répondit Spencer. Si vous voulez, je vais vous l'expliquer…

Mais alors qu'il se penchait pour l'embrasser de nouveau, Natasha se releva brusquement et se mit à arpenter la pièce.

— C'est plus simple pour vous que pour moi ! s'écria-t-elle. Les hommes se laissent aller à leurs désirs beaucoup plus librement que les femmes.

S'efforçant de rester calme, Spencer se leva et quitta le piano pour marcher vers elle, avec une lenteur délibérée.

— Il va falloir que vous m'expliquiez ça…

Pour éviter de se laisser rejoindre, Natasha fit un détour et reprit de plus belle sa déambulation. Les bras croisés dans le dos, Spencer l'imita, conscient du ridicule de la situation. A les voir tourner ainsi l'un autour de l'autre, on aurait pu les prendre pour deux lutteurs prêts à engager le combat.

— Il n'y a rien à expliquer ! s'écria-t-elle. Le fait est que les hommes n'ont aucun mal à justifier de tels débordements...

Stupéfait, Spencer ne sut s'il devait rire ou se fâcher. Comment pouvait-elle, après l'avoir mené si près des portes du paradis, le replonger aussi vite au plus profond de l'enfer ?

— A vous entendre, rétorqua-t-il, on dirait que nous venons de commettre un crime !

Agacée, Natacha rassembla dans ses mains ses cheveux pour les rejeter dans son dos.

— Je n'emploie pas toujours les mots qu'il faudrait... Je ne suis pas professeur d'université et je n'ai commencé à apprendre l'anglais qu'à l'âge de six ans.

Spencer la dévisagea attentivement et sentit retomber en lui toute trace de colère. A cet instant, il flottait dans ses yeux sombres une sorte de peur panique qui lui serra le cœur. Ramassée sur elle-même, prête à mordre autant qu'à s'enfuir sans demander son reste, Natasha ressemblait à quelque animal sauvage surpris au beau milieu de la route par les phares d'une voiture. Quant à lui, il se sentait bien plus d'envie de l'apprivoiser que de la conquérir.

— Natasha, protesta-t-il d'une voix douce, je ne vois pas ce que tout ceci a à voir avec nous.

— Cela a tout à voir ! lança-t-elle avec force en se précipitant vers le hall pour récupérer son manteau. Je déteste passer pour une idiote. Et je déteste *l'être* plus encore... Je n'ai rien à faire ici avec vous. Jamais je n'aurais dû venir.

Après l'avoir rejointe, Spencer parvint à la saisir par les épaules, faisant chuter lourdement l'anorak sur le sol.

— Mais pourtant vous l'avez fait, dit-il en la fixant intensément. Pourquoi ? Pourquoi êtes-vous passée ce soir, Natasha ?

Soudain très pâle, elle détourna le regard.

— Je n'en sais rien, reconnut-elle. De toute façon, cela importe peu.

Avant qu'elle ait pu de nouveau lui échapper, Spencer laissa libre cours à l'impatience qu'il sentait monter en lui et l'étreignit pour un nouveau baiser. De toute la force de ses bras, de tout son corps pressé contre elle, de ses lèvres exigeantes dévorant les siennes avec passion, il s'efforça d'atteindre cette part d'elle-même qui ne se laissait jamais toucher. Sans succès…

— Pourquoi résistez-vous ainsi ? murmura-t-il enfin contre ses lèvres.

Comme si elle avait voulu enregistrer du bout des doigts le moindre de ses traits, Natasha lui caressa longuement le visage, avant de se reprendre et de laisser ses mains retomber.

— J'ai mes raisons…

— Vous voulez bien me les dire ?

Le visage sombre, Natasha secoua la tête. Cette fois, lorsqu'elle le repoussa pour récupérer son vêtement tombé à ses pieds, Spencer ne fit rien pour la retenir.

— Une dernière question, reprit-il. Votre réaction s'explique-t-elle par cette différence fondamentale qui sépare les hommes des femmes, selon vous ?

— Oui.

Sa réponse le fit sourire, mais ce fut d'un sourire sans joie. Déjà prête à sortir, Natasha se retourna, comme à regret.

— Si cela ne vous dérange pas, dit-elle, je repasserai ces prochains jours prendre des nouvelles de Freddie.

— Vous serez toujours la bienvenue, assura-t-il en la rejoignant sur le seuil. Bonne nuit, Natasha.

— Bonne nuit…

Debout sur le porche, Spencer la regarda tant qu'il le put remonter la rue en direction de chez elle. L'homme qui lui avait un jour brisé le cœur, songea-t-il avec amertume en la voyant disparaître, n'avait manifestement pas fait les choses à moitié…

Natasha tint très largement sa promesse. Le lendemain, alors qu'elle n'avait eu l'intention de rendre à Freddie qu'une courte visite, elle passa dans la grande maison la majeure partie de la soirée, essayant d'adoucir le sort de la pauvre enfant couverte de boutons et celui de son père surmené et désemparé. Tant et si bien que, pendant les dix jours que dura la varicelle de Freddie, elle se fit un devoir de passer chaque soir, pour la plus grande joie de la fillette et de son père, mais sous l'œil toujours aussi soupçonneux de Vera.

Elle s'amusait à présent de l'attitude distante et froidement polie de la gouvernante à son égard. Comment la brave femme aurait-elle pu se douter que tous ses efforts tendaient en fait à éviter de tomber dans les bras de son patron ? Pourtant, même si le fait d'avoir à jouer la garde-malade n'était pas précisément propice aux sentiments, Natasha sentit son attirance pour Spencer grandir à mesure que se fortifiait en elle l'amour qu'elle portait à sa fille.

Le jour de l'anniversaire de Freddie — qui fut aussi celui où culmina sa varicelle —, elle fut touchée des efforts qu'il fit pour égayer la soirée de la petite malade.

Quand l'enfant fut lasse de jouer avec ses deux chatons, elle l'aida à organiser la cohabitation avec les deux boules de poils qui ne représentaient pour lui que des fléaux lâchés en liberté sous son toit. Enfin, lorsque l'ennui vint supplanter l'inconfort de la maladie, sa capacité à inventer de nouvelles histoires vint efficacement soulager l'imagination parfois défaillante de Spencer.

— Encore une histoire ! demanda Freddie, levant vers elle deux grands yeux fatigués mais suppliants. La dernière, promis…

Déterminée à être ferme, Natasha se redressa et remonta le drap sous son menton.

— Tu m'avais promis la même chose tout à l'heure…

— Je sais, marmonna Freddie, l'air vaguement coupable. Mais tes histoires sont tellement meilleures que celles de papa !

— La flatterie ne vous mènera nulle part, jeune fille. Il est temps pour moi aussi d'aller au lit.

Dans l'espoir de relancer la conversation, Freddie s'empressa de demander :

— Tu sais que je suis presque guérie ? Le docteur a dit que je pourrai retourner à l'école lundi. Tu viendras encore me voir quand je ne serai plus malade ?

D'une brusque détente, Natasha lança le bras pour saisir au vol le chaton qui venait d'émerger de dessous le lit.

— Maintenant que l'habitude est prise, répondit-elle, je ne vois pas comment je pourrais faire autrement. Ne serait-ce que pour voir Lucy et Daisy.

— Oui, approuva Freddie. Et puis aussi pour voir papa…

Prudente, Natacha se contenta de hocher vaguement

la tête et se mit à caresser derrière les oreilles le petit animal ronronnant.

Décidée à ne pas se contenter de si peu, Freddie insista.

— Tu l'aimes bien, mon papa, n'est-ce pas ?

— Oui. C'est un bon professeur.

— Lui aussi t'aime beaucoup.

Freddie ne crut pas utile de mentionner qu'elle les avait surpris tous deux, la veille, en train de s'embrasser au pied de son lit quand ils la pensaient endormie. D'abord, cela lui avait fait une drôle d'impression dans le ventre. Mais très vite, elle avait compris que c'était parce qu'elle était contente. Cela signifiait-il pour autant qu'ils allaient se décider à concrétiser son rêve le plus merveilleux ? Il fallait qu'elle sache... Prenant son courage à deux mains, Freddie se décida à poser *la* question qui lui brûlait les lèvres depuis des jours et des jours.

— Dis... Tu crois que tu vas te marier avec lui et venir vivre ici ?

Le premier instant de stupeur passé, Natasha parvint à lui sourire.

— Cela me fait chaud au cœur, dit-elle, que tu en aies envie. Mais tu dois savoir que ton papa et moi sommes seulement de bons amis. Comme nous deux.

— Si tu venais vivre avec nous, insista la fillette avec un sourire rusé, cela ne vous empêcherait pas de rester amis.

Songeant qu'elle tenait décidément beaucoup de son père, Natasha répondit par une pirouette.

— Sans doute. Mais si je ne le fais pas, nous pouvons le rester aussi.

— C'est vrai, reconnut la fillette avec une moue boudeuse. Mais moi je préférerais quand même que tu viennes vivre avec nous. Comme la maman de Jo-Beth, qui lui fait des cookies…

Natasha approcha son visage de celui de Freddie, jusqu'à se retrouver nez à nez avec elle.

— Ainsi, lança-t-elle sur un ton accusateur, c'est à mes cookies que tu en veux…

Dans un brusque élan de tendresse, la petite fille se jeta à son cou, murmurant tout contre son oreille :

— Je t'aime ! Je te promets d'être une gentille petite fille pour toi si tu viens habiter avec nous.

Bouleversée, Natasha lâcha le petit chat et serra Freddie contre sa poitrine pour mieux la bercer contre elle.

— Oh ! Ma douce… Je t'aime aussi, tu sais.

— Alors tu vas nous épouser !

Ne sachant si elle devait rire ou pleurer d'une telle proposition, Natasha secoua la tête d'un air désolé.

— Je ne crois pas que le mariage soit une bonne solution en ce qui nous concerne. Mais cela ne m'empêche pas de rester ton amie et de venir te voir souvent pour te raconter des histoires.

Freddie poussa un long soupir. Elle était assez grande pour savoir quand un adulte refusait de discuter sérieusement et quand il valait mieux ne pas insister. Cela ne l'empêcherait pas de revenir tôt ou tard à la charge. Natasha était exactement la mère dont elle avait envie. De plus, elle était la seule — à part elle — à avoir su faire rire son papa depuis des mois. En ce qui la concernait, sa décision était prise. Noël approchait et son vœu le plus cher et le plus secret était que Natasha épouse son père et qu'une petite sœur naisse bientôt…

Tout en la reposant doucement dans son lit, Natasha lui donna sur chaque joue un gros baiser, comme elle le faisait à présent chaque soir.

— Tu dois dormir maintenant.

Les lèvres retroussées en un sourire rêveur et mystérieux, Freddie ferma les yeux.

En descendant lentement l'escalier, un chaton dans chaque main, Natasha se dit qu'il lui faudrait à l'avenir faire preuve de plus de prudence avec Freddie. S'il en était encore temps… Peut-être avait-elle commis une erreur en aimant la fillette et en se faisant aimer d'elle au point qu'elle finisse par vouloir d'elle pour mère. Comment faire comprendre à une enfant de six ans qu'il n'est pas toujours facile pour deux adultes encombrés par leur passé de suivre la même route ?

Après avoir libéré les chatons, qui galopèrent vers la cuisine sans demander leur reste, Natasha se dirigea vers le salon de musique, dont la porte entrouverte laissait filtrer un rai de lumière dans le hall obscurci. Elle trouva Spencer, allongé en chien de fusil sur le sofa, profondément endormi. Qui aurait pu reconnaître dans cet homme au visage creusé par la fatigue, habillé d'un jogging défraîchi, les cheveux trop longs emmêlés et les joues ombrées d'une barbe de deux jours, le compositeur réputé et le brillant professeur d'université ?

Natasha savait par Vera que Spencer avait passé nombre de nuits blanches durant la maladie de sa fille. Non content d'être aux petits soins avec elle, il avait aménagé son emploi du temps de manière à pouvoir satisfaire à ses principales obligations professionnelles. Plus d'une fois, au cours de ses visites, elle l'avait trouvé dans son bureau, immergé dans de fastidieux travaux administratifs.

Elle regrettait à présent de n'avoir vu en lui, aux débuts de leur relation, que le représentant d'un monde de luxe et de privilèges. Si Spencer Kimball était né comblé par la fortune et le talent, il n'en était pas moins travailleur, exigeant envers lui-même et dévoué corps et âme à sa fille. Aux yeux de Natasha, il n'y avait rien de plus admirable chez un homme.

Elle poussa un soupir résigné et songea qu'il fallait bien se rendre à l'évidence : elle était en train de tomber amoureuse de lui. Même s'il semblait plus facile de l'admettre alors qu'il était endormi. Et même si ce constat continuait à la remplir d'une sourde angoisse. Peut-être, après tout, était-il temps pour eux de passer à une autre étape de leurs relations. Peut-être pourraient-ils, très progressivement, sans trop se lier et sans rien promettre, se donner l'un l'autre un peu de bonheur…

A pas feutrés, pour ne pas le réveiller, Natasha s'approcha du sofa et rabattit sur lui le plaid écossais posé sur le dossier. Puis, lentement, elle se pencha et déposa sur sa joue un baiser léger. Cela faisait trop longtemps qu'elle se protégeait, trop longtemps qu'elle n'avait pas pris le moindre risque. Le temps était venu pour elle de sortir de sa réserve… Elle éteignit la lumière et quitta la pièce.

# 7.

Un long miaulement plaintif s'éleva. Une porte grinça, bientôt couverte par les hurlements d'un vent furieux. Un craquement sinistre retentit, immédiatement suivi d'un rire machiavélique. Quelque part une litanie angoissante se fit entendre, accompagnée d'un bruit terrible de chaînes raclant le pavé. Il y eut un cri perçant, suivi d'un interminable râle d'agonie…

— On s'y croirait ! s'exclama Annie, après avoir expédié habilement une boule de chewing-gum au fond de sa bouche.

Occupée à transformer un innocent ours en peluche en monstre démoniaque, à l'aide d'une perruque orange et d'un faux nez, Natasha hocha la tête.

— J'aurais dû commander une plus grande quantité de disques comme celui-ci. C'est le seul qui nous reste.

Annie redressa son chapeau pointu de sorcière et sourit à son amie, révélant quelques dents noircies.

— Bah ! fit-elle. Dès demain, Halloween sera de l'histoire ancienne et c'est aux commandes de Noël qu'il nous faudra penser.

Alertée par un mouvement près de la porte, Annie emmêla ses faux doigts crochus aux ongles interminables et s'essaya à un rire grinçant.

— Attention ! lança-t-elle avec un sourire mauvais. Voilà les frères Freedmont. Si ce costume vaut vraiment quelque chose, je devrais être en mesure de les transformer en crapauds…

A défaut d'y parvenir, Annie dut se résoudre à leur vendre la simili-hémoglobine et les fausses balafres en latex qu'ils étaient venus acheter.

— Je voudrais bien savoir ce que ces chers petits anges ont derrière la tête, dit Natasha à mi-voix en les regardant sortir.

— Si tu veux mon avis, répondit Annie sur le même ton, rien de bon pour le voisinage… En parlant de voisinage, tu devrais peut-être y aller. Je te rappelle que tu as promis à Spencer de l'aider à décorer sa maison.

Tout en fourrant dans un sac une série de masques, de faux nez et d'ornements en tout genre — sa contribution personnelle à la fête d'Halloween organisée par Freddie —, Natasha évita soigneusement le regard de son amie.

— C'est la moindre des choses, dit-elle en se maudissant de sa nervosité puisque j'ai eu moi-même l'idée de compenser la fête d'anniversaire ratée par une grande fête d'Halloween.

— Bien sûr, murmura Annie d'un air entendu. Je me demande comment sera déguisé le Dr Kimball… En prince charmant ? En grand méchant loup ?

En butte au regard noir que lui valut sa petite plaisanterie, Annie se mit à rire gaiement.

— Désolée, s'excusa-t-elle, levant la main devant elle en gage d'apaisement. Pas pu m'en empêcher ! Si tu veux, tu n'as qu'à filer maintenant. Je me charge de fermer le magasin.

— Merci, Annie. Juste le temps de…

Le carillon venait de retentir. Natasha se retourna pour voir qui entrait et se figea en reconnaissant Terry.

— Hello, parvint-elle à murmurer.

Les yeux ronds derrière ses lunettes à verres épais, pas tout à fait sûr de la reconnaître sous son déguisement, le jeune homme paraissait tout aussi étonné qu'elle de cette rencontre.

— Nat ?

Espérant qu'il avait eu le temps de lui pardonner, elle se risqua à lui sourire et à marcher vers lui. Aussitôt après leur désastreux rendez-vous, Terry avait changé de place dans l'amphi et s'était arrangé pour l'éviter chaque fois qu'elle avait essayé de lui parler. A présent, figé sur place, il semblait aussi incertain qu'embarrassé.

— Je ne…, balbutia-t-il enfin. Je ne m'attendais pas à te voir ici.

— Ah non ? s'étonna-t-elle. Pourtant ce magasin est à moi.

A ces mots, l'étonnement fit place à la confusion dans les yeux de Terry. En le regardant avec amusement lancer autour de lui des regards impressionnés, Natasha se demanda s'il comprenait maintenant à quel point il la connaissait mal.

— Es-tu venu dans un but précis ? s'enquit-elle. Ou juste pour regarder ?

Instantanément, Terry devint rouge brique. Songeant qu'il n'avait décidément pas changé, Natasha vola à son secours.

— Tu cherches peut-être un déguisement pour Halloween ? suggéra-t-elle. Je suppose qu'il doit y avoir quelques fêtes prévues sur le campus.

Manifestement soulagé, Terry hocha la tête avec empressement.

— Oui, reconnut-il. Je sais que c'est assez enfantin, mais…

— A *Funny House*, reprit-elle gravement, nous prenons Halloween très au sérieux.

A peine avait-elle parlé qu'un nouveau cri strident retentit dans les haut-parleurs.

— … comme tu peux t'en rendre compte par toi-même.

Embarrassé d'avoir sursauté, Terry parvint à lui sourire faiblement.

— En effet, murmura-t-il. Je me disais que peut-être je trouverais un masque ou quelque chose…

Ses longues mains osseuses dessinèrent une vague forme dans l'espace, avant de se réfugier bien vite au fond de ses poches.

— Enfin tu vois…

Natasha voyait, en effet. Et une fois de plus, elle dut lutter contre l'impulsion de lui ébouriffer affectueusement les cheveux. S'il ne pouvait rien pour la séduire, ce garçon avait le chic pour réveiller ses instincts maternels.

— Je dois m'en aller, expliqua-t-elle, mais mon assistante va te montrer ce que nous avons. Cela devrait te donner des idées.

Se tournant vers la caisse, Natasha fit rapidement les présentations.

— Annie, je te présente mon ami Terry Maynard. Il est violoniste et assiste au cours du Dr Kimball avec moi.

Rajustant une nouvelle fois son chapeau de sorcière, Annie vint à sa rencontre.

— Bonjour, dit-elle avec entrain en lui serrant la main. Vous désirez plutôt faire rire ou plutôt faire peur ?

Terry, plus rougissant que jamais, secoua la tête d'un air perplexe.

— Je… Euh… Je ne sais pas, avoua-t-il. Je n’y ai pas réfléchi.

Ses lunettes glissèrent le long de son nez, et Annie lui adressa un sourire engageant, découvrant une double rangés de fausses dents cariées.

— Cela ne fait rien, assura-t-elle. Suivez-moi, nous allons y réfléchir tous les deux.

En gravissant les marches du porche de la maison des Kimball, Natasha constata avec satisfaction que Spencer avait déjà bien travaillé. Deux énormes citrouilles creusées trônaient de part et d’autre de la porte d’entrée. Comme les masques de la comédie et de la tragédie, l’une grimaçait tandis que l’autre souriait. Aux gouttières pendaient de convaincantes chauves-souris en carton et de vieux draps flottant au vent tels des fantômes. Dans un rocking-chair, un monstre hideux attendait les visiteurs, la tête posée sur les genoux. Sur la porte était collée l’effigie grandeur nature d’une sorcière touillant une mixture de sa façon dans un chaudron fumant.

Se sentant d’humeur facétieuse, Natasha dédaigna la sonnette pour frapper du doigt contre le battant, juste sous le long nez crochu. Elle se campa sur ses jambes, le regard fier et les mains sur les hanches, et lança d’une voix provocante tandis que la porte s’ouvrait :

— La bonne aventure, monsieur ?

Spencer fut bien en peine de lui répondre. Pendant un instant, il eut l’impression d’avoir glissé dans un autre monde, où la gitane de la boîte à musique se serait animée pour venir frapper à sa porte. De lourds anneaux d’or pendaient aux oreilles de Natasha et ornaient ses poignets et ses chevilles. Un long foulard de soie turquoise mêlé à ses cheveux cascadait jusqu'à sa taille, elle-même ceinte de foulards multicolores.

Sa robe écarlate, ajustée sur le buste et flottante autour des jambes, semblait conçue pour le flamenco. Par quelque sortilège que seules connaissent les femmes, elle avait réussi à rendre ses grands yeux sombres plus mystérieux que d'habitude. Quant à sa bouche, c'était un fruit rouge et charnu, qu'on ne pouvait qu'avoir envie de cueillir avec les dents.

Sortant de sa poche un petit globe transparent rempli d'eau, dans lequel une tempête de neige se déchaînait autour d'un chalet suisse, Natasha le tendit vers Spencer.

— J'ai une boule de cristal, reprit-elle. Si vous vous montrez généreux, je peux y lire votre avenir.

Toujours sous le coup de l'émotion, Spencer fit machinalement un pas de côté pour la laisser pénétrer dans le hall.

— Dieu, que vous êtes belle ! parvint-il enfin à murmurer. A moins que ce ne soit le diable qui vous envoie…

Natasha laissa fuser vers le plafond un rire rauque et provocant.

— C'est tout le mystère d'Halloween, mon cher. Peut-être, demain, découvrirez-vous qui m'envoie… A moins que je ne vous aie transformé en affreux crapaud d'ici là !

Tout en rempochant la boule de verre, Natasha lança autour d'elle quelques regards étonnés.

— Freddie n'est pas là ?

— Elle est chez Jo-Beth. Pour lui faire la surprise, j'ai pensé qu'il valait mieux l'éloigner, le temps d'achever nos préparatifs.

— Bonne idée…

D'un œil critique, Natasha détailla le sweat-shirt et le jean poussiéreux qu'il portait.

— C'est votre costume ?

— Non, je ne l'ai pas encore mis, répondit-il en s'approchant lentement. J'étais occupé à pendre quelques toiles d'araignées quand vous êtes arrivée.

Natasha tendit à bout de bras les deux sacs qu'elle avait apportés.

— J'arrive à temps pour vous aider ! lança-t-elle gaiement. J'ai dans celui-ci quelques trucs et dans celui-là quelques astuces. Lequel préférez-vous ?

— A votre avis ?

Sans qu'elle ait rien vu venir, il avait réussi à emprisonner sa taille et à l'attirer fermement contre lui. La bouche déjà pleine de protestations, les yeux emplis d'une fureur noire, Natasha rejeta la tête en arrière. Mais avant qu'elle ait eu le temps de laisser libre cours à son indignation, les lèvres de Spencer s'emparèrent des siennes et elle se sentit fondre entre ses bras. Les sacs glissèrent de ses doigts dénoués. Libérées, ses mains s'envolèrent pour se perdre dans ses cheveux. Spontanément, sa bouche s'entrouvrit pour approfondir le baiser. Ce n'était pas ce dont elle avait envie, mais il lui fallait reconnaître que c'était ce dont elle avait besoin…

Jamais Spencer ne s'était senti aussi fort, aussi serein, aussi sûr de lui. En dépit du costume coloré, Natasha n'avait entre ses bras rien d'une chimère. Aucune illusion dans ce corps alangui qui épousait les reliefs de son propre corps. Aucun faux-semblant dans cette bouche qui se donnait sans réserve. Elle était réelle, elle était entre ses bras, et elle était à lui. Avant que la nuit s'achève, il était bien décidé à faire de cette certitude une évidence absolue, pour elle comme pour lui.

Quand leurs lèvres se séparèrent, il ne put résister

à la tentation de laisser courir sa bouche le long de sa gorge offerte.

— Vous entendez les violons ? murmura-t-il dans un souffle.

Natasha n'entendait pas les violons. Tout ce qu'elle entendait, c'était le tambour de son pouls battant follement à ses oreilles, et cette petite voix intérieure qui lui commandait de réagir tant qu'il en était encore temps.

— Spence, protesta-t-elle en le repoussant faiblement. Arrêtez ça tout de suite. J'étais venue vous aider à organiser la fête de Freddie…

Au prix d'un gros effort de volonté, Spencer parvint à s'arracher au piège tentateur de sa peau douce et parfumée. Avec un soupir de frustration, il alla fermer la porte, contre laquelle il s'adossa pour dévorer Natasha des yeux, faute de mieux.

— J'apprécie votre aide, dit-il en la fixant d'un regard intense. Mais vous ne pourrez pas m'empêcher d'apprécier aussi tout le reste de votre personne.

Comment faisait-il, se demandait Natasha en s'efforçant de ne pas ciller, pour la bouleverser à ce point avec un simple regard ? Et pourquoi fallait-il qu'elle parvienne à lire dans ce regard l'avenir qui pouvait être le leur, de manière bien plus sûre et limpide que dans n'importe quelle boule de cristal ?

— Le moment est plutôt mal choisi, vous ne croyez pas ?

Spencer ne put s'empêcher de sourire. Même lorsqu'elle prenait avec lui ce petit ton cassant de princesse s'adressant à un subalterne, il la trouvait plus irrésistible encore…

— Dans ce cas, répondit-il, nous en trouverons un plus approprié.

A bout de patience, Natasha se baissa pour ramasser ses sacs et se dirigea d'un pas décidé vers le living-room.

— Je ne vous aiderai à accrocher vos toiles d'araignées que si vous me promettez de rester pendant ce temps le père de Freddie — et uniquement le père de Freddie, lança-t-elle sans se retourner.

Avec fatalisme, Spencer haussa les épaules.

— D'accord…

De toute façon, songea-t-il en lui emboîtant le pas, cette fête ne durerait certainement pas toute la nuit.

Il leur fallut deux bonnes heures pour transformer l'élégant living-room en lugubre donjon hanté par les rats et les cris des suppliciés. Des lambeaux de papier crépon orange et noir pendaient aux murs et au plafond. D'impressionnantes toiles d'araignées occupaient le moindre recoin. Une momie, bras croisés sur la poitrine, montait la garde près de la porte. Une sorcière en cape noire, chevauchant son balai, semblait suspendue dans les airs. Plus vrai que nature, un Dracula aux yeux rougeoyants se tenait tapi à côté de la cheminée, prêt à vider de son sang le premier imprudent passant à portée de dents.

Parcourant d'un œil perplexe le résultat de leurs efforts, Spencer hocha la tête et s'inquiéta :

— Vous ne croyez pas que nous y sommes allés un peu fort ? Après tout, ce ne sont que des gamins…

Avec un sourire rêveur, Natasha fit osciller au bout de son élastique une tarentule en plastique au réalisme saisissant.

— Vous voulez rire ? s'offusqua-t-elle. Cela n'est rien à côté de la maison hantée qu'avaient installée mes frères dans notre salon, quand nous étions encore en âge de fêter Halloween. Pour y pénétrer, ma sœur Rachel et moi avions les yeux bandés. Mikhail m'a plongé la main dans un bol de grains de raisin gluants, en me faisant croire qu'il était plein d'yeux de pendus…

— Répugnant, dit Spencer avec une grimace éloquente.

Natasha eut un sourire de ravissement rétrospectif.

— N'est-ce pas ? renchérit-elle. Il y eut aussi ce plat de spaghettis froids qui…

— Inutile ! protesta-t-il en toute hâte. Je vois très bien le tableau.

Rajustant ses boucles d'oreilles et les foulards qui amincissaient sa taille, Natasha se mit à déambuler en riant dans la pièce.

— Croyez-moi, poursuivit-elle en vérifiant une dernière fois d'un œil critique le moindre détail, les invités de Freddie seraient fort désappointés de ne pas être accueillis par quelque monstre tapi dans la pénombre. Quand ils auront eu bien peur — ce qu'ils désirent par-dessus tout — vous n'aurez qu'à rallumer les lumières et ils seront aussi déçus que rassurés de constater que tout ceci n'était qu'illusion.

— Quel dommage que nous soyons à court de raisin !

— Quand Freddie sera plus grande, expliqua Natasha, je vous apprendrai à transformer un innocent gant de caoutchouc en main coupée, à l'aide d'un peu de ketchup.

— J'ai hâte de voir ça !

Mais plus que le ton badin de leur conversation, c'était la promesse cachée dans cette innocente phrase qui ravissait Spencer et le faisait sourire béatement. Sans même y penser, Natasha venait de souligner le fait qu'il y aurait à l'avenir d'autres fêtes d'Halloween à préparer, et qu'elle serait à ses côtés dans ces moments-là.

— J'ai dit une bêtise ? demanda-t-elle, inquiète.

— Pas du tout ! s'empressa-t-il de la rassurer. Je me demandais simplement ce que j'aurais fait sans vous.

— Je me le demande, en effet. D'autant plus que les enfants ne vont pas tarder à arriver et que vous n'êtes toujours pas déguisé. Attendez ! Je dois avoir quelque chose là-dedans…

D'un des sacs abandonnés près de la porte, Natasha tira un masque de squelette grimaçant, qu'elle exhiba fièrement.

— Magnifique, n'est-ce pas ? C'est l'un de mes préférés. Vous n'avez qu'à vous habiller tout en noir et le tour sera joué.

Spencer, se prêtant au jeu, prit le masque à face de crâne, et le fixa intensément d'un air ténébreux.

— « Etre ou ne pas être, murmura-t-il. Telle est la question ! »

Natasha se mit à rire et prit le masque, qu'elle lui mit d'autorité sur le visage.

— N'essayez pas de vous défiler, protesta-t-elle. C'est comme cela que ça se porte !

Pour toute réponse, Spencer profita de leur proximité pour l'enlacer. D'une voix déformée par le masque, il suggéra :

— A présent que la préparation de la fête est terminée, il n'y a plus de promesse qui tienne. Embrassez-moi !

En détournant le visage d'un air dégoûté, Natasha fit la grimace et se faufila hors de ses bras.

— Certainement pas ! protesta-t-elle. Vous êtes trop laid.

Obligeamment, Spencer releva le masque sur ses cheveux.

— Et comme ceci ?

— C'est pire encore…

— Femme cruelle !

Avec un nouveau rire facétieux, Natasha vint passer son bras sous le sien et l'entraîna vers le hall. Sur le seuil de la pièce, ils se retournèrent pour contempler leur œuvre une dernière fois.

— Je crois que Freddie va adorer !

— J'en suis persuadé, dit Spencer.

Le bruit d'une porte s'ouvrant à la volée, aussitôt suivi de petits cris d'excitation, le fit se retourner.

— Quand on parle du loup !

Les invités arrivèrent d'abord au compte-gouttes, puis un flot continu d'enfants costumés investit les lieux. L'horloge du salon n'avait pas encore frappé six coups que la maison était déjà pleine de pirates, de ballerines, de monstres, de fantômes et de super-héros. Comme prévu, le donjon hanté suscita moult cris de frayeur et frissons d'épouvante ravie.

Personne ne fut suffisamment téméraire pour faire la visite seul, mais nombreux furent ceux et celles à tenter l'aventure deux fois. Quelques rares inconscients se risquèrent même à toucher du doigt la momie ou la cape du vampire, suscitant l'admiration générale. Et quand les lumières se rallumèrent pour l'ouverture des cadeaux de Freddie, il y eut autant de murmures déçus que de soupirs de soulagement.

En regardant la petite fille, réplique vivante de sa poupée de chiffon favorite, couvrir le sol de papier cadeau déchiré avec un sourire de pur ravissement, Natasha murmura :

— Vous êtes un bon père.

Sans même s'en rendre compte, Spencer lui prit la main.

— Pourquoi ? s'étonna-t-il. Parce que je la couvre de cadeaux ?

— Pas du tout. Parce que vous n'avez pas encore réclamé d'aspirine et que vous n'avez même pas bronché quand Mikey a renversé son verre de jus d'orange sur votre beau tapis.

— Je préfère économiser mon énergie pour le moment où Vera constatera les dégâts…

Pour éviter d'entrer en collision avec une princesse poursuivie par un farfadet hilare, Spencer fit un pas de côté. Des cris et des rires s'élevaient de tous les coins de la pièce, couvrant sans peine la dernière rengaine à la mode, diffusée en boucle par la stéréo.

— A propos d'aspirine, demanda-t-il d'un ton inquiet, combien de temps peuvent-ils soutenir ce rythme d'enfer sans se fatiguer, selon vous ?

— Bien plus longtemps que nous ne pouvons le supporter…

— Merci de me remonter le moral.

— Pour canaliser toute cette énergie, suggéra Natasha en riant, nous pourrions peut-être passer au goûter. Ensuite, il sera temps d'organiser des jeux et des concours.

Avisant sa mine déconfite, elle rit de plus belle et pressa ses doigts entre les siens.

— Rassurez-vous, le pire est passé, dit-elle pour l'encourager. Vous serez surpris de constater à quel point deux heures passent vite en compagnie de vingt petits monstres déchaînés.

Au grand étonnement de Spencer, ce fut effectivement ainsi que les choses se déroulèrent. Une fois pillé le buffet soigneusement préparé par Vera, ils eurent à peine le temps d'organiser quelques concours — dont celui du plus beau déguisement et de la plus vilaine grimace — que déjà les premiers parents venus récupérer leur progéniture se présentaient à la porte. Ce qui ne marqua pas pour autant la fin des réjouissances…

En petits groupes colorés et bruyants, les bambins se répandirent dans le voisinage pour réclamer, sous peine de représailles, leur dû de friandises et de gâteaux. Comme pour se prêter à leur macabre défilé, un vent frais balayait sur les trottoirs les feuilles mortes, chassant dans le ciel illuminé par la pleine lune des troupeaux de nuages noirs. A n'en pas douter, des souvenirs émerveillés de cette nuit s'attarderaient encore dans l'esprit de tous bien longtemps après que le dernier cookie aurait été digéré…

Il était presque 22 heures quand Spencer parvint enfin à glisser une Freddie épuisée mais radieuse au fond de son lit.

— C'est le meilleur anniversaire de ma vie ! parvint-elle encore à articuler dans un bâillement. Finalement, je suis contente d'avoir eu la varicelle…

Du bout du doigt, Spencer essuya au coin des lèvres de sa fille une trace de dentifrice oubliée.

— Je n'irais pas jusque-là, dit-il, mais je suis heureux que tu te sois bien amusée.

— Est-ce que je peux avoir encore un bonbon ?

— Pas question ! s'écria-t-il en déposant un baiser sur son nez. Tu t'es brossé les dents et, de toute façon, tu ne pourrais plus rien avaler sans risquer de vomir…

Trop fatiguée pour tenter de nouvelles stratégies, Freddie se pelotonna en riant contre son oreiller et ferma les yeux.

— L'année prochaine, annonça-t-elle d'une voix

déjà lointaine, je veux me déguiser en gitane. Comme Nat…

Après l'avoir soigneusement bordée dans son lit, Spencer chassa du front de sa fille quelques mèches emmêlées pour y déposer un baiser.

— Cela t'ira très bien, assura-t-il en allumant la veilleuse. Maintenant, il faut dormir. Je vais reconduire Natasha chez elle, mais Vera est là pour veiller sur toi.

— Est-ce que tu vas bientôt te marier avec Nat, pour qu'elle puisse venir vivre avec nous ?

Sous le choc, Spencer ouvrit la bouche, puis la referma, trop estomaqué pour parler.

— Pourquoi demandes-tu cela ? parvint-il enfin à murmurer.

Déjà en route vers le pays des rêves, sa fille lui répondit par une autre question, qu'elle acheva de formuler à grand-peine.

— Combien de temps il faut… pour avoir… une petite sœur ?

A peine le dernier mot fut-il prononcé que Freddie dormait à poings fermés, vaincue par le sommeil. Soulagé d'être ainsi dispensé de lui répondre, Spencer se passa une main sur le visage et quitta la chambre sans faire de bruit.

Au rez-de-chaussée, Natasha était occupée à ranger le champ de bataille dévasté qu'était devenu le living-room.

— En général, s'exclama-t-elle gaiement en voyant arriver Spencer, plus il y a de pagaille, plus c'est signe que la fête était réussie.

Alertée par sa mine soucieuse, elle fronça les sourcils et demanda :

— Un problème ?

— Non, non, murmura-t-il distraitement. Aucun. C'est juste Freddie... Cette enfant ne cessera jamais de me surprendre.

D'un haussement d'épaules, Spencer évacua le sujet et rejoignit Natasha pour lui prendre des mains un sac poubelle à demi rempli des lambeaux de la fête.

— Laissez cela, dit-il. Vous en avez déjà assez fait.

— Cela ne me dérange pas, vous savez...

— Je sais.

Anticipant le geste esquissé par Spencer pour lui prendre la main, Natasha croisa les bras derrière le dos.

— Je crois que je vais rentrer, annonça-t-elle d'une voix résolue. Demain c'est samedi — notre plus gros jour.

Incapable de masquer sa déception, Spencer hocha vaguement la tête, regrettant de ne pouvoir gravir avec elle l'escalier, main dans la main, pour rejoindre en sa compagnie sa chambre et son lit.

— Je vais vous reconduire

— Inutile ! protesta-t-elle aussitôt. Je peux rentrer seule.

La parenthèse de la fête refermée, la tension était revenue entre eux. Leurs regards se croisèrent, et Spencer comprit que Natasha en était consciente et le regrettait autant que lui.

— Je n'en doute pas, répondit-il calmement. Mais vous me feriez plaisir en acceptant. Vous êtes vraiment fatiguée ?

— Non.

Passant outre ses réticences, Natasha avait répondu spontanément. Spencer avait jusque-là tenu parole en gardant ses distances avec elle et elle avait envie autant que lui de prolonger la soirée. La fête était terminée, mais la nuit ne faisait que commencer.

Sans attendre, ils quittèrent la maison et cheminèrent côte à côte sur les trottoirs, appréciant l'avant-goût d'hiver qui flottait dans l'air vif de la nuit automnale. Au-dessus de leur tête, la lune ronde et brillante continuait de jouer à cache-cache avec les nuages. Au coin de la rue, ils sourirent de voir un chêne centenaire emmailloté de papier toilette par des teenagers irrespectueux de son âge canonique.

Dans la rue principale, les enfants les plus âgés mêlés aux étudiants festoyaient encore. Un loup-garou plus vrai que nature pourchassait de porte en porte une escouade de jeunes filles hystériques, sous le regard de Frankenstein et de sa fiancée, impressionnants d'impassibilité. Une voiture emplie de goules menaçantes penchées aux portières ralentit à leur hauteur pour déverser sur eux un torrent d'imprécations sifflantes.

Tout en regardant le véhicule disparaître au virage suivant, Spencer hocha la tête d'un air perplexe.

— C'est bien la première fois que je vois Halloween fêté avec autant d'ardeur et de conviction ! lança-t-il. C'est tout les ans comme cela ?

— Vous n'avez encore rien vu, répondit Natasha. Cette année je les trouve plutôt sages…

Lorsqu'ils arrivèrent devant chez elle, au terme de leur promenade, Spencer sourit en découvrant la citrouille d'Halloween posée devant sa porte. Illuminée de l'intérieur, elle semblait cligner de l'œil avec un sourire bien plus coquin que maléfique. A côté, un saladier à demi rempli de friandises était surmonté d'un écriteau en lettres sanglantes qui disait : « Un seul à la fois. Sinon, gare aux représailles ! »

— Ils respectent la consigne ? demanda-t-il en se penchant pour piocher un caramel.

Sortant sa clé de sa poche, Natasha déverrouilla la porte qu'elle avait exceptionnellement fermée, en ce soir de folie, pour se protéger d'éventuelles plaisanteries d'un goût douteux.

— En général, répondit-elle. La plupart des enfants de cette ville me connaissent et savent quand je plaisante ou pas.

— Et moi ? demanda Spencer en cherchant son regard dans la pénombre. N'ai-je pas mérité un petit verre, pour avoir tenu parole ?

Debout sur le seuil, Natasha n'hésita qu'un court instant. Si elle le laissait entrer, elle le savait, ils ne pourraient que reprendre les choses là où ils les avaient laissées, quelques heures plus tôt, dans le hall de la grande maison. Cela faisait deux mois qu'ils se connaissaient. Deux mois qu'ils s'observaient, se jaugeaient, se frôlaient pour mieux s'éviter... Ils savaient tous deux que cela ne pourrait durer éternellement. Et elle était elle-même assez honnête pour savoir que l'heure n'était plus aux atermoiements.

— Bien sûr, répondit-elle en s'effaçant sur le seuil. Entrez...

D'un pas raide, la gorge nouée, elle marcha jusqu'à la cuisine pour servir deux verres de brandy. A présent, songeait-elle en versant d'une main tremblante le liquide ambré, il était trop tard pour reculer. Elle avait beau y être préparée et aspirer comme lui à ce qui allait sans doute se passer, elle ne pouvait se départir d'une certaine angoisse. Quel genre d'amant Spencer serait-il pour elle ? Comment réagirait-elle entre ses bras ? Et lorsqu'ils se connaîtraient de la manière la plus intime qui soit, comment pourrait-elle continuer à prétendre qu'elle n'attendait pas plus de lui ?

En la regardant revenir dans le salon chargée d'un plateau, un sourire incertain plaqué sur les lèvres, Spencer s'efforça de masquer le trouble qui l'agitait. Depuis qu'à sa grande surprise, elle l'avait invité à entrer, ses sentiments étaient complexes et mélangés. Que voulait-il, exactement, en ce soir où ses vœux semblaient sur le point de se réaliser ? Elle, sans l'ombre d'un doute... Mais jusqu'à quel point serait-elle prête à se livrer ? Et lui ? Quel compromis serait-il prêt à accepter ?

— Merci, dit-il doucement en saisissant le verre qu'elle lui tendait.

D'un air songeur, il la regarda s'asseoir face à lui et siroter son brandy à petites gorgées.

— La première fois que j'ai dû affronter un amphi plein à craquer, reprit-il, je suis resté une longue minute en chaire, l'esprit aussi vide qu'une page blanche, persuadé que je n'arriverais jamais à me rappeler l'exposé que j'avais si soigneusement préparé. C'est exactement la sensation que j'éprouve ce soir...

Posant son verre sur la table basse, il se pencha pour s'emparer de la main libre de Natasha, surpris de la découvrir tremblante et glacée entre les siennes. D'une certaine manière, la savoir aussi nerveuse qu'il l'était lui-même le rassura et l'aida à poursuivre.

— Cela n'est pas aussi facile que je me l'étais imaginé, avoua-t-il. Je ne voudrais pas vous effrayer.

— Je *suis* effrayée, reconnut-elle avec un pauvre sourire. Vous n'y êtes pour rien, et vous ne pourrez rien y changer. Les gens disent parfois que je réfléchis trop. C'est peut-être vrai. Mais si ça l'est, c'est pour m'éviter de souffrir. Il y a longtemps...

Comprenant qu'il lui fallait livrer cet aveu sans y être

aidée par le contact rassurant de la main de Spencer, Natasha retira la sienne.

— Il y a longtemps, répéta-t-elle, j'ai laissé mes sentiments décider pour moi. J'en souffre encore aujourd'hui. Il est certaines erreurs dont on continue à payer le prix toute sa vie… Et je veux être sûre de ne pas commettre une nouvelle erreur. Je ne veux ni serment, ni promesse, Spence. Car je préfère m'en passer plutôt que d'y croire à tort. De même, épargnez-moi les mots doux, ils sont trop facilement prononcés. J'ai besoin de respect. Pas de poésie.

Spencer, qui ne l'avait pas quittée du regard durant toute cette tirade, lui lança un regard interrogateur.

— Vous avez terminé ?

— J'en aurai terminé, insista-t-elle, quand je serai sûre que vous m'avez bien comprise.

— Je crois que je commence à comprendre. Vous l'avez beaucoup aimé, n'est-ce pas ?

Natasha sursauta. Sous l'effet de la surprise, elle avait failli renverser son verre. Autant pour ne plus prendre ce risque que pour se donner du courage, elle le vida d'un trait avant de le reposer sèchement sur la table.

— C'est vrai, dit-elle avec un regard de défi. Je n'ai jamais aimé personne autant que lui.

Spencer demeura un long moment figé sur place, tétanisé par la douleur fulgurante que lui avait infligée sa réponse. Comment pouvait-il se sentir menacé par une ombre surgie du passé ? Pourquoi fallait-il qu'il soit jaloux d'un inconnu qu'elle avait depuis si longtemps perdu de vue ? Après tout, lui aussi avait un passé encombré de zones d'ombre douloureuses…

— Je me fiche de savoir qui il est, lança-t-il enfin. Tout comme je ne veux rien savoir de ce qui s'est passé entre vous.

C'était un pieux mensonge et il en était parfaitement conscient, mais au moins était-il parvenu à le proférer avec suffisamment d'assurance pour le faire passer pour une vérité.

— Ce que je ne supporterais pas, poursuivit-il d'une voix grondante de colère contenue, c'est que vous pensiez à lui alors que je suis avec vous.

Piquée au vif par son ton vindicatif, Natasha se redressa d'un bloc, aussitôt imitée par Spencer. Le menton relevé, les mains posées sur les hanches en une attitude de défi, elle le toisa fièrement.

— Ah oui ? répondit-elle. Dans ce cas, comment comptez-vous vous y prendre pour contrôler mes pensées ?

— Comme ceci !

Fondant sur elle comme un aigle sur sa proie, Spencer l'emprisonna dans ses bras, sans lui laisser la moindre chance de lui échapper. Mû par une jalousie féroce, ses lèvres se soudèrent à celles de Natasha. Il y avait dans ce baiser toute sa colère de n'être pas pour elle le premier, toute sa frustration de ne pas l'avoir connue plus tôt, et toute la violence du désir que depuis des mois elle éveillait en lui. Et lorsque, après être passé par tous les stades de la passion, il parvint à lui exprimer dans cette étreinte toute la tendresse qu'elle lui inspirait, la joie de la savoir à lui le submergea de bonheur.

# 8.

Oubliant toute méfiance et toute crainte, Natasha noua ses bras autour du cou de Spencer. Cette nuit, il n'y avait plus pour eux ni avenir, ni passé. Juste un moment unique, pur et parfait comme un diamant, qu'il leur fallait chérir et apprécier.

Elle avait l'impression de nager en plein rêve, mais tout était vrai, merveilleusement vrai. La passion qu'il lui témoignait ne pouvait être mise en doute, pas plus que sa tendresse. Ce baiser faisait vibrer en elle un désir qu'elle ne pouvait plus ignorer. A cet instant, dans les bras de cet homme, il lui semblait s'éveiller à une autre vie.

Lorsque Spencer mit fin au baiser pour la soulever dans ses bras, Natasha émit un petit gémissement de protestation, avant de se laisser aller à nicher son visage contre son cou. Tandis qu'il la portait vers son lit, elle se pelotonna contre lui et ferma les yeux, appréciant la sensation toute nouvelle de s'abandonner dans une confiance absolue.

Dans la chambre, la lune les attendait. Elle s'était glissée dans la pièce par la fenêtre et répandait sur le parquet de grands carrés de lumière argentée. En l'asseyant avec un luxe de précautions sur le lit, Spencer ne dit rien, se contenta de la dévorer des yeux. Elle lui avait dit refuser les mots doux, mais elle n'aurait jamais imaginé qu'un seul de ses regards vaudrait tous les discours. Troublée et émue, Natasha baissa les yeux, glissant ses mains jointes entre ses jambes.

Durant ces longs mois où il n'avait pu que rêver d'elle, Spencer l'avait souvent imaginée ainsi. Cela paraissait irréel, mais pourtant c'était vrai. L'image l'avait visité régulièrement, aussi claire et limpide que celle qu'il avait sous les yeux. Il avait vu le fleuve tumultueux de sa chevelure noire comme la nuit s'écoulant de part et d'autre de son visage. Il avait vu cette nuance dorée qu'avait sa peau au clair de lune, ses mains timidement jointes, ses yeux baissés comme pour mieux protéger le mystère qui les habitait. En imagination, il avait vu tout cela mais aussi tellement, tellement plus…

Doucement, comme pour ne pas l'effaroucher, Spencer entreprit de défaire le long foulard noué dans ses cheveux. Sans réagir, Natasha le regarda flotter lentement jusqu'au sol, où le rejoignirent bientôt tous les autres foulards qui lui ceignaient la taille. Les voyant s'amonceler à ses pieds, comme une offrande de saphir, d'ambre et d'émeraude, Natasha sourit rêveusement.

Puis, du bout des doigts, avec une lenteur éprouvante, Spencer entreprit de faire glisser sa robe le long de ses épaules. Impatientes, ses lèvres se posaient sur chaque centimètre carré de peau exposé, arrachant à Natasha frissons et soupirs. Soudain, n'y tenant plus, elle laissa ses mains s'envoler vers lui.

Le souffle court, les doigts malhabiles, elle lutta pour le débarrasser de sa chemise. Enfin, il n'y eut plus sous ses paumes que sa peau ferme et douce, ses muscles qu'elle sentait frémir. Et dans ses yeux gris rivés aux siens montait comme une marée de plaisir, qui les assombrissait.

Spencer devait lutter contre l'envie pressante d'arracher sans douceur les derniers obstacles qui le séparaient d'elle, pour prendre sans attendre ce qu'elle avait à lui donner. Il le lisait au fond de ses yeux, Natasha ne l'en aurait pas empêché. Mais il lui avait promis quelque chose au tout début de leur relation. Il tenait d'autant plus à honorer cette promesse qu'elle avait déclaré ne pas vouloir de serments. Qu'elle le veuille ou non, il était décidé à rendre leur première nuit d'amour aussi romantique que possible.

Avec une patience qui l'étonna, il parvint à déboutonner chacun des trop nombreux boutons qui fermaient sa robe dans le dos. Natasha en profita pour laisser courir ses lèvres le long de son torse, tandis que ses doigts nerveux dégrafaient son pantalon, qui ne tarda pas à rejoindre la robe à leurs pieds. Mais lorsqu'elle eut terminé en toute hâte de le débarrasser de son dernier vêtement, il ne put résister au besoin de la serrer contre lui pour un long et voluptueux baiser.

Parce qu'il leur fallait bien respirer, Spencer dut à regret mettre fin à cette étreinte qui avait achevé d'enflammer ses sens. Aussi chancelant et à bout de souffle qu'elle l'était elle-même, il s'écarta pour mieux l'admirer. Dans ses rêves les plus audacieux, il n'avait jamais espéré qu'elle serait aussi belle. Mais à cet instant précis, nue sous une fine combinaison de soie rouge, éclairée par un simple rayon de lune qui accrochait des reflets à ses bijoux et à ses cheveux, Natasha était d'une beauté presque difficile à supporter.

Lentement, les bras de Natasha se croisèrent sur sa poitrine, ses mains s'élevèrent vers ses épaules, pour y faire glisser les deux fines bretelles. Le mince voile de soie sembla hésiter un instant au niveau de ses seins, avant de choir tout à fait. Elle n'avait plus pour parure que l'or de ses colliers, de ses boucles et de ses bracelets. Fasciné, Spencer les regarda briller sur sa peau nue.

De nouveau, elle tendit les bras — vers lui cette fois. Ensemble ils roulèrent sur le lit, où leurs membres se mêlèrent, leur arrachant un même soupir de soulagement. Avec une voracité impossible à rassasier, leurs bouches se soudèrent, leurs mains partirent à la rencontre du corps de l'autre, faisant culminer en eux le désir fou de se fondre en un seul être.

Toute idée de patience avait déserté Spencer. Trop longtemps réprimé en lui, le désir que Natasha lui inspirait jaillissait, irrépressible, tel un ressort détendu. Il voulait tout d'elle. Tout de suite. Tout ce qu'elle était. Tout ce qu'elle avait à lui offrir. Le goût de ses lèvres était aussi enivrant qu'un mélange de miel et de whisky. Sa peau était douce et fraîche comme un pétale de rose dans la rosée du matin. Son parfum, aussi ensorcelant et vital qu'une drogue qui coulait déjà dans ses veines.

En réponse à sa propre frénésie, Natasha arquait son corps contre le sien, gémissant de bonheur chaque fois qu'il arrivait à en percer un nouveau secret. Il se rendit compte soudain qu'avant elle il n'avait jamais connu une telle intimité, une telle communion, avec qui que ce soit. Pour la première fois de son existence, il découvrait ce que c'est que de faire l'amour avec son cœur et avec son âme autant qu'avec son corps.

Paume contre paume, leurs mains s'agrippèrent. Et quand Natasha s'ouvrit à lui, leurs regards demeurèrent rivés l'un à l'autre. Dans ces yeux grands ouverts au moment de s'unir au plus intime de leur être, il y avait comme une promesse que tous deux acceptèrent. Ensuite, plus rien n'eut d'importance que la danse par laquelle ils se donnèrent l'un à l'autre.

— Avant, murmura Spencer, je croyais savoir comment cela serait de faire l'amour avec toi…

Le corps nu de Natasha alangui contre le sien, sa tête reposant contre son épaule, il laissait ses doigts courir le long de son flanc.

— Maintenant, conclut-il, je me rends compte à quel point je me trompais.

— Moi, renchérit-elle d'une voix ensommeillée, je pensais que je ne ferais jamais l'amour avec toi. Et je me trompais encore plus.

— Dieu merci ! Natasha, je…

Plus rapide que lui, elle posa son index sur ses lèvres pour le faire taire.

— Surtout ne dis rien. Il est facile de divaguer au clair de lune.

« Et encore plus facile de croire à ces divagations », ajouta-t-elle pour elle-même.

Vaillamment, Spencer ravala les mots tendres qui lui brûlaient les lèvres. Après tout, peut-être avait-elle raison. Il avait commis une fois déjà l'erreur de vouloir trop de choses, trop vite. Il ne tenait pas à reproduire la même erreur avec elle.

— Puis-je au moins te dire que je ne regarderai plus jamais un bijou en or de la même façon ?

Avec un petit rire facétieux, Natasha déposa un baiser sur son épaule.

— Oui, répondit-elle. Cela, tu peux me le dire.

Distraitement, Spencer se mit à jouer avec ses bracelets.

— Ai-je aussi le droit de dire que je suis heureux ?

— Oui.

— Et toi ? L'es-tu ?

Se redressant sur un coude, Natasha plongea son regard dans le sien pour lui répondre.

— Oui. Beaucoup plus que j'imaginais pouvoir l'être un jour. Entre tes bras je me sens…

Indécise, elle retint un instant le mot qui lui était spontanément venu à l'esprit, avant de le livrer avec un haussement d'épaules et un sourire timide.

—… comme une déesse !

Bien loin de se moquer d'elle, Spencer hocha la tête.

— Rien de plus normal, puisque tu en es une à mes yeux.

Après avoir ri et déposé sur ses lèvres un baiser, Natasha reprit sa place au creux de son épaule.

— Je dois avouer que j'avais peur, reprit-elle à mi-voix. De moi. De toi. De ce qui allait se passer entre nous. Cela faisait tellement longtemps…

— Moi aussi, l'interrompit-il. Il n'y a eu personne dans ma vie depuis que ma femme est morte.

— Tu l'aimais beaucoup ?

Soudain consciente de s'engager sur un terrain trop intime, Natasha se reprit aussitôt.

— Je suis désolée ! s'excusa-t-elle. Je n'ai aucun droit de te demander cela.

Spencer saisit sa main et la porta à ses lèvres.

— Tu as parfaitement le droit de le savoir, affirma-t-il. J'étais très amoureux d'elle, au début de notre mariage. Ou plus exactement, j'étais amoureux de l'image que je me faisais d'elle. Lorsqu'elle est morte, il y avait bien longtemps déjà que cette image s'était évanouie.

— Tais-toi, s'il te plaît, insista-t-elle en secouant la tête. Ce n'est pas le bon moment pour parler du passé.

Natasha se redressa pour s'asseoir au bord du lit et Spencer l'imita pour venir se couler contre son dos. Refermant ses bras autour d'elle pour l'empêcher de se lever, il déposa un baiser dans le creux de son cou.

— Tu as sans doute raison, murmura-t-il. Mais il est certaines choses du passé dont nous avons besoin de parler tous les deux.

— Le passé est le passé, murmura Natasha. A quoi bon y revenir ?

Il y avait dans sa voix un soupçon d'exaspération dont Spencer aurait bien aimé deviner la cause. Sans trop savoir pourquoi il se risqua à insister.

— Le passé n'est pas sans influencer le présent. Et le présent détermine l'avenir.

Contre lui, il la sentit se raidir.

— Toi qui ne veux pas que je pense à un autre quand je suis avec toi, lança-t-elle sèchement, tu devrais comprendre que je n'apprécie pas de parler d'une autre dans mon lit, entre tes bras…

Peu désireux de se lancer dans une nouvelle polémique alors qu'il avait encore le goût de ses lèvres sur les siennes, Spencer se mit à rire et l'entraîna avec lui sur le lit.

— Tu as raison, reconnut-il avec un baiser en gage de paix. Cette nuit, il ne faut penser qu'à nous.

Ces quelques mots, accompagnés de caresses précises, suffirent à ramener le sourire sur les lèvres de Natasha.

— J'aimerais passer la nuit avec toi, murmura-t-elle, les yeux clos. Toute la nuit. Mais je suppose que tu dois t'en aller ?

Avec un long soupir, Spencer se laissa retomber de tout son long sur le lit.

— Si je ne suis pas là demain au petit déjeuner, Freddie risque de ne plus me lâcher avant de m'avoir fait avouer où j'ai passé la nuit.

Amusée, Natasha se redressa sur un coude et laissa

courir sa main sur sa poitrine couverte d'un fin duvet blond.

— Je peux me montrer compréhensive…

Du bout des doigts, elle s'aventura plus bas, le long du ventre frémissant de Spencer, jusqu'à rencontrer sa virilité renaissante.

— Du moins, conclut-elle, tant que ma rivale n'a que six ans.

Incapable de résister à la tentation, Natasha roula sur lui et se retrouva à califourchon sur son ventre.

— Encore une fois avant que tu ne t'en ailles, gémit-elle en portant ses lèvres à la rencontre des siennes. Juste une dernière fois…

Assise dans l'arrière-boutique à la table qui lui servait de bureau, Natasha se redressa et s'étira consciencieusement. Elle était venue tôt ce matin-là pour s'acquitter des aspects les moins gratifiants de son activité et avait à présent le sentiment du devoir accompli. Sa comptabilité était à jour, de même que ses factures. De plus, avec la perspective de Noël dans deux mois à peine, elle avait épluché les nouveaux catalogues et passé la plupart de ses commandes.

En fait, elle avait déjà commencé à constituer son stock de jouets. Les cartons s'empilaient jusqu'au plafond autour d'elle, et elle aimait savoir qu'elle détenait en secret les cadeaux qui arracheraient des cris de joie aux enfants le matin de Noël. Mais tout n'était pas réglé pour autant et il lui restait du pain sur la planche. Elle avait en tête une complète réorganisation de la boutique en prévision du rush à venir, et il lui faudrait se pencher sans tarder sur la décoration.

Mais pour l'heure, avec Annie en charge du magasin

où les clients ne se bousculaient pas, elle pouvait bien se permettre de replonger le nez dans ses livres et ses notes de cours avant la pause-déjeuner. Le soir même, Spencer avait prévu de tester par écrit les connaissances de ses étudiants sur la période baroque dont ils venaient d'achever l'étude. Elle était bien déterminée à montrer à son distingué professeur et néanmoins amant de quoi elle était capable. Car elle éprouvait un besoin irraisonné d'être admirée par Spencer autant pour son intelligence que pour sa beauté, d'être à ses yeux une égale et non uniquement l'objet de son désir…

Avec un soupir, Natasha leva les yeux de ses notes pour contempler la dernière des roses rouges qu'il lui avait fait parvenir, posée à la place d'honneur sur son bureau. Elle le savait, sa crainte que Spencer finisse un jour par se comporter comme Anthony n'était ni fondée ni juste. On ne pouvait trouver deux hommes plus dissemblables. Certes, ils étaient tous deux des artistes célèbres, l'un dans le monde de la musique, l'autre dans celui de la danse. Mais à part cela, leur ressemblance physique était leur seul autre point commun.

Anthony s'était révélé égoïste, malhonnête, et finalement lâche et cynique. Or, elle n'avait jamais rencontré d'homme plus généreux et aimable, plus attentionné et honnête, que Spencer Kimball. Elle devait bien se l'avouer, chaque jour qui passait la rendait plus amoureuse de lui. Tellement amoureuse, songeait-elle en humant la rose avec délices, qu'il lui arrivait parfois d'avoir envie de le lui avouer. Pourtant, au dernier moment, le souvenir du calvaire qu'elle avait enduré suffisait à l'en dissuader.

Elle avait autrefois offert en toute confiance son cœur à un homme, un cœur pur et fragile, et c'est en lambeaux que celui-ci le lui avait rendu. Comment aurait-elle pu prendre ce risque de nouveau ? Même en sachant que ce qu'elle ressentait aujourd'hui pour Spencer n'avait rien à voir avec l'illusion qu'avait entretenue la jeune fille de dix-sept ans qui était tombée amoureuse d'Anthony, comment aurait-elle pu prendre le risque de subir de nouveau une telle souffrance, une telle humiliation ?

Les choses, décida-t-elle en replongeant le nez dans ses livres, étaient bien mieux ainsi. Spencer et elle étaient deux adultes qui goûtaient tous les avantages d'une relation intime mutuellement satisfaisante sans avoir à en subir les inconvénients. Ils s'appréciaient et se respectaient en tant qu'êtres humains et ils étaient amis. Que demander de plus ?

Seule ombre au tableau : rares étaient les moments où ils pouvaient profiter pleinement l'un de l'autre. Mais au cours des heures rares et précieuses qu'ils parvenaient à passer ensemble, Natasha avait l'impression de nager en plein bonheur.

Elle s'était remise à étudier depuis un bon quart d'heure quand le téléphone sonna. Décrochant sans quitter des yeux le mémo qu'elle était en train d'apprendre, Natasha répondit de manière automatique :

— *Funny House*, bonjour…

A l'autre bout du fil un rire retentit et une voix qu'elle reconnut immédiatement s'exclama gaiement :

— Funny Girl, bonjour !

— Maman !

— Es-tu trop occupée par tes affaires ou as-tu quelques minutes à consacrer à ta vieille mère ?

Avec un sourire attendri, Natasha protesta non sans conviction.

— Maman ! Tu sais bien que pour toi j'ai tout mon temps.

— C'est pour cela que tu ne m'as pas appelée depuis quinze jours ?

— Excuse-moi !

Durant ces quinze derniers jours, Natasha avait été trop occupée par Spencer pour penser à autre chose, mais elle se voyait mal fournir ce genre d'explication à sa mère…

— Comment vas-tu ? reprit-elle pour faire diversion. Et papa ? Et la famille ?

— Tout le monde va bien. Ton père est aux anges, il vient d'obtenir une augmentation.

— Merveilleux.

— Mikhail a enfin laissé tomber sa belle Italienne.

A mi-voix, Nadia rendit grâce à Dieu en ukrainien, ce qui fit rire sa fille.

— Alex continue à fréquenter toutes les filles du monde, reprit-elle aussitôt. Quant à Rachel, elle est bien trop occupée par ses études pour penser à autre chose. Et qu'en est-il de Natasha ?

— Natasha se porte comme un charme. Elle mange bien et dort suffisamment, ajouta-t-elle avant que sa mère ait pu poser la question rituelle.

— Tant mieux. Et tes affaires ?

— Nous sommes en pleins préparatifs de Noël, et je pense que cette année sera encore meilleure que la précédente.

— A ce propos, je veux que tu arrêtes de nous envoyer de l'argent.

— A ce propos, je veux que tu arrêtes de t'en faire pour tes enfants.

Le soupir retentissant de sa mère fit sourire Natasha. C'était entre elles une discussion aussi vieille que le monde.

— Tu es têtue comme une bourrique ! bougonna Nadia.

— C'est vrai, reconnut-elle de bonne grâce. J'ai de qui tenir !

— Ah oui ? Dans ce cas, nous en reparlerons à Thanksgiving.

Coinçant le combiné contre son épaule, Natasha s'empara de son agenda pour le feuilleter en toute hâte. Il ne restait plus que deux semaines à peine… Comment avait-elle pu oublier ?

— C'est ce que nous verrons, répondit-elle enfin. J'arriverai tard dans la soirée du mercredi. Et comme d'habitude j'apporte le vin.

Sans attendre, Natasha griffonna une note pour ne pas oublier d'en acheter. Ce n'était jamais très facile pour elle de s'absenter à cette période de l'année, mais pour rien au monde elle n'aurait manqué ce rassemblement traditionnel de toute la famille.

— Peut-être viendras-tu avec un ami ? demanda sa mère d'un ton innocent.

C'était une autre de leurs discussions habituelles. Mais aujourd'hui, pour la première fois, Natasha hésita à répondre par la négative. Elle ne voyait pas ce qui pourrait donner à Spencer l'envie de fêter Thanksgiving à Brooklyn chez les Stanislaski, mais il lui était difficile d'en écarter d'emblée la possibilité.

Il n'en fallut pas plus à Nadia, dont l'instinct maternel était aguerri par des décennies d'expérience, pour remarquer son hésitation.

— Natasha ? fit-elle d'une voix soupçonneuse. Aurais-tu un ami ?

Son rire gêné sonna faux à ses propres oreilles.

— Un ami ? Bien sûr que j'ai un ami ! J'en ai même des tas…

— Ne joue pas la fine mouche avec moi. Dis-moi qui c'est.

Avec un soupir résigné, Natasha comprit qu'il était vain de résister à la curiosité maternelle.

— Spencer Kimball, répondit-elle à contrecœur. Il est professeur de musique à l'université. Il est veuf et élève seul sa fille de six ans…

A l'autre bout du fil, il y eut un long silence. Quand sa mère reprit la parole, elle fit des efforts pour parler d'une voix égale mais Natasha perçut sans peine sa joie et son émotion.

— Depuis quand le connais-tu ?

— Ils sont arrivés ici à la rentrée, expliqua-t-elle d'un ton bourru. Je me suis inscrite à l'un de ses cours et Freddie, sa petite fille, vient de temps à autre au magasin. C'est ainsi que nous avons sympathisé. Il n'y a rien de plus à dire…

Ce n'était pas tout à fait la vérité, songeait-elle avec un vague sentiment de culpabilité, mais cela s'en approchait. Déjà, sa mère faisait à haute voix des plans pour caser tout ce petit monde chez elle.

— La petite fille pourrait dormir avec toi dans la chambre de Rachel. Quant à ton professeur…

— Maman ! protesta Natasha, affolée. Je ne sais pas si…

— Il pourrait prendre la chambre d'Alex, poursuivit Nadia sans se démonter. Qui dormirait lui-même sur le divan du salon.

— Spence a peut-être déjà d'autres plans !

— Demande-lui.

— D'accord, d'accord, répondit-elle. Si l'occasion se présente.

— Invite-le ! insista Nadia d'une voix sans réplique. A présent je te laisse travailler.

— Au revoir, maman. A bientôt !

Après avoir raccroché, Natasha observa la rose d'un

œil songeur. Avait-elle gaffé en révélant si vite à ses parents la présence de Spencer dans sa vie ? Le célibat prolongé de leur fille aînée ne manquait pas de les inquiéter vivement — elle le savait même s'ils ne lui en parlaient jamais. Sans peine, elle imaginait sa mère, dans sa cuisine de Brooklyn, se frottant les mains et s'apprêtant à téléphoner la bonne nouvelle à tout son entourage.

A la perspective encore floue de ce voyage, d'autres questions se présentaient à son esprit. Que penserait Spencer des membres de sa famille ? Et eux de lui ? Apprécierait-il de passer Thanksgiving autour d'une tablée nombreuse et bruyante ? Et que penserait-il de l'abondance de nourriture que sa mère préparait à cette occasion ? De ce point de vue, le souvenir de leur premier repas dans ce restaurant tellement chic, au service discret et élégant, n'était pas pour la rassurer. De toute façon, décida-t-elle en se remettant au travail, il avait sans doute déjà prévu autre chose et il ne servait à rien de se mettre martel en tête.

Il était dit qu'elle ne pourrait pas travailler en paix ce jour-là car, vingt minutes plus tard, la sonnerie du téléphone retentit de nouveau.

— *Funny House*, bonjour…

— Nat…

— Spence ?

D'un geste automatique, elle consulta sa montre.

— Que se passe-t-il ? demanda-t-elle, inquiète. Tu ne devrais pas être à l'université à cette heure-ci ? Tu es malade ?

— Non, non, pas du tout. J'ai juste fait un saut à la maison entre deux cours. J'ai une heure devant moi, à peu près. Et j'ai besoin que tu viennes.

— Chez toi ? demanda-t-elle. Pourquoi ? Que se passe-t-il ?

Tout en parlant, Natasha réfléchissait à toute allure. Il y avait dans la voix de Spencer une urgence qui dénotait bien plus une grande excitation que la survenue d'une catastrophe.

— Je ne peux pas t'en dire plus, répondit-il avec impatience. Tu dois me faire confiance et venir tout de suite. S'il te plaît !

Comment aurait-elle pu résister à cette nuance de supplication dans le ton de sa voix ?

— Bon, d'accord, dit-elle. Mais tu es sûr que tu te sens bien ?

Elle l'entendit rire gaiement à l'autre bout du fil et cela suffit à la rassurer.

— Certain ! s'exclama-t-il. En fait, il y a bien longtemps que je ne me suis pas senti aussi bien… Dépêche-toi, veux-tu ?

— Dans dix minutes je suis chez toi, répondit-elle avant de raccrocher.

Après avoir pris son manteau et ses gants au portemanteau, Natasha se précipita dans la boutique en criant :

— Annie… Je dois absolument y aller !

En découvrant son assistante dans les bras de Terry Maynard, en train de l'embrasser passionnément, Natasha eut un mouvement de recul.

— Oh, je suis désolée ! balbutia-t-elle.

Luttant pour reprendre contenance, Annie respira profondément et lui adressa un sourire radieux en remettant en place sa chevelure.

— Oh, Nat ! s'exclama-t-elle. Terry était sur le point de… Tu dois t'absenter ?

Vaillamment, Natasha réprima une soudaine envie

de rire et passa devant les amoureux pour gagner la sortie.

— Oui, répondit-elle en se retournant sur le seuil. J'ai quelqu'un à voir. Tu crois que tu pourras te débrouiller sans moi ? J'en ai pour une petite heure.

— Bien sûr ! assura Annie avec aplomb. Il n'y a pas foule ce matin. Prends ton temps…

Réfugié derrière elle, les cheveux en bataille et les lunettes au bas du nez, Terry passait pendant ce temps par toutes les nuances du rouge. Après leur avoir adressé un dernier sourire, Natasha referma la porte derrière elle. Selon toute vraisemblance, se disait-elle en remontant la rue à vive allure, le monde semblait avoir décidé ce matin-là de basculer dans la folie…

Quand Spencer ouvrit la porte à la volée avant même qu'elle ait eu le temps de s'annoncer, Natasha fut certaine qu'il avait perdu l'esprit. Ses yeux brillaient d'un éclat fiévreux. Ses joues étaient écarlates. Ses vêtements étaient en désordre et sa cravate desserrée pendait autour de son cou. Sans lui laisser le temps de prononcer la moindre parole, il l'attira par le bras dans le hall et l'emprisonna contre lui en lui donnant un baiser passionné.

— Enfin tu es là, murmura-t-il sans la lâcher. J'ai cru que tu n'arriverais jamais.

— Je suis venue aussi vite que possible.

Après l'avoir longuement dévisagé, Natasha comprit que ce n'était pas la fièvre qui rendait son regard si brillant.

— Spence, dit-elle d'une voix menaçante, si tu m'as fait venir jusqu'ici uniquement pour ce que je pense, je crois que je vais être très fâchée.

— Pour ce que tu…

Comprenant soudain où elle voulait en venir, Spencer partit d'un rire joyeux.

— Non, reprit-il. Ce n'est pas pour cela que je t'ai demandé de venir. Encore que ce ne serait pas une mauvaise idée…

Se souvenant brusquement que la porte était restée ouverte, il la referma d'un coup de pied et l'entraîna par la main jusqu'au salon de musique.

— Assieds-toi ! dit-il en s'installant au piano. Ne dis rien et écoute.

Résolue à ne plus s'étonner, Natasha prit place sur le sofa et ouvrit grand les oreilles, commençant à comprendre où il voulait en venir. Aux premières mesures, elle sut que personne avant elle n'avait jamais entendu la musique que Spencer était en train de jouer. Saisie par un frisson, elle glissa ses mains jointes entre ses jambes serrées et sentit les larmes lui monter aux yeux.

Chaque note regorgeait de passion et se plantait directement au plus profond de son cœur. Comment s'y était-il pris, se demandait-elle en le regardant se démener sur le clavier, pour mettre en musique ses émotions les plus secrètes, les plus cachées ?

Alors que le tempo s'accélérait, Natasha sentit son pouls s'emballer à l'unisson. Puis la musique culmina en une mélodie puissante et triste, et elle la sentit se déverser sur elle comme une vague irrésistible. Le souffle coupé, à peine consciente des larmes qui coulaient sur ses joues, Natasha ferma les yeux et se laissa emporter.

Quand la dernière note ne fut plus qu'un souvenir, elle rouvrit les paupières et vit Spencer qui la dévisageait avec un sourire radieux.

— Pas la peine de te demander si tu aimes, murmura-t-il. Je le vois dans tes yeux.

Incapable de la moindre parole, Natasha secoua la tête. Elle n'avait pas les mots qu'il fallait pour lui expliquer ce qu'elle avait ressenti. Sans doute, même, n'existait-il pas de mots assez beaux.

— Quand t'en es-tu rendu compte ? demanda-t-elle simplement.

— La nuit dernière…

Mû par un élan irrésistible, Spencer se leva pour la rejoindre près du sofa et s'empara de ses mains, qu'il porta à ses lèvres. Dans ses yeux, la fièvre d'une excitation trop intense pour être contenue brillait de nouveau.

— Au début, expliqua-t-il, j'ai cru devenir fou. La musique coulait de nouveau, sous mon crâne, comme elle ne l'avait plus fait depuis des années.

Machinalement, ses yeux se portèrent vers le Steinway.

— Quand je me suis installé au piano, je me suis dit que c'était trop beau, que la source allait de nouveau se tarir. Mais non… Les notes ont continué à affluer !

Spencer rejeta la tête en arrière et laissa fuser un rire libérateur vers le plafond.

— Seigneur ! s'exclama-t-il. Tu ne peux pas savoir comme je me sens soulagé. J'imagine que c'est comme de retrouver subitement la vue pour un aveugle…

— Ton don ne t'a jamais quitté, répondit Natasha en plaçant ses mains en coupe contre ses joues. Il était juste au repos.

Spencer ferma les yeux et secoua la tête d'un air têtu.

— Non ! insista-t-il. C'est toi qui me l'as rendu. Je t'ai déjà dit une fois que tu avais changé ma vie. Mais je ne m'imaginais pas à quel point c'était vrai…

Précipitamment, Natasha posa un doigt sur ses lèvres et lui sourit tristement.

— Je t'en prie, ne dis rien… Tu es encore sous le coup de l'émotion et tes paroles pourraient dépasser ta pensée.

— Je sais parfaitement ce que je ressens ! s'exclama Spencer. Le problème, c'est que tu ne veux pas m'entendre dire que je t'aime.

— Non !

Sous l'effet de la panique, Natasha sentit se hérisser la peau de ses avant-bras et baissa les yeux.

— Si tu tiens un peu à moi, supplia-t-elle, surtout ne le dis pas.

— C'est une drôle de position dans laquelle tu me places.

— Alors, j'en suis désolée pour toi. Mais je veux être heureuse. Et aussi longtemps que les choses iront entre nous comme cela…

— Combien de temps ? l'interrompit-il sèchement. A ton avis combien de temps pourrons-nous continuer ainsi ?

— Je n'en sais rien. Mais je ne peux pas te répéter les mots que tu voudrais me dire. Même si je les partage, je ne le peux pas.

Levant de nouveau les yeux, elle capta son regard et conclut :

— J'aimerais pouvoir le faire…

Un doute lancinant se réveilla dans le cœur de Spencer.

— Cela signifie-t-il que je suis toujours en compétition avec un autre ?

Vivement, Natasha prit ses mains dans les siennes.

— Non ! s'écria-t-elle pour le rassurer. Ce que j'ai cru ressentir autrefois pour cet homme n'était qu'une illusion, un rêve de jeune fille naïve et inexpérimentée.

Ce que j'éprouve pour toi est réel. Simplement, je ne suis pas assez forte pour l'assumer.

Spencer eut un sourire amer. Peut-être au contraire était-elle trop forte pour se laisser aller à l'aimer…

— Alors, conclut-il avec fatalisme, je ne te dirai pas que je t'aime…

Lentement, il se pencha pour lui embrasser le front.

— Ni que j'ai besoin de toi dans ma vie…

Subrepticement, ses lèvres effleurèrent les siennes.

— Du moins pas encore.

Fermement, ses doigts se refermèrent autour de ceux de Natasha et son regard se riva au sien.

— Mais quand le temps sera venu, conclut-il, rien ne pourra m'empêcher de te le dire. Alors, tu seras bien obligée de m'écouter. Et de me répondre…

— C'est une menace ?

Avec un rire moqueur, Spencer l'embrassa sur les deux joues et se redressa.

— Pas du tout, répondit-il gaiement. Juste une de ces promesses dont tu ne veux pas.

Après avoir gagné le seuil de la pièce, il se retourna vers elle et soupira.

— Hélas, je dois retourner travailler !

Natasha ramassa ses gants et le rejoignit.

— Moi aussi, dit-elle en se haussant sur la pointe des pieds pour l'embrasser.

Dans les bras l'un de l'autre, ils se dévisagèrent quelques instants sans mot dire.

— Spence, murmura enfin Natasha. Cela représente beaucoup à mes yeux que tu aies voulu partager ce cadeau avec moi. Je suis très fière de toi et j'aimerais que nous fêtions cela ensemble.

— Alors invite-moi à dîner ce soir, suggéra-t-il

avec une lueur de défi dans les yeux. Nous célébrerons dignement l'événement.

Le cœur emballé par cette promesse voilée, Natasha lui rendit son sourire.

— Marché conclu, murmura-t-elle.

# 9.

Avec un sentiment de plénitude, Natasha regardait danser le long des murs les ombres portées des bougies qu'elle venait d'allumer. Tout était tranquille dans la chambre. Spencer dormait près d'elle. Poussant un petit soupir de bien-être, elle s'étira contre lui et posa la main sur son cœur.

Après l'amour, un silence complice s'était établi entre eux, troublé seulement par le vent qui s'était levé avec la nuit et rabattait contre les vitres une petite pluie glacée. L'hiver, précoce, se déchaînait, descendu des collines qui entouraient Shepherdstown, mais elle avait chaud, merveilleusement chaud, entre les bras de son amant.

Lovés l'un contre l'autre, ils savouraient le bonheur de laisser filer les heures, tout en sachant qu'au matin, ils ne se réveilleraient pas seuls.

La veille au soir, Spencer était arrivé chez elle, une bouteille de champagne à la main, tout heureux de lui apprendre que Freddie passait la soirée et la nuit chez son amie Jo-Beth. Natasha avait encore à la mémoire les échos de la musique qu'il lui avait jouée le matin même. Elle savait qu'elle se rappellerait chaque note, chaque accord, jusqu'à la fin de sa vie et que chaque fois qu'elle entendrait une de ses œuvres, elle se remémorerait avec émotion ce merveilleux cadeau qu'il lui avait fait.

C'était un moment important dans la vie de Spencer. Comme un nouveau départ. Mais cette idée, dont elle se réjouissait pour lui, l'emplissait également d'une indéfinissable tristesse. Car un jour ou l'autre, sans aucun doute possible, la musique l'emporterait loin d'elle et de cette ville trop petite pour lui…

— Je suppose que tu comptes retourner à New York ?

Spencer redressa la tête pour déposer un baiser dans ses cheveux.

— Pourquoi demandes-tu cela ?

— L'inspiration est revenue. Tu composes de nouveau…

Sans peine, elle l'imaginait en smoking, au centre de tous les regards, dans une salle bruissante d'excitation, attendant les premières notes de sa première symphonie.

— Je n'ai pas besoin d'être à New York pour composer, répondit-il avec une moue assombrie. Et même si c'était le cas, des raisons plus impératives me retiennent ici.

— Freddie ?

En lui caressant distraitement la hanche, Spencer hocha la tête.

— Oui, dit-il. Il y a Freddie. Et puis à présent il y a toi…

Dans un mouvement d'impatience, Natasha tira le drap sur leurs corps nus. Sans qu'elle pût rien faire pour l'en empêcher, son esprit continuait à vagabonder. Après le triomphe remporté par sa symphonie, elle imaginait sans peine Spencer, dans quelque club privé, dansant dans les bras d'une femme très belle et très sophistiquée.

— Le New York que tu as connu est sans doute fort différent de celui dans lequel j'ai grandi…

— J'imagine, en effet, répondit-il vaguement. Et toi ? Tu n'as jamais envie de retourner là-bas ?

— Pour y vivre, certainement pas ! s'exclama Natasha. Mais j'y retourne régulièrement pour voir ma famille.

Pourquoi fallait-il qu'elle se sente aussi nerveuse et intimidée alors que c'était le moment idéal pour aborder le sujet qui lui tenait tant à cœur ?

— Ma mère m'a appelée, ce matin.

— Ah oui ? dit Spencer. Les nouvelles sont bonnes ?

— Oui. Elle voulait simplement pour rappeler que Thanksgiving approchait. Je n'y pensais plus… Tous les ans, nous nous retrouvons avec mes frères et sœur chez mes parents, pour un de ces repas de fête dont ma famille raffole. Je me demandais… Est-ce que tu comptes retourner chez toi, pour les vacances ?

— Chez moi ? Mais… c'est ici, chez moi ! protesta Spencer en riant.

— Ce n'est pas ce que je voulais dire… Pas de réunion de famille en vue ?

— En guise de famille, je n'ai que Freddie. Nina a pris l'habitude de délaisser New York pour la côte Ouest dès les premiers frimas.

Intriguée, Natasha se redressa sur un coude pour l'observer. Son visage demeurait impassible, mais il y avait dans son regard comme une détresse enfouie qui lui fendit le cœur.

— Et tes parents ? insista-t-elle. Tu ne m'en parles jamais. Je ne sais même pas s'ils sont encore en vie ni où ils habitent.

— Mes parents vivent dans un palace à Cannes.

En prononçant ces mots, Spencer se demanda si ce

n'était pas plutôt à Monte-Carlo. Ou à Nice… Son indécision montrait à quel point ses parents étaient devenus des étrangers à ses yeux. Ce qui, finalement, semblait les arranger autant que lui…

Natasha, manifestement perplexe, secouait la tête sans paraître comprendre.

— Ils ne rentrent même pas pour les vacances ?

— Ils ne mettent jamais les pieds à New York en hiver.

— Oh, je vois…

En réalité, elle avait bien du mal à concevoir une telle indifférence. Chez les Stanislaski, l'idée de passer une année sans se voir était tout simplement inconcevable.

— Autrefois, poursuivit Spencer d'une voix égale, nous ne passions jamais Thanksgiving en famille. Ni aucune autre fête d'ailleurs… C'était pour mes parents l'occasion de rendre visite à des amis lointains, de partir en voyage.

La voyant de plus en plus perplexe, Spencer ne put s'empêcher de sourire. Comment aurait-elle réagi s'il lui avait avoué qu'il partageait plus de souvenirs d'enfance avec ses nounous qu'avec ses parents ?

— Quand j'ai épousé Angela, reprit-il, nous avons continué à vivre ainsi, nous aussi. A la moindre occasion, nous retrouvions des amis au restaurant, avant de nous rendre au spectacle.

— Mais…

— Mais quoi ? dit-il, l'encourageant ainsi à poursuivre.

— Lorsque Freddie est née…

— Rien n'a changé, murmura-t-il, le visage soudain rembruni.

Spencer se redressa contre les oreillers, croisa ses mains derrière sa nuque et s'abîma dans la contemplation du plafond. Plusieurs fois, il avait failli parler à Natasha de sa vie antérieure, de l'homme qu'il avait été, sans jamais parvenir à se décider. A présent, s'il voulait vraiment approfondir leur relation, il paraissait difficile de reculer encore.

— Il est temps que je te parle d'Angela…

A son tour, Natasha se redressa et le dévisagea longuement.

— Ce n'est pas nécessaire, répondit-elle en lui caressant la joue.

Elle l'avait invité à célébrer une renaissance, pas à évoquer pour elle de vieux fantômes…

Spencer secoua la tête avec un sourire lointain. D'un air décidé, il s'assit au bord du lit pour remplir leurs verres à la bouteille qu'ils avaient emportée avec eux dans la chambre.

— Tu te trompes, dit-il en lui tendant la flûte à champagne. Pour moi ça l'est…

— Je n'ai pas besoin d'explications, Spence.

— Mais si je te les donne quand même, tu les écouteras ?

— Oui, puisque cela semble important pour toi.

Après avoir pris le temps de rassembler ses idées, Spencer commença son récit d'un ton morne :

— J'avais vingt-cinq ans lorsque j'ai rencontré Angela. Ma carrière de compositeur était déjà bien lancée, et pour être honnête, rien d'autre ne comptait pour moi à l'époque. J'avais passé ma jeunesse à voyager, à faire ce qui me plaisait, sans contrainte, à accumuler les succès sans le moindre effort. Je crois que personne ne m'a jamais dit : « Non, tu ne peux pas avoir ceci… tu ne peux pas faire cela… ». Et dès que j'ai aperçu Angela, j'ai tout de suite compris qu'elle serait ma femme.

Il fit une pause, pour siroter son verre à petites

gorgées, le regard perdu dans ce lointain passé. A côté de lui, Natasha l'écoutait en regardant les fines bulles remonter à la surface.

— Je suppose que cette attirance était réciproque ?

Spencer hocha la tête avec un petit rire.

— Le problème, répondit-il, c'est qu'elle était attirée par moi de manière aussi superficielle que je l'étais par elle. J'aimais le luxe, la beauté, et elle était aussi magnifique et délicate qu'une poupée de porcelaine. Elle était assoiffée de prestige, de reconnaissance, et ma réputation l'intéressait bien plus que mon âme… Nous vivions dans les mêmes cercles, fréquentions les mêmes amis, aimions les mêmes livres, les mêmes musiques…

Mal à l'aise, Natasha fit passer son verre d'une main dans l'autre.

— C'est important, dans un couple, d'avoir des choses en commun.

— Mais cela ne suffit pas. Angela était aussi gâtée par la vie, aussi égocentrique et aussi ambitieuse que je l'étais moi-même. Mais à part cela, je ne pense pas que nous ayons jamais partagé grand-chose.

— Tu es trop dur avec toi-même.

— On voit que tu ne me connaissais pas à l'époque…

Et dans une certaine mesure, songea-t-il, il ne pouvait qu'en être soulagé.

— J'étais un insupportable jeune snob, précisa-t-il. Un richard écervelé, imbu de sa personne et persuadé que tout lui était dû.

— Arrête ! lança-t-elle vivement. Il n'y a que les riches pour se plaindre de l'être…

Surpris par la nuance d'agacement qu'il avait perçue dans le ton de sa voix, Spencer releva les yeux. Assise en tailleur sous le drap, les deux mains serrées autour de son verre, Natasha le considérait de ce regard fier et direct qui l'avait séduit dès leur première rencontre.

— Tu as raison, reconnut-il. Parfois, je me demande ce que ma vie serait devenue si j'avais eu la chance de faire ta connaissance avant de rencontrer Angela…

Avec un sourire songeur, il tendit la main pour enfouir quelques instants ses doigts dans ses cheveux et poursuivit :

— Quoi qu'il en soit, nous nous sommes mariés dans l'année qui a suivi notre rencontre, et lassés l'un de l'autre au bout de quelques mois.

— Pourquoi ?

— Parce que nous étions bien trop semblables, à l'époque, pour que ce mariage réussisse. Quand nos relations ont commencé à se détériorer, j'ai fait de mon mieux pour recoller les morceaux. Non pas parce que je tenais à Angela, mais parce que j'avais toujours tout réussi dans la vie, et que l'idée de l'échec m'était insupportable. En fait, ce n'était pas d'elle que j'étais amoureux, mais de son image, et de l'image que nous offrions au regard des autres tous les deux. A peine avais-je commencé à m'en apercevoir qu'il y avait d'autres considérations à prendre en compte.

— Freddie…

A présent totalement immergé dans la tristesse sans fond de cette période de sa vie, Spencer hocha machinalement la tête.

— Oui…, murmura-t-il. Freddie. Un soir, Angela est rentrée furieuse, livide. Je me rappelle parfaitement comment elle a traversé la pièce, jusqu'au bar, en laissant traîner son vison sur le sol derrière elle. Elle s'est servi un verre, l'a avalé d'un trait, avant de le lancer violemment contre le mur et de m'annoncer froidement qu'elle était enceinte.

La gorge soudain sèche, Natasha but une gorgée de champagne avant de demander :

— Comment as-tu réagi ?

— J'étais stupéfait. Anéanti. Sans même avoir besoin d'en parler, nous n'avions jamais envisagé la possibilité d'avoir un enfant. Nous étions nous-mêmes bien trop immatures pour cela. Mais Angela, à sa manière, avait déjà résolu le problème. Elle voulait aller au plus vite en Europe, dans une clinique privée, pour se faire avorter.

A ce simple mot, Natasha sentit son cœur se serrer.

— C'est ce que tu voulais, toi aussi ?

Ne sachant que dire, Spencer fit la grimace. Comme il aurait aimé pouvoir répondre par la négative !

— Au début, dit-il prudemment, je n'ai rien trouvé à y redire. Notre mariage allait à vau-l'eau, nous ne voulions pas d'enfant… Cela paraissait sensé. Mais bientôt, je ne sais trop pourquoi, j'ai changé d'avis. Peut-être parce que j'avais conscience qu'il s'agissait, une fois encore, d'une solution de facilité…

Se rendant compte qu'elle avait les poings serrés si fort que les jointures en étaient blanches, Natasha s'efforça de se détendre. Le récit de Spencer éveillait dans sa mémoire des échos douloureux. Le silence retomba entre eux quelques secondes, avant qu'elle ne demande d'une voix blanche :

— Finalement, qu'avez-vous fait ?

— J'ai posé un ultimatum à Angela. Soit elle acceptait de mettre l'enfant au monde et nous faisions tous deux les efforts nécessaires pour sauver notre mariage, soit elle se faisait avorter et je demandais le divorce, en m'arrangeant pour qu'elle n'ait jamais ce qu'elle considérait comme sa part de notre fortune.

Plongée dans ses propres souvenirs, Natasha garda le silence un long moment.

— Parfois, dit-elle enfin, les gens s'imaginent que l'arrivée d'un enfant suffit à résoudre tous les problèmes.

— Oui, approuva Spencer d'une voix amère. Et ils se trompent, comme je me trompais à l'époque. Quand Freddie est née, j'avais déjà pratiquement cessé de composer. A peine rentrée de la maternité, Angela s'est débarrassée du bébé en le fourrant dans les bras de Vera. Quant à moi, je ne valais guère mieux…

— Non ! s'indigna Natasha en se penchant pour lui saisir le poignet. Tu n'as pas le droit de dire cela. Je t'ai vu avec ta fille. Je sais à quel point tu l'aimes…

— Aujourd'hui, oui…

Spencer eut un petit sourire triste.

— Quand tu m'as accusé de ne pas mériter Freddie, reprit-il en cherchant son regard, tu ne pouvais viser plus juste…

Voyant qu'elle s'apprêtait à protester, il s'empressa de poursuivre :

— J'avais conclu un pacte avec Angela, et pendant plus d'une année je me suis efforcé de le respecter. Durant toute cette période, j'ai à peine vu ma fille. J'étais bien trop occupé à accompagner sa mère au théâtre ou au ballet, et à faire semblant devant tous nos amis d'être heureux avec elle… J'avais complètement cessé de travailler, mais je ne faisais rien d'autre. Jamais je n'ai donné son bain à Freddie quand elle était bébé, ni son biberon. Jamais je ne me suis relevé la nuit pour la consoler. Parfois, je me demandais ce qu'était ce bruit agaçant venu de la pièce voisine, avant de me rappeler, vaguement honteux, qu'il s'agissait des pleurs de notre fille.

Avec un long soupir, Spencer se pencha pour saisir la bouteille et remplit leurs verres.

— Il m'a fallu presque trois ans pour me ressaisir, reprit-il, les traits tirés. C'est un peu avant le troisième anniversaire de Freddie que je me suis rendu compte de ce que nous étions en train de faire, ma femme et moi. Et cela m'a rendu malade... Le bilan était catastrophique. Je n'avais plus de carrière, plus de mariage, plus de musique dans la tête. Mais j'avais un enfant, et je me suis dit qu'il était temps d'en assumer la responsabilité.

D'un trait, Spencer vida son verre, puis le contempla d'un air absent.

— Voilà tout ce qu'elle représentait pour moi, à l'époque : une responsabilité. Je suppose que c'était déjà mieux que de l'ignorer totalement... Jusqu'à ce qu'un jour j'arrive enfin à me laisser toucher par le regard de ma fille, à la voir comme un être humain, une petite personne à part entière. C'est là que je suis tombé définitivement sous le charme de cette enfant magnifique, sans parvenir à comprendre ce qui m'avait empêché si longtemps d'assumer mon rôle de père. La première fois que je me suis penché sur son lit pour la prendre dans mes bras, elle s'est mise à pleurer en appelant Vera...

Sans doute pour ne pas pleurer lui-même, Spencer salua d'un rire sans joie ce souvenir.

— Il a fallu plusieurs mois avant qu'elle se sente tout à fait à l'aise avec moi. Entre-temps, j'avais annoncé à Angela mon intention de divorcer et de garder l'enfant. Elle a accueilli la nouvelle sans broncher, elle a rassemblé ses affaires, et elle est partie en me souhaitant bonne chance. Pendant les quelques mois durant lesquels nos avocats se sont battus autour de la procédure de divorce, pas une fois elle n'est venue rendre visite à Freddie. Je ne savais même pas où la joindre... Puis la nouvelle de sa mort m'est parvenue, par la police — un accident de bateau en Méditerranée...

Spencer se tut. Il se sentit empli d'un sentiment de soulagement mêlé de honte et d'une profonde tristesse. Longtemps, par peur de relever les yeux et d'avoir à affronter le regard de Natasha, il s'absorba dans la contemplation du verre de cristal qu'il faisait rouler entre ses doigts.

— Parfois, conclut-il enfin, je tremble à l'idée que Freddie puisse se rappeler comment sa mère s'est comportée avec elle. Ou, pire encore, qu'elle puisse se rappeler comment *moi* je me suis conduit…

Natasha se rapprocha de Spencer et saisit son verre pour le poser près du sien sur la table de chevet. Puis, tendrement, elle prit son visage entre ses mains et l'obligea à la regarder.

— Les enfants pardonnent tout à leurs parents, dit-elle doucement. C'est d'autant plus facile pour eux quand ils sont aimés. Ce sera plus dur, beaucoup plus dur pour toi, de te pardonner. Pourtant tu dois le faire…

A ces mots, la certitude d'avoir été écouté, compris, aimé malgré tout, emplit Spencer d'un sentiment de gratitude et de soulagement.

— Je crois que j'ai commencé à le faire…

— Laisse-moi te consoler, répondit-elle simplement.

Les mains entremêlées, ils s'agenouillèrent l'un en face de l'autre sur le lit. A présent que l'urgence de la passion s'était apaisée entre eux, leurs étreintes étaient plus lentes, plus douces, plus riches. Rêveusement, leurs lèvres se rencontrèrent pour un long baiser. Natasha s'étonnait d'être toujours aussi bouleversée par ce cocktail de saveurs subtiles qu'elle redécouvrait chaque fois sur les lèvres de Spencer. Elle avait tout le reste de la nuit pour lui montrer, de tout son cœur, avec toute sa tendresse, avec tout son désir, combien il était important pour elle, et à quel point l'homme qu'il était aujourd'hui était étranger à celui qu'il lui avait décrit.

L'enveloppant de ses bras, elle roula avec lui sur le lit.

Ce fut une odeur de café et de savon qui réveilla Natasha ce matin-là, ainsi que la douce sensation d'être embrassée dans le cou.

— Si tu ne te réveilles pas, murmura Spencer contre son oreille, je vais être obligé de venir te rejoindre dans le lit…

Poussant un gémissement de protestation, Natasha se pelotonna plus confortablement dans la tiédeur des oreillers. Avec un soupir dépité, Spencer jeta un long regard d'envie à ses épaules rondes et à ses seins fermes, que le drap en glissant venait de révéler.

— C'est très tentant, dit-il en les recouvrant de nouveau, mais je dois absolument être dans une heure à la maison…

— Mais pourquoi ? demanda Natasha d'une voix ensommeillée. Il est encore tôt.

— Il est 9 heures, dit-il en riant. Tu appelles cela tôt ?

Cette fois tout à fait réveillée, Natasha ouvrit des yeux ronds et se dressa sur son séant.

— 9 heures ? lança-t-elle, affolée. 9 heures du matin ? Comment est-ce possible ?

— Généralement, cela arrive une minute après 8 h 59…

D'un geste machinal, Natasha repoussa les cheveux qui lui encombraient les yeux et consulta la pendulette posée sur la table de chevet.

— Je crois que je n'ai jamais dormi aussi tard de ma vie, gémit-elle en s'asseyant au bord du lit.

Levant les yeux vers Spencer, qui l'observait avec une lueur de désir dans le regard, elle s'étonna :

— Tu es déjà habillé ?

— Hélas..., répondit-il avec un soupir. Je vais devoir y aller. Freddie rentre de chez Jo-Beth vers 10 heures. J'ai pris une douche en attendant que tu te réveilles.

Penché sur elle, il passa les doigts dans ses cheveux.

— J'ai failli te réveiller pour te demander si tu voulais la prendre avec moi, mais en te voyant dormir si paisiblement, je n'en ai pas eu le courage...

Lentement, ses lèvres s'approchèrent des siennes, pour un baiser léger qui avait le goût du café. Puis, avec un sourire rêveur, il précisa :

— C'est la première fois que je peux t'admirer dans ton sommeil.

A cette idée, Natasha sentit son pouls s'accélérer et la pointe de ses seins se dresser.

— N'empêche que tu aurais dû me réveiller, dit-elle en s'étirant.

Sans la quitter des yeux, Spencer tendit le bras pour récupérer sur la table de chevet la tasse fumante qu'il y avait posée et la lui offrit. Avant qu'elle ait eu le temps de porter la tasse à ses lèvres, il s'empressa de préciser :

— Méfiance, avec le café ! C'est la première fois que je me risque à en faire.

Du bout des lèvres, Natasha goûta le breuvage et grimaça.

— Tu aurais *vraiment* dû me réveiller...

Puis, songeant que son effort méritait d'être récompensé, elle but une autre gorgée.

— Tu as quand même le temps de déjeuner ? demanda-t-elle. Je vais te préparer quelque chose à manger… avec un peu de vrai café !

Dix minutes plus tard, dans une courte robe rouge qui lui seyait à ravir, Natasha faisait frire du bacon et des œufs. Spencer, attablé dans la cuisine à son côté, ne la quittait pas des yeux. Il aimait l'observer ainsi, les cheveux emmêlés, les yeux encore gonflés de sommeil. Avec la rapidité et la compétence d'une ménagère accomplie, elle s'activait entre la gazinière et le réfrigérateur, l'air concentré et le geste précis.

A l'extérieur, le ciel de novembre était lourd et une pluie fine frappait sans discontinuer les carreaux. Au-dessus de leurs têtes se faisaient entendre de temps à autre les pas des voisins, ainsi que le murmure assourdi de leur radio. Dans la poêle, le bacon grésillait. Près de l'évier, la cafetière électrique n'en finissait pas de gargouiller. Sous la fenêtre, le radiateur glougloutait par moments.

Amusé, Spencer songea qu'il lui faudrait un jour mettre en musique cette partition matinale. Une musique simple et rassurante. La musique du bonheur.

— Je crois que je pourrais facilement y prendre goût…

— A quoi ? demanda innocemment Natasha en glissant deux tranches de pain dans le toasteur.

— A me réveiller dans ton lit. Et à prendre mon petit déjeuner chaque matin avec toi.

Surpris, Spencer vit Natasha se renfrogner.

— J'ai encore dit ce qu'il ne fallait pas… n'est-ce pas ? maugréa-t-il.

Gardant le silence, la démarche raide et le visage neutre, elle vint lui servir une tasse de café. Mais avant qu'elle ait eu le temps d'en revenir à ses fourneaux, il l'attrapa par le poignet.

Ignorant les battements précipités de son cœur, Natasha releva les yeux et s'efforça de soutenir l'intensité du regard que Spencer dardait sur elle.

— On ne commande pas à l'amour, Natasha. Je sais que tu voudrais éviter que l'inévitable se produise entre nous. Mais en réalité, ni toi ni moi n'avons le choix.

— On a toujours le choix, répondit-elle sèchement. Il est difficile parfois de distinguer les bons choix des mauvais, mais on a toujours le choix.

— En tout cas, en ce qui me concerne, j'ai choisi. Je t'aime, Natasha.

Spencer vit son visage s'adoucir. Quelque chose comme une espérance folle passa dans son regard, avant de disparaître aussitôt.

— Les œufs vont brûler…

Interloqué, il la regarda se hâter vers la cuisinière et serra les poings sur la table.

— Je t'annonce que je t'aime, dit-il d'un ton amer, et tout ce que tu trouves à répondre c'est que tes œufs sont en train de brûler…

Tout en remuant énergiquement le contenu de la poêle du bout de sa spatule, Natasha lança par-dessus son épaule :

— Je suis quelqu'un de très terre à terre, Spence. C'est comme ça que j'ai réussi à trouver ma voie dans l'existence.

Mais comment garder la tête sur les épaules, songeait-elle, quand quelques mots de lui suffisaient à ébranler toutes ses résolutions, à mettre son cœur sens dessus dessous ? Pour se donner le temps de se reprendre, elle prépara soigneusement leurs deux assiettes. Finalement, lorsqu'elle les déposa sur la table et vint s'asseoir en face de lui, elle avait retrouvé son aplomb et put soutenir son regard sans ciller.

— Spence, dit-elle d'une voix radoucie, comment peux-tu parler ainsi alors que nous nous connaissons à peine ?

Spencer parut sur le point de lui répondre, puis, se ravisant, il secoua la tête d'un air découragé, saisit sa fourchette et commença à manger sans un mot.

Natasha sentit son cœur se serrer. Ce qu'elle avait découvert dans ses yeux, avant qu'il ne les détourne, ressemblait bien plus à de la peine qu'à de la colère. Et pour rien au monde elle n'aurait voulu heurter ses sentiments.

— Il y a certaines choses…, murmura-t-elle à grand-peine, certaines choses à mon sujet que tu ignores, et que je ne me sens pas prête à te révéler.

— Cela n'a aucune importance ! lança Spencer. Rien ne pourra changer mes sentiments pour toi.

— Si, c'est important !

Avec un soupir, Natasha saisit sa fourchette et se mit à chipoter la nourriture dans son assiette.

— Il est évident… qu'il existe entre nous des liens très forts, reconnut-elle de mauvaise grâce. Mais l'amour… Il n'y a pas de sentiment plus beau. Si nous nous risquons à échanger ce mot… plus rien ne sera comme avant.

— Et alors ?

— Alors, je n'ai pas envie que ma vie soit bouleversée. Je t'ai dit dès le début qu'il ne pouvait y avoir entre nous ni promesses, ni plans d'avenir, ni serments. Je ne peux pas prendre ce risque, et je ne t'en voudrai pas… si tu préfères que nous en restions là.

Partagé entre la stupéfaction, la souffrance et la colère, Spencer reposa bruyamment sa fourchette et se leva pour aller se poster près de la fenêtre. La pluie continuait à tomber, avec acharnement, sur les dernières roses fanées du jardin. Avec une profonde tristesse, il comprit que

Natasha ne lui faisait pas confiance — du moins pas encore suffisamment — malgré tout ce qu'ils avaient partagé. Là se situait le cœur du problème, et rien de ce qu'il pourrait dire ou faire ne pourrait y remédier.

— Tu sais bien que je ne pourrai plus vivre sans te voir, lança-t-il en se retournant vers elle. Tout comme je ne peux pas cesser de t'aimer.

Pour toute réponse, Natasha haussa les épaules et se leva pour commencer à débarrasser la table. Appuyé contre la fenêtre, Spencer la regarda faire en silence. De toute évidence, elle avait peur. Peur de lui, peur d'elle, peur de ce qui pourrait se passer entre eux. Parce qu'un idiot lui avait autrefois brisé le cœur, elle n'était plus prête à prendre le moindre risque. Puisqu'il en était ainsi, décida-t-il soudain, il attendrait. Un peu de temps, de patience et d'habileté suffirait sans doute à résoudre le problème. Du moins l'espérait-il…

Durant toute la première partie de sa vie, rien d'autre n'avait compté à ses yeux que sa musique. Au cours des dernières années, il avait fini par comprendre que le bonheur d'une enfant était infiniment plus important et précieux. Et pendant ces trois derniers mois, l'amour d'une femme — de cette femme-là — lui était apparu tout aussi essentiel. Puisque Freddie avait su l'attendre durant trois ans, il pouvait bien attendre Natasha quelques années encore, s'il le fallait…

— Ça te dirait d'aller au cinéma ?

Natasha, occupée à remplir le lave-vaisselle, se redressa et lui lança un regard étonné. Elle s'était attendue à tout — de la colère, des reproches, des cris — mais certainement pas à cela.

— Pardon ?

Un sourire indulgent aux lèvres, les yeux brillants

de malice et les bras croisés, Spencer la rejoignit près de l'évier.

— Je te demandais si tu aimerais aller voir un film. J'ai promis à Freddie de l'emmener au cinéma, cet après-midi. Elle serait folle de joie si tu nous accompagnais. Et moi aussi…

— Euh… Oui. J'aimerais beaucoup.

Natasha regarda Spencer attentivement, un sourire intrigué sur les lèvres.

— Tu n'es pas fâché contre moi ?

— Bien sûr que si ! répondit-il d'un air sévère. Je suis très fâché contre toi…

Mais le sourire qu'il lui rendit démentit aussitôt ses paroles.

— Tellement fâché, renchérit-il, que pour ta peine c'est toi qui paieras le pop-corn. Le modèle géant…

Soulagée de voir que toute tension semblait dissipée entre eux, Natasha fronça exagérément les sourcils.

— Je commence à voir clair dans ton jeu, Spencer Kimball, dit-elle d'un ton indigné. Tu veux me culpabiliser pour mieux me dépouiller…

— Tu as tout compris ! Comme cela, quand tu seras sur la paille, tu n'auras pas d'autre choix que de m'épouser…

Saisissant sur le plan de travail l'assiette à laquelle elle n'avait pratiquement pas touché, Spencer en désigna le contenu et s'étonna :

— Tu n'as pas mangé tes œufs ? Ils étaient fameux pourtant ! Juste grillés comme il faut, mais pas brûlés…

Avec un rugissement d'indignation, Natasha lui donna une tape sur l'avant-bras et lui prit l'assiette des mains.

— Puisque tu me lances une invitation, dit-elle d'une voix neutre, j'en ai une pour toi également. En fait, je voulais t'en parler hier soir, avant de… me laisser distraire.

— Cela t'arrive assez souvent…

Trouvant soudain très urgent d'achever le chargement du lave-vaisselle, Natasha se pencha pour se remettre à la tâche et poursuivit :

— Quand ma mère m'a téléphoné hier à propos de Thanksgiving, elle m'a demandé, comme elle le fait tous les ans, si je viendrais avec un ami.

Sans cesser de s'activer, Natasha marqua une pause. Mais devant l'absence de réaction de Spencer, elle reprit :

— J'ai pensé que tu pourrais peut-être m'accompagner… avec Freddie. Mais tu as sans doute prévu autre chose.

Un sourire de satisfaction s'épanouit sur les lèvres de Spencer. Songeant que l'attente serait peut-être moins longue qu'il ne l'avait craint, il dit d'une voix moqueuse :

— En somme, tu m'invites chez tes parents pour me présenter à ta famille à l'occasion de Thanksgiving…

— C'est ma mère qui t'invite, dit-elle sèchement. Elle prépare toujours beaucoup trop de nourriture. De plus, mon père et elle adorent recevoir. Alors quand elle m'en a parlé, j'ai tout de suite pensé à vous deux…

— Ravi de constater que tu penses à nous !

— Ce n'est rien…

Agacée, Natasha se détourna et prit une éponge. Pourquoi diable fallait-il qu'il lui rende les choses si difficiles ? Après tout, ce n'était rien de plus qu'une invitation…

— J'avais l'intention de prendre le train mercredi soir après le travail, expliqua-t-elle pour masquer son trouble. Je me disais que vous pourriez être du voyage, tous les deux.

Avec une innocence feinte, Spencer leva le doigt et demanda :

— Est-ce que nous aurons du borscht au menu ?

Malgré elle, Natasha sourit.

— Je pourrais en faire la demande.

Puis, avisant le sourire narquois qui ne quittait plus les lèvres de Spencer, elle s'approcha de lui et plongea son regard dans le sien.

— Spence, dit-elle en fronçant les sourcils, je ne voudrais pas que tu te fasses des idées fausses. Il s'agit juste d'une invitation… amicale.

Sur un ton de vertueuse indignation, il s'écria :

— Mais bien sûr !

Peu convaincue, Natasha crut bon d'insister.

— Le fait que je t'invite à m'accompagner chez mes parents ne signifie pas que…

Elle fronça les sourcils, faisant un effort visible pour trouver le mot exact.

— … que je veux te présenter à eux… ni que je recherche leur approbation.

— Tu veux dire, intervint Spencer avec un sourire amusé, que ton père ne va pas me prendre à part dans son bureau pour me demander d'un air sévère quelles sont mes intentions à ton égard ?

— Il n'a pas de bureau.

Puis, se laissant gagner par l'ironie de la situation, Natasha entoura de ses bras la taille de Spencer et ajouta :

— Mais je ne peux pas te garantir qu'il ne va pas t'examiner sous toutes les coutures, l'air de rien…

— Je promets de bien me tenir !

— Ce qui veut dire que tu acceptes ?

Spencer prit entre ses mains le visage de Natasha et déposa solennellement un baiser sur son front.

— Evidemment ! Pour rien au monde je ne voudrais rater ça…

# 10.

Pelotonnée à l'arrière de la voiture, sa couverture fétiche remontée jusqu'au menton et sa poupée de chiffon bien serrée dans ses bras, Freddie gardait les yeux fermés. Depuis un bon moment déjà, elle faisait semblant de dormir, plongée dans ses rêves éveillés. Pour entretenir l'illusion, il lui arrivait même, de temps à autre, de ronfler… La route était longue de la Virginie-Occidentale à New York. Pourtant, elle était bien trop excitée pour avoir le temps de s'ennuyer.

Une musique douce emplissait l'habitacle. En digne fille de son père, Freddie avait tout de suite reconnu Mozart. Elle aimait bien cette mélodie, mais elle préférait tout de même les chansons. Ils avaient déjà fait une halte à Manhattan, pour déposer Vera qui allait passer quelques jours chez sa sœur. A présent, son père conduisait en silence, dans un flot de voitures pressées, en direction de Brooklyn.

Freddie était encore un peu déçue de ne pas avoir pris le train pour venir, mais elle se consolait en appréciant le confort douillet de la grande et puissante voiture de son père. Elle avait l'impression d'être dans un cocon protecteur… Bercée par la conversation décousue des deux adultes à l'avant, elle se laissait emporter en toute confiance. Elle ne prêtait aucune attention à ce qui se disait. Le bruit seul de leur voix suffisait à son bonheur.

L'idée de rencontrer les parents de Nat, ainsi que tous ses frères et sœur, de partager avec eux un dîner où l'on mangerait une énorme dinde, la rendait folle de joie. Freddie n'aimait pas trop la dinde, mais Natasha lui avait assuré qu'il y aurait beaucoup d'autres choses qui lui plairaient. De toute façon, même si ce n'était pas le cas, elle était fermement décidée à être polie et à terminer son assiette. Jo-Beth lui avait expliqué que sa grand-mère était fâchée quand elle ne finissait pas ses légumes. Aussi ne voulait-elle prendre aucun risque de ce genre avec la maman de Nat…

Freddie regardait danser les lumières sur ses paupières closes. Elle sourit en entendant Natasha rire gaiement à l'une des plaisanteries de son père. Dans sa tête à elle, ils formaient déjà une vraie famille… Et son imagination avait depuis longtemps déjà transformé sa poupée de chiffon en une petite sœur bien vivante qu'elle serrait avec amour dans ses bras tandis qu'ils roulaient vers la maison de ceux qu'elle appelait déjà en secret ses grands-parents.

Le bébé s'appelait Katie. C'est elle qui avait choisi son prénom… Katie avait des cheveux noirs, épais et bouclés, comme ceux de Nat. Chaque fois qu'elle pleurait, Freddie était la seule à pouvoir la consoler. A tel point que ses parents avaient installé son beau berceau tout blanc dans la chambre de sa grande sœur… Parfois, elle se relevait la nuit pour vérifier que le bébé était bien recouvert de sa couverture rose. Elle savait qu'à cet âge on attrapait rapidement froid.

Tout à son rêve, Freddie sourit aux anges et serra plus fort sa poupée dans ses bras. « Nous serons bientôt chez grand-mère… », lui murmura-t-elle à l'oreille. L'ennui, réalisa-t-elle avec une soudaine inquiétude, c'est qu'elle n'était pas sûre que ceux qu'elle appelait ses grands-parents allaient l'aimer.

Elle savait depuis longtemps que tous les adultes n'aimaient pas les enfants. Peut-être les parents de Natasha auraient-ils préféré qu'elle ne vienne pas ? Peut-être l'obligeraient-ils à rester tout le temps assise sur sa chaise, les mains posées sur la table ? Tante Nina disait que les jeunes filles sages devaient se comporter ainsi. Freddie détestait être une jeune fille sage… Mais s'il le fallait, elle était prête à rester assise pendant des heures, sans parler trop fort et sans interrompre personne, et surtout sans courir partout dans la maison.

Si par malheur elle cassait quelque chose, ils risquaient même de crier sur elle… Comme quand le frère de Jo-Beth avait pris un des clubs de golf de son père et l'avait envoyé sans le faire exprès dans le carreau de la cuisine. Si elle ne se comportait pas comme une jeune fille sage et qu'elle cassait quelque chose, Natasha n'épouserait pas son papa et ne viendrait pas vivre avec eux. Alors, il n'y aurait plus d'espoir d'avoir un jour une mère et une petite sœur, et son père arrêterait de jouer du piano la nuit, comme il avait recommencé à le faire…

— Tourne à droite au carrefour…

Chaque fois qu'elle venait en visite, c'était la même chose. Il suffisait à Natasha de reconnaître les lieux où elle avait grandi pour sentir ses yeux s'embuer et une masse de souvenirs la submerger.

— C'est un peu plus loin à gauche, dit-elle à Spencer. Tu devrais pouvoir trouver à te garer là…

Toutes les places de parking étaient prises, sauf une, derrière l'antique pick-up de son père. Apparemment, il avait suffi que les Stanislaski disent aux voisins que leur fille arrivait avec des amis pour que ces derniers se montrent coopératifs.

Dans la rue, il en allait ainsi, depuis toujours. Les Poffenberger d'un côté de la maison de ses parents, les Anderson de l'autre, avaient toujours été leurs voisins. La solidarité régnait dans toute la rue. Quand un problème de garde se posait, on pouvait toujours compter sur l'un ou l'autre. Les enfants partageaient tout, joies et peines aussi bien que bagarres et amourettes. Et bien entendu, d'une maison à l'autre les commérages allaient bon train…

Mikhail était sorti quelque temps avec l'aînée des Anderson, avant de devenir témoin à son mariage. Les parents de Natasha étaient parrain et marraine d'un des enfants Poffenberger. Peut-être était-ce pour cette raison que Natasha avait choisi, quand il lui avait fallu trouver l'endroit propice à un nouveau départ, une petite ville qui lui faisait penser à son quartier d'origine. Non par l'apparence ou le style de vie, mais par l'ambiance et les liens qui pouvaient s'y nouer.

— A quoi penses-tu ? demanda Spencer en serrant le frein à main à côté d'elle.

Natasha tourna la tête pour lui sourire.

— Au bon vieux temps… Cela fait du bien de retrouver la maison.

Elle ouvrit la portière et descendit sur le trottoir. A New York, il semblait faire plus froid encore qu'à Shepherdstown et la température hivernale la fit frissonner. Pendant que Spencer s'occupait des bagages, elle ouvrit la portière de Freddie et se pencha sur elle.

— Tu dors ? murmura-t-elle contre son oreille.

— Non, répondit la fillette en ouvrant immédiatement les yeux.

— Nous y sommes. Il est temps de descendre…

Freddie déglutit péniblement et serra sa poupée contre elle.

— Nat, gémit-elle en ouvrant de grands yeux apeurés. Et si tes parents ne m'aimaient pas ?

Natasha sentit son cœur se serrer et entreprit de remettre un peu d'ordre dans les cheveux de la fillette. Avec le passé qui était le sien, sans doute Freddie se poserait-elle longtemps encore ce genre de questions…

— Et si c'était l'inverse ? suggéra-t-elle. Si c'était toi qui ne les aimais pas ?

Songeuse, Freddie sembla y réfléchir et s'essuya le nez d'un revers de main, avant que Natasha ait eu le temps de lui tendre un mouchoir.

— Est-ce qu'ils sont gentils ?

Natasha hocha la tête d'un air convaincu.

— A mon avis, ils le sont. Mais le meilleur moyen de te faire ta propre opinion, c'est encore d'aller les voir, tu ne crois pas ?

Après y avoir réfléchi un court instant, Freddie opina du chef et se décida à descendre. Pendant que Natasha l'aidait à enfiler son manteau, Spencer, lourdement chargé de bagages derrière elles, s'impatienta :

— Vous ne croyez pas que le moment est plutôt mal choisi pour papoter ? Quel est le problème ?

Avec un clin d'œil appuyé à Freddie, Natasha lui prit la main et devança Spencer sur le perron.

— Tu ne peux pas comprendre, répondit-elle l'air mystérieux. Secrets de filles…

Ce qui fit immédiatement glousser Freddie de joie.

— Génial, maugréa Spencer en leur emboîtant le pas. J'adore poireauter dans le froid avec cinquante kilos de bagages sur les bras… Qu'est-ce que tu as mis là-dedans ? Des briques ?

— Juste quelques-unes... Mais à part ça, le strict nécessaire.

Amusée, Natasha se retourna pour le faire taire d'un baiser. A cet instant précis, la porte d'entrée s'ouvrit.

— Eh bien, eh bien ! lança sur un ton enjoué Nadia Stanislaski qui venait d'apparaître sur le seuil. Je vois que j'arrive au bon moment !

— Maman !

Lâchant la main de Freddie, Natasha grimpa en toute hâte les dernières marches pour se jeter dans les bras de sa mère. Elle reconnut avec délices la douce odeur de talc et de muscade qui émanait d'elle, et trouva infiniment réconfortant le contact de son corps robuste contre le sien. A ses yeux, son visage conservait la beauté sensuelle qu'elle lui avait toujours connue, même si le temps, le rire et les soucis y laissaient leurs traces indélébiles année après année.

Après avoir murmuré quelques paroles tendres en ukrainien, Nadia rompit leur étreinte pour l'embrasser vigoureusement sur les deux joues.

— Entre donc, dit-elle en l'entraînant à l'intérieur. Ne laissons pas nos invités dans le froid.

Ce fut alors que le père de Natasha déboucha dans le hall. Avec un rire tonitruant, il la prit dans ses bras et la fit tournoyer autour de lui, comme il le faisait déjà quand elle avait dix ans, et comme il continuerait sans doute à le faire tant qu'il en aurait la force. Yuri Stanislaski n'était pas très grand, mais les manches relevées de sa chemise de travailleur révélaient les bras étonnamment musclés et bronzés d'un homme qui avait passé la majeure partie de sa vie sur les chantiers.

Après l'avoir reposée sur le sol, il prit son visage entre ses mains et déposa sans façon sur ses lèvres un solide baiser « à la Russe ».

— Aucune éducation, soupira Nadia en refermant la porte. Yuri, au cas où tu l'aurais oublié, nous avons des invités…

Se tournant vers Spencer, le père de Natasha lui saisit la main et la serra longuement dans la sienne.

— Hello ! lança-t-il gaiement. Bienvenue chez nous…

En faisant les présentations, Natasha nota que Freddie, intimidée, avait glissé sa main dans celle de son père.

— Maman, papa, je vous présente Spencer et Freddie Kimball.

Nadia, parce que c'était dans sa nature mais aussi sans doute parce qu'elle avait noté la nervosité de la petite fille, les embrassa tous deux chaleureusement sur les joues.

— Nous sommes ravis de faire votre connaissance, dit-elle. Et encore plus de vous recevoir chez nous. Je vais prendre vos manteaux, et vous allez entrer et vous asseoir. Vous devez être fatigués par ce long voyage…

— Nous apprécions beaucoup votre hospitalité, dit Spencer en se déshabillant et en aidant sa fille à le faire.

Puis, voyant que la timidité de Freddie persistait, il la prit par la main et l'entraîna dans le living-room.

Il régnait chez les Stanislaski une ambiance familiale et chaleureuse. Des napperons de dentelle ornaient les dossiers des chaises et des fauteuils. Des coussins brodés, manifestement faits maison, s'empilaient sur le divan. Dans la chaude lumière des lampadaires, le bois sculpté brillait d'avoir été vigoureusement poli. Des photos de famille encadrées voisinaient sur tous les meubles avec des plantes en pots et d'innombrables bibelots.

Soudain, le bruit d'une respiration sifflante attira l'attention de Spencer vers un coin de la pièce. Dans un panier garni d'une couverture, un vieux chien gris se mit à battre de la queue dès qu'il aperçut Natasha. Avec un effort manifeste pour se redresser, il vint vers eux en poussant de petits gémissements de joie.

— Sacha !

Natasha s'accroupit près de l'animal et enfouit affectueusement son visage dans sa fourrure. Lorsqu'il se fit un devoir de lui lécher le nez, elle le repoussa doucement et se mit à rire.

— Sacha est un très vieux chien, expliqua-t-elle en levant les yeux vers Freddie. Tout ce qui l'intéresse à présent, c'est de faire des câlins, de manger et de dormir.

— A l'occasion, intervint Yuri, il aime aussi boire de la vodka. D'ailleurs, pour fêter votre arrivée, nous allons tous en boire un peu.

Du bout de l'index, le père de Natasha caressa le nez de Freddie et ajouta :

— Sauf toi, bien sûr… Toi, tu boiras bien un peu de champagne, pas vrai ?

Freddie pouffa de rire derrière sa main, avant de se reprendre en se mordant les lèvres.

Yuri Stanislaski ne ressemblait pas vraiment à l'image qu'elle s'était faite d'un grand-père. Contrairement à ce qu'elle avait imaginé, il n'avait ni cheveux blancs ni gros ventre. En fait, ses cheveux étaient noirs et blancs en même temps, et il n'avait pas de ventre du tout. Il parlait drôlement, avec une voix grave qui roulait et faisait un peu peur. Mais il sentait bon la cerise, et son sourire était gentil.

Levant les yeux vers lui d'un air intrigué, elle demanda :

— C'est quoi, la vodka ?

— Une tradition russe ! répondit-il dans un grand

rire. C'est une boisson — comme le whisky — que nous fabriquons à base de grains…

Freddie fronça le nez.

— Ça n'a pas l'air très bon…

De nouveau, elle se mordit la lèvre inférieure. Puis, voyant Yuri se mettre à rire de plus belle, elle se risqua à un sourire timide.

— Ne fais pas attention à lui ! lança Nadia en assenant à son mari un coup de coude dans les côtes. Natasha t'expliquera que son papa ne peut pas résister au plaisir de taquiner les petites filles.

Avec un clin d'œil complice, elle vint s'accroupir face à elle et chuchota :

— Je crois que c'est parce qu'il est resté un petit garçon au fond de son cœur. Dis moi… Tu ne préférerais pas plutôt un bon chocolat chaud ?

Freddie se sentait tiraillée entre la sécurité de la main de son père et l'attrait d'une de ses gourmandises favorites. Nadia lui souriait. Pas avec ce sourire hypocrite que les adultes ont parfois quand ils parlent aux enfants, mais avec un beau sourire sincère et joyeux. De ceux qui donnent confiance… Tout à fait comme celui de Nat.

— Si, madame, répondit-elle poliment. Merci…

Avec un hochement de tête approbateur, Nadia se redressa et lui tendit la main.

— Tu veux venir avec moi dans la cuisine ? Je vais t'apprendre à faire un bon chocolat, crémeux et sucré, avec des marshmallows gros comme des icebergs…

Toute timidité oubliée, Freddie lâcha la main de Spencer pour saisir celle qu'elle lui tendait.

— J'ai deux chats, dit-elle fièrement en la suivant. Et pour mon anniversaire, j'ai eu la varicelle…

Lorsqu'elles eurent toutes deux disparu dans le couloir, Yuri désigna le divan à ses invités.

— Asseyez-vous… Je vais nous servir à boire.

Natasha se laissa glisser dans l'empilement de coussins brodés et poussa un soupir de contentement.

— Où sont Rachel et Alex ? demanda-t-elle, tandis que Spencer prenait place à son côté.

— Alex a invité sa nouvelle petite amie au cinéma.

Sortant un mystérieux flacon et trois petits verres d'un meuble bas, Yuri fit rouler ses yeux bruns et brillants et ajouta :

— Très jolie, sa petite amie… Quant à Rachel, elle est à une conférence donnée à son université par un grand avocat de Washington.

— Et comment va Mikhail ?

— Mikhail est très occupé. Depuis qu'il a rompu avec Gina, il sculpte à tour de bras…

Après avoir achevé de remplir les verres sur la table basse, Yuri s'installa dans un fauteuil, posa les coudes sur ses genoux et se tourna vers Spencer.

— Ainsi, dit-il d'un air curieux, vous enseignez la musique…

— Exactement. D'ailleurs, Natasha est une de mes meilleures étudiantes.

Sans le quitter des yeux, Yuri prit son verre, se cala dans son fauteuil, et avala sa vodka d'un trait, avec une satisfaction évidente.

— Ça ne m'étonne pas, reprit-il avec un regard empli de fierté. Très intelligente, ma Natasha…

Pendant que Spencer, imitant son hôte, vidait à son tour son verre cul-sec, Yuri le soumit à un examen attentif et bien plus indiscret que ce que Natasha avait espéré. Les yeux pétillant de malice, il agita une de ses larges mains devant lui et conclut :

— Et vous êtes… bons amis.

— Oui, répondit Natasha en prenant les devants. Nous sommes bons amis. Depuis peu… Spence vivait avec Freddie à New York avant de venir s'installer à Shepherdstown à la fin de l'été.

— Voyez-vous ça ! s'exclama Yuri. Quand le destin s'en mêle…

Sous l'œil réprobateur de Natasha, qui commençait à bouillir, Spencer semblait beaucoup s'amuser.

— Vous avez mille fois raison ! approuva-t-il vigoureusement. J'aime penser que le destin n'est pas pour rien dans notre rencontre. Justement j'avais une petite fille, et Nat un très beau et très tentant magasin de jouets. Et comme si cela ne suffisait pas, il a fallu en plus qu'elle s'inscrive sans le savoir à l'un de mes cours… Il lui devenait ainsi très difficile de m'éviter. Même si elle est particulièrement têtue.

— Elle *est* têtue, reconnut Yuri d'un air faussement peiné. Ma femme l'est aussi. Moi, je suis d'un tempérament très arrangeant…

Natasha émit un grognement indigné, ce qui n'empêcha nullement son père de conclure :

— Il n'y a que des femmes têtues et indisciplinées dans ma famille. C'est ma croix…

Se penchant vers lui, Spencer lui adressa un sourire réconfortant.

— Un de ces jours, dit-il, j'espère être suffisamment chanceux pour pouvoir dire la même chose… Lorsque j'aurai réussi à convaincre votre fille de m'épouser.

Ignorant le sourire triomphant de ces deux hommes qui s'entendaient déjà comme larrons en foire, Natasha se redressa d'un bond et marcha d'un pas très digne vers la cuisine.

— Puisque la vodka vous monte si vite à la tête,

lança-t-elle par-dessus son épaule, je vais voir si maman a encore du chocolat chaud pour moi…

Dès qu'elle eut disparu, Yuri tapota amicalement le genou de Spencer. Puis, saisissant la fiole de vodka sur la table, il les resservit généreusement.

— Laissons le chocolat à ces dames…

Natasha s'éveilla aux premières lueurs de l'aube. Freddie était paisiblement endormie entre ses bras, dans le lit de son enfance. Encore ensommeillée, elle laissa son regard errer à travers la pièce. Dans cette chambre, sa sœur et elle avaient passé d'innombrables heures à rire, à parler, à jouer ou à se disputer. Le papier peint, à motif de roses depuis longtemps fanées, était toujours resté le même. Chaque fois que leur mère avait affiché des velléités de le changer, les deux sœurs s'y étaient opposées. A leurs yeux, il n'y avait rien de plus réconfortant que de s'éveiller entre les murs qui les avaient abritées de l'enfance à l'âge adulte.

Tournant la tête sur le côté, Natasha aperçut les cheveux noirs de sa sœur répandus sur l'oreiller du lit voisin. La veille, elle était rentrée un peu après minuit, enthousiasmée par sa conférence, riant et posant mille questions. Natasha eut un sourire attendri. Comme à son habitude, Rachel avait repoussé son drap et ses couvertures pendant son sommeil. Depuis toujours, elle déployait plus d'énergie en dormant que n'en fournissent bien des gens au cours d'une journée.

Avant de repousser Freddie hors de ses bras avec un luxe de précautions, Natasha lui embrassa les cheveux. Sans s'éveiller, la petite fille se retourna et se nicha dans l'oreiller avec un petit bruit de bouche. Prise d'un soudain vertige en se redressant, Natasha s'assit prudemment au bord du lit avant de se lever pour prendre ses vêtements. Assurément, quatre heures de sommeil auraient suffi à saper l'équilibre de n'importe qui…

Au rez-de-chaussée, l'arôme et le bruit du café en train de passer l'accueillirent, sans éveiller en elle autre chose qu'une vague nausée. S'efforçant de ne pas y penser, Natasha gagna la cuisine, où elle trouva sa mère déjà fort affairée à rouler une pâte à tarte.

— Maman ! protesta-t-elle d'une voix ensommeillée. Il est bien trop tôt pour cuisiner…

Nadia tendit sa joue vers elle pour un baiser.

— Le jour de Thanksgiving, répondit-elle, il n'est jamais trop tôt pour cuisiner. Tu veux du café ?

Avec une grimace, Natasha porta la main à son estomac.

— Non, merci. Je suppose que ce tas de couvertures sur le divan doit être Alex…

— Il est rentré très tard.

Nadia fronça les sourcils en signe de réprobation, puis haussa les épaules avec fatalisme.

— Bah ! C'est un homme, à présent…

— Il va falloir t'y faire, maman. Tes enfants sont devenus grands… Et tu peux être fière de les avoir si bien élevés.

— Pas si bien que ça, grogna-t-elle. Sinon Alex ne laisserait pas traîner ses chaussettes !

Mais bien plus attendrie que fâchée, Nadia se prit à sourire, espérant secrètement que son plus jeune fils ne la priverait pas de sitôt de ce dernier vestige de responsabilité maternelle…

— Est-ce que papa et Spence ont veillé tard ? s'enquit Natasha.

Tout en fronçant dans une tourtière un cercle de pâte, Nadia hocha la tête.

— Ton père aime bien parler avec ton ami. C'est quelqu'un de bien. Et il est très séduisant…

— C'est vrai.

— Il a un bon travail, renchérit Nadia en guettant à la dérobée les réactions de sa fille aînée. Il a le sens des responsabilités. Et, visiblement, il adore Freddie…

— Oui.

— Alors pourquoi ne veux-tu pas l'épouser, puisqu'il ne demande que ça ?

Natasha avait eu beau s'y attendre, elle ne put réprimer un soupir.

— Maman… Il y a un tas d'hommes intelligents, séduisants et responsables sur cette terre. Dois-je pour autant tous les épouser ?

— Il n'y en a pas tant que tu le crois…

Avec un sourire rusé, Nadia posa la question qui lui brûlait les lèvres.

— Tu ne l'aimes pas ?

Seul le silence lui répondit. Son sourire s'élargit.

— Ah, tu vois ! dit-elle simplement.

— Maman, je t'en prie, ne commence pas ! s'impatienta Natasha. Spence et moi ne nous connaissons que depuis quelques mois. Il y a un tas de choses qu'il ignore.

— Eh bien dis-lui ces choses…

— Je ne m'en sens pas capable. Pas encore.

Nadia posa son rouleau sur la table, prit entre ses mains enfarinées le visage de sa fille et plongea son regard dans le sien.

— Il n'est pas comme l'autre ! dit-elle en détachant soigneusement chaque syllabe.

— Je sais, mais…

Nadia émit un claquement de langue agacé et la fit taire en lui posant l'index sur les lèvres.

— T'accrocher au passé ne servira qu'à te rendre

malade. Crois-en ta vieille maman : cet homme est incapable de la moindre méchanceté. Tu dois lui faire confiance…

— Je le voudrais bien !

Affectueusement, Natasha attira sa mère dans ses bras et posa la joue contre son épaule.

— Je sais que je l'aime, maman. Mais cela me fait encore peur. Et le passé me fait toujours mal…

Avec un long soupir, elle se redressa et annonça :

— Je dois emprunter le pick-up de papa.

Nadia hocha la tête, sans lui demander ce qu'elle comptait en faire. Elle ne le savait que trop.

— Veux-tu que je vienne avec toi ?

Natasha secoua la tête, déposa un baiser sur le front de sa mère, puis s'éloigna d'un pas traînant.

Après avoir descendu l'escalier au radar, Spencer échangea dans le living-room un regard de sympathie avec le vieux chien gris. La veille, le maître de maison s'était montré particulièrement généreux avec sa vodka. Et le brave animal en avait eu sa part…

Depuis qu'il s'était risqué à ouvrir un œil, Spencer avait l'impression qu'une escouade de marteaux-piqueurs sévissait sous son crâne. A l'odeur, il se laissa guider jusqu'à la cuisine, d'où s'échappaient d'alléchants effluves de pâtisserie et — Dieu merci — de café.

En le voyant entrer, Nadia éclata de rire et interrompit sa tâche en cours.

— Asseyez-vous là, lui ordonna-t-elle en désignant la table. Je vais m'occuper de votre petit déjeuner.

Comme un naufragé s'accroche à sa bouée, Spencer agrippa le bol de café fumant qu'elle lui tendait.

— Merci…

Sans plus s'occuper de lui, la mère de Natasha alla mettre une poêle à chauffer et lança par-dessus son épaule :

— Je sais reconnaître un homme qui a trop bu… C'est la faute de Yuri, n'est-ce pas ?

— Pas du tout, assura-t-il. Je me rappelle que, sur la fin, il me laissait me servir tout seul. Oh, Seigneur !

Grimaçant de douleur, Spencer ouvrit d'une main tremblante le flacon d'aspirine qu'elle avait posé sur la table à côté de lui et avala deux cachets avec une gorgée de café.

— Merci mille fois, madame Stanislaski…

— Nadia. Les hommes qui se soûlent sous mon toit m'appellent Nadia…

— Je ne me rappelle pas m'être senti aussi mal depuis que j'étais étudiant. Ce que je ne comprends pas, c'est comment j'ai pu un jour trouver ça drôle. D'où vient cette bonne odeur ?

Avec un sourire entendu, Nadia posa dans la poêle grésillante deux énormes saucisses.

— Je crois que vous allez aimer ma pâtisserie. Vous avez fait la connaissance d'Alex, cette nuit ?

— Oui.

Elle remplit de nouveau son bol, et Spencer ne fit rien pour l'en empêcher.

— Merci, dit-il. On en a même profité pour boire encore un peu plus… Vous avez une belle famille, Nadia.

— J'en suis très fière, dit-elle en se reculant pour remuer la poêle. Mais ils me rendent folle… Vous savez ce que c'est. Vous avez une fille.

Songeur, Spencer hocha la tête. En silence, il la regarda travailler quelques minutes, certain de savoir à quoi ressemblerait Natasha trente ans plus tard.

— Natasha est celle qui s'est le plus éloignée de nous,

reprit Nadia comme si elle avait pu suivre le cours de ses pensées. Alors c'est pour elle que je m'inquiète le plus.

— Votre fille est très forte.

Occupée à casser des œufs dans la poêle, elle hocha la tête et demanda :

— Etes-vous patient, Spence ?

— Je le pense.

— Parfois, ce peut être un défaut. Ne soyez pas trop patient…

Sous le regard intrigué de Nadia, il faillit s'étrangler avec son café.

— Qu'est-ce qui vous fait rire ?

— Ce que vous venez de dire, expliqua-t-il en s'essuyant la bouche. Savez-vous que votre fille m'a donné exactement le même conseil il y a quelque temps…

Amusée, Nadia enclencha le toasteur, dans lequel elle venait de déposer deux tartines. Au bruit de la porte qui s'ouvrait lentement, Spencer et elle se retournèrent pour découvrir sur le seuil Alex, à demi nu, pâle et défait :

— Café…, gémit-il. Où est le café ?

La première neige de l'hiver était en train de tomber. Elle se répandait dans l'air glacé en fines volutes blanches, dispersées par le vent, fondues bien avant de toucher le sol. Natasha leva le nez vers le ciel, songeant qu'il était bien dommage que, sur cette terre, les choses les plus belles ne soient pas faites pour durer.

Elle se tenait debout, seule, luttant contre un vent glacial dont elle ne sentait pas la morsure. C'est à l'intérieur d'elle-même qu'elle avait froid… Elle ne savait plus depuis combien de temps elle était là. Quelques minutes ou quelques heures… La lumière du jour était chiche, le ciel semblait un océan gris pâle qui avait perdu cependant son aspect lugubre, depuis que s'y démenaient les flocons de neige. Elle n'avait pas apporté de fleurs. Elle ne le faisait jamais. Elles auraient semblé trop tristes sur une tombe aussi petite.

Rose… Les yeux fermés, Natasha s'autorisa pour une fois à laisser monter en elle les sensations enfouies que lui procurait le souvenir émouvant de son bébé, si petit au creux de son bras… L'ineffable bonheur qui l'emplissait lorsqu'elle sentait cette vie fragile, et pourtant si robuste, lovée contre elle. Rose… Sa petite fille aux yeux bleus, aux mains potelées… Elle était aussi fraîche et jolie que la fleur qui lui avait donné son nom. Et comme les roses, elle n'avait vécu qu'un temps trop bref. Beaucoup trop bref.

Natasha la voyait encore, petite, rouge et fripée, lorsque l'infirmière la lui avait montrée, la première fois. Elle avait l'impression de sentir encore sa présence chérie quand elle avait cherché son sein, l'avait trouvé, et s'y était accrochée de sa vorace petite bouche assoiffée de vie. Elle se rappelait parfaitement l'odeur toute particulière, la douceur incroyable de sa peau. Elle se rappelait les moments exquis qu'elle passait dans le rocking-chair, parfois tard la nuit, berçant inlassablement son bébé endormi contre son épaule.

Si vite arrivée, si vite repartie… Rose. Quelques précieuses semaines de bonheur, pour une éternité de douleur. Natasha le savait, le temps ne changerait rien à l'affaire. Ni les prières. Peut-être, un jour, pourrait-elle accepter cette mort. Mais la comprendre, jamais. Il n'y avait rien à comprendre à une telle injustice.

— Je t'aime, Rose. Je t'aimerai toujours…

Natasha s'accroupit pour poser la main à plat sur l'herbe glacée, surmontée d'une petite croix de pierre.

Puis elle se redressa et fit demi-tour, parmi les volutes de neige qui semblaient danser autour d'elle.

Où diable Natasha avait-elle bien pu disparaître ? Spencer tentait de se convaincre qu'il était inutile de s'inquiéter, mais il ne pouvait s'en empêcher. Une sorte d'instinct lui disait qu'elle n'était pas sortie pour une simple promenade de santé. Il avait également l'impression que les membres de sa famille savaient parfaitement où elle se trouvait mais ne le lui diraient pas.

La maison était déjà pleine de bruits, de rires et d'odeurs qui préfiguraient le repas de fête à venir. Insensible à la bonne humeur ambiante, Spencer tentait de lutter contre la certitude que Natasha, où qu'elle pût être, avait besoin de lui. Il y avait tant de choses qu'elle ne lui avait pas dites… Il en était sûr à présent qu'il parcourait des yeux les nombreuses photographies du living-room.

Son regard s'arrêta sur deux clichés posés côte à côte au milieu d'un guéridon. Natasha en tutu et ballerines, souriante, un peu émue, faisant des exercices à la barre. Natasha, saisie au milieu d'un impeccable saut de biche, ses cheveux flottant autour de sa tête comme une couronne… Il ignorait qu'elle avait été danseuse professionnelle. Pourquoi ne lui en avait-elle jamais parlé et quelles raisons l'avaient poussée à abandonner sa carrière ?

— Belle photo, n'est-ce pas ?

Surpris en pleine rêverie, Spencer se retourna et découvrit Rachel sur le seuil. Plus grande et élancée que sa sœur aînée, elle avait les cheveux plus courts, et le visage plus allongé. Ses yeux, bien plus dorés que marron, brillaient d'intelligence.

— Quel âge avait-elle alors ? demanda-t-il.

Rachel plongea les mains au fond de ses poches et traversa la pièce pour le rejoindre.

— Seize ans, je pense… A cette époque, elle faisait déjà partie du corps de ballet.

Rachel se tut et regarda Spencer qui semblait fasciné par la photo. Elle fut tentée de lui parler de cette jeune fille douée et dévouée à son art que Natasha avait été. Comme sa mère, elle était conquise par cet homme chez qui l'on devinait tant de force et de gentillesse. C'était exactement ce dont sa sœur avait besoin… Pourtant, elle ne se sentait pas autorisée à lui fournir les réponses aux questions qu'il n'allait pas manquer de lui poser.

— Où est Freddie ? demanda-t-elle.

Spencer leva les yeux vers elle et reposa le cadre doré. Si Rachel avait voulu lui signifier qu'il était inutile de l'interroger plus longuement, elle ne s'y serait pas prise autrement.

— Là-haut, répondit-il. Elle regarde la parade à la télévision, avec Yuri.

Rachel leva les yeux en direction de l'escalier et eut un petit rire joyeux.

— Pour rien au monde il ne raterait ce spectacle, expliqua-t-elle. Quand nous avons été trop grandes pour la regarder avec lui, assises sur ses genoux, il a eu du mal à s'en remettre…

Un cri suivi de rires effarouchés se fit alors entendre au premier. Magnifique dans son ensemble rose froufroutant, Freddie dévala les marches de l'escalier et vint se jeter dans les jambes de son père.

— Papa ! Papa ! Papydou fait des bruits d'ours. De *gros* ours !

— Est-ce qu'il frotte aussi sa barbe contre ta joue ? demanda Rachel.

La petite fille s'exclama, avec une expression de pur ravissement :

— Oui, et ça gratte !

Puis, pressée et anxieuse de se frotter de nouveau au gros ours effrayant, elle s'éclipsa aussi vite qu'elle était venue.

— Voilà longtemps qu'elle ne s'était pas amusée autant, dit Spencer en la regardant s'enfuir.

— Je peux en dire autant de mon père…

Dans la rue, le bruit de moteur caractéristique du pick-up de Yuri se fit entendre, attirant leurs deux regards vers la fenêtre.

— Je vais voir si maman a besoin d'aide, lança Rachel en se dirigeant vers la cuisine.

Spencer se rua vers la porte d'entrée pour attendre Natasha sur le seuil. Elle paraissait pâle et fatiguée, et lui adressa un sourire un peu las dès qu'elle l'aperçut.

— Bonjour, professeur…

Parce qu'elle en avait envie autant que besoin, elle entoura de ses bras la taille de Spencer et se serra contre lui.

— Est-ce que tu vas bien ? demanda-t-il en lui caressant les cheveux.

— Oui.

Ce n'était pas un mensonge. Elle s'en rendit compte aussitôt. A présent qu'elle avait fait ce qu'elle avait à faire et retrouvé l'abri sûr de ses bras, tout allait pour le mieux…

— Je pensais que tu ferais la grasse matinée…

— Où étais-tu ? demanda-t-il sans lui répondre.

L'entraînant par la main, Natasha entra dans le hall et ôta son manteau.

— J'avais une visite à rendre. Où sont les autres ?

— Ta mère et Rachel sont dans la cuisine. La dernière fois que je l'ai vu, Alex était pendu au téléphone…

— Occupé à roucouler avec sa belle…, compléta Natasha, avec un vrai sourire cette fois.

— J'imagine. Quant à Freddie, elle est au premier avec ton père…

— … en train de regarder la parade à la télé et de lui donner sa plus grande joie de l'année.

De nouveau, Natasha s'approcha de Spencer et lui caressa la joue de ses doigts glacés.

— Tu n'aurais pas envie de m'embrasser par hasard ?

Devinant l'anxiété qui perçait derrière son ton ironique, Spencer la prit dans ses bras. Ce baiser, il s'en rendait compte, était pour elle une nécessité, un remède pour se rassurer et conjurer quelque souffrance personnelle dont elle ne lui parlerait pas. Il était prêt à l'accepter. S'il pouvait déjà lui donner cela, il était le plus heureux des hommes…

Quand leurs lèvres se séparèrent, il la sentit chanceler entre ses bras et dut resserrer son emprise pour la retenir. Leurs regards se mêlèrent et Spencer découvrit que celui de Natasha était embué, très triste, et incroyablement beau. Bouleversé de la découvrir soudain si fragile, il la prit par la taille.

— Viens t'asseoir, proposa-t-il. Tu as l'air épuisée… Est-ce que tu as mangé quelque chose ?

Natasha se mit à rire et l'enlaça de nouveau.

— Ne t'inquiète pas, dit-elle. Dès que j'aurai passé le seuil de la cuisine, maman se chargera de me gaver…

Alors qu'ils s'embrassaient de nouveau, la porte d'entrée s'ouvrit et Spencer vit le visage de Natasha s'illuminer.

— Mikhail !

Déjà, elle avait bondi vers lui pour se précipiter dans ses bras.

Mikhail Stanislaski avait hérité de cette sombre beauté exotique qui caractérisait toute la famille. C'était le plus grand des quatre et il dut se pencher pour embrasser sa sœur. Ses cheveux bouclés couvraient ses oreilles et son cou. Il portait un manteau, un jean et des bottes usées qui lui donnaient un petit air bohème. Mais ses mains, qui pour l'heure caressaient tendrement les cheveux de Natasha, étaient sans conteste ce qui frappait le plus chez lui. Des mains magnifiques, fortes et déliées. Des mains de travailleur manuel ou d'artiste.

A l'évidence, comprit Spencer avec un brin de jalousie qu'il s'efforça de combattre aussitôt, même si elle aimait profondément Alex et Rachel, c'était avec Mikhail que Natasha partageait le lien le plus fort.

— Tu m'as manqué ! s'écria-t-elle en s'éloignant de lui un instant pour l'embrasser sur les deux joues. Oh, Mikhail, comme tu m'as manqué !

— C'est ta faute, dit ton frère. Tu n'as qu'à venir plus souvent.

L'œil soupçonneux, il s'éloigna un peu de sa sœur pour la soumettre à un examen attentif. Après l'avoir dévisagée un instant, le visage empreint de sollicitude, il tenta de réchauffer ses mains glacées entre les siennes, et l'abreuva d'un flot de paroles douces et réconfortantes, en ukrainien.

Tout de suite, il fut évident pour Spencer que Mikhail venait de deviner où sa sœur avait passé la matinée. Amèrement, il regretta de ne pas connaître la langue maternelle des Stanislaski. Pour couper court aux effusions de son frère, Natasha se tourna vers Spencer et lui fit signe de s'approcher d'eux.

— Mikhail, dit-elle avec un sourire radieux, je suis heureuse de te présenter Spencer Kimball.

Mikhail retira son manteau en lançant à Spencer un long regard méfiant. Ce dernier ne dit rien, se prêtant de bonne grâce à cet examen. Assurément, si Rachel et Alex l'avaient tout de suite adopté, leur frère aîné en revanche ne se priverait pas d'exprimer sa désapprobation si le nouvel ami de sa sœur lui déplaisait.

Enfin, le visage indéchiffrable, il s'approcha pour lui serrer la main.

— Je connais votre œuvre, dit-il en le fixant droit dans les yeux. Et je l'aime beaucoup.

Spencer prit garde à soutenir son regard sans ciller et à rendre sa poignée de main aussi ferme que possible.

— Merci, répondit-il. Je peux vous retourner le compliment…

Le voyant manifester sa surprise d'un haussement de sourcils, il précisa :

— J'ai pu admirer chez Natasha les figurines que vous avez sculptées pour elle, et j'ai hâte d'en voir plus.

Ils furent interrompus par une cascade de rires enfantins venus du premier étage. En réponse au regard interrogateur de son frère, Natasha précisa :

— C'est Freddie, la fille de Spencer. Elle est en train de regarder la parade avec papa, à la télé…

Mikhail hocha la tête d'un air amusé et passa un pouce dans le passant de sa ceinture.

— Ainsi, reprit-il, vous êtes veuf.

— C'est exact.

— Et vous enseignez à l'université de Shepherdstown, c'est cela ?

— Oui

— Mikhail ! intervint Natasha. Cesse de jouer les

grands frères… Ça ne te va pas du tout et de toute façon je suis plus vieille que toi.

— Peut-être, admit-il. Mais c'est moi le plus fort…

Puis, avec un sourire ravageur, il vint la prendre par les épaules et lança gaiement :

— Alors… Qu'est-ce qu'on mange ?

D'un œil perplexe, Spencer contempla la profusion de nourriture posée sur la grande table des Stanislaski. Allaient-ils réellement devoir avaler tout cela ? L'énorme dinde rôtie qui trônait à la place d'honneur sur la nappe brodée de motifs colorés aurait suffi à elle seule à rassasier les appétits. Mais, fidèle à son pays d'adoption, Nadia avait tenu à composer un menu de fête typiquement américain, ajoutant à l'énorme volaille un copieux accompagnement de châtaignes et quelques tartes à la citrouille.

Assise près de son père, les yeux grands comme des soucoupes, Freddie ne perdait pas une miette du spectacle. La pièce était pleine de bruit et tout le monde parlait en même temps, les uns et les autres ne se gênant pas pour se couper la parole. Pour sa plus grande joie, elle pouvait de temps à autre, en glissant la main sous la table, caresser discrètement le vieux Sacha, à qui elle avait déjà promis à l'oreille quelques bons morceaux.

Sans qu'elle ait eu besoin de rien demander, Mamyna lui avait concocté un menu rien que pour elle. Pour la mettre à hauteur des adultes, Papydou avait glissé quelques annuaires sur sa chaise. Sur ses genoux, Katie était de la fête, elle aussi. D'aussi loin qu'elle se rappelait, Freddie n'avait jamais été aussi heureuse. Elle aurait voulu que ce moment dure toute sa vie…

Dès le début du repas, Alex et Rachel entamèrent une discussion houleuse sur leurs responsabilités respectives dans une sombre histoire issue de leur enfance agitée. Sans se faire prier, Mikhail intervint dans le débat pour les renvoyer dos à dos. Sommée de prendre partie, Natasha se réfugia dans une stricte neutralité et se pencha pour murmurer à l'oreille de Spencer quelque chose qui le fit rire. Les joues roses de plaisir de voir sa famille réunie, Nadia regardait ses enfants avec un sourire bienveillant.

Alors qu'elle cherchait sur la table la main de son mari, celui-ci leva son verre devant lui.

— Silence ! cria-t-il, faisant taire instantanément tous les convives. Vous déciderez plus tard qui de vous deux a lâché cette pauvre souris dans la cuisine de maman. A présent, il est temps de porter quelques toasts.

Avec un profond respect et une grande tendresse, il porta la main de Nadia à ses lèvres.

— Avant tout, je remercie Nadia et mes filles pour toutes les bonnes choses qu'elles ont préparées pour nous, dit-il d'une voix étranglée par l'émotion. Je veux également exprimer ma joie de nous voir une fois encore tous réunis autour de cette table. Et je tiens, comme je l'ai fait lors du premier Thanksgiving passé dans notre pays, à lever mon verre pour porter un toast à la liberté !

— A la liberté ! approuva Mikhail en élevant son verre à son tour.

Les yeux embués, Yuri hocha la tête et renchérit :

— Et à la famille…

# 11.

Ce soir-là, tenant dans ses bras Freddie à moitié assoupie qui dodelinait de la tête contre sa poitrine, Spencer écouta Yuri raconter de vieilles histoires de son pays natal. Après le repas bruyant et animé, il appréciait l'atmosphère calme et reposante de cette heure de détente.

Penchés sur un échiquier, Rachel et Alex semblaient bien trop concentrés pour se livrer à une de leurs éternelles disputes. Blottis l'un contre l'autre dans le divan, Natasha et Mikhail discutaient à mi-voix. Dans son fauteuil, fatiguée mais heureuse, Nadia s'occupait les mains à des travaux d'aiguille. De temps à autre, elle interrompait son mari pour souligner ses exagérations ou ajouter quelque commentaire de son cru.

— Silence, femme ! s'exclama Yuri en pointant vers elle le tuyau de sa pipe. Je m'en souviens comme si c'était hier…

— Tu te souviens de ce dont tu veux bien te souvenir ! dit Nadia sans lever les yeux de sa broderie.

Très dignement, Yuri remit sa pipe en bouche et la suçota quelques instants.

— Peut-être, reconnut-il. Mais c'est comme ça qu'on raconte les meilleures histoires.

Quand Freddie, n'y tenant plus, bâilla à s'en décrocher la mâchoire, Spencer se redressa en la portant dans ses bras.

— Je ferais mieux de te mettre au lit.

— Laissez, intervint Nadia en se levant à son tour. Je vais m'en occuper.

Sans la moindre hésitation, Freddie accepta de se laisser emporter dans les bras de la mère de Natasha, nichant aussitôt son visage dans son cou.

— Est-ce que tu vas me bercer ? demanda-t-elle dans un demi-sommeil.

Touchée, Nadia lui embrassa les cheveux et se dirigea vers l'escalier.

— Si tu veux…

— Tu chanteras aussi ?

Nadia parut réfléchir un instant.

— Je pourrais te chanter les chansons que me chantait ma maman, suggéra-t-elle enfin. Ça te plairait ?

Pour toute réponse, les yeux déjà clos, Freddie parvint à hocher la tête.

— Vous avez une enfant adorable, dit Yuri en les regardant disparaître au détour du palier. Il faudra nous l'amener souvent.

— A présent qu'elle a goûté à votre hospitalité, dit Spencer, je vais avoir du mal à la retenir loin d'ici…

— Elle sera toujours la bienvenue. Vous aussi d'ailleurs.

Les yeux brillant de malice, il tira quelques bouffées de sa pipe avant d'ajouter :

— Même si ma fille commettait l'erreur de ne pas vous épouser…

A ces mots, tous relevèrent la tête. Après quelques secondes d'un silence stupéfait, Rachel et Alex retournèrent à leur partie en échangeant des sourires entendus.

Quant à Spencer, même s'il l'avait voulu, il aurait été bien en peine de masquer son bonheur…

— Bien ! lança Natasha en se redressant d'un bond. Je crois qu'il n'y a plus assez de lait pour demain. Spence, ça te dirait d'aller en chercher avec moi ?

Quelques instants plus tard, bien emmitouflés, ils remontaient de concert l'avenue. Les yeux levés vers le ciel piqueté d'étoiles, Natasha emplissait avec plaisir ses poumons d'air vif et mordant.

— Je suis sûr qu'il ne voulait pas te mettre mal à l'aise, dit Spencer.

— Tu plaisantes ? répliqua-t-elle vivement. Moi je suis sûre du contraire…

Spencer se rapprocha et entoura de son bras les épaules de Natasha.

— Bon, d'accord, admit-il. N'empêche que tu as une famille formidable.

— Je le pense aussi. La plupart du temps…

— Tu as de la chance de les avoir. En voyant Freddie tellement heureuse parmi vous, j'ai compris à quel point une vie familiale riche est importante pour un enfant. Je regrette d'autant plus de n'avoir jamais fait d'efforts pour me rapprocher de Nina ou de mes parents.

— C'est peut-être parce que nous étions seuls en arrivant ici que nous sommes si proches les uns des autres…

— Il est vrai que ma famille n'a pas eu la chance de traverser les montagnes en charrette pour gagner la Hongrie…

La plaisanterie était un peu amère, mais elle réussit à faire rire Natasha.

— Rachel n'a jamais supporté l'idée qu'elle n'était pas née quand mes parents ont émigré. Quand elle était petite, elle se rattrapait en disant qu'étant née à

New York, elle était la seule vraie Américaine de la famille… Il n'empêche que lorsque l'un de ses professeurs lui a suggéré de raccourcir son nom pour réussir dans la carrière d'avocat, elle ne s'est pas gênée pour lui dire ce qu'il pouvait faire de sa suggestion, en termes explicites… et en ukrainien !

L'anecdote les fit rire et acheva d'effacer toute tension entre eux.

— Ce professeur était un imbécile, conclut Spencer. Stanislaski est un très beau nom. Tu voudras sans doute le conserver, quand nous serons mariés ?

— Tais-toi…

— Désolé. Cela m'a échappé. Ce doit être l'influence de ton père.

Sans s'en apercevoir, ils étaient arrivés devant l'épicerie du quartier, obscure, vide et fermée, comme l'annonçait un panonceau accroché à la porte.

— Nous arrivons trop tard, murmura Spencer.

— Ça dépend pour quoi, dit Natasha en se pendant à son cou. Je savais que nous trouverions porte close. Mais au moins ici personne ne nous verra nous embrasser…

Malgré tous ses efforts pour garder les yeux ouverts, Natasha sombra à de nombreuses reprises dans le sommeil durant le trajet du retour. Quand par un ultime sursaut de volonté elle parvint à s'éveiller tout à fait, ils atteignaient la frontière du Maryland et de la Virginie-Occidentale.

— Déjà ? s'étonna-t-elle en lançant à Spencer un regard coupable. Je ne t'ai pas beaucoup relayé au volant.

— Aucun problème, dit-il sans quitter la route des yeux. Tu avais besoin de te reposer.

— Trop mangé, pas assez dormi…

Par-dessus son épaule, Natasha jeta un coup d'œil à Freddie qui dormait, pelotonnée comme un chat sur la banquette arrière.

— On ne peut pas dire que nous ayons été d'une compagnie très agréable…

— Il ne tient qu'à toi de réparer ça, insinua Spencer avec un petit sourire.

— Comment ?

— En acceptant de passer la soirée avec moi.

Natasha accepta l'invitation sans hésiter. L'aider à mettre Freddie au lit et leur préparer un repas léger était le moins qu'elle pût faire en l'absence de Vera.

Parvenus à destination, ils se partagèrent les tâches pour plus d'efficacité. Après avoir ouvert la maison et déchargé les bagages, Spencer se chargea de mettre sa fille au lit pendant que Natasha gagnait la cuisine. En préparant le thé et quelques sandwichs, elle constata avec étonnement qu'elle se sentait en fait aussi affamée qu'épuisée. Ce qui, en raison des quantités de nourriture avalées à New York, relevait presque du miracle…

Natasha achevait d'ôter le tablier qu'elle avait emprunté à Vera quand Spencer la rejoignit.

— Freddie s'est rendormie dès qu'elle a été dans son lit, dit-il. Elle n'a même pas voulu que je lui raconte d'histoire, c'est dire…

Prenant place à table, il contempla le contenu de son assiette d'un air gourmand.

— Ça a l'air délicieux… Qu'est-ce que c'est ?

— Une vieille recette ukrainienne, dit Natasha en le rejoignant. Des sandwichs au thon !

Spencer, qui était en train de mastiquer avec soin la première bouchée, leva les yeux au plafond.

— Ça n'a pas seulement l'air délicieux. Ça l'est !

Disant cela, il se rendit compte qu'il ne pensait pas

uniquement au sandwich. Le fait que Natasha ait accepté de préparer et de partager avec lui un repas frugal dans sa cuisine, alors que la maison était endormie autour d'eux, était la conclusion rêvée de ce week-end au cours duquel ils avaient rarement été seuls.

— Finies les vacances ! dit-il d'un ton nostalgique. Je suppose que tu dois être à *Funny House* demain à la première heure ?

— Tu supposes bien. Jusqu'à Noël, cela va être de la folie. J'ai été obligée d'engager à mi-temps un étudiant de l'université pour nous seconder.

Ménageant ses effets, Natasha sirota posément son thé avant d'ajouter :

— Tu ne devineras jamais qui c'est…

— Brandon Traynor ! répondit Spencer, nommant l'un des play-boys les plus réputés de tout le campus.

— Sûrement pas ! protesta-t-elle. Il passerait tout son temps à draguer mes clientes… Ce qui ne risque pas d'être le cas avec Terry.

— Maynard ! Tu as embauché Terry Maynard ?

— Exactement. Il a besoin d'argent pour faire réparer sa voiture, et en plus…

Prenant des airs de conspiratrice, Natasha se pencha par-dessus la table pour murmurer :

— Annie et lui sont amoureux…

— Sans blague ! s'exclama Spencer avec un sourire ravi. Tu en es sûre ?

Natasha hocha gravement la tête.

— Ils passent presque toutes leurs soirées ensemble depuis trois semaines.

— Ça paraît sérieux…

— Ça l'est. La seule crainte d'Annie, c'est d'être trop âgée pour lui.

— Elle est beaucoup plus vieille ?

— Oh, oui ! Presque un an !

Ils rirent de bon cœur, avant que Natasha ne poursuive :

— Ils sont mignons tous les deux… Je suis vraiment heureuse pour eux. Annie désespérait de trouver un jour l'homme de sa vie. Quant à Terry, il avait vraiment besoin de quelqu'un comme elle pour l'aider à surmonter sa timidité. J'espère seulement qu'ils ne seront pas absorbés l'un par l'autre au point d'en oublier leur travail… Nous allons avoir du pain sur la planche, à partir de demain.

— Tu risques d'être épuisée, à la fin de la journée. Pourquoi ne viendrais-tu pas dîner ici ?

Etonnée, Natasha releva les yeux de son assiette.

— Tu sais cuisiner ?

Spencer partit d'un grand éclat de rire.

— Il ne vaut mieux pas que j'essaie ! Mais nous pourrions faire livrer des hamburgers ou des pizzas. Freddie serait aux anges.

— Va pour les pizzas… J'amènerai le dessert.

Décidée à débarrasser la table, Natasha se leva mais Spencer la retint par la main. Se levant à son tour, il la prit dans ses bras et caressa ses cheveux.

— Natasha…, murmura-t-il en la fixant droit dans les yeux. Je te remercie d'avoir partagé ces deux jours avec moi. Cela représente beaucoup pour moi.

Lentement, son visage s'abaissa à la rencontre de celui de Natasha et leurs lèvres s'unirent. Quand elles se séparèrent, Spencer la serra fort contre lui, comme pour ne pas la laisser partir.

— Reste ici, dit-il, le souffle court. Montons dans ma chambre. Je voudrais tant faire l'amour avec toi dans mon lit, sous mon toit.

Natasha ne répondit pas. Elle n'hésita pas un seul

instant. Entourant de son bras la taille de Spencer, elle l'entraîna vers l'escalier.

— Je voudrais que tu passes toute la nuit ici…

Pour empêcher Natasha de quitter son lit, Spencer avait une fois de plus refermé ses bras autour d'elle. Ils avaient fait l'amour. Deux fois. La première fois avait ressemblé à une joute amoureuse sans merci, tant était grande leur impatience. Puis, ils avaient pris le temps de s'aimer tout en douceur. Enfin, ils avaient dû s'assoupir un peu, à en juger par l'heure matinale affichée sur le cadran luminescent du réveille-matin.

Tendrement, Natasha déposa un baiser dans le cou de Spencer, à l'endroit précis où battait son pouls.

— Ce n'est pas possible, répondit-elle à regret. Demain, Freddie me poserait des questions auxquelles je ne saurais pas répondre…

— J'y répondrai à ta place, si tu veux. De manière fort simple. En lui expliquant que je t'aime…

— Ce n'est pas si simple.

— C'est pourtant la vérité.

Afin de pouvoir mieux observer son visage, Spencer se redressa sur un coude. Dans la lumière tamisée de la lampe de chevet, il découvrit dans son regard une tristesse qui lui serra le cœur.

— Je t'aime, Natasha.

— Spence…

— Non ! s'écria-t-il d'une voix ferme. Je t'en prie, ne t'excuse pas… Nous n'en sommes plus là. Dis-moi juste si tu me crois.

Au prix d'un gros effort de volonté, Natasha releva les yeux pour soutenir son regard, dans lequel elle trouva la confirmation de ce qu'elle savait déjà.

— Oui, je te crois.

— Alors dis-moi ce que tu ressens pour moi, insista-t-il. J'ai besoin de le savoir.

Aussitôt, il fut clair pour Natasha qu'elle ne pouvait plus se dérober. Il avait le droit de connaître la réalité de ses sentiments. Même si les mots qu'elle s'apprêtait à prononcer lui emplissaient déjà la bouche d'une amertume ancienne.

— Je t'aime, lâcha-t-elle enfin dans un souffle. Mais cela me fait encore très peur.

Spencer lui prit la main pour la porter à ses lèvres et y déposer un baiser.

— Pourquoi ?

— Parce que cela m'est déjà arrivé. Et parce que cela s'est très, très mal terminé…

Agacé, Spencer découvrit dans son regard une ombre qu'il avait appris à connaître. Une ombre issue du passé de Natasha, qui les séparait depuis qu'ils se connaissaient, et contre laquelle il ne pouvait lutter.

— Nat, dit-il avec un soupir de découragement. Nous avons tous les deux un passé chargé. Nous avons pris des coups avant d'avoir la chance de nous rencontrer. Mais pour l'amour du ciel, ne gaspillons pas cette chance inespérée qui nous est offerte pour de mauvaises raisons. Quelque chose de neuf est en train de naître entre nous. Quelque chose d'important. Pour toi comme pour moi…

Il avait raison. Natasha le savait, le sentait, mais ne pouvait pourtant se résoudre à l'admettre encore.

— J'aimerais en être aussi sûre que toi, répondit-elle en détournant les yeux. Mais il y a des choses que tu ignores à mon sujet.

— Par exemple, que tu étais ballerine autrefois ?

Natasha sursauta et s'en voulut aussitôt. Vivement,

elle se redressa contre les oreillers et tira le drap sur ses seins nus.

— Par exemple, reconnut-elle de mauvaise grâce.

— Pourquoi ne m'en as-tu jamais parlé ?

— C'est de l'histoire ancienne…

Se redressant à son tour contre le bois de lit, Spencer tendit le bras pour remettre en place sur le front de Natasha quelques mèches de cheveux. Enfin, d'une voix radoucie, il demanda :

— Pourquoi avoir renoncé à la danse ?

— J'avais un choix à faire.

Vaillamment, Natasha se força à lui faire face et lui adressa un pauvre sourire.

— J'étais douée, reprit-elle, mais sans plus. Oh, bien sûr, avec du temps et de la volonté, j'aurais pu devenir danseuse étoile. Peut-être… A un certain moment de mon existence, rien n'avait plus d'importance à mes yeux. Mais il ne suffit pas de vouloir quelque chose pour le voir se réaliser.

— Tu veux m'en dire plus ?

Natasha hésita à peine. Ce n'était qu'un début, mais elle était surprise de la facilité avec laquelle cette confession lui était venue.

— Cela n'est pas très intéressant, dit-elle en lissant le drap devant elle. J'ai commencé tard, après notre arrivée à New York. Mes parents ont rencontré Martina Latovia. A l'époque, c'était une étoile de la danse, dont la fuite à l'Ouest avait fait grand bruit. Ma mère et elle sont devenues très amies, et c'est elle qui a proposé de me donner des leçons. C'était pour moi une opportunité rêvée. Je parlais très mal l'anglais et j'avais du mal à me faire des amis. Ici, tout était tellement différent de ce que j'avais toujours connu dans mon pays…

— Oui, je l'imagine sans peine. Quel âge avais-tu à l'époque ?

— Huit ans. Il était presque trop tard pour habituer mon corps et mes articulations à se plier aux contraintes de la danse. Mais j'ai travaillé dur. *Madame* était très gentille avec moi. Et mes parents étaient si fiers…

Les yeux perdus dans ce lointain passé, Natasha eut un petit rire nostalgique.

— Papa était convaincu que je danserais un jour au Bolchoï… La première fois que j'ai réussi à monter sur les pointes, maman s'est mise à pleurer. Je ne vivais plus que pour la danse. A force de travail et de sacrifices, j'ai réussi à intégrer le corps de ballet à seize ans. C'était merveilleux. Aujourd'hui, je regrette de n'avoir pas compris alors qu'il y avait d'autres mondes, d'autres centres d'intérêt, mais à l'époque j'étais aux anges.

— Qu'est-ce qui t'a poussée à y renoncer ?

Natasha ferma les yeux un instant pour être sûre de ne pas faiblir. Elle arrivait à l'instant critique de son récit, et il importait de l'aborder avec prudence.

— J'ai fait la connaissance d'un danseur. Tu dois le connaître, j'imagine… Il s'agit d'Anthony Marshall.

Ce nom éveilla aussitôt dans la mémoire de Spencer l'image d'un homme grand et blond, doté d'un corps d'adonis. A présent, l'ombre encombrante avait un nom…

— En effet, reconnut-il. Je l'ai vu danser plusieurs fois.

— C'était un magnifique danseur, reprit Natasha. Nous sommes rapidement devenus amants. J'étais jeune. Beaucoup plus que lui. Trop jeune… Notre liaison a été une tragique erreur.

— Tu étais amoureuse de lui…

— Evidemment. Avec naïveté et idéalisme. Comme

une jeune fille de dix-sept ans. Pour ne rien arranger, j'étais persuadée qu'il m'aimait aussi. Il me l'avait dit. Il était charmant, romantique, attentionné… et je ne demandais pas mieux que de le croire. Il m'avait promis le mariage, une vie de rêve, une carrière commune, enfin bref, tout ce que j'avais envie d'entendre. Evidemment, il s'est empressé de briser toutes ces promesses, et mon cœur par la même occasion.

— C'est pourquoi tu ne veux ni de mes promesses ni de mes serments…

— Tu n'es pas Anthony, protesta Natasha en lui caressant la joue. J'ai fini par le comprendre, il y a bien longtemps déjà. Et je n'ai pas besoin de te comparer à lui pour savoir que je t'aime. Je ne suis plus la jeune écervelée qui se faisait tout un monde de quelques paroles sans importance.

— Celles que je t'ai dites ne sont pas sans importance !

— C'est vrai…

Natasha pencha la tête pour poser tendrement la joue contre la sienne.

— Au cours de ces dernières semaines, poursuivit-elle, j'ai eu tout le temps nécessaire pour m'en convaincre. Et pour comprendre que ce que je ressens pour toi ne ressemble à rien de ce que j'ai ressenti par le passé.

Elle avait encore beaucoup à lui dire, mais elle sentit soudain tout courage l'abandonner.

— S'il te plaît, implora-t-elle à mi-voix, restons-en là pour l'instant.

Spencer déposa un baiser sur son front et se pencha pour capter son regard.

— D'accord, répondit-il. Mais promets-moi de ne plus attendre aussi longtemps pour m'en dire plus.

Pour toute réponse, Natasha passa la main derrière sa nuque et attira son visage contre le sien.

En prenant connaissance du résultat du test, Natasha sentit un frisson lui remonter le long de la colonne vertébrale. Comment cela pouvait-il être possible ? Pourquoi fallait-il qu'à l'instant précis où elle commençait de nouveau à suivre les élans de son cœur, un tel événement survienne et la ramène aux heures les plus sombres de son existence ?

Pesamment, elle se rassit sur son lit, indifférente aux nécessités du moment — faire sa toilette, s'habiller, déjeuner, entamer une nouvelle journée de travail. A quoi bon puisque plus rien, désormais, ne pourrait être comme avant ?

Elle tenait toujours la petite lamelle de plastique devant elle. Il ne pouvait pas y avoir d'erreur. Elle avait suivi les instructions à la lettre. Par simple précaution… Du moins était-ce ce dont elle avait tenté de se convaincre en achetant le test de grossesse au drugstore. Mais depuis le voyage chez ses parents, quinze jours auparavant, elle s'en doutait intuitivement.

Ce n'était pas la grippe qui rendait ses réveils nauséeux. Ce n'était ni le stress ni l'excès de travail qui la fatiguait tant. La cause en était bien plus simple, et le test lui avait donné une réponse qu'en fait elle connaissait déjà, et qu'elle redoutait. Elle était enceinte. De nouveau, elle abritait dans son ventre l'embryon d'un nouvel être humain… L'accès de joie émerveillée qu'elle avait ressenti avait bien vite été éclipsé par la morsure de la peur, qui la glaçait jusqu'au sang.

La chose était aussi certaine qu'incompréhensible. Elle n'était plus une jeune fille innocente… Quand les choses avaient commencé à devenir sérieuses entre Spencer et elle, elle avait pris ses précautions et s'était montrée suffisamment responsable pour rendre visite à son médecin. Depuis, elle prenait scrupuleusement les pilules qu'il lui avait prescrites. A moins qu'un matin ou un autre…

Le premier effet de surprise passé, une pensée hantait l'esprit en déroute de Natasha — comment allait-elle pouvoir l'annoncer à Spencer ? Cachant son visage entre ses mains, elle se mit à se balancer d'avant en arrière au bord du lit pour tenter de se réconforter. Comment allait-elle de nouveau faire face à cette situation, alors que le souvenir cuisant de sa première grossesse était encore tellement présent à son esprit ?

Lorsqu'elle s'était retrouvée enceinte à dix-sept ans, elle commençait à douter de l'amour d'Anthony. Mais en apprenant qu'elle portait son enfant, un fol espoir lui avait gonflé le cœur. Un espoir qu'il s'était empressé de réduire à néant…

Lorsqu'elle avait sonné à sa porte, ce soir-là, c'est avec la plus grande réticence qu'il l'avait laissée entrer chez lui. Bravement, elle avait continué à sourire en apercevant derrière lui la table dressée, les deux couverts, les bougies, le seau à champagne. Une mise en scène romantique qu'elle connaissait bien. Mais ce soir-là, ce n'était pas elle qui était prévue dans le grand rôle féminin…

Cette découverte pourtant n'avait pas suffi à la décourager. Avec naïveté, elle tentait de se persuader qu'en apprenant la bonne nouvelle, Anthony lui reviendrait, et que tout changerait.

Effectivement, tout avait changé…

Natasha se remémorait parfaitement la fureur qu'elle

avait vue luire dans ses yeux après qu'elle lui eut annoncé la « bonne nouvelle ».

— Je suis allée chez le docteur cet après-midi, avait-elle expliqué sans se laisser troubler. Je suis enceinte. De deux mois déjà.

Dans l'espoir de renouer le contact, elle s'était avancée vers lui, mais Anthony s'était dérobé en contournant la table pour se servir une coupe de champagne.

— C'est une vieille ruse, Nat. Tu n'es pas la première à me faire le coup.

— Mais… ce n'est pas une ruse !

Revenant vers elle, il l'avait attrapée par le bras et l'avait secouée sans ménagement.

— Ah non ? Alors comment as-tu pu te montrer aussi imprudente ? En tout cas, si tu t'es mise dans le pétrin, ne compte pas sur moi pour t'en tirer…

Anéantie, Natasha avait longuement frotté son bras, où les doigts d'Anthony avaient laissé des marques. Décidée à croire qu'il avait mal compris, elle avait plaidé une nouvelle fois sa cause.

— Anthony… Je vais avoir un enfant. Ton enfant… Le docteur dit qu'il devrait naître en juillet.

Après l'avoir dévisagée un instant d'un regard glacial, Anthony avait vidé son verre d'un trait.

— OK, tu es enceinte…, avait-il enfin marmonné. Mais je ne vois pas en quoi cela devrait me concerner.

— Cela te concerne forcément, puisque tu es le père…

— Comment puis-je en avoir la preuve ?

A ces mots, Natasha avait pâli et chancelé sur ses jambes. Le voir si tranquillement insinuer de telles horreurs lui avait fait le même effet que lorsqu'elle avait failli se faire renverser par un autobus, le jour où elle avait découvert les rues de New York.

— Tu… tu dois le savoir…, avait-elle balbutié. Cela ne peut pas être autrement.

Avec un petit rire méprisant, Anthony avait conclu :

— Ma pauvre chérie… Dans le monde où nous vivons, on ne peut jamais être sûr de rien. A présent, si tu veux bien m'excuser, comme tu peux le constater, j'attends quelqu'un.

En désespoir de cause, Natasha avait eu la faiblesse de se jeter à ses pieds.

— Anthony… Tu ne comprends pas ? Je porte notre enfant !

— *Ton* enfant, avait-il corrigé. *Ton* problème. Si tu veux un bon conseil, ne le garde pas.

Epouvantée, Natasha s'était relevée pour reculer vers la porte, protégeant son ventre des deux mains en un geste instinctif.

— Comment peux-tu dire une chose pareille ?

Imperturbable, Anthony avait poursuivi d'un ton ironique :

— Tu veux faire carrière dans la danse, Nat ? Tu crois vraiment que tu pourras revenir au plus haut niveau après avoir passé neuf mois à porter un moutard que tu devras placer de toute façon ?

Son tempérament slave finissant par reprendre le dessus, Natasha avait relevé le menton et protesté avec véhémence :

— Que tu le veuilles ou non, j'aurai cet enfant.

Ce changement de ton ne l'avait en rien ébranlé.

— C'est ton problème. Mais n'espère pas me le coller sur le dos. J'ai une carrière à poursuivre. Tu ferais mieux de te faire épouser par un brave gars sans envergure, qui te fera quelques mioches supplémentaires et dont tu tiendras la maison. De toute façon, tu n'aurais jamais atteint qu'un niveau très passable en t'obstinant à danser.

Ainsi Natasha avait-elle dû faire face à sa grossesse dans le chagrin et la solitude. Quand sa petite Rose était née, elle avait reporté sur elle tout son amour, pour un temps trop court. Et à présent qu'un autre enfant lui était donné, comment allait-elle pouvoir l'accueillir et l'aimer sans redouter constamment d'avoir à le perdre à son tour ?

De désespoir, elle envoya valser à travers la pièce le test de grossesse et se précipita vers son armoire, dont elle tira en vrac quelques vêtements et un sac. Avant toute chose, il fallait partir. Pour réfléchir. Pour prendre une décision. Puis, songeant qu'elle ne ferait ainsi que fuir ses responsabilités, elle couvrit son visage de ses mains et s'efforça de respirer à fond. Elle devait d'abord annoncer la nouvelle à Spencer. Ne pas le faire aurait été trop lâche.

Natasha prit sa voiture pour se rendre chez lui. Plus la maison des Kimball se rapprochait, plus elle se demandait sans trouver de réponse comment elle allait pouvoir s'y prendre pour le mettre au courant. Dès qu'elle eut garé sa voiture, elle vit Freddie accourir vers elle sur la pelouse, ses deux chats gambadant derrière elle.

— Nat ! Nat ! s'écria la petite fille, visiblement ravie. Tu es venue pour jouer ?

En se penchant pour lui embrasser la joue, Natasha parvint à lui sourire.

— Pas ce matin, répondit-elle. Est-ce que ton papa est là ?

— Il joue du piano. Il en joue beaucoup depuis que nous sommes ici.

Puis, revenant à ses propres centres d'intérêt, elle annonça, les yeux brillants :

— J'ai fait un dessin de New York ! Je vais l'envoyer à Papydou et Mamyna.

Touchée, Natasha lutta pour retenir les larmes qui lui venaient.

— Je suis sûre qu'ils seront très contents de le recevoir.

— Viens, proposa la petite fille en lui saisissant la main pour l'entraîner vers la maison. Je vais te le montrer.

— Dans un petit moment. Je dois d'abord avoir une conversation avec ton papa. Rien que lui et moi…

Le regard rieur de Freddie se fit soudain grave.

— Pourquoi ? demanda-t-elle avec inquiétude. Tu es fâchée contre lui ?

— Pas du tout. J'ai juste quelque chose à lui dire. Retourne jouer tranquillement avec tes chats, maintenant. Je te promets de venir te parler avant mon départ.

— D'accord…

Tranquillisée par cette promesse, Freddie tourna les talons et détala en direction de la pelouse où les chatons s'amusaient à se battre.

En frappant du doigt contre le panneau laqué de la porte, Natasha s'efforça de faire le vide dans son esprit. Elle redoutait toujours autant le face-à-face qui l'attendait, mais la meilleure conduite à tenir était sans doute d'aborder le problème calmement, posément et sans passion, en adultes responsables.

— Mademoiselle Stanislaski…

Vera, qui venait de lui ouvrir la porte, affichait un sourire bien plus bienveillant que celui qu'elle lui réservait habituellement. Par Spencer, Natasha avait appris que le récit qu'avait fait Freddie de son séjour à New York avait favorablement impressionné la gouvernante.

— Je voudrais voir le Dr Kimball, annonça-t-elle en lui rendant son sourire. S'il n'est pas occupé…

Vera s'effaça sur le seuil.

— Entrez, dit-elle. Vous le trouverez dans le salon de musique. Il est resté debout la moitié de la nuit pour travailler.

— Merci.

S'accrochant à son sac à main passé en bandoulière comme un naufragé à sa bouée, Natasha traversa le hall. Bien qu'elle soit fermée, la porte du salon de musique ne parvenait pas à contenir les accords d'une mélodie qui lui parut d'une beauté déchirante et désolée. A moins, songea-t-elle en contenant à grand-peine ses larmes, que cette impression ne résultât de sa propre humeur.

Elle se remémora la première fois qu'elle avait pénétré dans cette pièce. Peut-être était-elle tombée amoureuse de lui à cet instant, lorsqu'elle l'avait découvert assis à son piano, attentif et concentré, sa fille sur ses genoux.

En attendant le moment propice pour s'annoncer, Natasha retira ses gants et les fit nerveusement passer d'une main dans l'autre. Spencer, totalement pris par sa musique, ne l'avait pas entendue entrer. Pourquoi se permettrait-elle de bouleverser ainsi sa vie, se demanda-t-elle soudain, alors qu'il n'avait rien demandé, rien voulu d'autre que son amour. Et ils avaient assez vécu, l'un comme l'autre, pour savoir que l'amour ne pouvait tout excuser.

— Spence…

Profitant de ce que ses mains avaient quitté le clavier pour inscrire quelques accords sur la partition en cours d'élaboration, Natasha avait murmuré son nom. Mais trop absorbé par son travail, Spencer ne l'avait pas entendue. Fixant intensément la portée, il y écrivait ses annotations d'une main fébrile et sûre. Alors seulement, elle nota qu'il n'avait pas pris la peine de se raser. Sa chemise était froissée et largement ouverte sur sa poitrine. Ses cheveux, qu'il peignait régulièrement de ses doigts écartés, étaient en désordre. En temps habituel, cela aurait pu la faire sourire, mais de le découvrir aussi touchant et tellement beau redoubla son envie de pleurer.

— Spence…, appela-t-elle d'une voix plus forte.

Cette fois, il leva les yeux, mécontent d'être interrompu. Mais quand il la découvrit, ses yeux s'éclairèrent et un sourire radieux illumina son visage fatigué.

— Hé ! s'exclama-t-il gaiement. Je ne m'attendais pas à te voir aujourd'hui…

— Annie s'occupe de la boutique, expliqua Natasha sans cesser de triturer ses gants. Et j'avais besoin de te parler.

— Tu m'en vois ravi… Quelle heure est-il, au fait ?

D'un air absent, il consulta sa montre.

— Trop tôt pour t'inviter à déjeuner, constata-t-il. Tu prendras un peu de café ?

Ce mot, seul, suffit à soulever le cœur de Natasha, qui se contenta de refuser l'offre en secouant la tête.

— Je voulais te voir pour…, commença-t-elle. J'avais besoin de te dire… mais j'ai du mal à trouver mes mots.

Les yeux baissés, Natasha contemplait obstinément les fins gants de cuir malmenés entre ses doigts.

— D'abord, reprit-elle avec détermination, il faut que tu saches que je n'ai jamais eu l'intention de t'obliger à…

Alors que les mots lui manquaient de nouveau, Spencer s'approcha de Natasha, le front soucieux.

— Si quelque chose te tracasse, dit-il d'une voix douce, pourquoi ne pas me le dire simplement ?

— C'est ce que j'essaye de faire.

La prenant doucement par le bras, Spencer l'entraîna vers le sofa.

— Le meilleur chemin, reprit-il, est souvent le plus direct…

— Tu as raison…

A peine était-elle assise que Natasha sentit la tête lui tourner. Elle eut le temps de voir l'inquiétude apparaître dans le regard de Spencer, puis tout devint noir et elle se sentit devenir aussi molle qu'une poupée de chiffon.

Lorsqu'elle reprit conscience, elle était allongée sur le sofa. Spencer, agenouillé auprès d'elle, lui tapotait les joues pour la ranimer.

— Doucement, doucement, murmura-t-il en la voyant revenir à elle. Reste allongée. Je vais appeler un docteur.

— Non, ce n'est pas la peine, protesta-t-elle en se redressant sur son séant. Je t'assure que je vais bien.

— Tu vas tellement bien, rétorqua Spencer, que tu es pâle comme un fantôme, glacée comme une morte et que tu tournes de l'œil sur mon sofa. Pourquoi ne pas m'avoir dit que tu étais malade ? Je vais t'accompagner à l'hôpital. Tout de suite. Nous allons…

— Spence…, l'interrompit Natasha, je ne suis pas malade et je n'ai pas besoin de voir un docteur.

Comprenant que sa voix était sur le point de se briser de nouveau, elle prit le temps d'inspirer profondément avant d'ajouter :

— Je ne suis pas malade, Spence. Je suis enceinte.

# 12.

— Comment ?

Ce fut le seul mot que Spencer fut capable de prononcer. Assis sur ses talons, il la dévisageait sans être tout à fait sûr d'avoir bien entendu.

— Qu'as-tu dit ? reprit-il enfin.

Natasha voulait être forte. Elle le devait. A cet instant, Spencer la regardait comme si elle venait de lui assener un coup de massue.

— Je suis enceinte, répéta-t-elle sans parvenir à soutenir son regard.

De la main, elle fit un geste vague et ajouta :

— Je suis désolée…

Sonné, Spencer secoua la tête, comme s'il avait pu ainsi aider l'incroyable nouvelle à se frayer un chemin en lui.

— Tu en es sûre ?

— Certaine.

Pour l'un comme pour l'autre, songea Natasha, il valait mieux rester dans le concret et éviter les sentiments. Spencer était un gentleman. Il n'y aurait de sa part ni accusations ni cruauté. Du moins préférait-elle l'espérer…

— Ce matin, expliqua-t-elle en s'armant de courage,

j'ai fait un test de grossesse. J'avais des doutes, depuis quelques semaines, mais…

— Des doutes ?

Incapable de déterminer comment elle prenait la chose, Spencer sentit une sombre appréhension le gagner. Natasha ne paraissait pas furieuse, comme Angela l'avait été. Elle semblait tout simplement anéantie. Et cela ne valait guère mieux…

— Dans ce cas, demanda-t-il prudemment, pourquoi ne pas m'en avoir parlé ?

— Je n'en voyais pas l'utilité. Je ne voulais pas t'ennuyer avec ça.

— Je vois. Parce que toi tu l'es, « ennuyée »…

— Là n'est pas le propos ! répondit-elle sèchement. Je suis enceinte et je voulais t'en informer avant de m'en aller pour quelques jours.

Bien que se sentant encore faible sur ses jambes, Natasha fit l'effort de se relever.

De crainte de la voir s'évanouir et pour l'empêcher de s'enfuir, Spencer se redressa et la retint par le bras.

— Attends une minute ! s'exclama-t-il en la forçant à se rasseoir. Tu débarques ici pour m'annoncer que tu es enceinte, et aussitôt après tu m'informes que tu t'en vas…

Spencer sentit une peur panique l'envahir.

— Où comptais-tu aller ?

— Je ne sais pas. Quelque part où je pourrai réfléchir.

Elle avait parlé sur un ton cassant et le regretta aussitôt.

— Je suis désolée, reprit-elle d'une voix radoucie. Je crois que je ne fais que compliquer les choses… Tu dois comprendre. J'ai besoin de temps pour y penser. Et le mieux est que je quitte cette ville.

— Ce dont tu as besoin, s'entêta Spencer, c'est de rester assise ici pour que nous discutions tranquillement de tout cela.

— Je suis incapable d'en parler pour le moment. Je voulais juste t'apprendre la nouvelle avant de partir.

Pour l'empêcher de se relever comme elle en manifestait de nouveau l'intention, Spencer la retint par les épaules.

— Tu n'iras nulle part, lança-t-il d'une voix forte. Et tu devras bien te résoudre à discuter avec moi ! Je me demande vraiment quelle réaction tu attendais de ma part… Quelque chose du genre : « Eh bien, voilà d'intéressantes nouvelles, Natasha. Bon voyage et à la prochaine fois ! »

— Je ne te demande rien du tout ! cria-t-elle.

Elle se rendit compte qu'elle avait haussé la voix, sans rien pouvoir faire pour s'en empêcher. D'un coup, la passion, les remords, les peurs et les griefs jaillissaient d'elle, aussi irrépressibles que les larmes qui sillonnaient à présent ses joues.

— Je n'ai rien voulu de tout ça ! Tomber amoureuse… Ne plus pouvoir me passer de toi… Avoir ton enfant dans mon ventre… Je ne l'ai pas voulu ! Est-ce que c'est clair ?

Spencer s'était figé devant elle. Sur ses épaules, ses mains avaient resserré leur étreinte.

— Clair comme de l'eau de roche ! s'exclama-t-il, laissant libre cours à la colère froide qui peu à peu avait monté en lui. Limpide comme le cristal ! Mais que tu l'aies voulu ou non, tu le portes cet enfant. Alors à présent nous allons nous asseoir tous les deux bien tranquillement pour en discuter, en adultes responsables.

— Je t'ai dit que j'avais besoin de temps…

— J'ai déjà été trop patient ! Apparemment, le destin

semble avoir décidé de nous donner un nouveau petit coup de pouce. Il faudra bien que tu t'y fasses…

Livide, les yeux perdus dans le vague, Natasha secoua obstinément la tête.

— Je ne pourrai pas repasser par là, gémit-elle. Pas une deuxième fois…

— Une deuxième fois ? demanda Spencer. De quoi parles-tu ?

— J'ai déjà eu un enfant…

Natasha se dressa d'un bond et voila son visage de ses mains. Tout son corps tremblait comme une feuille.

— J'ai déjà eu un enfant, répéta-t-elle d'une voix entrecoupée de sanglots. Une fille…

Abasourdi mais bouleversé de la voir dans cet état, Spencer la rejoignit et passa un bras autour de ses épaules.

— Tu as une fille ?

— J'avais une fille, corrigea-t-elle aussitôt. Rose… Morte il y a bien longtemps.

Les sanglots qui secouaient Natasha semblaient venir du centre de son être, convulsifs et douloureux. Spencer ne savait plus que faire. Soudain, il repensa au buisson de roses, sous ses fenêtres, dont même au cœur de l'hiver elle n'avait pu se résoudre à couper les fleurs fanées. Plus que jamais, il se sentit fondre d'amour pour elle.

— Natasha, murmura-t-il d'une voix bouleversée par l'émotion. Viens t'asseoir, je t'en prie. Cela te fera du bien de me parler de tout cela.

D'un geste brusque, elle se détourna pour échapper à son emprise.

— C'est impossible ! s'écria-t-elle. Tu ne peux pas comprendre… Je l'ai perdue. J'ai perdu mon bébé. Jamais je ne supporterai d'avoir à repasser par là une fois encore. Tu ne sais pas, tu ne peux pas savoir combien cela fait mal…

— Non. C'est vrai.

Doucement, comme pour approcher un petit animal blessé, Spencer la rejoignit et prit ses mains pour les écarter de son visage.

— Je veux que tu m'expliques tout cela, dit-il en cherchant son regard. Pour que je puisse comprendre…

— Qu'est-ce que cela changerait ?

— Peut-être rien. Peut-être beaucoup. Nous verrons bien. De toute façon, ce n'est certainement pas le moment de te mettre dans des états pareils. Tu ne crois pas ?

A présent la voix de Spencer était douce, pleine de tendresse, terriblement persuasive.

— Tu as raison, reconnut Natasha en essuyant ses larmes d'un revers de main. Je suis désolée de m'être conduite ainsi…

— Ne t'excuse pas.

Lorsqu'il la conduisit au sofa et l'incita à s'y asseoir, Natasha, cette fois, se laissa faire. Après avoir embrassé ses joues baignées de larmes, il se redressa et annonça :

— Je vais demander à Vera de nous préparer du thé. Ensuite, nous parlerons tous les deux. Surtout ne bouge pas… J'en ai à peine pour deux minutes.

Spencer eut l'impression de s'être absenté beaucoup moins longtemps que cela encore. Pourtant, quand il revint dans le salon de musique, Natasha n'y était plus.

Un casque diffusant du rock'n roll collé sur les oreilles, Mikhail était en train de s'attaquer à un bloc de merisier. La musique s'accordait parfaitement aux vibrations qu'il sentait courir dans les veines du bois. Ce qui se dissimulait dans cette masse à peine dégrossie — et il n'avait pour l'instant pas la moindre idée de ce que ce pouvait être — regorgeait de jeunesse et d'énergie.

Lorsqu'il se mettait à sculpter, Mikhail était toujours à l'écoute. Des indications fournies par la matière qu'il travaillait, bien sûr, mais aussi des élans de son cœur, accordés à un vieux blues, à une cantate de Bach ou, plus simplement, au murmure du trafic montant de la rue. Ce soir, pourtant, il lui fallait bien constater qu'il était trop préoccupé pour se laisser emporter par l'inspiration.

Par-dessus sa table de travail, il laissa son regard errer à travers les deux pièces attenantes de son petit appartement encombré de Soho. Lovée dans le vieux fauteuil club qu'il avait trouvé sur un chantier l'été précédent, Natasha semblait plongée dans la lecture d'un livre. Il aurait pourtant juré qu'elle n'avait pas tourné une seule page depuis vingt minutes. Elle aussi devait être trop absorbée par de sombres pensées…

Aussi agacé par sa propre humeur que par la sienne, Mikhail reposa ses outils et coupa la musique pour se rendre au coin-cuisine. Sans un mot, il se mit à préparer du thé. Natasha, le voyant déposer le plateau près d'elle sur une table basse surchargée de livres et de revues, leva les yeux de son livre et lui sourit.

— Merci, dit-elle. On dirait que tu lis dans mes pensées…

Après s'être agenouillé à ses pieds sur un coussin brodé au point de croix de motifs floraux — cadeau de sa mère —, Mikhail fit le service.

— J'aimerais bien, grommela-t-il. Cela m'éviterait d'avoir à te tirer les vers du nez. Nat… Tu dois me dire ce qui ne va pas.

— Mikhail…

— Je suis sérieux ! l'interrompit-il en lui tendant son thé. Cela fait presque une semaine que tu es là…

Par-dessus la tasse en porcelaine qu'elle portait à ses lèvres, sa sœur lui adressa un sourire sans joie.

— Tu en as assez et tu t'apprêtes à me jeter dehors ?

— Peut-être.

En contradiction avec la dureté de sa réponse, Mikhail tendit le bras pour lui caresser la joue.

— Je ne t'ai pas posé de questions jusqu'à présent, reprit-il. Je n'ai même pas dit à papa et maman que je t'avais vue débarquer chez moi un soir, pâle, effrayée, et refusant d'expliquer quoi que ce soit.

— Et je t'en suis reconnaissante.

En un geste d'impatience qu'elle lui connaissait depuis l'enfance, Natasha vit son frère fendre l'air d'une main tranchante.

— Je me fiche de ta reconnaissance ! lança-t-il d'un air sombre. Je préférerais que tu te décides à me parler.

La voyant baisser les yeux sans rien dire, Mikhail lui saisit le menton entre le pouce et l'index pour l'obliger à le regarder dans les yeux.

— Nat... Nous nous sommes toujours tout dit tous les deux. Les gros chagrins comme les grandes joies. Dis-moi ce qui ne va pas.

— Je suis enceinte.

Trop longtemps contenu, l'aveu semblait avoir jailli de lui-même. Voyant ses mains tremblantes secouer dangereusement la tasse de thé, Natasha se pencha pour la reposer.

Mikhail ouvrit la bouche, mais en constatant qu'aucune parole ne semblait décidée à en sortir, il s'approcha d'elle et la prit dans ses bras. Laissant un long soupir de soulagement échapper à ses lèvres, Natasha ferma les yeux et se blottit contre son cou.

— Tu... tu vas bien ? parvint-il enfin à demander.

— Oui, répondit-elle. Je suis allée voir un docteur il y a deux jours. Il m'a confirmé que tout allait bien… pour le bébé comme pour moi.

Soudain frappé par une évidence, Mikhail se recula pour la dévisager durement.

— C'est Kimball ?

— Oui. Cela ne peut être que Spence. Il n'y a eu que lui… depuis Anthony.

Dans les yeux de Mikhail, Natasha vit passer une lueur dangereuse.

— Si ce type s'avise de mal te traiter…

A son grand étonnement, elle parvint à sourire de sa réaction et prit dans ses mains son poing serré.

— Non, dit-elle. Spence a toujours été très correct avec moi. Il serait incapable de me faire du mal.

— Mais il ne veut pas de l'enfant, c'est ça ?

Quand Natasha se contenta de baisser les yeux sur leurs mains jointes, Mikhail insista :

— Natasha ?

— Je n'en sais rien !

Incapable d'affronter le regard étonné de son frère, Natasha se leva pour aller fureter le long des étagères où il stockait les matériaux de récupération qui lui servaient de matière première.

— Tu ne lui as pas dit que tu es enceinte ?

— Bien sûr que si, je le lui ai dit !

Sans cesser de faire les cent pas dans la pièce, Natasha se tordait les mains nerveusement. Pour se calmer, elle se planta devant le sapin de Noël de son frère, un petit arbre en pot qu'elle s'était amusée à décorer de fils électriques et de bouts de papier colorés.

— Je ne lui ai pas laissé le temps de me dire ce qu'il en pensait, reconnut-elle piteusement. J'étais trop bouleversée…

— Alors c'est toi qui ne veux pas garder le bébé…

Natasha fit volte-face, les yeux flamboyants de colère.

— Comment peux-tu penser une chose pareille ! protesta-t-elle.

— Parce que tu es ici, avec moi, au lieu d'être en train de roucouler en faisant des plans d'avenir avec ton cher professeur.

— J'avais besoin de temps pour réfléchir.

— Tu réfléchis trop !

C'était quelque chose que Mikhail ne s'était jamais risqué à lui dire. Même si Natasha se doutait qu'il avait dû de nombreuses fois le penser.

— Ah oui ! s'emporta-t-elle. Parce que, selon toi, la situation ne mérite pas réflexion ? Bon sang, Mikhail ! Il ne s'agit pas de choisir entre une robe rouge et une robe bleue… Je vais avoir un enfant !

— Eh bien dans ce cas, répondit-il en la rejoignant, tu vas commencer par t'asseoir et te calmer.

— Je n'ai aucune envie de m'asseoir ! Pourquoi les hommes s'imaginent-ils toujours que les femmes enceintes doivent être traitées comme de grandes malades ?

De rage, elle donna un coup de pied dans une boîte qui traînait sur le sol, ce qui fit sourire Mikhail, soulagé de retrouver la sœur qu'il connaissait.

— Je n'ai jamais voulu m'attacher à lui, lança-t-elle d'un ton accusateur. Même lorsque je l'ai fait, lorsqu'il ne m'a pas laissé d'autre choix, je m'étais imaginé pouvoir garder les distances nécessaires pour ne pas refaire les mêmes erreurs qu'autrefois. Et maintenant…

Renonçant à conclure, Natasha balaya l'air d'un geste de la main.

— Kimball n'a rien à voir avec Marshall, dit-il sur

le ton du constat. Et cet enfant à venir n'est pas Rose non plus.

Dans les yeux de sa sœur, Mikhail vit passer un mélange d'émotions tellement bouleversantes qu'il ne put résister au besoin de la prendre dans ses bras pour la consoler.

— Pardonne-moi, lui murmura-t-il à l'oreille. Je l'aimais aussi, tu sais…

— Je sais.

— Tu ne peux pas laisser le passé te priver d'avenir, Nat… Tu ne dois pas sacrifier ce qui est à ce qui a été. Ce n'est pas juste. Ni pour toi, ni pour lui, ni pour le bébé.

— Je ne… je ne sais pas quoi faire.

— Tu l'aimes ?

— Oui.

— Et lui ? T'aime-t-il ?

— Il m'a dit…

Sans lui laisser le temps d'achever sa phrase, Mikhail prit le visage de sa sœur entre ses deux mains et la fixa droit dans les yeux.

— Ne me dis pas ce qu'il t'a dit. Dis-moi ce que tu ressens.

— Oui. Je sais qu'il m'aime aussi.

— Alors arrête de te cacher et rentre chez toi. C'est avec lui que tu devrais avoir cette conversation. Pas avec ton frère…

A chaque jour passé, Spencer se sentait devenir un peu plus fou d'inquiétude. Chaque matin, il allait frapper chez Natasha, certain que cette fois elle allait lui ouvrir et toujours déçu de trouver porte close. Quand il n'en pouvait plus, il allait au magasin pour harceler Annie qui, complètement dépassée par les événements, ne pouvait — ou ne voulait — rien lui dire. Il remarquait à peine les décorations de Noël dont s'étaient parées rues et vitrines. Et quand il le faisait, c'était pour les maudire de paraître si vives et joyeuses…

Malgré tout, il s'était arrangé pour ne pas gâcher les vacances de Freddie et entretenir autour d'elle un air de fête. Ensemble, ils étaient allés choisir un grand sapin qu'ils avaient passé des heures à décorer. Avec un enthousiasme convaincant, il l'avait complimentée sur les guirlandes qu'elle avait confectionnées. En père consciencieux, il lisait sa liste de cadeaux qui s'allongeait de jour en jour. A la galerie commerciale, il l'avait même emmenée se faire photographier dans les bras d'un Père Noël plus vrai que nature. Mais en dépit de tous ses efforts, le cœur n'y était pas…

D'une manière ou d'une autre, songeait-il en regardant par la fenêtre du salon de musique tomber la première neige dans le jardin, il allait falloir que cela cesse. Même si le chaos régnait dans son cœur et dans sa vie, il ne laisserait pas Natasha gâcher le premier Noël de Freddie à Shepherdstown. Chaque jour, la petite fille demandait de ses nouvelles. Il lui était d'autant plus difficile de lui répondre qu'il avait pour principe de ne jamais lui mentir. A la fête de l'école, il l'avait regardée jouer un ange dans un charmant tableau musical, avec le constant regret que Natasha ne fût pas près de lui pour partager sa joie.

Et qu'en était-il, à ce jour, de *leur* enfant ? Spencer avait beau tenter d'éloigner ses pensées de ce douloureux sujet, il ne pouvait s'abstenir d'y revenir sans cesse. A l'heure qu'il était, Natasha était enceinte de cette petite sœur ou de ce petit frère que Freddie désirait avec tant d'ardeur. De cet enfant que lui-même, comme il l'avait très vite compris, espérait de tout son cœur. A moins que… Pour rien au monde il n'aurait formulé le doute qui parfois s'emparait de lui. Il ne voulait surtout pas se demander où elle avait pu disparaître, et encore moins pour quoi faire… Mais comment aurait-il pu s'en dispenser ?

Il ferma les paupières. Il devait pourtant bien y avoir un moyen de la retrouver… Et quand ce serait fait, il supplierait, pleurerait, tempêterait, menacerait au-delà de toute fierté personnelle, jusqu'à ce qu'elle accepte de lui revenir.

— Papa…

Les yeux déjà pleins de la magie de Noël qui n'était plus qu'à six jours de là, Freddie avait jailli dans la pièce pour venir se jeter dans ses jambes.

— Vera et moi on fait des cookies !

Au semis de sucre et de chocolat qui lui maculait les lèvres et les joues, Spencer aurait pu aisément le deviner. Distrait malgré lui de ses sombres pensées, il la prit dans ses bras et lécha d'un air gourmand une de ses joues.

— Je t'aime, petit clown…

Se tortillant de rire entre ses bras, elle l'embrassa à son tour.

— Je t'aime aussi, papa. Tu peux venir faire des cookies avec nous ?

— Dans un petit moment. J'ai une course à faire d'abord.

Sa décision était prise, il allait se rendre à *Funny House* pour faire avouer une fois pour toutes à Annie où trouver sa patronne. Sérieuse avec ses affaires comme elle l'était, il était impossible que Natasha ne lui ait pas laissé ses coordonnées.

Manifestement déçue, Freddie eut une moue boudeuse

et joua un instant avec le bouton supérieur de son veston.

— Tu reviens quand ?

— Bientôt.

Avant de la reposer sur le sol, il déposa deux nouveaux baisers sur ses joues.

— A mon retour, reprit-il, je t'aiderai à cuire tes cookies. Je te le promets.

Satisfaite, Freddie détala vers la cuisine. Elle le savait, son père tenait toujours ses promesses…

Debout dans la neige qui tombait autour d'elle, Natasha hésitait à gravir les marches du porche. Des guirlandes lumineuses encadraient les fenêtres. Elle avait hâte de découvrir quel effet elles feraient dans le noir. Contre la porte d'entrée, Spencer avait fixé un Père Noël débonnaire, grandeur nature, ployant sous la charge de sa hotte bourrée de cadeaux. Il pensa à la sorcière qui l'y avait précédé, quelques semaines auparavant, en cette nuit d'Halloween au cours de laquelle — elle en avait la quasi-certitude à présent — leur enfant avait été conçu.

L'espace d'un instant, elle eut envie de faire demi-tour, persuadée qu'il valait mieux pour elle récupérer ses esprits, déballer ses bagages, faire un tour à la boutique, avant d'avoir à affronter Spencer. Mais elle y renonça, honteuse, se rendant compte que cela ne servirait, une fois de plus, qu'à contourner l'obstacle. Il y avait trop longtemps déjà qu'elle se cachait. Rassemblant tout son courage, elle gagna la porte et sonna.

Dès que Freddie eut découvert qui l'attendait derrière le battant, ses yeux étincelèrent de bonheur. Avec un cri de joie, elle sauta dans les bras de Natasha et nicha son visage dans ses cheveux.

— Tu es revenue ! Tu es revenue ! s'écria-t-elle. Cela fait tellement longtemps que je t'attends…

Natasha la serra fort contre elle, la berça tendrement, réalisant soudain à quel point lui avait manqué la douce chaleur de Freddie, et combien elle avait été folle de s'en priver.

— Cela ne fait pas si longtemps que je suis partie.

— Cela fait des jours et des jours ! On a mis un sapin dans le salon, avec des lumières. Et j'ai déjà emballé ton cadeau. Je l'ai acheté toute seule, dans la galerie commerciale. Ne pars plus, s'il te plaît…

— Non, murmura Natasha. Je te le promets.

Reposant Freddie sur le sol, elle s'empressa de fermer la porte au froid de décembre et à la neige.

— Tu as raté ma pièce ! poursuivit Freddie derrière elle. J'étais un ange…

— Je suis désolée…

— On a fait les ailes à l'école et on a pu les garder. Comme ça, je pourrai quand même te montrer à quoi je ressemblais.

— J'ai hâte de voir ça.

Déjà convaincue que tout rentrait dans l'ordre autour d'elle, Freddie la prit par la main et l'entraîna vers la cuisine sans cesser de babiller.

— J'ai hésité une fois, mais je me suis rappelé tout mon texte. Mikey, lui, avait oublié le sien… J'ai chanté : « Un enfant est né à Bethléem », « Paix sur la Terre » et puis aussi « Gloria in solstice Deo ».

Pour la première fois depuis des jours, Natasha se mit à rire avec gaieté et insouciance.

— J'aurais voulu être là pour l'entendre… Tu me chanteras ça, plus tard ?

— OK… On fait des cookies, avec Vera.

— Est-ce que ton papa t'aide aussi ?

— Non, répondit Freddie avec une grimace. Il a dû sortir. Mais il a dit qu'il m'aiderait dès son retour. Il a promis !

Partagée entre la déception et le soulagement, Natasha se laissa entraîner par la petite fille dans la cuisine.

— Vera ! Vera ! s'exclama-t-elle. Nat est revenue…

— C'est ce que je constate, en effet !

Gardant pour elle ses sentiments, Vera adressa à leur visiteuse un sourire poli. Elle ne pouvait que lui en vouloir d'avoir ainsi disparu, juste au moment où elle commençait à croire qu'elle pourrait faire du bien au *señor* et à sa fille. Mais connaissant son devoir, elle proposa pourtant :

— Vous prendrez bien un peu de thé ou de café ?

— Non, merci, répondit Natasha avec un sourire gêné. Je ne veux pas vous déranger.

Inquiète de la voir refuser, Freddie se récria :

— Mais tu vas rester, n'est-ce pas ? Regarde : j'ai fait des bonshommes de neige en pâte à sel, et aussi un Père Noël sur son chariot tiré par les rennes. Tu peux en avoir un si tu veux…

Se hissant sur la pointe des pieds, la petite fille lui montra sur un buffet les figurines qui faisaient sa fierté. Avec une précision étonnante pour une enfant de son âge, elle les avait peintes de couleurs vives jusque dans les moindres détails. En admirant le Père Noël aux joues rubicondes qui lui souriait, Natasha sentit ses yeux s'embuer et murmura :

— C'est magnifique…

— Est-ce que tu vas pleurer ? s'étonna Freddie.

Ravalant ses larmes, elle s'efforça de lui sourire.

— Non, répondit-elle. C'est juste la joie d'être revenue…

Elle finissait à peine sa phrase que la porte s'ouvrit. Voyant Spencer pénétrer dans la pièce, les traits tirés et le visage soucieux, Natasha retint son souffle. Il la découvrit alors près de sa fille, mais ne dit rien. La main posée sur la poignée, il se contenta de la regarder longuement.

— Papa, Nat est revenue ! cria Freddie en se portant à sa rencontre. Elle va pouvoir préparer les cookies avec nous.

Vera, comprenant ce qui se passait, dénoua en toute hâte son tablier. Tous les doutes qu'elle entretenait encore quant à Natasha Stanislaski s'étaient brusquement évanouis lorsqu'elle avait vu le regard que posait la jeune femme sur le *señor*. Et elle avait beau ne s'être jamais mariée, elle savait reconnaître une femme amoureuse…

— Nous avons besoin de farine ! lança-t-elle en fonçant vers la porte. Tu viens, Freddie ? Nous allons en acheter.

— Mais je voulais…

— Tu voulais faire des cookies. Et pour cela, il faut de la farine. Viens vite, nous allons mettre ton manteau.

Avec habileté, Vera entraîna Freddie hors de la pièce, laissant Spencer et Natasha en tête à tête. Sans bouger ni l'un ni l'autre, ils se dévisagèrent longuement. Enfin, après ce qui lui parut durer une éternité, Natasha, incommodée par la chaleur qui régnait dans la pièce, retira son manteau et le déposa sur un dossier de chaise. Elle voulait lui parler de manière calme et raisonnée, et il n'était pas question qu'elle commence par s'évanouir à ses pieds…

— Spence, dit-elle timidement. Je pense qu'il est temps que nous discutions sérieusement…

Alors que Natasha s'apprêtait à poursuivre, la sonnerie du four se fit entendre derrière elle. Sans même y réfléchir, elle se retourna pour l'éteindre et saisit un gant ignifugé. Ignorant Spencer qui la regardait faire avec des yeux ronds, elle prit tout le temps nécessaire pour mettre à refroidir la dernière fournée de cookies. Alors seulement, lorsque ce fut fait, elle se tourna vers lui et répondit :

— Tu as les meilleures raisons du monde d'être en colère. Je me suis très mal conduite envers toi. Mais maintenant, je te demande de m'écouter, en espérant que tu pourras me pardonner.

En silence, Spencer la dévisagea pendant un long, un interminable moment.

— Tu sais t'y prendre pour désamorcer une dispute, lança-t-il enfin. Mais pas pour entamer une discussion…

— Je ne suis pas venue pour me disputer avec toi. J'ai eu le temps de réfléchir. Et j'ai fini par comprendre que j'avais choisi le pire moyen pour t'annoncer que j'étais enceinte.

Avant de poursuivre, Natasha baissa les yeux sur ses mains dont les doigts se tordaient nerveusement.

— Partir ainsi sans un mot d'explication était inexcusable. Tout ce que je peux dire pour ma défense, c'est que j'étais sous le coup d'une émotion très forte et incapable de réfléchir sereinement.

— Une seule question…, l'interrompit-il sèchement.

Avant de la poser, Spencer attendit qu'elle eût relevé la tête. Il avait besoin qu'elle la lui donne en le regardant dans les yeux.

— Existe-t-il toujours, ce bébé dont nous devions parler ?

Dans les yeux de Natasha, la surprise fit place à la confusion, et la confusion au regret.

— Oh, Spence, gémit-elle. Je suis tellement désolée que tu aies pu imaginer un instant que je…

Vaillamment, Natasha ravala ses larmes. Elle avait les nerfs toujours à fleur de peau et ne pouvait se permettre de laisser libre cours à ses émotions.

— Je suis impardonnable de t'avoir laissé sans nouvelles, reprit-elle avec un regard implorant. J'étais chez Mikhail, à New York, où j'ai passé quelques jours sans que personne le sache.

— Ravi de l'apprendre, murmura Spencer. Mais cela ne répond en rien à ma question…

Natasha poussa un long soupir et se dirigea vers une chaise.

— Je peux m'asseoir ?

Spencer hocha la tête et vint prendre place en face d'elle, de l'autre côté de la table. Posant les mains bien à plat sur le plateau carrelé, il laissa son regard s'égarer par la fenêtre, derrière laquelle virevoltaient des flocons de neige.

— J'étais fou d'inquiétude, dit-il d'une voix monocorde. Je n'ai pas cessé de me demander où tu étais, ce que tu faisais. L'état dans lequel je t'avais laissée me faisait craindre le pire. J'étais terrifié à l'idée que tu puisses commettre l'irrémédiable avant que nous ayons pu en discuter.

— Jamais je n'aurais pu faire une chose pareille, Spence. C'est notre bébé…

Brusquement, il tourna la tête pour la fusiller d'un regard chargé de reproches.

— Tu disais que tu n'avais pas voulu de mon enfant dans ton ventre, que pour rien au monde tu ne repasserais par où tu étais passée.

— J'étais effrayée, reconnut-elle. Et il est vrai que je n'ai pas choisi d'être enceinte, et que je pensais ne l'être jamais plus. Mais pour que tu comprennes, il faut que je finisse de te raconter ce qui s'est passé entre Anthony et moi. Tout ce qui s'est passé…

L'air grave, Spencer hocha la tête. Agrippée au plateau de la table, Natasha prit une longue inspiration et se lança.

— Je t'ai déjà raconté comment j'étais tombée amoureuse d'Anthony Marshall. J'avais dix-sept ans quand c'est arrivé. Il était le premier pour moi. Il n'y a eu personne d'autre depuis. Jusqu'à toi…

— Pourquoi ?

La réponse lui vint plus facilement qu'elle ne l'aurait imaginé.

— Je n'ai jamais plus aimé personne avant toi. L'amour que je ressens pour toi n'a rien à voir avec les fantaisies de midinette que j'éprouvais pour Anthony. Avec toi, tout est réel, solide, rassurant. Tu me comprends ?

Spencer laissa son regard s'égarer dans la pièce autour d'eux. Tout était tranquille. L'averse de neige semblait les isoler du reste du monde. L'air embaumait le chocolat chaud et la cannelle. Ses yeux revinrent se river à ceux de Natasha, et il hocha simplement la tête.

— Je faisais confiance à Anthony, reprit-elle avec un soupir. J'avais en lui une foi presque aveugle. Je croyais tout ce qu'il me disait, prenais pour argent comptant les belles promesses qu'il me faisait. Aussi la chute a-t-elle été rude lorsque j'ai fini par comprendre qu'il faisait les mêmes à d'autres… J'étais anéantie. Nous nous sommes disputés et il m'a renvoyée durement. Quelques jours plus tard, je découvrais que j'étais enceinte. La nouvelle m'a tout de suite transportée de bonheur. Je m'imaginais qu'en apprenant la bonne nouvelle, il ne pourrait que réaliser son erreur et me revenir… Alors, je suis allée le trouver chez lui pour le lui dire.

Concentré et attentif, Spencer tendit le bras par-dessus la table pour lui prendre la main. Les yeux perdus dans le vague, secouant la tête d'un air désolé, Natasha reprit son récit.

— Cela ne s'est pas du tout passé comme je me l'étais imaginé. Il s'est tout de suite mis en colère. Il m'a dit des choses terribles. Il ne voulait plus de moi, et encore moins de l'enfant. En quelques minutes, j'ai dû vieillir de quelques années. Cela m'a au moins permis de mûrir et de comprendre qu'Anthony n'était pas le prince charmant dont j'avais rêvé. Mais il me restait l'enfant, cet enfant que j'aimais déjà, et dont j'attendais la venue impatiemment.

Natasha se tut et baissa les yeux. Pour lui donner le courage qui lui manquait, Spencer resserra l'emprise de ses doigts autour de sa main.

— Qu'as-tu fait ? demanda-t-il pour l'encourager à poursuivre.

— La seule chose que je pouvais faire. J'ai renoncé à la danse, quitté la compagnie, et je suis retournée vivre à la maison. Je savais que c'était une lourde charge pour mes parents, mais ils ont été formidables et m'ont aidée. J'ai trouvé du travail dans un grand magasin. Au rayon jouets…

Ce souvenir amena sur les lèvres de Natasha un sourire nostalgique.

— Cela n'a pas dû être facile pour toi…, dit Spencer.

Mentalement, il essaya de se représenter la toute jeune fille qu'elle avait été, enceinte, abandonnée par le père de son enfant, luttant pour survivre malgré tout.

— Non, admit-elle. Ce n'était pas facile. Mais curieusement, je m'en rappelle comme l'une des périodes les plus heureuses de ma vie. Mon corps a commencé à changer. Après deux premiers mois de grossesse difficiles, où je me sentais si fragile, je me suis soudain sentie forte. Très forte. La nuit, je restais des heures assises dans mon lit, à lire des livres sur la naissance et le jeune enfant. Je harcelais ma mère de questions. Je me suis même mise à tricoter — très mal — pour préparer à moindres frais un trousseau de layette à mon bébé. Papa lui avait fabriqué un très beau berceau de bois. Maman avait cousu et brodé un magnifique édredon tout blanc…

Sur ce dernier mot, la voix de Natasha se brisa dans un sanglot. Sentant les larmes s'accumuler derrière ses paupières, elle secoua la tête et demanda :

— Puis-je avoir un verre d'eau ?

Spencer se leva pour aller le lui servir. Lorsqu'il revint, il lui caressa tendrement les cheveux.

— Prends tout ton temps, Natasha… Rien ne t'oblige à tout me raconter en une seule fois.

— J'en ai besoin.

Lentement, elle sirota son verre jusqu'à la dernière goutte et attendit que Spencer eût repris sa place.

— Je l'ai appelée Rose, confia-t-elle enfin dans un murmure. Parce que la première fois que je l'ai vue, c'est à cette fleur qu'elle m'a fait penser. Elle était tellement mignonne, si fine, si douce… Avant elle, je n'aurais jamais imaginé que l'on puisse aimer ainsi un être humain. Rien ne ressemble à l'amour qu'on porte à son enfant. J'aurais pu rester des heures, penchée sur son berceau, à la regarder dormir, émerveillée d'avoir pu mettre au monde un tel trésor…

Les larmes coulaient à présent sur ses joues, silencieuses. Quand elles tombèrent une à une sur le dos de ses mains jointes devant elle, Natasha, trop abîmée dans ses douloureux souvenirs, ne parut pas s'en apercevoir.

— Il faisait très chaud cet été-là. Dès que je le pouvais, je l'emmenais à Central Park dans son landau, pour qu'elle profite de l'air et du soleil. A notre passage, les gens se retournaient souvent pour l'admirer. C'était une enfant facile, vive et joyeuse, qui ne pleurait presque jamais. Quand je la nourrissais, elle posait sa petite main sur mon sein et tétait sans jamais me quitter des yeux… S'il l'avait fallu, j'aurais pu me sacrifier pour elle. Enfin, tu sais ce que c'est… Tu dois ressentir la même chose pour Freddie.

Spencer hocha la tête.

— En effet. Il n'y a pas de plus grande joie que d'avoir un enfant.

— Et pas de plus grande douleur que d'en perdre un…

Parce qu'il lui était impossible de faire autrement, Natasha ferma les yeux. Avec inquiétude, Spencer vit son visage devenir soudain très pâle et tous ses traits se figer en un masque de douleur tragique.

— Tout s'est passé si vite…

Sa voix n'était plus qu'une plainte assourdie.

— A peine cinq semaines. Un matin, je me suis réveillée en sursaut, surprise qu'elle ne m'ait pas réveillée pour la tétée de la nuit. Mes seins trop pleins me faisaient mal… Le berceau était juste à côté de mon lit. Je me suis penchée, je l'ai prise dans mes bras… D'abord, je n'ai pas compris, je n'ai pas voulu…

Fermer les paupières ne suffisait plus à conjurer les terribles images qui affluaient en elle. Natasha pressa ses deux mains contre ses yeux clos.

— Je me rappelle avoir crié, encore et encore. Rachel, qui dormait à côté, s'est précipitée, puis toute la famille est arrivée, affolée. Maman s'est empressée de me prendre Rose des bras.

Les larmes silencieuses devinrent des sanglots de douleur. Natasha se laissa aller à son chagrin comme jamais, sauf lorsqu'elle était seule, elle ne se permettait de le faire. Parce qu'il n'y avait rien à dire, rien qui pût effacer une telle horreur, apaiser tant de peine, Spencer se leva et la prit dans ses bras. D'abord réticente, Natasha accepta enfin le réconfort qu'il pouvait lui offrir.

Les poings serrés dans le dos de Spencer, elle s'autorisa à verser toutes les larmes qui lui venaient, à laisser enfin sortir tous les sanglots trop longtemps réprimés. Puis, progressivement, ses pleurs se tarirent, ses poings se dénouèrent et elle se laissa aller contre ce corps rassurant et ferme qui la soutenait. En lui caressant les cheveux, il lui chuchotait à l'oreille des mots apaisants.

— Ça va aller, parvint-elle enfin à murmurer en s'écartant de lui.

La voyant fouiller dans son sac pour y dénicher un mouchoir, Spencer en prit un dans sa poche et essuya lui-même les dernières larmes sur ses joues. Docilement, Natasha lui présenta son visage pour le laisser faire et ferma les yeux.

— Les médecins appellent cela « mort subite du nourrisson », conclut-elle d'une voix redevenue sereine. Aucune cause connue. Ce qui rend les choses plus difficiles encore. Jamais je ne saurai pourquoi elle est morte. Jamais je n'aurai la certitude que je ne pouvais pas faire quelque chose pour l'empêcher.

— Arrête ! protesta Spencer d'une voix ferme.

Lorsqu'il prit ses mains dans les siennes pour l'attirer à lui, Natasha ouvrit les paupières. En plongeant dans l'océan gris pailleté d'or de ses yeux, elle s'étonna de n'avoir jamais jusqu'alors remarqué à quel point il était rassurant de s'y laisser couler.

— Ecoute-moi, poursuivit-il sur le même ton. Tu n'as pas le droit de t'infliger cela. Je peux seulement imaginer ce que cela représente de passer par où tu es passée. Mais je sais que face aux drames de l'existence, tout le monde est impuissant.

Natasha hocha pensivement la tête.

— Il m'a fallu longtemps, reprit-elle, pour accepter l'idée de ne jamais comprendre ce qui s'était passé. Et encore plus longtemps pour accepter de continuer à vivre malgré tout, pour retourner au travail, penser à l'avenir, déménager ici, y bâtir une nouvelle vie. Sans l'aide de ma famille, je crois que je serais morte. Mais je m'étais bien juré de ne plus jamais aimer personne aussi fort. Et puis il y a eu toi. Et Freddie.

— Nous avons besoin de toi, Natasha. Et tu as besoin de nous.

— Je le sais.

Solennellement, elle prit dans les siennes une des mains de Spencer pour la porter à ses lèvres.

— Il y a quelque chose que je veux que tu comprennes, dit-elle en le fixant droit dans les yeux. Si cela devait m'arriver encore, je ne pourrais pas y survivre… C'est pourquoi j'ai si peur de me mettre à aimer cet enfant comme j'ai aimé ma petite Rose. Et pourtant je l'aime déjà…

— Viens ici…

Spencer l'attira de nouveau contre lui. Dans son regard, Natasha découvrit une assurance nouvelle, qui lui fit du bien.

— Je sais à quel point tu as aimé Rose, dit-il. Et je sais que tu l'aimeras toujours, que ta douleur de l'avoir perdue ne s'apaisera jamais. Ce qui est arrivé ne peut être changé, mais ne doit pas être vécu comme une fatalité. Nous sommes ici, maintenant, dans une autre ville, à une autre époque, dans d'autres circonstances. Et cet enfant à naître est différent. Je veux que tu comprennes que nous vivrons ensemble cette grossesse, cette naissance, et tout ce qui s'ensuivra. Que tu le veuilles ou non.

— J'ai peur…

— Alors, nous aurons peur tous les deux. Et quand notre enfant aura huit ans et qu'il s'élancera pour la première fois sur un vélo à deux roues, nous tremblerons ensemble pour lui. De même quand il s'en ira pour la première fois seul en vacances. Ou quand il partira à l'université…

Les lèvres de Natasha s'étirèrent en un sourire tremblant.

— Quand tu en parles, je commence presque à y croire.

— Crois-le, mon amour.

Spencer se pencha pour lui donner un baiser.

— Crois-le, parce que c'est une promesse.

— Tu as raison, approuva Natasha. Il est temps à présent de faire des promesses et des serments.

Son sourire s'élargit, et Spencer vit passer dans son regard tout l'amour du monde lorsque enfin elle lui dit :

— Je t'aime, Spence…

Natasha fut surprise de constater à quel point il lui avait été facile de prononcer ces mots, à quel point ils paraissaient évidents et irréfutables à présent.

— A ton avis, reprit-elle avec un sourire malicieux, tu penses pouvoir supporter mon sale caractère pour les cinquante prochaines années ?

— A une condition, répondit Spencer le plus sérieusement du monde. Que je puisse annoncer à Freddie qu'elle va enfin avoir cette maman et ce petit frère ou cette petite sœur dont elle rêve tant…

— D'accord.

Jamais Natasha ne s'était sentie si sûre d'elle-même.

— Nous le lui annoncerons ensemble.

— Très bien ! se réjouit Spencer. Je te laisse cinq jours…

— Cinq jours ? s'étonna-t-elle. Pour quoi faire ?

— Pour tout préparer, inviter ta famille, commander une robe et choisir un traiteur.

— Mais…

— Il n'y a pas de mais ! Tu te rappelles le conseil que tu m'avais donné, il n'y a pas si longtemps ? « La vie peut être très courte. Il y a des choses qu'il faut saisir à pleines mains, sans attendre… » Je ne l'ai pas oublié, ce conseil. Et jamais je ne l'ai trouvé aussi avisé…

La voyant prête à protester de nouveau, Spencer prit son visage en coupe et la fit taire d'un baiser.

— Je t'aime, Natasha… Tu es la femme que je désire, que j'admire, que je respecte et auprès de qui je veux vivre le restant de mes jours. Tu es la meilleure chose qui me soit arrivée depuis la naissance de Freddie, et je n'ai aucune intention de te perdre. Nous avons fait un enfant tous les deux, Natasha… Le fruit de notre amour.

Sans la quitter des yeux, il lui posa une main sur le ventre, en un geste tendrement possessif.

— Un enfant que je voudrais déjà connaître, reprit-il. Un enfant que j'aime déjà.

Les larmes aux yeux, Natasha posa sa propre main sur la sienne, comme pour mieux sceller ce pacte d'amour.

— Tant que tu seras près de moi, murmura-t-elle, je crois que la peur ne m'atteindra pas.

Leurs lèvres se mêlèrent pour un nouveau baiser plus tendre et plus étourdissant que tous ceux qu'ils avaient déjà échangés.

— Cette fois tu ne m'échapperas pas, décréta Spencer lorsque le baiser eut pris fin. Nous avons rendez-vous ici, dans cinq jours, pour une veillée de Noël nuptiale, en présence d'un prêtre. J'ai bien l'intention de me réveiller le lendemain avec ma femme auprès de moi dans mon lit. Nous sommes d'accord ?

Parce qu'elle n'avait rien à redire à cela, Natasha se pendit en riant à son cou et murmura le seul mot qui restait à prononcer :

— Oui !

NORA ROBERTS

# Un bonheur à bâtir

*éditions* Harlequin

*Cet ouvrage a été publié en langue anglaise*
*sous le titre :*
LURING A LADY

*Traduction française de*
NELLIE D'ARVOR


83-85, boulevard Vincent-Auriol, 75013 PARIS — Tél. : 01 42 16 63 63
Service Lectrices — Tél. : 01 45 82 47 47

# 1.

Sydney Hayward n'avait pas la patience pour vertu principale et attendre, comme elle était en train de le faire, suffisait à la mettre d'une humeur massacrante.

Pour tenter de se calmer, elle arpentait d'un pas nerveux la moquette épaisse de son bureau directorial tout neuf, situé dix étages au-dessus du centre de Manhattan. Son apparence était en parfait accord avec l'ordonnancement méticuleux et l'élégance raffinée de la pièce. L'ensemble de lin écru qu'elle portait seyait merveilleusement à sa silhouette longiligne. Un rang de perles, des boucles d'oreilles assorties, une fine montre en or complétaient sa tenue. Une barrette en or retenait sur sa nuque ses cheveux auburn. Le tout d'un luxe discret et de bon goût, comme il seyait à une Hayward.

Pendant les heures de bureau, Sydney préférait ne paraître ni trop jeune ni trop vulnérable. Elle avait donc appliqué une touche de fond de teint sur ses joues afin de dissimuler ses taches de rousseur. Sa bouche délicatement formée et volontiers boudeuse, de grands yeux bleus un peu brumeux conféraient à ses traits une fausse candeur, à laquelle beaucoup se laissaient prendre. A vingt-huit ans, son visage reflétait l'éducation et les bonnes manières qu'on lui avait inculquées — hautes pommettes aristocratiques, menton volontaire et pointu, petit nez droit légèrement retroussé.

Une fois encore, Sydney consulta sa montre d'un mouvement impatient du poignet. L'Interphone se mit à bourdonner et elle marcha droit vers son bureau.

— Oui ? dit-elle en pressant une touche.

Dans le haut-parleur, la voix de sa secrétaire semblait embarrassée.

— J'ai en face de moi un jeune homme qui insiste pour rencontrer le responsable de notre immeuble de Soho. Et votre rendez-vous de 16 heures…

— Faites-le donc entrer. Il est déjà 16 h 15 ! s'écria-t-elle d'un ton irrité.

— Bien. Mais il ne s'agit pas de M. Howington. Celui-ci vient d'appeler pour prévenir que…

D'un geste sec, Sydney coupa la communication, sans laisser à Janine le temps d'achever sa phrase.

Ainsi, se dit-elle, le patron d'Howington & Co n'avait pas jugé bon de se déplacer en personne, préférant envoyer un subalterne en délégation.

Elle s'assit derrière son bureau, croisa les doigts sur son sous-main et attendit, un petit sourire aux lèvres. D'humeur vengeresse, elle était bien décidée à ne faire qu'une bouchée de cet émissaire.

Quand la porte s'ouvrit pour livrer passage au visiteur, elle dut faire appel à toute sa volonté pour ne rien laisser paraître de sa surprise. L'inconnu s'avança, exactement comme s'il était décidé à prendre son bureau d'assaut. D'ailleurs il avait vraiment le physique de l'emploi avec ses cheveux longs, noirs et bouclés, attachés en catogan, qui lui donnaient l'air d'un pirate se lançant à l'abordage d'un vaisseau…

Son visage étroit, au front haut et à la mâchoire volontaire, était taillé à la serpe. Sa peau mate avait la couleur d'une pièce d'or vieillie. Ses yeux furibonds étaient à peu près aussi noirs que ses cheveux et une barbe naissante bleuissait ses joues, renforçant encore l'impression de virilité qui émanait de lui.

D'un œil glacial, Sydney détailla son jean déchiré, son T-shirt taché, ses boots à coquilles d'acier, qui laissaient sur la moquette neuve des traces de pas poussiéreuses.

Ainsi, non content de ne pas se déplacer en personne, Howington lui envoyait un ouvrier qui n'avait même pas eu la correction de se changer avant le rendez-vous…

— C'est vous, Hayward ?

Bien plus que l'insolence du ton employé, ce fut le léger accent slave de l'inconnu qui la frappa aussitôt. Avec un physique pareil, elle n'avait aucun mal à l'imaginer en cosaque grimpé sur son cheval, l'air farouche et un poignard entre les dents…

— Oui, répondit-elle sèchement. Quant à vous, je ne sais pas qui vous êtes, mais vous êtes en retard.

Ses yeux plissés se réduisirent à deux minces fentes, tandis qu'il l'observait de l'autre côté du bureau.

— Vous avez peut-être du temps à perdre, reprit-elle sur le même ton, mais ce n'est pas mon cas. Vous gagneriez peut-être à vous offrir une montre, monsieur…

— Stanislaski.

Sans façon, l'homme glissa ses deux pouces dans les passants de sa ceinture et dit d'un ton laconique :

— Sydney est un nom d'homme.

Sa remarque la fit sourire.

— Manifestement, vous vous y êtes laissé prendre…

Sydney lisait à livre ouvert dans son regard agacé. De toute évidence, l'homme était du genre à considérer que les affaires sérieuses ne se discutent qu'entre hommes.

— En fait, répliqua-t-il, je m'attendais à trouver derrière ce bureau un grand chauve avec une fine moustache blanche.

— Vous faites sans doute allusion à mon grand-père.

— Peut-être… Mais dans ce cas, c'est à lui que je veux parler.

— Je crains fort que cela soit impossible. Voilà deux mois qu'il est décédé.

Elle crut déceler une lueur de compassion dans les yeux du visiteur.

— Toutes mes condoléances, marmonna-t-il. Je suis désolé pour vous.

Sydney n'aurait su dire pourquoi, mais de tous les témoignages de sympathie qu'elle avait reçus, celui-ci était le plus touchant à ses yeux.

— C'est très gentil à vous, monsieur Stanislaski.

De la main, elle désigna un des sièges qui occupaient le devant de son bureau et l'invita à s'y asseoir.

— A présent, reprit-elle, nous pourrions peut-être nous mettre au travail…

— J'ai envoyé à votre grand-père de nombreuses lettres, expliqua l'inconnu en s'asseyant. Peut-être se sont-elles perdues étant donné… les circonstances.

Sydney, qui s'était attendue à une tout autre entrée en matière, dévisagea quelques instants son vis-à-vis. Enfin, d'une voix parfaitement neutre, elle demanda :

— Puis-je savoir quelle position vous occupez ?

Sa question amena sur les lèvres de son visiteur un sourire ravageur, révélant une dentition éclatante de blancheur.

— Bien sûr, mademoiselle Hayward. Je travaille le bois.

— Vous êtes charpentier ?

— Cela m'arrive.

— Cela vous arrive..., répéta Sydney d'un air songeur. Peut-être pourriez-vous m'expliquer pourquoi M. Howington m'envoie un charpentier occasionnel pour le représenter dans cet entretien ?

— Je le pourrais sans doute, répliqua l'homme sans cesser de sourire. Si je connaissais M. Howington.

Il fallut à Sydney quelques secondes pour comprendre qu'il ne plaisantait pas.

— Vous n'êtes pas employé par Howington & Co ?

— Absolument pas. J'habite un des immeubles que gère votre firme — celui de Soho pour être précis.

Très à l'aise, le jeune cosaque mit sa chaussure boueuse sur son genou poussiéreux.

— Quant à Howington & Co, reprit-il, si vous envisagez de faire affaire avec eux, je vous suggère d'y réfléchir à deux fois. Je les ai vus à l'œuvre sur un chantier. Je peux vous assurer que si leurs prix sont bas, la qualité n'est pas au rendez-vous.

— Excusez-moi...

Sydney appuya d'un doigt impatient sur la touche de l'Interphone.

— Janine ? demanda-t-elle sans le quitter des yeux. M. Stanislaski vous a-t-il annoncé qu'il représentait la société Howington ?

— Pas du tout, répondit la secrétaire, embarrassée. Il a juste demandé à vous voir. Je m'apprêtais à vous dire que M. Howington avait reporté son rendez-vous quand vous m'avez...

— Merci, Janine.

Sydney s'enfonça dans son fauteuil et prit le temps d'étudier son visiteur qui la dévisageait avec un sourire parfaitement exaspérant.

— Apparemment, dit-elle, il s'agit d'un malentendu.

— Si vous voulez dire par là que vous vous êtes trompée, je suis d'accord avec vous. Je suis ici pour vous parler des réparations urgentes à effectuer dans votre building de Soho. De nombreux locataires…

— Monsieur Stanislaski, dit-elle sans le laisser finir, vous savez sans doute qu'en matière de réclamations les locataires doivent suivre certaines procédures qui…

A son tour, il lui coupa la parole en haussant le ton.

— L'immeuble vous appartient, oui ou non ?

— Oui, mais…

— Alors, vous avez le devoir d'en assumer la responsabilité !

Derrière son bureau, Sydney le fusilla du regard.

— Je suis parfaitement consciente de mes responsabilités, Monsieur Stanislaski. A présent, si vous voulez bien me laisser…

La voyant se lever, il l'imita et s'appuya de ses deux poings sur le bureau pour se pencher vers elle d'un air menaçant.

— Votre grand-père nous a fait des promesses, madmoisellle Hayward. Pour honorer sa mémoire, vous vous devez de les tenir.

— Pour honorer sa mémoire, répondit-elle en s'efforçant de rester calme, je me dois surtout de gérer correctement cette société.

Et en dépit de ce qu'imaginait son entourage, ajouta Sydney pour elle-même, elle faisait tout son possible pour y parvenir.

— Je suis consciente de l'état de vétusté d'une partie de notre parc immobilier, reprit-elle. Vous pouvez annoncer à ceux qui vous envoient que nous étudions les moyens d'y remédier. L'immeuble de Soho sera réhabilité quand son tour sera venu.

Loin de l'amadouer, cette précision ne fit que renforcer la colère de son interlocuteur, dont l'expression trahissait une grande défiance.

— Nous sommes fatigués d'attendre notre tour, gronda-t-il. Nous voulons ce qui nous est dû. Maintenant.

— Si vous me faites parvenir une liste de...

— Cela a déjà été fait ! Trois fois...

Sydney serra les dents et compta jusqu'à cinq pour se calmer.

— Dans ce cas, reprit-elle posément, je vous promets d'étudier le dossier dès que possible.

— Le dossier !

D'une voix grondante, l'homme lâcha quelques mots dans une langue que Sydney n'avait pas besoin de connaître pour comprendre qu'ils devaient être particulièrement grossiers.

— Vous êtes là, maugréa-t-il, avec vos comptables, vos conseillers, vos avocats, assise toute la journée dans votre joli bureau, à potasser vos foutus dossiers...

De la main, il fit un geste éloquent qui les envoyait au diable, elle et tout ce qu'elle représentait.

— Mais vous ne savez rien ! conclut-il avec véhémence. Rien du tout ! Ce n'est pas vous qui avez froid quand la chaudière tombe en panne, ni qui devez vous farcir cinq étages à pied quand l'ascenseur est en dérangement. Vous n'avez pas à vous inquiéter parce que l'eau n'est pas assez chaude pour le bain du bébé. Vous ne craignez pas tous les soirs en rentrant chez vous de retrouver votre appartement en flammes, parce que l'installation électrique est si vieille qu'elle doit dater d'Edison lui-même.

Tétanisée par la colère, Sydney entendait son cœur

battre à ses oreilles comme un tambour. Personne n'avait jamais osé lui parler ainsi. Personne…

— Vous vous trompez !

Sa voix était aussi tranchante que le regard qu'elle dardait sur lui.

— Je prends toutes ces choses très au sérieux. Et j'ai à cœur de faire le nécessaire pour y remédier au plus vite.

L'homme laissa fuser un rire cinglant.

— Voilà une promesse que j'ai entendue souvent !

— Certainement pas, s'offusqua-t-elle, puisque c'est moi qui vous la fais !

— Et je suis supposé vous croire sur parole, vous qui êtes trop paresseuse ou trop négligente pour venir constater par vous-même dans quelles conditions déplorables vous faites vivre vos locataires ?

Sydney se sentit pâlir et dut se retenir pour ne pas le gifler.

— Monsieur Stanislaski, je crois avoir eu mon compte d'insultes pour aujourd'hui. Si vous êtes incapable de trouver votre chemin vers la sortie, je peux appeler la sécurité pour vous y aider.

— Je serai parti dans une seconde, assura-t-il. Mais avant, je veux vous dire ceci : vous avez deux jours pour commencer à tenir les promesses qui nous ont été faites. Faute de quoi, je me ferai un plaisir d'avertir la presse et la commission d'hygiène et de sécurité.

Sydney attendit que la porte eût claqué violemment derrière lui pour se rasseoir. Lentement, elle ouvrit un tiroir et en tira une liasse de papiers à en-tête, qu'elle se fit un devoir de réduire en minuscules confettis. Ensuite seulement, elle pressa la touche de l'Interphone et demanda d'une voix calme :

— Janine ? Pourriez-vous m'apporter tout ce que vous pourrez trouver sur notre immeuble de Soho ?

Une heure plus tard, Sydney repoussa l'épaisse pile de dossiers posée sur son bureau et décrocha son téléphone pour passer deux coups de fil. Le premier pour prévenir qu'elle serait sans doute en retard au dîner auquel elle était invitée ce soir-là, le second pour demander à Lloyd Bingham — administrateur de la société et bras droit de son défunt grand-père — de passer la voir le plus rapidement possible.

— Vous avez de la chance de m'avoir trouvé, lança-t-il en pénétrant dans son bureau sans s'être annoncé. Quand vous m'avez appelé, j'étais sur le point de partir. Que puis-je pour vous ?

Lloyd Bingham était un homme ambitieux et séduisant, qui affichait une préférence marquée pour les tailleurs italiens et la cuisine française. A quarante ans, il en était déjà à son deuxième divorce ; cela en raison de son incapacité à résister aux femmes de la bonne société qu'attiraient sa blondeur lisse et ses bonnes manières.

Depuis ses débuts chez Hayward, au bas de l'échelle hiérarchique, il avait travaillé comme un forcené pour arriver au poste éminent qu'il occupait. Sydney savait que durant les longs mois qu'avait duré la maladie de son grand-père, Bingham avait eu en mains tous les leviers de commande de la société. Elle savait aussi qu'il lui en voulait d'avoir pris sa place dans ce bureau qu'il estimait devoir logiquement lui revenir.

— Pour commencer, répondit-elle, expliquez-moi pourquoi rien n'a été fait concernant la réhabilitation des appartements de Soho.

Il prit un air étonné et sortit une cigarette d'un étui doré.

— Le vieil immeuble de Soho ? dit-il. Il est prévu au planning des prochaines réhabilitations.

Avec un regard glacial, Sydney le vit allumer nonchalamment sa cigarette. Dès son arrivée, elle avait proclamé son bureau « zone non-fumeurs », ce que Bingham ne pouvait ignorer.

— Cela fait même dix-huit mois qu'il y est, précisa-t-elle sèchement. La première lettre de réclamation des locataires, listant vingt-sept dysfonctionnements, date de deux ans exactement.

— Puisque vous êtes si bien renseignée, dit-il en soufflant sa fumée vers le plafond, vous devez savoir que bon nombre d'entre eux ont déjà été traités.

— Un *petit nombre* d'entre eux… Comme la chaudière, qui a été réparée à de nombreuses reprises, alors que les locataires demandaient son remplacement.

Bingham fit un geste vague de sa main manucurée.

— On voit que vous êtes nouvelle dans le métier… Bientôt, vous saurez que les locataires réclament *toujours* du neuf, même quand ce n'est pas nécessaire.

— En l'occurrence, dit-elle en consultant ses notes, je ne suis pas persuadée que faire réparer tous les deux mois une chaudière de trente ans d'âge représente une économie sur le long terme.

Avant qu'il ait pu protester, elle l'interrompit en levant la main devant elle.

— J'ai noté également les points suivants : rampe d'escalier brisée, peintures en lambeaux, chauffe-eau insuffisant, ascenseur défectueux, sanitaires fendus… Je pourrais continuer ainsi longtemps, mais cela ne me semble pas nécessaire. J'ai retrouvé une note de mon grand-père vous demandant d'effectuer les réparations indispensables dans cet immeuble…

Levant les yeux, elle eut la satisfaction de le voir blêmir.

— Vous savez bien que la maladie de votre grand-père a perturbé pendant des mois la bonne marche de cette société. Ce complexe de Soho est un parmi tant d'autres — et pas le plus prestigieux ni le plus rentable.

— Vous avez tout à fait raison. Mais je sais également que nous avons une responsabilité, tant légale que morale, vis-à-vis de nos locataires, qu'ils habitent Soho ou Central Park West.

Pour clore le débat, Sydney referma son bloc-notes, croisa les doigts sur la couverture, et fixa Bingham droit dans les yeux.

— Ne le prenez pas mal, Lloyd, mais c'est moi qui m'occuperai dorénavant de cet immeuble.

— Pour quelle raison ?

Avant de répondre, Sydney s'autorisa un sourire caustique.

— Disons que j'ai décidé de mettre les mains dans le cambouis, et que ce dossier me permettra de faire mes premières armes. Puisque vous êtes là, j'en profite pour vous remettre les réponses à notre appel d'offre concernant le programme de réhabilitation.

Ce disant, elle lui tendit une épaisse chemise bourrée à craquer.

— Soyez gentil de les étudier pour me faire vos premières recommandations. Nous nous verrons vendredi matin à 10 heures, pour en discuter.

Bingham, qui s'était levé sans un mot pour saisir le dossier, cherchait du regard un cendrier. En désespoir de cause, il secoua sa cendre sur l'épaisse couverture cartonnée. Puis, après l'avoir saluée d'un bref hochement de tête, il gagna d'un pas raide la porte du bureau et se retourna.

— Sydney ? dit-il d'un ton mielleux. Ne le prenez pas mal, mais… une jeune femme qui a passé sa vie à courir les boutiques de luxe me paraît mal placée, dans un business comme le nôtre, pour faire du profit.

Sydney le prit très mal mais n'en montra rien.

— C'est bien pourquoi, répondit-elle, je compte mettre les bouchées doubles pour apprendre les ficelles du métier. Je ne vous retiens pas. Bonsoir, Lloyd.

Debout devant son établi, Mikhail considérait d'un œil morne la pièce de merisier qui attendait son bon vouloir. Dans un accès de découragement, il se dit qu'il aurait mieux fait sans doute de renoncer à travailler. Depuis son retour, il n'avait pas le cœur à ce qu'il faisait. Aucun de ses efforts pour ne plus penser à la jeune femme qui l'avait reçu n'avait abouti. Rien d'étonnant à cela. Sydney Hayward était à n'en pas douter le prototype même de la personne dont la suffisance et l'orgueil suffisaient à le faire sortir de ses gonds.

Bien que sa famille eût trouvé asile aux Etats-Unis alors qu'il était encore enfant, Mikhail ne pouvait nier son héritage culturel. Cent pour cent américain de cœur, il n'en assumait pas moins ses origines. Ses ancêtres, de fiers bohémiens, rebelles par principe à toute autorité, avaient sillonné l'Ukraine durant des siècles, au gré de leurs envies.

Une fois l'inspiration revenue, les copeaux commencèrent à tomber sur le sol, au rythme de ses coups de ciseau. Une grande partie de son espace vital était réservée à son travail. Parfaitement rangés, ses outils couvraient la moitié d'un mur. Blocs, planches et racines de diverses essences de bois occupaient le moindre recoin disponible, entre les œuvres achevées et celles en cours de finition. Dans un coin se trouvait un tour de potier surmonté de sa motte de terre glaise, dans un autre, un chevalet de peintre et son assortiment de tubes pressurés. Il flottait dans l'air une odeur d'huile de lin et de térébenthine, bien plus caractéristique d'un atelier d'artiste que d'un appartement.

Bien sûr, s'il l'avait souhaité, Mikhail aurait pu vivre dans un quartier plus résidentiel. Son succès grandissant, les commandes qui n'avaient cessé de pleuvoir au cours des deux ans écoulés lui assuraient déjà un revenu confortable. Mais il aimait cet endroit, avec son voisinage chaleureux et bruyant, la boulangerie qui faisait le coin, l'épicerie chinoise en face, et cette ambiance de souk qui régnait au bord du canal, à quelques rues de là. Il aimait entendre les femmes de l'immeuble discuter entre elles en balayant leur palier, et se joindre à leurs hommes pour prendre le frais en refaisant le monde sur le perron.

Il n'était pas de ces artistes à qui il faut un loft de deux cents mètres carrés moquetté d'un mur à l'autre pour créer. Tout ce dont il avait besoin, c'était un toit étanche, une douche pourvue d'eau chaude, et une cuisine équipée d'un réfrigérateur digne de ce nom. Et puisqu'il n'avait pour le moment, en dépit du loyer qu'il payait, rien de tout cela, Mlle Sydney Hayward, dans son joli bureau design, n'avait pas fini d'entendre parler de lui.

Trois coups brefs frappés contre sa porte lui firent tourner la tête, le tirant de ses pensées. Reconnaissant la façon de s'annoncer de sa voisine de palier, il sourit et lui cria d'entrer. Keely O'Brian referma le battant derrière elle, s'y adossa un instant d'un air mystérieux, puis se mit à danser une petite gigue frénétique.

— Je l'ai ! s'exclama-t-elle en traversant la pièce pour se pendre au cou de Mikhail. J'ai le rôle !

Avec fougue, elle lui donna deux gros baisers sur les joues.

— Et alors ? dit-il, l'air faussement étonné. Qu'est-ce que cela a d'extraordinaire ? Je t'avais bien dit que tu l'aurais. Va nous chercher à boire, il faut absolument fêter ça…

Keely marcha jusqu'au réfrigérateur, dont elle tira deux cannettes de bière.

— J'étais si nerveuse avant l'audition, expliqua-t-elle, que j'en ai attrapé le hoquet. Alors, quand mon tour est arrivé, j'ai avalé une pleine bouteille d'eau et je me suis avancée tête baissée dans le studio.

Après avoir dévissé les deux capsules, elle les lança adroitement dans la poubelle et rejoignit Mikhail.

— Et c'est comme ça que j'ai eu le rôle ! s'exclama-t-elle, les yeux brillants et les joues rouges. Un téléfilm en trois parties, diffusion hebdomadaire. Ça ne devrait pas me rapporter plus de soixante ou soixante-dix billets, mais je ne suis pas assassinée avant le troisième épisode.

Keely avala en hâte une gorgée de bière, leva le visage vers le plafond et poussa un hurlement à glacer le sang.

— C'est le cri que je dois pousser quand le serial killer me rattrape et me règle mon compte au fond de la ruelle. Je pense, ajouta-t-elle fièrement, que c'est grâce à lui que j'ai eu le rôle.

Elevant sa bière en son honneur, Mikhail but à son tour et conclut :

— Je crois qu'il n'y a aucun doute là-dessus…

Comme chaque fois qu'ils se voyaient, la présence vive et joyeuse de Keely le réjouissait. Elle avait vingt-trois ans, un corps à rendre fou de désir n'importe quel homme, de pétillants yeux verts et un cœur aussi large que le Grand Canyon. S'il n'avait été pour elle, depuis toujours, une sorte de grand frère protecteur, nul doute qu'il l'aurait invitée à partager son lit.

Tout sourires, Keely proposa :

— Ça te dirait de manger une pizza avec moi ? J'en ai une congelée, mais mon four est encore en panne.

L'innocente remarque suffit à réveiller la mauvaise humeur de Mikhail.

— Je suis allé rendre visite à Hayward, annonça-t-il en se renfrognant.

Keely marcha jusqu'à la fenêtre ouverte, au bord de laquelle elle s'assit du bout des fesses, tout en balançant négligemment ses longues jambes fuselées.

— Tu as fait ça ! s'exclama-t-elle, visiblement impressionnée. A quoi il ressemble ?

— Il est mort.

Sous le coup de la surprise, la jeune femme faillit s'en étrangler avec sa bière.

— Mort ? murmura-t-elle. Tu ne l'as pas…

Mikhail ne put s'empêcher de rire de sa candeur. Son goût inné pour le drame était une des nombreuses choses qu'il appréciait chez sa voisine.

— Non, répondit-il. Ce n'est pas ma faute s'il est mort, mais j'ai quand même envisagé un instant de faire un sort à sa petite-fille.

— Le nouveau proprio est une femme ? De mieux en mieux ! A quoi elle ressemble ?

— Très belle. Très froide. Très élégante. Les cheveux très roux. La peau très blanche. Les yeux très bleus et très glacés. Quand elle parle, c'est tout juste si de la buée ne sort pas de ses lèvres…

A ce portrait, Keely fit la grimace.

— Seuls les gens riches peuvent se payer le luxe de prendre les autres de haut.

— En partant, conclut Mikhail, je lui ai donné deux jours avant d'alerter les journalistes et la Commission.

Cette fois, ce fut à elle de se mettre à rire. Mikhail savait que Keely le trouvait naïf d'imaginer pouvoir régler leurs problèmes par la négociation.

— Eh bien bonne chance ! lança-t-elle. Mais je me demande si l'idée de Mme Bayford d'une grève des loyers ne serait pas plus…

A cet instant, quelque chose dans la rue attira son attention. Keely se pencha par la fenêtre et cria :

— Hey ! Vise un peu cette bagnole… Ce doit être au moins une Lincoln — avec chauffeur, bien entendu. Ça alors ! Elle s'arrête au bas de chez nous. Attends un peu — il y a une femme qui en sort…

Un long soupir, d'admiration bien plus que d'envie, s'échappa de ses lèvres.

— L'Executive Woman, tendance *Harper's Bazar*, dans toute sa splendeur…

Keely se retourna vers lui, radieuse.

— Mikhail, je crois que ta princesse de glace est venue s'encanailler chez nous…

Consciente des regards que les hommes assis sur les marches du perron faisaient peser sur elle, Sydney tenta de les ignorer. Plantée au bord du trottoir, elle leva la tête pour s'imprégner du charme du vieil immeuble. On eût dit, songea-t-elle, une vieille dame qui aurait réussi à maintenir en dépit des ravages du temps sa dignité et un soupçon de sa beauté passée.

La brique rouge avait viré au rose, sali de-ci de-là par la pollution urbaine. Les boiseries ne gardaient plus de leur peinture d'origine que de vagues traces craquelées, mais elles paraissaient saines, et il était facile d'y remédier. Ouvrant son calepin, Sydney commença à prendre quelques notes.

L'endroit était plutôt bruyant. Des fenêtres ouvertes lui parvenaient les échos d'une vie domestique agitée — télés, radios, pleurs de bébés, scènes de ménage, cris d'enfants pris par leurs jeux. Les petits balcons accrochés à la façade regorgeaient de jardinières fleuries, de vélos, de linge en train de sécher dans l'air surchauffé. Plaçant sa main en visière pour protéger ses yeux du soleil, Sydney les passa en revue.

C'est en parvenant aux derniers d'entre eux qu'elle remarqua les deux silhouettes penchées à une fenêtre. Mikhail Stanislaski, torse nu, se tenait presque joue contre joue au côté d'une blonde pulpeuse guère plus habillée que lui. Avant d'en revenir à ses notes, elle le salua d'un petit hochement de tête, amusée que sa visite ait pu interrompre les tourtereaux dans leurs ébats.

Son inspection de la façade achevée, Sydney gagna non sans une certaine appréhension la porte d'entrée. Avec soulagement, elle vit l'attroupement d'hommes aux visages fermés s'écarter pour la laisser passer. Dans le hall régnaient une chaleur et une obscurité qui faillirent la faire reculer, ainsi qu'une tenace odeur de moisissure. Au sol, le parquet défoncé était d'évidence à changer.

Quant à l'ascenseur, il semblait aussi vieux que le bâtiment lui-même. Sur la porte, un plaisantin avait écrit : *Vous qui entrez ici, abandonnez tout espoir...* Dès qu'elle eut enfoncé le bouton d'appel, un tintamarre de grincements et de soupirs poussifs se fit entendre. Agacée, elle passa sa mauvaise humeur en couvrant son calepin de notes rageuses. Lorsque enfin le silence revint, les portes coulissèrent sur Mikhail Stanislaski, rhabillé et sans sa blonde amie.

— Vous vous êtes décidée à venir inspecter les ruines de votre empire ?

Délibérément, Sydney attendit d'avoir fini d'écrire pour lever les yeux sur lui. S'il avait fait l'effort de se vêtir, nota-t-elle aussitôt, le débardeur blanc déchiré par endroits qu'il portait ne dissimulait pas grand-chose de son torse. D'un regard, elle lui désigna l'ascenseur.

— Etes-vous téméraire ou simplement suicidaire ?

— Ni l'un ni l'autre, répondit-il. Juste fataliste. Ce qui doit arriver finit toujours pas arriver…

— Libre à vous. Mais je préfère que nul n'utilise cet ascenseur tant qu'il n'aura pas été changé ou réparé.

Les mains plongées au fond de ses poches, Mikhail s'appuya de l'épaule contre le mur.

— Parce qu'il va l'être ? dit-il l'air étonné.

— Oui, répondit-elle avec un sourire contraint. Le plus vite possible…

Ils s'observèrent quelques instants en silence, comme deux lutteurs prêts au combat.

— Puisque vous avez pris la peine d'attirer mon attention sur cet immeuble, reprit enfin Sydney, vous pourriez peut-être m'offrir une visite guidée ?

Avec une galanterie affectée et un sourire narquois, Mikhail s'inclina devant elle et lui désigna d'une main tendue l'escalier. Dès les premières marches, Sydney nota que la main courante, pièce de bois poncé solidement fixée dans le mur, était manifestement neuve.

— D'après mon dossier, s'étonna-t-elle, je ne me rappelle pas que nous ayons fait changer les rampes…

— C'est moi qui ai remplacé les pires d'entre elles, répondit Mikhail dans son dos.

Arrivée sur le premier palier, elle se tourna vers lui.

— Vous ? Pour quelle raison ?

— Il y a dans cet immeuble quelques personnes âgées et de nombreux enfants, mademoiselle Hayward.

La simplicité et l'évidence de cette réponse suffirent à lui faire honte. Heureusement, Mikhail frappait déjà du doigt contre une porte, ce qui la dispensa de tout commentaire. Partout, il fut accueilli à bras ouverts. Sydney devait se contenter de la part des locataires d'une politesse distante, mais étant donné la vétusté des appartements, elle ne pouvait la leur reprocher. A l'évidence, Stanislaski n'avait rien exagéré en exposant ses griefs.

Les familles se rassemblaient pour le repas du soir. A chaque étage flottaient des odeurs de cuisine. Avec générosité, on leur offrit du strudel, des brownies, du goulash, des ailes de poulet. Comment il était possible de cuisiner dans une telle fournaise était un mystère pour Sydney. Au troisième, elle refusa une assiette de spaghettis aux boulettes de viande mais accepta un verre d'eau, notant au passage les gémissements de tuyauteries qui semblaient prêtes à rendre l'âme. Avant d'avoir atteint le quatrième, elle n'aspirait plus qu'à rejoindre le confort de son appartement climatisé. Dans la dernière volée de marches, alors que la chaleur était encore montée d'un cran, elle sentit la tête lui tourner et ses jambes faiblir.

Aussitôt, le bras de Mikhail se referma solidement autour de ses épaules. Sans lui laisser le loisir de protester, il l'aida fermement à gravir les dernières marches et poussa du pied une porte sur le dernier palier. L'instant d'après, elle se retrouva assise sur une chaise face à un ventilateur qui lui soufflait dans le visage une brise bienfaisante.

Elle ne remarqua la présence de la jeune femme qu'elle avait aperçue à la fenêtre que lorsque Mikhail s'adressa à elle.

— Keely ? Tu peux apporter un verre d'eau, s'il te plaît ?

— Tout de suite…

— Buvez ! ordonna-t-il sans aménité quand elle lui tendit le verre. Et par pitié, ôtez donc cette veste ! Vous n'êtes pas dans votre bureau climatisé de Manhattan.

Joignant le geste à la parole, il déboutonna en un tournemain le vêtement et le fit glisser le long des épaules de Sydney. Le souffle coupé, elle se raidit sur son siège et se débattit pour lui échapper. Il n'y avait rien eu d'équivoque dans son geste, mais le simple contact de ses doigts avait suffi à l'électriser.

— Monsieur Stanislaski ! protesta-t-elle vivement. Vous êtes bien l'homme le plus insupportable et le plus dépourvu de bonnes manières que j'aie jamais eu à fréquenter…

— Mike ! renchérit la jeune femme debout à côté d'elle. Un peu de douceur, par pitié… Regarde comme elle est pâle ! Voulez-vous une serviette humide, pour vous rafraîchir ?

Avec reconnaissance, Sydney se tourna vers elle.

— Merci, dit-elle. Ce ne sera pas nécessaire.

La jeune femme lui offrit une franche poignée de main assortie d'un sourire timide.

— Keely O'Brian, se présenta-t-elle. La voisine… J'habite au 502, de l'autre côté du palier.

— Son four ne fonctionne plus, maugréa Mikhail. Elle n'a plus d'eau chaude et le toit fuit.

— Seulement quand il pleut ! précisa Keely.

Constatant que son humour ne faisait rire personne, elle commença à battre en retraite vers la porte.

— Bien, lança-t-elle, une fois sur le seuil. Je crois que je vais vous laisser. Ravie de vous avoir rencontrée !

Lorsqu'ils furent seuls, Sydney évita de croiser le regard de son hôte. Vidant à petites gorgées son verre d'eau tiède, elle laissa ses yeux fureter autour d'elle. Stanislaski n'avait rien réclamé pour lui-même, mais au premier coup d'œil, elle avait mesuré l'ampleur des dégâts. Rien que dans la cuisine, le linoléum était à changer, ainsi que le réfrigérateur, minuscule et manifestement hors d'âge. Quant au reste de l'appartement, elle n'avait tout simplement plus le courage d'y jeter un coup d'œil.

Appuyé contre le comptoir de la cuisine, les bras croisés, Stanislaski la dévisageait d'un air renfrogné. Certes, depuis le début son attitude n'était pas des plus courtoises, mais cela n'enlevait rien au fait qu'il avait raison, et que la compagnie qu'elle dirigeait avait tort.

— Vous voulez manger quelque chose ? proposa-t-il sur un ton bourru. Je ne dois avoir qu'un sandwich à vous proposer, mais cela vous aiderait à récupérer.

Sa question rappela à Sydney qu'à l'heure qu'il était, une table devait déjà l'attendre dans le très sélect restaurant Le Cirque réservé aux célibataires fortunés et que sa mère avait sélectionné à son intention.

— Non, je vous remercie, répondit-elle.

D'un geste déterminé, elle se leva, plia sa veste sur son avant-bras et gagna la porte ; sur le seuil, elle se retourna.

— Vous m'avez dit être charpentier, n'est-ce pas ?

— C'est exact.

— Travaillez-vous à votre compte ?

Les yeux de Mikhail devinrent deux minces fentes. Sydney le vit hocher lentement la tête.

— Dans ce cas, poursuivit-elle, vous devez être en relation avec d'autres entrepreneurs, de tous les corps de métier ?

— Oui. Pourquoi cette question ?

— Présentez-moi d'ici une semaine un devis global pour réaliser dans cet immeuble *toutes* les rénovations qui s'imposent.

Mikhail ne trahit pas la moindre surprise.

— Et ensuite ?

— Ensuite vous n'aurez plus qu'à vous retrousser les manches. Vous êtes embauché, monsieur Stanislaski.

# 2.

— Maman ! protesta Sydney. Je t'assure que je n'ai vraiment pas une minute à perdre…

— Ridicule, ma chérie ! Ce n'est jamais perdre son temps que de prendre le thé.

Ce disant, Margerite Rothchild Hayward Kinsdale LaRue versa le liquide fumant dans les deux tasses de porcelaine de Chine.

— J'ai acheté moi-même ces délicieux sandwichs chez le meilleur traiteur de Manhattan ! protesta-t-elle. Accorde-moi au moins cinq minutes…

Avec un soupir résigné, Sydney quitta son bureau pour la rejoindre à la table de conférence. Peut-être, en lui donnant satisfaction, parviendrait-elle à échapper plus rapidement aux sollicitudes maternelles…

— Ta visite me fait très plaisir, assura-t-elle. Mais je suis vraiment prise par le temps aujourd'hui.

Haussant les épaules, sa mère leva les yeux au ciel.

— Je ne parviens pas à saisir pourquoi tu t'en fais autant ! lança-t-elle d'un ton péremptoire. Il aurait été tellement plus simple d'embaucher un administrateur. Certes, je comprends qu'assumer ces fonctions ait pu te divertir un moment, mais l'idée de te voir faire carrière dépasse l'entendement.

— Vraiment ? rétorqua Sydney avec amertume. Tu me prends donc pour une incapable ?

La main de Margerite s'envola au-dessus de la table pour flatter brièvement celle de sa fille.

— Ma chérie, dit-elle d'un air peiné, je suis persuadée que tu peux parfaitement réussir tout ce que tu entreprends, mais là n'est pas le problème. Le problème, c'est que tu pourrais perdre ainsi bien des opportunités qui s'offrent à toi ! Les femmes de pouvoir ne sont pas du goût des hommes…

D'un geste plein de grâce, Margerite saisit un petit sandwich triangulaire, dans lequel elle croqua du bout des dents, prenant garde à ne pas ruiner son rouge à lèvres. Quelques instants, Sydney contempla sa mère en silence. A cinquante ans passés, elle en paraissait dix de moins, et bien des femmes auraient envié sa ligne irréprochable, moulée dans un tailleur Chanel.

— Maman, répondit-elle enfin, de nos jours, une femme peut avoir d'autres ambitions que de sacrifier sa vie à un homme.

Margerite se mit à rire gaiement et tapota affectueusement la main de sa fille. Sydney remarqua alors qu'elle ne portait plus son alliance à l'annulaire.

— Ne fais pas l'enfant ! protesta-t-elle. Qui te parle de sacrifier quoi que ce soit ? Tu ne dois pas te laisser décourager par ton divorce avec Peter. Souvent, un premier mariage sert de ballon d'essai.

— Est-ce ainsi que tu considères ton mariage avec papa ? demanda Sydney. Un ballon d'essai ?

Très dignement, Margerite éleva sa tasse à ses lèvres, la reposa et tamponna délicatement les coins de sa bouche avant de répondre :

— Ton père et moi nous sommes beaucoup enrichis au contact l'un de l'autre. Mais en toute chose, il faut savoir tirer l'essentiel et aller de l'avant. A présent, parlons plutôt de ta soirée avec Channing... Raconte-moi vite : comment était-ce ?

— Assommant.

Une lueur d'agacement passa dans les yeux de Margerite.

— Sydney, vraiment...

Pour se donner l'assurance qui lui manquait, Sydney se réfugia dans la dégustation de son thé. Pourquoi fallait-il qu'elle se sente en perpétuel décalage avec celle qui lui avait donné le jour ? se demandait-elle avec découragement.

— Tu veux la vérité, oui ou non ? Le fait est que Channing et moi n'avons rien à faire ensemble.

D'un revers de main, Margerite balaya l'argument.

— Ridicule ! Vous êtes faits l'un pour l'autre... Channing Warfield est un jeune homme intelligent, plein d'avenir, et issu d'une des meilleures familles de New York.

— Peter l'était aussi.

Avec un bruit inquiétant de porcelaine malmenée, Margerite reposa la tasse dans sa soucoupe.

— Tu ne vas pas passer ta vie à comparer chaque homme que tu rencontres avec Peter !

— Je ne compare Channing avec personne, s'entêta Sydney. Mais je le trouve guindé, ennuyeux et par-dessus le marché prétentieux. Quoi qu'il en soit, établir une relation avec un homme ne fait pas partie de mes priorités. Laisse-moi d'abord faire quelque chose de moi-même...

— Quelque chose de toi-même, répéta Margerite, incrédule. Tu es une Hayward, cela ne te suffit pas ? Pour l'amour de Dieu, Sydney ! Cela fait quatre ans que Peter et toi avez divorcé. Il est plus que temps de te mettre en quête d'un nouveau mari. Dois-je te rappeler que tu as une place dans la société, une responsabilité envers notre nom à assumer ?

Sydney repoussa sa tasse devant elle, l'estomac noué par une angoisse familière.

— Ça, maugréa-t-elle, je ne risque pas de l'oublier.

Satisfaite de ce qu'elle prenait sans doute pour une marque de bonne volonté, sa mère sourit largement et conclut :

— Si Channing ne fait pas l'affaire, ce ne sont pas les prétendants qui manquent. Mais tu aurais tort de l'écarter si rapidement. Moi-même, si j'avais vingt ans de moins…

Sur ce sous-entendu, Margerite lança un coup d'œil affolé à sa montre Cartier et se leva brusquement.

— Mon Dieu ! s'écria-t-elle. Je vais être en retard chez mon coiffeur. Tant pis — il attendra que je me sois repoudré le nez…

Quand elle se fut éclipsée dans le cabinet de toilette attenant, Sydney rejoignit son bureau et tenta de se remettre au travail, l'esprit en proie au doute et à la culpabilité. Comment aurait-elle pu convaincre sa mère que l'échec de son premier mariage n'était pour rien dans sa volonté de se tenir éloigné des hommes alors qu'elle n'en était elle-même pas convaincue ?

Pour avoir grandi ensemble, Peter et elle avaient toujours été les meilleurs amis du monde. Cela n'avait hélas pas suffi à faire éclore entre eux cet amour sans lequel un mariage n'est que simulacre. Leur union s'était imposée à eux presque naturellement, sous la pression familiale, alors qu'ils étaient trop jeunes pour réaliser l'erreur qu'ils commettaient. Ils avaient ensuite passé deux ans à tenter de faire tenir leur couple vaille que vaille. Sans succès.

Le plus triste, songea-t-elle en fermant son dossier d'un claquement sec, n'était pas tant le divorce que ce qui en avait résulté. Dans cette mésaventure, Peter et elle avaient perdu l'amitié qui les avait toujours unis. Et s'il lui était impossible de former un couple stable avec un homme qu'elle appréciait, avec qui elle avait tant de choses en commun, il était à craindre qu'elle ne fût pas faite pour cela. Tout ce qui lui importait, à présent, c'était de mériter la confiance que son grand-père avait placée en elle. D'autres responsabilités, un challenge différent lui étaient offerts. A elle de faire en sorte, cette fois, de ne pas faillir.

Le bourdonnement de l'Interphone sur son bureau la tira de ses pensées.

— Oui, Janine ? répondit-elle.

— M. Stanislaski est là. Il n'a pas rendez-vous mais prétend avoir des papiers urgents à vous remettre.

Réalisant que son impétueux locataire se manifestait deux jours avant le terme fixé, Sydney ne put s'empêcher de sourire.

— C'est exact, dit-elle en se redressant sur son siège. Faites-le entrer.

Cette fois, nota-t-elle au premier coup d'œil, il avait pris la peine de se raser. Une chemise écossaise remplaçait le débardeur troué, mais de larges déchirures effrangées dans son jean révélaient ses genoux. Après avoir refermé la porte, il s'y adossa et rendit à Sydney le long regard scrutateur qu'elle lui lançait.

Avec un humour un peu féroce, Mikhail songea que la princesse de glace semblait aussi raide et guindée qu'à leur première rencontre. Ce jour-là, elle portait un luxueux ensemble gris perle, constellé de minuscules boutons dorés qui semblaient former un chemin jusqu'à sa gorge longue, tendre et blanche, dont la seule vue suffisait à lui donner une faim de loup. Prudemment, il préféra reporter son attention sur le service à thé et les sandwichs dans leur plateau.

— J'interromps votre déjeuner ?

— Pas du tout.

Sans prendre la peine de se lever ou de lui sourire, elle lui fit signe d'approcher d'un geste de la main.

— Avez-vous le devis que je vous ai demandé ?

— Le voici, répondit-il en le laissant tomber sur le bureau devant elle.

— Vous travaillez vite.

Un sourire narquois joua sur les lèvres de Mikhail.

— J'ai une bonne connaissance de ce *dossier*…

Il flottait dans la pièce un mélange de parfums qui attira son attention. Celui de Sydney, subtil et discret, se trouvait supplanté par un autre, plus capiteux.

— Vous avez de la compagnie ?

Surprise, Sydney releva les yeux.

— Qu'est-ce qui vous fait croire cela ?

— Je sens ici un parfum qui n'est pas le vôtre.

Qu'il fût capable de reconnaître le parfum qu'elle portait suscita en Sydney un trouble qu'elle s'efforça d'ignorer. Mikhail haussa les épaules et désigna le devis qu'elle étudiait.

— Vous trouverez en tête ce qui *doit* être fait, et ensuite seulement ce qui *pourrait* l'être. Dans l'idéal.

— Je vois.

Mais ce que Sydney voyait surtout, c'était cette imposante présence masculine, à deux pas d'elle, dont la chaleur et le magnétisme, pour une raison qui lui échappait, la troublaient autant qu'ils la réconfortaient.

— Vous avez joint les devis des sous-traitants ? demanda-t-elle.

— Vous les trouverez en annexe, répondit-il.

Au grand soulagement de Sydney, Mikhaïl s'éloigna pour aller étudier d'un air méfiant sur le plateau les petits sandwichs de pain de mie triangulaires.

— Quelle est cette chose verte, à l'intérieur ?

— Du cresson, répondit-elle sans lever le nez.

Avec une grimace de dégoût, Mikhaïl reposa le sandwich dans l'assiette de porcelaine.

— Quelle idée de manger un truc pareil !

Cette fois, Sydney releva la tête. Le sourire qui illuminait son visage cueillit Mikhail de plein fouet.

— Je ne vous le fais pas dire !

Elle n'aurait jamais dû lui sourire, songea-t-il en plongeant les mains au fond de ses poches. Lorsqu'elle souriait, elle était une autre femme. Ses yeux et ses lèvres s'adoucissaient, ses traits se détendaient. Quand elle souriait, sa beauté n'était plus froide, inaccessible, mais radieuse et irrésistible. Quand elle souriait, elle lui faisait oublier qu'il n'était pas le moins du monde attiré par le type de femme qu'elle représentait.

— Puis-je vous poser une autre question ?

Sans quitter des yeux le devis dont elle détaillait les différents postes, Sydney hocha la tête. Le document était d'une parfaite limpidité, et elle aimait ce qu'elle y découvrait.

— Pourquoi portez-vous des couleurs si ternes ? reprit Mikhail. Des couleurs lumineuses vous iraient bien mieux.

Sydney tressaillit. Incapable de masquer sa surprise, elle releva le menton et le dévisagea longuement. Nul ne s'était jamais permis d'émettre le moindre doute quant à ses goûts. Aux yeux de certains, il lui arrivait même de passer pour un modèle d'élégance.

— Etes-vous charpentier ou styliste ?

— Je suis un homme. Cela suffit.

Mikhail souleva la théière pour en humer le contenu avec circonspection.

— Du thé ! s'exclama-t-il. Il fait bien trop chaud pour en boire. Vous n'avez rien de plus frais ?

Secouant la tête avec agacement, Sydney enfonça une touche de l'Interphone.

— Janine ? lança-t-elle. Pourriez-vous apporter une boisson fraîche à M. Stanislaski, je vous prie ?

Puis, reportant son attention sur le devis, elle conclut :

— Nous allons commencer par ce qui *doit* être fait, et nous nous offrirons un peu plus tard une partie de ce qui *pourrait* l'être. Si tout va bien, vous aurez un contrat en bonne et due forme en fin de semaine.

Mikhail vint prendre place sur le siège qui faisait face à son bureau et la considéra d'un air pensif.

— Je ne suis pas le seul à travailler vite, dites-moi.

— Vous ne m'avez pas trop laissé le choix, non ? A présent, expliquez-moi pourquoi il vous semble indispensable de changer les fenêtres. Je n'étais pas arrivée à cette conclusion lors de ma visite.

— Elles ne sont pas équipées de double vitrage.

— Certes, mais…

La porte du cabinet de toilette, s'ouvrant à la volée, interrompit Sydney.

— Ma chérie, s'exclama sa mère en surgissant dans la pièce, tu devrais changer l'éclairage là-dedans… Ce néon est vraiment trop impitoyable !

Apercevant le visiteur assis face au bureau de sa fille, Margerite se figea sur place.

— Oh, pardon ! s'excusa-t-elle. Tu aurais dû me prévenir que tu attendais quelqu'un.

Avant que Sydney ait pu faire les présentations, Mikhail se leva et s'inclina vers elle.

— Vous devez être la mère de Sydney, je suppose.

Margerite fronça les sourcils et le détailla de la tête aux pieds. Elle n'approuvait pas la familiarité, surtout venant d'un homme coiffé d'une queue-de-cheval et vêtu de pantalons troués.

— En effet, répondit-elle d'un air pincé. Comment l'avez-vous deviné ?

— Il y a comme un air de famille entre vous. Et les véritables beautés s'épanouissent avec le temps…

Sydney vit le sourire de sa mère se réchauffer et ses paupières battre timidement.

— Vous n'êtes qu'un flatteur ! protesta-t-elle en se portant à la rencontre de Mikhail. Mais c'est quand même gentil.

— Maman, intervint Sydney, je suis désolée mais M. Stanislaski et moi avons encore bien des choses à discuter ensemble.

— Bien sûr, ma chérie !

Margerite rebroussa chemin pour aller embrasser le vide à dix centimètres des joues de sa fille.

— De toute façon, reprit-elle, je suis déjà en retard. Tu n'oublies pas notre déjeuner la semaine prochaine, n'est-ce pas ?

D'un pas décidé, elle gagna la porte.

— Monsieur Stanislaski, murmura-t-elle en se retournant pour dévisager Mikhail, pourquoi ai-je l'impression de vous avoir déjà vu quelque part ?

Sous le coup d'une vive émotion, Margerite porta la main à son cœur et écarquilla les yeux.

— Oh, mon Dieu ! Vous êtes Mikhail Stanislaski, n'est-ce pas ?

Mikhail la considéra avec étonnement.

— C'est exact. Nous nous sommes déjà rencontrés ?

— Hélas non, mais j'ai pu voir votre portrait dans *Art/World*. Je suis une de vos plus ferventes admiratrices !

Le visage éclairé par un sourire radieux, Margerite contourna le bureau et rejoignit Mikhail pour étreindre chaleureusement ses mains dans les siennes. A ses yeux, la queue-de-cheval et le jean troué, dorénavant excentriques, dénotaient un tempérament d'artiste.

— Votre travail est magnifique ! s'enthousiasma-t-elle. Tout simplement magnifique… J'ai acheté deux de vos œuvres lors de votre dernière exposition. Vous ne pouvez savoir comme je suis heureuse de vous rencontrer.

— A présent, c'est vous qui me flattez…

— Pas le moins du monde ! insista-t-elle. Chacun s'accorde à reconnaître en vous l'un des talents majeurs de cette décennie.

Puis, se tournant vers sa fille ébahie, elle lui demanda :

— Tu t'intéresses à l'œuvre de M. Stanislaski, ma chérie ? C'est une excellente idée !

— Je…, marmonna Sydney. En fait, il…

— Je suis très heureux, l'interrompit Mikhail, de pouvoir travailler avec votre fille.

— Et vous m'en voyez ravie ! assura Margerite en se décidant à lui lâcher les mains. Accepteriez-vous de participer à une petite réception que je donne vendredi soir ? Ne me dites pas que vous êtes déjà pris, j'en serais anéantie…

Pour faire bonne mesure, elle lui adressa de derrière ses longs cils battants un regard implorant. S'efforçant pour garder son sérieux d'ignorer le regard sévère que Sydney dardait sur eux, Mikhail répondit :

— Je m'en voudrais de décevoir une jolie femme…

— Fantastique ! exulta Margerite. Sydney passera vous prendre. Je vous attends vers 20 heures.

Après avoir d'une main distraite remis en place sa chevelure, Margerite lança un dernier regard absent à sa fille et se pressa vers la porte. Janine, qui pénétrait dans la pièce pour apporter à Mikhail un verre dans lequel flottaient quelques glaçons, la croisa sur le seuil. Sydney attendit qu'ils soient de nouveau seuls, pour lancer d'un ton accusateur :

— Pourquoi m'avez-vous dit que vous êtes charpentier ?

— Parce que je le suis, répondit Mikhail en sirotant tranquillement son verre. Mais il m'arrive aussi de sculpter le bois quand je ne le taille pas.

Sydney serra les poings sous son bureau. S'il avait voulu se moquer d'elle, il ne s'y serait pas pris autrement. Elle dut fournir des efforts surhumains pour résister à la tentation de ne pas réduire son devis en confettis avant de le lui jeter à la figure.

— J'aimerais bien savoir à quoi vous jouez, Stanislaski…

Mikhail joua l'étonnement avec conviction.

— Vous m'avez offert de travailler sur un chantier qui représente beaucoup pour moi, je vous ai fourni un devis. Un point c'est tout. Je ne vois pas où est le problème ?

— Le problème est que vous m'avez menti.

— Certainement pas ! Je travaille dans le bâtiment depuis l'âge de seize ans. Quelle différence cela fait-il pour vous si l'on s'arrache à présent ma sculpture ?

— Aucune, en effet, admit Sydney en haussant les épaules.

Mikhail Stanislaski était bien trop rustre pour être un véritable artiste, décida-t-elle en son for intérieur.

Si des amateurs d'art, friands de nouveauté, s'étaient entichés de lui, ce devait être parce qu'il produisait d'horribles pièces grossières et primitives. Tout ce qui comptait, c'était qu'il puisse mener à bien le chantier qu'elle voulait lui confier. Il n'en demeurait pas moins qu'elle détestait être bernée. Pour le lui faire payer, elle s'acharna dans l'heure qui suivit à lui faire perdre son temps — et à perdre le sien — en épluchant point par point son devis.

— Tout me paraît en ordre, conclut-elle enfin en refermant le dossier devant elle. Votre contrat devrait être prêt à la signature vendredi.

— Très bien, répondit-il en se levant et en se frottant les mains d'un air satisfait. Vous n'aurez qu'à l'apporter en passant me prendre. Inutile de vous préciser l'adresse... Disons vers 19 heures ?

A son tour, Sydney se leva de son siège.

— Je vous demande pardon ? dit-elle, interloquée.

Un sourire rusé joua sur les lèvres de Mikhail.

— La réception de votre chère maman... Vous avez déjà oublié ?

Comme un chat fondant sur une souris, il marcha jusqu'à son bureau, sur lequel il posa ses deux poings, avant d'approcher avec une éprouvante lenteur son visage de celui de Sydney. Pendant une effrayante et délicieuse seconde, elle fut convaincue qu'il allait l'embrasser, mais il se contenta de palper doucement entre l'index et le pouce le revers de son tailleur.

— Vous devriez vous décider à porter des couleurs plus vives...

D'une petite tape sur la main, Sydney le fit cesser, se dirigea vers la porte et lança par-dessus son épaule :

— Je n'ai pas l'intention de vous accompagner vendredi à cette réception !

— Vous avez peur de vous retrouver seule avec moi, lança-t-il, non sans une certaine fierté.

Piquée au vif, Sydney fit volte-face.

— Certainement pas !

— Votre réaction en est pourtant la preuve.

Sans la quitter des yeux, Mikhail la rejoignit près de la porte.

— Une femme aussi bien éduquée que vous l'êtes, reprit-il sur un ton doucereux, ne se montrerait pas si véhémente sans raison.

— Je n'aime pas vos manières, monsieur Stanislaski. Cela vous paraît-il une raison suffisante ?

La question de Sydney le fit sourire. Mikhail leva la main pour jouer distraitement avec son collier.

— Non. Dans votre milieu, on apprend à se montrer poli en toute circonstance. Si vous ne m'aimiez pas, vous n'en seriez que plus aimable avec moi.

— Cessez immédiatement ce petit jeu.

Mikhail se mit à rire et laissa les perles glisser de ses doigts. A n'en pas douter, songea-t-il, la peau de Sydney devait être aussi douce et satinée.

— Au moins, constata-t-il, je suis arrivé à amener un peu de couleur sur vos joues…

En silence, ils se dévisagèrent un instant avant que Mikhail ne reprenne :

— Soyez raisonnable… Comment allez-vous expliquer à votre charmante mère le fait que vous arriviez seule à sa réception ?

Sur son visage, Mikhail vit passer un reflet du conflit interieur qui l'agitait.

— Piégée par vos bonnes manières, murmura-t-il.

— Voilà qui ne risque pas de vous arriver, rétorqua-t-elle entre ses dents serrées.

— Vendredi, conclut-il en effleurant sa joue de l'index. 19 heures.

Satisfait, Mikhail se retourna pour gagner la porte. Avant qu'il ait pu l'ouvrir, Sydney l'interpella :

— Monsieur Stanislaski ?

— Oui ? fit-il en se retournant.

Savourant sa vengeance, Sydney prit le temps de lui adresser un sourire aimable avant de suggérer :

— Si possible, essayez de trouver pour vendredi dans votre garde-robe un vêtement non troué…

Comme à son habitude, Sydney avait soupesé le moindre détail de sa tenue pour tendre à une élégance discrète et raffinée. Délibérément, elle s'était habillée tout en noir. Pour rien au monde elle n'aurait donné à cet effronté de Stanislaski la satisfaction de suivre ses conseils. Elle avait opté pour un simple fourreau en crêpe de soie et choisi de laisser flotter librement ses cheveux sur ses épaules.

En frappant à la porte de Mikhail, elle fut surprise de reconnaître le grand air de *Carmen* à plein volume dans l'appartement. Persuadée que personne n'avait pu l'entendre, Sydney cogna de plus belle et vit le battant pivoter sur ses gonds, révélant à ses yeux la pulpeuse voisine, habillée d'un short et d'un T-shirt trop courts.

— Hello ! lança gaiement celle-ci.

Nerveusement, Keely croqua le glaçon qu'elle venait de porter à sa bouche et l'avala.

— J'étais venue emprunter un peu de glace, expliqua-t-elle. Mon freezer a rendu l'âme ces jours-ci…

Keely réussit à sourire à la visiteuse et résista à l'envie de tirer sur ses vêtements. En sa présence, elle se trouvait aussi gauche et empruntée qu'une paysanne devant l'héritière du trône… Avant de regagner son appartement, elle lança par-dessus son épaule :

— Mike ! Ton rendez-vous est arrivé…

Le terme *rendez-vous* fit tiquer Sydney mais elle n'eut pas le temps de s'en offusquer. Surgissant de la chambre encore ruisselant de la douche qu'il venait de prendre, Mikhail cria :

— Tu disais, Keely ?

Pour tout vêtement, il portait une petite serviette blanche, nouée dangereusement bas sur ses hanches. Avec une autre serviette identique, il se frottait énergiquement les cheveux. Quand il eut repéré Sydney dans le living-room, il se figea sur place. Une lueur brilla dans son regard tandis que ses yeux couraient le long de sa silhouette galbée par le fourreau noir.

— Je suis en retard, dit-il après être allé baisser la musique.

Sydney n'était pas certaine d'avoir su dissimuler le trouble qui s'était emparé d'elle à la vue de Mikhail. Sous sa peau couleur bronze, tous les muscles jouaient avec aisance. Les gouttelettes qui coulaient sur son corps en soulignaient encore les reliefs. La température dans la pièce, déjà insupportablement élevée, semblait avoir grimpé de quelques degrés supplémentaires depuis qu'il y était entré. Ne sachant que faire d'autre, elle marcha jusqu'à une table basse et y déposa le dossier dont elle s'était munie.

— Votre contrat…

— Merci, répondit-il. Je l'étudierai plus tard.

Sciemment, Mikhail s'attarda une minute sur le seuil de sa chambre, immobile. Le regard éloquent qu'il avait surpris dans les yeux de sa visiteuse quand il y était apparu le comblait d'aise. C'était le genre de regard d'envie qu'un homme ne pouvait qu'être flatté de découvrir dans les yeux d'une femme.

— Faites comme chez vous, conclut-il avant de s'éclipser. Je n'en ai pas pour très longtemps.

Dès qu'elle fut seule, Sydney ferma les yeux et se força à respirer profondément, maudissant la faiblesse qui s'était emparée d'elle. Pourquoi fallait-il que cet homme, débarrassé de ses vêtements, eût sur elle un effet aussi dévastateur ? Quand elle fut certaine d'avoir récupéré son self-control, elle rouvrit les yeux et observa avec curiosité l'appartement auquel elle n'avait jeté jusqu'alors qu'un coup d'œil distrait. Des pièces de bois de toutes dimensions s'y trouvaient entreposées. Une panoplie complète d'outils de sculpteur occupait tout un mur. Sur un établi posé près d'une fenêtre, elle laissa son doigt caresser les reliefs de ce qui devait être une œuvre en cours d'achèvement. Primitive et grossière, songea-t-elle avec un sourire vengeur, exactement comme elle l'avait prédit…

Puis elle se retourna pour se trouver en face d'une étagère surchargée de statuettes de toutes tailles et son sourire se figea sur ses lèvres. Il y avait là d'abstraites colonnes de bois, merveilleusement polies, accrochant le regard autant que la lumière. D'autres œuvres, plus réalistes, tendaient à l'abstraction par la farouche énergie qui leur avait donné forme. Elle reconnut un profil de femme aux longs cheveux flottants, un visage d'enfant surpris en plein rire, un couple d'amants enlacés dans l'attente d'un baiser qui ne viendrait jamais.

Fascinée, Sydney ne pouvait s'empêcher de toucher, de caresser, de suivre du doigt les contours. L'art de Mikhail explorait tous les registres, de la passion au charme, de la force expressive à la délicatesse des sentiments. Sur l'étagère la plus basse, elle découvrit une série de miniatures qui la troubla plus encore. Il lui était difficile d'imaginer qu'un homme pourvu de manières aussi rudes, d'une aussi mâle arrogance, pût avoir la patience et la sensibilité nécessaires pour créer d'aussi petites merveilles de tendresse et d'humour.

Avec un rire de ravissement, Sydney installa sur la paume de sa main un petit kangourou. Sous son doigt, il paraissait aussi poli et fragile que le verre. Ce n'est qu'en l'observant de plus près qu'elle remarqua la minuscule tête de bébé qui émergeait de sa poche ventrale. En le reposant à regret, elle ne put s'empêcher de s'emparer d'une ravissante figurine de Cendrillon s'enfuyant du bal à minuit, affolée et ayant déjà perdu son soulier. Mikhail avait réussi à la rendre tellement vivante qu'il lui sembla un instant voir les larmes briller dans ses yeux peints.

— Vous aimez ?

Sydney sursauta puis se redressa vivement, serrant toujours la statuette entre ses mains.

— Oui. Je suis désolée…

Les bras croisés, Mikhail s'appuya contre le chambranle de la porte. Il avait enfilé un pantalon cintré couleur sable, ses cheveux, encore humides, étaient coiffés en arrière et caressaient l'encolure de sa chemise blanche.

— Ne le soyez pas, dit-il. Vous n'êtes heureusement pas la seule à aimer mon travail.

Sydney se baissa pour remettre la statuette en place.

— C'était pour avoir touché à vos œuvres que je m'excusais.

Mikhail hocha la tête et sourit largement. Il trouvait fascinante la manière qu'avait Sydney de passer en l'espace d'un clin d'œil du ravissement enfantin à la politesse la plus glacée.

— Mieux vaut se laisser toucher, murmura-t-il, que de rester sur un piédestal à se faire admirer. Qu'en pensez-vous ?

Sydney se raidit. Impossible de ne pas relever dans ses paroles un sens caché ni dans ses yeux la lueur de désir qui y avait flambé.

— Cela dépend, dit-elle froidement.

Alors qu'elle s'avançait pour regagner le hall, il se redressa et se plaça devant elle, juste à temps pour lui barrer le passage.

— Cela dépend de quoi ? demanda-t-il en caressant sa joue d'un doigt distrait.

Sydney parvint à ne pas rougir, à ne pas frémir, à ne pas battre en retraite. Soutenant son regard sans ciller, elle répondit tranquillement :

— Cela dépend de qui vous touche.

Mimant la surprise, Mikhail s'étonna :

— Je pensais que nous parlions sculpture…

Sydney laissa échapper un soupir résigné.

— Un point pour vous ! lança-t-elle. Maintenant, si nous ne voulons pas être en retard, nous devrions vraiment y aller, monsieur Stanislaski…

— Faites-moi plaisir : appelez-moi Mikhail.

De sa joue, sa main avait glissé vers son oreille et jouait avec le saphir qui s'y trouvait. Avant qu'elle ait pu protester, son regard vint se river au sien. Prise au piège de ses yeux si sombres, elle eut l'impression de s'y noyer comme dans un lac sous un ciel d'hiver.

Profitant de son avantage, Mikhail laissa ses doigts s'aventurer sur la nuque de Sydney et murmura :

— Vous ressemblez à un jardin anglais à l'heure du thé — très belle, très attirante, et juste un petit peu trop sévère.

Il faisait bien trop chaud, songea Sydney au bord de

l'affolement. C'était la raison pour laquelle elle avait du mal à respirer. Cela n'avait rien à voir avec lui, rien à voir avec le fait qu'il se tenait bien trop près…

— Vous me bloquez le passage, dit-elle.

— En effet, répondit-il sans bouger d'un pouce. Laissez-moi étudier votre profil…

Sans tenir compte de son mouvement de recul, Mikhail saisit le menton de Sydney entre le pouce et l'index et lui fit tourner la tête dans un sens, puis dans l'autre.

— Votre beauté approche la perfection, commenta-t-il, mais sans l'atteindre tout à fait. Ce qui, pour un artiste, est plus intéressant encore à capter…

— Je vous demande pardon ?

— Vos yeux sont trop grands, et votre bouche est juste un petit peu plus large qu'elle devrait l'être.

D'une petite tape sèche, Sydney lui fit lâcher prise. Elle était aussi furieuse qu'embarrassée de s'être attendue de sa part à une admiration sans réserve.

— Mes yeux et ma bouche ne vous concernent pas.

— Vous vous trompez, corrigea-t-il avec un sourire satisfait. Ils me concernent, puisque je vais sculpter votre buste.

Mikhail remarqua qu'une double ligne verticale se creusait entre ses sourcils quand elle les fronçait, et se dit qu'il aurait aimé pouvoir l'effacer avec ses lèvres.

— Vous allez faire quoi ?

— Votre buste, répéta-t-il sur le même ton serein. En palissandre ou peut-être en ébène, je ne sais pas encore, mais avec vos cheveux dénoués, comme ceci.

De nouveau, il tendit la main pour enrouler autour de son index une mèche de ses cheveux. De nouveau, Sydney le repoussa.

— Si vous me proposez de poser pour vous, lança-t-elle, sachez que je ne suis pas intéressée.

— Peu importe, répondit-il. Moi je le suis et cela suffit. A présent, j'ai votre image gravée en moi et je n'ai nul besoin que vous posiez.

Comme si le débat était clos, il la saisit par l'avant-bras pour l'entraîner vers la porte.

— Vous imaginez peut-être que je suis flattée…

— Pourquoi devriez-vous l'être ? l'interrompit-il en ouvrant la porte. Vous êtes née avec ce visage. Il ne doit rien à votre mérite. Vous pourriez être flattée si je vous avais dit que vous chantez bien, que vous dansez bien, que vous embrassez bien…

Mikhail s'effaça sur le seuil de l'appartement pour la laisser passer et referma la porte derrière eux. Puis, comme pris par un remords, il ajouta d'un air mutin :

— C'est le cas ?

Agacée par ce jeu de ping-pong verbal, Sydney fit volte-face.

— Pour l'amour du ciel, de quoi parlez-vous ?

— Ai-je raison d'imaginer que vous embrassez divinement bien ?

Le visage de Sydney se figea. Au-dessus de ses yeux emplis de réserve hautaine, ses sourcils étaient deux arches de pur dédain.

— Le jour où vous le saurez, lança-t-elle sèchement, c'est vous qui pourrez vous estimer flatté !

Satisfaite et vengée, Sydney se décida à descendre l'escalier sans l'attendre. Mais à peine avait-elle fait un pas qu'elle se retrouva plaquée contre le mur, emprisonnée dans l'étau de ses bras, les deux mains de Mikhail reposant de chaque côté de son visage. Pourtant — elle l'aurait juré — c'était à peine s'il l'avait touchée. Pour ne rien arranger, elle se sentait bien plus inquiète et effrayée que révoltée par le traitement qu'il lui infligeait.

Mikhail était conscient de dépasser les bornes, et cette

certitude l'emplissait d'une sombre jouissance. Leurs lèvres étaient à deux doigts de se toucher. Leurs corps s'épousaient l'un l'autre autant qu'ils se repoussaient. Leurs souffles se mêlaient — le sien profond et régulier, celui de Sydney bref et saccadé. Il sentait monter en lui une puissante vague de désir pour cette femme dont tout le portait à croire qu'elle lui resterait à jamais inaccessible. Mais s'il était homme à ne pas rester insensible à son charme, il était bien de taille à maîtriser le désir qu'elle lui inspirait, bien de taille à lui résister.

— A mon avis, dit-il d'une voix rêveuse, vous avez encore tout à apprendre de l'art du baiser, mais votre bouche semble en tout cas faite pour cela.

Du regard, il caressa quelques instants les lèvres de Sydney avant de poursuivre :

— Avant d'en arriver à vous embrasser, il faudrait pourtant bien de la patience à un homme pour réchauffer le sang qui court dans vos artères. Hélas, je n'ai aucune patience.

Mikhail la vit tressaillir, avant que ses yeux ne se mettent à cracher des flammes. Sur le même ton doucereux que le sien, de la même voix pleine de sous-entendus, elle lui répondit :

— Monsieur Stanislaski, je suis certaine que vous embrassez comme un dieu. Mais avant de pouvoir le constater, il faudrait à une femme beaucoup d'indulgence pour passer outre à cet ego surdimensionné qui est le vôtre. Heureusement, je n'ai aucune indulgence en ce qui vous concerne.

Pendant un long moment, Mikhail ne bougea pas d'un pouce, pratiquement décidé à vérifier laquelle de leurs théories était la bonne. Puis il comprit que sa victoire serait plus parfaite et son plaisir plus grand s'il avait la patience de les différer. Oui, conclut-il pour lui-même, il était bien de taille à se mesurer à la belle, à la sublime Sydney Hayward. Où et quand il l'aurait décidé…

— Mademoiselle Hayward, un homme peut apprendre la patience, murmura-t-il avec un sourire espiègle, et une femme se montrer indulgente avec un homme — dès lors que son propre désir ne lui laisse pas le choix…

Le cœur battant, Sydney le vit approcher son visage du sien, les yeux brillants, les lèvres fendues en un sourire conquérant. Comme un chat pris au piège, elle se pressa contre le mur, prête à mordre et griffer pour se défendre. Sa surprise n'en fut que plus grande de voir Mikhail se reculer brusquement et lui tendre le bras, comme si de rien n'était.

— Pouvons-nous y aller, à présent ?

— Oui.

Un peu chancelante, Sydney se laissa entraîner à sa suite dans l'escalier. Du soulagement ou du désappointement, elle aurait été bien en peine de dire ce qui l'emportait en elle…

# 3.

Bien consciente de posséder un atout majeur avec la venue d'un artiste aussi prestigieux et secret que Mikhail Stanislaski, Margerite n'avait pas ménagé ses efforts pour assurer le succès de sa réception. Comme un général avant la bataille, elle avait tenu à inspecter le moindre détail, des arrangements floraux au menu, en passant par le plan de table et l'ameublement des terrasses. Lorsque tout fut terminé, chaque domestique, chaque fournisseur pestait contre elle dans son dos, mais la maîtresse de maison, elle, était satisfaite.

Depuis que les premiers invités avaient commencé à franchir le seuil de sa luxueuse propriété de Long Island, Margerite ne cessait de consulter sa montre à la dérobée. Elle n'en aurait pas voulu à sa fille d'être en retard si celle-ci n'avait été chargée d'amener avec elle celui qui devait constituer le clou de la soirée.

Vive et enjouée, elle n'en virevoltait pas moins parmi les convives dans une robe mousseuse d'un bleu turquoise. Il y avait là le mélange habituel d'hommes politiques, d'hommes d'affaires, d'artistes du théâtre et du music-hall, d'habitués de la jet-set new-yorkaise...

Mais ce soir-là, le plus illustre d'entre eux serait sans conteste ce sculpteur ukrainien dont le nom courait déjà sur toutes les lèvres, et que tous brûlaient d'approcher. Et pour avoir eu l'occasion de se frotter à sa mâle prestance, la maîtresse de maison elle-même n'était pas la moins impatiente. Pour elle, l'amour de l'art n'excluait pas celui des hommes séduisants, et les nécessités du savoir-vivre celles du flirt.

Dès l'instant où elle vit Mikhail paraître dans le grand hall illuminé, Margerite fut à son côté. Après un regard de reproche voilé à sa fille, elle s'exclama :

— Monsieur Stanislaski ! Quel plaisir de vous accueillir chez moi…

Parce qu'il connaissait les règles du jeu et qu'il ne détestait pas y jouer de temps à autre, Mikhail s'inclina vers elle et s'empara de sa main droite, qu'il porta à ses lèvres.

— Appelez-moi Mikhail, s'il vous plaît… Comment pourrai-je me faire pardonner d'être en retard ? Votre fille n'y est pour rien — c'est moi qui l'ai fait attendre.

La main posée sur son avant-bras dans un geste possessif, Margerite joua des paupières.

— Une femme avisée, dit-elle avec un petit rire crispé, sait se montrer patiente avec les hommes qui le méritent. Laissez-moi vous présenter à mes amis. Tout le monde brûle d'impatience de vous connaître.

Passant son bras sous celui de Mikhail, Margerite l'entraîna vivement, glissant à Sydney par-dessus son épaule :

— Ma chérie, tu connais nos invités…

En se laissant guider par la maîtresse de maison, Mikhail se coula avec aisance parmi la bonne société new-yorkaise. Tout naturellement, il trouva les mots, les gestes, le ton juste pour remplir le rôle qui lui était assigné. Mais aucun de ses nouveaux « amis » n'aurait pu se douter qu'il aurait à cet instant tout donné pour partager une bière avec ses voisins sur le perron de l'immeuble de Soho, ou un café avec son frère Alex dans la cuisine de leur mère à Brooklyn.

Docile en tout, il but du champagne, écouta patiemment compliments et conseils, admira la maison et ses murs blancs, percés de hautes fenêtres, complimenta Margerite sur sa collection d'œuvres d'art. Et tout en parlant, buvant et souriant, jamais il ne perdait totalement de vue Sydney Hayward.

Il aurait parié que le cadre doré de Long Island aurait fourni à sa beauté sophistiquée un écrin parfait, et pourtant ce n'était pas le cas. Certes, elle souriait et se mêlait aux invités avec autant de grâce et d'aisance que sa mère. Certes, sa robe noire, discrète mais sortie de l'atelier du meilleur créateur, était aussi élégante que bien d'autres créations plus colorées dans l'assemblée. Même ses discrets saphirs semblaient briller bien mieux que bien des rivières de diamants. C'était dans ses yeux qu'il manquait quelque chose. Ils n'étaient pas pleins de rire et d'excitation. Un observateur attentif aurait pu y deviner ennui et impatience, comme si elle se pliait de mauvaise grâce à cette comédie mondaine, pressée de revenir à des choses plus sérieuses.

Cela fit sourire Mikhail derrière sa flûte à champagne. Et lorsqu'il se rappela qu'il aurait tout le long trajet jusqu'à Soho pour la taquiner sur ce point, son sourire s'épanouit encore. Il se fana brusquement quand un grand jeune homme blond, habillé d'un smoking et doté d'épaules de footballeur, surgit auprès d'elle et l'embrassa légèrement sur la bouche.

D'abord surprise, Sydney sourit en reconnaissant la paire d'yeux bleus qui la considéraient sévèrement sous d'épais sourcils blonds.

— Hello, Channing…

Pour toute réponse, son vis-à-vis hocha la tête et lui tendit une flûte pleine.

— Vous avez manqué une merveilleuse première, l'autre soir. On dirait bien que Sondheim est parti pour faire un nouveau triomphe…

Sydney se réfugia dans la dégustation de son verre et marmonna vaguement :

— J'étais occupée…

— C'est ce que vous m'avez fait savoir, en effet.

D'autorité, Channing glissa son avant-bras sous le sien et l'entraîna en direction de la salle à manger.

— Dites-moi, ma chère, lui glissa-t-il en chemin, quand allez-vous vous lasser de jouer les femmes d'affaires et vous décider à faire un break ? Je me rends chez les Hampton pour le week-end. Ils seraient ravis autant que moi de votre compagnie…

Sydney serra les dents. Inutile d'en vouloir à Channing de s'imaginer qu'elle faisait joujou avec la société dont elle venait d'hériter de son grand-père… Tout le monde était de cet avis.

— Désolée, lui dit-elle simplement. Je ne peux pas quitter New York pour l'instant.

En silence, elle prit place à son côté à la longue table dressée dans l'immense salle à manger. Rideaux et fenêtres étaient grands ouverts, de sorte que le jardin semblait déverser dans la pièce ses profusions de roses précoces, de tulipes tardives et d'ancolies.

— J'espère, reprit Channing d'une voix prudente, que vous ne prendrez pas mal ce petit conseil…

Sydney se retint de soupirer. Alors que la première entrée était servie, dans le cliquetis des verres et des fourchettes, l'ambiance à table était conviviale et détendue. Elle s'en serait voulue de la gâcher. Alors, avec son plus gracieux sourire, elle se tourna vers son voisin de table et assura :

— Bien sûr que non…

Sérieux comme un pape, les yeux dans les yeux, Channing expliqua doctement :

— Vous pouvez diriger une affaire ou laisser cette affaire vous diriger…

A grand-peine, Sydney parvint à ne pas rire et à saluer cette pensée profonde du hochement de tête qui s'imposait. Channing avait pour habitude d'énoncer les poncifs comme d'autres enfilent des perles. Elle avait beau le savoir, elle n'y était pas encore habituée. Prudemment, elle accrocha un sourire absent à ses lèvres et laissa son esprit vagabonder.

— Croyez-en mon expérience, insista-t-il. De plus, je déteste vous voir crouler sous le poids des responsabilités. Sans compter que vous êtes novice dans ce monde de brutes qu'est l'immobilier.

La gourmette en or gravée à son monogramme tinta sur le poignet de Channing lorsqu'il tendit la main pour la poser sur celle de Sydney. Ses yeux et l'expression de son visage témoignaient de l'inquiétude réelle et sincère qu'il se faisait pour elle.

— Ne vous en faites pas pour moi, lui dit-elle avec une mimique rassurante. J'aime ce métier.

— Pour le moment ! Mais quand la réalité vous rattrapera, vous ne serez que trop heureuse de déléguer vos responsabilités. Pourquoi attendre, Sydney ? Laissez donc le pouvoir à ceux qui savent l'exercer.

Channing avait parlé sur un ton tellement condescendant que Sydney l'aurait giflé.

— Mon grand-père, rétorqua-t-elle, croyait suffisamment en moi pour me confier sa société…

Avec un sourire indulgent, il lui tapota la main.

— La vieillesse est un naufrage. Les personnes âgées confondent souvent raison et sentiment.

Sydney serra les dents et se força à lui sourire. S'il s'avisait de proférer une autre sentence de ce genre, elle se voyait déjà avec délices lui renverser par inadvertance un verre d'eau sur le pantalon. Il était plus que temps de faire diversion.

— Soyez gentil, Channing... Parlez-moi de cette comédie musicale. Sondheim est donc à présent le roi de Broadway ?

A l'autre bout de la table, coincé entre Margerite Hayward et Mme veuve Anthony Lowell — de la prestigieuse branche des Lowell de Boston —, Mikhail couvait Sydney et son cavalier d'un œil ombrageux. Ce joli cœur ne cessait de la toucher pour un oui pour un non — sa main longue et fine, ses épaules rondes et blanches, scandaleusement mises à nu par le fourreau. Sydney, quant à elle, se laissait faire avec un plaisir évident, ne cessant de sourire en hochant la tête, sous le charme de son voisin de table. Manifestement, songea Mikhail, la princesse de glace n'était plus aussi réticente au contact physique lorsque la main qui la touchait était aussi blanche et lisse que la sienne... Sans même s'en rendre compte, il jura en ukrainien entre ses dents.

— Vous disiez, Mikhail ?

Au prix d'un gros effort, Mikhail parvint à se tourner vers son hôtesse et à lui sourire aimablement.

— Je disais que ce faisan était excellent.

— Vous êtes trop aimable...

— Dites-moi, reprit Mikhail, qui est cet homme à côté de votre fille ? Il me semble l'avoir déjà rencontré.

— Channing Warfield ? s'étonna-t-elle. C'est le fils de vieux amis de la famille.

— De vieux amis..., répéta Mikhail, soulagé.

Avec un air de conspiratrice, Margerite se pencha vers lui plus que nécessaire, masquant sa bouche de sa main.

— En toute confidence, murmura-t-elle, je peux vous dire que Wilhemina Warfield et moi espérons les voir annoncer leurs fiançailles avant la fin de l'été. Ne forment-ils pas un merveilleux couple, tous les deux ? Et puisque le premier mariage de Sydney est à présent un lointain souvenir…

Mikhail se jeta sur cette bribe d'information comme un chien sur un os.

— Votre fille a déjà été mariée ?

— Oui, murmura Margerite d'un air pensif. Peter et elle étaient des amis d'enfance. Trop jeunes et trop inexpérimentés pour que ce mariage réussisse… Mais Sydney et Channing sont deux adultes responsables. Nous prévoyons leur mariage pour le printemps.

Le visage rembruni, Mikhail saisit son verre, dans lequel un grand bordeaux jetait des reflets rubis. Une sensation curieuse lui bloquait la gorge, que même le vin ne parvint pas à faire disparaître.

— Que fait ce Channing Warfield ? demanda-t-il.

— Que fait-il ? répéta Margerite avec perplexité. Sa famille est dans la banque depuis toujours. Aussi je suppose qu'il est banquier. Mais il est surtout champion de polo.

Le juron ukrainien que Mikhail laissa échapper fut cette fois si retentissant qu'Helena Lowell s'en étouffa sur sa bouchée de faisan. Avec obligeance, il assena une vigoureuse tape entre ses omoplates et lui tendit un verre d'eau dont elle s'empara en rougissant.

Quand elle eut repris son souffle, Helena demanda, des images de hordes cosaques plein la tête :

— Vous êtes d'origine russe, n'est-ce pas ?

— Je suis né en Ukraine, précisa Mikhail.

— C'est cela, oui ! renchérit Helena, tout émoustillée. Je crois avoir lu quelque chose à propos de votre famille passant clandestinement les frontières quand vous étiez enfant… Est-ce exact ?

— Nous nous sommes enfuis d'Ukraine dans une charrette, pour gagner la Hongrie en traversant les montagnes et de là l'Autriche, avant d'émigrer aux Etats-Unis.

— Dans une charrette…, répéta Margerite avec un soupir rêveur. Comme c'est romantique !

Bouillant de colère, Mikhail s'abstint de répondre. En guise de romantisme, il ne se rappelait que le froid, la peur, la faim. Toutes choses que ces bonnes dames de la haute société new-yorkaise, nichées dans leurs salons dorés de Long Island, ne connaîtraient jamais…

A l'issue d'un interminable repas, Mikhail ne fut que trop heureux d'échapper aux opinions définitives et ridicules de ses voisines de table en matière d'art moderne. Au son d'un quatuor à cordes, romantique et discret, les invités se répandirent dans les jardins et sur les terrasses caressés par la lumière de la lune. La maîtresse de maison ne cessait de voleter autour de lui comme un papillon attiré par la lumière d'un phare.

Les incessantes et manifestes tentatives de flirt de Margerite ne gênaient pas Mikhail. Aussi superficielle qu'on pouvait l'être dans son milieu, elle était gentille et ne manquait pas de charme. Après avoir compris qu'elle ne partageait avec sa fille que l'apparence, il avait décidé qu'il ne coûtait rien de rester poli avec elle. Aussi, lorsqu'elle lui offrit de lui faire les honneurs de la plus haute des terrasses de la maison, la suivit-il sans rechigner.

Le vent qui les y accueillit était plaisant et chargé

d'odeurs délicieuses. Il était surtout reposant après les bavardages incessants qui avaient assailli Mikhail durant tout le dîner. De la rambarde, on découvrait la mer, l'anse d'une plage, les silhouettes élégantes des demeures voisines nichées dans leurs jardins bordés de hauts murs. En se penchant un peu, Mikhail découvrit également Sydney arrivant au bras de son cavalier sur la terrasse emplie d'ombres située immédiatement en contrebas.

— C'est mon troisième mari qui a bâti cette maison, expliquait Margerite. Il est architecte. Quand nous avons divorcé, j'ai dû choisir entre cette demeure et notre villa de Nice. Naturellement, avec tous mes amis et tous mes souvenirs ici, je n'ai pas hésité.

Appuyée du coude contre la rambarde, elle se tourna pour lui faire face.

— Je dois dire que j'adore cet endroit, ajouta-t-elle. Lorsque j'y reçois, les invités peuvent s'égayer sur tous les niveaux. C'est convivial et très intime à la fois. Vous joindrez-vous à nous au cours d'un week-end, cet été ?

— Peut-être..., répondit vaguement Mikhail.

Les faits et gestes de Sydney l'intéressaient bien plus que le babillage de sa mère. Le clair de lune accrochait à sa chevelure d'acajou des reflets qui le fascinaient.

Comme pour se rappeler à son bon souvenir, Margerite s'accouda à la rambarde et se hissa sur la pointe des pieds, juste assez pour que leurs hanches se frôlent. Autant surpris qu'amusé de la manœuvre, Mikhail se déplaça imperceptiblement en souriant pour ne pas la heurter.

— J'aime votre maison, dit-il. Elle vous ressemble.

Les yeux brillants, Margerite répondit aussitôt :

— J'adorerais visiter votre studio, connaître l'endroit où vous créez.

Mikhail partit d'un rire grinçant.

— J'ai bien peur que vous ne trouviez la visite ennuyeuse !

— Impossible…

Avec un sourire malicieux, Margerite griffa du bout d'un ongle laqué le dos de sa main.

— Rien de ce qui vous concerne ne peut m'ennuyer.

Seigneur ! songea Mikhail, abasourdi. Cette femme aurait pu être sa mère, mais cela ne l'empêchait en rien de se jeter sur lui comme une jeune vierge pressée de faire le grand saut… Se retenant de soupirer, Mikhail se redressa et prit sa main entre les siennes.

— Margerite, murmura-t-il en portant ses doigts à ses lèvres, vous êtes une femme charmante, mais je… je ne suis pas digne de vous.

Margerite libéra sa main et l'éleva vers le visage de Mikhail pour caresser sa joue.

— Vous vous sous-estimez.

Non, songea-t-il amèrement. C'était elle qu'il avait gravement sous-estimée…

Pendant ce temps, sur la terrasse en contrebas, Sydney s'efforçait de trouver une façon élégante de repousser les avances de Channing. Comme à son habitude, il se montrait avec elle empressé, attentif, attentionné… et désespérément ennuyeux.

Bien sûr, se reprochait-elle en l'écoutant vaguement discourir, tout était sa faute à elle. N'importe quelle femme normalement constituée aurait été sous le charme d'un homme tel que Channing. Il y avait aussi, pour inciter à la romance, le clair de lune, la musique romantique, les fleurs, la petite brise chargée d'odeurs marines qui faisait chanter la ramure.

En vantant les mérites de Paris, Channing lui caressait doucement le dos. Sydney aurait souhaité être chez elle, seule, une pile de dossiers urgents à portée de main. Décidée à lui dire une fois pour toutes qu'il lui faudrait chercher ailleurs l'âme sœur, elle prit une profonde inspiration et tourna le visage vers lui. Mais dès qu'elle aperçut sur la terrasse supérieure Mikhail qui portait la main de Margerite à ses lèvres, il n'y eut plus en elle que rage et détermination. Ainsi, après avoir tenté d'abuser d'elle, l'infâme personnage s'en prenait à présent à sa mère...

Lorsque leurs regards se croisèrent, instantanément la guerre fut déclarée entre eux. Sans lui laisser le temps de réaliser ce qui lui arrivait, Sydney se pendit amoureusement au cou de Channing.

— Embrassez-moi ! ordonna-t-elle dans un souffle.

Et pour faire bonne mesure, elle l'agrippa par les revers de sa veste et l'attira vers elle. Channing, le premier effet de surprise passé, la saisit aux épaules et se prêta au baiser, ravi par ce revirement d'humeur. Ses lèvres étaient douces, chaudes et patientes. Sa bouche gardait le goût des chocolats à la menthe d'après-dîner. Son corps épousait parfaitement le sien. Et pourtant, cette étreinte et ce baiser n'inspiraient rien d'autre à Sydney qu'un vague dégoût. Entre ses bras, elle ne ressentait que rage, tristesse et désespoir.

— Sydney chérie, murmura Channing contre ses lèvres, laissez-vous faire, vous n'avez rien à craindre de moi.

En s'efforçant de se détendre entre ses bras, Sydney songea que non, décidément, elle n'avait rien à craindre de Channing Warfield...

La limousine roulait sans à-coups vers New York. Sur le siège arrière, protégé du chauffeur par une vitre teintée, Sydney se tenait droite comme un i à un bout de la banquette. Mikhail, de son côté, profitait de tout l'espace disponible. Depuis leur départ de Long Island, ils n'avaient pas échangé une seule parole. Tandis que Mikhail bouillait d'une rage difficilement contenue, Sydney se rigidifiait dans un mépris glacial.

Ainsi, songeait Mikhail, elle l'avait fait exprès pour le mettre en colère, et c'était tout à fait intentionnellement, sachant qu'il n'en perdrait pas une miette, qu'elle avait laissé cet espèce de banquier la dévorer de baisers. Le plus énervant était de constater à quel point il en souffrait. Pourquoi devait-il en souffrir ? Après tout, elle n'était rien pour lui... Si, corrigea-t-il aussitôt en se renfonçant dans son coin pour bouder. Qu'il le veuille ou non, Sydney Hayward était déjà devenue quelque chose pour lui. Le plus difficile était de déterminer quoi exactement...

Manifestement, pensait Sydney dans son coin, cet homme n'avait aucune morale, aucune dignité, aucune pudeur. Après avoir abusé d'une hospitalité généreusement offerte, le voilà qui jouait le taciturne perdu dans ses pensées... Les sourcils froncés, elle préféra se perdre dans la contemplation de son reflet pâle sur la glace obscurcie plutôt que d'avoir à le regarder. Mais elle avait beau s'y efforcer, le prélude de Chopin que diffusait la stéréo glissait dans ses oreilles sans y laisser de trace. Les mêmes questions revenaient sans cesse lui tarauder l'esprit.

Comment ce Stanislaski avait-il osé flirter ouvertement avec une femme de vingt ans plus âgée que lui, qui plus est sous les yeux de sa fille, à qui il avait fait des avances au cours de la même soirée ? A quel jeu jouait-il ? Et qu'est-ce qui avait bien pu lui prendre, à elle, de l'embaucher sur un coup de tête ? Elle le regrettait amèrement à présent. Elle avait laissé son désir de bien faire obscurcir son jugement au point d'introduire dans sa famille un charpentier russe amoral et assoiffé de sexe. Mais si ce joli cœur pensait pouvoir jouer les don Juan avec sa mère sans qu'elle réagisse, il se trompait !

Après avoir pris une profonde inspiration, Sydney tourna les yeux vers lui et le toisa de toute sa morgue hautaine. En captant ce regard assassin, Mikhail aurait juré que la température avait brutalement chuté de plusieurs degrés dans l'habitacle.

— Vous avez intérêt à vous tenir à l'écart de ma mère.

Après avoir haussé les sourcils d'un air surpris, Mikhail croisa ses longues jambes devant lui.

— Je vous demande pardon ?

— Vous m'avez parfaitement entendue, Mikhail ! Si vous croyez que je vais vous laisser tranquillement faire main basse sur ma mère, vous vous trompez. Elle est seule, vulnérable. Son dernier divorce l'a marquée bien plus qu'elle ne veut le dire et elle ne s'en est pas encore remise.

Mikhail lâcha dans sa langue natale un mot bref et percutant, puis posa la tête sur la banquette et ferma les paupières. La colère fulgura en Sydney, qui bondit sur le siège pour lui saisir le bras sans douceur.

— Ayez au moins le courage de me le dire en face ! lança-t-elle avec véhémence. Et en anglais…

— Vous voulez une traduction ? rétorqua Mikhail sur le même ton. La plus polie est : « Foutaises ! » A présent laissez-moi dormir, vous me fatiguez…

Cette fois, Sydney vit rouge.

— Vous pensez vous en tirer ainsi ? s'écria-t-elle. Je

vous garantis que vous allez retirer vos sales pattes de ma mère, sans quoi je transforme ce building qui vous est si cher en parking !

Sydney eut la satisfaction de voir luire un soupçon de colère dans les yeux de Mikhail. Mais le ton moqueur sur lequel il lui répondit acheva de l'exaspérer.

— Une bien grande menace pour une si petite femme…

La tranquille effronterie de Mikhail n'était qu'une façade. Sydney se tenait bien trop proche de lui pour ne pas le déstabiliser. Les effluves de son parfum lui troublaient les sens, mêlant à sa fureur un besoin plus urgent, plus basique et plus sauvage de l'embrasser.

— De toute façon, reprit-il, vous feriez mieux de vous concentrer sur votre « costard trois pièces » et de laisser votre mère se débrouiller seule — elle me paraît bien de taille à le faire.

— Le costard ? répéta Sydney, abasourdie. De quoi parlez-vous ?

— De ce banquier qui n'a cessé de vous peloter durant toute la soirée !

Un flot de sang empourpra les joues de Sydney.

— Vous prêtez vos travers à d'autres ! Channing est trop bien élevé pour se conduire ainsi. De toute façon, mes relations avec lui ne regardent que moi.

Mikhail laissa fuser un rire grinçant.

— Ainsi, conclut-il, vous avez vos petites affaires et moi les miennes. Voyons à présent ce qui nous rassemble…

Avant que Sydney ait pu se rendre compte de quoi que ce soit, elle se retrouva juchée sur les genoux de Mikhail et emprisonnée solidement entre ses bras. Elle eut beau se débattre, plus elle repoussait de ses deux mains sa poitrine, plus il la serrait contre lui.

— Comme vous le dites si bien, murmura-t-il avec une lueur de triomphe dans les yeux, je n'ai aucun sens des bonnes manières…

Renonçant à se débattre, Sydney releva fièrement le menton et lança :

— Que pensez-vous pouvoir faire ?

Mikhail aurait bien aimé le savoir. Entre ses bras, Sydney était aussi froide et figée qu'un iceberg, mais il y avait quelque chose d'inéluctable dans la façon dont leurs deux corps s'épousaient. Elle était un iceberg contre lequel il semblait écrit qu'il viendrait un jour faire naufrage. Tout en se maudissant de le faire, il raffermit encore sa prise, jusqu'à sentir ses seins palpiter contre sa poitrine au rythme de son souffle, jusqu'à goûter l'enivrante fraîcheur de son haleine contre ses lèvres. Jamais aucune femme ne lui avait fait pareil effet. Et s'il avait une leçon à lui donner, c'était qu'on ne le défiait jamais sans danger.

— J'ai décidé de vous apprendre à embrasser, dit-il d'une voix grondante de désir. D'après ce que j'ai pu observer chez votre mère, vous en avez besoin.

Le choc et la fureur réduisirent Sydney au silence. Pour rien au monde, décida-t-elle, elle ne lui ferait le plaisir de crier, de se débattre ou de montrer sa peur. Ses yeux étaient terriblement proches des siens, emplis d'un orgueilleux défi. Lucifer sur le seuil de l'enfer, songea-t-elle, n'aurait pas eu un autre regard…

— Espèce de voyou prétentieux ! fulmina-t-elle. Il n'y a rien que vous puissiez m'apprendre. Rien !

A cet instant, Mikhail se demanda s'il ne ferait pas mieux de l'étrangler tout de suite. Mais il n'était pas homme à refuser un challenge, surtout de cette nature.

— Vraiment ? dit-il. C'est ce que nous allons voir.

Ce cher Channing vous a prise par les épaules comme ceci, n'est-ce pas ?

Joignant le geste à la parole, Mikhail posa ses mains sur la peau nue de Sydney, qui ne put réprimer un frisson.

— Que se passe-t-il, milady ? Auriez-vous peur ?

— Ne soyez pas ridicule !

Mais en dépit de ses protestations, c'était bien une peur intense et irraisonnée qui faisait trembler Sydney.

— Remarquez, poursuivit Mikhail d'un air matois, sentir une femme trembler entre ses bras est plutôt bon signe pour un homme. Ce bon vieux Channing n'a pas eu cet honneur, n'est-ce pas ?

Piquée au vif, Sydney se cantonna dans un silence prudent. Mikhail se rendait-il compte que son accent était devenu plus soutenu, depuis quelques instants ? Le pire, c'était qu'elle ne pouvait s'empêcher de trouver cela infiniment érotique et troublant…

— Il est vrai que je suis plus doué que lui, conclut-il en fondant sur elle. Je vais vous le prouver.

Mikhail referma ses doigts sur la nuque de Sydney, attira fermement son visage à lui. Il l'entendit retenir son souffle, puis pousser un petit cri, une fraction de seconde avant que leurs lèvres se touchent. Ni l'un ni l'autre ne fermèrent les yeux, et la vision de ses grands yeux bleus, partagés entre panique et plaisir, emplit son champ de vision. Ignorant le besoin qui le poussait à approfondir le baiser, Mikhail suivit son instinct et laissa libre cours à son inspiration.

Lorsque les lèvres de Mikhail quittèrent les siennes pour déposer le long de sa mâchoire une série de baisers, Sydney ne put retenir un hoquet de surprise. Spontanément, elle leva la tête afin de lui présenter la colonne de chair hypersensible de son cou. La bouche affamée de Mikhail s'y engagea aussitôt et elle sentit sa raison chavirer. Pourquoi ne pouvait-il se contenter d'un baiser, qu'ils en finissent ? Sydney sentit la fierté combattre en elle l'urgence de son désir, l'orgueil tenter en vain de mettre un terme à la rébellion de son corps. C'était déjà beaucoup trop mais elle en voulait plus. Il avait passé les bornes, mais ne l'emmènerait pourtant jamais assez loin. Elle allait le tuer pour cela. Elle allait l'écraser, le rayer de son existence... aussitôt qu'elle aurait fini de frémir sous ses assauts.

Sous les lèvres de Mikhail, la peau de Sydney avait un goût enivrant, un goût de matin de printemps, lorsque la brume flotte encore sur l'herbe et que les fleurs sont à peine écloses. Entre ses bras, il la sentait frissonner, à deux doigts de se rendre, le corps toujours sur la défensive mais la tête rejetée en arrière en un sensuel abandon. Glace ou feu, qui était-elle ? Lentement, il laissa ses lèvres remonter le long de son cou pour venir titiller du bout des dents le lobe de son oreille, bien décidé à le découvrir.

Entre les bras de Mikhail, sous les caresses de sa bouche experte, Sydney se sentait mourir et renaître. Un million de sensations délicieuses faisaient le siège de son corps. Pourtant, jamais ses lèvres ne venaient se poser sur les siennes, là où elle aurait eu à cet instant le plus besoin de les sentir. On eût dit qu'il évitait sciemment de lui donner ce plaisir, pour mieux la provoquer, pour mieux la torturer et se venger d'elle.

Alors que Mikhail repartait à l'assaut de sa gorge, Sydney sentit quelque chose se briser en elle. N'y tenant plus, elle s'empara de sa tête, les doigts enfouis dans ses boucles brunes, pour mieux l'embrasser à pleine bouche. Tout son être n'était plus qu'un brasier qu'il lui fallait tenter d'éteindre en se jetant sans réserve entre les bras de cet homme qui avait si bien su l'embraser.

Enfin ! Enfin elle goûtait à sa bouche, savourait ses lèvres, se repaissait du contact houleux de son corps contre le sien.

Comme emporté par l'impétuosité de son propre désir, Mikhail était à présent aussi déchaîné qu'elle l'était elle-même. Nul besoin sur cette peau de parfum sophistiqué. De lui s'élevait une affolante odeur virile dont Sydney se grisait. Les mots fous qu'il murmurait contre ses lèvres étaient incompréhensibles mais sonnaient bien plus comme des menaces que comme de tendres serments.

Sa bouche n'était pas douce, chaude et patiente comme celle de Channing, mais rude, brûlante et impitoyable. Ses doigts n'étaient ni hésitants ni habiles, ils étaient forts et pressés. Soudain, Sydney comprit que cet homme pourrait prendre d'elle tout ce qu'il voudrait, où et quand il le voudrait. Loin de l'affoler, cette certitude l'emplit d'une impatience plus grande encore.

Aveuglé par la passion, Mikhail glissa les doigts sous le fourreau de la robe qu'il baissa d'un coup sec. Sydney se cabra et cria son nom lorsqu'il engloba ses deux seins ronds et fermes de ses mains calleuses. A présent, songea-t-il, il était perdu… La glace avait fondu et il allait se noyer en elle. Albâtre, soie et pétales de rose — tout ce qu'un homme pouvait convoiter de plus doux et de plus précieux se trouvait rassemblé sous ses doigts, sous ses yeux, à sa merci.

Sans même se rendre compte de ce qu'il faisait, il se redressa et soudain Sydney reposa allongée sous lui. Coulée de cuivre fondu, sa chevelure se répandit sur le cuir noir de la banquette. Son corps ondulait comme une mer agitée par la houle. Ses seins blancs bougeaient en rythme. Incapable de résister à l'attrait de ces fruits mûrs, Mikhail se fit un devoir d'y goûter.

Quand ses lèvres se refermèrent avec avidité sur les pointes durcies de ses seins, Sydney se cabra violemment sur le siège. Pour ne pas sombrer, elle laboura de ses ongles sous la chemise de Mikhail la chair de son dos. Une cuisante et délicieuse douleur pulsait au plus intime de son corps, là où la chaleur était la plus forte, là où elle se sentait la plus douce, la plus accueillante, là où elle voulait le sentir glisser en elle. Aussi, ce fut sans le moindre embarras qu'elle murmura, d'une voix aussi suppliante que l'étaient ses yeux :

— Mikhail ! S'il vous plaît…

La supplique de Sydney porta dans les veines de Mikhail le sang à ébullition. Avec une rage désespérée il en revint à sa bouche, l'assaillant sans relâche, la dévorant de baisers. Fou de désir, il saisissait le haut de sa robe avec l'intention de l'en dépouiller quand ses yeux tombèrent sur son visage. Alors seulement, il découvrit ses grands yeux effrayés, ses lèvres tremblantes, sa poitrine nue soulevée par un souffle précipité. La succession rapide d'ombre et de lumière sur ses traits lui donnait l'apparence d'un fantôme. Livrée entre ses mains, elle tremblait de tous ses membres comme une feuille malmenée par le vent.

D'un coup, il prit conscience du bruit du trafic qui continuait à s'écouler autour d'eux, ce qui suffit à lui faire reprendre brutalement ses esprits. Se redressant d'un bond sur le siège, il secoua la tête pour se clarifier les idées, respirant par saccades comme un plongeur trop longtemps immergé. Ils traversaient la ville. Leur intimité se résumait à la vitre teintée qui les séparait du chauffeur. Ce qui ne l'avait en rien empêché de se jeter sur Sydney tel un malade assoiffé de sexe, tel un adolescent incapable de refréner ses ardeurs…

Il aurait voulu s'excuser mais en fut incapable. Les

mots restèrent coincés au fond de sa gorge. « Je vous prie de m'excuser… » ou « Je ne sais pas ce qui m'a pris » auraient de toute façon sonné faux, étant donné les circonstances. Maladroitement, en détournant le regard, il remit en place le haut de la robe de Sydney et se renfonça prudemment dans son coin, le souffle court et les reins douloureux. En silence, elle le laissa faire et regagna sa place elle aussi. A son côté, il se sentait l'âme vile d'un barbare libidineux assoiffé de massacre, de butin et de viol…

Murmurant entre ses dents des imprécations contre lui-même, Mikhail se réfugia dans la contemplation de la vitre. Ils n'étaient plus qu'à quelques blocs de son appartement. Dire qu'il avait été sur le point de… Non. Ce qu'il avait été sur le point de faire, il préférait encore ne pas y penser.

— Nous y serons bientôt.

Dans l'habitacle, la voix de Mikhail avait claqué comme un coup de fouet. Contenant vaillamment ses larmes, Sydney haussa les épaules. Qu'avait-elle donc bien pu faire pour lui déplaire, aujourd'hui ? Il n'avait cessé de lui reprocher sa froideur, mais on pouvait dire qu'elle s'était cette fois autorisée à désirer, à exprimer son désir. Elle l'avait même désiré et exprimé au-delà de toute mesure, comme il ne lui était jamais arrivé de le faire. Durant quelques minutes, la passion l'avait submergée au point qu'elle s'était sentie prête à rejeter orgueil et préjugés pour se livrer à lui. Il fallait croire que cela n'était pas assez. Découragée, Sydney ferma les yeux et posa sa joue brûlante contre la vitre. Ce n'était jamais assez. Entre ses bras elle n'avait fait que se ridiculiser. Elle se retrouvait rejetée, plus seule et plus glacée que jamais ! Frileusement, elle serra ses bras contre elle, à la recherche d'un peu de chaleur.

Mikhail aurait tout donné pour qu'elle lui adresse une seule fois la parole. Pour quelle raison ne se décidait-elle pas à dire quelque chose ? Il méritait d'être insulté, remis en place, écrasé comme l'insecte nuisible qu'il était, et elle se contentait de rester là, silencieuse, comme si sa faute était au-delà même de tout reproche, de toute condamnation…

En remâchant sa colère, il lui vint soudain à l'esprit qu'il n'avait pas été le seul à passer les bornes. Sydney ne s'était-elle pas montrée aussi déchaînée que lui ? Elle n'avait pas soustrait à ses caresses ce corps affolant qui était le sien. Elle l'avait rendu fou avec ses lèvres si tendres, si chaudes et habiles. Elle lui avait agité sous le nez ce satané parfum, mêlé à celui de sa peau, jusqu'à ce qu'il en soit totalement grisé.

Mikhail commençait à se sentir mieux. S'il était coupable dans cette affaire, elle l'était au moins autant que lui… Après tout, ils avaient été deux à se jeter à la tête l'un de l'autre sur la banquette arrière.

— Ecoutez, Sydney…

A peine s'était-il tourné vers elle, à peine lui avait-il adressé la parole qu'elle avait sursauté, se renfonçant comme un animal pris au piège dans son coin.

— Ne me touchez pas !

Dans ses paroles, Sydney espéra qu'il entendrait la menace, et non les larmes qu'il lui tardait de verser.

— Très bien.

De nouveau, la culpabilité de Mikhail atteignit des sommets. Un coup d'œil par la vitre lui apprit que la voiture était sur le point de se garer au bas de chez lui.

— Puisque vous le prenez ainsi, reprit-il sèchement, je me garderai dorénavant de poser mes *sales pattes* sur vous, Hayward. Appelez quelqu'un d'autre quand vous prendra l'envie d'un impromptu sur la banquette arrière.

Sydney serra les poings, pour juguler sa colère autant que pour s'empêcher de pleurer.

— Stanislaski ! lança-t-elle en le voyant se préparer à descendre. J'étais sérieuse à propos de ma mère…

Mikhail ouvrit la portière d'un coup sec. Un flot de lumière blanche inonda son visage, transformant son sourire caustique en rictus haineux.

— Moi aussi, rétorqua-t-il. Merci pour la soirée…

La portière claqua violemment derrière lui. Dès qu'elle fut seule, Sydney ferma les yeux pour retenir les larmes qui menaçaient de couler le long de ses joues. Pour rien au monde, elle ne se laisserait aller à pleurer. Une seule larme parvint à franchir le barrage de ses paupières, vite essuyée d'un geste rageur.

Non, comprit-elle tandis que la voiture redémarrait, elle ne pleurerait pas, mais elle ne parviendrait jamais à oublier.

# 4.

Plus que jamais, Sydney se réfugia dans le travail. Entre ses heures de présence au bureau, les déjeuners d'affaires, les soirées passées chez elle à étudier ses dossiers, sa semaine de travail devait approcher des soixante heures. En s'autorisant une pause de deux heures juste avant que la journée du vendredi ne se termine, elle songea avec amusement qu'elle n'avait jamais été aussi heureuse et impatiente de voir arriver le week-end…

Tout au long de sa vie d'adulte, chaque jour passé lui avait semblé plus ou moins identique à ceux qui le suivaient ou l'avaient précédé. Bien sûr, entre œuvres de charité, obligations mondaines et shopping, elle n'était jamais restée inactive. Mais il n'y avait jamais eu d'emploi du temps serré pour la contraindre, et les week-ends n'avaient été pour elle qu'une occasion supplémentaire de sortir ou de faire la fête.

En se remettant au travail, Sydney songea à quel point les choses avaient changé. Elle commençait à comprendre pourquoi son grand-père lui avait toujours semblé si serein et plein de vie. Il avait un but dans l'existence, une fonction pour justifier l'emploi de ses journées. Et à présent, ce but et cette fonction étaient à elle. Dieu merci…

Bien sûr, l'apprentissage de son métier ne se ferait pas en un jour. Elle dépendait encore grandement de son staff sur bien des aspects techniques, et du soutien de son conseil d'administration pour la signature de nouveaux contrats. Signe encourageant, elle commençait à apprécier — et même à savourer — ce grand jeu d'échecs à l'échelle d'une ville qu'était à ses yeux le monde sans pitié de l'immobilier.

Entourant d'un cercle rouge sur le contrat qu'elle étudiait une formulation peu claire, Sydney répondit à l'Interphone qui venait de retentir sur son bureau.

— Oui ?

— M. Bingham souhaiterait vous parler, annonça Janine.

— Faites-le entrer, répondit-elle distraitement.

Quand Lloyd pénétra dans la pièce quelques instants plus tard, Sydney était toujours plongée dans la lecture attentive du contrat. Pour se donner le temps de finir, elle lui fit signe de la main de patienter.

— Désolée, Lloyd, dit-elle enfin en refermant la chemise cartonnée. Si je perds ma concentration au milieu d'un de ces contrats, je dois tout recommencer.

Rapidement, elle griffonna un Post-it qu'elle colla sur le dossier, croisa les doigts sur son bureau et adressa à son visiteur un sourire engageant.

— Que puis-je pour vous ?

— La réhabilitation de Soho, répondit-il de manière laconique. Elle est en train d'échapper à tout contrôle.

Le sourire se fana sur les lèvres de Sydney. Penser à l'immeuble de Soho ramenait immédiatement à sa mémoire Mikhail et le souvenir cuisant de leur retour de Long Island. Face à un adversaire aussi résolu que Bingham, il lui fallait pourtant oublier ses sentiments personnels et faire face.

— De quelle manière ? demanda-t-elle sèchement.

— De toutes les manières possibles, répondit-il sur le même ton.

Avec une fureur à peine contenue, Bingham se mit à faire les cent pas dans son bureau, les mains croisées derrière le dos.

— Un quart de million ! s'exclama-t-il en stoppant brusquement sa course sans but. Vous avez engagé un quart de million de dollars dans cette réhabilitation !

— Vous ne m'apprenez rien, répondit-elle avec le plus grand calme. Mais étant donné l'état du bâtiment, la proposition de M. Stanislaski n'avait rien d'exagéré.

— Qu'en savez-vous ? rétorqua-t-il avec un rire cinglant. Vous avez lancé un appel d'offres ?

Sydney sentit la flèche siffler à ses oreilles et s'efforça de ne pas s'emporter. Cela lui était difficile mais elle ne devait pas oublier que cet homme avait gravi péniblement tous les échelons hiérarchiques pour en arriver là où il était, alors qu'elle avait elle-même été propulsée sans effort directement au sommet.

— Non, reconnut-elle posément. Dans cette affaire, étant donné l'urgence, j'ai jugé préférable de suivre mon instinct.

Les yeux presque clos, le visage fermé, Bingham la dévisagea un instant, sans prendre la peine de masquer le mépris qu'elle lui inspirait.

— Cela fait quelques mois que vous êtes dans ce métier, reprit-il d'une voix sifflante, et vous avez déjà de l'instinct…

— Je n'ai pas que cela, ajouta Sydney. Je sais aussi que les devis de menuiserie, charpente, plomberie et électricité dans cet immeuble sont comparables à ceux qui ont été acceptés par le groupe ces dernières années pour d'autres opérations du même type.

Lloyd Bingham traversa la pièce et vint se pencher sur elle, les deux poings serrés posés sur son bureau au bout de ses bras tendus. Sydney ne put se retenir de sourire. A leur première rencontre, Mikhail avait eu ce genre d'attitude, lui aussi, mais de manière nettement plus convaincante…

— Savez-vous ce que nous rapporte cet immeuble chaque année ?

A la plus grande surprise de Lloyd, Sydney eut la satisfaction de lui citer tranquillement la somme, au dollar près. Profitant de son avantage, elle passa à la contre-attaque.

— Ne me dites pas qu'il faudra plusieurs années pour rentabiliser l'opération, je le sais. Mais je sais aussi que le niveau d'investissement dans ce bâtiment n'a pas été à la hauteur des besoins depuis des années, et que nous avons le devoir de fournir à nos locataires le minimum de confort et de sécurité.

— Vous mélangez le business et les sentiments.

— En effet, répondit tranquillement Sydney. Le droit et la morale sont à mes yeux aussi importants que le retour sur investissement.

Furieux de la voir si calme et arrogante derrière ce bureau qu'il considérait comme devant être le sien, Bingham se redressa et reprit sa déambulation.

— Votre naïveté frise l'incompétence ! lança-t-il avec mépris.

— Libre à vous de le penser, reconnut Sydney. Mais aussi longtemps que je dirigerai cette compagnie, c'est à moi de déterminer le cap qu'elle doit suivre.

— Diriger cette compagnie ? répéta Lloyd avec un sourire caustique. Parce que vous signez deux ou trois contrats et passez quelques coups de fil ? Vous m'avez vous-même affirmé que ce projet allait vous permettre de faire vos premières armes, mais vous n'hésitez pas à y injecter un quart de million de dollars sans même vérifier ce que ce Stanislaski est en train d'en faire. Qui vous dit qu'il ne se remplit pas les poches en économisant sur les matériaux utilisés ?

— Absurde ! M. Stanislaski est un homme honnête.

Un rire cinglant ponctua cette affirmation.

— C'est bien ce que je disais, railla-t-il. Vous êtes naïve. Tellement naïve que vous confiez à un artiste russe sans aucune référence chez nous un projet majeur sans prendre la peine de superviser le chantier.

Cette fois, la flèche atteignit sa cible et Sydney se sentit rougir. Avant que Bingham ait pu tirer avantage de la situation, elle s'empressa de reconnaître :

— Vous avez tout à fait raison, Lloyd. J'ai été un peu débordée ces jours-ci, mais je vais remédier à cela aujourd'hui même. Autre chose ?

Peu disposé à lâcher prise, son interlocuteur se planta devant elle, les bras croisés.

— Vous avez commis une erreur, Sydney. Une erreur coûteuse… Cela m'étonnerait que les membres du conseil d'administration laissent passer cela.

Les mains ancrées aux accoudoirs de son siège pour les empêcher de trembler, Sydney hocha la tête d'un air pensif.

— Vous espérez sans doute les convaincre que vous me remplaceriez avantageusement dans ce fauteuil ?

— Vous oubliez que pour nos actionnaires, ce sont les dividendes qui priment. La légitimité dont vous bénéficiez en tant que dauphine désignée par votre grand-père pourrait ne pas faire le poids.

Au prix d'un gros effort, Sydney parvint à ne pas trahir, ni par la voix ni par le regard, la fureur qui l'habitait.

— Encore une fois, dit-elle d'une voix posée, vous avez parfaitement raison. Mais si j'arrive à obtenir le soutien du conseil, je n'accepterai de votre part qu'une seule attitude — la loyauté, ou la démission. Il ne peut y avoir d'entre-deux. A présent, si vous voulez bien m'excuser…

Quand la porte eut claqué violemment derrière lui, Sydney se précipita pour se calmer sur un trombone, qu'elle tordit entre ses doigts, puis sur un deuxième, et sur un autre encore, jusqu'à ce qu'elle eût épuisé le plus gros de sa colère. Alors seulement, l'esprit plus clair, elle put examiner sereinement la situation.

A l'évidence, songea-t-elle, Lloyd Bingham était à présent un ennemi déclaré. Et qui plus est, un ennemi qui ne manquait ni d'habileté ni d'influence. Une brusque appréhension s'empara d'elle. Allait-elle perdre tout ce que son grand-père lui avait transmis pour une simple maladresse ? Pourtant, même si elle avait agi avec trop de précipitation à Soho, elle ne regrettait pas sa décision. Il allait cependant lui falloir être irréprochable sur ce dossier — elle pouvait compter sur Lloyd pour ne rien laisser passer.

Dans le confort climatisé de sa voiture, Sydney regardait défiler les rues de New York derrière la vitre. En dépit de l'approche du soir, le ciel semblait chauffé à blanc. Au cours des jours précédents, la canicule n'avait brièvement reflué que pour mieux submerger la cité aux petites heures du jour ce matin-là, noyant Manhattan sous une moiteur tropicale. Accablés de chaleur, les piétons déambulaient sur les trottoirs, s'agglutinaient aux carrefours. Autour des vendeurs de rue dépassés par les événements, des petits groupes de femmes et d'hommes en tenue légère se formaient, en quête de boissons fraîches ou de crèmes glacées.

Quand le véhicule s'immobilisa devant l'immeuble de Soho, Sydney descendit et sentit la chaleur humide s'abattre sur elle comme un coup de poing. Pour ne pas faire attendre son chauffeur dans la fournaise, elle le remercia d'un sourire et lui donna congé pour le week-end. Puis, la main en visière pour protéger ses yeux du soleil, elle fit volte-face et examina la façade. Derrière l'échafaudage, des fenêtres flambant neuves miroitaient, encore munies de l'étiquette de leur fabricant. Au quatrième étage, la vue d'une vieille dame grattant laborieusement l'une d'elles sur ses carreaux la fit sourire.

Sur le perron, une signalisation voyante prévenait le passant des travaux en cours. Par la porte ouverte s'échappaient le bruit des marteaux, le cri strident des scies circulaires, des échos de rock'n roll déversés dans la cage d'escalier par un poste de radio. Au coin de la rue, près d'une fourgonnette de plombier et d'un petit camion à plateau chargés de menuiseries neuves, un groupe de spectateurs attentifs gardait les yeux rivés sur le sommet de l'immeuble. Suivant la direction de leurs regards, Sydney sentit son cœur s'emballer en découvrant Mikhail, torse nu, bravant le vide sur une planche étroite de l'échafaudage.

Paniquée à l'idée de le voir s'écraser sur le trottoir, Sydney se rua dans le hall. Là, découvrant l'ascenseur occupé par deux plombiers qui en déchargeaient leurs outils et matériaux, elle se lança à l'assaut de l'escalier. Elle ne prêta attention ni aux plâtriers qui la sifflèrent au passage, ni aux bruits du chantier qui se mêlaient à ceux de la vie quotidienne. D'une traite, elle gravit tous les étages et parvint sur le palier de Mikhail sans s'être arrêtée. Du pied, elle poussa la porte entrouverte et pénétra en trombe dans l'appartement, manquant de s'étaler lorsque ses jambes vinrent buter contre un ouvrier accroupi près d'une caisse à outils.

Souriant, l'homme aux cheveux gris se redressa et lui lança un regard bienveillant. Râblé et de petite taille, il croisa sur son torse deux bras impressionnants sculptés de muscles noueux.

— Désolée, marmonna Sydney. Je ne vous avais pas vu.

— Aucun problème, répondit l'homme. Ce n'est pas moi qui vais me plaindre de voir de jolies femmes tomber à mes pieds…

Sydney nota l'accent slave et une idée folle lui traversa l'esprit. Peut-être tous les ouvriers travaillant sur ce chantier étaient-ils russes ; peut-être Mikhail faisait-il travailler toute sa famille à moindre prix…

La voyant scruter désespérément la pièce, l'homme suggéra d'une voix douce et chantante :

— Je peux vous aider ?

— Non ! Enfin peut-être…

La main posée sur le cœur, Sydney dut faire une pause pour reprendre son souffle avant de lancer :

— Où est Mikhail ?

Désignant la fenêtre, l'homme la dévisagea d'un air intrigué.

— Il est dehors, dit-il. Nous avons presque terminé. Asseyez-vous donc en l'attendant…

D'une voix suppliante qu'elle ne se connaissait pas, Sydney s'entendit demander :

— S'il vous plaît, faites-le rentrer ! Il va tomber…

Avant que l'homme ait pu lui répondre, tous deux virent le torse bronzé et ruisselant de sueur de Mikhail s'encadrer dans la fenêtre à guillotine. Après s'être agilement introduit dans la pièce, il lança dans sa langue natale une phrase enjouée ponctuée d'un éclat de rire. Mais lorsqu'il se retourna et aperçut Sydney, son rire s'éteignit et son visage se rembrunit.

— Hayward..., grogna-t-il.

— Que faisiez-vous dehors ? lança Sydney sur un ton accusateur.

— Ce que je faisais ? s'étonna Mikhail. Mon boulot. Celui pour lequel vous me payez. Où est le problème ?

Soudain consciente de s'être conduite comme une idiote, Sydney détourna le regard.

— Il n'y a pas de problème, répondit-elle à mi-voix. J'étais juste inquiète... de voir où en était le chantier.

— Si vous me donnez une minute, reprit-il en se dirigeant d'un pas ferme vers la salle de bains, je vais vous le montrer.

Un bruit de robinet se fit entendre. En se retournant, Sydney vit que l'homme aux cheveux gris la considérait d'un air mi-curieux, mi-amusé. D'une voix forte, il lança à Mikhail, dans cette langue étrangère aux inflexions chantantes, une question brève, à laquelle celui-ci répondit par « Tak ! ».

Puis Mikhail les rejoignit et Sydney dut prendre garde à ne pas trahir le trouble qui l'avait envahie. Demi-nu, la peau tannée par le soleil encore ruisselante de ses ablutions, il s'essuyait énergiquement le visage et les cheveux avec une grande serviette blanche.

— Mon fils n'est pas un gentleman, se lamenta le vieil homme en secouant la tête d'un air sévère. Il me semblait pourtant l'avoir élevé mieux que ça.

— Votre fils ? répéta Sydney.

Interloquée, elle fit volte-face pour observer plus attentivement les traits et les larges mains de travailleur manuel que Mikhail partageait incontestablement avec son père.

— Monsieur Stanislaski ! s'exclama-t-elle en se portant vers lui pour lui serrer la main. Comment allez-vous ?

— Parfaitement bien, répondit celui-ci en gardant sa main entre les siennes. Et si vous voulez me faire plaisir, appelez-moi Yuri. Moi non plus je ne suis pas très poli de m'être adressé à Mikhail dans une langue que vous ne pouvez comprendre. Je lui demandais simplement si vous étiez de la famille Hayward à qui appartient cet immeuble.

— En effet.

— C'est un bon immeuble, poursuivit Yuri avec un sourire radieux. Juste un peu malade. Et nous sommes là pour le soigner…

Lâchant enfin la main de Sydney, il se tourna vers son fils pour suggérer :

— Pourquoi ne nous rejoindrais-tu pas à la maison avec cette jeune dame ? Tu sais que ta mère cuisine toujours pour dix…

Sydney s'apprêtait à refuser poliment l'invitation quand Mikhail la prit de vitesse.

— Ce soir je suis pris, papa.

Yuri haussa les épaules avec agacement et s'empara de la main de Sydney pour y déposer un baiser.

— Ce fut un plaisir de faire votre connaissance, dit-il avec galanterie.

— Un plaisir partagé, monsieur Stanislaski.

Après un dernier regard courroucé à son fils, Yuri se retourna pour gagner la porte et lança par-dessus son épaule :

— Passe-toi au moins une chemise !

— Votre père est très sympathique ! dit Sydney quand la porte se fut refermée derrière lui.

Plus renfrogné que jamais, Mikhail répondit par un

vague grognement et saisit sur un fauteuil un T-shirt qu'il avait dû y abandonner dès le matin.

— Ainsi, dit-il en le passant sur ses épaules, vous vous êtes décidée à venir inspecter les travaux…

— Oui, répondit prudemment Sydney. Ce n'est pas que je ne vous fasse pas confiance, mais je dois…

— Les nouvelles fenêtres sont toutes posées, l'interrompit Mikhail. L'électricité est en bonne voie, de même que la plomberie. Nous devrions pouvoir passer aux finitions en fin de semaine prochaine. Suivez-moi.

Sans plus se soucier d'elle, il la précéda sur le palier et pénétra sans s'annoncer dans l'appartement voisin.

— C'est ici qu'habite Keely, l'informa-t-il. Elle est sortie.

Il régnait dans la pièce principale surchauffée une impressionnante variété de couleurs et de parfums qui la rendaient agréable et féminine en dépit de la vétusté de l'ameublement. La cuisine, quant à elle, ressemblait à un vaste chantier. De larges saignées dans les murs mettaient à jour les gros tubes de plastique gris de la nouvelle installation électrique.

— Ces travaux ne doivent pas être très drôles pour les locataires, dit Sydney compatissante.

Mikhail émit un petit rire grinçant.

— Croyez-moi, depuis le temps qu'ils les attendent, ils en supporteraient dix fois plus avec le sourire…

Puis, la voyant se pencher sur le lacis de tuyaux qui serpentait le long des murs, il précisa :

— C'est du PVC conforme aux normes en vigueur. La précédente installation n'était même pas sous gaine et devait dater au moins d'une quarantaine d'années… C'est un miracle qu'il n'y ait pas eu d'incendie !

Sydney hocha la tête d'un air grave et s'empressa de prendre note sur son calepin des informations qu'il venait de lui donner. Mikhail se serait laissé aller à en sourire si elle n'avait pas senti aussi dangereusement bon. Avec prudence, il préféra faire un pas de côté pour éloigner toute tentation.

— Dès que l'inspection de conformité aura été faite, conclut-il, les murs seront remis à neuf. Il n'y a rien d'autre à voir ici. Suivez-moi.

D'étage en étage, Mikhail entraîna Sydney dans son sillage pour lui montrer tous les détails du chantier en cours. Comme si rien ne s'était passé lors de leur dernière rencontre, elle prenait des notes à n'en plus finir, très à l'aise et apparemment insensible au trouble qui s'était emparé de lui dès son arrivée.

Sur le palier du deuxième étage, il lui désigna un morceau de contreplaqué qu'il avait dû poser pour boucher un trou béant dans le sol.

— Certains parquets devront être changés, dit-il en lui désignant la réparation de fortune. Mais la plupart pourront être récupérés après sablage et vitrification.

Sydney hocha la tête et se pencha sur son calepin pour en prendre note. L'exposé de Mikhail était si clair et si complet qu'elle ne posait que de rares questions. Songeant à Bingham et à ses insinuations, elle sentit la colère monter en elle. A l'évidence, cet homme n'était pas un escroc, ce dont elle n'aurait pas juré en ce qui concernait l'ex-bras droit de son grand-père…

En ce jour de paie hebdomadaire, la plupart des ouvriers étaient déjà partis. Dans la cage d'escalier, le niveau sonore avait considérablement baissé, de sorte qu'il leur était possible d'entendre les mille et un petits bruits de la vie quotidienne derrière les portes closes. Un puissant saxophone ténor lança les premières notes de *Rhapsody in Blue*, Sydney se retourna pour lancer à Mikhail un regard interrogateur.

— C'est Will Metcalf, expliqua-t-il avec un sourire. Cinquième à gauche. Il joue dans un orchestre et il est plutôt bon.

Dressant l'oreille pour écouter quelques mesures de l'œuvre de Gershwin, Sydney renchérit :

— Il est même plus que bon…

En silence, ils recommencèrent à descendre l'escalier. Sous la main de Sydney, la rampe neuve était ferme et douce. Pensive et émue, elle songea qu'il n'avait pas hésité à la tailler, à la poncer, à la fixer lui-même, sans en attendre aucun bénéfice, uniquement parce que tous les habitants de cet immeuble, hommes ou femmes, jeunes ou vieux, étaient chers à son cœur. Il savait qui jouait du saxophone. Il pouvait dire qui cuisinait du poulet. Il connaissait le nom du bébé qui se mettait à pleurer. Partout, il était accueilli en ami et en frère.

— Etes-vous satisfait de l'évolution du chantier ? demanda-t-elle enfin d'une voix absente.

Surpris, Mikhail lança un regard dans sa direction, ce qu'il avait jusqu'alors évité de faire. Deux ou trois mèches de cheveux avaient échappé à sa barrette en nacre pour venir lui chatouiller les tempes. Sur les ailes de son nez, il remarqua un semis de taches de rousseur dont l'existence lui avait échappé.

— C'est plutôt à vous qu'il faut demander ça.

De mauvaise grâce, Sydney laissa leurs regards se rencontrer et Mikhail fut surpris d'y lire tant de solitude et de tristesse.

— Pas du tout, insista-t-elle. Cet immeuble est à vous et à ceux qui l'occupent. Moi, je n'en suis que la propriétaire — celle qui signe les chèques.

— Sydney…

— J'en ai vu assez pour savoir que vous faites du bon travail, l'interrompit-elle.

Sydney se retourna pour se remettre à descendre en toute hâte les dernières marches qui la séparaient du hall.

— En ce qui concerne le deuxième acompte, lança-t-elle par-dessus son épaule, n'hésitez pas à contacter mon bureau le moment venu.

— Bon sang ! s'écria Mikhail dans son dos. Attendez un peu…

Il la rattrapa sur le palier du premier et l'agrippa aux coudes.

— Vous pouvez me dire ce qui se passe ? demanda-t-il d'un air sévère. D'abord vous surgissez chez moi essoufflée et pâle comme une morte, et à présent voilà que vous détalez à toutes jambes, les yeux pleins de tristesse…

Incapable de supporter plus longtemps le regard de Mikhail, Sydney détourna les yeux. Comment aurait-elle pu lui expliquer que venait de lui apparaître clairement le désert affectif qu'était devenue son existence ? Contrairement à lui, elle n'avait ni famille soudée ni communauté d'amis. Son meilleur ami avait été Peter. En l'épousant puis en divorçant, elle en avait fait un étranger sinon un ennemi. Sa vie se déroulait en solitaire, en marge des milieux qu'elle fréquentait. Elle n'était d'aucun groupe, d'aucune coterie, et elle enviait l'ambiance chaleureuse et l'amitié qui régnaient dans cet immeuble.

— Je ne détale pas à toutes jambes, répondit-elle en se libérant des mains de Mikhail. Et je vous assure que vous n'avez pas à vous en faire pour moi.

Vaillamment, Sydney se força à soutenir son regard sans ciller. Il lui tardait de partir, mais il lui fallait le faire dans la dignité. Avec un soupir, elle croisa les bras et se planta solidement devant lui pour expliquer :

— Je prends cette réhabilitation très à cœur. C'est le premier projet d'envergure dont je m'occupe depuis que je dirige cette société. Je tiens à ce que tout soit…

La voix de Sydney mourut dans un murmure. Dans son dos, il lui avait semblé entendre une voix faible appeler au secours. Attentive, elle tendit l'oreille et, n'entendant plus rien, pensa qu'elle avait rêvé, mais la plainte retentit de nouveau, plus forte, pitoyable et angoissée.

— Mikhail, murmura-t-elle en posant la main sur son avant-bras. Vous avez entendu ?

— Entendu quoi ?

Comment diable aurait-il pu entendre quoi que ce soit, songea-t-il, alors qu'il ne pensait plus qu'à la prendre dans ses bras pour l'embrasser ?

Inquiète, Sydney colla son oreille contre la porte.

— Là, chuchota-t-elle en désignant une porte du doigt. Quelqu'un appelle.

Cette fois, Mikhail avait lui aussi entendu la faible plainte. Ecartant Sydney sans ménagement, il tambourina vigoureusement contre le battant.

— Madame Wolburg ? cria-t-il. C'est Mike…

En réponse, une voix chevrotante et désespérée cria de l'intérieur :

— A l'aide ! Je suis blessée…

Déjà, Mikhail enfonçait la porte à vigoureux coups d'épaule. Celle-ci céda au troisième assaut, dans un craquement sinistre.

— Dans la cuisine…, appela Mme Wolburg entre deux sanglots. Mike, Dieu merci !

Mikhail se rua dans l'appartement décoré de papier à fleurs et de dizaines de napperons brodés et trouva la vieille dame allongée de tout son long au milieu de la cuisine. Il était habitué depuis longtemps à la silhouette de Mme Wolburg, petit bout de femme tout en os, mais la voir ainsi effondrée sur le sol la faisait paraître plus vulnérable encore. Son visage ridé était crispé de douleur. Ses cheveux blancs, habituellement coiffés de manière impeccable, étaient trempés de sueur.

— Je n'y vois plus, gémit-elle lorsqu'il s'accroupit près d'elle. J'ai perdu mes lunettes…

Mikhail lui prit le poignet pour chercher son pouls et étudia attentivement ses yeux fiévreux.

— Ne vous inquiétez pas, lui dit-il doucement. Nous allons appeler une ambulance. Sydney ? Vous pouvez vous en occuper ?

Elle ne lui répondit pas mais un bruit de voix venu de la pièce voisine lui fit comprendre qu'elle avait pris les devants. Avec son plus chaleureux sourire, Mikhail s'employa à rassurer la blessée.

— Les secours sont en route, madame Wolburg. Jusqu'à l'arrivée des ambulanciers, vous ne devez pas bouger. Vous rappelez-vous ce qui s'est passé ?

— Ma hanche…, murmura-t-elle faiblement. Je me suis cassé la hanche en tombant. Je n'y voyais plus. Je ne pouvais plus bouger. Avec tout ce bruit, personne ne m'a entendue crier. Cela doit faire deux heures, trois peut-être. Je me sens si faible…

— Ça va aller maintenant…

Pour les réchauffer, Mikhail prit les mains osseuses de la vieille dame dans les siennes.

— Sydney ! cria-t-il par-dessus son épaule. Vous pourriez apporter…

— Tout de suite !

Comme si elle avait pu deviner ses pensées, Sydney apparut sur le seuil, chargée d'un oreiller et d'un plaid écossais. En s'accroupissant près d'elle, elle souleva doucement la tête de Mme Wolburg et la reposa sur l'oreiller. En dépit de la chaleur caniculaire, la vieille dame frissonnait et claquait des dents. Tout en lui expliquant d'une voix douce ce qu'elle était en train de faire, Sydney étendit le plaid sur son corps.

— Encore quelques minutes de patience, murmura-t-elle lorsqu'elle eut terminé.

Une petite foule curieuse et inquiète s'était rassemblée sur le pas de la porte. Mikhail se redressa.

— Je vais m'occuper des voisins, expliqua-t-il en quittant la pièce. Essayez de lui parler. Il faut qu'elle reste consciente jusqu'à l'arrivée des secours.

— D'accord.

Le cœur empli d'appréhension, Sydney s'efforça de sourire aimablement à la vieille dame.

— Votre appartement est très agréable, lui dit-elle. Brodez-vous ces napperons vous-même ?

Un sourire empli de fierté apparut sur les lèvres tremblantes de Mme Wolburg.

— Cela fait soixante ans que je manie l'aiguille. J'ai commencé quand j'étais enceinte de ma première fille.

— Ils sont splendides ! Vous avez d'autres enfants ?

— Six. Trois filles, trois garçons. Ils m'ont donné vingt petits-enfants. Et cinq arrière-petits…

La suite se perdit sur ses lèvres décolorées. Le visage tordu par la douleur, elle ferma les yeux et gémit tout bas avant d'ajouter d'un air inquiet :

— Ils disent que je suis trop vieille pour vivre seule mais j'aime avoir ma maison, ma propre vie. Maintenant, ils vont vouloir me mettre dans un foyer…

A cela, Sydney ne sut que répondre. Mme Wolburg ferma les yeux. Deux larmes perlèrent au coin de ses paupières.

— Si je n'avais pas perdu mes lunettes, conclut-elle

avec amertume, cela ne serait pas arrivé. La vieillesse est quelque chose de terrible, ma petite... Ne laissez personne vous dire le contraire. Je me suis pris le pied dans un trou du lino. Je sais bien que Mike m'a dit de le cacher sous un tapis. Mais il était plus que temps de nettoyer ma cuisine...

Un sourire brave apparut sur les lèvres de la vieille dame, qui rouvrit les paupières et tourna la tête pour regarder Sydney.

— Au moins, plaisanta-t-elle, je suis tombée sur un sol propre !

— L'ambulance est en bas ! annonça Mikhail en surgissant dans la pièce.

Envahie par un sentiment de honte et de culpabilité, Sydney se contenta de hocher la tête, de peur que sa voix ne la trahisse.

Affolée par l'imminence de son départ, la blessée adressa à Mikhail un regard implorant.

— Tu peux prévenir mon petit-fils, Mike ? Il habite un peu plus haut dans l'avenue, au 81...

— Ne vous inquiétez pas, madame Wolburg. Je m'en occupe.

Dix minutes plus tard, Sydney regardait deux brancardiers porter dans l'ambulance la civière chargée du corps assoupi de Mme Wolburg.

— Vous avez pu joindre son petit-fils ?

— Non, répondit Mikhail. J'ai laissé un message sur son répondeur. Où est votre voiture ?

— Au garage. Je ne pouvais pas faire attendre le chauffeur dans cette fournaise. Je vais essayer de héler un taxi.

Le déclenchement de la sirène d'ambulance la fit sursauter. Au bord du trottoir, ils regardèrent les gyrophares se fondre dans le trafic.

— Sydney ? fit Mikhail lorsque l'ambulance eut disparu au bout de l'avenue. Je vous raccompagne chez vous si vous le souhaitez.

Sans le regarder, Sydney secoua tristement la tête.

— Je dois d'abord passer à l'hôpital.

— Vous n'avez nul besoin de faire cela…

Elle se tourna vers lui et Mikhail, durant le bref instant où leurs yeux se croisèrent, fut bouleversé par l'émotion qu'il lut dans son regard. Il ne dit rien quand elle réussit à capter l'attention d'un taxi jaune, et elle n'en dit pas plus lorsqu'il s'installa sur la banquette arrière à son côté.

Les souvenirs des derniers jours de son grand-père étaient encore trop vivaces pour que Sydney pût se sentir à l'aise dans un hôpital. S'efforçant d'ignorer l'angoisse qui s'était emparée d'elle depuis qu'elle avait franchi au côté de Mikhail les portes des urgences, elle gagna d'un pas résolu le comptoir des admissions.

— Bonjour, dit-elle à l'employé absorbé dans la consultation d'un écran d'ordinateur. Mme Wolburg vient d'être admise en urgence ici.

— En effet. Vous êtes de la famille ?

— Non, je…

— Nous allons avoir besoin qu'un membre de la famille signe les formulaires d'admission. La patiente a déclaré ne pas être assurée.

Voyant Mikhail, à deux doigts d'exploser, se pencher sur le comptoir pour dire à l'employé sa façon de penser, Sydney s'empressa de préciser :

— C'est le Groupe Hayward qui prend en charge les frais d'hospitalisation de Mme Wolburg. Mon nom est Sydney Hayward et je dirige cette société.

Ce disant, elle glissa ses papiers sur le comptoir, sous le nez de l'employé dépassé par les événements. Après l'avoir laissé prendre note des informations qui lui manquaient et après avoir répondu à ses questions, Sydney insista d'une voix glaciale :

— A présent, pouvez-vous m'indiquer où se trouve Mme Wolburg ?

Piqué au vif, l'employé se raidit sur son siège.

— On lui fait des radios.

D'un signe de tête, il leur désigna deux rangées de sièges entourant une rachitique plante verte et une table basse chargée de revues.

— La salle d'attente est ici. Le Dr Cohen vous donnera son pronostic dès que possible.

Ainsi attendirent-ils, s'abreuvant de mauvais café et observant les entrées et sorties de blessés plus ou moins graves. Finalement, Sydney laissa aller sa tête contre le mur et ferma les yeux, se plongeant dans une méditation morose sur les ravages de la vieillesse.

Mikhail, quant à lui, aurait bien aimé croire que Sydney n'était là que pour assurer ses arrières. Cela lui aurait été tellement plus confortable de ne voir en elle qu'une femme d'affaires ! Mais il ne pouvait ignorer la gentillesse et l'efficacité dont elle avait fait preuve avec la vieille dame, ni le regard empli de compassion et de culpabilité qu'elle lui avait lancé sur le trottoir.

— Elle s'est pris le pied dans un trou du linoléum, murmura Sydney.

C'était la première phrase qu'elle prononçait depuis plus d'une heure, et Mikhail tourna la tête pour l'observer. Le visage pâle, elle n'avait pas ouvert les yeux et avait les traits tirés.

— Elle ne faisait que laver sa cuisine, reprit-elle d'une

voix misérable. Elle ne serait pas tombée si le sol avait été en bon état.

Sydney laissa échapper un long soupir. Mikhail tendit la main pour entremêler ses doigts aux siens.

— Vous avez fait ce que vous aviez à faire, dit-il fermement. Personne ne peut vous en demander plus.

Sydney ouvrit les paupières et tourna la tête vers lui. Le respect qu'elle lut dans son regard fit bien plus pour apaiser sa conscience que ses paroles.

— Merci, dit-elle avec un sourire tremblant.

Il leur fallut attendre en silence une heure supplémentaire avant que le petit-fils de Mme Wolburg ne pénètre en trombe dans le hall des urgences. Mikhail, en quelques phrases simples et claires, eut tôt fait de le mettre au courant de toute la triste histoire.

Enfin, quatre heures après leur arrivée, un médecin surmené vint leur annoncer que sa patiente souffrait d'une fracture de la hanche et d'une légère commotion. Le grand âge de Mme Wolburg rendait la fracture préoccupante, mais son excellent état de santé jouait en sa faveur. Sydney le remercia chaudement et lui laissa ses coordonnées, ainsi qu'au petit-fils de Mme Wolburg, insistant pour être tenue au courant.

Il faisait nuit noire lorsqu'ils se retrouvèrent sur le parvis de l'hôpital. Ebranlée physiquement autant que moralement par les heures qu'elle venait de vivre, Sydney sentit la tête lui tourner et dut s'accrocher au bras que Mikhail lui offrait.

— Vous avez besoin de manger, dit-il.

— Pardon ? Non, je vous assure que non. C'est juste un peu de fatigue. Cela va passer.

Sans tenir compte de ses dénégations, il lui agrippa fermement l'avant-bras et l'entraîna dans une brasserie voisine. Sydney ne protesta pas quand Mikhail prit place à côté d'elle sur la banquette. Mais lorsqu'il posa le bras sur le dossier, dans son dos, le contact de son flanc contre le sien la fit frémir.

— Je crois que vous feriez mieux de vous asseoir en face, dit-elle en le fixant droit dans les yeux.

A son grand étonnement, Mikhail s'exécuta sans se faire prier.

— C'est mieux ainsi ?

Sydney hocha la tête et se laissa aller contre le dossier. Après la journée qu'elle venait de vivre, elle ne se sentait pas le courage de faire front à une nouvelle entreprise de séduction. Comme s'il avait pu lire dans ses pensées, Mikhail posa la main sur la sienne. A cet instant, il y avait dans ses yeux tant de tendresse que Sydney dut détourner le regard pour ne pas pleurer.

— Vous avez eu une dure journée, murmura-t-il. Je ne voudrais pas en rajouter.

— Vous…

Trahie par sa voix, Sydney dut s'éclaircir la gorge et boire un verre d'eau avant de pouvoir reprendre :

— Vous ne croyez pas si bien dire. Ce fut une dure journée du début à la fin. Alors faisons en sorte de la terminer en beauté…

— Marché conclu ! s'exclama Mikhail en riant.

En examinant le menu posé devant elle, Sydney comprit alors qu'elle était affamée comme il ne lui était plus arrivé de l'être depuis longtemps.

# 5.

Sydney ne sut jamais comment la presse eut vent de l'accident de Mildred Wolburg. Dès le mardi après-midi, une foule de journalistes faisait le siège de son téléphone. Les plus entreprenants l'attendirent même à la sortie de l'immeuble Hayward ce soir-là, la poursuivant jusqu'à sa voiture pour l'accabler de questions.

Le lendemain, le bruit courait les rédactions que le Groupe Hayward allait devoir faire face à un procès, avec plusieurs millions de dollars de dommages et intérêts à la clé. Dans la foulée, Sydney dut calmer la colère de certains membres du conseil d'administration qui lui reprochaient d'avoir implicitement reconnu la responsabilité du Groupe en prenant en charge les frais médicaux de Mme Wolburg.

Ne connaissant d'autre chemin que le plus direct pour affronter les problèmes, Sydney prit le dossier à bras-le-corps. Le mercredi soir, un communiqué de presse avait été diffusé et un conseil d'administration extraordinaire convoqué pour le surlendemain. Dès le vendredi suivant, songeait-elle en longeant les couloirs de l'hôpital, elle saurait si elle pouvait rester à la tête du Groupe ou si elle devrait se contenter dorénavant d'un rôle de figuration.

Un choix de magazines sur un bras et une plante en pot sur l'autre, Sydney fit halte devant la porte close de Mme Wolburg. C'était la troisième fois qu'elle rendait visite à la vieille dame et elle savait que celle-ci était très entourée. Cette fois, outre deux de ses enfants, elle trouva à son chevet Keely et Mikhail.

— Madame Wolburg, annonça celui-ci lorsqu'il l'eut repérée, vous avez de la visite…

— Sydney !

Derrière les verres épais de ses précieuses lunettes, les yeux de la vieille dame étincelèrent d'une joie sincère.

— Encore de la lecture ! s'exclama-t-elle en riant.

— Votre petit-fils m'a dit que vous aimiez lire.

Un peu embarrassée d'être le centre de tous les regards, Sydney marcha jusqu'à la table de nuit pour y déposer ses présents et serrer entre les siennes la main que Mme Wolburg lui tendait.

— Mon petit Harry dit toujours que je préfère la lecture à la nourriture, expliqua-t-elle en pressant ses doigts affectueusement. Mais j'adore aussi tout ce qui pousse. Merci beaucoup, cette plante est magnifique…

La fille de Mme Wolburg, avec un clin d'œil à son frère, s'exclama gaiement :

— On est en train de nous la gâter ! Après cela, nous aurons bien de la chance si nous avons encore droit de temps à autre à quelques cookies.

Radieuse contre ses oreillers, Mme Wolburg prit le temps de lisser soigneusement son drap devant elle avant de répondre sur le même ton :

— Au contraire ! Vous n'allez plus savoir qu'en faire… Un four tout neuf vient d'être installé dans ma cuisine, en hauteur, pour que je n'aie plus à me baisser.

Mikhail, occupé à admirer les nombreux bouquets de

fleurs répartis aux quatre coins de la pièce, se retourna pour se mêler à la conversation.

— Puisque c'est moi qui l'ai posé, lança-t-il à la vieille dame, je réclame l'exclusivité de la première fournée. Avec des pépites de chocolat, bien entendu…

Keely, assise sur le rebord de la fenêtre, posa la main sur son estomac et fit mine de défaillir.

— Pitié, je suis à la diète ! Je dois être assassinée la semaine prochaine, et je tiens à être à mon avantage.

Notant le regard interloqué que Sydney lui lançait, Keely sourit et précisa :

— Le tournage de *Poursuite mortelle* débute lundi. Mon premier téléfilm… Je suis la troisième victime du tueur en série. Il m'étrangle dans un petit négligé de soie du plus bel effet. J'ai hâte de l'essayer…

Plaisante et détendue, la conversation roula ainsi quelques minutes d'un visiteur à l'autre. Gênée de ne pas se sentir à sa place, Sydney profita de la première occasion venue pour prendre congé.

Mikhail lui accorda dix secondes d'avance. Puis, saisissant une rose jaune dans un vase, il envoya de la main un baiser d'adieu à Mme Wolburg depuis le seuil de la chambre et s'élança dans le couloir. En quelques enjambées, il rejoignit Sydney devant les portes de l'ascenseur. Sortant la fleur de derrière son dos, il la lui tendit avec un sourire.

— On dirait que vous avez bien besoin de ceci…

Sydney s'efforça de sourire bravement et porta la rose à ses narines.

— Merci, dit-elle. Vous êtes gentil.

— C'est vrai. Et comme je le suis, si vous me disiez ce qui vous chagrine, je pourrais peut-être vous aider.

— Je ne suis pas chagrinée.

Sydney appuya avec insistance sur le bouton d'appel

de l'ascenseur. Pour capter son regard, Mikhail lui saisit le menton entre le pouce et l'index.

— Savez-vous qu'on ne triche pas avec un artiste ? Dans ces beaux yeux, je vois beaucoup de fatigue, de chagrin, d'inquiétude et de contrariété.

Soulagée, Sydney entendit la sonnerie annonçant l'ouverture des portes de l'ascenseur. Mais en voyant Mikhail la suivre dans la cabine bondée, elle comprit qu'elle ne pourrait pas lui échapper. Coincée entre une grosse dame trop parfumée et le corps tout aussi imposant mais infiniment plus troublant de Mikhail, elle s'efforça de se faire aussi petite que possible.

Enfin les portes coulissèrent au rez-de-chaussée et Sydney s'empressa de sortir. Naturellement, Mikhail lui emboîta le pas, les mains croisées derrière le dos.

— Le chantier avance bien, lui dit-il.

— Tant mieux !

Sydney avait répondu plus sèchement qu'elle ne l'aurait voulu, mais il lui était difficile pour l'heure d'entendre parler de l'immeuble de Soho sans penser à l'épée de Damoclès suspendue au-dessus de sa tête.

— L'installation électrique a été inspectée et agréée, poursuivit Mikhail sur le même ton détaché.

En l'absence de réponse, il jeta à la dérobée un coup d'œil au visage fermé de Sydney et conclut d'un air détaché :

— En ce qui concerne la toiture, j'ai pensé que des tuiles en crème glacée pourraient faire l'affaire.

Ils étaient en train de passer les portes à tambour de l'entrée. Quand ils émergèrent sur le perron, Sydney se tourna vers Mikhail et se mit à rire, gaie et détendue l'espace d'un instant.

— Très original, lança-t-elle avec un clin d'œil, mais sans doute un peu risqué en cette saison…

Satisfait, Mikhail hocha la tête et l'entraîna par le bras sur le parvis.

— Ainsi, vous m'écoutiez tout de même…

— Plus ou moins, je dois le reconnaître.

Parvenus sur le trottoir, ils attendirent que le chauffeur les rejoigne. Avec un long soupir, Sydney ferma les yeux et massa ses tempes douloureuses.

— Je suis désolée, murmura-t-elle en cherchant le regard de Mikhail. J'ai beaucoup de choses en tête ces jours-ci.

— Racontez-moi ça.

A sa grande surprise, Sydney comprit qu'elle se serait volontiers confiée à lui. Dans son entourage, elle n'avait personne à qui parler de ses problèmes. Un reste d'orgueil l'en dissuada pourtant. La limousine, qui venait de se garer au bord du trottoir devant eux, lui fournit le prétexte rêvé pour couper court à la conversation.

— Ce serait trop long, dit-elle. J'ai à faire et mon chauffeur m'attend.

Mikhail hocha la tête d'un air pensif. Si elle croyait qu'il allait la laisser s'enfuir ainsi, elle le connaissait mal.

— Cela vous embêterait de me déposer chez moi ?

Sydney fronça les sourcils. Le souvenir du trajet en voiture depuis Long Island était encore présent dans sa mémoire. Pourtant, Mikhail lui souriait avec tant de chaleur et de franchise qu'elle se sentit flancher. Après tout, l'immeuble de Soho n'était qu'à quelques blocs.

Avant de pénétrer dans l'habitacle, elle lança par la vitre ouverte au chauffeur :

— Donald, nous déposerons M. Stanislaski chez lui à Soho avant de rentrer.

Quand la voiture eut démarré, redoutant le silence

qui s'était établi entre eux, Sydney prit l'initiative de relancer la conversation.

— Mme Wolburg semble récupérer rapidement.

Mikhail hocha la tête. Cette fois, nota-t-il distraitement, le fond musical feutré qui baignait l'habitacle était une œuvre de Mozart.

— Heureusement, elle est forte comme un chêne.

— Le Dr Cohen dit qu'il lui sera bientôt possible de rentrer chez elle, ajouta-t-elle sur un ton neutre.

— Grâce à vous ! renchérit-il. Si vous n'étiez pas prête à payer les visites du kinésithérapeute à domicile elle ne pourrait pas sortir.

Piquée au vif, Sydney fit volte-face.

— Comment le savez-vous ? fit-elle sèchement.

— C'est elle qui me l'a confié, expliqua Mikhail. Elle m'a dit aussi qu'une garde-malade s'occuperait d'elle à domicile jusqu'à son complet rétablissement. C'est très généreux de votre part et elle vous en est très reconnaissante.

Le regard de nouveau perdu dans le spectacle de l'agitation citadine, Sydney bougonna :

— Si c'est ce que vous croyez, je ne joue pas au bon Samaritain. J'essaie juste de me conduire en être humain et de faire ce qui me semble juste.

— Je m'en rends compte. Je constate également que vous vous inquiétez sincèrement pour elle. Mais il y a autre chose qui vous chagrine. Ne serait-ce pas ce que l'on peut lire dans les journaux, par hasard ?

Leurs regards se croisèrent et Mikhail vit une lueur de colère briller dans celui de Sydney.

— Monsieur Stanislaski ! s'écria-t-elle. Je n'assume pas ses frais médicaux pour me faire de la publicité, bonne ou mauvaise. Et je ne…

— Je le sais parfaitement, l'interrompit-il avec un sourire

conciliant. N'oubliez pas que j'étais là. Ce n'est pas moi qui risque de mettre en doute votre sincérité…

La voiture commençait à ralentir. Comprenant avec soulagement qu'ils arrivaient chez Mikhail, Sydney leva les yeux pour observer l'évolution des travaux.

— Je vois que vous avez bien avancé sur le toit…

— Entre autres choses.

La limousine vint se garer en douceur au bord du trottoir. Parce qu'il était loin d'en avoir terminé avec elle, Mikhail se pencha et tendit le bras pour ouvrir la portière du côté de Sydney. Pendant un court instant, ils furent si proches l'un de l'autre qu'elle dut résister à l'impulsion de lever la main pour caresser la joue de Mikhail.

— J'aimerais que vous montiez, lui dit-il, les yeux dans les yeux. J'ai quelque chose pour vous.

— Il est pratiquement 18 heures et je dois…

Pour la faire taire, Mikhail posa l'index sur ses lèvres.

— Accordez-moi une heure, murmura-t-il avec son sourire le plus charmeur. Votre chauffeur repassera vous prendre. S'il vous plaît… Je vous assure que vous ne le regretterez pas.

Sydney se laissa convaincre, autant par lassitude que pour échapper au contact troublant du doigt de Mikhail sur sa bouche et à son sourire ravageur.

— Soit, dit-elle en sortant du véhicule. Ainsi, vous pourrez me faire de vive voix votre compte rendu de chantier.

— Asseyez-vous, lança Mikhail en pénétrant à la suite de Sydney dans l'appartement.

D'un air perplexe, elle laissa ses yeux courir à travers

la pièce principale, au centre de laquelle tous les meubles avaient été rassemblés, sans doute pour faciliter le travail en cours. Chaises, tables et fauteuils étaient empilés en désordre. Sous un drap, l'établi de Mikhail, hérissé de sculptures finies ou en voie d'achèvement, offrait un spectacle saisissant.

— Volontiers, répondit Sydney, mais où ?

Sur le chemin de la cuisine Mikhail s'arrêta net et fit volte-face. Après réflexion, il s'approcha du tas de meubles empilés et en retira sans effort un rocking-chair de bois. Sans un mot, il le déposa près de la fenêtre. Puis, d'un geste galant de la main, il invita Sydney à s'y asseoir avant de quitter la pièce.

Sous les doigts de Sydney, la surface du bois se révéla aussi douce que du satin. Curieuse de l'essayer, elle s'y assit et eut immédiatement l'impression que des bras accueillants se refermaient autour d'elle.

Quand Mikhail revint de la cuisine, le rocking-chair se balançait en grinçant doucement sur le parquet. Les yeux clos, abandonnée sur le siège, Sydney souriait de bien-être.

— Il y a bien des années que j'ai fabriqué ce siège, expliqua-t-il en s'approchant d'elle. Je l'ai offert à ma sœur aînée, qui venait d'avoir un bébé.

La voix de Mikhail, empreinte de tristesse, avait perdu son allant habituel.

— Le bébé s'appelait Lily, poursuivit-il. La mort subite du nourrisson l'a emportée à l'âge de quelques mois à peine. C'est dans ce rocking-chair que Natasha allaitait son enfant. Quand elle a quitté New York, elle n'a pas pu se résoudre à l'emporter.

Sydney ouvrit brusquement les yeux. Sur ses lèvres, le sourire s'était figé et elle avait cessé de se balancer.

— C'est horrible, murmura-t-elle. Je suis tellement triste pour elle…

Puis, se rappelant les paroles de Mikhail dans son bureau lors de leur première rencontre, elle ajouta :

— Et triste pour vous aussi. Il n'y a pas pire douleur que de perdre un membre de sa famille. Et pour un parent, pas pire injustice que de perdre prématurément son enfant. Comment va votre sœur aujourd'hui ?

— Nat porte toujours sur le cœur la cicatrice de la mort de Lily. Mais elle a eu trois autres enfants depuis. Ainsi la joie adoucit la souffrance, le présent équilibre le passé, la mort s'efface devant la vie.

Au prix d'un sourire forcé, Mikhail revint au présent et tendit à Sydney le verre d'eau et les cachets d'aspirine qu'il était allé chercher dans la cuisine.

— Prenez-les ! ordonna-t-il. Il est temps de soigner votre migraine.

Docilement, Sydney lui obéit, non sans s'étonner de sa clairvoyance. Comment avait-il fait pour deviner que sa tête était sur le point d'exploser, alors qu'elle-même ne s'en était pas rendu compte ?

— Merci, dit-elle en lui tendant le verre vide. J'ai effectivement un peu mal au crâne. Comment l'avez-vous su ?

Mikhail posa le verre sur l'appui de fenêtre et contourna le rocking-chair pour masser doucement les tempes douloureuses de Sydney.

— Je l'ai vu dans vos yeux, répondit-il. Et cela n'a rien d'une petite migraine. Détendez-vous…

Sydney reposa la tête contre le dossier. Malgré elle, ses paupières s'abaissèrent et un soupir lui échappa. A n'en pas douter, il aurait été plus raisonnable de lui demander d'arrêter tout de suite. D'ailleurs, se dit-elle, elle n'allait pas tarder à le faire. Dès qu'elle aurait trouvé le courage de renoncer au bien-être que les doigts habiles de Mikhail faisaient naître en elle.

— Est-ce ce que vous me réserviez ? s'entendit-elle murmurer. Un remède contre la migraine ?

Sa voix était si lasse, si prête de s'éteindre, que Mikhail sentit son cœur s'envoler vers elle.

— Non, dit-il. J'ai autre chose pour vous. Mais cela peut attendre que vous vous sentiez mieux. Dites-moi ce qui ne va pas, que je puisse vous aider.

— Vous ne pouvez rien pour m'aider. Il s'agit de quelque chose dont la responsabilité m'incombe entièrement.

— Je n'en doute pas, convint Mikhail. Mais en quoi cela vous empêche-t-il de m'en parler ?

Sydney sentit sa résolution fléchir. Il était tentant de tout lui dire, de partager avec lui l'espace d'un instant le fardeau qui pesait sur ses épaules, d'avoir sur la question un point de vue extérieur. Dans un soupir, fermant les yeux, elle se décida à tout lui confier.

— Ma position au sein du Groupe Hayward est compromise, dit-elle d'une traite. En ma faveur, je n'ai que mon nom et la volonté exprimée par mon grand-père que je lui succède. La publicité faite autour de Mme Wolburg me met en difficulté. J'ai pris sur moi d'endosser la responsabilité de l'accident, et le conseil d'administration risque de ne pas me le pardonner.

Fermes et patients, les doigts de Mikhail avaient délaissé ses tempes pour masser la base de son cou. A grand-peine, Sydney retint un grognement de plaisir.

— Au sein du conseil, reprit-elle, le point de vue dominant est que quelqu'un de plus expérimenté aurait traité toute cette affaire de manière plus discrète et moins dommageable pour le Groupe. Pour faire face aux critiques, j'ai convoqué un conseil d'administration extraordinaire vendredi midi. Une majorité des participants risque de réclamer ma démission.

Mikhail poussa un soupir d'exaspération.

— Vous comptez les laisser faire ?

— Je n'en sais rien.

A présent, il massait méticuleusement ses épaules. Entre ses doigts, Sydney se sentait fondre comme de la cire au contact d'une flamme.

— Je pourrais me battre, poursuivit-elle, mais cela signifierait entraîner la société, après la mort de son fondateur, dans de nouvelles turbulences. De plus, il me faut compter sur l'opposition d'un vice-président prêt à tout pour me remplacer. Il est convaincu — à juste titre peut-être — qu'il est plus qualifié que moi pour diriger la société.

Sydney laissa échapper un rire amer.

— Parfois, il m'arrive de regretter qu'il ne soit pas déjà parvenu à ses fins.

— Ne dites pas de bêtises ! protesta Mikhail.

Depuis quelques instants, il devait résister à l'envie pressante de laisser ses lèvres s'égarer dans le cou si long, si doux, si parfumé de Sydney.

— A l'évidence, reprit-il, rien ne vous plaît plus que de diriger cette société. Il me semble même que vous êtes sacrément douée pour cela…

Le cœur battant, Sydney rouvrit les yeux et tourna la tête pour le fixer droit dans les yeux.

— Sérieusement ? s'étonna-t-elle. Vous êtes bien le premier à me dire cela. Dans mon entourage, la plupart des gens s'imaginent au mieux que je fais joujou avec le groupe Hayward, au pire que j'ai perdu la tête.

Contournant le rocking-chair, Mikhail prit ses mains et s'accroupit devant elle pour la regarder dans les yeux.

— Alors, dit-il avec conviction, c'est que personne autour de vous ne vous connaît.

La gorge serrée, Sydney hocha la tête. Du flot d'émotions qui se bousculaient en elle, la joie d'être enfin comprise était la plus merveilleuse.

Mikhail s'abîma dans la contemplation des mains de Sydney, aux doigts longs et dépourvus de bagues, aux poignets fins et blanc sillonnés sous la peau si blanche de fines veines bleues. Il aurait plus que tout voulu trouver les mots pour la consoler, mais il lui devait avant tout franchise et honnêteté.

— Je ne sais que vous conseiller, avoua-t-il enfin. Je ne connais pas grand-chose dans ce domaine, mais ce que je sais, c'est que vous ferez pour le mieux, parce que vous avez bon cœur et que vous êtes intelligente.

A peine consciente d'avoir entremêlé ses doigts à ceux de Mikhail, Sydney lui sourit. A cet instant, il n'y avait pas que leurs mains jointes pour les rapprocher. Cet homme croyait sincèrement en elle, en ses capacités. Il comprenait ses doutes et ses problèmes, et semblait même plus certain qu'elle-même de sa capacité à les surmonter. Ce lien entre eux était si fort, tellement nouveau, qu'elle commença à s'en effrayer et lui lâcha les mains.

— Merci, murmura-t-elle en baissant le regard. Merci pour tout…

— C'est moi qui vous remercie. De votre confiance.

Doucement, il lui saisit le menton de manière à pouvoir observer ses yeux.

— Votre migraine a disparu, constata-t-il.

Surprise, Sydney se redressa et se massa les tempes.

— Vous avez raison ! s'exclama-t-elle.

En fait, après avoir bénéficié de ses massages, elle se sentait plus détendue qu'elle ne l'avait jamais été.

— Vous pourriez faire fortune avec ces mains-là si vous le vouliez…

Leurs regards se rencontrèrent et Sydney, rougissante, fut la première à baisser les yeux. Mikhail, quant à lui, savait parfaitement ce qu'il aurait aimé faire à cet instant de ses deux mains.

Précipitamment, Sydney se leva du rocking-chair.

— Je ferais mieux d'y aller, lança-t-elle.

— Déjà ! protesta-t-il en s'emparant de ses mains de nouveau. Je n'ai même pas eu le temps de vous donner votre cadeau…

— Mon cadeau ?

Lentement, il l'attira vers lui. Sydney ne se sentait pas la force de résister. Elle avait sa bouche à hauteur des yeux, une bouche pleine et rouge, ensorcelante et tentatrice. Il ne lui restait plus qu'à pencher la tête, plus que quelques centimètres à parcourir, pour que leurs lèvres s'unissent. Sydney ne se rappelait pas avoir un jour désiré et redouté quoi que ce soit à ce point.

Pour briser le charme qui l'ensorcelait, elle détourna le regard et demanda :

— N'étiez-vous pas censé me donner votre rapport hebdomadaire ?

Mikhail se mit à rire, de ce rire de cosaque, franc et massif, qui lui arrachait chaque fois des frissons.

— Je vous l'enverrai par la poste, promit-il. Pour l'instant j'ai autre chose en tête.

— Autre chose…

La voix de Sydney avait trahi le trouble qui l'avait envahie à l'idée de ce que Mikhail pouvait avoir en tête, ce qui ne fit que redoubler l'hilarité de celui-ci. Il le savait, il aurait pu à cet instant sans rencontrer de résistance laisser libre cours à l'envie de l'embrasser à perdre haleine qui ne le quittait plus. Pourtant, il lui lâcha les mains et se dirigea d'un pas décidé vers l'établi recouvert de son drap qu'il rejeta d'un geste.

Un instant plus tard, il était de retour auprès de Sydney, à qui il tendait la petite statuette de Cendrillon qu'elle avait admirée à sa première visite chez lui.

— J'aimerais vous faire cadeau de ceci.

— Oh ! Mais je…

Les yeux rivés sur la figurine de bois peint, Sydney cherchait en vain les mots pour refuser poliment le présent. Haussant un sourcil, Mikhail s'inquiéta :

— Que se passe-t-il ? Vous ne l'aimez pas ?

— Non…, bégaya-t-elle. Enfin je veux dire : si, je l'adore, mais… pourquoi me faire ce cadeau ?

Ses doigts caressaient les contours de la statuette qu'elle serrait contre elle.

— Parce qu'elle me fait penser à vous, répondit-il sans hésiter. Adorable, fragile, et si peu sûre d'elle…

La description arracha à Sydney une grimace.

— On voit que vous me connaissez mal, dit-elle en ouvrant son sac pour ranger le présent. Quoi qu'il en soit, même si je n'ai rien de commun avec Cendrillon, j'accepte avec plaisir la statuette. Elle est magnifique et je vous remercie.

Désarçonné par son revirement d'humeur, Mikhail recula d'un pas et se passa une main dans les cheveux.

— De rien, dit-il d'un air perplexe. A présent, si vous ne voulez pas faire attendre Margerite, vous devriez y aller. Je vous raccompagne en bas.

— Rien à craindre ! répondit-elle en se dirigeant vers la sortie. Maman est toujours en retard…

Mais à mi-chemin de la porte d'entrée, elle se figea sur place et fit volte-face. Comment Mikhail savait-il qu'elle dînait ce soir-là avec sa mère, alors qu'à aucun moment elle ne le lui avait dit ?

— Comment se fait-il que vous soyez au courant ?

Surpris, Mikhail haussa les épaules.

— C'est elle qui m'en a parlé, il y a deux jours, quand nous avons pris un verre en ville.

Les yeux de Sydney lançaient à présent des éclairs. Si elle n'avait pas déjà rangé la statuette au fond de son sac, elle la lui aurait volontiers jetée à la figure.

— Ne nous étions-nous pas mis d'accord pour que vous laissiez ma mère tranquille ?

Bras croisés, Mikhail laissa échapper un soupir excédé. Il aurait pu clore le débat en lui expliquant qu'il n'avait fait que céder, au troisième coup de fil, à de pressantes sollicitations de Margerite. Mais à quoi bon compromettre sa mère à ses yeux ?

— Nous ne nous étions mis d'accord sur rien du tout, rétorqua-t-il. De toute façon, nous n'avons fait que boire un verre, et j'en ai profité pour lui faire comprendre qu'il ne pouvait y avoir entre nous autre chose que de l'amitié. Surtout depuis que je porte un intérêt très personnel à sa fille…

Surprise, Sydney tressaillit et s'en voulut aussitôt, ce qui ne fit que décupler sa colère.

— Certainement pas ! s'emporta-t-elle. Tout ce qui vous intéresse, c'est de flatter votre vanité de macho…

Une lueur inquiétante au fond des yeux, Mikhail s'avança d'un pas.

— En fait, susurra-t-il, c'est vous qui me connaissez bien mal. Vous voulez que je vous montre ce qui m'intéresse vraiment ?

Sydney leva le bras devant elle.

— Inutile ! lança-t-elle en hâte. Mais je voudrais que

vous ayez la décence de ne pas jouer avec ma mère à vos petits jeux de séduction.

Un sourire désabusé flotta un instant sur les lèvres de Mikhail. Comment aurait-il pu lui faire comprendre que c'était Margerite qui cherchait une aventure sans lendemain avec un homme plus jeune qu'elle, ce dont il lui avait fait comprendre qu'il ne voulait pas ?

— Sydney, commença-t-il avec lassitude, je m'en voudrais de réveiller une migraine que j'ai mis tant d'énergie à combattre, aussi je vais tenter d'être aussi clair que possible. Je n'ai pas l'intention de me lier d'aucune manière que ce soit — romantique, physique ou émotionnelle — avec une femme qui pourrait être ma mère. Cela vous convient-il ?

— Cela me conviendrait si je pouvais vous croire.

Mikhail ne trahit pas la moindre réaction mais elle le sentit prêt à exploser.

— Je n'ai pas l'habitude de mentir, répliqua-t-il à voix basse.

S'efforçant de paraître plus glaciale que jamais, Sydney hocha la tête d'un air dubitatif.

— Contentez-vous de faire ce pour quoi je vous ai embauché, conclut-elle, et tout ira pour le mieux. Inutile de me raccompagner, je connais le chemin.

A midi pile, Sydney prit place au bout de la longue table en noyer du conseil d'administration. De chaque côté étaient assis dix hommes et deux femmes qui murmuraient entre eux en attendant que commence le conseil. Les lourdes draperies de velours avaient été tirées au maximum pour dégager l'immense baie vitrée, sans faire entrer plus de lumière. Le ciel était lourd, ce jour-là, de gros nuages noirs qui déversaient sur Manhattan leurs rideaux de pluie. Régulièrement, un éclair zébrait l'horizon, et le tonnerre parvenait à percer les murs épais. Cette ambiance de fin du monde convenait parfaitement à Sydney. En cet endroit, à cette heure, elle se faisait l'impression d'être une collégienne prise en faute et sommée de s'expliquer devant le conseil de discipline…

Lentement, son regard parcourut les visages des membres du conseil. L'idée que certains d'entre eux siégeaient déjà à cette table avant sa naissance était troublante. Sans doute seraient-ils les plus difficiles à convaincre, eux qui l'avaient connue quand elle n'était qu'une petite fille que son grand-père faisait sauter sur ses genoux.

Sur sa droite, au milieu de la table, les yeux de Sydney s'arrêtèrent sur Lloyd Bingham. Il semblait si confiant, si sûr de sa victoire qu'elle l'en aurait giflé. Mais lorsque son ennemi tourna la tête pour soutenir quelques instants son regard, elle ne fut plus habitée que par la volonté farouche de le combattre, de toutes ses forces. Et de le vaincre.

— Mesdames et messieurs ! lança-t-elle en claquant dans ses mains. Avant que nous ne commencions à discuter du sujet qui nous préoccupe aujourd'hui, j'aimerais faire une déclaration.

— Vous avez déjà fait connaître votre point de vue dans la presse ! l'interrompit Lloyd. Tout le monde ici est au courant de ce que vous pensez.

Un murmure s'éleva autour de la table. Beaucoup approuvaient. Peu s'offusquaient. Sydney laissa le silence revenir avant de poursuivre :

— En tant que présidente et détentrice du principal portefeuille d'actions du Groupe Hayward, j'ai le droit et le devoir d'introduire les débats.

Consciente que tous les regards étaient à présent fixés sur elle, Sydney sentit sa gorge se serrer. Si elle voulait convaincre, il lui fallait passer à la contre-offensive. Et vite… Prenant une longue inspiration, elle se lança :

— Je comprends les réticences soulevées au sein du conseil par le montant des sommes engagées dans la réhabilitation de notre immeuble de Soho. Je sais aussi qu'il est d'un rapport relativement faible en comparaison d'autres propriétés plus prestigieuses du Groupe. Mais je vous demande de prendre en compte le fait que ce building, au cours des dix dernières années, n'a pas bénéficié de la maintenance nécessaire.

Sydney aurait voulu faire une pause pour avaler une gorgée d'eau mais s'en abstint, redoutant que son geste ne trahisse la nervosité qui l'habitait.

— D'autre part, poursuivit-elle, je considère que le Groupe Hayward a le devoir, par obligation morale autant que légale, d'assurer le confort et la sécurité de ses locataires.

— Cet immeuble, intervint Lloyd avec véhémence, aurait pu être amené au minimum de confort et de sécurité pour la moitié de la somme engagée !

— Vous avez parfaitement raison, répondit Sydney sans prendre la peine de le regarder. Mais je suis sûre que mon grand-père avait pour le Groupe d'autres ambitions que le minimum requis. En tout, pour tous, il voulait le meilleur — et vous le savez mieux que moi. Je ne vais pas vous accabler de chiffres et de tableaux. Ils sont dans les dossiers qui vous ont été remis, et nous pourrons en discuter plus tard. Ce que je tenais à affirmer, c'est que si le budget concernant l'immeuble de Soho est élevé, c'est parce que nos critères de qualité le sont.

Howard Keller, l'un de ces anciens qu'elle redoutait tant, prit la parole avec une gentillesse exagérée.

— Sydney, lança-t-il en la fixant droit dans les yeux, personne ici ne remet en cause vos motivations ou votre enthousiasme. Ce qui nous préoccupe, ce sont vos décisions récentes concernant le dossier Wolburg. La publicité faite ces jours-ci autour de cette affaire a fait chuter notre cote boursière de plus de trois points. Nos actionnaires sont inquiets — à juste titre.

— Le « dossier Wolburg », répondit-elle sans ciller, est une vieille femme de quatre-vingts ans qui s'est fracturé la hanche parce que le plancher non entretenu de sa cuisine était dangereux.

— Vous voyez ! s'exclama Lloyd, triomphant. C'est exactement le genre de déclaration imprudente qui expose le groupe à des poursuites coûteuses ! Surtout depuis que la presse s'est emparée de cette affaire et…

— Précisément ! l'interrompit Sydney d'une voix glaciale. Il pourrait être intéressant de savoir comment les journalistes ont pu si rapidement s'intéresser à une vieille femme inconnue victime d'un simple accident…

— J'imagine, répondit-il sur la défensive, qu'elle s'est chargée elle-même de prévenir la presse.

— Vraiment ? dit Sydney avec un sourire caustique.

— Peu importe qui les a prévenus ! intervint Mavis Trelane. Ce qui compte, c'est que les journalistes ont monté cette affaire en épingle, plaçant le Groupe dans une situation difficile.

Sydney se raidit sur son siège. Elle allait répliquer vertement lorsque quelques coups frappés à la porte l'en empêchèrent.

— Je vous prie de m'excuser, murmura-t-elle en s'empressant d'aller ouvrir.

Dans l'entrebâillement de la porte, Sydney vit sa secrétaire lui adresser un sourire radieux, contrastant avec la mine sombre qu'elle affichait ces derniers jours. Dès l'instant où elle avait appris le détail de ce qui s'était passé à Soho, Janine avait pris fait et cause pour elle.

— Désolée de vous interrompre, chuchota-t-elle. Je viens de recevoir un appel d'un ami qui travaille sur Channel 6. Mme Wolburg leur a accordé une interview qui doit passer au journal de midi. D'une minute à l'autre maintenant…

Après un instant d'hésitation, Sydney hocha la tête et lui rendit son sourire.

— Merci, Janine.

Sydney referma doucement la porte et regagna sa place avec une nouvelle détermination, consciente que la chance était peut-être en train de tourner.

— On vient de m'informer que Mme Wolburg est sur le point de faire une déclaration, lança-t-elle en pointant la télécommande vers le téléviseur accroché en hauteur. Je suis sûre que nous sommes tous curieux d'apprendre ce qu'elle a à dire.

Laissant Lloyd Bingham protester contre ce qu'il appelait une manœuvre de dernière minute, Sydney choisit le bon canal et haussa le son. Après un dernier écran de publicité suivi d'un jingle, la chambre emplie de fleurs de Mme Wolburg apparut à l'écran.

La journaliste, une jolie jeune femme d'une vingtaine d'années aux yeux vifs et à la langue acerbe, commença l'interview en demandant à la vieille dame de raconter son accident. En l'entendant expliquer comment elle s'était pris le pied dans un trou du plancher, plusieurs membres du conseil d'administration hochèrent la tête et grognèrent leur mécontentement. Convaincu que le navire de Sydney était en train de prendre l'eau définitivement, Bingham souriait aux anges.

— Aviez-vous fait part, insista la journaliste, de la nécessité de réparer le sol au Groupe Hayward ?

— Plus d'une fois ! répondit Mme Wolburg avec indignation. C'est Mike, le gentil jeune homme du cinquième, qui s'est chargé d'écrire plusieurs lettres de réclamation au nom de tous les locataires.

— Suite à ces lettres, rien n'a été fait ?

— Rien du tout. Les Kowalski, le jeune couple du 101, ont même reçu un jour sur la tête un morceau du plafond de leur salon !

— Ce qui a forcé les propriétaires à intervenir ?

— Non. Mike a réparé le plus gros des dégâts.

— Vous voulez dire que les locataires ont été forcés de réparer eux-mêmes les dégâts dus à la négligence du Groupe Hayward ?

Autour de la table du conseil d'administration s'élevèrent de nouveaux murmures indignés.

— Oui, fit tranquillement Mme Wolburg. Jusqu'à ces dernières semaines.

— Et que s'est-il passé, ces dernières semaines ?

La vieille dame regarda un court instant la caméra, et Sydney, jusqu'alors un peu inquiète, vit passer dans ses yeux myopes protégés par les verres épais un courant de sympathie qui lui fit chaud au cœur.

— Sydney Hayward a pris les choses en main, dit-elle avec un beau sourire. C'est la petite-fille du fondateur de la société qui gère notre immeuble. On m'a dit que son grand-père, le pauvre homme, avait été fort malade avant de mourir. M'est avis que les choses lui ont un peu échappé… Quoi qu'il en soit, Mike est allé la voir et elle est venue se rendre compte par elle-même de la situation. Deux semaines plus tard, l'immeuble était plein d'ouvriers ! Du jour au lendemain, tout ce que

Mike avait réclamé en vain pendant des années dans ses lettres a été accepté…

— Madame Wolburg, intervint la journaliste, pouvez-vous nous préciser si ces travaux ont débuté *avant* ou *après* votre accident ?

— Avant ! répondit-elle sèchement. D'ailleurs, ce sont les bruits de construction qui ont empêché qu'on m'entende appeler à l'aide quand je suis tombée. Je dois vous dire aussi que c'est Sydney, alors qu'elle était venue faire une inspection du chantier, qui m'a entendue la première. Elle et Mike m'ont porté secours. Elle s'est occupée de moi et m'a réconfortée jusqu'à ce qu'arrive l'ambulance. Elle est venue me voir à l'hôpital, aussi. Trois fois. Et elle a proposé d'elle-même de payer tous mes frais médicaux.

— Selon vous, reprit la journaliste, qui est responsable de ce qui vous arrive ?

La vieille dame hocha longuement la tête avant de répondre. Suspendue à ses lèvres, Sydney retint son souffle.

— La fatalité, répondit-elle enfin. De mauvais yeux et un trou dans le sol sont la cause de mon accident.

— Pourtant, légalement vous pourriez…

— Je ne peux que répéter ce que je ne cesse de dire à ces avocats qui nous harcèlent, moi et ma famille. Je n'ai aucune raison, ni aucune envie, de poursuivre le Groupe Hayward. Grâce à Sydney, le nécessaire a été fait pour me venir en aide dès la première minute, et il serait malhonnête de demander plus. Sydney est une femme juste, qui a des principes. Aussi longtemps qu'elle dirigera cette société, je serai heureuse et fière de vivre dans un immeuble qui lui appartient.

Après avoir éteint le téléviseur, Sydney resta un long

moment immobile en bout de table, les yeux embués, incapable de parler.

— On ne peut acheter une telle loyauté, commenta Mavis Trelane d'une voix rêveuse.

— Ni rêver meilleure publicité, ajouta Howard Keller.

Autour de la table, Bingham, effondré dans son fauteuil, fut le seul à ne pas approuver.

— Vos méthodes ont beau être inhabituelles, reprit Mavis, l'un dans l'autre je pense que nos actionnaires ne pourront qu'être satisfaits des suites données à ce dossier…

Une demi-heure plus tard, après un conseil d'administration abrégé par l'interview explosive de Mme Wolburg, Sydney retrouvait son bureau.

La première chose qu'elle fit, après avoir embrassé Janine et lui avoir raconté l'issue heureuse du conseil, fut de décrocher son téléphone. La sonnerie retentit douze fois avant que quelqu'un ne se décide enfin à décrocher.

— Ouais ? fit une voix éraillée à l'autre bout du fil.

— Mikhail ?

— Faites erreur. L'est en bas, dans le hall.

— Oh ! Dans ce cas je…

— Quittez pas. J'l'appelle…

Avec le sentiment de se conduire comme une idiote, Sydney patienta en tambourinant du bout des ongles sur son bureau. Sentiment qui ne fit que se renforcer lorsque Mikhail aboya dans l'écouteur :

— Allô !

— Mikhail… C'est Sydney.

En entendant la voix de la jeune femme, Mikhail, instantanément radouci, coinça le combiné sur son épaule et ouvrit le réfrigérateur pour y saisir une bouteille d'eau glacée.

— Comment allez-vous ?

— Bien, depuis le journal télévisé… Je suppose que vous êtes au courant ?

— J'y ai jeté un œil durant la pause.

Comprenant que Sydney hésitait à poser sa question suivante, Mikhail sourit et but longuement.

— J'imagine, reprit-elle enfin, que je vous dois ce petit miracle ?

— Je n'ai fait que raconter à Mme Wolburg ce que vous m'aviez confié, expliqua-t-il modestement. C'est elle qui a eu l'idée de l'interview télévisée. Une sacrée bonne idée…

— Oui, approuva Sydney. Une sacrée bonne idée. Et moi, je vous dois une fière chandelle.

— Ah oui ? Dans ce cas, vous ne pouvez pas refuser mon invitation.

— Je vous demande pardon ?

— Payez vos dettes, Hayward… Je vous invite à dîner dimanche. A la bonne franquette, d'accord ? Je viens vous chercher à 16 heures.

— A 16 heures ? Pour dîner ?

— Exactement.

Décidé à ne pas relâcher la pression, Mikhail posa la bouteille et sortit de sa poche son crayon de charpentier.

— Où dois-je passer vous prendre ?

Avec application, il nota sur le mur l'adresse qu'à contrecœur Sydney lui indiquait.

— Un numéro de téléphone, en cas d'imprévu ?

Après l'avoir noté, Mikhail entoura le tout d'un grand cœur percé d'une flèche.

— Mikhail, reprit Sydney à l'autre bout du fil, je voudrais qu'il soit clair que…

— Vous m'expliquerez ça quand je passerai vous prendre. Je suis en plein travail et c'est vous qui payez les factures. A dimanche, patron…

# 6.

D'un œil critique, Sydney étudia son reflet dans la psyché. En se préparant, elle s'était maintes fois répété que ce n'était pas comme si elle avait à s'habiller pour un rendez-vous galant. C'était par obligation, pour remercier Mikhail de lui avoir sauvé la mise dans l'affaire Wolburg, qu'elle avait accepté son invitation. « A la bonne franquette », avait-il dit. Sur ce plan-là, elle s'était fait un devoir de le prendre au mot.

La petite robe qu'elle portait était on ne peut plus simple. Le décolleté, les fines bretelles étaient des concessions à la chaleur ambiante ; la taille cintrée, la jupe courte et ample visaient au confort et non à mettre en valeur sa silhouette. Le tissu, très léger, était de couleur citron vert. Elle aimait ce ton depuis toujours, ce n'était donc pas pour suivre le conseil de Mikhail de porter des teintes plus vives qu'elle l'avait choisie. Certes, la robe était neuve. La veille, elle avait fait les boutiques durant deux heures avant de jeter son dévolu sur elle. Mais c'était uniquement parce que rien dans sa garde-robe ne lui avait semblé convenir à une telle occasion.

La fine chaîne en or à son cou, les anneaux à ses oreilles étaient d'une élégance sans prétention. Si elle avait passé un peu plus de temps que d'habitude à son maquillage, c'était uniquement à cause d'un nouveau fard à paupières dont la nuance l'avait déconcertée. Après mûre réflexion, elle avait laissé ses cheveux flotter librement, ce qui avait nécessité plus de travail pour les mettre en forme sur ses épaules que si elle avait opté pour une coiffure plus élaborée.

Un dernier regard à son miroir, et Sydney sourit à son reflet, satisfaite de ce qu'elle voyait. Tout compte fait, songea-t-elle, ses efforts de simplicité la mettaient plus à son avantage que bien des toilettes recherchées. Non pas qu'elle eût dans l'idée de séduire Mikhail, mais une femme pouvait bien se permettre, après tout, de céder de temps à autre à sa vanité personnelle... Une dernière touche de parfum, et elle serait prête. Et tant pis s'il montait à la tête de son cavalier d'un soir, décida-t-elle en débouchant le flacon de cristal. C'était pour elle qu'elle le portait.

Après avoir vérifié une dernière fois le contenu de son sac, Sydney se leva de sa coiffeuse et consulta sa montre. Constatant qu'elle était prête avec une bonne heure d'avance, elle s'assit lourdement sur son lit et soupira. Pour la première fois de son existence, elle aurait eu besoin d'un verre pour se calmer...

Lorsque Mikhail parut sur le seuil de son appartement, avec un quart d'heure de retard, il parut évident à Sydney qu'il n'avait pas dû passer autant de temps qu'elle à se préparer. Ce qui n'enlevait rien, bien au contraire, au charme puissant qui émanait de lui. Son jean était propre mais délavé ; ses bottines en cuir à hautes tiges étaient juste un peu moins éraflées que ses sempiternelles chaussures de travail.

Contrairement à son habitude, il avait boutonné sa chemise en coton gris fumée et l'avait rentrée dans son pantalon. Ses cheveux étaient si denses, si noirs, si bouclés, qu'aucune femme au monde n'aurait pu résister au désir d'y enfouir les doigts. Avec ce sourire mystérieux qui jouait sur ses lèvres tandis qu'il la détaillait, les yeux mi-clos, Mikhail Stanislaski ressemblait à ce qu'il était — un homme solide, séduisant, un peu sauvage… et terriblement dangereux.

Mikhail la surprit en tirant brusquement de derrière son dos une grosse tulipe jaune qu'il lui tendit. La beauté de Sydney lui coupait le souffle. Ainsi habillée et apprêtée, elle paraissait aussi rafraîchissante et délicieuse qu'un sorbet au citron arrosé de vodka dans une coupe de cristal…

— Je suis en retard, s'excusa-t-il. Je travaillais sur votre visage.

— Mon visage ? répéta-t-elle en acceptant la fleur.

Mikhail sourit de son étonnement. Pinçant son menton entre le pouce et l'index pour faire doucement pivoter sa tête vers la lumière, il expliqua :

— J'ai enfin trouvé le bloc de bois de rose dans lequel je vais sculpter votre buste.

Tout en parlant, Mikhail ne put s'empêcher de laisser courir ses doigts le long de son visage, en quête des informations qui lui manquaient.

— Vous ne me faites pas entrer ? murmura-t-il.

Sydney tressaillit et se recula pour briser le contact.

— Bien sûr, balbutia-t-elle. Juste le temps de mettre ceci dans l'eau.

Quand elle eut disparu, Mikhail soupira et croisa les mains derrière le dos pour observer la pièce dans laquelle il se trouvait. Ce qu'il découvrit lui plut. Loin du cadre design et luxueux auquel il aurait pu s'attendre, Sydney avait su donner du caractère à son intérieur et l'ambiance en était chaleureuse. A l'évidence, elle avait investi ce lieu, l'avait marqué d'une part de sa personnalité qu'elle prenait soin de cacher au regard des autres. Les couleurs douces et les textures variées des tissus d'ameublement se mariaient habilement pour donner une impression de confort douillet. Quelques pièces de mobilier Art nouveau suffisaient à contribuer à l'originalité de la décoration. Près d'une fenêtre, mise en valeur sur un guéridon, il remarqua la statuette de Cendrillon qu'il lui avait offerte et se sentit flatté.

Sydney revint chargée d'un soliflore en pâte de verre multicolore, parfaitement adapté à la tulipe.

— Voulez-vous boire quelque chose ? proposa-t-elle en déposant le vase près de la statuette.

— Je ne bois jamais avant de conduire.

Surprise, elle fit volte-face et s'étonna :

— Vous conduisez ?

— Cela m'arrive. Vous aimez les balades en voiture, Sydney ?

— Je…

Pour que ses mains ne restent pas inactives, Sydney alla prendre son sac. Pour rien au monde elle n'aurait voulu lui laisser croire qu'elle se sentait aussi nerveuse qu'une midinette à l'heure de son premier rendez-vous.

— En ville, reprit-elle en se dirigeant d'un pas décidé vers la porte, je n'en ai guère l'opportunité.

Avec un temps de retard, Mikhail la suivit sur le palier et Sydney se sentit troublée à la perspective de se retrouver seule en voiture avec lui. Pour masquer son trouble, elle gagna la cabine d'ascenseur et appuya deux ou trois fois sur le bouton d'appel.

— Je ne savais pas que vous possédiez une voiture.

Mikhail attendit que l'ascenseur s'ébranle vers le deuxième sous-sol pour lui répondre.

— Il y a quelques années, expliqua-t-il d'un air détaché,

lorsque mes œuvres ont commencé à se vendre, je me suis offert une petite folie. Un rêve de gamin devenu réalité. Je crois que j'ai dû payer depuis en parking et gardiennage plus que ce qu'elle m'a coûté au départ… Mais ne dit-on pas que les rêves n'ont pas de prix ?

Dans le parking, Mikhail déverrouilla la portière passager d'une vieille Aston Martin décapotable rouge et crème.

— Cela ne vous ennuie pas de rouler avec la capote baissée ? s'enquit-il.

En prenant place sur le confortable siège en cuir, Sydney songea d'abord au temps qu'elle avait passé à se coiffer, puis au plaisir qu'elle aurait à sentir le vent gonfler ses cheveux.

— Pas du tout ! répondit-elle. Au contraire.

Tout en souplesse, Mikhail s'installa derrière le volant et mit le contact. Après avoir pris dans la boîte à gants une paire de lunettes de soleil, il manœuvra habilement pour sortir la voiture du garage et s'insérer dans le flot chaotique de la circulation.

La radio était réglée sur une station qui diffusait du rock non-stop. La sensation de se laisser porter par un petit bolide et de sentir l'air circuler de toute part était grisante. Tandis que l'Aston Martin se dirigeait vers Central Park, Sydney se surprit à sourire.

— Vous ne m'avez pas dit où nous allons, cria-t-elle pour se faire entendre.

— Je connais un petit endroit sympathique et sans prétention où la nourriture est bonne, répondit-il sans quitter la route des yeux. Etes-vous déjà allée en Europe ?

Au souvenir des deux années qu'elle avait passé à voyager après son divorce, Sydney se rembrunit.

— Oui, répondit-elle de manière laconique. J'ai vu Londres, Paris, Saint-Tropez, Monte-Carlo, Venise…

— Vous êtes sûre que vous n'avez pas du sang gitan dans les veines, vous aussi ?

Sydney répondit à sa boutade par un sourire amer. Il n'y avait rien de romantique dans son périple frénétique à travers l'Europe. Juste le besoin de se cacher pour panser ses plaies jusqu'à ce que les plus douloureuses aient cicatrisé.

— Et vous ? renchérit-elle. Y êtes-vous allé ?

— Quand j'étais plus jeune, répondit-il. Bien trop jeune, pour apprécier ce que j'ai vu à sa juste valeur, d'ailleurs. Mais un jour, je referai ce voyage et j'en profiterai pleinement, avec mon regard et ma sensibilité d'adulte.

Prise d'une subite inspiration, Sydney demanda :

— Vous n'avez jamais eu envie de revoir la Russie ?

Elle regretta immédiatement sa question, mais il y répondit, sans réticence apparente.

— Si, bien souvent. Pour revoir l'endroit où je suis né, la maison dans laquelle j'ai vécu. Je suppose que tout cela a disparu à présent… Sauf les collines dans lesquelles j'ai joué étant enfant.

Brièvement, il tourna la tête vers elle et Sydney ne découvrit que son propre reflet dans les verres teintés. Elle aurait pourtant juré que ses yeux devaient être tristes, car sa voix l'était.

— Les choses ont tellement changé là-bas, dit-elle pour le consoler. Aujourd'hui, je suppose que vous pourriez y retourner sans le moindre problème.

— Sans doute, convint-il avec un hochement de tête. Mais je me demande s'il ne vaut pas mieux laisser les souvenirs en paix — certains joyeux, d'autres plus tristes, mais en tout cas colorés par la naïveté d'un regard d'enfant. J'étais très jeune lorsque ma famille s'est enfuie d'Ukraine.

— J'imagine combien cela a dû être dur…

— Oui. Beaucoup plus pour mes parents que pour nous qui n'étions pas vraiment conscients des risques encourus. Ils ont eu le courage de laisser derrière eux tout ce qu'ils avaient toujours connu, de risquer jusqu'à leur vie pour que nous puissions avoir ce bien précieux qu'ils n'avaient jamais eu : la liberté.

Emue par ces paroles, Sydney laissa sa main s'attarder brièvement sur celle de Mikhail posée sur le levier de vitesse. Sa mère lui avait tout raconté de la fuite en charrette à travers les montagnes des Stanislaski. Mais là où Margerite voyait une sorte d'épopée romanesque, elle ne voyait que motif d'effroi et de désolation.

— Vous avez dû mourir de peur…

— J'espère bien ne plus jamais avoir aussi peur de ma vie, soupira Mikhail. Toutes les nuits, le froid et la faim me gardaient longtemps éveillé. J'écoutais mes parents s'encourager l'un l'autre et discuter à mi-voix du trajet qu'il nous restait à accomplir, avec la peur de ne pouvoir faire de même le lendemain… Sur le bateau, en voyant apparaître New York à l'horizon, mon père s'est mis à pleurer. J'ai alors compris que le voyage était terminé.

A l'évocation de ce souvenir, les yeux de Sydney s'étaient embués. Pour laisser le vent les sécher, elle détourna le visage. Puis, songeant à tout un pan de son histoire dont Mikhail ne parlait pas, elle ajouta :

— Pourtant, il n'a pas dû être facile de vous faire une place ici, dans ce pays étranger dont vous ne connaissiez ni la langue ni les coutumes.

Dans le ton de sa voix, Mikhail perçut l'émotion que son récit avait suscitée en elle. Quoique touché de sa réaction, il se dit qu'il lui fallait corriger le tir. Pour rien au monde il n'aurait voulu la rendre triste. Pas par un si beau jour.

— Les jeunes s'adaptent vite, dit-il d'un ton rassurant. Il m'a suffi le premier jour de me colleter au fils de notre voisin pour me sentir chez moi...

Sydney tourna la tête, vit le sourire espiègle sur ses lèvres, et y répondit par un rire joyeux.

— Et cela a suffi, je suppose, à faire de vous deux amis inséparables...

— J'étais témoin à son mariage, il y a deux ans.

Avec un nouveau rire, Sydney secoua la tête et se laissa aller contre le siège, toute mélancolie oubliée. Elle se rendit compte alors qu'ils s'engageaient sur le pont menant à Brooklyn.

— Vous n'avez pas pu réserver à Manhattan ? fit-elle d'un air étonné.

Après avoir ôté ses lunettes, Mikhail lui fit un clin d'œil assorti d'un sourire mystérieux.

— J'ai préféré vous faire connaître un endroit plus typique, dit-il. Vous allez adorer.

Quelques minutes plus tard, l'Aston Martin ralentit au bout d'une rue du vieux quartier populaire, bordée d'arbres ombrageux et de façades austères de brique rouge. Sur les trottoirs jouaient des enfants de tous âges. Quelques personnes âgées prenant le frais sur leur perron les dévisagèrent avec intérêt. Au carrefour près duquel Mikhail finit par se garer, deux adolescents échangeaient avec animation des cartes de base-ball.

— Hey, Mike ! s'exclamèrent-ils de concert en le voyant descendre de voiture. T'arrives trop tard pour le soft-ball. On a fini y a plus d'une heure...

— Pas grave, répondit-il en allant leur serrer la main. Je me rattraperai la semaine prochaine.

Du coin de l'œil, il vit que Sydney ne l'avait pas attendu pour descendre elle aussi et qu'elle observait le voisinage avec circonspection. Avec un clin d'œil aux deux gamins, il ajouta à mi-voix :

— En fait, ne le dites à personne, mais j'avais un rendez-vous…

Avec des yeux ronds, mi-fascinés mi-terrifiés, les garçons observaient Sydney comme une apparition miraculeuse. Stupéfaits, ils réussirent à bredouiller :

— Ouais… Cool !

Tout sourires, Mikhail les abandonna et alla prendre la main de Sydney pour l'entraîner sur le trottoir de béton, soulevé çà et là par les racines noueuses des vénérables chênes.

— Je ne comprends pas…, commença-t-elle en se laissant remorquer à sa suite sur les marches d'un perron. Est-ce un restaurant ?

— Non, répondit-il calmement. C'est une maison.

— Mais vous m'aviez dit…

—… que je vous invitais à dîner.

D'un geste théâtral, Mikhail ouvrit la porte, passa la tête à l'intérieur et huma l'air avec délices.

— Vous avez de la chance, ajouta-t-il. On dirait que ma mère a préparé du poulet à la Kiev…

— Votre mère !

Sous l'effet de la panique, Sydney faillit se libérer de son emprise et redescendre quatre à quatre les marches du perron.

— Que se passe-t-il ? demanda-t-il l'air faussement étonné. Vous n'aimez pas le poulet à la Kiev ?

— Non ! lança-t-elle. Je veux dire si… Enfin bref là n'est pas la question. Je ne m'attendais pas à…

— Alors, vous entrez ? s'écria la voix du père de Mikhail depuis l'intérieur. Vous êtes en retard… Est-ce que tu vas te décider à nous présenter cette jolie dame, oui ou non ?

— Elle ne veut pas me suivre ! lança Mikhail en dardant sur Sidney un regard amusé.

Les yeux de la jeune femme lancèrent des éclairs. D'une petite tape sur l'avant-bras, elle le fit taire.

— Comment osez-vous ! chuchota-t-elle, mortifiée. Je n'ai jamais dit cela. Mais vous auriez pu me prévenir afin que je puisse... Oh, et puis après tout, laissez tomber !

Sans plus se préoccuper de lui, elle pénétra dans le hall et gravit avec le sourire les quelques marches qui menaient au living-room. Yuri Stanislaski se leva de son fauteuil pour l'accueillir.

— Monsieur Stanislaski ! s'exclama-t-elle. C'est tellement gentil de votre part de m'accueillir chez vous...

En serrant vigoureusement entre les siennes la main qu'elle lui tendait, le père de Mikhail lui adressa un sourire charmeur.

— Soyez la bienvenue ici. Et faites-moi le plaisir de m'appeler Yuri. S'il vous plaît...

— Entendu.

En un aparté théâtral, il se pencha vers elle.

— Nous sommes ravis que Mikhail fasse preuve pour une fois d'un peu de bon sens, murmura-t-il. Sa maman et moi n'aimions pas beaucoup la danseuse aux cheveux blonds qui vous a précédée.

Sydney sentit le bras de Mikhail lui entourer les épaules et dut lutter contre l'envie de s'en libérer.

— Merci, papa, dit-il comme si de rien n'était. Où sont les autres ?

— Maman et Rachel sont dans la cuisine. Alex a prévenu qu'il serait en retard.

Le bras posé sur l'avant-bras de Sydney, Yuri précisa en riant :

— On dirait que mon deuxième fils s'est mis en tête de sortir avec toutes les femmes de la terre…

A cet instant émergea de la cuisine une femme de petite taille, au beau visage expressif sillonné de rides et aux cheveux gris, serrant dans son tablier une grosse poignée de couverts.

— Yuri ! lança-t-elle d'un air de reproche. Tu n'as pas encore sorti les poubelles…

Le père de Mikhail décocha dans le dos de son fils une tape affectueuse à le faire tomber par terre.

— J'attendais Mikhail pour qu'il s'en occupe.

— Et moi, précisa celui-ci, je vais attendre Alex…

Haussant les épaules, celle qui devait être la mère de Mikhail alla jusqu'à la table couverte d'une nappe brodée, sur laquelle elle déposa son chargement d'argenterie avant de revenir saluer Sydney. Ses yeux noirs et mobiles semblaient prendre sa mesure, sans hostilité aucune mais avec une tranquille autorité. Et lorsqu'elle se haussa sur la pointe des pieds pour embrasser son invitée sur les deux joues, Sydney sentit une agréable odeur d'épices et de beurre fondu lui flatter les narines.

— Je suis Nadia, dit-elle. La mère de Mikhail. Nous sommes heureux de vous avoir parmi nous.

— Merci, madame. Votre maison est ravissante.

Sydney avait parlé par pur automatisme, mais sans aucune politesse gratuite. Car dès l'instant où ces mots franchirent le seuil de ses lèvres, elle réalisa qu'ils étaient le reflet de la réalité. La maison des Stanislaski aurait pu tenir dans le hall de la demeure de Margerite à Long Island et leur mobilier semblait bien plus usé qu'ancien. Pourtant, on ressentait, dès qu'on en passait le seuil, un sentiment de bien-être et de confort tranquille.

Une multitude de coussins et de napperons brodés, aussi jolis que ceux de Mme Wolburg, égayaient la pièce. Le papier peint était fané, mais cela ne faisait que rendre plus touchantes encore les roses dont il était semé. Le soleil d'été rentrait à flots par la fenêtre, révélant chaque cicatrice d'un appartement où l'on avait beaucoup vécu. Ses rayons faisaient luire d'un éclat sans défaut chaque surface de bois lustré.

Du coin de l'œil, Sydney enregistra un mouvement sur le sol et se retourna. Sous une chaise, une boule de fourrure grise se tortillait en jappant plaintivement.

— Je vous présente Ivan ! lança joyeusement Yuri. Ce n'est encore qu'un bébé…

Un soupir à fendre l'âme lui échappa. Le père de Mikhail croisa les bras.

— Il a remplacé mon vieux Sacha, expliqua-t-il, mort il y a six mois à l'âge de quinze ans. C'est Alex qui l'a sauvé de la fourrière où on l'avait chargé de le convoyer.

Mikhail s'agenouilla près de la bête apeurée pour lui flatter le poitrail. Ivan battit de la queue, sans cesser de jeter à Sydney des coups d'œil nerveux.

— On dirait que mon frère t'a sauvé d'un mauvais pas, pas vrai, Ivan ?

Levant la tête vers Sydney, Mikhail précisa :

— On l'a baptisé ainsi à cause d'Ivan le Terrible, mais ce n'est qu'un trouillard…

— Ne dites pas cela…, protesta-t-elle. Il est juste timide.

A son tour, Sydney céda à l'envie de s'accroupir près du jeune chien pour le caresser. Dans sa jeunesse, elle avait toujours rêvé d'un animal de compagnie, ce que les collèges huppés qu'elle avait fréquentés dès le plus jeune âge interdisaient formellement.

— De quelle race est-il ?

Yuri hocha la tête et répondit gravement :

— Il a du sang de chien de traîneau dans les veines.

— Par de très lointains ancêtres ! intervint une voix féminine depuis le seuil de la cuisine.

Par-dessus son épaule, Sydney aperçut une jolie jeune femme aux cheveux courts d'un noir de jais et aux yeux fauve.

— Je me nomme Rachel, dit celle-ci en s'avançant à sa rencontre. Une des deux sœurs de Mikhail. Et vous, vous devez être Sydney…

— Enchantée de faire votre connaissance…

Sydney se redressa et saisit la main tendue vers elle, se demandant quel miracle génétique avait doté tous les Stanislaski de la même beauté ensorceleuse.

— Dîner dans dix minutes ! lança Rachel à la cantonade.

Le même léger accent slave que conservaient tous les membres de la famille colorait sa voix aussi douce et sombre que du velours noir.

— Mikhail, reprit-elle, tu peux mettre la table.

Avec une grimace, Mikhail choisit de deux maux celui qui lui paraissait le moindre.

— Je dois sortir les poubelles.

— Laissez-moi mettre la table.

L'offre impulsive de Sydney fut accueillie favorablement. Elle en avait presque terminé de sa tâche lorsque Alex jaillit tout essoufflé dans la pièce.

— Salut, p'pa ! Désolé d'être en retard, je…

Les mots moururent sur ses lèvres dès qu'il remarqua la présence de Sydney.

— A présent, conclut-il avec un sourire ironique,

je suis vraiment désolé de ne pas être arrivé plus tôt ! Bonjour…

— Hello…

Sydney lui rendit son sourire et sentit son cœur chavirer. Il aurait fallu être morte pour rester insensible au charme romantique du frère de Mikhail.

Celui-ci, qui revenait de la cuisine chargé d'une lourde poubelle, évalua la situation d'un coup d'œil. En passant devant lui, il grogna à l'intention de son cadet :

— Je te présente Sydney. Bas les pattes !

Sans se laisser impressionner, Alex marcha jusqu'à elle et s'inclina pour lui faire le baisemain.

— Je préfère vous prévenir tout de suite, murmura-t-il en se redressant, que c'est moi le plus gentil des deux. Et également celui qui a la situation la plus stable…

Sydney ne put s'empêcher d'éclater de rire.

— Je vous promets de m'en souvenir, dit-elle.

— Parce qu'il est flic, s'amusa Mikhail, mon frère pense que le monde lui appartient… Va donc te laver les mains, terreur ! Le dîner est prêt.

Sydney ne se rappelait pas avoir jamais vu autant de nourriture rassemblée sur une seule table. Le poulet farci délicatement parfumé était accompagné d'énormes bols de petites pommes de terre dorées. De larges plats couverts de légumes grillés que Nadia cultivait dans son jardin circulaient de convive en convive.

Entre deux gorgées du vin dont Yuri emplissait généreusement les verres — servi en même temps que de petits verres de vodka ! —, Sydney ne perdait pas une miette de ce qui se passait autour d'elle. Car la profusion des mets n'était rien en comparaison de la richesse des conversations. Rachel et Alex se chamaillaient au sujet d'un homme nommé Goose. C'est ainsi qu'elle apprit que Rachel était depuis peu avocate au bureau d'assistance judiciaire de New York, tandis qu'Alex faisait ses premières armes dans les services de police de la ville, le dénommé Goose étant un petit malfrat que l'un avait arrêté et que l'autre était chargée de défendre.

Yuri et Mikhail, de leur côté, étaient engagés dans une discussion animée sur le base-ball. Grâce à Nadia, assise à côté d'elle, qui lui fournissait une traduction simultanée, Sydney comprit que le père était un supporter inconditionnel des Yankee, tandis que le fils soutenait sans réserve les Mets. A l'anglais se mêlaient des expressions ukrainiennes et de grands gestes des mains pour soutenir les points de vue. De temps à autre, un éclat de rire complice ramenait la paix entre eux, avant qu'une nouvelle remarque ne relance les hostilités.

— Rachel est une idéaliste, s'exclama soudain Alex en prenant Sydney à témoin.

Les coudes sur la table, le menton posé sur ses deux mains, le frère de Mikhail l'observait en souriant.

— Et vous ? ajouta-t-il. L'êtes-vous aussi ?

Sydney lui rendit son sourire avant de répondre :

— Je suis trop avisée pour prendre parti dans une querelle opposant une avocate à un policier…

Alex et Rachel se jetèrent un coup d'œil et partirent de concert d'un grand rire.

— Alex ! gronda Nadia. Enlève tes coudes de la table, s'il te plaît…

Puis, se tournant vers Sydney, elle poursuivit :

— D'après Mikhail vous êtes une femme d'affaires intelligente, honnête et avisée…

Tant d'éloges de sa part la surprit tellement que Sydney faillit s'en étouffer avec le vin qu'elle était en train de boire.

— J'essaie de l'être…

Avec un aplomb que Sydney lui envia, Rachel vida d'un trait son verre de vodka et se tourna vers elle.

— Avec cette affaire Wolburg, dit-elle, le Groupe Hayward était dans de sales draps ces temps-ci. Vous vous en êtes tirée avec brio. Vous connaissez mon frère depuis longtemps ?

La question était posée de manière si naturelle que Sydney n'y vit pas malice.

— Non, répondit-elle. Nous avons fait connaissance le mois dernier, quand il a débarqué dans mon bureau prêt à réduire en bouillie n'importe quel Hayward qui lui tomberait sous la main…

Le doigt levé, l'intéressé corrigea doctement :

— Je suis resté poli.

— Pas du tout ! protesta Sydney. Vous vous êtes montré très désagréable au contraire.

Voyant que Yuri, amusé, ne perdait pas une miette de cet échange, elle précisa à son intention :

— Il était mal habillé, couvert de poussière, fou de rage et prêt à se battre.

— Il a hérité du sale caractère de sa mère, confessa Yuri d'un air peiné. C'est ma croix…

Les poings serrés sur la table, Nadia poussa un soupir exaspéré.

— Tout cela, s'écria-t-elle, parce que je lui ai lancé un jour la salière en pleine tête. Il s'en souvient encore !

— Je ne risque pas de l'oublier, grommela Yuri. J'ai encore la cicatrice…

Désignant son épaule gauche, il ajouta :

— Et là, j'ai toujours celle que tu m'as faite quand tu m'as lancé ta brosse à cheveux en acier.

— Tu n'avais qu'à pas dire que ma nouvelle robe était laide !

Avec un haussement d'épaules, Yuri croisa les bras d'un air têtu.

— Je ne pouvais pas dire autre chose, puisqu'elle l'était !

— Assez ! fulmina la maîtresse de maison en se levant. Sinon, notre invitée va finir par me prendre pour un vrai tyran…

Avec un sourire angélique, Yuri se tourna vers Sydney et lui confia avec un clin d'œil :

— *C'est* un vrai tyran…

Nadia, qui avait tout entendu, commença à empiler rageusement les assiettes.

— Dans ce cas, conclut-elle, le tyran t'ordonne de l'aider à débarrasser la table pendant que les enfants discutent ! Il est temps de passer au dessert.

Alors que l'Aston Martin de Mikhail s'engageait sur le pont de Brooklyn pour regagner Manhattan, Sydney s'amusait encore des détails de ce merveilleux repas. Peut-être avait-elle bu un ou deux verres de trop. Sans doute n'aurait-elle pas dû se resservir de ce délicieux *kissel* — le pudding aux abricots que Nadia servait avec une cuillère de crème fraîche. Mais elle se sentait si bien et si détendue qu'elle ne se rappelait pas avoir passé au cours de son existence de dimanche après-midi plus réussi ni plus joyeux.

Blottie contre son siège, Sydney s'étira et tourna la tête pour étudier le profil de Mikhail.

— Faut-il croire tout ce que votre père nous a dit ? demanda-t-elle. A propos de ces choses que votre mère lui jette ?

— Vous pouvez le croire, assura-t-il en accélérant pour se fondre dans le trafic. C'est une manie chez elle. Un jour où j'avais osé lui manquer de respect, elle a lancé sur moi un plat entier de spaghettis carbonara.

Leurs rires se mêlèrent quelques instants avant que Sydney ne reprenne :

— Oh ! comme j'aurais voulu être là pour le voir... Vous vous êtes écarté à temps ?

Une grimace comique étira les lèvres de Mikhail.

— Presque...

Sydney laissa échapper un soupir d'envie.

— Moi, constata-t-elle en reprenant son sérieux, je n'ai jamais rien jeté à la tête de personne... J'imagine que cela doit être très libérateur, très jouissif. En tout cas, vos parents sont merveilleux. Toute votre famille l'est en fait. Vous avez bien de la chance...

La voyant se perdre dans ses pensées, Mikhail laissa retomber le silence entre eux.

— Ainsi, dit-il au bout d'un moment, ma petite surprise vous a plu ?

Prise de court par la question, Sydney tressaillit et se redressa sur son siège.

— Beaucoup ! Mais vous auriez tout de même pu me dire où nous allions...

— Seriez-vous venue, si je vous l'avais dit ?

Sydney ouvrit la bouche pour lui répondre, puis se ravisa en comprenant qu'elle n'en savait rien.

— Je ne sais pas, avoua-t-elle honnêtement.

Nouveau silence.

— Dites-moi, reprit-elle enfin. Pour quelle raison m'avez-vous emmenée chez eux ?

La réponse jaillit, aussi spontanée qu'incompréhensible aux oreilles de Sydney.

— Je voulais vous voir dans ce cadre-là. Peut-être aussi voulais-je que vous m'y voyiez...

Perplexe, Sydney se tourna vers lui et le dévisagea

longuement. Dans quelques minutes, songea-t-elle, ils seraient arrivés, partiraient chacun de leur côté, et il serait trop tard pour en savoir plus. Pour une raison qui lui échappait, il lui sembla soudain vital de parvenir à percer ce mystère.

— Je ne comprends pas, avoua-t-elle.

— Quoi donc ? s'étonna Mikhail.

— Je ne comprends pas en quoi il était important pour vous de me voir chez eux.

Mikhail haussa les épaules.

— Alors, dit-il, c'est que vous n'êtes pas aussi perspicace que vous le paraissez.

Piquée au vif, Sydney le fusilla du regard.

— Je comprendrais peut-être mieux si vous vous expliquiez.

— Vous savez, grogna-t-il, je ne suis qu'un manuel plus à l'aise avec le bois qu'avec les mots…

Agacé par son incompréhension autant que par son incapacité à lui expliquer, Mikhail préféra se cantonner dans un silence prudent. Sydney ne comprenait-elle pas que son satané parfum dans l'espace confiné du véhicule le rendait fou, de même que la façon qu'elle avait de rire sans bouder son plaisir, ou ses cheveux malmenés par le vent de la course ? C'était pire à présent qu'il l'avait vue à l'œuvre chez ses parents. Il n'oublierait pas de sitôt le regard de vénération pure que lui avait arraché ce pauvre corniaud d'Ivan…

En se résolvant à amener Sydney à Brooklyn, il avait craint de commettre une erreur. Il avait redouté qu'elle ne s'ennuie, qu'elle ne snobe sa famille, qu'elle se montre glaciale et désagréable comme elle savait l'être. Il n'en avait été que plus surpris de voir sa carapace fondre aux premiers sourires, aux premières attentions sincères. Comme une vieille habituée de leurs repas de famille, elle avait ri avec Yuri, plaisanté avec Alex, discuté politique avec Rachel, essuyé la vaisselle en échangeant des recettes avec Nadia.

Soudain, elle n'était plus la femme inaccessible qu'elle était jusque-là demeurée pour lui. Rien à part leurs susceptibilités respectives ne se dressait plus entre eux. Il était plus que temps pour lui d'ouvrir les yeux et d'accepter de regarder les choses en face. Mais comment diable était-il censé expliquer à Sydney qu'en si peu de temps il avait réussi à tomber amoureux d'elle ?

# 7.

De retour dans le parking souterrain, Mikhail coupa le contact d'un geste rageur. Au fur et à mesure qu'ils s'étaient éloignés de Brooklyn, il avait senti toute la réserve glaciale de Sydney revenir en force. Il pouvait le sentir à la façon qu'elle avait de se tenir raide sur son siège. Il aurait été bien en peine de dire quelle mouche l'avait piquée, mais il n'était pas décidé à se laisser faire.

— Je vous raccompagne, marmonna-t-il en claquant sa portière derrière lui.

Désarçonnée par son attitude, Sydney descendit à son tour de voiture. Elle n'avait aucune idée de ce qui avait pu gâter une soirée aussi bien engagée, mais elle était prête à lui en imputer l'entière responsabilité.

— Ce n'est pas nécessaire, répondit-elle.

— Je vous raccompagne ! répéta-t-il sur un ton qui n'admettait pas de réplique.

Sans lui laisser le loisir de protester, il l'entraîna par l'avant-bras jusqu'aux cabines d'ascenseur. Tandis qu'il appuyait sur le bouton d'appel, Sydney se libéra de son emprise et croisa les bras sur sa poitrine.

— A votre aise…, murmura-t-elle d'un air buté.

Ni l'un ni l'autre ne décrochèrent le moindre mot pendant que la cabine s'élevait avec une lenteur éprouvante. Sydney rongeait son frein. Dès que les portes coulissèrent, elle se rua dans le couloir, les clés de son appartement déjà en main.

Tout en déverrouillant sa porte, elle lança par-dessus son épaule, avec une politesse exagérée :

— J'ai été ravie de faire la connaissance de votre famille. Surtout, remerciez-les encore de ma part. S'il y a le moindre problème sur le chantier, vous pourrez me joindre au bureau durant toute la semaine. Bonsoir.

Mikhail parvint de justesse à retenir la porte du plat de la main avant qu'elle ne se referme sur son nez.

— Pas de dernier verre ? fit-il mine de s'étonner.

Consciente qu'il était inutile de chercher à lutter contre lui pour refermer le battant contre son gré, Sydney haussa les épaules et le laissa entrer.

— Un peu tôt pour une tisane et un peu tard pour un café, murmura-t-elle.

Avec suffisamment de force pour faire trembler le miroir vénitien pendu au mur, Mikhail claqua la porte et s'avança dans le hall. Bien qu'elle eût pris soin de ne pas broncher, Sydney sentit un nœud se former dans son ventre.

— Il est plutôt impoli pour un homme de s'imposer ainsi dans l'appartement d'une femme…

Avec assurance, Mikhail plongea les mains dans ses poches et s'avança sans l'attendre dans le living-room.

— Vous savez que j'ai de très mauvaises manières.

— Cela doit être dur pour vos parents ! rétorqua Sydney en le suivant dans la pièce. Ils ont fait tout leur possible pour élever correctement leurs enfants, mais manifestement avec vous ils ont échoué…

Mikhail fit volte-face et la crucifia du regard. Bien moins rassurée qu'elle tentait de le paraître, Sydney se figea sur place.

— Vous les aimez vraiment, demanda-t-il, ou n'est-ce qu'un pieux mensonge dicté par vos excellentes manières ?

L'indignation et la colère eurent instantanément raison du flegme affiché par Sydney. S'il avait voulu l'insulter, il pouvait se vanter d'avoir réussi son coup.

— Je les aime vraiment ! s'écria-t-elle. Et je ne vous permets pas d'en douter. Pourtant, j'en arrive à me demander comment deux êtres aussi charmants ont pu concevoir un fils aussi désagréable. A présent, puisque tout est clair entre nous, je ne vous retiens pas.

— Rien ne sera clair entre nous, s'emporta Mikhail, tant que vous ne m'aurez pas expliqué pourquoi vous êtes si différente de celle que vous étiez il y a une heure à peine.

Sydney secoua la tête d'un air intrigué.

— Je ne vois pas de quoi vous voulez parler.

— Chez mes parents, s'entêta-t-il, vous étiez chaleureuse, attentive, enjouée, souriante. A présent que nous sommes seuls, vous revoilà aussi figée et glaciale qu'un iceberg !

Tournant la tête vers lui, Sydney força sur ses lèvres un sourire qui ressemblait bien plus à une grimace.

— Voilà votre sourire, dit-elle. Satisfait ?

Prêt à exploser, Mikhail marcha sur elle, les yeux étincelants de fureur contenue.

— Non ! cria-t-il. Je suis insatisfait depuis que j'ai mis les pieds dans votre bureau… Vous jouez à me faire souffrir, et je déteste ça !

Sydney s'essaya à un rire grinçant qui s'acheva dans un couinement apeuré. Plus qu'un pas ou deux, et Mikhail l'aurait rejointe. S'avisant qu'elle ne s'était pas encore débarrassée de son sac à main, elle saisit le prétexte d'aller le poser sur une table basse pour mettre un peu de distance entre eux.

— Ecoutez, plaida-t-elle en le fixant droit dans les yeux. Cette conversation est fort instructive, mais nous pourrions peut-être la remettre à plus tard ?

Pour toute réponse, Mikhail écarta une chaise de son chemin et fit un nouveau pas vers elle, l'obligeant à se glisser sur le côté pour ne pas se retrouver acculée contre un mur. Toute dignité oubliée, Sydney faisait à présent retraite en marche arrière devant lui.

— Comme je l'ai déjà dit, gémit-elle, j'ai passé un excellent après-midi. A présent, si vous vouliez bien arrêter de me poursuivre, je pourrais en conserver un bon souvenir. Je ne sais pas ce qui a pu vous passer par la tête pour vous mettre dans cet état, mais…

— C'est vous qui me mettez dans cet état, gronda-t-il. Chaque fois que je vous vois. Chaque fois que vous faites semblant d'ignorer ce que je veux.

Sydney trouva refuge derrière une table ronde et en profita pour cesser sa fuite absurde.

— Très bien ! s'exclama-t-elle avec détermination. Alors finissons-en et dites-moi ce que vous voulez.

— Vous ! Vous savez parfaitement que c'est vous que je veux.

Le cœur de Sydney fit un bond dans sa poitrine.

— Vous mentez, lui dit-elle en détournant le regard. Et je n'aime pas ce jeu que vous jouez avec moi.

— Un jeu ! rugit Mikhail hors de lui. N'est-ce pas plutôt vous qui jouez avec moi lorsque vous soufflez le chaud et aussitôt après le froid ? Quand je lis dans vos yeux passion et tendresse et la minute suivante le dédain le plus glacial ? Et cessez donc de me traiter de menteur, Sydney. C'est vous que je veux, et non votre mère ou qui que ce soit d'autre. Je vous désire depuis le premier instant...

En guise de bonne foi, il éleva ses mains devant lui, puis, sous l'effet de la frustration, les laissa lourdement retomber sur la table, la faisant sursauter.

— Je ne...

Comprenant qu'elle était à bout de souffle, incapable d'achever sa phrase, Sydney battit en retraite derrière une chaise, à laquelle ses doigts s'accrochèrent fermement. Lorsqu'il avait violemment frappé la table de ses mains, elle avait commis l'erreur de relever la tête, surprenant dans son regard un désir sans fard qui lui avait bouleversé les sens.

— Pourtant, parvint-elle enfin à articuler, vous ne donniez pas l'impression de me désirer beaucoup... la dernière fois.

— La dernière fois ? répéta Mikhail, incrédule. Pour l'amour du ciel, de quoi parlez-vous ?

Le rouge au front, Sydney s'obligea à ne pas le quitter des yeux. Les jointures de ses doigts verrouillés sur le dossier de la chaise étaient blanches.

— Lorsque nous sommes revenus de Long Island, précisa-t-elle. Nous étions...

Ne sachant comment poursuivre, Sydney ravala péniblement sa salive. En deux pas, Mikhail la rejoignit et abattit ses mains sur ses épaules.

— Vous en avez trop dit ou pas assez, dit-il d'une voix ferme. Expliquez-vous !

En un sursaut d'orgueil, Sydney redressa le menton. D'une secousse de ses épaules, elle se libéra des mains de Mikhail.

— Très bien ! lança-t-elle fièrement. Mettons cartes sur table, afin de ne pas avoir à y revenir. Dans la voiture ce soir-là, vous avez... commencé quelque chose. Quelque chose que je n'avais pas encouragé. Quelque chose que vous n'avez pas mené à son terme parce que…

Pour être certaine que sa voix ne tremblerait pas, elle prit le temps d'une profonde inspiration et conclut :

— Parce que vous vous êtes rendu compte, je suppose, que je n'étais pas à la hauteur de vos espérances.

Pendant une longue minute, Mikhail ne put que la contempler stupidement, sans pouvoir parler. Puis la colère déforma si brutalement ses traits que Sydney n'eut pas le temps de s'en effrayer. La chaise malmenée s'en alla valser sur le sol et plus rien ne les sépara. De ses lèvres serrées s'échappa un chapelet de jurons en ukrainien. Sydney n'avait pas besoin de connaître cette langue pour comprendre le sens général de ces paroles. Sans lui laisser le temps de battre en retraite, il la saisit par les avant-bras et recommença à crier. Pendant une seconde, elle craignit de subir le même traitement que la chaise, mais Mikhail se contenta de la serrer fermement entre ses mains et de la houspiller.

— Ça c'est le bouquet ! cria-t-il. Comment une femme aussi intelligente que vous peut-elle dire des choses aussi stupides ?

— Je n'ai pas l'intention de subir plus longtemps vos insultes !

Bien sûr, la protestation n'était que de pure forme. Tant qu'il ne se serait pas décidé à la lâcher, elle était à sa merci.

— Dire la vérité n'est pas une insulte ! s'insurgea-t-il. Voilà des semaines que je m'efforce de me conduire en gentleman…

— Vraiment ! s'exclama-t-elle avec un rire grinçant. Je n'ose imaginer ce que cela aurait donné dans le cas contraire !

— Je me disais que vous aviez besoin de temps

pour apprendre à me connaître, poursuivit Mikhail. J'étais tellement désolé de m'être laissé emporter par la passion dans votre voiture… J'avais peur que vous me preniez pour un barbare, pour un homme qui abuse de sa force afin d'obtenir coûte que coûte d'une femme ce qu'il désire.

Un sourire de triomphe apparut sur les lèvres de Sydney.

— N'est-ce pas exactement ce que vous êtes en train de faire ? Je vous ordonne de me lâcher !

Sans se laisser impressionner, Mikhail raffermit sa prise et se rapprocha encore pour mieux la dévisager.

— Vous pensiez vraiment ce que vous m'avez dit ? demanda-t-il d'une voix radoucie. Vous croyez que c'est parce que je ne vous désirais plus que je me suis dérobé dans la voiture ?

— Inutile de remuer le couteau dans la plaie, murmura Sydney. Je suis bien consciente que ma sexualité n'est pas ce qu'elle devrait être.

Mikhail, qui n'avait pas la moindre idée de ce dont elle voulait parler, redoubla de persuasion pour la convaincre.

— Mais bon sang ! Nous étions dans une voiture, au beau milieu de la ville, avec votre chauffeur à l'avant… Et moi, j'étais prêt à fendre votre robe en deux et à vous prendre là, comme si nous étions seuls au monde. Ne pouvez-vous pas comprendre que c'est ce qui m'a mis en colère contre moi, et contre vous, qui m'aviez conduit à m'oublier ainsi ?

Sydney chercha en vain une réponse. Mikhail l'avait attirée contre lui et ses mains lui caressaient les épaules, le cou, s'égaraient dans ses cheveux. La colère qui avait fait briller son regard s'était transformée en quelque chose d'autre, quelque chose qui lui coupait le souffle et lui faisait battre le cœur.

— Chaque jour, murmura-t-il, chaque nuit, ces souvenirs me hantent. J'attends avec impatience que la femme qui répondait à mes caresses avec tant d'ardeur revienne à moi. Mais je crois que vous préférez encore étouffer cette femme en vous plutôt que de vous mettre en danger. Et moi, j'en ai plus qu'assez d'attendre !

Fermement, Mikhail fit de ses doigts mêlés aux cheveux de Sydney une prise pour lui incliner la tête, exposant sa bouche à ses baisers. La chaleur, une chaleur intense, instantanée, la transperça tout entière, de l'épiderme à la moelle des os. Affolée, elle entendit un impudique grognement de plaisir monter de sa gorge. Consentantes, désespérément consentantes, ses lèvres s'ouvrirent à lui. Son cœur fit de nouveau des bonds dans sa poitrine, mais c'était à présent sous l'effet du bonheur et de l'anticipation du plaisir à venir.

Avec un gémissement désespéré, Mikhail s'arracha aux lèvres de Sydney. Cette fois encore, songea-t-il, elle n'avait rien demandé, rien encouragé. Pourtant, jamais femme entre ses bras n'avait paru si ouverte à ses caresses, si désireuse de se fondre en lui. Tant qu'il en était encore temps, avant d'avoir définitivement perdu tout self-control, il lui fallait le vérifier.

— Emportez-moi au paradis ou condamnez-moi à l'enfer, lança-t-il d'une voix haletante. Mais faites-le *maintenant*.

Sans hésiter, Sydney referma les bras autour de son cou et les y verrouilla fermement. Elle n'avait qu'un mot à dire, et il l'aurait laissée là sur-le-champ, seule avec ce désir lancinant qu'il avait si bien su éveiller en elle. De la même façon, il n'attendait qu'une parole de sa part pour plonger avec elle dans cet océan de félicité au bord duquel ils se tenaient.

Faisant définitivement taire en elle la petite voix apeurée qui lui conseillait le silence, Sydney dit en le fixant droit dans les yeux :

— Mikhail, je vous désire moi aussi. Oh, comme je vous désire ! Par pitié, arrêtez de me tourmenter. Faisons l'amour…

Aussitôt, la bouche de Mikhail fondit de nouveau sur la sienne. Exigeantes, possessives, affamées, ses mains coururent le long de son corps, y propageant un incendie qui menaçait de l'emporter tout entière. Elle le savait, il était à présent trop tard pour reculer. Avec une urgente maladresse, ses doigts s'ancrèrent aux épaules de Mikhail, remontèrent se perdre dans ses cheveux. A travers le mince rempart de coton de sa chemise, elle sentait pulser rapidement le cœur de cet homme. Et, merveille de toutes les merveilles, le cœur de cet homme battait pour elle…

Grisé par le parfum de Sydney, Mikhail se sentit gagné par une frénésie érotique. Les splendeurs que ses doigts découvraient ne faisaient qu'exacerber sa faim d'en découvrir plus. Avec une impatience fébrile, il fit glisser les fines bretelles de sa robe, cassant l'une d'elles dans sa hâte à en venir à bout. Sans perdre une seconde, il surligna du bout des lèvres la courbe émouvante de son épaule, tandis que ses doigts baissaient la fermeture Eclair dans son dos. L'instant d'après, la robe n'était plus qu'un chiffon vert citron à leurs pieds.

En dessous, Sydney ne portait qu'une mince combinaison de soie blanche sans bretelles qui ne cachait plus grand-chose des trésors qu'elle protégeait.

— Où est la chambre ? fit Mikhail sans cesser de la

dévorer du regard. J'espère pour vous qu'elle n'est pas trop loin…

Avec un petit rire nerveux, Sydney indiqua le couloir et n'eut que le temps de s'agripper à son cou lorsqu'il la souleva de terre dans ses bras. Aucun homme — pas même son premier mari — ne l'avait jamais portée ainsi et elle fut heureuse que Mikhail fût le premier à oser ce geste romantique.

Tandis qu'il la déposait sur le lit aux montants de cuivre, elle vit les derniers rayons du couchant frapper sa fenêtre et demanda :

— Ne devrions-nous pas fermer les…

Un halètement de surprise l'empêcha de conclure. Penché au-dessus d'elle, Mikhail s'était mis sans attendre à lui faire des choses, des choses incroyables et merveilleuses, qui la laissaient pantelante sur le lit. Il n'était plus question dès lors de pudeur ou de timidité. Il n'y avait plus de place dans cette chambre que pour l'urgence de leur désir, que pour leur plaisir, à prendre et à donner.

Rien n'avait préparé Sydney à imaginer que l'amour entre un homme et une femme pût ressembler à cela. Elle avait toujours pensé que faire l'amour était au pire un acte mécanique, au mieux une douce détente. Jamais elle n'avait partagé avec aucun homme de passion aussi impérieuse et dérangeante. Les mains larges et rudes de Mikhail modelaient indifféremment la soie ou la chair, sculptaient les reliefs, approfondissaient les creux. Entre ses doigts, il lui semblait n'être qu'une pâte humaine, malléable et docile, qu'il se serait mis en tête de remodeler à son gré. Et quand ses mains semblèrent s'être rassasiées de caresses, sa bouche à son tour prit le relais pour un parcours plus affolant encore.

Mikhail se sentait totalement perdu en elle, inextricablement mêlé à elle. Même l'air qu'il respirait embaumait de ce parfum subtilement transformé par sa peau et qui n'appartenait qu'à elle. Plus son corps semblait fondre sous ses caresses, plus se fortifiait en lui son désir de la faire sienne. N'y pouvant plus tenir, il porta sa bouche à hauteur de ses seins et ne prit même pas la peine d'écarter le mince voile de soie pour titiller de ses lèvres l'émouvant téton rose qui y dardait. D'une main passée entre ses cuisses, il partit à la découverte du plus intime d'elle-même et eut la récompense de la trouver plus que prête à l'accueillir.

Dès que se mirent en action les doigts et la langue de Mikhail, Sydney crut mourir de plaisir. Sous l'effet de ses délicieuses et savantes tortures, son corps s'arc-bouta sur le lit. De toutes ses forces, elle s'accrocha aux barreaux de cuivre pour ne pas se mettre à crier. Aussi brûlant que la lave, aussi rapide que le vent, le plaisir montait en elle. Soudain, la peur et le désir lui parurent si intimement mêlés qu'elle ne sut si elle devait le supplier d'arrêter ou l'implorer de poursuivre. Il lui sembla que tout son être se ramassait en une balle infiniment petite, puis la balle explosa en une formidable déflagration de plaisir. Sydney ne se rendit compte qu'elle s'était mise à crier son nom, encore et encore, que lorsque Mikhail la fit taire d'un baiser.

Excité au-delà de toute mesure, ému de la découvrir tellement bouleversée, Mikhail regarda la marée de plaisir refluer sur ce visage aux lèvres pleines comme des fruits mûrs, aux yeux brillants rendus plus sombres par l'orgasme, aux pommettes empourprées. D'un geste, il acheva de la dénuder et festoya tout à son aise sur ce corps livré à lui. Pour elle, pour lui, pour revivre encore cet instant unique, il s'accorda la faveur de tout recommencer. D'inlassables caresses la conduisirent vers d'autres extases, d'autres sommets. Même lorsque Sydney commença à tirer maladroitement sur ses vêtements pour le dénuder à son tour, il ne cessa pas de lui donner plus que ce qu'elle aurait jamais pensé recevoir de la part d'aucun homme.

Enfin, lorsqu'ils furent l'un et l'autre nus et qu'il n'y put plus tenir, lorsqu'il sentit Sydney, frémissante et couverte de sueur, prête à le recevoir, il s'enfonça en elle avec un râle auquel le sien fit écho.

Sydney était au-delà de tout plaisir. Il n'y avait pas de nom pour le flot d'émotions qui irriguait son être. Instinctivement, comme s'il n'obéissait qu'à lui-même, son corps se mit à bouger avec celui de Mikhail. Bien vite, ils trouvèrent le rythme qui n'appartenait qu'à eux, aussi bienfaisant, aussi vivifiant, aussi naturel que le souffle qui les faisait vivre. Dans un brouillard de larmes, elle sut qu'il lui parlait, qu'il bredouillait dans un mélange de langues des mots étranges et beaux. Elle ne savait plus où elle était, mais elle savait qu'il s'y trouvait avec elle, aussi captif d'elle qu'elle l'était de lui. Et quand un nouvel orgasme la fit basculer au-delà de toute raison, il fut tout ce qui restait pour elle — tout ce qui comptait.

Sydney était si belle dans son sommeil que Mikhail avait de la peine à détourner les yeux. Ses cheveux lui masquaient la moitié du visage. Sa main fine reposait sur l'oreiller, près de ses lèvres pleines. Le drap, tire-bouchonné par leurs ébats de la nuit, épousait au plus près corps assoupi, sans rien cacher de la courbe parfaite d'un sein épanoui.

Mikhail détestait l'idée de devoir la tirer du sommeil, mais il connaissait suffisamment Sydney pour savoir qu'elle lui en voudrait de ne pas l'avoir fait. Tendrement, il écarta les cheveux de sa joue, se pencha et lui couvrit le visage de baisers.

— Sydney ? murmura-t-il tout contre son oreille.

Le grognement par lequel elle lui répondit réveilla aussitôt son désir assoupi.

— C'est l'heure, reprit-il en se retenant de sauter dans le lit avec elle. Réveille-toi au moins pour me dire au revoir…

Sydney dut lutter contre ses paupières récalcitrantes jusqu'à ce qu'elles acceptent enfin de s'ouvrir. Dans un demi-sommeil, elle vit tout près d'elle le visage de Mikhail, ombré d'un voile de barbe, et se mit à sourire. Pour satisfaire une vieille envie, elle tendit la main et se râpa les doigts le long de son menton. Tout sourires, Mikhail se redressa et Sydney fit de même, prenant appui sur un coude.

— Tu es déjà habillé ? s'étonna-t-elle.

— Il me semble que c'est la tenue la plus appropriée pour aller travailler… Il est presque 7 heures. Je me suis permis d'utiliser ta douche et de faire du café.

Machinalement, Sydney hocha la tête. Elle pouvait sentir sur lui ces odeurs matinales — savon et café frais — ce qui souleva en elle une vague de désir.

— Tu aurais dû me réveiller…

— Je ne t'ai pas laissée beaucoup dormir la nuit passée, répondit-il. Tu viendras chez moi ce soir ? Je te préparerai à dîner.

— Avec plaisir.

Sydney se redressa dans le lit, noua ses mains autour de la nuque de Mikhail, lui sourit d'un air ingénu. Elle n'avait rien fait pour retenir le drap qui avait glissé jusqu'à ses hanches. Satisfaite, elle vit ses yeux plonger jusqu'à ses seins, les muscles de sa mâchoire se contracter, une lueur de désir flamber dans son regard. Patiemment, elle attendit qu'il relève la tête pour déposer sur ses lèvres un baiser léger, puis un autre plus approfondi, puis un autre encore, jusqu'à lui arracher un gémissement de protestation. Alors seulement, elle se fit un devoir de déboutonner sans se presser sa chemise.

— Sydney…, protesta Mikhail en retenant sa main. Je vais être en retard.

Avec un petit rire insouciant, elle fit glisser la chemise et se pencha pour lui mordiller l'épaule.

— Ne t'inquiète pas, murmura-t-elle. Je m'arrangerai avec ton patron…

Deux heures plus tard, Sydney pénétrait dans les bureaux directoriaux d'Hayward chargée d'une pleine brassée de fleurs. D'humeur radieuse, elle avait revêtu un tailleur jaune vif et laissé ses cheveux libres sur ses épaules. Janine, qui levait les yeux de son moniteur pour lui adresser son bonjour habituel, la regarda approcher avec des yeux ronds.

— Mademoiselle Hayward, murmura-t-elle, vous paraissez en pleine forme, ce matin !

— Merci, Janine, répondit Sydney en lui tendant l'énorme bouquet. C'est exactement l'effet que je me fais. Tenez ! C'est pour vous…

— Je… Pour moi ? balbutia-t-elle en serrant les fleurs contre sa poitrine. Merci. Merci beaucoup…

— A quelle heure est mon premier rendez-vous ?

— 9 h 30. Avec MM. Brinkman, Lowe et Keller.

— Cela nous laisse vingt minutes. J'aimerais vous parler dans mon bureau.

— Bien, répondit Janine.

Après avoir déposé les fleurs, elle s'empara de son bloc-notes et s'apprêta à la suivre.

— Vous n'aurez pas besoin de prendre de notes, précisa Sydney.

Sa secrétaire sur ses talons, elle déverrouilla sa porte. Quand elles eurent pris place de part et d'autre du bureau, Sydney se laissa aller en arrière dans son fauteuil et contempla son assistante d'un air pensif.

— Depuis combien de temps travaillez-vous pour Hayward ? s'enquit-elle.

— Cinq ans en mars dernier.

Sydney hocha la tête sans cesser de la dévisager curieusement. D'une beauté pleine de caractère, Janine soignait son apparence et possédait de beaux yeux gris francs et directs. Ses cheveux châtain foncé, coupés court et toujours impeccablement coiffés, rendaient plus doux un visage un peu allongé, au menton volontaire. Son maintien parfait en toute circonstance était pour elle un autre atout. Car si l'apparence n'était pas tout, elle comptait pour beaucoup dans ce que Sydney avait en tête.

— Dans ce cas, reprit-elle, vous avez dû arriver très jeune ici.

— Vingt et un ans, répondit Janine avec un mince sourire. Au sortir de l'école de commerce.

— Faites-vous ici ce que vous désiriez faire ?

Le sourire se figea sur les lèvres de la secrétaire.

— Je vous demande pardon ?

— Ce travail de secrétariat vous satisfait-il ou avez-vous d'autres ambitions ?

De plus en plus mal à l'aise, Janine résista à l'envie de se tortiller dans son fauteuil.

— J'espère un jour pouvoir devenir chef de service, mais je suis heureuse de travailler pour vous.

— Vous avez cinq ans d'expérience de plus que moi et pourtant vous appréciez de travailler sous mes ordres ? Dites-moi pourquoi.

— Pourquoi ? répéta Janine avec stupéfaction. Eh bien… Etre l'assistante du P.-D.G. est un poste important, et je pense être efficace et utile dans mon emploi.

Consciente de la mettre sur des charbons ardents, Sydney lui adressa un sourire rassurant.

— D'accord avec vous sur ces deux points, dit-elle avant de se lever pour aller prendre appui sur le coin de son bureau. Jouons franc-jeu… Je suis sûre que personne ici ne s'attendait à me voir rester plus de deux mois en fonction, la plupart étant persuadés que je passerais mon temps à me limer les ongles et à bavarder avec mes amies au téléphone.

Voyant les joues de sa secrétaire s'empourprer, Sydney comprit qu'elle avait visé juste.

— En conséquence, poursuivit-elle, il fut décidé avant mon arrivée de me doter d'une super-secrétaire susceptible de suppléer à mon incompétence. Exact ?

— C'est ce que colportent les ragots de bureau…

Après avoir baissé les yeux, Janine se redressa et soutint tranquillement le regard de Sydney. Si sa patronne voulait se débarrasser d'elle, songea-t-elle, elle lui montrerait qu'elle savait partir dans la dignité.

— J'ai accepté ce poste, reprit-elle, parce qu'il représentait une promotion ainsi qu'un tremplin pour une évolution dans l'entreprise.

— Et vous avez fort bien fait de profiter de cette opportunité. Depuis que nous travaillons ensemble, j'ai toutes les raisons d'être satisfaite de votre travail. Vous êtes déjà là quand j'arrive le matin et repartez le soir bien souvent après moi. Quand je vous réclame une information, vous me l'apportez ou vous vous débrouillez pour l'obtenir. Quand j'ai besoin que l'on m'explique je peux compter sur vous, ce qui ne vous empêche en rien d'obéir comme un petit soldat si nécessaire.

— Je n'aime pas que les choses soient faites à moitié, mademoiselle Hayward.

Un sourire bienveillant éclaira le visage de Sydney. C'était exactement ce qu'elle avait besoin d'entendre à ce stade de leur conversation.

— De plus, poursuivit-elle, vous avez de l'ambition et la volonté de vous perfectionner. Pourtant, lorsque ma position à la tête du Groupe était si compromise la semaine dernière, vous n'avez pas hésité à me soutenir. Interrompre ce conseil d'administration pour me venir en aide était la meilleure façon de vous mettre à dos un ennemi puissant qui aurait pu briser votre carrière au sein de cette société.

Embarrassée, Janine détourna le regard et haussa modestement les épaules.

— Je travaille pour vous, pas pour M. Bingham, et je sais où doit aller ma loyauté. De toute façon, dans cette affaire, c'est vous qui étiez dans le vrai.

— La loyauté est une qualité essentielle à mes yeux, Janine. Les fleurs sont pour vous remercier, à titre personnel, de ce que vous avez fait pour moi. Mais en tant que P.-D.G. du Groupe Hayward, j'aimerais que vous acceptiez de devenir mon bras droit. Je vous offre le poste de directrice exécutive, avec salaire et avantages correspondants.

Sous le coup de l'émotion, Janine porta la main à sa bouche et resta quelques instants à la fixer, les yeux humides.

— J'espère que vous accepterez ma proposition, insista Sydney avec gravité. Je vous la fais après mûre réflexion, en toute sérénité, et dans notre mutuel intérêt.

J'ai besoin d'avoir auprès de moi quelqu'un en qui j'aie confiance, quelqu'un que je respecte, quelqu'un qui sache comment faire tourner la boutique. Et ce quelqu'un, ce ne peut être que vous. Sommes-nous d'accord ?

Sydney se leva et tendit la main pour la lui offrir. Janine la regarda quelques secondes, avant de se lever à son tour pour venir la serrer chaleureusement entre les siennes.

— Mademoiselle Hayward…

— Sydney…, l'interrompit-elle. Nous voilà embarquées dans le même bateau.

— Sydney…, reprit Janine. J'espère ne pas être en train de rêver.

— Vous ne rêvez pas ! confirma-t-elle en regagnant son bureau. Et vous n'aurez pas l'occasion de le faire avant la fin de la journée. Votre premier travail à ce poste va consister à convoquer Lloyd Bingham ici même aussitôt que possible. Faites les choses dans les règles. La chasse est ouverte ! Il ne faut lui laisser aucune prise…

Il lui fallut attendre jusqu'à 16 h 15, mais Sydney sut se montrer patiente. Ce délai lui permit de réexaminer une dernière fois la situation et d'être certaine qu'elle ne prenait pas de décisions d'une telle importance sous le coup de l'émotion.

Quand bourdonna enfin l'Interphone et que Janine lui annonça l'arrivée de Bingham, elle était prête et tout à fait sûre d'elle-même.

— Mauvais jour pour une causerie ! bougonna-t-il en surgissant dans la pièce.

— Asseyez-vous, Lloyd.

Impassible, Sydney le regarda prendre place dans le fauteuil et sortir une cigarette de son étui.

— Je n'abuserai pas de votre temps, reprit-elle. Le mien est aussi compté que le vôtre mais il me semblait impossible de remettre à plus tard cette discussion.

A travers un écran de fumée, Bingham lui sourit d'un air narquois.

— Un problème sur l'un des projets ?

— Non. Il n'y a rien dont je ne puisse venir à bout moi-même à présent. C'est l'organisation interne de nos services qui me pose problème, et j'ai décidé d'y remédier.

L'air suffisant, son vis-à-vis croisa les jambes et se cala dans son fauteuil.

— Remanier un organigramme n'est pas une mince affaire, minauda-t-il. Etes-vous sûre d'avoir les reins assez solides pour vous y risquer ?

— Je ne vais pas m'y risquer, rétorqua Sydney, je vais le faire. J'attends votre lettre de démission sur ce bureau pour demain 17 heures.

Bingham jaillit de son siège comme une fusée.

— Bon sang mais de quoi parlez-vous !

— De démission, Lloyd. Ou de licenciement. A vous de choisir…

Fou de rage, Bingham serra le poing et réduisit sa cigarette en miettes au-dessus de la corbeille à papier.

— Vous croyez pouvoir me virer ? lança-t-il d'une voix sifflante. A peine aux commandes depuis trois mois et vous vous imaginez pouvoir congédier comme un valet un pilier de l'entreprise depuis douze ans ?

— Le temps ne fait rien à l'affaire, rétorqua Sydney calmement. Mon grand-père vous a donné votre chance il y a douze ans, mais moi je suis une Hayward depuis toujours. C'est moi qui le remplace derrière ce bureau. J'assume de plein droit les pouvoirs et les responsabilités qu'il m'a légués. Je ne peux tolérer plus longtemps que mon principal collaborateur agisse dans l'ombre pour saper mes positions. Il est clair que vous n'êtes plus heureux dans cette société depuis que j'en ai pris la tête. Comme je suis certaine d'y rester un long moment encore, je ne peux que vous suggérer de partir. C'est votre intérêt autant que le mien.

— Nous verrons ce qu'en pensera le conseil…

— Libre à vous de vous en remettre à lui. Mais si vous le faites, je vous garantis que j'userai de tout mon pouvoir pour limiter votre liberté d'action au minimum tant qu'il n'aura pas statué sur votre cas.

A l'instinct, Sydney abattit son atout majeur.

— Laisser filtrer l'accident de Mme Wolburg dans la presse a porté tort au groupe Hayward bien plus qu'à moi-même. En tant que vice-président, votre devoir est d'être loyal à cette entreprise, pas de comploter parce que vous êtes mécontent de travailler sous mes ordres.

Figé au milieu de la pièce, Bingham avait pâli. Il n'en fallut pas plus à Sydney pour comprendre qu'elle ne s'était pas trompée sur son compte.

— Vous bluffez ! fulmina-t-il. Vous n'avez aucune preuve de ce que vous avancez.

Effectivement elle bluffait, mais il n'avait quant à lui aucune possibilité de le vérifier.

— Vous voulez parier ? le nargua-t-elle. Rien n'est plus traître de nos jours que les télécommunications. Tout appel laisse des traces. Et certaines traces sont bien compromettantes… Je vous ai dit il y a quelques jours que si le conseil me soutenait je voulais votre loyauté ou votre démission. Nous savons tous les deux que votre loyauté est hors de question.

— Je vais vous dire ce que vous allez avoir !

Il y avait dans sa voix une nuance de mépris, mais il

était clair que sous son élégant costume gris Bingham transpirait à présent à grosses gouttes.

— Quand j'aurai pris votre place dans ce fauteuil, poursuivit-il sur un ton menaçant, vous aurez tout le temps nécessaire pour courir en Europe d'un palace à un autre !

La menace n'inspira à Sydney qu'une vague pitié.

— Non, Lloyd. Jamais vous n'aurez votre place dans ce fauteuil. En tant que principale actionnaire d'Hayward, j'y veillerai personnellement. Je n'ai pas jugé jusqu'à présent nécessaire d'informer le conseil des multiples manquements à vos devoirs que l'on peut vous reprocher. Mais si vous y tenez, je peux encore le faire. Et dans le contexte actuel, je peux vous garantir que de nous deux ce n'est pas vous qui l'emporterez.

— Ne croyez pas vous en sortir à si bon compte, marmonna-t-il à mi-voix. Je gagnerai la partie !

— Vous feriez bien d'y parvenir ! lança Sydney d'une voix glaciale. Parce que, dans le cas contraire, je peux vous garantir que vous ne trouverez *jamais* de situation comparable à celle que vous occupez, chez *aucun* de nos concurrents... Et ne vous imaginez pas que je n'ai pas l'influence ou le courage nécessaires pour y parvenir. Il vous reste vingt-quatre heures pour examiner le choix qu'il vous reste à faire et pour me transmettre votre démission. Je ne vous retiens pas. La discussion est close.

Comme un somnambule, Bingham fit un pas vers Sydney. A voir ses poings serrés, il était clair qu'il aurait bien aimé s'en servir contre elle.

— Espèce de sale garce !

Sydney se dressa sur ses jambes à l'instant où il atteignait son bureau. Et cette fois, ce fut elle et non lui qui, les bras tendus devant elle, se pencha pour le foudroyer du regard.

— Allez-y ! lança-t-elle bravement. Frappez donc, que j'aie la joie de me défendre…

— Nous n'en avons pas terminé tous les deux.

Sur cet adieu en forme de menace, Lloyd Bingham tourna les talons et quitta son bureau en faisant claquer violemment la porte derrière lui.

Après avoir pris trois longues inspirations, Sydney se laissa glisser dans son fauteuil, assez satisfaite d'elle-même et de ses réactions. D'accord, songea-t-elle, elle tremblait bien un peu… Mais c'était bien plus sous l'effet d'une juste et saine colère, réalisa-t-elle, que sous l'effet de la peur. D'un geste machinal, elle ouvrit son tiroir avant de comprendre qu'elle n'avait nul besoin de torturer des trombones ou de déchiqueter du papier. En fait, conclut-elle pour elle même, à la réflexion, il y avait longtemps qu'elle ne s'était pas sentie aussi bien…

# 8.

D'un geste large, Mikhail versa dans la poêle le mélange de viandes, de tomates et d'épices. Tout en remuant le tout à l'aide d'une spatule, il jeta par la fenêtre de la cuisine un coup d'œil distrait dans la rue. Derrière lui, dans le living-room, *Le Mariage de Figaro* en était aux dernières mesures. Après avoir longuement humé le contenu de la poêle, il le goûta du bout du doigt et se décida à rajouter une rasade de vin rouge.

Rapidement, Mikhail consulta sa montre et observa de nouveau la rue en contrebas, se demandant pour la millième fois quand son invitée se déciderait à arriver. Puis, laissant le plat mijoter à feu doux, il gagna son poste de travail et se mit à étudier le bloc de bois de rose d'où émergeait peu à peu le visage de Sydney.

Il y avait dans cette bouche une douceur qu'il avait su capter. Entre le pouce et l'index, il vérifia les proportions d'un œil critique et se souvint comment ses lèvres avaient frémi sous les siennes, le goût qu'elles avaient eu pendant l'amour — caramel brûlant enrobé de sucre glace. De quoi vous rendre fou…

Ses pommettes hautes, aristocratiques, pouvaient être celles d'une gamine facétieuse et l'instant d'après celles d'une amazone inflexible. Rêveur, il laissa son doigt courir sur la ligne pure et élancée de la mâchoire et songea combien la peau de Sydney était à cet endroit douce et sensible.

Quant aux yeux, il avait tout de suite su qu'il rencontrerait des problèmes avec eux. Pas avec leur forme en amande, non — c'était l'enfance de l'art d'en rendre le contour —, mais avec les ombres qui les habitaient. Il y avait encore tant de choses qu'il avait besoin d'apprendre à son sujet, tant de mystères à percer. Les jambes pliées pour se mettre à hauteur de l'œuvre, Mikhail approcha son visage du buste à demi sculpté et fronça les sourcils.

— J'y arriverai, dit-il. Un jour je t'apprivoiserai.

Trois coups frappés à sa porte ne suffirent pas à le distraire de sa contemplation.

— C'est ouvert ! cria-t-il.

Vêtue d'un T-shirt à pois roses et d'un mini-short pailleté de même couleur, Keely jaillit dans la pièce.

— Tu n'aurais pas quelque chose de frais à me prêter ? lança-t-elle. Mon frigo a définitivement rendu l'âme.

— Sers-toi, répondit-il distraitement. Je te mettrai en tête de liste pour la prochaine livraison.

— Mike, mon héros…

Dans la cuisine, Keely fit une pause devant la poêle.

— Seigneur ! Que ça sent bon…

Incapable d'y résister, elle ramassa une cuillère et goûta le plat.

— A se damner… Dis-moi, j'ai l'impression qu'il y en a trop pour toi tout seul.

— Normal, marmonna Mikhail dans l'autre pièce, puisque c'est pour deux.

Tout en ramassant une boîte de soda glacée dans le réfrigérateur, Keely s'exclama gaiement :

— Oh, oh ! Je vois…

Près de quitter la cuisine, elle lança un coup d'œil envieux à la poêle dont le fumet la faisait saliver.

— Dis-moi, reprit-elle d'un air dégagé, il y en a aussi beaucoup pour deux.

Dans le living-room, avec un sourire indulgent, Mikhail cria par-dessus son épaule :

— Je t'en prie, sers-toi. Mais tu as intérêt à le laisser mijoter encore un peu chez toi.

— Mike, tu es un prince…

A la recherche d'un récipient adéquat, Keely se mit à fouiller les placards.

— Alors ? dit-elle ce faisant. Qui est l'heureuse élue ?

— Sydney Hayward.

Les yeux de Keely s'agrandirent sous l'effet de la surprise. La cuillère qu'elle s'apprêtait à plonger dans la poêle s'arrêta à mi-parcours.

— Tu veux dire la riche héritière qui se promène avec ce sac à six cents dollars qui m'a fait baver d'envie l'autre jour à la devanture de chez Saks ? Elle vient ici pour dîner et tout le reste ?

— Exactement ! répondit Mikhail en partant d'un grand éclat de rire.

Quant à lui, il était on ne peut plus impatient d'en arriver à « tout le reste »…

En finissant de remplir son bol, Keely se rembrunit. Elle n'était pas sûre quant à elle de partager la gaieté de son ami à cette nouvelle. Les riches étaient une race à part. Elle en était fermement convaincue. Bien sûr, elle savait que Mikhail commençait à bien gagner sa vie avec ses sculptures, mais elle ne pourrait jamais le classer parmi les riches. Pour elle, il était juste Mike, le type sexy d'à côté, toujours partant pour déboucher un évier, écraser une araignée ou partager une bière.

Portant son bol comme le saint sacrement, Keely regagna le living-room et nota ce que Mikhail était en train d'observer.

— Oh, oh ! fit-elle de nouveau.

Mais cette fois, ce n'était plus qu'un murmure d'envie. Que n'aurait-elle pas donné pour avoir de semblables pommettes ?

— Tu aimes ? s'enquit-il sans la regarder.

— J'adore. Comme tout ce que tu fais.

A la dérobée, Keely observa Mikhail qui n'avait pas quitté des yeux la sculpture depuis qu'elle était entrée. Ce qu'elle découvrit dans son regard ne fit que renforcer le malaise qui s'était emparé d'elle.

— Je... euh, balbutia-t-elle. Je suppose qu'il y a bien plus entre vous qu'une simple relation de travail.

Surpris, Mikhail se redressa, les pouces dans les passants de sa ceinture, et chercha le regard troublé de son amie.

— Oui, reconnut-il. Cela te pose problème ?

— Non, non ! protesta-t-elle en se mordillant la lèvre inférieure. Pas du tout. C'est juste que... Bon sang, Mike, elle est tellement... étrangère à notre monde.

Comprenant de quoi il retournait, Mikhail lui sourit et caressa tendrement ses cheveux.

— Tu t'en fais pour moi, n'est-ce pas ?

— Et alors ? dit-elle d'un air bravache. Ne sommes-nous pas amis ? N'est-ce pas à cela que servent les amis — à vous empêcher de commettre des erreurs ?

— Comme celle que tu as commise la semaine dernière avec ce crétin d'acteur ?

Avec un haussement d'épaules agacé, Keely leva les yeux au ciel.

— Cela n'a rien à voir ! s'emporta-t-elle. Moi, je n'étais pas amoureuse de lui. Ou alors juste un peu...

— N'empêche que tu as pleuré.

— Bien sûr ! Je suis une vraie fontaine. Tu sais bien que c'est grâce à ça que j'ai pu avoir cette pub pour les mouchoirs jetables.

Fascinée par ce qu'elle découvrait, Keely reporta son attention sur le buste posé sur l'établi. Lentement, elle en approcha ses doigts puis renonça in extremis, comme si elle redoutait de se brûler.

— Prends garde à toi, dit-elle d'une voix songeuse. M'est avis qu'une femme comme elle pourrait conduire l'homme le plus sensé à s'engager par dépit dans la Légion étrangère…

Mikhail se mit à rire et lui ébouriffa affectueusement les cheveux.

— Ne t'inquiète pas, plaisanta-t-il. Quand je me serai engagé, je t'enverrai des cartes postales.

Quelques coups brefs à la porte vinrent les interrompre. Donnant au passage à Keely une tape amicale sur l'épaule, Mikhail alla ouvrir.

— Hello !

Le visage de Sydney s'illumina dès l'instant où elle vit Mikhail s'encadrer dans la porte. Un petit sac de voyage pendu à un bras, une bouteille de champagne posée sur l'autre, elle tendit les lèvres pour l'embrasser et le suivit dans l'appartement en devisant gaiement.

— Je me doutais que cette odeur délicieuse venait de chez toi ! Dès le troisième étage, j'en avais l'eau à la bouche et je…

Les mots se tarirent sur ses lèvres aussitôt qu'elle eut aperçu la voisine de Mikhail debout devant l'établi.

— Bonjour, murmura timidement celle-ci. Je m'apprêtais à partir.

Aussi mal à l'aise que Sydney, Keely fit un détour par la cuisine pour y récupérer son soda glacé. Sydney, qui avait mis à profit ce délai pour poser discrètement son sac et sa bouteille, la gratifia d'un beau sourire à son retour dans la pièce.

— Heureuse de vous revoir, dit-elle. Comment s'est passé votre… assassinat ?

— Bien, répondit nerveusement Keely. Il n'a fallu que trois prises pour que le tueur m'étrangle en beauté.

Avec un nouveau sourire gêné, elle traversa la pièce et s'empressa de s'éclipser.

— Je vous souhaite une bonne soirée, lança-t-elle depuis le seuil. Mike, merci pour tout…

Déjà, la porte se refermait derrière elle. Ebahie, Sydney la contempla un instant d'un air pensif avant de demander :

— S'en va-t-elle toujours aussi vite ?

— Seulement quand tu es là.

Avec une souplesse de fauve, Mikhail la rejoignit et entoura sa taille de ses bras.

— Elle se fait du souci pour moi, expliqua-t-il. Elle a peur que tu me séduises, que tu abuses de moi, puis que tu me jettes.

— Oh, vraiment ! s'amusa Sydney. Et toi, qu'en penses-tu ?

Mikhail pencha la tête pour effleurer ses lèvres.

— Je n'ai rien contre les deux premières parties de ce programme.

Pour bien le lui faire comprendre, il l'embrassa avec plus de fougue et sentit Sydney s'abandonner entre ses bras.

— Tu as faim ? murmura-t-il entre deux baisers.

Avec délices, les mains de Sydney s'égarèrent dans le dos de Mikhail, sous sa chemise qu'il avait laissée flotter sur ses hanches. Sous ses caresses précises, elle sentit ses muscles durcir et son souffle s'affoler.

— Je suis affamée, répondit-elle. Ce midi, il m'a fallu sauter le déjeuner.

— Donne-moi dix minutes.

A regret, Mikhail relâcha son étreinte. S'ils ne passaient pas tout de suite à table, comprit-il, il leur faudrait attendre beaucoup, beaucoup plus longtemps pour dîner…

Sur le chemin de la cuisine, il ramassa la bouteille et découvrit l'étiquette avec un sifflement admiratif.

— C'est trop d'honneur pour mon humble goulasch.

— J'ai eu une excellente journée au bureau, expliqua-t-elle. Je voulais fêter ça.

— Tu vas tout me raconter ?

— Dans le détail.

— Bien ! Alors essayons de trouver deux verres dont ce champagne n'aura pas à rougir…

Sydney était sous le charme. Mikhail avait installé une petite table ronde et deux chaises sur le minuscule balcon du living-room. Au milieu trônait une grosse pivoine rouge dans un flacon de verre ancien. De la musique parvenait par la fenêtre entrouverte pour couvrir le bruit du trafic. Dans de grands bols de faïence bleus, le goulasch épicé faisait leurs délices. Avec le champagne, une corbeille d'un pain noir et épais complétait le menu.

Tout en mangeant, Sydney expliqua à Mikhail la promotion de Janine et l'éviction de Lloyd Bingham.

— Tu le laisses s'en sortir à bon compte, dit-il. Tu aurais dû le virer !

— C'est un peu plus compliqué que cela.

Ravie de ses succès, Sydney éleva sa flûte à hauteur des yeux pour observer dans la lumière du couchant le pétillement du dom-pérignon.

— Mais l'important est qu'il s'en aille, conclut-elle.

S'il commet l'erreur de ne pas démissionner, il me faudra porter l'affaire devant le conseil d'administration. Ce ne sont pas les motifs de licenciement qui manquent. Prends cet immeuble, par exemple…

Reposant son verre, elle tapota affectueusement la brique du vieux mur à côté d'eux.

— J'ai retrouvé des mémos de mon grand-père datant de plus d'un an avant sa mort donnant l'ordre formel à Lloyd d'effectuer les réparations nécessaires.

Avec un sourire amusé, Mikhail vida son verre.

— Alors, dit-il, je devrais peut-être le remercier. S'il s'était montré plus efficace, je n'aurais pas eu la chance de débarquer comme un fou dans ton bureau, et tu ne serais pas là ce soir…

Sydney tendit le bras et saisit la main de Mikhail posée sur la table, qu'elle porta à sa joue. Puis, étonnée de sa propre audace, elle la retourna et embrassa tendrement sa paume.

— Tu as raison, renchérit-elle. Au lieu de réclamer sa démission, j'aurais peut-être dû l'augmenter…

— Je préfère quand même remercier le destin. Je ne veux rien devoir à un type qui a osé se montrer menaçant à ton égard. Heureusement que tu es de taille à te défendre…

— Oui, murmura-t-elle d'une voix rêveuse. Heureusement.

Pendant que Mikhail vidait dans leurs deux flûtes les dernières gouttes de champagne, Sydney laissa son regard errer sur la façade de l'immeuble d'en face, où du linge séchait aux balcons, où l'on voyait des gens aller et venir par les fenêtres ouvertes, ou rester assis dans leurs fauteuils devant la télévision. Sur le perron, des hommes en T-shirt refaisaient le monde, pendant que des enfants sur les trottoirs profitaient en jouant des dernières heures du jour. Il y avait là pour elle tout un monde inconnu, avec ses codes, ses coutumes, mais où elle se sentait à présent mystérieusement à l'aise.

Quand la main de Mikhail se posa sur la sienne, la tirant de ses pensées, elle lui sourit et serra étroitement ses doigts entre les siens.

— Aujourd'hui, expliqua-t-elle, je me suis sentie sans doute pour la première fois à ma place. Jusqu'à présent, j'ai l'impression d'avoir mené ma vie en me conformant à ce que d'autres pensaient qu'il était bon pour moi de faire. Accepter ces responsabilités que mon grand-père a décidé de me confier n'était qu'une étape. J'ai franchi aujourd'hui définitivement le pas en prenant le risque de les assumer quoi qu'il puisse m'en coûter. Tu vois ce que je veux dire ?

— Ce que je vois, répondit Mikhail en la couvant du regard, c'est une femme qui se décide enfin à croire en elle. A présent, il ne te reste plus qu'à croire en moi.

Frappée par ses paroles, Sydney tourna la tête et retint son souffle. Certes, sa beauté était à faire se pâmer la plus insensible des femmes, mais il y avait plus pour la bouleverser qu'un simple attrait sensuel, même s'il lui faisait encore un peu peur de le constater. Mue par un élan irrésistible, elle quitta sa chaise pour aller se lover tendrement sur ses genoux. Mikhail la serra contre lui, caressa ses cheveux, lui murmura tout bas des mots vibrants, dans cette langue de son pays natal qui lui demeurait incompréhensible. Avec un soupir de bien-être, Sydney renversa la tête en arrière pour faciliter le ballet délicieux de ses lèvres le long de son cou.

— Bientôt, dit-elle, il faudra que je me décide à acheter un dictionnaire…

— Ecoute bien, murmura-t-il entre deux baisers. Ceci est facile à comprendre.

Deux mots doux et chantants s'échappèrent de ses lèvres. Sydney se leva, saisit son verre et entraîna par la main Mikhail à l'intérieur.

— Facile à comprendre pour toi ! protesta-t-elle en riant. Qu'est-ce que ça veut dire ?

Mikhail, les yeux pétillants de malice, vint trinquer avec elle. Ils burent d'un trait et Sydney, après une courte hésitation, l'imita en envoyant par-dessus son épaule la flûte à champagne, qui alla s'écraser contre un mur. Intriguée par son mutisme, elle l'emprisonna entre ses bras et insista gentiment :

— Tu ne m'as pas répondu… Que veulent dire ces deux mots ?

Lentement, Mikhail se pencha pour venir effleurer sa bouche de ses lèvres.

— Je t'aime, répondit-il enfin.

Dans les yeux de Sydney, il vit la panique succéder au choc puis à l'espoir.

— Mikhail, je…

— Pourquoi avoir peur de les entendre ? l'interrompit-il. L'amour n'est pas une menace.

— Je ne m'attendais pas à cela.

Comme pour remettre une distance entre eux, elle posa ses mains sur sa poitrine et baissa les yeux.

— Je pensais que tu…, commença-t-elle.

Sydney se mordit la lèvre inférieure. Comment dire ces choses-là de manière délicate ?

— En fait, corrigea-t-elle, je t'imaginais…

— … motivé uniquement par le sexe ? acheva-t-il à sa place.

Mikhail laissa le silence retomber entre eux, puis reprit avec passion :

— Je ne nierai pas que ton corps m'intéresse. Mais ce n'est pas tout ce qui m'attire en toi. Ne comprends-tu pas qu'il s'est passé la nuit dernière entre nous quelque chose de spécial ?

— Bien sûr que si ! protesta-t-elle en relevant les yeux. C'était merveilleux…

Sydney avait désespérément besoin de s'asseoir. Elle se sentait comme si elle venait d'atterrir sur la tête après avoir sauté du haut d'une falaise. Mais à la gravité qu'affichait le visage de Mikhail, à la façon qu'il avait de la retenir entre ses bras, elle comprit que le moment était malvenu pour tenter de lui échapper.

— Faire l'amour est important pour le corps et la paix de l'esprit, reprit-il, mais ne suffit pas à combler les besoins du cœur. Nos cœurs ont besoin d'amour, et c'est exactement ce dont ils étaient emplis cette nuit.

Les bras de Sydney retombèrent le long de son corps.

— Je ne… je ne sais pas, bredouilla-t-elle. Tu me parais bien plus expert que moi en la matière.

— Vraiment ? s'étonna Mikhail, les sourcils levés. Tu n'étais pourtant pas vierge. Et tu as déjà été mariée.

— Oui, admit-elle en laissant une nouvelle fois son regard s'échapper. J'ai déjà été mariée.

Et c'était précisément, songea-t-elle avec découragement, ce qui lui laissait un voile d'amertume sur le cœur.

— Ecoute, plaida-t-elle en cherchant son regard. Ne suffit-il pas de constater que nous sommes heureux ensemble, que je ressens pour toi quelque chose que je n'ai jamais ressenti auparavant ? Je n'ai pas trop envie d'analyser ce qui nous arrive. J'en suis incapable pour le moment. J'ai besoin de temps.

Cela fit sourire Mikhail, qui déposa un baiser léger sur ses lèvres.

— T'imagines-tu que je suis quelqu'un de patient ?

— Non, répondit-elle sans hésitation.

— Bien ! Dans ce cas tu peux te faire une idée du délai que je t'accorde…

Regagnant le balcon, Mikhail commença à rassembler la vaisselle et haussa le ton pour se faire entendre.

— Ton premier mari t'a-t-il fait du mal ?

— Un mariage raté fait toujours mal, répondit-elle à contrecœur. Mais s'il te plaît, je ne tiens vraiment pas à en parler ce soir…

Sa silhouette se découpant sur le ciel crépusculaire, il se redressa et la dévisagea quelques instants.

— D'accord pour ce soir, dit-il. Parce que ce soir, je voudrais que tu ne penses qu'à nous deux.

Sans l'attendre, la laissant achever de débarrasser la table, Mikhail gagna la cuisine chargé de vaisselle.

Avant de l'y rejoindre, Sydney s'accorda le temps de récupérer ses esprits en s'accoudant au balcon. Ses mots d'amour résonnaient encore dans sa tête. Il lui était impossible de les mettre en doute. Elle le savait, Mikhail était homme à dire ce qu'il pensait — ni plus, ni moins. Mais il lui était impossible de savoir ce que l'amour signifiait pour lui. Surtout en ne sachant pas ce qu'il signifiait pour elle…

Sydney s'imaginait vaguement que l'amour devait être quelque chose de fort et de doux à la fois, qui durait toujours et qui n'arrivait qu'aux autres. On ne pouvait dire qu'elle avait été à bonne école, dans sa famille, pour en apprendre plus. Jamais elle n'avait connu ses parents amoureux. Son père, à sa manière, lui avait témoigné de l'affection. Mais elle n'avait connu que de rares instants de bonheur avec lui dans sa prime jeunesse. Et après le divorce, alors qu'elle n'avait que six ans, ils avaient complètement cessé de se voir. Quant à sa mère, Sydney ne pouvait douter qu'elle l'aimait — à sa façon distante et superficielle. Bien sûr, il y avait eu Peter, et ce lien avait été fort et important pour elle, jusqu'à ce qu'on leur mette en tête de devenir mari et femme. Mais ce n'était pas l'amour d'un ami que Mikhail lui avait offert. Le sachant, elle se retrouvait écartelée entre un bonheur sans fond et une absolue terreur.

L'esprit en proie au doute et à la confusion, Sydney ramassa sur la table ce qui y restait et rejoignit Mikhail dans la cuisine. Penché sur l'évier, il avait les avant-bras plongés jusqu'aux coudes dans l'eau savonneuse.

— Tu es fâché contre moi ? demanda-t-elle.

— Un peu, répondit-il sans se retourner.

Mikhail se sentait aussi blessé dans son amour-propre, mais pour rien au monde il ne l'aurait avoué.

— En fait, reprit-il, je suis surtout perplexe. Etre aimée devrait te faire plaisir, te réchauffer le cœur.

Ramassant un torchon au passage, Sydney s'approcha et commença à essuyer la vaisselle. A présent, décida-t-elle, c'était à elle de se montrer sincère et convaincante, Mikhail avait mérité de connaître la vérité.

— Une part de moi-même s'en réjouit, expliqua-t-elle. Mais en même temps, je suis effrayée par le risque de tout perdre en allant trop vite et de gâcher cette relation si nouvelle et si précieuse pour moi. Toute la journée, je me suis languie d'être avec toi, de pouvoir te parler, te faire partager mes succès. Il me tardait aussi d'entendre ta voix, de savoir comment tu réagirais. Je savais que tu me ferais rire, que mon cœur se mettrait à battre la chamade dès notre premier baiser…

En posant sur la table, avec un luxe de précautions inutiles, le bol qu'elle essuyait depuis un bon moment, Sydney capta le regard ébahi que Mikhail lui lançait par-dessus son épaule.

— Que se passe-t-il ? demanda-t-elle. Pourquoi me regardes-tu ainsi ?

Mikhail secoua la tête et revint à sa tâche en cours.

— Tu es tellement peu sûre de tes sentiments, répondit-il, que tu ne sais même pas que tu es *déjà* amoureuse de moi !

D'un geste déterminé, il lui tendit le deuxième bol.

— Mais ça ne fait rien ! conclut-il gaiement. Cela viendra…

— Ton arrogance m'étonnera toujours ! protesta-t-elle avec une feinte indignation. En fait, je n'arrive pas à déterminer si j'apprécie ou si je déteste ce trait de caractère chez toi…

— Tu aimes ça, parce que ça te permet de réagir.

— Je suppose que selon toi je devrais me sentir flattée que tu m'aimes…

— Bien sûr, répondit-il avec un sourire triomphant. L'es-tu ?

Sydney fit mine d'y réfléchir. Après avoir posé le second bol sur le premier, elle s'empara de la poêle qu'il lui tendait.

— Je suppose que oui. La vanité est dans la nature humaine. Et puis tu es…

Intrigué, Mikhail se retourna.

— Je suis quoi ?

Sydney soutint son regard interrogateur et reprit :

— Tu es tellement sexy !

Le sourire se figea sur les lèvres de Mikhail et son regard se durcit. Achevant de rincer l'évier, il secoua ses mains en marmonnant quelques paroles en ukrainien.

— Je t'ai vexé ? demanda-t-elle avec un rire joyeux.

Sans lui répondre, il lui arracha le torchon pour s'essuyer les mains, la mine renfrognée et le regard sombre. Amusée, Sydney enserra son visage en coupe entre ses mains et le fixa droit dans les yeux.

— Pas de doute, s'amusa-t-elle. Tu es vexé. Et pourtant, je n'ai dit que la vérité.

De nouveau, Mikhail se mit à grommeler, cette fois en anglais. Comprenant qu'il s'apprêtait à lui échapper, Sydney se pendit à son cou.

— La première fois que je t'ai vu, dit-elle, je me suis dit que tu paraissais aussi indomptable, aussi ténébreux qu'un pirate d'autrefois…

A sa grande joie, un sourire fugace vint tempérer la moue boudeuse de Mikhail.

— Peut-être à cause de tes cheveux, poursuivit-elle en y plongeant les doigts. Ou à cause de tes yeux, si sombres, si dangereux…

Les mains de Mikhail se refermèrent soudain sur ses hanches, en un geste possessif.

— Méfie-toi, la prévint-il. Je commence à me sentir dangereux…

— Ou alors, renchérit-elle, peut-être à cause de ta bouche…

Comme pour prouver ses dires, Sydney posa ses lèvres sur les siennes, s'amusant à en suivre du bout de la langue le pourtour sans le quitter des yeux.

— Pas une femme au monde ne résisterait à des lèvres pareilles, conclut-elle.

Contre elle, Mikhail frissonna et resserra l'emprise de ses bras.

— Tu cherches à me séduire ?

Les doigts de Sydney descendirent jusqu'aux boutons de sa chemise, qu'ils se mirent à déboutonner avec une savante lenteur.

— Chacun son tour, répondit-elle d'un air mutin. Quand je t'ai vu torse nu, à notre deuxième rencontre, j'étais tellement séduite que j'ai failli en avaler ma langue…

Après avoir ôté le dernier bouton, Sydney promena ses mains le long du torse de Mikhail, faisant glisser la chemise sur ses épaules.

— Tu étais ruisselant de sueur, et puis il y avait tous ces muscles, si durs, sous cette peau, si douce…

Le souffle court, prise à son propre jeu, Sydney massa doucement les épaules de Mikhail, ses biceps durs comme l'acier. Leurs yeux se croisèrent et elle découvrit dans ceux de Mikhail une telle passion que les mots se tarirent sur ses lèvres.

— Sais-tu l'effet que tu me fais ? demanda-t-il d'une voix blanche.

Les mains tremblantes, il s'attaqua aux minuscules boutons de nacre de son chemisier. Dans l'échancrure apparut bientôt la dentelle d'un soutien-gorge couleur de nuit, que la blancheur de lait de ses seins rendait plus noir encore. Dans sa poitrine, son cœur battait à coups redoublés. Le sang pulsait dans tout son corps comme un fleuve en crue. Incapable de détacher son regard des trésors de peau nue que ses doigts révélaient, Mikhail comprit qu'il ne se lasserait jamais de réinventer sous ses caresses le corps de Sydney.

— Sais-tu à quel point je ne peux me passer de toi ? reprit-il d'une voix étranglée par l'émotion,

Pour le faire taire, Sydney posa l'index sur ses lèvres et murmura :

— Inutile de me le dire. Tu n'as qu'à me le montrer.

Et durant une bonne partie de la nuit qui s'ensuivit, alors que les éclairs et le tonnerre d'un orage qui ne se décidait pas à éclater envahissaient le ciel, c'est ce que Mikhail se fit un plaisir de faire

*
* *

La pluie ne se décida pas à tomber avant le lendemain après-midi. En pleine conférence téléphonique, Sydney regardait tout en parlant les rideaux de pluie s'abattre sur les tours de Manhattan dans un ciel zébré d'éclairs, ce qui seyait à merveille à son humeur du moment.

Malgré la présence de Janine, elle prenait de temps à autre des notes de son côté. Grâce au travail acharné qu'elles avaient toutes deux fourni dans la matinée, elle avait à portée de main toutes les informations nécessaires pour faire triompher son point de vue auprès de ses interlocuteurs.

Enfin, après les salutations d'usage, elle raccrocha et se tourna vers son assistante d'un air anxieux.

— Alors ? demanda-t-elle.

Janine lui répondit par un sourire rassurant.

— Ces trois requins doivent encore se demander ce qui vient de leur arriver, dit-elle. Ils semblaient persuadés au début de l'entretien de ne faire qu'une bouchée de vous, et vous avez réussi à retourner la situation de main de maître. Félicitations…

Sydney regroupa ses notes et hocha la tête d'un air satisfait. Sans le moindre tremblement et sans verser la moindre goutte de sueur, elle venait de mener à bien une transaction de sept millions de dollars… Au prochain conseil d'administration, elle serait fière de pouvoir annoncer la nouvelle.

— Ne nous endormons pas sur nos lauriers, lança-t-elle à Janine. Il nous faut encore finaliser l'avant-projet avant ce soir. Pourriez-vous aller chercher les dossiers qui nous manquent ?

— J'y vais…

Alors qu'elle se levait pour s'exécuter, le téléphone sonna sur le bureau de Sydney. Par pur automatisme,

Janine décrocha et répondit, avant de poser sa main sur le combiné.

— M. Warfield, annonça-t-elle à mi-voix.

Sydney se raidit sur son siège et ne put empêcher un soupçon de lassitude de transparaître dans sa voix.

— Je le prends, répondit-elle. Merci, Janine.

Dès qu'elle fut seule, elle inspira profondément et se lança :

— Hello, Channing !

— Sydney ! Cela fait trois jours que je désespère de pouvoir vous joindre. Où vous cachiez-vous ?

En songeant aux bras accueillants de Mikhail, elle eut un petit sourire nostalgique.

— Désolée, Channing. J'étais... occupée.

Un soupir désapprobateur retentit dans l'écouteur. Sachant ce qui allait suivre, Sydney serra les dents.

— Trop de travail ! protesta-t-il. Et pas assez de distractions. Je vous propose d'y remédier. Que diriez-vous de déjeuner avec moi, au Lutèce, demain midi ?

Pour donner le change, Sydney feuilleta à grand bruit les pages de son agenda.

— Quel dommage ! s'exclama-t-elle. J'ai un rendez-vous prévu de longue date.

— Les rendez-vous sont faits pour être reportés...

— Non, je ne peux vraiment pas. Et au train où vont les choses ici, je crains fort de ne pouvoir quitter mon bureau avant la fin de la semaine prochaine...

— Vous ne pouvez me faire ça ! protesta Channing. J'ai promis à Margerite de vous sortir de votre réclusion. Et je suis un homme de parole...

Découragée, Sydney se demanda pourquoi il lui était si difficile de se débarrasser de Channing Warfield, après avoir mené de main de maître une négociation de plusieurs millions de dollars...

— Je vais devoir raccrocher, improvisa-t-elle en désespoir de cause. Je suis en retard pour mon rendez-vous suivant.

— Les jolies femmes ont le devoir de se faire attendre, reprit-il. A défaut de déjeuner, laissez-moi venir vous prendre demain soir chez vous. Nous allons au théâtre avec un petit groupe d'amis.

— Cela m'est impossible, Channing. J'espère que vous passerez une excellente soirée. A présent je dois vraiment vous laisser. Ciao !

Raccrochant sans tenir compte de ses protestations, Sydney se demanda pourquoi elle ne lui avait pas tout simplement annoncé qu'elle était engagée auprès d'un autre homme. Sans doute, comprit-elle, par crainte qu'il ne révèle aussitôt la nouvelle à Margerite. Elle souhaitait garder pour elle seule son bonheur tout neuf. Mikhail l'aimait… Le même mélange d'allégresse et d'effroi que la veille l'assaillit à cette idée. Peut-être, avec le temps, finirait-elle par comprendre qu'elle l'aimait elle aussi sans craindre de se tromper. Après tout, n'avait-elle pas imaginé faussement jusqu'alors qu'elle était frigide ? Découvrir que ce n'était pas le cas n'était qu'une étape. Il lui fallait prendre patience jusqu'à l'étape suivante.

Trois coups frappés à sa porte la tirèrent de ses pensées. Porteuse d'une lettre à en-tête de la société, Janine pénétra dans la pièce.

— M. Bingham vient de faire porter ceci, dit-elle en posant le courrier devant elle. J'ai pensé que vous souhaiteriez y jeter un coup d'œil tout de suite.

Sydney parcourut la lettre en diagonale. Bien que formulée de manière à masquer la rage et l'amertume de Lloyd, il s'agissait d'une lettre de démission en bonne et due forme, avec effet immédiat.

— Sydney ? fit Janine derrière son épaule. Entre-t-il

dans mes nouvelles attributions de vous donner franchement mon avis ?

— Vous en avez non seulement le droit mais aussi le devoir !

— Surveillez vos arrières, reprit son assistante. Cet homme ne me semble pas du genre à accepter sportivement sa défaite…

Sans attendre de réponse, Janine gagna la porte.

— Je reviens dans quelques minutes, annonça-t-elle sur le seuil. J'ai presque fini de rassembler les dossiers qui nous manquent pour finaliser l'avant-projet.

Sur le point de sortir, elle sursauta en se retrouvant nez à nez avec Mikhail. Les cheveux dégoulinants de pluie, il portait un simple T-shirt blanc détrempé, collé comme une seconde peau à son torse.

— Désolée, s'excusa Janine sans se départir de son calme habituel. Mlle Hayward est…

— Laissez, Janine ! intervint Sydney en se levant pour accueillir son visiteur. J'attendais M. Stanislaski.

Dès qu'ils furent seuls, elle se haussa sur la pointe des pieds et tendit les lèvres pour réclamer un baiser.

— Jamais entendu parler des parapluies ?

Les mains dans le dos, Mikhail l'embrassa du bout des lèvres et expliqua piteusement :

— Je préfère ne pas te toucher pour ne pas tremper ton tailleur. Tu n'aurais pas une serviette ?

Après une incursion dans le cabinet de toilette, Sydney la lui tendit et le regarda d'un œil intéressé se frictionner vigoureusement les cheveux.

— Que fais-tu en ville si tôt dans l'après-midi ? s'étonna-t-elle.

— La pluie a interrompu le travail sur le chantier, expliqua-t-il. J'ai mis à jour une pile de paperasses en retard jusqu'à 16 heures, puis je n'ai plus résisté à l'envie de venir te voir.

— Il est si tard que ça ?

Le regard de Sydney se porta sur l'horloge murale, dont les aiguilles indiquaient 16 heures.

— Tu es occupée, constata Mikhail d'un air sombre.

— Un petit peu…

— Quand tu auras terminé, cela te dirait d'aller au ciné avec moi ?

— Rien ne pourrait me faire plus plaisir. Tu me laisses une heure ?

Comme une éclaircie dans l'orage, le sourire revint sur son beau visage.

— Super ! lança-t-il. Ça me laisse le temps d'aller me changer.

Quelques instants, il s'amusa à jouer avec les perles de son collier. Sydney aurait juré qu'il hésitait à parler, ce qui ne lui ressemblait guère.

— J'ai autre chose à te demander, déclara-t-il enfin.

— Je suis tout ouïe.

— Toute ma famille se rend pour un barbecue chez ma sœur, le week-end prochain. Ça te dirait d'en être ?

— J'adore les barbecues ! Quand partons-nous ?

— Vendredi soir, après le travail. A quelle heure peux-tu être prête ?

— Vers 6 heures, 6 heures et demie…

— Parfait.

Mikhail lui posa les mains sur les épaules et la tint soigneusement à l'écart de ses vêtements trempés pour l'embrasser.

— Natasha va t'adorer…

— Je l'espère bien.

Un nouveau baiser, puis :

— Je t’aime…

— Je le sais, répondit-elle, la gorge serrée.

— Et tu m’aimes toi aussi, reprit-il avec un clin d’œil. Tu es simplement trop têtue pour le reconnaître.

Sifflotant un air joyeux, Mikhail tourna les talons et ouvrit la porte.

— Mikhail ?

— Oui ? répondit-il, la main posée sur la poignée.

— Ta sœur… Tu ne m’as pas dit où elle habite.

Un large sourire d’enfant facétieux, heureux d’avoir joué un bon tour, illumina son visage.

— Shepherdstown, Virginie-Occidentale… Prépare un sac pour le week-end !

# 9.

Affolée, Sydney jeta un coup d'œil à sa montre. Si elle continuait ainsi, elle ne serait jamais prête à temps. Habituellement sûre de ses choix quant à sa garde-robe, elle avait déjà fait, défait et refait deux fois son sac de voyage.

Que fallait-il emporter pour un week-end en Virginie-Occidentale ? Quelques jours en Martinique ou un voyage rapide à Rome ne lui auraient pas posé de problème, mais un week-end chez la sœur de Mikhail la plongeait dans des affres insurmontables.

D'un geste décidé, Sydney boucla son bagage pour la troisième fois et décida que ce serait la dernière. Pour être sûre de ne pas faiblir, elle emporta le sac dans le hall et revint dans la chambre se préparer pour le voyage. Elle venait juste de passer un pantalon de coton grège et un chemisier sans manches vert menthe — en se préparant déjà à les ôter pour essayer autre chose — lorsque trois coups furent frappés à sa porte.

Il faudrait que cela aille ainsi, décida-t-elle en allant ouvrir. De toute façon, ils arriveraient tellement tard à destination que sa tenue importerait peu à ses hôtes. Devant le miroir vénitien, elle remit en place ses cheveux d'une main nerveuse, se demandant si elle devait prévoir un foulard pour la route. Puis, pour ne pas faire attendre Mikhail plus longtemps, elle se pressa d'aller ouvrir.

Son sourire se figea sur ses lèvres quand elle découvrit sa mère sur le seuil.

En robe longue à sequins qui la faisait paraître plus mince que jamais, Margerite pénétra dans le hall et embrassa sa fille à sa manière distante et froide.

— Sydney, ma chérie !

Une fois revenue de sa surprise, Sydney s'étonna :

— Maman ? Je ne m'attendais pas à ta visite ce soir.

— Mais bien sûr que si ! Qu'est-ce que tu racontes ?

Sans y être invitée, Margerite s'assit sur une chaise, croisa dignement les jambes, et posa ses deux mains jointes sur son genou.

— Channing t'a bien mise au courant ? reprit-elle, agacée de voir sa fille indécise. Notre petite soirée au théâtre, entre amis. J'ai déjà retenu une table pour un souper léger après le spectacle.

— C'est vrai, avoua piteusement Sydney. Channing m'en a parlé mais j'avais oublié.

— Sydney, se lamenta sa mère en secouant la tête, sais-tu que tu m'inquiètes beaucoup ?

Sans même y penser, Sydney se rendit au bar pour lui préparer un verre de son sherry préféré.

— Tu n'as pas besoin de t'inquiéter. Je vais bien.

Margerite balaya l'argument d'un geste méprisant de sa longue main manucurée.

— Tu déclines toutes les invitations, tu ne trouves même pas deux heures pour faire du shopping avec ta mère, tu t'enterres vivante dans ce bureau à longueur de journée, et tu voudrais que je ne m'inquiète pas ?

La chose la plus curieuse, réalisa soudain Sydney, était

qu'elle avait été sur le point de murmurer des paroles d'excuse, tant était ancrée en elle l'habitude de se plier aux injonctions maternelles. Au lieu de cela, elle alla lui tendre son verre et s'assit face à elle sur l'accoudoir d'un sofa.

— Maman, dit-elle en la fixant droit dans les yeux, j'apprécie beaucoup ton invitation, mais comme je l'ai déjà expliqué à Channing, j'ai d'autres plans pour la soirée.

L'agacement dans les yeux de Margerite fit place à une colère à peine voilée.

— Si tu t'imagines que je vais te laisser seule ici avec tes chers dossiers, gronda-t-elle, tu…

— Je n'ai pas l'intention de travailler ce week-end, l'interrompit Sydney. En fait, je quitte la ville pour…

De nouveaux coups sonores frappés à la porte l'empêchèrent de conclure.

— Si tu veux bien m'excuser, dit-elle à sa mère en se levant, j'en ai pour une minute.

La porte à peine ouverte, Sydney tendit la main devant elle pour bloquer le passage.

— Mikhail, murmura-t-elle, ma…

Manifestement, Mikhail n'était pas décidé à discuter avant de l'avoir embrassée, ce qu'il fit longuement sur le seuil. Pâle et figée, Margerite se dressa sur ses jambes, observant la scène avec autant de répugnance que d'indignation. Il était clair pour elle que c'était là le genre de baiser qu'échangent deux amants.

— Mikhail, protesta Sydney en reculant d'un pas dans le hall, ma mère est là.

Mikhail fit volte-face et se rangea à son côté, lui entourant la taille d'un bras protecteur.

— Bonjour, Margerite, dit-il en hochant la tête.

— N'y a-t-il pas une règle qui interdit qu'on mélange

travail et plaisir ? lança-t-elle d'une voix méprisante. De toute façon, s'il y en avait une, vous vous empresseriez de la violer, n'est-ce pas, jeune homme ?

— Certaines règles sont importantes, répondit-il d'une voix parfaitement égale, d'autres non. L'honnêteté est importante à mes yeux. Et je me suis montré honnête avec vous.

Refusant d'en entendre davantage, Margerite croisa les bras d'un air buté et leur tourna le dos.

— J'aimerais te parler seule à seule, ma petite…

Une douleur sourde fulgura aux tempes de Sydney. Un regard à sa mère figée dans une posture hautaine suffisait pour comprendre qu'une explication orageuse se préparait.

— Mikhail ? demanda-t-elle, au bord des larmes. Pourrais-tu charger mon sac dans la voiture ? Je te rejoins dans quelques minutes.

Indécis quant à la conduite à tenir, Mikhail lui saisit le menton, sonda son regard, et n'aima pas ce qu'il y découvrit.

— Je reste avec toi, dit-il d'une voix décidée.

— Non, reprit-elle fermement. Il vaut mieux que tu nous laisses seules un instant.

Puisqu'elle ne lui offrait pas d'autre choix, Mikhail s'empara du bagage et sortit, non sans lui avoir donné au passage un autre baiser.

Dès que la porte se fut refermée sur lui, Margerite pivota sur ses talons et se déchaîna. Sydney était prête au pire. Il était rare que sa mère se laisse aller à faire une scène ; mais quand cela arrivait, c'était avec les mots les plus durs et les plus blessants.

— Espèce d'idiote ! cracha-t-elle en la crucifiant du regard. Il a fallu que tu couches avec lui…

— Je ne vois pas en quoi cela te concerne, répondit tranquillement Sydney, mais c'est vrai, oui.

— Tu t'imagines peut-être avoir l'habileté et l'expérience nécessaires pour mettre un homme tel que lui dans ton lit ?

D'un trait, Margerite vida son verre et l'envoya rageusement se briser sur le sol.

— Cette sordide petite liaison pourrait ruiner tous les efforts que j'ai accomplis pour réparer les dégâts provoqués par ton inconséquence. Il ne t'a pas suffi de divorcer de Peter, au moment où je me démène pour te sortir de ce mauvais pas il faut encore que tu compromettes tout pour une partie de jambes en l'air d'un week-end dans quelque motel !

Pour ne pas se mettre à hurler elle aussi, Sydney serra les poings et se mordit la langue. Elle le savait par expérience, dans ce genre de scène la surenchère était un piège à éviter.

— Il n'y a rien de sordide dans les relations que j'entretiens avec Mikhail, s'entendit-elle répondre d'une voix étrangement sereine. Quant à Peter et au divorce, je n'ai aucune intention d'en discuter avec toi.

Les yeux lançant des éclairs, Margerite fondit sur elle comme l'orage sur la vallée.

— Depuis le jour où tu es née, s'écria-t-elle, j'ai usé de tous les moyens à ma disposition pour être certaine que tu bénéficierais des avantages qu'une Hayward est en droit d'attendre de la vie — les écoles les plus prestigieuses, les amis les plus charmants et les mieux éduqués, et même le mari idéal. Et à présent, tu voudrais que je te laisse rejeter sur un coup de tête tous ces sacrifices, tous ces plans que j'ai faits pour toi ?

Hors d'elle, elle se mit à déambuler en tout sens, emplissant la pièce de gestes désordonnés tandis que

Sydney, réfugiée sur le seuil, se tenait immobile et ne pipait mot.

— Crois-moi, reprit-elle, je connais la séduction que ce type d'homme opère sur les femmes. J'ai moi-même caressé l'idée d'une brève aventure avec lui. Lorsque l'on est comme moi libre de toute attache, on peut se permettre une folie avec un beau mâle de temps à autre… Sans compter que son talent et sa réputation sont à son avantage. Mais ce Stanislaski n'est rien dans la vie — des paysans et des bohémiens pour ancêtres ! Comment peux-tu prendre le risque d'une liaison avec lui alors que tu es sur le point d'annoncer tes fiançailles… Comment réagirait Channing, à ton avis, s'il venait à l'apprendre ?

— Cela suffit !

Pâle d'indignation, Sydney rejoignit sa mère et lui prit l'avant-bras.

— Toi qui te dis si fière de porter notre nom, reprit-elle, si soucieuse de le préserver, tu devrais avoir honte de tenir des propos pareils ! J'ai toujours fait en sorte de ne rien faire qui puisse nuire à notre famille. Ces temps-ci, je travaille même d'arrache-pied pour que le nom des Hayward demeure aussi irréprochable qu'il l'a toujours été. Mais ma vie privée, ce que je fais de mes nuits, avec qui je décide de les passer — tout cela ne regarde que moi !

Margerite repoussa la main de sa fille d'un geste brusque. Pas une fois, depuis qu'elle était née, Sydney ne s'était risquée à lui parler ainsi.

— Comment oses-tu me parler sur ce ton ? lança-t-elle d'une voix grondante de colère. Es-tu à ce point aveuglée par la luxure que tu en oublies le respect dû à ta mère ?

— Absolument pas ! rétorqua-t-elle. Mais ce n'est

pas te manquer de respect que de me protéger de tes intrusions incessantes dans ma vie privée…

Sydney était à présent aussi surprise que Margerite de l'audace qui lui avait permis de sortir ces mots, de l'urgence avec laquelle ils avaient jailli de ses lèvres.

— Quant à Channing Warfield, reprit-elle sur le même ton, je n'ai jamais été sur le point d'annoncer mes fiançailles avec lui. C'est toi qui voudrais me pousser dans ses bras. Et crois-moi, je n'ai nullement l'intention de commettre à cause de toi la même erreur qu'avec Peter. Si cela pouvait me débarrasser définitivement de lui, je suis prête à me payer une page de publicité dans le *Times* pour mettre toute la ville au courant de ma liaison avec Mikhail ! Tu ne sais rien de lui et de sa famille. Tu n'es jamais allée au-delà des apparences en ce qui le concerne.

Margerite releva le menton d'un air de défi.

— Parce que toi, tu l'as fait ?

— Parfaitement, je l'ai fait ! Mikhail est un homme intègre, un homme bon et généreux, qui sait ce qu'il veut dans la vie et qui se donne les moyens de l'obtenir. Il m'aime et…

Le reste jaillit en elle, lumineux comme un rayon de soleil, clair et rafraîchissant comme une source :

— … je l'aime aussi.

Sous le choc, Margerite écarquilla les yeux et battit en retraite.

— A présent, murmura-t-elle, il est clair pour moi que tu as complètement perdu l'esprit. Es-tu donc assez bête pour croire tout ce qu'un homme peut dire au fond d'un lit ?

— Je crois ce que me dit Mikhail, répondit Sydney sans la moindre hésitation, parce que je n'ai aucune raison de douter de sa loyauté. A présent, si tu veux bien m'excuser, il m'attend et nous avons une longue route à faire.

D'un pas très digne de reine outragée, Margerite marcha jusqu'à la porte. Avant de sortir, elle lança à sa fille un dernier regard consterné par-dessus son épaule et conclut :

— Cet homme va te briser le cœur et te ridiculiser dans le monde des affaires. Mais après tout, peut-être as-tu besoin de cette leçon pour grandir.

Quand la porte claqua derrière elle, Sydney sentit ses jambes la lâcher et dut se laisser glisser pour ne pas tomber sur l'accoudoir du sofa. Mikhail avait déjà beaucoup attendu, mais il lui faudrait patienter encore.

Mikhail tournait comme un lion en cage. Les mains plongées au fond de ses poches, les idées aussi noires qu'un ciel d'orage, il faisait dans le parking souterrain les cent pas devant les portes d'ascenseur. Dès que celles-ci coulissèrent pour livrer passage à Sydney, pâle et défaite, il se précipita à sa rencontre.

— Tu vas bien ? s'inquiéta-t-il en serrant son visage entre ses mains. Non, je vois bien que non…

— Je t'assure que ça va aller, tenta-t-elle de le rassurer avec un pâle sourire. Cela n'a pas été très plaisant, mais les disputes de famille le sont rarement.

Mikhail hocha la tête d'un air dubitatif. Chez les Stanislaski, les disputes n'étaient pas rares, mais elles ne le laissaient jamais vidé de toute énergie.

— Remontons, suggéra-t-il. Nous partirons demain, quand tu te sentiras mieux.

Sydney secoua la tête avec conviction.

— Je t'assure que ça n'est pas nécessaire. Le week-end sera court. Je veux que nous partions tout de suite.

Elevant les mains de Sydney à ses lèvres, Mikhail les embrassa avec ferveur.

— Je suis désolé, murmura-t-il. Désolé d'avoir été la cause d'une dispute entre ta mère et toi.

— Je t'assure que tu n'as pas à l'être…

Parce qu'elle en avait besoin, Sydney posa la joue contre la poitrine de Mikhail, soupirant de bonheur quand ses bras se refermèrent autour d'elle.

— Ma mère et moi avons de vieux comptes à régler qui ne te concernent pas. Je préfère ne pas en parler…

Une ombre passa sur le visage de Mikhail.

— Il y a tant de choses dont tu ne veux pas parler…

Tendrement, elle lui caressa la joue.

— Je m'en rends compte, s'excusa-t-elle. Et j'en suis désolée. Mais il est une chose que tu dois savoir…

Pour ne pas avoir à soutenir son regard, Sydney ferma les yeux. Des centaines de papillons semblaient avoir pris leur envol dans son estomac. Sa gorge était aussi brûlante et sèche qu'un désert. Pourtant, les mots semblèrent éclore spontanément sur ses lèvres.

— Je t'aime, Mikhail.

Les mains qui lui caressaient le dos se figèrent. Soulagée, Sydney rouvrit les paupières et découvrit comme deux astres sombres et étincelants les yeux de Mikhail rivés aux siens.

— Ainsi, dit-il, tu as fini par ouvrir les yeux…

Comme chaque fois que l'émotion l'emportait en lui, il avait parlé d'une voix teintée d'un accent slave beaucoup plus prononcé. Et lorsque ses lèvres avec tendresse se posèrent sur les siennes, Sydney comprit qu'elle n'aurait pu rêver plus beau serment d'amour.

— Viens, dit-il en l'entraînant par le bras. Il faudra

que tu me le redises pendant que je conduirai. Encore et encore. Je crois que je ne m'en lasserai jamais…

Il était minuit passé quand l'Aston Martin se gara devant la vieille demeure en brique de Natasha et Spencer, à Shepherdstown. Sur le siège passager, la tête posée sur son poing serré, Sydney dormait paisiblement. En l'observant, Mikhail sentit son cœur s'envoler vers elle et dut se retenir de la prendre dans ses bras pour la serrer contre lui, afin de la bercer encore et encore pour qu'elle oublie tout ce qui dans sa vie ou dans son passé la faisait encore souffrir.

Il avait l'impression d'avoir toujours su qu'il aimerait ainsi la femme de sa vie, avec autant de certitude et d'intensité. Il s'imaginait sans difficulté se réveiller chaque matin à son côté, dans la grande chambre à coucher de la vieille maison qu'ils achèteraient pour y abriter leur amour. Il pouvait déjà la voir rentrer chaque soir, dans un de ses impeccables tailleurs de femme d'affaires, et lui conter avec excitation ou lassitude les petites défaites et les grandes victoires de sa journée de travail. Un jour, il en était certain, son ventre s'arrondirait et il aurait la joie et l'émotion de sentir leur enfant bouger sous ses doigts. Alors, leur maison s'emplirait des cris des enfants qu'ils se feraient un bonheur d'y regarder grandir.

Mikhail émergea de sa songerie, haussa les épaules. Le bras tendu, il remit en place sur le front de Sydney quelques mèches rebelles. Il ne servait à rien de brûler les étapes, décida-t-il. Chaque petit pas franchi était à savourer pleinement, et malgré tous les obstacles, malgré tout ce qui aurait dû les séparer, ils en avaient déjà franchi beaucoup tous les deux…

Sydney émergea du sommeil avec la douce sensation

des lèvres de Mikhail effleurant les siennes, de ses doigts caressant sa joue. Par la vitre entrouverte une brise nocturne lui apportait le parfum des roses et du chèvrefeuille, presque aussi émouvant et délicieux que le désir qui déjà lui aiguillonnait le ventre.

— Où sommes-nous ?

— Shepherdstown, répondit-il en lui mordillant les lèvres. En plein cœur de la Virginie-Occidentale.

Sydney se prêta avec plus de fougue au baiser et se contorsionna sur le siège pour l'enlacer. Après un grognement de plaisir, Mikhail se mit à gémir lorsque le levier de vitesse percuta une partie sensible de son anatomie.

— Je dois me faire vieux, pesta-t-il en grimaçant. J'étais plus doué autrefois pour séduire une femme dans ma voiture…

— Mm, grommela Sydney en s'étirant. Je trouve que tu ne t'en sortais pas si mal.

Assailli par une série d'images aussi troublantes qu'explicites, Mikhail faillit se laisser tenter avant de secouer la tête et d'ouvrir sa portière pour se précipiter à l'extérieur.

— Nous sommes attendus, dit-il. Dépêchons-nous de trouver ta chambre, que je puisse t'y rejoindre au plus vite…

Sydney se mit à rire et sortit à son tour. Au premier regard, la vieille demeure en brique entourée d'arbres et protégée de la rue par des haies de buis lui plut. Les lumières brillaient encore à quelques fenêtres du rez-de-chaussée. Mikhail la rejoignit avec leurs bagages et ils commencèrent à gravir les marches de pierre qui serpentaient au milieu de la pelouse en pente douce qui entourait la maison.

Dans l'obscurité, Sydney devina les buissons de

roses et de chèvrefeuille dont les fragrances l'avaient accueillie au réveil. Fleurs et buissons semblaient dans ce jardin pousser comme bon leur semblait, ce qui à ses yeux rajoutait encore à son charme. Au pied du porche, avant qu'ils n'en montent les marches, elle remarqua un tricycle renversé non loin d'un parterre de pétunias méticuleusement saccagé.

Mikhail, qui avait suivi la direction empruntée par son regard, plaisanta gaiement :

— M'est avis qu'Ivan a déjà fait des siennes. Quand Nat verra ça, il ferait bien de se faire oublier jusqu'au départ s'il ne veut pas finir en hot dog…

Sur le porche, venus des fenêtres entrouvertes, des rires et des accords de piano les accueillirent.

— On dirait qu'ils sont toujours debout, s'étonna Sydney. Je pensais qu'ils ne nous auraient pas attendus.

— Nous n'avons que deux jours à passer ensemble, expliqua Mikhail. Il est hors de question de les gâcher à dormir…

Du pied, il repoussa la moustiquaire et ils pénétrèrent dans un grand hall illuminé. Après avoir déposé les sacs au pied d'un escalier monumental, Mikhail prit la main de Sydney et l'entraîna vers une double porte entrebâillée. Après la parenthèse intimiste du voyage en voiture, Sydney sentait toute sa réserve habituelle lui revenir. Difficile d'échapper à toutes ces années de formation dans des écoles très strictes où on lui avait appris à ne rien manifester de ses sentiments et à saluer les étrangers d'une poignée de main impersonnelle et d'un tiède : « Comment allez-vous ? »…

Elle en était encore à appréhender la rencontre à venir que Mikhail pénétrait déjà en la remorquant à sa suite dans un grand salon empli de musique.

— Nat ! s'exclama-t-il en fondant sur une belle jeune

femme de taille moyenne, habillée d'une robe pourpre et dotée d'une magnifique chevelure de boucles brunes.

Suspendue à son cou, elle l'embrassa bruyamment sur les deux joues avant de déposer un baiser léger sur sa bouche.

— Tu es toujours en retard ! lui reprocha-t-elle en le dévorant du regard. Alors, que m'as-tu apporté ?

— Tu verras bien, répondit-il mystérieusement. Peut-être ai-je quelque chose au fond de mon sac pour toi, ou peut-être pas…

Reposant Natasha sur le sol, Mikhail se tourna vers l'homme qui venait de cesser de plaquer des accords sur le clavier du grand piano à queue.

— Quant à toi, dit-il en lui assenant une vigoureuse claque sur l'épaule, j'espère que tu as pris soin d'elle !

Visiblement sans rancune, l'homme se leva et vint donner l'accolade à Mikhail.

— Heureusement, te voilà ! s'exclama-t-il. Cela fait une heure que Nat ne tient plus en place à l'idée de te voir.

— N'exagère pas ! protesta Natasha avec une petite tape sur l'avant-bras de son mari.

Puis, incapable de brider plus longtemps sa curiosité, elle se tourna vers la femme que son frère voulait leur présenter. Spontanément, un sourire de bienvenue lui monta aux lèvres, même si la réserve hautaine dans laquelle se maintenait leur visiteuse ne laissait pas de l'inquiéter. Ainsi donc, cette jeune femme distante, froide et élégante était celle dont ses parents affirmaient que Mikhail était tombé amoureux ?

— Mikhail ? fit-elle en cherchant le bras de son frère. Tu ne nous as pas présenté ton amie…

Un peu gêné de voir Sydney se maintenir en retrait, Mikhail vint lui passer le bras autour des épaules pour la pousser gentiment vers leurs hôtes et faire les présentations.

— Sydney Hayward, Natasha Kimball…

— Très heureuse de vous rencontrer, dit Sydney en tendant la main à la sœur de Mikhail. Et désolée pour le retard, qui est entièrement ma faute.

— Je plaisantais, la rassura Natasha en lui serrant la main. Vous êtes la bienvenue ici. Je crois que vous connaissez déjà le reste de la famille…

Comme si leur dernière rencontre remontait à des mois, tous les autres Stanislaski s'assemblaient autour de Mikhail pour le saluer avec enthousiasme.

— Il me reste à vous présenter Spence, mon mari, reprit la maîtresse de maison.

— Sydney ? fit celui-ci d'une voix étonnée. Sydney Hayward ?

Avec un sourire de circonstance, Sydney fit volte-face et ouvrit des yeux ronds dès qu'elle eut reconnu l'homme qui s'avançait vers elle.

— Spencer Kimball ? murmura-t-elle en le laissant serrer chaleureusement ses mains dans les siennes. Ça alors ! Ma mère m'avait dit que vous aviez déménagé dans le Sud et que vous vous étiez remarié, mais si j'avais pu me douter…

— Manifestement, vous vous connaissez, constata Natasha en échangeant un regard intrigué avec Nadia, qui faisait circuler un plateau chargé de petits verres de vodka.

— J'ai connu Sydney alors qu'elle n'était pas plus âgée que Freddie, expliqua Spencer en faisant allusion à sa fille aînée. Nous ne nous étions pas revus depuis…

Sa voix mourut dans un murmure gêné quand il se rappela qu'ils s'étaient rencontrés pour la dernière fois à l'occasion du mariage de Sydney. Sa présence auprès de Mike indiquait que cette union n'avait pas duré.

Sydney, qui avait saisi l'origine de son trouble, s'empressa de voler à son secours.

— Nous ne nous sommes plus revus depuis très longtemps, conclut-elle.

Un verre de vodka à la main, l'autre posée avec affection sur l'épaule de son beau-fils, Yuri s'exclama :

— Voyez comme le monde est petit !

Puis il précisa à l'intention de Natasha, :

— Sydney est propriétaire de l'immeuble dans lequel habite ton frère. Jusqu'à ce qu'il arrive à ses fins avec elle, il était d'une humeur massacrante…

Après avoir saisi le verre de son père, Mikhail le vida d'un trait et le lui rendit.

— C'est faux ! s'offusqua-t-il. J'ai pris le temps de lui faire la cour. Comme un gentleman… A présent, Sydney est folle de moi !

Avec un sourire féroce, Rachel s'immisça dans la conversation.

— Arrière tout le monde ! Son ego entre de nouveau en expansion…

Vexé, Mikhail fusilla sa jeune sœur du regard et vint entourer la taille de Sydney d'un bras possessif.

— Dis-leur que tu es folle de moi, susurra-t-il. Pour rabattre son caquet à cette langue de vipère…

— Il me semble t'avoir déjà dit que ton arrogance m'étonnerait toujours, répondit-elle en soutenant son regard. En fait, je crois que je commence à m'y faire.

Alex se laissa tomber sur un sofa en éclatant de rire.

— Mike, s'exclama-t-il, elle a vu clair dans ton jeu ! Venez donc vous asseoir près de moi, Sydney. Dans la famille, c'est bien moi le plus modeste et le plus romantique…

— Assez plaisanté pour ce soir ! protesta Nadia en couvant Sydney d'un regard bienveillant. Après ce voyage, vous devez être fatiguée…

— Un peu, répondit-elle. Je…

Aussitôt, la maîtresse de maison fut à son côté.

— Je manque à tous mes devoirs, s'excusa-t-elle. Je vais vous montrer votre chambre.

En précédant Sydney dans le hall, Natasha expliqua par-dessus son épaule :

— Vous pourrez vous coucher tout de suite si vous le désirez, ou nous rejoindre en bas si vous en avez le courage. Je voudrais surtout que vous vous sentiez ici comme chez vous.

A l'étage, Natasha fit entrer Sydney dans une pièce assez petite mais très coquette, dotée d'un étroit lit à baldaquin. Des tapis fanés égayaient un parquet de bois sombre poli comme un miroir. Près de la fenêtre ouverte, dont les rideaux de mousseline ondulaient sous la brise nocturne, un bouquet de gueules-de-loup dans une bouteille de lait ancienne ornait un secrétaire.

— J'espère que vous vous plairez chez nous, dit Natasha en posant le sac de Sydney sur un coffre en merisier au pied du lit.

— Je n'en doute pas, répondit-elle avec un sourire. Je suis très heureuse de connaître enfin la sœur de Mikhail et la femme d'un vieil ami. Enseigne-t-il toujours la musique ?

— Oui. A l'université de Shepherdstown. Il s'est également remis à composer.

— Tant mieux ! Spence est un de nos meilleurs compositeurs contemporains. Je me rappelle qu'il avait une charmante petite fille, Freddie…

Le sourire de Natasha s'épanouit sur ses lèvres.

— Elle est âgée d'une dizaine d'années aujourd'hui. Elle a voulu à toute force attendre Mikhail, mais elle n'a pu résister au sommeil. Je la soupçonne d'avoir embarqué Ivan dans sa chambre avec elle pour le protéger de ma colère. Il a réduit mes pétunias en…

Les sourcils froncés, Natasha dressa l'oreille.

— Quelque chose ne va pas ? s'inquiéta Sydney.

— Ce n'est que Katie, notre bébé, expliqua-t-elle avec un sourire rassurant. C'est l'heure de la tétée de la nuit. Si vous voulez bien m'excuser…

Sur le seuil de la pièce, Natasha se retourna et étudia Sydney avec un sourire énigmatique.

— Moi aussi, assura-t-elle, je suis heureuse de faire la connaissance d'une femme qui compte autant aux yeux de mon frère. Vous savez, vous êtes la première que Mikhail amène ici…

Ne sachant que penser de ces paroles, Sydney retint son souffle et lui rendit timidement son sourire.

— A demain, Sydney, reprit Nat en refermant derrière elle. Et bonne nuit…

Sydney fut réveillée peu après 7 heures par des aboiements joyeux sous ses fenêtres, auxquels firent bientôt écho des rires et des cris d'enfants déchaînés. Avec un grognement de protestation, elle tendit le bras, surprise de trouver le lit vide à côté d'elle. Tard dans la nuit, Mikhail avait honoré sa promesse de l'y rejoindre et il lui semblait qu'ils n'avaient tous deux cédé au sommeil que peu avant l'aube. Après une nuit pareille, s'étonna-t-elle, comment ce diable d'homme faisait-il pour être déjà debout ?

Renonçant à percer ce mystère, Sydney roula sur

le côté. La tête enfouie sous l'oreiller pour atténuer le tintamarre qui n'avait pas cessé, elle ne réussit qu'à s'asphyxier. Alors, se résignant à son sort, elle rejeta le drap, posa prudemment un pied sur le sol, puis l'autre, jusqu'à pouvoir se lever et enfiler sa robe de chambre. A peine avait-elle entrebâillé sa porte pour jeter un coup d'œil dans le couloir que Rachel, dans la chambre située face à la sienne, fit de même. Un long moment, les deux jeunes femmes s'observèrent sans mot dire, échevelées et les yeux lourds. La sœur de Mikhail fut la première à éclater d'un rire moqueur, aussitôt imitée par Sydney.

— Quand j'aurai des enfants, dit-elle lorsqu'elle se fut calmée, ils ne seront pas autorisés à sauter du lit avant 10 heures le samedi matin, et pas avant midi le dimanche. Et encore, seulement s'ils m'apportent le petit déjeuner au lit… Vous avez une pièce sur vous ?

Encore à moitié réveillée, Sydney ne s'étonna pas de la question et fouilla de manière automatique dans ses poches.

— Non, répondit-elle d'une voix pâteuse. Désolée…

— Attendez une seconde, lança Rachel en disparaissant dans sa chambre. Je vais en chercher une.

Sydney commençait à s'apercevoir de l'incongruité de la situation quand elle revint, faisant sauter la piécette dans la paume de sa main.

— Pile ou face ?

— Je… Pardon ?

Un sourire espiègle joua sur les lèvres de Rachel.

— Vous gagnez et la douche est à vous. Vous perdez, et vous allez nous chercher un café.

— Oh ! fit Sydney. Dans ce cas, ce sera pile.

Rachel envoya la piécette voler dans les airs et la

réceptionna avec adresse, avant de tendre la main vers elle en grimaçant.

— Du lait ? Du sucre ? s'enquit-elle.

— Noir, merci…

— Comptez dix minutes.

Traînant ses chaussons sur le sol, Rachel remonta le couloir, au bout duquel elle s'arrêta.

— Puisque nous sommes seules, lança-t-elle, puis-je vous poser une question indiscrète ?

— Je vous écoute.

— C'est vrai que vous êtes folle de mon frère ?

Sans la moindre hésitation, Sydney répondit :

— Puisque nous sommes seules, oui…

Une demi-heure plus tard, ragaillardie par une longue douche et un café serré, Sydney descendait l'escalier. Au rez-de-chaussée, elle trouva pratiquement toute la famille Stanislaski réunie dans la cuisine.

En short et T-shirt mais toujours aussi éblouissante, Natasha officiait devant ses fourneaux. En bout de table, tout en faisant des mimiques à un bébé en chaise haute qui devait être Katie, Yuri engloutissait crêpe sur crêpe. A côté de lui, la tête entre les mains et les coudes sur la table, Alex semblait bien mal en point. Quand sa mère vint poser devant lui un bol de café fumant, à peine murmura-t-il un faible remerciement.

— Ah ! Sydney, s'exclama Yuri en la découvrant sur le seuil.

— Papa ! gémit Alex, les mains plaquées sur les oreilles. Un peu de pitié pour les agonisants…

Tout en calmant son fils d'une main compatissante, Yuri adressa à Sydney son sourire le plus charmeur.

— Venez vous asseoir près de moi, dit-il. Les crêpes de ma fille aînée sont les meilleures au monde. Après celles de sa mère, bien entendu…

— Bonjour, dit Natasha en s'approchant de Sydney pour lui servir un café. Je dois m'excuser pour le sans-gêne de mes enfants et de cet idiot de chien qui ont réveillé toute la maison.

— Les enfants sont les enfants, expliqua Yuri avec un sourire fataliste. C'est quand on ne les entend pas qu'on commence à s'inquiéter.

La petite Katie, adorable réplique de sa mère dotée des mêmes yeux ensorceleurs et de la même chevelure de gitane, frappa bruyamment son bol de sa cuillère comme pour marquer son approbation.

— Où sont les autres ? s'enquit Sydney.

Prenant le ciel à témoin de la futilité des hommes, Nat leva les yeux au plafond en soupirant.

— Spence a voulu montrer à Mikhail le barbecue qu'il s'est mis en tête de construire. Voilà une demi-heure qu'ils tournent autour en grognant comme des Sioux… Vous avez bien dormi ?

L'innocente question fit rougir Sydney, consciente que toute la maisonnée était sans doute au courant de la migration nocturne de Mikhail dans sa chambre.

— Très bien, répondit-elle d'un air détaché. Merci…

Puis, voyant le père de Mikhail empiler devant elle plusieurs crêpes, elle émit une protestation qu'il fit taire d'un geste.

— Il faut manger, dit-il sur un ton catégorique. C'est bon pour le moral.

Avec un clin d'œil complice, il crut bon d'ajouter :

— Et pour reprendre des forces aussi…

L'arrivée en trombe dans la pièce d'un garçonnet blond aux cheveux frisés dispensa fort heureusement Sydney d'avoir à lui répondre. Yuri l'attrapa au vol et le retint prisonnier de ses bras avec force chatouilles.

— Voici mon petit-fils Brandon, annonça-t-il fièrement. C'est un monstre, et je mange les monstres au petit déjeuner ! Miam-miam-miam…

Sous les coups de dents simulés de son grand-père, le petit garçon hurlait et se tordait de rire.

— Papyu ! s'exclama-t-il quand ils eurent tous deux assez joué. Tu dois venir voir comme je roule bien à vélo ! D'accord ?

La tête posée contre la poitrine de son grand-père, Brandon finit par remarquer la présence de Sydney et lui adressa un long regard curieux, assorti d'un sourire.

— Bonjour ! dit-il. Tu peux venir aussi si tu veux. Tu as de beaux cheveux. Comme ceux de Lucy…

— Ce qui n'est pas un mince compliment, précisa Natasha. Lucy est l'un des deux chats de la maison.

Puis, s'adressant à son fils :

— Sydney viendra te voir rouler à vélo plus tard, mon chéri. Elle n'a pas encore déjeuné.

— Alors c'est toi qui viens, maman !

Incapable de résister à la tentation, Natasha glissa affectueusement ses doigts dans les boucles blondes.

— Bientôt. C'est promis…

— Alors, décréta Brandon en se rabattant sur son grand-père, c'est papyu qui vient !

Sachant ce qu'on attendait de lui, Yuri se leva et le hissa à la force des bras sur ses épaules. Hurlant de plaisir, Brandon s'accrocha fermement à ses cheveux et le duo sortit en trombe de la maison.

— Papa, regarde ! entendit-on crier Brandon dans le jardin. Regarde comme je suis grand !

— Ce gamin ne s'arrête donc jamais de hurler ? se lamenta Alex en achevant son café d'un air morose.

Farouchement protectrice envers ses petits-enfants, Nadia lui cingla l'épaule d'un coup de torchon.

— Toi, s'indigna-t-elle, tu criais dix fois plus que lui jusqu'à l'âge de douze ans !

Compatissante, Sydney se leva pour lui servir un autre café. Alex en profita pour s'emparer de sa main, qu'il porta à ses lèvres.

— Sydney, murmura-t-il, vous êtes un trésor. Partons loin d'ici, tous les deux…

Mikhail, qui pénétrait dans la cuisine par la porte de derrière au même instant, gronda depuis le seuil :

— Va-t-il encore falloir que je te casse le nez ?

Alex répliqua avec un regard de défi :

— Je te prends au bras de fer quand tu veux…

— Les hommes, soupira Rachel en pénétrant à son tour dans la cuisine. Tous des brutes !

— Pourquoi ?

La question émanait d'une petite fée aux cheveux d'or qui arrivait juste derrière Mikhail.

Rachel s'agenouilla près d'elle et l'embrassa sur les deux joues avant de lui répondre.

— Vois-tu, Freddie, pour résoudre leurs problèmes les hommes préfèrent se servir de leurs gros muscles plutôt que de leurs petits cerveaux…

Parfaitement indifférent à sa sœur, Mikhail poussa sans ménagement la vaisselle, s'assit face à son frère, et posa le coude sur la table. Alex répondit au défi en murmurant quelque chose en ukrainien. Les paumes claquèrent l'une contre l'autre. Les doigts se verrouillèrent. Les regards se durcirent dans les visages crispés sous l'effet de la concentration.

Fascinée, Freddie s'approcha de la table, observant tour à tour ses deux oncles.

— Qu'est-ce qu'ils font ? s'étonna-t-elle.

Natasha soupira, s'accroupit pour passer un bras autour de ses épaules et répondit :

— Ils se rendent ridicules…

Puis, se tournant vers Sydney :

— Je vous présente Freddie, mon aînée. Freddie, je te présente Mlle Hayward, l'amie de Mikhail.

Un peu intimidée, Sydney sourit à la petite fille.

— Ravie de te revoir, Freddie. Je t'ai déjà rencontrée il y a très, très longtemps, quand tu n'étais qu'un bébé.

— Vraiment ?

Intriguée, Freddie était partagée entre le spectacle fascinant des biceps de ses oncles en train de grossir démesurément et cette inconnue qui disait la connaître. Sydney ne restait pas elle non plus insensible au bras de fer. Ce que Mikhail, dont le regard s'envolait régulièrement vers elle, n'avait pas manqué de noter.

— Oui, reprit-elle enfin. Je… euh… connaissais ton père quand vous habitiez encore à New York.

Indifférente à la joute en cours, Rachel avait pris place en bout de table et couvait d'un œil gourmand les crêpes empilées devant elle.

— Passe-moi le sirop d'érable ! lança-t-elle sans lever les yeux, le bras tendu vers Mikhail.

De sa main libre et sans relâcher son effort, celui-ci le lui tendit. Saluant l'exploit d'un sourire caustique, Rachel arrosa copieusement le contenu de son assiette.

— Maman ! lança-t-elle en se préparant à manger. Veux-tu que je t'accompagne pour une promenade en ville après le petit déjeuner ?

Nadia, qui préférait voir ses fils mesurer leur force ainsi plutôt que de se battre comme des chiffonniers, chargeait le lave-vaisselle sans s'occuper deux.

— Excellente idée ! répondit-elle. Nat… Veux-tu que nous prenions Katie en promenade avec nous dans le landau ?

Natasha, qui était en train de se laver les mains, hocha la tête et dit :

— Je vous accompagne. J'avais prévu de passer à la boutique aujourd'hui.

A l'intention de Sydney, elle précisa :

— Je suis propriétaire d'un magasin de jouets…

Hypnotisée par le spectacle des deux frères qui avec force grognements et grimaces arrivaient au terme de leur joute, Sydney marmonna vaguement :

— Oh ! Très bien…

A l'évidence, songea Natasha en se séchant les mains, elle aurait pu prétendre posséder une fabrique d'armes sans provoquer chez elle plus d'intérêt.

Voyant Sydney dévorer du regard son champion en titre, Nadia et ses deux filles échangèrent des regards entendus, convaincues d'avoir à accueillir sous peu une nouvelle venue dans la famille.

Avec un grognement de triomphe, Mikhail abattit lourdement l'avant-bras de son frère sur la table, faisant tintinnabuler la vaisselle. Prise dans l'ambiance du moment, Freddie se mit à battre des mains, aussitôt imitée par sa sœur.

Beau joueur, Alex souriait crânement en se massant les doigts.

— Cherche-toi une autre femme ! lui lança Mikhail en se redressant. Celle-ci est à moi…

Sans laisser à Sydney le temps de réaliser ce qui lui arrivait, il la souleva dans ses bras et marcha d'un pas de vainqueur vers la porte, les lèvres soudées aux siennes en un étourdissant baiser.

# 10.

— L'idée que tu aurais pu perdre ne t'a même pas effleuré l'esprit ?

Amusé par l'irritation manifeste dans le ton de sa voix, Mikhail enlaça d'un bras la taille de Sydney et l'attira contre lui, sans ralentir leur allure le long du trottoir inégal qu'ils remontaient.

— Non, répondit-il d'un air ingénu. Pourquoi ?

Pour être sûre de n'être pas entendue du reste de la famille, qui les accompagnait à quelques pas devant et derrière eux, Sydney baissa la voix et poursuivit :

— Cela ne t'a pas gêné non plus de me ridiculiser aux yeux de ta mère en me traitant ainsi…

— Cela t'a plu…

— Certainement pas !

— Cela t'a plu ! insista Mikhail, se remémorant la fascination qu'il avait lue dans ses yeux durant le bras de fer et la passion avec laquelle elle avait répondu à son baiser. Cela t'a plu autant qu'à moi, sinon plus…

Cette fois, Sydney faillit se laisser aller à sourire. Pour rien au monde elle n'aurait admis le trouble qui s'était emparé d'elle à l'idée d'être emportée comme un précieux trophée de guerre dans les bras d'un barbare victorieux.

— Quel plaisir de revoir Spencer ! s'exclama-t-elle, préférant changer de sujet. Quand j'avais quinze ans, j'avais un terrible béguin pour lui…

Les yeux de Mikhail se posèrent sur le dos de son beau-frère devant eux, et Sydney eut la satisfaction de voir y passer une lueur de jalousie.

— Ah oui ? fit-il d'un air soupçonneux.

— Oui ! confirma-t-elle avec entrain. Ta sœur a bien de la chance de l'avoir épousé…

La fierté familiale prit aussitôt le pas sur toute autre considération dans l'esprit de Mikhail.

— Tu te trompes ! C'est *lui* qui a de la chance de l'avoir épousée…

Sydney ne put s'empêcher de rire et conclut :

— Nous avons sans doute raison tous les deux.

Soudain, fatigué de marcher bien sagement à côté de sa mère, Brandon lui lâcha la main et accourut vers eux.

— Tu dois me porter ! lança-t-il à son oncle.

— Je le *dois* vraiment ? s'amusa celui-ci.

Avec un hochement de tête enthousiaste, le petit garçon se mit à escalader la jambe de Mikhail sans autre forme de procès en s'écriant :

— Oui ! Tu dois me porter, comme papyu le fait !

En moins de temps qu'il n'en faut pour le dire, Brandon se retrouva juché sur les épaules de son oncle. Là, les joues roses de plaisir et la bouche ourlée d'un sourire radieux, il regarda Sydney et lui dit :

— J'ai trois ans ! Et je sais déjà m'habiller tout seul.

Un œil sur les chaussettes de couleurs différentes qui s'agitaient à hauteur de ses yeux, Sydney se retint de rire et hocha la tête avec la gravité qui convenait.

— Et je vois que tu t'en sors très bien. Seras-tu plus tard un grand compositeur, comme ton père ?

— Nan ! protesta Brandon d'un air blasé. Moi, j'veux être un château d'eau. Pasque c'est eux les plus grands et les plus beaux…

Sydney n'avait jamais entendu plus grande et plus noble ambition. Charmée par l'innocence et la fantaisie du gamin, elle lui sourit jusqu'à ce qu'il demande tout à trac :

— T'habites avec oncle Mike ?

— Non ! répondit-elle un peu trop vivement.

— Du moins pas encore, intervint Mikhail avec un clin d'œil à son intention.

— Pourtant, poursuivit Brandon sans se décourager, je t'ai vue l'embrasser. Comment ça s'fait que vous avez pas encore de bébé ?

Natasha, alertée par l'absence de son fils, vint fort heureusement à la rescousse.

— Assez de questions pour ce matin ! protesta-t-elle en levant les bras pour récupérer le garçonnet.

— Mais, maman ! Je voulais juste savoir…

— Tout ! l'interrompit Nat. Tu veux toujours tout savoir…

Un gros baiser sur la joue vint étouffer dans l'œuf de nouvelles protestations.

— Mais pour l'instant, reprit-elle, tout ce que tu as besoin de savoir c'est que tu pourras choisir si tu le veux une voiture au magasin.

Ses yeux couleur chocolat brillant de convoitise, Brandon perdit aussitôt tout intérêt pour les bébés.

— N'importe quelle voiture ? s'enquit-il d'un air soupçonneux.

— N'importe quelle *petite* voiture, précisa sa mère.

Laissant Brandon harceler Natasha pour savoir à quel point la voiture serait petite, Sydney et Mikhail se laissèrent distancer.

— Tu vois, murmura Mikhail à l'oreille de Sydney, on dit toujours que la vérité sort de la bouche des enfants… Eh bien je commence à croire que c'est vrai.

Pour éviter de lui répondre et pour tenter d'ignorer les émotions qui se bousculaient en elle, Sydney se contenta de lui envoyer un coup de coude dans les côtes.

Shepherdstown apparut aux yeux de Sydney comme une charmante petite ville, aux rues sinueuses bordées de boutiques anciennes. *Funny House*, le magasin de Natasha, lui fit forte impression. Quoique petit, il couvrait tout l'éventail des rêves enfantins, de la voiture de course en plastique à la poupée de porcelaine, de la navette spatiale à infrarouge aux boîtes à musique à l'ancienne.

Au sortir du magasin de jouets, Mikhail se montra très coopératif quand elle commença à errer d'échoppe en boutique, tant et si bien qu'ils eurent tôt fait de perdre de vue le reste de la famille. Ce n'est qu'au retour, alors qu'il leur fallait gravir la colline pour retrouver la demeure de Spence et Natasha avec les bras chargés de paquets, qu'il commença à maugréer.

— Pourquoi donc me suis-je imaginé que tu es une femme sensée ?

— Parce que j'en suis une.

Mikhail marmonna quelques mots en ukrainien dont Sydney préféra ne pas demander la traduction.

— Dans ce cas, reprit-il, comment t'imagines-tu que nous allons ramener tout ceci à New York ?

— Tu es tellement intelligent, rétorqua Sydney, je me suis dit que tu trouverais bien une solution.

Mikhail lâcha une nouvelle salve de jurons ukrainiens entre ses dents.

— Tu feras moins la maligne, bougonna-t-il, quand

tu devras voyager pendant cinq heures avec tes cartons sur les genoux…

Stoppant net en plein milieu du trottoir, Sydney parvint par un baiser appuyé à le ramener à de meilleures dispositions…

Ils débouchèrent dans le jardin au moment où Ivan, l'air penaud et la queue entre les pattes, contournait le coin de la maison, poursuivi par deux gros chats lancés à ses trousses.

— Ce chien ! se lamenta Mikhail avec un soupir. C'est une véritable honte pour la famille !

Acquise à la cause d'Ivan, Sydney se débarrassa de ses paquets en chargeant un peu plus les bras de Mikhail et s'accroupit.

— Ivan ! appela-t-elle d'une voix engageante. Viens, mon bébé…

Eperdu de reconnaissance, le chien vint se lover dans ces bras accueillants, posant sa tête sur l'épaule amie. Les chats, deux bêtes magnifiques en pleine force de l'âge, s'assirent dignement dans l'herbe pour contempler d'un air dédaigneux ce spectacle incongru.

— Sauvé par une femme ! s'exclama Mikhail. De mieux en mieux…

— Ce n'est qu'un chiot ! protesta Sydney en lui caressant les flancs. Fiche-nous la paix et retourne te mesurer à ton frère…

Mikhail avait à peine disparu sous le porche que Freddie surgit au coin de la maison. Avec un soulagement manifeste, elle se laissa tomber dans l'herbe à côté d'Ivan.

— Enfin le voilà ! s'écria-t-elle. Je le cherchais partout.

— Les chats lui ont fait peur, expliqua Sydney.

— Ils ne font que s'amuser. Tu aimes les chiens ?

— Oui, beaucoup.

— Comme moi, reprit gravement Freddie. J'aime aussi les chats. J'ai eu Lucy et Daisy pour mes six ans. Maintenant qu'ils sont grands, je voudrais bien un jeune chien.

Sans cesser de caresser Ivan, Freddie contempla tristement le parterre de bégonias en piteux état.

— Peut-être que si j'arrangeais ces fleurs…

Sydney, qui savait ce que c'est que d'être une petite fille soupirant après un animal de compagnie, prit ses mains dans les siennes et posa un baiser sur sa joue.

— Cela serait sans doute un bon début, dit-elle. Veux-tu que je t'aide ?

Ainsi Sydney passa-t-elle la demi-heure suivante à sauver ce qui pouvait l'être des bégonias de Natasha. Ou plus exactement, puisqu'elle n'avait aucune notion de jardinage, elle se contenta de suivre à la lettre les instructions de Freddie.

Quand elles eurent terminé, Sydney laissa Ivan aux bons soins de la petite fille et rentra se laver les mains. De retour dans le hall, attirée par des rires et des éclats de voix, elle se glissa dans le salon de musique et se planta devant la grande baie vitrée.

Dans le jardin, une partie de soft ball réunissait toute la famille, sous l'arbitrage de Nadia. Un vague sourire jouant sur ses lèvres, le cœur serré par la mélancolie, Sydney demeura de longues minutes à les regarder jouer. A l'évidence, bien plus que l'attrait du jeu, c'était la joie de se retrouver tous ensemble qui les unissait.

Il ne fallut pas longtemps pour qu'une décision contestée de l'arbitre amène les uns et les autres à se rassembler au centre du terrain pour une dispute générale remplie de hurlements et de grands gestes énervés. Les yeux embués, Sydney se mordit la lèvre inférieure pour se retenir de pleurer. De toute son existence, jamais elle n'avait désiré quelque chose autant que ce simple bonheur familial.

— Chez nous, expliqua Natasha, il est bien rare que les jeux ne se terminent pas par une dispute…

Souriante, encore pleine du bonheur d'avoir allaité Katie avant de la mettre au lit, Nat observa quelques instants derrière l'épaule de Sydney la bataille en cours dans son jardin. Mais quand celle-ci se tourna vers elle et qu'elle aperçut les deux larmes qui coulaient sur ses joues, son sourire se figea.

— Il ne faut pas pleurer pour ça ! protesta Natasha. Vous savez, tout cela n'est pas très sérieux…

Rouge de confusion, Sydney détourna le regard et essuya ses larmes d'un geste brusque.

— Je le sais, murmura-t-elle. C'est juste que… Cela va sans doute vous sembler ridicule ! Mais à les voir tous si soudés, si unis jusque dans leurs disputes, je me suis sentie soudain… émue. Comme devant un tableau magnifique ou une musique harmonieuse.

Natasha n'avait pas besoin d'en entendre davantage. Il lui suffisait de se rappeler ce que Mikhail lui avait confié à propos de Sydney pour comprendre que de telles réjouissances familiales lui étaient inconnues.

— Vous l'aimez beaucoup, n'est-ce pas ?

Posée sur le ton du constat, la question fit tressaillir Sydney. Autant il lui avait été facile de répondre à Rachel le matin même, autant il lui paraissait difficile de se confier à l'aînée des Stanislaski.

— Vous devez penser que je me mêle de ce qui ne me regarde pas, poursuivit celle-ci. Mais il y a depuis toujours un lien spécial entre Mikhail et moi. Et je sens à quel point vous êtes importante pour lui.

Pensive, Natasha contempla son mari qui tentait dans

l'herbe de résister aux assauts conjugués de Brandon et de Freddie. A peine quelques années auparavant, se rappela-t-elle, elle avait redouté de se laisser aller à espérer un tel bonheur.

— Mike vous ferait-il un peu peur ? demanda-t-elle, sous le coup d'une subite inspiration.

A sa grande surprise, Sydney s'entendit répondre :

— L'intensité de ses sentiments m'effraie parfois. Il est tellement proche de ses émotions, il est si facile pour lui de les ressentir, de les comprendre et de les exprimer... Il n'en va pas de même en ce qui me concerne. Question de personnalité, ou d'éducation. Il m'arrive de me sentir débordée par ce qu'il ressent pour moi et je crois que c'est ce qui me fait peur.

— Mike vit au plus près de ses émotions, reconnut Natasha. C'est un artiste. Il n'est qu'émotions. Voulez-vous que je vous montre quelque chose ?

Sans attendre de réponse, Natasha entraîna Sydney dans le fond de la pièce, où une bibliothèque en chêne regorgeait de miniatures sculptées et peintes. La plupart étaient d'une minutie et d'une fantaisie telles qu'il semblait impossible qu'aucune main humaine les eût jamais conçues. Une maison de pain d'épice, au toit couvert de biscuits et aux volets de sucre candi. Une haute tour d'argent, au sommet de laquelle une belle déroulait sa longue chevelure dorée. Un lit à baldaquin, suffisamment petit pour tenir dans la paume d'une main, sur lequel dormait une belle princesse que son prince charmant s'apprêtait à réveiller d'un baiser.

— Elles sont magnifiques ! s'enthousiasma Sydney. Des parcelles de rêve devenues réalité...

Les bras croisés, les yeux brillants de fierté, Nat hocha solennellement la tête.

— Mikhail a de la magie dans les doigts, renchérit-elle. Il a sculpté ces figurines pour moi, parce que j'ai appris l'anglais dans un livre de contes de fées. Mais tout son travail est loin d'être aussi charmant. Ses pièces peuvent être tragiques, puissantes, érotiques ou même effrayantes, mais elles sont toujours vraies, parce qu'elles émergent du plus profond de lui autant que de la matière qu'il travaille.

— Ce que vous essayez de me faire comprendre, intervint Sydney avec un sourire timide, c'est que votre frère est un être sensible. Mais c'est inutile, je le sais déjà. Je n'ai jamais rencontré d'homme plus sensible et compatissant que lui.

— Vous ne craignez donc pas qu'il vous fasse du mal…

Les yeux fixés sur les statuettes, Sydney secoua vigoureusement la tête. Comment aurait-il été possible de craindre la violence ou la méchanceté d'un être capable de rendre palpable une telle beauté ?

— Ce que je crains, dit-elle dans un murmure à peine audible, c'est que je puisse *moi* lui faire du mal sans le vouloir.

— Sydney…

Des cris et des bruits de pas venus du hall empêchèrent Natasha de poursuivre, au grand soulagement de Sydney. Se trouver suffisamment en confiance pour livrer à une quasi-inconnue ses sentiments les plus intimes était pour elle une expérience aussi neuve que dérangeante. S'il y avait de la magie dans les doigts de Mikhail, songea-t-elle en la suivant pour retrouver les autres, il y en avait aussi au sein de cette famille unique. Une magie toute simple : une certaine aptitude au bonheur.

*
* *

A l'heure de commencer à préparer le repas du soir, Nadia décida de faire place nette dans la maison en expédiant manu militari tous les hommes à l'extérieur.

— Comment se fait-il qu'ils se la coulent douce en buvant une bière à l'ombre, protesta Rachel en râpant rageusement des carottes, alors que nous trimons pour leur préparer à manger ?

— Tu sais très bien pourquoi, répondit sa mère en mettant deux douzaines d'œufs à bouillir. Si nous les laissions nous aider, ils resteraient dans nos jambes sans rien faire d'autre que nous retarder…

— C'est vrai. Mais…

— De quoi te plains-tu ? intervint Natasha. Tout à l'heure, leur tour viendra de nettoyer le chantier que nous leur aurons laissé dans la cuisine.

Avec entrain, Rachel s'attaqua à une autre carotte. Femme à aimer faire la cuisine autant qu'à s'attaquer à une plaidoirie difficile, elle ne protestait que pour le plaisir.

— Sydney ? demanda Natasha en se tournant vers elle. Je peux vous demander de laver le raisin ?

Avec application, Sydney passa les grappes sous l'eau, mettant un point d'honneur à éliminer les grains abîmés et à frotter les taches suspectes. Ce faisant, elle ne se berçait pas d'illusions quant à l'utilité de sa tâche. Heureusement que trois ménagères efficaces et expérimentées s'activaient autour d'elle pour nourrir une famille aussi nombreuse et affamée !

Quand chaque grappe fut lavée et séchée, Nadia, la voyant désœuvrée, lui proposa gentiment :

— Vous pouvez préparer les œufs mimosa si vous le voulez. Ils auront bientôt fini de refroidir.

Consternée, Sydney contempla la montagne d'œufs durs que Nadia finissait d'écailler sous le robinet.

— Ce… ce serait avec plaisir, balbutia-t-elle. Mais en fait, je… Eh bien, je dois avouer que je ne sais pas comment faire.

— Votre mère ne vous a jamais appris ?

Nadia avait l'air bien plus incrédule que scandalisée, ce que Sydney pouvait comprendre. Mikhail lui avait expliqué que sa mère avait considéré de son devoir d'apprendre à cuisiner à chacun de ses enfants. Margerite, quant à elle, ne savait même pas cuire un œuf dur et aurait été bien en peine de lui apprendre à préparer des œufs mimosa.

— Eh bien non, avoua-t-elle avec une grimace comique. Elle m'a juste appris à commander dans les restaurants…

S'essuyant les mains à son tablier, Nadia vint vers elle et lui tapota gentiment la joue.

— Quand ils auront complètement refroidi, dit-elle, je vous apprendrai à les préparer exactement comme Mikhail les aime…

Par l'Interphone de surveillance, les pleurs de Katie retentirent dans la pièce. Retenant par la manche sa mère qui se dirigeait vers le hall, Nat demanda :

— Sydney ? Cela vous dérangerait d'aller chercher Katie ? Nous sommes toutes occupées ici…

Croyant avoir mal entendu, Sydney la dévisagea quelques instants.

— Vous voulez que j'aille… m'occuper du bébé ?

— Oui, s'il vous plaît.

Mal à l'aise mais ne voyant pas comment refuser, Sydney hocha la tête et sortit de la cuisine.

— Je suppose, fit Rachel dès qu'elle eut refermé la porte, que tu as quelque chose derrière la tête…

— Sydney est en manque de famille, expliqua-t-elle. J'essaie simplement de l'aider.

Avec un grand éclat de rire, Rachel se leva et vint entourer les épaules de sa mère et de sa sœur.

— Dans ce cas, conclut-elle, elle aura plus que sa part avec la nôtre !

En gravissant les marches comme un condamné monte à l'échafaud, Sydney entendit de plus en plus distinctement les pleurs frénétiques du bébé. Peut-être Katie était-elle malade, songea-t-elle avec un début de panique. Quelle mouche avait bien pu piquer Nat pour lui demander *à elle* de s'occuper d'un bébé en pleurs ? Etant mère de trois enfants, peut-être considérait-elle ces choses comme allant de soi…

Après avoir pris une profonde inspiration, Sydney se redressa et pénétra dans la nurserie. Katie, les cheveux emmêlés autour de son visage rouge et crispé, s'accrochait aux barreaux de son lit pour mieux hurler son désespoir. Soudain, ses jambes l'ayant lâchée, elle se retrouva assise sur son édredon rose. Une expression d'intense surprise se peignit sur son visage tendu vers l'inconnue qui venait de pénétrer dans sa chambre, bien vite remplacée par une autre crise de larmes.

La détresse de l'enfant suffit à effacer instantanément toute trace d'hésitation ou de nervosité dans l'esprit de Sydney.

— Oh ! mon pauvre bébé ! lança-t-elle d'une voix compatissante. Tu pensais que personne ne viendrait ?

Penchée sur le berceau, elle prit Katie dans ses bras. Spontanément, celle-ci compensa son manque d'expérience en se blottissant contre elle en toute confiance.

— Si petite, murmura Sydney. Et tellement jolie !

Avec un soupir de bien-être, Katie redressa la tête pour darder sur elle ses yeux vifs et noirs.

— Mais dis-moi, reprit-elle, tu es tout le portrait de ton oncle !

A ces mots, transmis clairement par l'Interphone un étage plus bas, les trois femmes affairées dans la cuisine gloussèrent gaiement.

— Oh, oh !

Une main glissée sous les fesses de Katie, Sydney venait de prendre conscience de ce qui justifiait la détresse du bébé.

— Tu es toute mouillée, n'est-ce pas ? demanda-t-elle en soutenant son regard curieux. Ecoute… Je suppose que Nat résoudrait le problème en moins de trois secondes, tout comme ta tante ou ta mamie d'ailleurs, mais elles ne sont pas disponibles pour le moment. Et moi, je n'ai jamais changé une couche de ma vie. Ni préparé d'œufs mimosa. Ni même joué au soft ball. Alors, qu'allons-nous faire ?

Pour toute réponse, Katie gazouilla en accrochant ses petits doigts potelés aux cheveux de Sydney, avec lesquels elle se mit à jouer.

— Je vois, murmura-t-elle. Tu n'en as aucune idée toi non plus…

Du regard, Sydney balaya la pièce et s'arrêta sur une drôle de petite table recouverte d'un matelas et équipée d'une étagère pleine de couches et de produits. Avec un luxe infini de précautions, elle alla y allonger Katie et saisit une couche neuve. D'un œil perplexe, elle l'observa quelques instants sous toutes les coutures. Puis, voyant que le bébé ne la quittait pas des yeux, elle lui sourit d'un air confiant et dit :

— Je crois qu'on va y arriver. Tu es prête ?

Au rez-de-chaussée, Mikhail, qui venait de pénétrer bruyamment dans la cuisine, se fit fusiller du regard par trois femmes attentives et courroucées.

— Qu'est-ce qui se passe ? chuchota-t-il, figé sur le seuil.

— Sydney est en train de changer Katie, l'informa Natasha dans un souffle.

Oubliant instantanément la bière qu'il avait pour mission de rapporter dans le jardin, Mikhail s'approcha de l'Interphone et se mit lui aussi à l'écoute.

— Voilà ! s'exclama Sydney avec une confiance grandissante. On y est presque, qu'en penses-tu ?

Les petites fesses de Katie étaient propres, sèches et poudrées. Sans doute un peu trop poudrées, mais elle avait estimé qu'en ce domaine il valait mieux pécher par excès que par défaut... Pour avoir observé avec attention comment était fixée la couche sale, elle n'eut ensuite aucun mal à mettre en place la nouvelle.

— Cela a l'air d'être presque ça, commenta-t-elle en observant d'un œil critique le résultat obtenu. Pas vrai, mon petit cœur ?

Katie gazouilla de bonheur et se mit à battre frénétiquement des jambes.

— Arrête ! protesta Sydney en riant. C'est l'instant critique où il ne faut surtout pas bouger...

Ce qui ne fit évidemment que redoubler l'agitation du bébé et l'envie de Sydney de la chatouiller et de rire avec elle. Au bout de quelques minutes, pourtant, tout fut terminé et Katie lui parut tellement heureuse dans sa couche neuve qu'elle ne put résister à l'envie de la soulever au-dessus de sa tête. De nouvelles salves de rire retentirent dans la pièce. Les jambes dodues tricotèrent dans le vide avec une énergie nouvelle. La couche bougea bien un peu, mais resta en place.

— Bien ! s'exclama Sydney d'un air satisfait. Je crois que ça tient. Que dirais-tu d'aller retrouver ta maman en bas maintenant ?

Les bras tendus vers elle pour se nicher contre son cou, Katie s'écria gaiement :

— Mama !

Un étage plus bas, les quatre adultes émus faisaient leur possible pour paraître indifférents ou occupés…

— Désolée d'avoir été si longue ! s'excusa Sydney à son retour dans la cuisine. J'ai dû la changer…

Dès qu'elle aperçut Mikhail, elle se figea sur place, la joue collée contre celle de Katie. Leurs regards se croisèrent. Sydney se sentit rougir et crut que ses jambes allaient la trahir. En deux enjambées, Mikhail l'eut rejointe. Lui prenant doucement Katie des bras, il l'installa confortablement sur sa hanche et annonça :

— Maintenant, c'est moi qui vais m'en occuper.

Sans lui laisser le temps de réagir, il passa la main derrière la nuque de Sydney et l'attira pour un baiser qui acheva de l'étourdir. Elle n'avait pas encore totalement récupéré ses esprits que Mikhail sortait déjà dans le jardin, faisant claquer la moustiquaire derrière lui.

Avec un sourire ému, Nadia la prit par la main.

— Sydney ? demanda-t-elle. Voulez-vous que je vous montre comment préparer les œufs mimosa ?

Le soleil achevait de se coucher sur le plus beau week-end de sa vie quand Sydney déverrouilla la porte de son appartement. Tout en riant — elle était certaine d'avoir plus ri en ces deux jours qu'au cours de toute son existence — elle alla déposer ses paquets dans un coin du salon, laissant Mikhail refermer la porte.

— Plus de bagages au retour qu'à l'aller ! s'amusa-t-il en déposant sur le sol les derniers paquets et le sac de Sydney.

— Juste une ou deux choses en plus…

Souriante, elle le rejoignit et entoura sa taille de ses bras.

— Mais ce que je rapporte surtout, reprit-elle, c'est une cargaison de merveilleux souvenirs. *Dyakuyu*…

Dans la voiture, au retour, Mikhail avait commencé à l'initier aux mystères de sa langue.

— C'est moi qui te remercie, dit-il.

Enserrant sa tête entre ses mains, il déposa un baiser sonore sur chacune de ses joues.

— En Ukraine, expliqua-t-il, c'est notre façon traditionnelle de dire au revoir et merci.

Sydney dut se mordre la langue pour ne pas éclater de rire.

— Cela, dit-elle d'un air mutin, j'ai pu le constater.

A leur départ de Shepherdstown, elle avait été chaleureusement embrassée de la sorte par chacun des membres de la famille. Sauf par Alex, qui ne s'était pas contenté de ses joues…

Au prix d'un gros effort pour conserver son sérieux, Sydney parvint à soutenir le regard de Mikhail.

— J'ai aussi constaté que ton frère embrasse comme un dieu, poursuivit-elle d'un air ingénu. Ce doit être de famille…

— J'aurais dû lui botter les fesses comme il le mérite ! fulmina-t-il. Tu as aimé qu'il t'embrasse ?

— Je dois dire qu'il a un certain style…

— Bah ! protesta Mikhail avec dégoût. Ce n'est encore qu'un gamin…

Sa mauvaise foi fit sourire Sydney. Comme elle l'avait appris de la bouche de Nadia, deux ans à peine séparaient les deux frères.

— Ce n'est pas vraiment mon avis, dit-elle. Mais rassure-toi, tu possèdes un léger avantage sur lui.

— Lequel ?

Sydney noua ses doigts serrés derrière sa nuque, laissa ses yeux s'égarer au fond de ses yeux.

— Ce n'est pas à un charpentier que je l'apprendrai, quelques centimètres en plus suffisent parfois pour faire la différence…

Les mains de Mikhail se refermèrent sur ses hanches, l'attirèrent tout contre lui.

— Ainsi, dit-il, tu penses que je suis à la hauteur.

Pour mieux goûter à la douce langueur qui s'emparait d'elle, Sydney ferma les yeux et le laissa parsemer son visage de baisers.

— Et naturellement, reprit-il, j'embrasse mille fois mieux que ce gamin d'Alex…

Sydney soupira. La bouche de Mikhail courant le long de sa mâchoire l'empêchait de penser clairement.

— Eh bien, murmura-t-elle, en fait, je…

Ses lèvres recouvrirent brutalement les siennes, l'empêchant d'en dire plus. Avec un murmure d'approbation, Sydney pencha la tête pour se prêter au baiser. Mais au moment où son sang commençait à entrer en ébullition dans ses veines, il y mit fin et la souleva dans ses bras comme une jeune mariée.

— A présent, dit-il en la fixant d'un air farouche, je vais te prouver à quel point je suis à la hauteur…

Avec un soupir, Sydney se laissa aller contre lui.

— Puisque tu y tiens…

En quelques enjambées, il gagna la chambre et la déposa sans ménagement sur le lit. A peine avait-elle eu le temps de reprendre son souffle que Mikhail, après s'être débarrassé de sa chemise et de ses chaussures, s'apprêtait à déboucler son ceinturon.

— Pourquoi souris-tu ainsi ? s'inquiéta-t-il soudain.

Les yeux brillants, le souffle court, Sydney écarta de son visage une mèche de cheveux.

— De nouveau, dit-elle, il ne te manque qu'un sabre et un bandeau sur l'œil pour ressembler à un pirate…

Les pouces glissés dans les passants de sa ceinture, Mikhail fit porter le poids de son corps sur une hanche et la dévisagea longuement.

— Ainsi, reprit-il enfin, tu penses vraiment que je suis un barbare ?

Sydney caressa du regard son torse nu et musclé, ses boucles brunes cascadant jusqu'aux épaules. Sur son menton et ses joues, une barbe de deux jours prouvait qu'il ne s'était pas rasé du week-end. Et puis ses yeux, sombres, exotiques, dangereux, dans son visage taillé à la serpe…

— Je pense, répondit-elle d'une petite voix émue, que tu es l'homme le plus étourdissant qui soit.

Mikhail se rembrunit. Ce n'était pas exactement ce qu'il avait souhaité entendre, mais Sydney lui parut à cet instant si frêle et si jolie, allongée comme elle l'était sur le lit, qu'il se retint de protester. Il la revit pénétrant dans la cuisine, à Shepherdstown, portant Katie comme le plus précieux des trésors. Il la revit ce soir-là à table, rougissante quand Nadia avait annoncé que c'était elle qui avait préparé les œufs. Il la revit dans les bras de son père au moment du départ. Cela n'avait duré qu'un court instant, mais il avait vu ses doigts s'accrocher à la chemise de Yuri pour mieux s'ancrer à ses épaules. Bien d'autres moments encore témoignaient de son besoin de tendresse et d'amour, dont il n'avait pas pris jusqu'alors l'exacte mesure. Certes, Sydney était une femme forte, intelligente, sensée. Mais elle était aussi une femme dont le cœur n'avait jamais été nourri comme il aurait dû l'être.

Consterné, Mikhail s'assit sur le lit et saisit les mains de Sydney entre les siennes.

— Que se passe-t-il ? s'inquiéta-t-elle d'une voix tremblante. Qu'ai-je fait de mal cette fois ?

Ce n'était pas la première fois que Mikhail avait à s'étonner de cette nuance d'inquiétude dans le ton de sa voix, de cette tendance à douter d'elle-même qui par moments s'emparait de Sydney. Remettant à plus tard les questions qui se pressaient sur ses lèvres, il secoua la tête et lui adressa un sourire rassurant.

— Tu n'y es pour rien, dit-il. C'est moi…

Doucement, il retourna ses mains entre les siennes, embrassa tendrement ses paumes et laissa ses lèvres remonter jusqu'aux poignets, où coulaient de fines veines bleues et où battait un pouls affolé.

— C'est moi, reprit-il, qui ai oublié d'être gentil, romantique et tendre avec toi.

Soulagement et affolement se mêlèrent dans l'esprit de Sydney. En croyant plaisanter, réalisa-t-elle avec consternation, elle avait blessé son ego.

— Mikhail, protesta-t-elle en cherchant à capter son regard, je ne faisais que plaisanter à propos d'Alex ! Je n'étais pas en train de me plaindre…

— Tu aurais pourtant des raisons de le faire.

Sydney se mit à genoux sur le lit et passa ses bras autour du cou de Mikhail. Avec urgence et maladresse elle pressa ses lèvres contre les siennes.

— C'est toi que je désire, murmura-t-elle. Et c'est toi que j'aime… Comment peux-tu encore en douter ?

Même si l'incendie qui couvait au fond de son ventre menaçait de tout emporter, Mikhail prit garde à donner à ses gestes toute la douceur, toute la tendresse nécessaires et lui caressa le visage, encore et encore. Patiemment, il attendit que le baiser qu'il lui brûlait de lui donner lui vienne du fond du cœur, afin qu'il déborde de tout l'amour qu'il avait pour elle.

Un moment désorientée, Sydney lutta pour ranimer la flamme de leurs étreintes habituelles, de peur qu'elle ne les ait quittés. Mais contre ses lèvres, celles de Mikhail étaient si patientes, si déterminées à la douceur, qu'elle cessa bientôt de lutter. Alors, à défaut de la flamme attendue, ce baiser suscita en elle une chaleur irradiante, si bouleversante qu'elle en eut la gorge serrée. Même lorsque Mikhail approfondit le baiser, il n'y eut plus entre eux qu'un flot ininterrompu de tendresse, qui la fit fondre comme de la cire, en un total abandon.

— Tu es si belle, murmura-t-il en l'incitant à s'allonger sur le lit. Si merveilleusement belle !

Avec une délicatesse d'artiste en train de modeler une œuvre, Mikhail entreprit de la déshabiller. Le soleil couchant accrochait ses derniers reflets à la peau que ses doigts dénudaient. Il comprit alors que cet instant était le plus parfait de ceux qu'il leur avait été donné de vivre durant ces deux jours.

— Je vais te montrer, reprit-il, la gorge serrée par l'émotion. Te montrer tout ce que tu es pour moi.

Ses mains se firent lentes, religieuses, pour lui prouver qu'au-delà de la passion et du désir, l'amour était rencontre et générosité, communion des âmes et des esprits.

Tout, comprit-il en s'allongeant près d'elle. Sydney était dorénavant tout pour lui. Et après cette nuit qu'il allait passer à le lui prouver, il voulait que jamais plus elle ne pût en douter.

# 11.

Il faisait nuit noire et ils dormaient du sommeil du juste quand retentit la sonnerie du téléphone sur la table de chevet. Résolue à l'ignorer, Sydney secoua la tête dans l'oreiller et se lova plus confortablement contre le flanc de Mikhail. Avec un grognement de protestation, celui-ci roula sur le côté pour décrocher. Dès qu'il eut reconnu la voix qui l'interpellait dans l'écouteur, il se redressa d'un bond sur le lit, pleinement réveillé.

— Alexi ? dit-il d'une voix angoissée.

Ce n'est qu'en entendant son frère lui assurer que tout allait bien que Mikhail sentit refluer la panique qui s'était emparée de lui. La pendulette indiquait 4 h 45. Si Alex ne disposait pas d'une excuse valable pour les réveiller à une heure pareille, il allait entendre parler de lui !

La suite lui fit oublier toute autre considération que la nécessité de rentrer au plus tôt chez lui. A peine avait-il raccroché sans prononcer le moindre mot qu'il se ruait hors du lit et partait à travers la pièce à la recherche de ses vêtements. Assise contre les oreillers, le drap serré contre sa poitrine, Sydney, pâle comme une morte, avait allumé la lampe de chevet et l'observait en silence, incapable de parler.

— Tes parents ? finit-elle par demander.

Surpris, Mikhail fit volte-face et s'empressa de la rassurer d'un sourire.

— Non, non, assura-t-il. Ils vont bien. C'est à Soho qu'il est arrivé quelque chose. Des vandales…

Sur le visage aux traits tirés de Sydney, la surprise céda la place à l'appréhension.

— Des vandales ?

— Un des policiers appelés sur place savait que j'habite cet immeuble et connaissait Alex. Il l'a appelé pour lui demander de me prévenir. D'après lui, il y a pas mal de dégâts…

D'un grand geste, Sydney rejeta le drap pour se lever, le cœur battant à coups redoublés à ses oreilles.

— Des blessés ? s'enquit-elle, redoutant la réponse.

— Non, répondit Mikhail. Heureusement, rien que des dégâts matériels. Je dois aller voir ce qu'il en est.

— Tu ne pars pas sans moi ! protesta Sydney en se précipitant vers son armoire. Laisse-moi cinq minutes.

Cela faisait mal. Ce n'était rien que de la brique, du bois, du verre, mais de voir le vieil immeuble ainsi maltraité emplissait de tristesse et de révolte le cœur de Sydney.

Sur le soubassement de grès brun, d'infâmes obscénités avaient été taguées. Trois des fenêtres du rez-de-chaussée étaient brisées. A l'intérieur, l'installation électrique et les cloisons de plâtre remises à neuf avaient été saccagées. Mais le pire était advenu dans l'appartement de Mme Wolburg, noyé sous dix centimètres d'eau. Napperons, coussins, poupées de dentelle détrempés surnageaient à travers les pièces inondées. Enfin, comme si la folie des vandales avait achevé de s'y épuiser, le papier à fleurs n'était plus qu'un catalogue d'insultes haineuses.

Alex, qui la suivait pas à pas tandis qu'elle évaluait l'étendue du désastre, lui désigna l'évier de la cuisine.

— Ils ont bouché tous les conduits d'évacuation, expliqua-t-il, et ouvert en grand tous les robinets. Ils ont terminé par l'appartement du bas où ils ont brisé les fenêtres avant de s'enfuir. C'est ce qui a réveillé la plupart des locataires, mais le mal ici était déjà fait.

— D'autres dégâts ailleurs ?

— L'appartement du dessus a lui aussi été visité. Ils se sont déchaînés à la bombe à peinture, mais sans rien saccager. Peut-être de peur d'attirer l'attention des locataires du troisième…

Voyant Sydney hocher la tête d'un air peiné, Alex posa la main sur son avant-bras, qu'il serra brièvement.

— Je suis vraiment désolé, dit-il. Nous ferons tout pour arrêter les coupables. Des policiers sont en train d'interroger les locataires, mais…

— Mais il faisait noir, compléta Sydney, et tout le monde dormait. Ce serait vraiment un coup de chance que quelqu'un ait remarqué quoi que ce soit.

— Gardons espoir…

Dans le vestibule de Mme Wolburg, où se faisaient entendre les voix des locataires réunis dans le hall de l'immeuble, Alex suggéra :

— Pourquoi n'iriez-vous pas attendre chez Mikhail que les esprits se soient calmés et que les gens rentrent chez eux ?

— Non, répondit-elle sans hésiter. L'immeuble est sous ma responsabilité, ce sont mes locataires, je dois aller leur parler.

Avec un hochement de tête songeur, Alex la dévisagea quelques instants avant de remarquer :

— Etrange qu'ils n'aient rien volé, vous ne trouvez

pas ? Sans compter que seuls les appartements vides ont été visés…

Surprise, Sydney redressa la tête et soutint tranquillement son regard. Le frère de Mikhail avait beau ne pas être en uniforme, il n'en restait pas moins flic…

— Dois-je considérer ceci comme un interrogatoire, Alex ?

— Absolument pas ! s'empressa-t-il de préciser. Une simple remarque… Je suppose que vous savez qui chez vous a accès à la liste des locataires.

— Vous supposez juste. Et moi, je crois connaître le responsable de tout ceci… Mais il sera impossible de prouver quoi que ce soit contre lui.

— Et si vous nous laissiez chercher cette preuve ?

Brièvement, Sydney étudia la possibilité de lui confier ses doutes, avant d'y renoncer.

— Il est trop tôt, dit-elle en secouant la tête. Mais dès que j'aurai vérifié certaines choses, vous serez le premier informé… A condition que vous ne disiez pas un mot de tout ceci à Mikhail.

— Vous êtes dure en affaires, dites-moi…

Avec un petit sourire moqueur, elle déposa un baiser sur sa joue.

— Vous connaissez votre frère mieux que moi. Et je suppose que vous ne tenez pas, vous non plus, à ce qu'il fasse justice lui-même…

8 heures n'avaient pas encore sonné que Sydney était installée à son bureau, épluchant dans le moindre détail le dossier personnel de Lloyd Bingham. A 10 heures, elle avait passé des dizaines de coups de fil, avalé de trop nombreuses tasses de café, et mis sur pied un plan dont

elle n'était pas peu fière. A 10 heures et quart, elle se sentit prête pour une petite offensive psychologique.

D'un doigt déterminé, Sydney composa le numéro personnel de Bingham, qui décrocha à la troisième sonnerie.

— Allô ?

— Lloyd, Sydney à l'appareil.

Dans l'écouteur retentit le cliquetis d'un briquet. Si cela avait été possible, elle aurait juré l'avoir entendu sourire…

— Un problème ? fit-il en expirant bruyamment la fumée.

— Rien qui ne puisse se réparer. Vous me décevez beaucoup, Lloyd… C'est vraiment pitoyable de votre part.

— Je ne vois pas de quoi vous voulez parler.

— Permettez-moi d'en douter… Un petit conseil : la prochaine fois, montrez-vous plus prudent.

— Ça vous dérangerait d'en venir au fait ?

— Comme vous voudrez. Disons qu'il est question de mon immeuble, de mes locataires, et de votre erreur d'appréciation.

— Un peu tôt pour les devinettes…

La suffisance avec laquelle il lui avait répondu lui fit serrer les mâchoires. Résolue à ne pas s'énerver, Sydney inspira profondément. De son calme et de sa détermination dépendait le succès de son appel.

— Cela n'a rien d'une devinette… Surtout lorsque la solution du mystère apparaît au premier coup d'œil. Vous n'imaginez pas combien les braves gens qui habitent à Soho se lèvent tôt pour partir travailler, ni combien ils se montrent désireux de collaborer avec la police quand on s'attaque à leurs logements.

Avec un sourire satisfait, Sydney entendit son interlocuteur tirer nerveusement sur sa cigarette.

— Si quelque chose est arrivé à votre immeuble, dit-il précipitamment, c'est votre problème. Je n'ai rien à voir dans cette histoire. Personne ne peut m'avoir vu dans les parages.

— Ai-je dit une chose pareille ? s'étonna-t-elle d'un air ingénu. Nous savons tous deux que vous avez toujours été très fort pour déléguer. Mais quand les coupables auront été arrêtés, vous découvrirez vous aussi combien il est important d'être sûr de la loyauté de ses employés.

Un chapelet de jurons proférés à mi-voix retentit à l'autre bout du fil.

— Je ne supporterai pas vos insinuations plus longtemps ! cria-t-il.

— Je ne vous retiens pas, Lloyd. Je sais à quel point vous êtes occupé. Oh ! Surtout, ne les laissez pas vous réclamer une rallonge — ils ont bâclé le travail et ne l'ont pas méritée.

Sydney lui raccrocha au nez avec une immense satisfaction. Si elle s'y était bien prise, songea-t-elle, il ne tarderait pas à retrouver ses hommes de main pour s'assurer de leur silence. Et comme elle avait pris soin de s'en assurer auprès d'Alex, cette petite rencontre entre gens de bonne compagnie ne passerait pas inaperçue auprès de la police…

Se sentant soudain un appétit d'ogre, Sydney appela Janine sur l'Interphone.

— Je meurs de faim, lui dit-elle. Pourriez-vous passer une commande chez le traiteur ? Ensuite, nous verrons ensemble les C.V. des secrétaires qui ont postulé pour vous remplacer.

— C'est comme si c'était fait, répondit Janine. Oh !

Sydney… J'allais justement vous appeler — votre mère est ici.

Le sentiment de triomphe qui l'habitait reflua dans l'esprit de Sydney.

— Dites-lui que je…

Mais bien vite, elle se reprocha sa couardise et se reprit :

— Dites-lui d'entrer.

Avant de se lever pour aller accueillir sa visiteuse, Sydney se composa un visage neutre et prit une longue inspiration. Vêtue d'un tailleur ivoire et laissant dans son sillage une traînée de Chanel N° 5, celle-ci fit son entrée dans la pièce avec sa superbe habituelle.

— Sydney, ma chérie, dit-elle en lui embrassant les joues avec plus de chaleur qu'à l'accoutumée, je suis tellement désolée !

Sydney, qui s'était attendue à devoir faire front à de nouvelles récriminations, en resta bouche bée.

— Je… Pardon ?

— Dire que j'ai dû me morfondre durant ce long week-end avant de pouvoir venir m'excuser…

Remuant nerveusement un petit sac en cuir entre ses doigts, Margerite balaya la pièce d'un œil triste.

— Ma chérie… puis-je m'asseoir ? demanda-t-elle, avec une humilité qui ne lui ressemblait guère.

— Mais bien sûr ! répondit Sydney en lui avançant un siège. Où ai-je la tête ? Tu prends quelque chose ?

— Oui ! fit-elle avec un sourire embarrassé. Une gomme pour effacer totalement de ma mémoire notre dispute de vendredi soir.

— Oh ! Maman…

— Non ! l'interrompit-elle. Laisse-moi finir… Cette démarche n'est pas facile pour moi, comme tu dois t'en douter. Le fait est que j'étais tout simplement jalouse. Je dois le reconnaître et te demander de me pardonner.

A présent aussi embarrassée que sa mère, Sydney prit un siège, vint s'asseoir face à elle et serra ses mains entre les siennes.

— Il n'y a rien à pardonner, dit-elle. Oublions ça…

Margerite ferma les yeux et secoua la tête.

— Ce n'est pas mon avis. Je suis assez grande pour reconnaître mes erreurs. Vois-tu, il me semble être restée assez séduisante, malgré mon âge…

— Tu sais bien que tu l'es…

Un sourire de pure coquetterie flotta un instant sur les lèvres de Margerite.

— Merci, ma chérie… Mais je ne suis pas la meilleure des mères quand je me consume de jalousie en découvrant que l'homme que j'avais espéré séduire a en fait réussi à séduire ma fille… Je regrette vraiment de m'être conduite ainsi, de t'avoir dit toutes ces horreurs !

Margerite laissa échapper un long soupir.

— Voilà, conclut-elle. J'y suis arrivée. Pourras-tu me pardonner ?

— C'est déjà fait, lui assura Sydney. Et moi, je dois m'excuser de t'avoir répondu ainsi.

Baissant le regard, Margerite ouvrit sa pochette pour un extraire un mouchoir de dentelle avec lequel elle tamponna ses yeux pourtant parfaitement secs.

— Je dois admettre, reprit-elle avec un petit rire, que tu m'as stupéfaite. Je ne t'avais jamais vue prendre quelque chose autant à cœur… Ce Stanislaski est un homme magnifique, ma chérie. Je ne peux pas dire que j'approuve votre liaison, mais je peux la comprendre.

En soupirant de nouveau profondément, Margerite rangea son mouchoir et capta le regard de sa fille.

— Vois-tu, conclut-elle, rien n'importe plus que ton bonheur à mes yeux.

— Je le sais, maman, répondit Sydney la gorge serrée. Je le sais.

Ragaillardie par cette assurance, Margerite se leva et fila vers la porte, lançant par-dessus son épaule :

— Pour fêter notre réconciliation, je t'invite à dîner ce soir. 20 heures, au restaurant Le Cirque.

Sydney songea aux douzaines de choses qu'il lui restait à faire, au dîner tranquille, en tête à tête avec Mikhail, auquel elle aspirait déjà.

— S'il te plaît ! insista sa mère en la voyant hésiter. Tu ne peux pas me refuser ça…

— D'accord, consentit-elle à contrecœur.

Une lueur de triomphe passa dans le regard de Margerite, redevenue elle-même. Du bout des doigts, elle lui envoya un baiser et sortit.

A 20 heures précises, Sydney fit son entrée dans le restaurant Le Cirque, reconnue aussitôt par le maître d'hôtel qui la conduisit lui-même à sa table.

En traversant la salle emplie de gens endimanchés et de senteurs exotiques, Sydney songea à Mikhail installé devant son établi avec un bol de goulasch et ne put retenir un petit soupir d'envie. Mais lorsqu'elle aperçut sa mère assise à une table retirée en compagnie de Channing Warfield, la colère d'avoir été dupée balaya en elle toute autre considération.

Convaincue que sa surprise ne pourrait que plaire à sa fille, Margerite frétillait d'excitation en se levant pour l'embrasser.

— Te voilà, ma chérie ! N'est-ce pas merveilleux de se retrouver ici ?

— Merveilleux…

La voix de Sydney démentait ses propos. Channing se leva à son tour pour lui présenter sa chaise et elle ne put s'empêcher de frémir en le voyant se pencher pour déposer un baiser sur sa joue.

— Sydney, lui glissa-t-il à l'oreille, vous êtes très en beauté ce soir…

Dans le seau plein de glaçons, le champagne était déjà débouché. Dès que Channing lui eut empli son verre, Sydney en avala une gorgée mais le vin pétillant ne fit rien pour égayer son humeur.

Se tournant vers lui, elle lui adressa un sourire contraint.

— Mère ne m'avait pas dit que vous vous joindriez à nous…

Pétillante et vive comme le champagne qu'elle venait d'avaler, Margerite éclata d'un rire cristallin.

— Mais, ma chérie ! C'était ma surprise… Mon petit cadeau pour me faire pardonner.

Avec une discrétion toute relative, Sydney vit Channing lui adresser de la main ce qui devait être un signal convenu entre eux. Reposant précipitamment sa serviette et son verre, Margerite se leva.

— Vous avez tant de choses à vous dire, tous les deux ! Je suis sûre que vous ne m'en voudrez pas si je vais me repoudrer le nez…

Elle avait à peine tourné les talons que Channing s'empara de la main de Sydney.

— Vous m'avez tellement manqué, ma chère… Il me semble que cela fait des semaines que nous ne nous sommes vus !

Sydney libéra sa main avant de répondre :

— Peut-être parce que cela fait effectivement des semaines… Comment allez-vous, Channing ?

— Très mal, sans vous…

Channing n'était pas homme à se laisser décourager par sa froideur apparente. Il s'y était attendu. Sydney était une femme qu'il lui fallait conquérir, au même titre que la victoire sur un terrain de polo. Négligemment, il caressa du bout de son index son bras nu. Sa peau était d'une douceur exquise. Le temps venu, songea-t-il avec un frisson d'excitation, elle serait sa récompense pour s'être montré patient…

— Sydney, reprit-il d'une voix chargée de reproches, quand allez-vous cesser de jouer à cache-cache avec moi ?

— Je ne joue à rien avec vous ! protesta-t-elle avec véhémence. J'ai été débordée de travail.

Channing fronça les sourcils. L'ombre d'un doute ébranla un instant ses certitudes, avant qu'il ne se reprenne. Margerite avait raison, il en était sûr… Dès qu'ils seraient mariés, Sydney serait trop occupée avec lui pour s'encombrer encore d'une carrière. Ce qu'il fallait à présent, c'était aller à l'essentiel.

— Ma chérie… Voilà des mois que nous nous fréquentons. Et, bien sûr, nous nous connaissons depuis des années. Mais les choses ces derniers temps ont bien changé entre nous…

Résolue à avoir enfin avec lui l'explication qui s'imposait depuis longtemps, Sydney s'appliqua à soutenir son regard franchement.

— Vous avez raison, dit-elle. Tout a changé.

Avec un sourire soulagé, Channing lui saisit de nouveau la main sur la table.

— Je n'ai pas voulu vous brusquer, mais je pense qu'il est temps à présent de franchir un nouveau pas. J'ai beaucoup d'affection pour vous, Sydney. Je vous trouve adorable, intelligente, agréable et douce.

— Channing…

D'un geste, il la fit taire et plongea la main dans sa poche, dont il retira un petit boîtier de velours rouge.

— Sydney, je voudrais que vous soyez ma femme.

Le boîtier ouvert fit étinceler aux yeux de Sydney un gros diamant monté sur anneau de platine.

— Channing, répéta-t-elle, embarrassée.

— Altier et élégant, l'interrompit-il. J'ai tout de suite pensé à vous en le voyant.

Sydney faillit en faire la grimace. Le diamant était également prétentieux, sophistiqué et glacial, et elle espérait bien ne pas lui ressembler à ce point…

— Channing, commença-t-elle d'une voix posée, ce diamant est magnifique, mais je ne peux l'accepter. Tout comme je ne peux être votre femme…

Sous l'effet de la surprise, il eut un mouvement de recul et la dévisagea sans paraître comprendre.

— Nous sommes tous deux adultes et responsables, vous savez… Inutile de jouer les timides.

Sydney se redressa contre le dossier de sa chaise. Cette fois, ce fut elle qui tendit la main pour saisir celle de son vis-à-vis.

— Je vous répète que je ne joue à rien avec vous… J'essaie simplement d'être honnête. Je ne peux vous dire à quel point je suis désolée que ma mère vous ait amené à vous faire tant d'illusions sur moi. Ce faisant, elle nous a placé, tous deux dans une situation détestable. Comme vous le dites, soyons adultes et voyons les choses telles qu'elles sont — je ne suis pas plus amoureuse de vous que vous ne l'êtes de moi…

Piqué au vif, Channing se raidit et la foudroya du regard.

— Pourquoi vous offrirais-je le mariage, dans ce cas ?

— Parce que vous me trouvez séduisante, parce que vous êtes persuadé que je ferais une excellente hôtesse pour votre maison, et parce que je viens des mêmes cercles que vous.

Avec un claquement sec, Sydney referma le boîtier, le reposa dans la paume de Channing et referma ses doigts dessus.

— J'ai déjà eu l'occasion de vérifier que je fais une piètre épouse, conclut-elle. Je ne tiens pas à reproduire la même erreur.

Channing y vit une ouverture dont il s'empressa de profiter.

— Je comprends que vous puissiez être encore un peu amère après ce qui s'est passé entre vous et Peter.

— Non, dit-elle sur un ton catégorique. Vous ne pouvez pas comprendre ce qui s'est passé entre Peter et moi. Et pour continuer à être honnête, cela n'a rien à voir avec mon refus de vous épouser. Je ne suis pas amoureuse de vous, Channing. Mais il se trouve que je suis depuis peu très amoureuse d'un autre homme.

Sydney vit son visage s'empourprer violemment, son regard se figer, ses poings se crisper sur la table.

— Tout ce que je peux faire, conclut-elle en se levant précipitamment, c'est m'excuser pour ne pas avoir découragé plus tôt vos avances… Je suis désolée, Channing. Mais je ne doute pas que vous trouverez sous peu une bien meilleure épouse que moi.

Sans attendre de réponse, elle se dirigea vers la sortie d'un pas pressé. Channing ne fit rien pour la rejoindre ou la retenir.

Debout à son établi depuis des heures, Mikhail polissait le buste de bois de rose comme un forcené. Il n'avait pas prévu de travailler si tard, mais Sydney avait émergé sous ses doigts avec tant d'aisance qu'il avait laissé l'inspiration l'emporter.

Il n'aurait su expliquer ce qu'il ressentait. Devant le résultat de ses efforts, il se sentait bien plus humble qu'éperdu de fierté. Il n'avait pas l'impression d'être pour quoi que ce soit dans l'achèvement d'une telle splendeur. Il n'avait plus aucune idée des techniques qu'il avait employées pour obtenir un tel résultat. Seuls ses doigts gourds d'avoir trop travaillé gardaient le souvenir d'avoir taillé, râpé, gratté, poncé.

Sydney était là, sous ses yeux, présente, sereine, fragile, vibrante de beauté — telle qu'à présent il la connaissait. Et en laissant courir ses doigts une fois encore sur les reliefs de son visage, il sut qu'il ne pourrait jamais se séparer de cette pièce, ni de celle qui l'avait inspirée.

Sans quitter le buste des yeux, il alla s'asseoir et s'étira prudemment pour détendre ses muscles noués. Cela avait été une journée interminable, commencée bien avant l'aube. En découvrant ce matin-là ce qui était à ses yeux une profanation, il avait vu rouge, se promettant de faire payer les coupables. Superviser le nettoyage des dégâts et faire en sorte qu'ils puissent être réparés au plus vite lui avait permis d'évacuer le plus gros de sa rage. Le déferlement d'adrénaline lui avait permis de tenir le coup toute la journée, mais il commençait à ressentir le contrecoup de la fatigue. Pourtant, il n'avait aucune envie d'aller se coucher, dans ce grand lit vide qui n'attendait que lui…

Mikhail passa une main lasse sur son visage et se demanda comment Sydney pouvait lui manquer à ce point après seulement quelques heures d'absence. D'où pouvait bien lui venir l'impression qu'elle se trouvait à l'autre bout de la terre, alors qu'elle n'était qu'à l'autre bout de la ville, occupée à faire la paix avec sa mère ? Cette nuit serait la dernière qu'il passerait sans elle, se promit-il en se levant pour arpenter la pièce. Il allait se charger de le lui faire comprendre ! Une femme n'avait pas le droit de se rendre indispensable dans la vie d'un homme pour l'abandonner ensuite, seul, misérable et condamné à ne pas dormir.

Les doigts plantés dans ses cheveux, Mikhail étudia les options qui s'offraient à lui. Il pouvait se coucher et tenter de dormir malgré tout, ce qui semblait être un combat perdu d'avance. Il pouvait aussi passer un coup de fil à Sydney malgré l'heure tardive et essayer de se satisfaire du son de sa voix. Enfin, il lui était possible de débarquer chez elle et de cogner contre sa porte jusqu'à ce qu'elle le laisse entrer.

Instantanément, Mikhail comprit que la troisième option était la bonne — la seule à même de l'apaiser. Il passa rapidement un sweat-shirt sur ses épaules, courut jusqu'à sa porte et l'ouvrit à la volée, découvrant sur le palier une Sydney stupéfaite qui s'apprêtait juste à frapper.

— Tu lis dans mes pensées ? dit-elle avec un sourire triste. Je suis désolée de débarquer si tard, mais j'ai vu qu'il y avait encore de la lumière chez toi et…

Mikhail ne lui laissa pas le loisir d'achever. D'une main, il l'attira dans l'appartement, claqua la porte et l'étreignit si fort que Sydney en perdit le souffle.

— J'allais chez toi, lui murmura-t-il à l'oreille.

— Tu ne m'y aurais pas trouvée, répondit-elle en se lovant avec reconnaissance contre lui. Cela fait des heures que je marche dans les rues.

— Je mourais d'envie de te voir, poursuivit-il. Je n'aurais pas pu…

Réalisant enfin ce qu'elle venait de lui dire, Mikhail s'écarta d'elle pour la dévisager d'un œil anxieux.

— Que faisais-tu dans les rues ? A cette heure de la nuit, ce n'est pas un endroit sûr pour une femme !

— J'avais besoin de réfléchir, dit-elle d'une voix éteinte.

Mikhail essaya de capter son regard. Sydney l'en empêcha en détournant les yeux mais ne put rien pour dissimuler les traces que ses larmes avaient laissées dans son maquillage.

— Tu as pleuré !

Il perçait tant d'indignation dans ces mots qu'elle ne put retenir un petit rire nerveux.

— Les choses… ne se sont pas passées comme je l'imaginais au restaurant.

— Je pensais que tu avais fait la paix avec ta mère.

— Je l'imaginais aussi…

De l'index, Mikhail traça le contour de ses lèvres.

— Elle n'approuve pas notre relation, n'est-ce pas ?

Sydney poussa un soupir et posa sur les lèvres de Mikhail un baiser léger. Retrouver le havre rassurant de ses bras suffisait à lui rendre calme et confiance.

— Là n'est pas le problème, dit-elle. Elle avait pour moi d'autres plans, et ce soir ses plans lui ont explosé à la figure…

— Tu vas me raconter tout ça ?

— Oui.

Rassuré par cette promesse, Mikhail relâcha son étreinte et la laissa pénétrer dans le living-room. Avec l'envie de s'effondrer au plus tôt sur le sofa, Sydney ne put pourtant que tomber en admiration devant le buste brillamment éclairé par une lampe d'architecte. Quand elle eut retrouvé l'usage de la parole, après avoir admiré l'œuvre sous tous les angles, éprouvé du doigt le satiné de la finition, suivi du regard la pureté des lignes, elle s'exclama :

— C'est comme cela que tu me vois !

S'approchant dans son dos, Mikhail posa ses mains sur ses épaules.

— C'est ainsi que tu es. C'est l'image que j'ai de toi.

Avec émotion, elle se dit qu'il la voyait bien plus belle qu'elle n'était en réalité. A moins qu'il n'ait su deviner, avec l'acuité de son regard d'artiste, avec son intuition d'homme amoureux, celle qu'elle pouvait être en réalité.

Mikhail la regarda tendrement.

— Parle-moi, dit-il en scrutant attentivement son visage. Dis-moi ce qui t'a mise dans cet état…

En le laissant plonger au fond de ses yeux, Sydney sut que la plus grande clarté s'imposait entre eux.

— Au restaurant, expliqua-t-elle, maman n'était pas seule. Channing était avec elle…

Une ombre menaçante comme un nuage noir dans un ciel d'orage passa dans le regard de Mikhail.

— Warfield ? demanda-t-il sèchement. Le banquier en costume de pingouin ? Je n'aime pas cet homme. Tu l'as laissé t'embrasser avant moi.

— Peut-être parce que je l'ai connu avant toi…

Dominé par la jalousie, Mikhail écrasa sous sa bouche celle de Sydney, avec une ardeur qui confinait à la violence. Puis, avec la même brusquerie, il mit fin au baiser et la dévisagea d'un air farouche.

— Tu ne le laisseras plus t'embrasser, n'est-ce pas ?

— Non, répondit-elle, plus amusée qu'inquiète.

Doucement, il la guida jusqu'au sofa, sur lequel il l'aida à s'asseoir.

— Bien ! conclut-il. Tu viens de lui sauver la vie.

Dans un grand rire, Sydney se jeta à son cou et posa la tête contre son épaule.

— Ce n'est pas vraiment la faute de Channing, dit-elle à voix basse. C'est ma mère qui l'a entraîné dans ce guet-apens, après l'avoir persuadé que c'était le moment ou jamais de me faire sa déclaration…

Mikhail se redressa et la dévisagea avec inquiétude.

— Sa déclaration ! s'exclama-t-il. Tu veux dire… Ce freluquet veut t'épouser ?

— Il s'imaginait pouvoir le faire… Mais après ce que je lui ai dit ce soir, je doute qu'il m'adresse encore la parole un jour.

Mikhail la repoussa sur le sofa sans ménagement et se mit à faire les cent pas dans la pièce, les bras croisés derrière le dos.

— S'il ne veut pas que je lui coupe la langue, gronda-t-il, il serait en effet bien inspiré de ne plus s'y risquer… Personne d'autre que moi ne t'épousera !

Sydney sentit une boule d'angoisse se former au fond de sa gorge. Les yeux écarquillés sous l'effet de la surprise, elle secoua longuement la tête.

— Non ! dit-elle dans un souffle. Il n'y a aucune raison de s'engager dans…

Incapable de poursuivre, elle se leva d'un bond et conclut :

— Il est tard. Je crois que je ferais mieux de rentrer.

— Tu ne bouges pas ! s'exclama Mikhail, pointant vers elle un index menaçant. J'en ai pour une minute.

Avant qu'elle ait pu protester, il avait disparu dans la chambre, dont il ressortit la seconde suivante avec une petite boîte ancienne couverte de satin bleu.

Comprenant ce qui allait suivre, Sydney tenta de protester :

— Mikhail, je…

— Assieds-toi ! l'interrompit-il après l'avoir rejointe près du sofa.

— Non, je t'en prie, il ne faut…

— Alors reste debout !

D'une pression, il libéra le couvercle de la boîte doublée de velours bleu, au fond de laquelle reposait une bague ancienne, simple anneau d'or ciselé et serti d'un rubis.

— C'est le grand-père de mon père qui l'a faite pour sa femme, expliqua-t-il. C'était un orfèvre réputé, aussi a-t-elle une valeur autre que sentimentale, même si la pierre est petite. En tant que fils aîné, c'est à moi qu'elle est revenue. Je me suis juré de ne l'offrir qu'à la femme de ma vie. Si elle ne te plaît pas, je t'en offrirai une autre.

— Ne dis pas de bêtises ! protesta-t-elle. Elle est magnifique, mais… je ne peux pas l'accepter.

Pour plus de sûreté, Sydney serra les poings et les fit disparaître derrière son dos.

— Je t'en prie, Mikhail, reprit-elle d'une voix misérable. Ne me force pas à te dire non. Ne me demande pas de t'épouser…

— Je te le demande ! rétorqua-t-il avec impatience. Et pas plus tard que maintenant… Donne-moi ta main.

Sans cesser de secouer la tête, Sydney fit un autre pas en arrière.

— Je ne peux pas porter cet anneau, gémit-elle. Je ne peux pas t'épouser.

Mikhail la rejoignit et lui empoigna fermement le bras. Consciente que lui résister n'aurait servi à rien,

Sydney lui laissa prendre sa main droite et passer l'anneau à l'annulaire.

— Tu vois ! s'exclama-t-il victorieusement. Il te va très bien.

Si les doigts de Mikhail ne s'étaient refermés sur les siens pour l'en empêcher, Sydney aurait ôté sur-le-champ pour le lui rendre cet anneau qui semblait lui brûler la peau.

— Tu ne comprends pas, plaida-t-elle à mi-voix. Et pourtant je ne peux pas te le dire plus clairement : je ne veux pas me marier avec toi.

Brusquement, Mikhail l'attira contre lui, l'emprisonnant entre ses bras. Dans ses yeux brillait une lueur plus intense que l'éclat du rubis.

— Pourquoi ? demanda-t-il simplement.

— Pour ne pas gâcher notre bonheur. J'ai commis une fois l'erreur de me marier. Cela me suffit.

— Le mariage ne détruit pas l'amour, il le fortifie.

— Qu'en sais-tu ? s'emporta-t-elle. Tu n'as jamais été marié. Moi si !

— Ainsi, s'emporta-t-il, quoi que tu en dises ton mari t'a rendu malheureuse. Tu ne verrais pas les choses sous cet angle sinon.

— Tu te trompes ! Nous nous aimions…

La voix de Sydney se brisa sur cet aveu et elle couvrit d'une main ses premières larmes. Partagé entre compassion et jalousie, Mikhail la serra plus fort dans ses bras, lui murmurant à l'oreille des mots doux tout en lui caressant les cheveux.

— Pardonne-moi, dit-il. Je ne crierai plus jamais contre toi. Mais tu dois me comprendre… Je t'aime, Sydney. J'ai besoin de toi dans ma vie, pour la vie. Et si ce n'est pas possible, tu dois me dire pourquoi.

— S'il y avait de nouveau quelqu'un dans ma vie…

Renonçant à poursuivre, Sydney secoua la tête.

— Je ne peux m'investir dans le mariage, reprit-elle en soutenant son regard, parce que la responsabilité du Groupe Hayward ne me le permet pas.

— Foutaises ! protesta Mikhail. Jamais tu ne me feras avaler ça…

Rassemblant tout son courage, Sydney rompit leur étreinte et recula d'un pas.

— Fort bien, dit-elle d'un air décidé. La vérité, c'est que je ne pourrai supporter un nouvel échec, ni de perdre encore quelqu'un que j'aime. Le mariage est une épreuve, Mikhail. Il change les gens.

— De quelle manière t'a-t-il changée, toi ?

— J'aimais Peter. Pas autant que je t'aime, mais plus que quiconque avant toi. Il était mon meilleur ami depuis le plus jeune âge. Nous avons grandi ensemble. Quand mes parents ont divorcé, c'est vers lui que je me suis tournée. Il était le seul à qui je pouvais parler. Le seul à se soucier vraiment de ce que je ressentais. Nous pouvions rester des heures assis sur la plage, à nous confier nos secrets…

Incapable de supporter plus longtemps le regard intense de Mikhail posé sur elle, Sydney détourna les yeux. Lui confier à haute voix tout ceci ravivait une peine ancienne, qui ne l'avait jamais vraiment quittée.

— C'est ainsi, intervint Mikhail pour l'encourager à poursuivre, que vous êtes tombés amoureux.

— Non, répondit-elle d'une petite voix misérable. Nous ne sommes pas tombés amoureux. Nous nous aimions, comme frère et sœur. Je ne me rappelle pas quand l'idée du mariage s'est imposée à nous. Ce sont les autres, sans doute, qui ont fini par nous la fourrer dans le crâne. La remarque fusait comme une évidence dès qu'on nous voyait ensemble : « Quel joli couple ils feraient tous les deux… » A force de l'entendre, je suppose que nous avons fini par y croire. De toute façon, lui comme moi avions été élevés pour nous conformer à ce qui était attendu de nous.

Perdue dans ses souvenirs, Sydney marcha jusqu'au buste éclairé, qu'elle observa d'un œil songeur.

— Nous avions vingt-deux ans quand nous avons fini par nous marier. Nous pensions tous deux que ce mariage ne pourrait être qu'une réussite. Mais dès le voyage de noces en Grèce, il s'avéra que ce serait un fiasco… Nous passions nos journées à prétendre que nous adorions la douceur hellénique. Et nos nuits à faire semblant d'apprécier la part physique de notre union. Et plus nous faisions semblant, plus se creusait entre nous ce fossé qui allait finir par nous séparer. Ce fut presque avec soulagement que nous sommes rentrés à New York. Peter a pris ses fonctions dans l'entreprise familiale. Je passais mes journées à décorer la maison, à organiser des surprises-parties et à me morfondre.

— C'était une erreur, intervint gentiment Mikhail. Tout le monde commet des erreurs…

— Oui, approuva Sydney. Mais c'était une énorme erreur, dont nous partagions la responsabilité. En me mariant avec lui, j'avais perdu mon meilleur ami. Très rapidement, il n'y eut plus entre nous que disputes, accusations, tromperies. Puisque j'étais frigide, me reprochait Peter, pourquoi n'aurait-il pas été chercher ailleurs ce que je ne pouvais lui donner ? Bien entendu nous sauvegardions les apparences, nous conformant à l'image du couple idéal que les autres projetaient sur nous. Ce qui ne faisait que rendre les choses plus insupportables encore… Et quand nous avons fini par divorcer, il n'y avait plus entre nous que haine, ressentiment et reproches.

Pour la convaincre autant que pour la consoler, Mikhail marcha jusqu'à elle et saisit son visage entre ses mains pour la forcer à le regarder.

— Aussi triste soit-elle, plaida-t-il avec conviction, cette histoire n'est pas la nôtre…

— Tu as raison, reconnut-elle. Et je ferai tout pour qu'elle ne le devienne pas.

— Tu souffres encore de quelque chose qui t'est arrivé, insista Mikhail. Pas de quelque chose dont tu t'es rendue coupable. Il te faut laisser tout cela derrière toi et avoir confiance. En moi. En nous. Je suis prêt à te laisser le temps qu'il faudra.

— Non !

Désespérée de ne pouvoir se faire comprendre, Sydney lui prit les mains pour libérer son visage de son emprise.

— Ne vois-tu pas que c'est exactement la même chose ! s'emporta-t-elle. Tu m'aimes, et tu t'attends à ce que je t'épouse, parce que cela te semble ce qu'il y a de mieux à faire.

— Non pas ce qu'il y a de mieux à faire, répliqua-t-il en secouant la tête, mais ce qui est le plus juste, et le plus bénéfique pour nous deux. Je t'aime et j'ai besoin de partager ta vie, de te faire partager la mienne. Je t'aime et je veux vivre avec toi, faire des enfants avec toi, les regarder grandir. Ne vois-tu pas qu'il y a une famille qui ne demande qu'à sortir de nous ?

Renonçant à argumenter, Sydney secoua la tête et fit retraite vers la porte. Il ne comprendrait jamais, réalisa-t-elle, parce qu'il ne voulait pas comprendre. Quant à elle, jamais elle ne se résoudrait à risquer de perdre l'amour qui les unissait.

— Le mariage et la famille ne font pas partie de mes

plans ! lança-t-elle d'une voix glaciale. Il faudra bien t'y faire…

— M'y faire ? tempêta Mikhail. Tu m'aimes autant que je t'aime, et il me faudrait accepter de n'être qu'un amant tout juste bon à te rejoindre au lit ? Tout cela parce que tu as trop peur de changer tes plans ? Tout cela parce que tu as commis l'erreur de te conformer aux règles de la société plutôt qu'aux élans de ton cœur ?

D'une main ferme, Sydney pesa sur la poignée et ouvrit la porte.

— Ce à quoi je me conforme aujourd'hui, répliqua-t-elle, c'est au bon sens et à la raison. Désolée de ne pouvoir te donner ce que tu attends. Bonne nuit, Mikhail…

Pestant à mi-voix, Mikhail saisit son blouson sur une chaise et la devança sur le palier.

— Tu ne rentreras pas seule chez toi !

— Il me semble préférable que nous ne passions pas la nuit ensemble…

Mikhail sortit ses clés et verrouilla sa porte d'un geste rageur.

— Tu veux partir, gronda-t-il, tu pars… Mais je ne prendrai pas la responsabilité de te laisser seule dans les rues à cette heure-ci.

Bien plus tard cette nuit-là, après avoir versé toutes les larmes de son corps au creux de son lit solitaire, Sydney s'aperçut qu'elle avait conservé à l'annulaire l'anneau que Mikhail lui avait offert.

# 12.

Sydney se retrouva débordée de travail au cours des deux jours suivants. Avec une redoutable efficacité, elle mit la dernière main au plus gros contrat immobilier de sa courte carrière. Dans le même temps, après une sélection sévère, elle embaucha la secrétaire de direction parfaite qui allait lui permettre de former, avec Janine, un trio de choc. A la clôture du marché, la veille, la cote d'Hayward avait encore grimpé de trois points. Les membres du conseil d'administration ne cessaient de lui présenter leurs félicitations par téléphone.

Pourtant, une insondable tristesse ne la quittait plus depuis son explication avec Mikhail. S'absorber dans le travail était censé être bon pour le moral. Pourquoi le sien restait-il si désespérément bas ?

La sonnerie de l'Interphone sur son bureau la tira brusquement de ses cogitations moroses. La voix de sa nouvelle secrétaire retentit dans le haut-parleur.

— Un appel pour vous, mademoiselle Hayward. Un certain M. Stanislaski, officier de police, demande à vous parler sur la 2.

Au nom de son interlocuteur, son cœur avait bondi. Sa fonction avait suffi à la replonger dans des abîmes de morosité.

— Très bien, Clara, passez-le-moi.

Un déclic dans l'écouteur, suivi d'une voix jeune et enjouée, suffit à ramener un sourire sur son visage.

— Hello, jolie dame !

— Alex ! Qu'est-ce qui me vaut le plaisir ?

— J'ai pensé que vous aviez mérité d'être la première informée de la grande nouvelle, expliqua-t-il avec animation. Votre vieil ami Lloyd Bingham vient de faire son entrée dans nos locaux, menottes aux poignets, pour interrogatoire.

Le sourire se figea sur les lèvres de Sydney. Cette nouvelle ne suscitait en elle qu'une vague nausée.

— Votre intuition était la bonne, poursuivit Alex. Bingham a retrouvé hier dans un coin discret quelques petites frappes déjà connues de nos services. De gros billets ont rapidement changé de main. Une fois sous les verrous, tout ce petit monde s'est mis à table sans hésitation…

— Heureuse de l'apprendre…

— Plutôt futé de l'avoir percé si vite à jour ! De l'intelligence, du charme, de la beauté…

A l'autre bout du fil, son soupir énamouré faillit presque la faire sourire de nouveau.

— Pour fêter ça, suggéra-t-il d'une voix enjôleuse, pourquoi n'irions-nous pas à la Jamaïque tous les deux ? Histoire de rendre Mikhail définitivement ivre de rage et de jalousie…

Un petit rire amer échappa à Sydney.

— Il me semble qu'il l'est déjà suffisamment…

— Hey ! s'exclama Alex. Le grand méchant Mike ferait-il des siennes ? Racontez tout ça à tonton Al…

Seul le silence répondit, et Alex reprit :

— Mikhail peut avoir ses humeurs… Les artistes,

vous savez ce que c'est ! Mais vous n'avez pas à vous en faire : il est dingue de vous.

— Je le sais, Alex.

Nerveusement, les doigts de Sydney jouèrent avec le fil du téléphone.

— A propos de Bingham, suggéra-t-elle d'une voix hésitante, vous pourriez peut-être apprendre vous-même la nouvelle à votre frère ?

— Bien sûr. Un autre message à lui faire passer ?

— Dites-lui..., commença-t-elle avant de se raviser. Non. Ne lui dites rien. Merci de votre appel, Alex.

— Tout le plaisir fut pour moi. Pensez à me faire signe si jamais vous changez d'avis au sujet de la Jamaïque...

Sydney raccrocha, regrettant de ne pas se sentir aussi jeune que le frère de Mikhail. Aussi heureux. Aussi à l'aise dans l'existence. Mais contrairement à elle, Alex n'était pas amoureux et n'avait pas réduit en miettes ses plus beaux rêves.

Stupéfaite, Sydney repoussa son fauteuil et marcha jusqu'à la fenêtre. Etait-ce donc ce qu'elle avait fait ? Avait-elle saboté ses propres chances de bonheur en toute connaissance de cause ? Non, décida-t-elle avec plus de doutes que de certitudes. Elle avait évité à elle-même et à l'homme qu'elle aimait de commettre une redoutable erreur. Le mariage n'était pas toujours la réponse appropriée. Comme sa propre expérience le prouvait. Ainsi que celle de sa mère. Dès que Mikhail aurait retrouvé ses esprits, il en conviendrait avec elle et tout redeviendrait comme avant.

Mais qui donc, songea-t-elle en laissant ses yeux s'égarer entre les tours de Manhattan, pensait-elle leurrer avec de tels raisonnements ? Mikhail était trop têtu, trop fier et trop persuadé d'avoir raison pour se laisser fléchir un seul instant. Et s'il en venait à lui poser cet ultimatum qu'elle redoutait — le mariage ou rien — que lui répondrait-elle ? Risquer de le perdre en lui disant non n'était pas une perspective plus réjouissante que de risquer de le perdre pour lui avoir dit oui…

Agacée par sa propre irrésolution, Sydney croisa les bras derrière le dos et se mit à arpenter la pièce à grands pas. Si seulement elle avait pu avoir à ses côtés quelqu'un à qui se confier, quelqu'un pour l'aider à y voir clair, quelqu'un qui aurait pu lui prodiguer ses conseils. Autrefois, elle pouvait compter sur Peter pour cela. Mais aujourd'hui…

L'idée la frappa comme une évidence. Comment n'y avait-elle pas pensé plus tôt ? Pour ne pas se laisser le temps d'hésiter, Sydney se rua hors de son bureau et se précipita dans celui de Janine, à qui elle annonça sans préambule :

— Je vais devoir m'absenter durant quelques jours.

Son assistante se redressa derrière son bureau neuf.

— Mais…

— Je sais quels problèmes cela peut poser, mais je ne peux pas faire autrement. Les dossiers urgents ont été réglés ces jours-ci, vous ne devriez pas avoir de problème à assumer la gestion des affaires courantes.

— Sydney, vous avez trois rendez-vous demain…

— Occupez-vous-en. Vous connaissez les dossiers aussi bien que moi, vous savez ce que j'en pense. Dès que je serai arrivée, je vous appellerai.

Janine accourut vers la porte, sur le seuil de laquelle Sydney était sur le point de disparaître.

— Dites-moi au moins où vous allez…

Un sourire nostalgique passa sur les lèvres de Sydney lorsqu'elle répondit :

— Rendre visite à un vieil ami.

Moins d'une heure après le départ précipité de Sydney, Mikhail fit irruption dans les locaux du Groupe Hayward, fermement décidé à avoir avec elle la discussion qui s'imposait. Il lui avait laissé deux jours pour reprendre ses esprits. Il était plus que temps qu'elle s'explique à présent sur son refus d'admettre les évidences et de voir la réalité en face.

A la secrétaire qui se tenait derrière le comptoir d'accueil et qu'il n'avait jamais vue, il n'adressa qu'un bref salut du menton avant d'ouvrir à la volée la porte du bureau de Sydney.

— Excusez-moi, dit la jeune femme, affolée, en le rejoignant. Monsieur, vous ne pouvez pas…

— Où est-elle ? l'interrompit Mikhail avec un regard noir.

— Mlle Hayward n'est pas là, répondit-elle d'un air guindé. J'ai bien peur que vous ne deviez…

— Je le vois bien qu'elle n'est pas là ! s'emporta-t-il. Je vous ai demandé où elle était…

— Laissez, Carla, intervint la voix de Janine à la porte de son bureau. Je vais m'occuper de monsieur.

Avec un soulagement visible, la nouvelle secrétaire regagna son poste. Décidé à obtenir des réponses claires à ses questions, Mikhail marcha vers l'assistante de Sydney.

— Mlle Hayward a dû s'absenter, expliqua celle-ci avec un sourire aimable. Y a-t-il quelque chose que je puisse faire pour vous, monsieur Stanislaski ?

— Oui, répondit-il fermement. Me dire où elle est.

— Hélas, cela m'est impossible. Sydney m'a seulement expliqué qu'elle devait s'absenter durant quelques jours. Elle est partie sans me dire où elle allait.

Mikhail lança à travers la pièce un regard au bureau vide de Sydney et secoua la tête d'un air incrédule.

— Cela ne lui ressemble pas de quitter son travail ainsi.

— Je dois admettre que c'est inhabituel. De toute évidence, il doit s'agir d'un cas de force majeure. Elle a promis de m'appeler dès son arrivée. Je serai heureuse de lui transmettre un message de votre part.

Sans tenir compte de sa proposition, Mikhail tourna brusquement les talons, laissant dans son sillage un chapelet de jurons en ukrainien.

— Cela, reprit Janine en s'adressant à la pièce vide, je préfère vous laisser le lui dire vous-même…

Vingt-quatre heures après avoir quitté son bureau, Sydney remontait un trottoir ombragé de Georgetown, dans l'Etat de Washington D.C. Rien n'avait pu briser son élan initial, qui lui avait permis d'arriver jusqu'ici, devant la maison dans laquelle Peter s'était installé après leur divorce.

Le trajet jusqu'à l'aéroport, le court voyage d'une ville à l'autre, n'avaient été que de simples formalités. Même le coup de fil passé à son ex-mari pour qu'il accepte de lui consacrer une heure de son temps ne lui avait pas posé de problème particulier. Pourquoi, dès lors, le dernier pas qu'il lui restait à franchir pour se résoudre à sonner à sa porte lui coûtait-il autant ?

Sydney n'avait plus revu Peter depuis trois ans. La dernière fois qu'ils s'étaient rencontrés, cela avait été de part et d'autre d'une large table, en présence de leurs avocats. Bien sûr, ils s'étaient comportés l'un et l'autre de manière polie et civilisée. Comme peuvent le faire deux étrangers…

A présent, au moment de gravir les marches du perron de la maison de Peter, sa démarche lui semblait inopportune. A quoi pourrait bien lui servir de remuer avec son ex-mari les cendres froides de leur mariage ?

A rien d'autre, probablement, qu'à rouvrir en eux des plaies à peine cicatrisées… Pourtant, elle se surprit à approcher de la lourde porte en chêne et à laisser retomber le heurtoir de cuivre avec détermination.

Peter vint ouvrir lui-même, si semblable à l'homme qu'elle avait connu et aimé qu'il lui fallut se retenir pour ne pas lui sauter dans les bras. Confortablement vêtu d'un pantalon kaki et d'une chemise en lin, il était resté aussi grand et mince que dans son souvenir. Ses cheveux châtains, savamment décoiffés, lui conféraient ce petit air bohème qu'il affectionnait. Mais il n'y avait aucune chaleur ni aucune joie de la revoir dans ses yeux verts qui se posaient sur elle pour la première fois depuis de si longues années.

— Sydney, dit-il sobrement en s'effaçant sur le seuil pour la laisser entrer.

Le salon dans lequel il la fit pénétrer, confortable et lumineux, témoignait subtilement, de par les tableaux et les meubles qui l'agrémentaient, d'une fortune familiale établie de longue date.

— Je te remercie de me recevoir ainsi à l'improviste, dit-elle en prenant place sur le sofa qu'il lui désignait.

— Tu m'as dit que c'était important…

— Pour moi, ça l'est.

Peter s'assit dans un fauteuil et l'étudia, de ce même œil impassible et froid, avant de lui répondre.

— Alors dis-moi… Que puis-je faire pour toi ?

Le cœur serré, Sydney se réfugia dans la contemplation des motifs du tapis d'Orient. Ils avaient grandi ensemble, avaient été mariés durant près de trois ans, mais se retrouvaient aussi étrangers l'un pour l'autre que peuvent l'être deux inconnus.

— Difficile de savoir par où commencer…

Les coudes posés sur les genoux, Peter se pencha en avant.

— Tire un fil et déroule, suggéra-t-il avec un clin d'œil espiègle.

Surprise, Sydney leva les yeux et lui sourit. Cet écho de leur complicité ancienne et révolue lui donna le courage de se lancer.

— Peter ? demanda-t-elle en soutenant son regard sans ciller. Peux-tu me dire pourquoi tu m'as épousée ?

Le sourire se figea sur ses lèvres et il se renfonça dans son fauteuil. Manifestement, s'il s'était attendu à quelque chose, ce n'était pas à cela…

— Je te demande pardon ?

— Je voudrais savoir, reprit-elle patiemment, pour quelles raisons tu as décidé de m'épouser.

Joignant les mains sous son menton, Peter sembla s'abîmer dans d'intenses réflexions avant de répondre :

— Pour quelques-unes des raisons habituelles qui poussent les gens à se marier, je suppose…

— Tu m'aimais ? insista Sydney.

Une lueur de colère flamboya dans son regard.

— Tu le sais parfaitement.

— Je sais que nous nous aimions l'un l'autre, reprit-elle calmement. Je sais que nous étions amis, que tu étais mon meilleur ami…

— Nous n'étions que des gamins.

— Pas quand nous nous sommes mariés. Nous étions jeunes, mais nous n'étions plus des enfants. Et nous étions restés amis. Je ne sais pas comment les choses se sont gâtées entre nous, Peter, ni ce que j'ai pu faire pour ruiner notre amitié, mais…

— Que veux-tu dire ? l'interrompit-il. Qu'est-ce qui te fait croire que c'est toi qui as tout gâché ?

— Je t'ai rendu malheureux, répondit Sydney sans

hésiter. Epouvantablement malheureux. Je sais à quel point je me suis montrée déficiente… au lit. Cela, ajouté au reste, a fini par envenimer notre relation, jusqu'à ce que tu ne puisses plus supporter ma présence.

— Tu ne supportais même plus que je te touche ! s'insurgea-t-il. Bon sang, Sydney ! Faire l'amour avec toi, c'était comme faire l'amour avec…

— Un iceberg, compléta-t-elle à sa place. Je le sais. Tu me l'as déjà dit.

Le visage de Peter s'empourpra violemment et il baissa les yeux, comme rongé par la culpabilité.

— J'ai dit un tas de bêtises à l'époque, confia-t-il à voix basse. Tu en as dit quelques-unes aussi. Je m'imaginais avoir dépassé tout cela, jusqu'à ce que j'entende ta voix au téléphone, cet après-midi.

Raide et digne pour compenser sa fierté blessée, Sydney se leva.

— Je n'ai fait que raviver de tristes souvenirs en venant ici. Je suis désolée, Peter. Je vais m'en aller.

Sans attendre qu'il la raccompagne, elle tourna les talons et traversa la pièce pour sortir. La voix de Peter, comme surgie d'un lointain passé, la fit se figer sur place à mi-chemin.

— Faire l'amour avec toi, reprit-il, c'était comme faire l'amour avec ma sœur. Je n'ai jamais réussi à dépasser cette pénible impression et à te considérer vraiment comme ma femme. Cela me minait. J'ai fini par te le faire payer…

Le cœur battant à coups précipités à ses tympans, Sydney se retourna.

— Je pensais que tu me haïssais.

Tristement, Peter secoua la tête et se leva à son tour pour la rejoindre au centre de la pièce. Dans ses yeux, Sydney crut retrouver le jeune garçon qu'il avait été.

— Il était plus facile pour moi d'essayer de te haïr que de reconnaître mon incapacité à nous satisfaire l'un et l'autre, de reconnaître que je n'étais pas à la hauteur.

— Pas du tout ! protesta Sydney en secouant la tête. C'est moi qui n'étais pas à la hauteur… Dès notre nuit de noces, j'ai compris que je ne pourrais jamais te satisfaire sexuellement. La suite était prévisible. Tu ne pouvais qu'aller chercher ailleurs ce que je ne pouvais t'offrir.

— Je t'ai trahie, constata-t-il froidement. J'ai trahi ma meilleure amie et je lui ai menti… Après toutes ces défaites dans ce qui aurait dû être notre lit conjugal, je ne supportais plus le regard que tu portais sur moi, ni celui que je portais sur moi-même. Alors, je suis allé éprouver ailleurs ma virilité. Pour me rassurer. Et pour te faire de la peine… Quand tu l'as découvert, j'ai fait ce que font tous les hommes en rejetant la faute sur toi. Quelle tristesse ! Nous ne nous parlions plus à l'époque que pour nous lancer des insultes à la figure…

Sydney hocha douloureusement la tête.

— Je me le rappelle. Je me rappelle aussi comment j'ai réagi quand j'ai appris ton infidélité, toutes ces choses affreuses que je t'ai dites… J'ai laissé ma fierté bafouée m'enlever un ami.

Après un instant d'hésitation, Peter prit la main de Sydney dans la sienne et la porta à ses lèvres.

— Tu n'as rien ruiné du tout, Sydney… Ou du moins, pas toute seule. Moi aussi toute cette triste histoire m'a coûté une amie, la meilleure et la plus fidèle que j'aie jamais eue. De toute mon existence, rien ne m'a jamais fait autant de peine…

Du bout du pouce, Peter essuya doucement une larme qui dévalait la joue de Sydney.

— J'ai besoin d'un ami, confia-t-elle dans un souffle.

Oh ! Peter, je n'ai jamais eu à ce point besoin d'un ami.

— Tu veux bien me donner une autre chance ?

Sydney hocha la tête, renifla, baissa les yeux. Avec un sourire attendri, Peter prit un mouchoir dans sa poche et le lui tendit.

— Viens, dit-il. Retournons nous asseoir.

Sydney se moucha, sécha ses larmes, et se laissa entraîner avec reconnaissance jusqu'au sofa.

— Est-ce la seule raison pour expliquer l'échec de notre mariage ? demanda-t-elle en s'accrochant à sa main. Cette incapacité à assumer le lit conjugal ?

Une grimace comique déforma le visage de Peter.

— J'imagine, répondit-il, que c'est la principale. En dehors de cela, je pense que nous étions l'un et l'autre bien trop semblables. Du genre à supporter stoïquement les blessures jusqu'à nous retrouver saignés à blanc… Bon sang, Sydney ! Qu'est-ce qui nous a pris de nous marier ?

— Comme d'habitude, répondit-elle sans réfléchir, je crois que nous nous sommes conformés à ce qu'on attendait de nous.

— Voilà ! s'exclama-t-il d'un air guilleret. Il me semble que tu as ta réponse…

Rassérénée, Sydney souleva sa main pour y déposer à son tour un baiser.

— Parlons du présent ! décida-t-elle. Es-tu heureux, Peter ?

— J'apprends à l'être. Et vous, madame le président-directeur général ?

Sydney éclata d'un rire joyeux.

— Cela t'a surpris ? demanda-t-elle.

— Ebahi ! Mais j'ai surtout été si fier de toi…

— Arrête, protesta Sydney, rougissante. Tu vas me faire pleurer de nouveau.

— J'ai une bien meilleure idée !

D'une traction sur son bras, il l'aida à se relever et l'entraîna derrière lui.

— Allons dans la cuisine, suggéra-t-il. Je préparerai quelques sandwichs et tu pourras m'expliquer ce que tu fais de ta vie à part brasser les millions…

Sydney fut surprise de la facilité avec laquelle le contact se renoua entre eux. Même s'ils demeuraient l'un et l'autre prudents, même s'ils s'observaient parfois avec un reste de méfiance, ils communiquaient de nouveau sur l'essentiel, comme autrefois. Ce lien très fort qui les avait unis et qu'elle avait cru brisé dans la débâcle de leur divorce, peut-être au fond ne s'était-il que distendu, peut-être étaient-ils en train de lui rendre sa force…

Entre tartines de pain de seigle et café, elle se décida enfin à aborder le sujet qui lui importait plus que tout.

— As-tu déjà été véritablement amoureux, Peter ?

— Marsha Rosenbloom, répondit-il de manière laconique, entre deux bouchées.

— Nous avions à peine treize ans ! fit remarquer Sydney avec un sourire indulgent.

— Et elle portait déjà un soutien-gorge ! renchérit-il, la bouche pleine. J'étais fou d'elle…

En hâte, Peter avala sa bouchée.

— Plus sérieusement, reprit-il, j'ai échappé jusqu'à présent à cette folie particulière qu'on appelle l'amour.

— Admettons que cela finisse par t'arriver, suggéra Sydney, que tu te retrouves amoureux. Te résoudrais-tu au mariage de nouveau ?

Peter étudia la question d'un air pensif.

— Je ne sais pas, répondit-il enfin. Je suppose que j'y réfléchirais à deux fois après notre expérience malheureuse. Mais je ne peux rien exclure d'emblée. Qui est l'heureux élu ?

Soudain nerveuse, Sydney s'occupa les mains à remplir leurs deux tasses de café.

— C'est un artiste, confia-t-elle enfin, un sculpteur de grand talent. En fait, nous ne nous connaissons que depuis quelques semaines…

— Vous allez vite en besogne, dis-moi…

— C'est une partie du problème, avoua Sydney avec un soupir. Tout va très vite avec Mikhail. Il est tellement intègre, entier, sûr de lui, de ses sentiments… Ce qui transparaît dans ses œuvres, d'ailleurs.

L'expression d'une surprise intense passa sur le visage de Peter.

— Cet homme est d'origine russe, n'est-ce pas ?

— Ukrainienne, corrigea-t-elle.

— Stanislaski, c'est cela ? Mikhail Stanislaski ?

Cette fois, ce fut au tour de Sydney de s'étonner.

— Oui… Comment le sais-tu ?

— Une de ses sculptures est à la Maison Blanche.

— Vraiment ? s'étonna-t-elle, plus amusée que surprise. Je ne le savais pas. Il n'a rien eu de plus pressé que de me présenter sa merveilleuse famille, mais il ne lui est pas venu à l'idée de me dire que son travail avait les honneurs de la Maison Blanche ! Ce qui montre où vont ses priorités.

Peter hocha la tête d'un air entendu.

— Inutile de me dire que tu l'aimes, cela se voit.

Légèrement rougissante, Sydney baissa les yeux.

— C'est vrai, reconnut-elle. Je l'aime et je le crois lorsqu'il me dit qu'il m'aime aussi. Le problème, c'est qu'il ne voit d'autre avenir pour nous que le mariage… Figure-toi que j'ai dû faire face à deux demandes en mariage dans la même soirée ! Une de Mikhail, et une de Channing Warfield…

— Par pitié ! s'exclama Peter avec un grand rire. Pas Channing… Ce n'est vraiment pas ton type d'homme.

— Ah bon ? fit-elle mine de s'étonner, curieuse d'avoir son avis sur le sujet. Pour quelles raisons ?

— Pour commencer, répondit-il, il est totalement dénué d'humour et te ferait périr d'ennui. En plus, ce n'est qu'un fils à papa dont l'habileté en matière de business consiste à emmener les clients de son père déjeuner… Enfin, je crois qu'il n'y aura jamais d'autre amour dans sa vie que son cheval et son club de polo !

Amusée par ce portrait criant de vérité, Sydney éclata de rire à son tour.

— Oh, Peter ! lança-t-elle après s'être calmée. Ce que tu as pu me manquer…

Tendant le bras au-dessus de la table, Peter laissa sa main reposer sur la sienne pour sceller leur complicité retrouvée.

— Et ton grand artiste ? demanda-t-il au bout d'un moment. Comment est-il ?

— Il ne joue pas au polo, n'emmène pas les clients de son père déjeuner et il me fait rire… quand il ne me fait pas hurler de rage. Je crois que je ne supporterais pas de devoir perdre une fois encore tout cela à cause d'un mariage raté.

Le silence retomba entre eux, troublé seulement par le bruit des cloches d'une église dans le lointain. Lorsque Peter se résolut enfin à le briser, ce fut comme à regret.

— Ce n'est sûrement pas à moi de te dire ce que tu dois faire, commença-t-il prudemment. Et si j'étais toi, je me méfierais des conseils bien intentionnés.

— Ce qui ne va pas t'empêcher de m'en donner un quand même, conclut Sydney avec un sourire espiègle.

Peter lui rendit son sourire et hocha la tête. A cet instant, songea-t-elle avec un pincement au cœur, on aurait pu croire qu'un coup de baguette magique avait aboli toutes ces années de misère. Les équipements rutilants d'une cuisine ultramoderne brillaient autour d'eux, mais ils auraient tout aussi bien pu se trouver sur cette plage où ils avaient autrefois partagé tant de secrets… Enfin, d'une voix chargée d'émotion, Peter se décida à parler.

— Ne te base pas sur notre expérience malheureuse pour décider de ce que tu dois faire, dit-il. Contente-toi de répondre à quelques questions simples. Te rend-il heureuse ? Lui fais-tu confiance ? Comment imagines-tu la vie avec lui ? Comment l'imagines-tu sans lui ?

— Et quand j'aurai trouvé les réponses ?

— Alors, conclut Peter en se levant pour déposer un baiser sur son front, tu sauras ce que tu dois faire.

En appuyant sur le bouton d'appel de l'ascenseur, en bas de chez Mikhail, Sydney songeait qu'il était plus que temps pour elle de répondre à ces questions. Vingt-quatre heures s'étaient écoulées depuis que Peter les avait formulées sans qu'elle se donne la peine d'y réfléchir. En fait, comprit-elle en grimpant dans la cabine qui venait d'arriver, elle n'avait pas eu besoin de le faire. Tout simplement parce qu'elle connaissait déjà les réponses…

Mikhail la rendait-elle heureuse ? Oui, sans l'ombre d'un doute, comme aucun homme ne l'avait fait avant lui. Lui faisait-elle confiance ? Sans réserve aucune. Quelle serait sa vie avec lui ? Une montagne russe d'émotions en tout genre, du rire aux pleurs, de la satiété à la frustration. Sa vie sans lui ? Rien. Le vide… Il lui était tout simplement impossible de l'imaginer. Sans doute continuerait-elle en surface à mener la même vie qu'auparavant, mais au fond d'elle-même, quel sens cette vie-là pourrait-elle avoir *sans lui* ?

Ainsi, comme Peter le lui avait prédit, elle savait à présent à quoi s'en tenir et elle savait que faire. A supposer qu'il en fût encore temps…

Sur le palier de Mikhail, l'odeur du bois et du plâtre frais l'accueillit à sa sortie de l'ascenseur. Levant les yeux, elle constata que le plafond avait été changé. Au sol, le plancher réparé et sablé n'attendait plus qu'une bonne couche de vernis. Tout ce qui restait à faire à ce niveau semblait être de la décoration. En faisant confiance à Mikhail, songea-t-elle en passant la main sur la balustrade fraîchement poncée, elle avait fait preuve de discernement. En peu de temps, il avait su redonner à ce vieil immeuble outragé par le temps sa jeunesse perdue. Et à n'en pas douter, ce qui avait été fait l'avait été pour durer…

Une main posée sur son estomac contracté, Sydney tapa du doigt contre sa porte et attendit en priant que les dieux de l'amour soient avec elle… Pas un bruit ne parvenait de l'intérieur. Ni musique ni bruit de pas sur le parquet. Il était à peine 10 heures du soir. Mikhail ne pouvait donc pas être déjà au lit. Un peu inquiète à présent, elle tapa plus longuement et plus fort contre le panneau de bois, n'osant pas encore se résoudre à l'appeler de vive voix. Une porte s'ouvrit dans un grincement. Non pas celle de Mikhail, mais celle de l'appartement voisin, de l'autre côté du palier. Dans l'entrebâillement, le visage de Keely apparut, débarrassé de toute trace de son amabilité coutumière.

— Il n'est pas là, dit-elle sèchement.

Keely n'avait pas besoin de connaître les détails pour comprendre que comme elle l'avait craint cette femme avait fait souffrir son ami. Il n'y avait qu'à le voir errer comme une âme en peine depuis plusieurs jours pour le savoir.

Pesamment, la main de Sydney retomba contre son flanc.

— Oh ! fit-elle sans chercher à cacher sa déception. Savez-vous où il se trouve ?

— Absolument pas.

— Dans ce cas, conclut-elle avec résignation, je vais l'attendre ici.

— Comme vous voudrez, répondit Keely avec un haussement d'épaules.

Mais elle avait beau s'efforcer à l'indifférence, la détresse que trahissaient les yeux de Sydney, si semblable à celle qu'elle avait lue ces jours derniers dans ceux de Mikhail, ne pouvait la laisser de glace.

— A mon avis, dit-elle d'une voix radoucie, il ne devrait pas tarder à rentrer. Voulez-vous boire quelque chose en l'attendant ?

— Non, je vous remercie.

Mal à l'aise, Sydney préféra changer de sujet.

— Vous avez des nouvelles de Mme Wolburg ?

La question ramena sur les lèvres de Keely son sourire habituel.

— Son petit-fils est passé ce matin nous en donner, répondit-elle en s'adossant à la balustrade. Elle va de mieux en mieux. Elle se risque même à marcher avec un déambulateur. Son retour à la maison n'est qu'une question de jours à présent. Nous préparons une petite fête pour la recevoir dignement. Naturellement, vous êtes invitée…

— Je…

Le mécanisme de l'ascenseur entra en action et leur t tourner la tête en même temps. Avant même qu'il ne 'arrête à leur étage et que les portes s'ouvrent, Sydney econnut les deux voix qui chantaient à tue-tête une ieille chanson ukrainienne. Enfin les portes coulissènt devant Alex et Mikhail qui titubèrent sur le palier, out à fait ivres et plus que mal en point tous les deux. e bras passé sur l'épaule l'un de l'autre, il aurait été ifficile de déterminer qui soutenait qui.

A la vue du sang qui maculait la chemise blanche de Iikhail, Sydney porta la main à sa bouche.

— Oh ! Mon Dieu, s'exclama-t-elle en examinant vec inquiétude la lèvre et l'arcade sourcilière fendues esponsables des dégâts.

Le son de sa voix suffit à dégriser Mikhail et à lui aire redresser la tête tel un loup aux abois.

— Qu'est-ce que tu veux ?

Chargés de hargne et de vodka, ces mots n'avaient ien de très accueillant.

— Qu'est-ce qui t'est arrivé ? s'inquiéta Sydney en se récipitant vers lui. Vous avez eu un accident ?

Alex, qui venait de remarquer sa présence, lui sourit gentiment, malgré ses lèvres tuméfiées et son œil gauche moitié fermé par un hématome violacé.

— Salut, jolie dame ! s'exclama-t-il gaiement. Nous ous sommes payé une sacrée java. Dommage que vous 'ayez pas été là. Pas vrai, frérot ?

En guise de réponse, Mikhail lui décocha un coup le poing au creux de l'estomac. Sans doute s'agissait-il entre eux d'une marque particulière d'affection, se dit Sydney, car il étouffa tout de suite après son frère dans une étreinte d'ours, avant de saisir sa tête entre ses mains pour embrasser bruyamment ses deux joues.

Pendant que Mikhail, titubant, cherchait désespérémen ses clés dans toutes ses poches, Sydney se tourna vers Alex et examina son œil avec inquiétude.

— Qui vous a fait ça ?

— Fait quoi ?

De son œil blessé, Alex se risqua à adresser un clin d'œil à Keely et se mit à gémir.

— A votre avis ? répondit-il à Sydney en tâtant ses paupières enflées avec précaution. Mike a toujours eu une sacrée gauche ! J'ai pu lui en refiler quelques-unes bien placées, mais je n'aurais rien pu faire s'il n'avait pas été soûl. Bien sûr, je l'étais un peu moi aussi…

Laissant son frère batailler en jurant à mi-voix pour trouver un trou de serrure subitement trop petit pour lui, Alex lança un regard d'envie à la porte ouverte de Keely.

— Hey ! douce blonde… Tu n'aurais pas un bon steak pour moi ?

— Non ! répondit-elle sans aménité.

Ce qui ne l'empêcha pas de venir offrir une épaule secourable au frère de Mikhail, qui semblait éprouver des difficultés grandissantes à conserver son équilibre.

— Alors allons danser ! suggéra-t-il en se laissant entraîner vers la cabine d'ascenseur. Tu aimes danser ?

— Je ne vis que pour ça, grommela Keely. Allez, viens, champion ! Je vais te fourrer dans un taxi.

Avant que les portes ne se referment sur eux, elle eut le temps de lancer à Sydney un « bonne chance ! » retentissant, assorti de son plus beau sourire.

De la chance, songea-t-elle en emboîtant le pas à Mikhail qui s'engouffrait dans l'appartement enfin ouvert, elle allait en avoir besoin…

— Tu t'es battu avec ton frère ! dit-elle sur un ton accusateur en refermant la porte derrière elle.

— Et alors ? rétorqua-t-il. Tu aurais préféré que je me batte avec des étrangers ?

Pourquoi fallait-il, songea Mikhail avec colère, que la simple vue de Sydney suffît à le dégriser, le privant au bénéfice de l'oubli qu'en compagnie de son frère et par la grâce de l'alcool il avait mis tant d'énergie à trouver ?

— Oh ! tais-toi donc…

Usant de son avantage provisoire, Sydney le poussa vers une chaise et le força à s'y asseoir. Mais à son retour de la salle de bains, chargée d'une serviette humide et d'un antiseptique en spray, Mikhail s'était relevé. Penché par la fenêtre ouverte, il respirait à pleins poumons l'air de la nuit.

— Tu es malade ?

Par-dessus son épaule, Mikhail eut pour elle un regard dédaigneux.

— Aucun Stanislaski ne s'est jamais rendu malade en buvant de la vodka…

Ou alors juste un tout petit peu, songea-t-il, lorsque la vodka était suivie de nombreux coups au ventre assenés de bon cœur… Un sourire affectueux passa brièvement sur ses lèvres. Alex avait beau manquer de quelques centimètres et de quelques années face à lui, il n'en demeurait pas moins un farouche adversaire…

Du menton, Sydney désigna la chaise vide.

— Assieds-toi, je vais te soigner.

— Je n'ai pas besoin d'une infirmière.

Protestation de pure forme, qui ne l'empêcha pas de s'exécuter. Parce que la tête lui tournait, mais aussi parce qu'il lui tardait de se retrouver enfin près d'elle…

— Ce dont tu aurais besoin, maugréa-t-elle en examinant les plaies, c'est d'un ange gardien… Aller te soûler, te battre avec ton frère — à ton âge, comment peux-tu te conduire de manière aussi stupide, aussi immature ?

Mikhail ferma les yeux, luttant contre l'envie qui s'était emparée de lui de blottir sa tête contre la poitrine de Sydney, si proche et tentatrice.

— Cela nous a plu, répondit-il. A tous les deux.

Avec une prudence et une douceur que démentaient ses propos, Sydney entreprit de nettoyer les coupures.

— Fantastique ! railla-t-elle. Je ne peux imaginer rien de plus attrayant que de se prendre un poing dans la figure, en effet…

Sans lésiner sur l'antiseptique, Sydney désinfecta les plaies de Mikhail. Celui-ci, le souffle coupé, serra les dents sans broncher. Alors seulement elle remarqua ses deux mains posées sur ses genoux. Aux jointures des doigts, la peau était abîmée et il y perlait quelques gouttes de sang.

— Espèce d'idiot ! s'indigna-t-elle en s'agenouillant pour examiner les dégâts de plus près. Es-tu un artiste ou un imbécile irresponsable ? Quand on a la chance d'avoir un don comme le tien, on n'a pas le droit d'abîmer ses mains ainsi !

Mikhail se surprit à laisser échapper un soupir de bien-être. Avec une tendresse infinie, Sydney massait ses doigts endoloris, prenant garde à ne pas toucher aux éraflures. Il était tellement bon de se faire ainsi cajoler par elle, d'entendre de nouveau le son de sa voix, même si c'était pour se faire réprimander comme un gamin ! Encore un peu, et il en serait réduit à la prendre sur ses genoux pour la supplier de lui pardonner sa conduite…

— Je fais ce que je veux de mes mains, protesta-t-il.

Et à la minute même, il avait une idée très précise de e qu'il aurait aimé en faire…

Pâle de rage, Sydney se redressa, les poings sur les anches et les yeux luisants de colère.

— Tu fais ce que tu veux, point final ! s'exclama-t-lle. Y compris te soûler jusqu'à sentir aussi mauvais ue le fond d'une bouteille de vodka !

Mikhail n'était plus assez ivre pour ne pas être atteint ar l'insulte. Luttant pour sauvegarder ce qui pouvait ncore l'être de sa dignité, il se dressa d'un bond et archa en titubant à peine jusqu'à la chambre. La minute uivante, le bruit caractéristique de la douche parvenait ux oreilles de Sydney.

Ce n'était pas ainsi que les choses étaient censées se érouler, songea-t-elle en se dirigeant vers la cuisine our y rincer la serviette humide. Par anticipation, elle 'était vue venir à lui pour lui dire à quel point elle 'aimait, pour lui demander de lui pardonner d'avoir été i stupide. Quant à lui, il était supposé se montrer gentil t compréhensif, la prendre dans ses bras, lui dire qu'elle aisait de lui le plus heureux des hommes… Au lieu de e doux rêve, elle le retrouvait soûl et désagréable et éagissait de manière cassante et agressive.

Parvenue sur le seuil de la cuisine, avant qu'elle ait u comprendre ce qu'elle était en train de faire, Sydney ança violemment contre le mur la serviette qu'elle tenait ntre ses doigts.

Stupéfaite, elle resta une bonne minute à observer le inge humide, qui était tombé dans l'évier après avoir ercuté le mur à grand bruit, puis ses mains vides. Elle 'avait fait… Pour la première fois de son existence, elle vait lancé quelque chose sous l'effet de la colère et elle e sentait merveilleusement bien !

Submergée par une impression de puissance, Sydney

s'empara d'un livre de poche qui traînait sur la table et lui fit rejoindre l'évier par le chemin des airs. Une tasse en plastique émit en frappant le mur un petit bruit mat qui la frustra — elle aurait préféré le fracas du verre… Ramassant une vieille tennis sous la table elle s'apprêtait à la lancer par la fenêtre ouverte quand Mikhail parut sur le seuil. D'instinct, elle rectifia son tir et la chaussure alla frapper sa poitrine nue et encore ruisselante de gouttes d'eau.

— Qu'est-ce que tu fabriques ? grommela-t-il.

— Tu vois. Je lance des choses pour me calmer.

— Tu me quittes, sans un mot pour me dire où tu vas et tu reviens à l'improviste pour me jeter des chaussures à la figure ?

Surprise de ne pas éprouver le moindre regret pour son geste inconsidéré, Sydney leva fièrement le menton.

— Ça m'en a tout l'air, en effet…

Mikhail plissa les yeux et éprouva dans sa main le poids de la vieille chaussure. Il était tenté, plus que tenté, de vérifier s'il aurait l'adresse nécessaire pour atteindre cet arrogant petit menton pointu qu'elle dardait vers lui… Un reste de sang-froid lui fit rejeter la tennis par-dessus son épaule. Même si elle l'avait amplement mérité, il ne pouvait se résoudre à se montrer violent envers une femme.

— Où étais-tu ? demanda-t-il simplement.

D'un geste, Sydney rejeta ses cheveux en bataille derrière ses épaules.

— Je suis allée rendre visite à Peter.

Par précaution, Mikhail glissa ses mains dans les poches du jean qu'il avait pris le temps de passer.

— Tu me quittes pour aller voir un autre homme, dit-il d'une voix dangereusement calme, et tu reviens pour m'insulter et me lancer des chaussures à la figure ?

onne-moi une seule bonne raison pour m'empêcher de jeter du haut de cette fenêtre…

— Tu dois comprendre qu'il était important pour moi le voir, de lui parler. Je…

— Et toi, l'interrompit-il avec violence, tu dois omprendre que tu m'as brisé le cœur !

Mikhail avait encore du mal à admettre cette évidence, ais les mots avaient jailli d'eux-mêmes et lui brûlaient s lèvres.

— Tu t'inquiètes pour un coup de poing, reprit-il sur même ton, mais tu te fiches pas mal de la souffrance ue tu m'as infligée *à l'intérieur* !

Bouleversée, Sydney fit un pas dans sa direction nais s'arrêta en lisant sur son visage qu'elle n'était pas bienvenue.

— Je suis désolée, murmura-t-elle en cherchant son egard. J'avais tellement peur de te faire encore plus al en acceptant de te donner ce que tu réclamais… coute-moi, Mikhail, je t'en prie… Avant toi, Peter est seule personne qui se soit jamais souciée réellement e moi. Mes parents…

Incapable de trouver les mots adéquats, Sydney ferma s yeux et secoua tristement la tête.

— Ils ne ressemblent pas du tout aux tiens, pour-uivit-elle. Bien sûr, ils voulaient ce qu'il y a de mieux our moi, mais pour eux cela signifiait embaucher les neilleures nourrices, acheter les plus beaux vêtements, 'assurer que je fréquente les écoles les plus huppées… u ne peux savoir à quel point je me suis sentie seule urant toute mon enfance…

D'un geste rageur, Sydney essuya les larmes qui oulaient le long de ses joues.

— Je n'avais que Peter pour me soutenir, et j'ai fini par e perdre… Ce que je ressens pour toi est tellement plus

grand, tellement plus fort, que je ne pouvais envisage
de te perdre également sans devenir folle.

Complètement bouleversé, Mikhail devait se reteni d'aller la prendre dans ses bras pour la consoler. Auss remonté pût-il être contre elle, Sydney avait le don d percer toutes ses défenses pour l'atteindre en plein cœu où et quand elle le voulait.

— Tu ne m'as pas perdu, Sydney. C'est toi qui e partie.

Avec un petit soupir, elle lui tourna le dos et march jusqu'à la fenêtre.

— Je devais le faire, dit-elle. Nous avons tellemen souffert, Peter et moi, autrefois… J'étais persuadé que j'avais ruiné notre mariage, que tout était de m faute, et que je risquais en acceptant de t'épouser de t perdre. Le plus drôle dans l'histoire, c'est que Peter lu aussi s'imaginait être responsable du désastre de notr union… En discuter avec lui, renouer l'amitié dont nou aurions toujours dû nous satisfaire m'a permis d'y voi clair. J'ai fini d'avoir peur, fini de me dérober. Je ne m suis enfuie que dans l'espoir de pouvoir te revenir u jour. Définitivement.

Sur ces derniers mots, Sydney s'était retournée. U sourire tremblant illuminait son visage ravagé par le larmes. Le cœur gonflé d'un espoir fou, Mikhail scrut intensément son regard, n'osant croire encore ce qu'i y découvrait.

— Est-ce le cas ? demanda-t-il. M'es-tu revenue pou toujours ?

— Oui, répondit-elle dans un souffle. Aujourd'hui, je peux répondre oui à toutes tes demandes. Oui, je veux partager ton existence, vieillir à tes côtés, élever avec toi cette famille dont je sens comme toi qu'elle n'attend que nous…

Lentement, sans le quitter des yeux, Sydney éleva ses ıains et tira hors de son col la fine chaîne en or pendue son cou, où se trouvait accroché l'anneau d'or orné 'un rubis qu'il lui avait offert.

Bouleversé, Mikhail traversa la pièce et soupesa la ıgue dans le creux de sa paume.

— Ainsi, murmura-t-il, tu la portais…

— Je ne pouvais la garder au doigt sans savoir si tu ɔuhaitais encore que je la porte…

Abandonnant l'anneau, les yeux de Mikhail vinrent se ıêler à ceux de Sydney pour ne plus les quitter, même ɔrsqu'il se pencha pour poser sur ses lèvres le plus ɛndre des baisers qu'il lui eût jamais donné.

— Sydney, dit-il ensuite, veux-tu me donner une ɛconde chance ? Je m'y suis si mal pris l'autre jour…

— Et moi, donc ! répondit-elle en riant.

— J'étais paniqué, furieux que ce banquier ait osé ıire sa demande avant moi.

Les mains en coupe contre ses joues, Sydney tendit ɛs lèvres pour un nouveau baiser.

— Quel banquier ? Je ne connais aucun banquier…

Les doigts tremblants, Mikhail ôta de son cou la haînette en or et fit glisser l'anneau dans sa main.

— Ce n'est pas du tout comme je l'avais prévu, s'ex-usa-t-il. Il n'y a pas de musique…

— Tu es sûr ? Il me semble entendre des violons.

— Ni mots d'amour, ni douces lumières, ni leurs…

— J'ai conservé la rose que tu m'avais offerte.

Religieusement, Mikhail lui passa l'anneau au loigt.

— Je ne t'ai dit que ce que j'attendais de toi, reprit-il. 'as ce que j'ai à t'offrir. Mon cœur est à toi, Sydney, aussi longtemps qu'il battra. Ma vie est à toi aussi... Veux-tu être ma femme ?

Avec un soupir de bonheur, Sydney referma autour du cou de Mikhail l'anneau de ses bras.

— Mais, dit-elle, je le suis déjà.

Découvrez un extrait de la suite des aventures des Stanislaski, à paraître le 15 septembre, et faites la connaissance de Rachel Stanislaski dans
*Les rêves d'une femme*
de Nora Roberts

Rachel entra dans le commissariat de quartier où ottaient les relents habituels d'angoisse, de transpiraon et de mauvais café. Elle se frotta énergiquement les ras pour se réchauffer. L'été indien annoncé en grande unfare par la météo avait oublié de faire son apparition. t c'était à présent une épaisse couche de nuages gris ui couvrait Manhattan d'une ombre menaçante. Quitter on appartement sans manteau et sans parapluie avait été xagérément optimiste de sa part, de toute évidence.

Mais avec un peu de chance, elle serait de retour à son ureau avant que la pluie ne commence à tomber.

— Nicholas LeBeck, annonça-t-elle au policier à accueil. Il a été arrêté pour une tentative de cambrioage.

— LeBeck, oui, marmonna le sergent en consultant on registre. C'est votre frère qui lui a mis la main au ollet.

Rachel soupira. Avoir un frère dans la police ne lui acilitait pas toujours l'existence.

— C'est ce que j'ai entendu dire, oui. Nicholas LeBeck -t-il passé le coup de fil auquel il a droit ?

— Non.

— Quelqu'un est venu s'inquiéter de lui ?

— Non plus.

— Super, murmura Rachel.

— Pas de problème. Je vous fais amener votre héros

du jour en salle A. Apparemment, vous n'êtes pas tombé sur un numéro gagnant, ma pauvre.

— Je vous dirai cela une fois que je lui aurai parlé rétorqua-t-elle en se dirigeant vers la machine à café.

Tandis qu'elle attendait que sa tasse se remplisse elle sentit un bras d'homme se glisser autour de s taille. Se retournant, elle reconnut le visage sourian de son frère.

— Rachel… Ça faisait une éternité.

— Oui. Au moins un jour et demi. C'est sûr qu'il a de quoi trouver le temps long.

Alex Stanislaski rit doucement.

— Tiens, tiens. Notre avocate dévouée serait-ell de mauvaise humeur ? Qu'est-ce qui t'amène par ici d'ailleurs ?

— Un dénommé Nicholas Le Beck, tu le connais ?

— Ah tiens, c'est à toi qu'on l'a fourgué, celui-là Figure-toi que c'est ton héros de frère qui l'a arrêté a péril de sa vie…

— Pff…

Rachel lui assena un coup de coude dans les côtes.

— Arrête donc de te vanter. Il paraît que tu as eu un promotion, « inspecteur » Stanislaski.

— Je n'y peux rien si je suis doué. Et grâce à toi, je suis sûr de ne jamais manquer d'occupation. C'est génia d'avoir une sœur qui passe sa vie à se battre pour qu'o relâche dans les rues tous les délinquants qu'on s'épuise à y ramasser…

Elle lui jeta un regard noir par-dessus le bord de so gobelet en carton.

— La plupart des gens dont je défends les intérêts n'on commis d'autres crimes que de chercher à survivre.

— C'est ça, oui. En volant, en agressant et en escroquant à tout va. Jolie recette de survie.

Il n'y avait rien de tel que le cynisme d'Alex pour réveiller la combativité de Rachel, pourtant cette fois c'est elle qui baissa les armes la première.

— *Niet, Alexi.* Le débat est clos pour aujourd'hui. J'ai un planning d'enfer. Dis-moi juste ce que tu sais de Nicholas LeBeck.

— Ce que je sais de ton LeBeck ? Pas grand-chose. Tu as vu le rapport, non ?

— Raconte-moi comment l'arrestation s'est passée.

— Je rentrais chez moi lorsque j'ai vu le carreau brisé. Je me suis approché pour jeter un coup œil et c'est là que ton client m'est plus ou moins tombé dans les bras. Je me suis contenté de le cueillir et de le ramener ici.

— Et les autres ?

Avec un haussement d'épaules, Alex finit son café.

— Je n'ai vu personne à part LeBeck.

— Allons, Alex. Tu sais qu'il n'était pas seul sur le coup.

— J'imagine qu'il avait de l'aide, oui. Mais les autres avaient déjà filé. Et ton LeBeck est resté muet comme la tombe. Il n'en était pas à son coup d'essai, entre parenthèses. Il était déjà fiché depuis longtemps.

Rachel secoua la tête.

— Tu as vu le contenu de son dossier ? Il n'y a pas de quoi faire dresser les cheveux sur la tête. C'était de la petite, petite délinquance.

— Si l'on veut. Mais il me paraît quand même sacrément mal barré dans la vie.

Rachel secoua la tête.

— On n'a pas le droit de dire des choses comme ça, Alex. A dix-neuf ans, les choses peuvent encore bouger… Ce n'est qu'un môme. Et il est vert de trouille.

Avec un grognement contrarié, son frère envoya son gobelet vide dans la corbeille à papier.

— Un môme ? Attends de le voir, Rachel. On en reparlera après. Il est plus grand que moi.

— Ce n'est pas une question de taille ! Même s'il est physiquement adulte et qu'il joue les durs, je suis persuadée qu'il n'en mène pas large, dans sa cellule. Et *ça*, figure-toi, ça me touche. Car ce gamin-là, ça aurait pu aussi bien être toi ou moi. Ou même Natasha ou Mikhail.

— Attends, Rachel, tu ne vas tout de même pas comparer…

— Eh si, justement. S'il n'y avait pas eu la famille, si papa et maman n'avaient pas travaillé aussi dur, si nous ne nous étions pas serré les coudes, n'importe lequel d'entre nous aurait pu être entraîné sur le même parcours qu'un Nicholas LeBeck. Et tu le sais.

Alex lui jeta un regard noir.

— Bon, O.K., oui, je le sais. Pourquoi crois-tu que je sois devenu flic, à ton avis ? Mais il reste quand même quelque chose comme le libre arbitre, non ? Il arrive un moment dans la vie où il faut choisir son camp.

— Parfois on fait les mauvais choix faute d'avoir été soutenu au bon moment.

Son frère soupira.

— Je crois que nous n'aurons jamais la même conception de la justice, toi et moi, Rachel. Mais fais quand même attention à toi. Je sais que tu es une idéaliste au grand cœur mais, par pitié, ne va pas te mettre en tête que ton client est une grande âme noble égarée dans un monde cruel.

— Arrête, Alex, O.K. ? Je sais ce que je fais.

Rachel se redressa pour toiser son frère, les bras croisés sur la poitrine.

— Il était armé ?

— Non, soupira Alex.

— Il t'a opposé une résistance ?
— Aucune. Mais cela ne change rien à ce qu'il était n train de faire. Ni à la personne qu'il est. Sur ce je ne sauve.
Rachel sourit.
— A plus tard.
Alex avait atteint la porte lorsqu'il se retourna.
— On se fait un ciné, ce soir ?
— Bonne idée. Je te passerai un coup de fil.
Une fois seule, elle reprit son attente jusqu'à ce qu'une voix la sorte de ses réflexions.
— Mademoiselle Stanislaski ?
Repoussant les cheveux qui lui tombaient sur les yeux, elle tourna la tête. Un homme aux yeux fatigués et aux joues mal rasées venait dans sa direction. Ce n'était pas e genre de type à passer inaperçu. Il était grand — très grand — et son sweat-shirt trop large soulignait des épaules étonnamment puissantes pour un homme aussi mince. Un jean usé et blanchi aux coutures révélait des hanches étroites, des jambes longues et nerveuses.
Mais ce n'était pas tant son physique qui attirait l'attention que les intenses vibrations de colère qui émanaient de sa personne. Ses yeux d'un bleu d'acier étincelaient dans un visage aux traits rudes, avec des joues presque hâves, des mâchoires marquées.
— Vous êtes Rachel Stanislaski ?
— C'est moi, oui.
Il lui serra la main. Rachel réprima une grimace. Cet homme-là n'était peut-être pas très épais mais il avait une poigne d'acier.
— Zachary Muldoon, annonça-t-il, comme si ce nom suffisait à tout expliquer.
Rachel se contenta de hausser les sourcils. Il était peut-être fort comme un Turc et capable de lui broyer

la main sans grand effort. Mais elle ne se laissait pas intimider facilement. Surtout dans l'enceinte d'un commissariat de police.

— Je peux vous aider, monsieur Muldoon ?

— Vous avez *intérêt* à m'aider, oui.

Charmante entrée en matière.

— Ah, vous croyez ça, vous ? riposta Rachel, toutes griffes dehors.

Le dénommé Muldoon passa la main dans ses cheveux noirs en bataille. Puis, jurant tout bas, il lui prit le coude.

— Combien faudra-t-il verser pour sortir Nick de là ? Et pourquoi a-t-il fait appel à vous et non à moi ? Mais ce que j'aimerais comprendre surtout, c'est comment vous avez pu le laisser croupir toute une nuit en cellule. A quoi bon avoir un avocat, s'il n'est même pas fichu de faire libérer son client sur l'heure ?

Rachel se dégagea non sans mal et se prépara à utiliser son attaché-case pour se défendre. Elle avait entendu parler du tempérament impétueux des Irlandais. Mais les Ukrainiens n'étaient pas des mauviettes non plus. Et elle ne se laisserait pas rudoyer par cet excité sans réagir.

— Primo, monsieur Muldoon, je ne sais pas qui vous êtes ni de quoi vous me parlez. Secundo, j'ai un emploi du temps très chargé. Alors arrêtez de m'apostropher comme si j'étais la cause directe de tous vos maux et allez passer vos nerfs ailleurs.

Les yeux bleus lançaient des éclairs ; la bouche de poète irlandais était tordue en une grimace mauvaise.

— Je me fiche éperdument de vos problèmes d'emploi du temps, reprit l'homme. Ça fait partie de vos fonctions de répondre à mes questions. Si vous n'avez pas le temps de défendre Nick, nous prendrons un autre avocat. Je ne comprends d'ailleurs pas ce qui lui a pris de faire appel à une petite bourgeoise BCBG dans votre genre.

Mais Rachel n'était pas moins énervée que lui, en l'occurrence.

— Une petite bourgeoise BCBG, moi ? Faites attention à ce que vous dites, mon vieux, sinon…

— Sinon vous demanderez à votre petit copain flic de me boucler dans une de ses cellules ? compléta Zack d'un ton rogue. Je ne vois pas comment Nick pourrait être défendu correctement par une fille qui passe son temps à flirter avec des flics et à fixer des rendez-vous amoureux alors qu'elle est censée travailler.

— Dites, vous n'allez tout de même pas me faire la morale, en plus ! explosa Rachel. En quoi cela vous concerne-t-il que… Mais vous avez dit *Nick*, au fait ? C'est de Nicholas LeBeck que vous parlez ?

— Mais évidemment que c'est de Nick ! Qu'est-ce que vous alliez imaginer ? Et vous feriez mieux de me fournir des réponses claires, mon petit cœur. Et en vitesse. Sinon, je vous retire le dossier. Au fait, quels sont vos honoraires ?

Rachel grinça des dents.

— Je suis payée par l'Etat, Muldoon. Autrement dit, désignée. Nicholas LeBeck ne me verse pas un centime. Et je ne vous dois rien, pas même une explication.

— Une avocate commise d'office ? s'écria-t-il. Mais pourquoi ?

— Parce que Nick est au chômage et fauché. Et maintenant, si vous voulez bien m'excuser…

Elle posa une main sur le torse de Muldoon pour le repousser. Mais elle aurait aussi bien pu s'attaquer à un mur. C'était à se demander s'il n'avait pas été construit entièrement en acier et en brique, cet homme-là.

— Ainsi il a perdu son boulot. Mais bon sang, pourquoi…

Zachary Muldoon laissa sa phrase en suspens. Cette fois, ce ne fut pas de la colère que Rachel lut dans son regard, mais une lassitude profonde. Mêlée d'une pointe de résignation et de remords.

— Il aurait pu venir me trouver, murmura-t-il comme pour lui-même.

— Vous êtes quoi, par rapport à lui, exactement ? s'enquit Rachel d'un ton radouci.

Muldoon se frotta le visage des deux mains.

— Son frère…